ドーム郡シリーズ 3

真実の種、うその種

芝田勝茂・作　佐竹美保・絵

小峰書店

もくじ

装幀　鳥井和昌

ラディナ
シルヴェニア
シルリール
タカバール
ダリアーム
ミゴール
トアリア
ドブリール
うねりの海
レシナ
ザエ
ラド
アイザリア
エルセス
メルク
風切り山脈
バロナ山
レイアム
ワラトゥーム
カラン
スルリール
青の海
至ドーム郡
バディス諸島
ラツァイ
ミスマル
ニャンザ
フィラ岬
ボエリール
鯨海
シャプー島
エイン
バリル岬
タクア
海の森
ポイット
オリゴル島
ブロン
テイカ
カダリーム
ゴドバール
マルカ
北東諸島
ロベイサ
ミルクール
艦隊
イデア
ラド王の地下墳墓
海底の回廊
航路
カダラ島
戦場
ルピア

第一章　リラの森

夏まつりの翌朝《よくあさ》でした。

毎年のことではありますが、ドーム郡の夏まつりがおわった翌朝《よくあさ》は、いまにも宝石が降《ふ》ってきそうなほど透《す》き通って明るい青空がひろがっています。

ところが、そんなお天気にそっぽを向いて、肩《かた》を落として歩いているひとりの娘《むすめ》がいました。


「なんなのよ、もう！」


ドーム郡の北の道を意気消沈《いきしょうちん》して歩いているのは、今年十七歳《さい》になるテオ。

昨日《きのう》まで、ドーム郡いちの踊《おど》り手《て》はじぶんだと思っていたテオ。いいえ、テオがじぶんで思っていただけではなく、今年の夏のむすめとして最後のかがり火をつけたのは、ほかならぬテオでした。会場じゅうの

「テオ、テオ！」という声も、いちばんの踊《おど》り子《こ》はテオだということを証明していたはずでした。

にもかかわらず、この朝、テオは知ってしまったのです。なんとテオがなによりもなりたかった「ラリアー」のメンバーに選ばれなかったということを。

ラリアーとは、ドーム郡が二年に一度ずつアイザリアに派遣《はけん》している「歌と踊《おど》りのさすらい人」の集団です。そしてラリアーのメンバーは、夏まつりの翌日《よくじつ》、すなわちこの日の朝、郡庁《ぐんちょう》の庭で発表されるのです。もちろんのこと、テオはじぶんの名前を見るために、つまり選ばれて、みんなから祝福《しゅくふく》されるために郡庁《ぐんちょう》の庭へといそぎました。ほかのラリアーがだれになるのかも興味がありました。これから二年の間、見知らぬ土地ですごす十人ほどのさすらい人たちは、旅から帰っても格別の信頼《しんらい》と友情で結ばれるからです。ドーム郡には「きょうだいよりラリアー」（ラリアーの絆《きずな》は兄弟よりも強い）ということわざもあるくらいです。

そしてテオはみんなといっしょに、郡庁前《ぐんちょうまえ》で待ちました。

やがて郡庁《ぐんちょう》の役人が巻紙《まきがみ》を壁《かべ》に貼《は》り出《だ》しました。

すぐに近くにいる若者が読み上げます。

「ドーム郡庁《ぐんちょう》は、今年のラリアーをつぎのものに決定した。まず、牛飼《うしか》いのアルデ！」

おおーという声があがります。ごつい身体ですが、やさしい性格なのでみんなから愛されているアルデが満面に笑《え》みを浮《う》かべて「やったー」とさけび、肩車《かたぐるま》され、やんやの喝采《かっさい》をうけました。

「郡庁《ぐんちょう》のおえら方、ありがとう！　ラリアーの荷物運びは、おいらにまかせとくれ！」

それを皮切りに、つぎつぎとメンバーが読み上げられました。

ドーム郡いちの歌い手、夏まつりではゲレンの山までその声がひびいたというリード、笛の名手サイリーン、芝居の上手なカルディなど、おおかたは予想どおりのメンバーがつぎつぎと呼《よ》ばれます。テオは、名前が読み上げられるたびに、あ、あのひとといっしょなんだ、と思い、つぎに呼《よ》ばれるのはわたしにちがいない、と思いながら待ちました。

ところが、ところがです。

だれもが驚《おどろ》いたことに、テオの名前は最後まで出てこなかったのでした。

「歌姫、マイラ」と、ララ・リリクのマイラの名前が呼《よ》ばれたあと、だれもがテオの名前をつぎに予想したのですが、なんと、

「これでおしまい。今年のラリアーは以上」という声がひびいたのです。

おしまい？

マイラでおわり？

「おい、テオは？」という声がします。

「テオの名前は、ない」と、声がかえります。

だれもが、テオを見つめているような気がしました。テオの頭の中は真っ白になりました。そこまでがテオが覚えていたことでした。

気がつくとテオは足早《あしばや》に広場を去り、なにかぶつぶつつぶやきながら歩いていました。

「なんなの。なぜなの。どうして……どうしてなの」

口をついて出てくるのはそんなことばだけでした。

ドーム郡の若者にとってラリアーに選ばれることは最高の名誉《めいよ》です。二年にわたるさすらいはつらいものではありますが、ドーム郡の伝統をついでアイザリアを旅して歩くことこそさすらい人の誇《ほこ》りでした。ラリアーの準備もまた大変です。幌馬車《ほろばしゃ》を引く馬も、荷を運ぶロバや羊や山羊《やぎ》も、郡の中だけでなく、トープ・アイザリアと呼《よ》ばれるアイザリアの南では最高のものが選ばれます。

そしてラリアーの踊《おど》り子《こ》には、ドーム郡の歌姫、舞姫《まいひめ》とだれもが認める娘《むすめ》が選ばれてきたのです。今年その舞姫《まいひめ》に選ばれるのは、テオのはずでした。

しかし。あの思い出したくない場面がテオのまぶたにまたしても浮かんできます。

「わたしだっ！」と躍《おど》り上《あ》がってさけび、「よかったじゃないか！」とみんなの祝福《しゅくふく》の拍手《はくしゅ》をあびたのは、ララ・リリクでもつねにテオの後塵《こうじん》を拝《はい》してきた娘《むすめ》、マイラだったのです。

「いったい、マイラのどこがわたしよりすぐれているというのよ。踊《おど》りだって、歌だって、わたしの方がはるかに上手なのに！」

しかし、テオがどんなに不満であってもラリアーの選出はドーム郡庁《ぐんちょう》の権限です。だれもその決定に口をはさむことはできません。郡庁《ぐんちょう》の意志はドーム郡の意志、決定がくつがえることはないのです。

テオはくやし涙《なみだ》を流すことも忘《わす》れ、ただやみくもに歩いていました。それにだれかが見ているところで泣くなんて、強がりのテオには許せないことでした。

いつかテオがやってきたのは、ドーム郡の北に位置するリラの森でした。

リラの森は、ドーム郡の若者たちがいつもくる森です。別名「願《がん》かけの森」、森に立って大きな声で願いごとをさけべば、だいたいにおいてその願いはかなうという言い伝えのある森でした。しかし、テオはこれから願いをしようというのではなく、願いがかなわなかった娘《むすめ》です。その娘《むすめ》がリラの森へ行くのはどう考えてもおかしな話でした。けれどテオはそこへ行くことしか思いつかなかったのでした。

テオはリラの森へ行くとちゅうでふと思いました。

「そういえばわたしは一度だってラリアーになりたいと願《がん》かけしたことがなかったなあ」

そのとおりでした。テオがラリアーに選ばれるのは、太陽が東から昇《のぼ》るのと同じくらい、だれにとっても当たり前の、ゆるがすことのできない未来だった、はずでした。

「マイラはきっと、リラの森に何度も何度もきていたにちがいない」

テオはマイラのあっけらかんとした笑顔を思い出しました。マイラはかわいい娘《むすめ》でした。その笑顔はまわりにいるだれもが幸せになる、太陽のように明るい笑顔でした。テオに欠けているのはその〈愛嬌《あいきょう》〉というものだと、ララ・リリクの踊《おど》りの先生はいっていました。

「テオ、おまえはたしかに上手だ。おまえの踊《おど》りにはこれっぽちのすきも、狂《くる》いもない。だが、いくら上手でも、マイラが失敗して転ぶほうが、みんな楽しむんだよなあ」と。

「歩くことは賢《かしこ》くなること」というドーム郡のことわざどおり、リラの森に一歩近づくごとにテオはこれまでじぶんが考えたこともなかったいろいろなことに気がつきはじめました。

「それにマイラはたしか、毎月のじぶんの稼《かせ》ぎをラリアーのために貯めているといってた……」

ドーム郡の人々が、日々の暮《く》らしからすこしずつ供出《きょうしゅつ》したものが、ラリアーをアイザリアに派遣《はけん》するための資金になるのでした。ドーム郡には、多くの公共の機関があり、それらの運営だけでもかなりの負担《ふたん》なのですが、さらにそこから多くのものを割《さ》いてラリアーを派遣《はけん》し続けていました。いっそラリアーがなければラノフ川にあと五つの橋がかけられる、と、ドーム郡長官、キシルはいったそうです。しかしそういいながら、かれもまた歴代《れきだい》長官と同様、ラリアーの派遣《はけん》をやめようとはしませんでした。「お金の値打《ねう》ちはなにに使ったかによって決まるんだ。せっせと貯めたって意味がない」といって、若いときにララ・リリクでも有名な歌い手だったという長官は、在任以来とぼしい郡の予算をやりくりしながらせっせとラリアーをアイザリアに派遣《はけん》していました。ラリアーとなってアイザリアを旅し、広い世界のことを身につけた人々が、次代のドーム郡の若者たちを育てたわけですが、「ラリアーの派遣《はけん》は郡の財政を悪化させるだけ」という反対の声もまたつねにありました。キシル長官はラリアーの規模《きぼ》を小さくしたりしてなんとか反対意見を押《お》しきっていましたが、若者たちはいつかラリアーが中止されるのではと危惧《きぐ》していました。

「いつの時代でも、どんなことにも反対する人はいるものさ」とララ・リリクの先生や長老たちはいっていました。そんな中で二年に一度のラリアーが派遣《はけん》されていたのですが、テオは一度だってラリアーが中断されるなどとは考えたことがありませんでした。歌って踊《おど》っていさえすれば幸せだったからです。

「そういえば……マイラはいつもいってた。わたし毎朝ラリアーがなくなりませんように、ってお祈《いの》りしてるのよ、って。それにくらべて……わたしはラリアーが続くかどうかなんて心配すらしなかった。……だから落とされたんだろうか？」

テオはじぶんの長くのびた手足を見ました。踊《おど》るために生まれてきたんだとだれからもうらやまれてきたテオのすんなりと長い腕《うで》。そして頭の上まであがる脚《あし》。すばしこい動きに耐《た》えるばねのような、やわらかな体。でも、マイラは、ふっくらしていて、たしかに女の子らしい。それにくらべれば、テオの体はまるで細いつる草のようなものかもしれない。テオは急にそんな思いにとらわれて、いてもたってもいられなくなりました。ちょうどそのとき、目の前にリラの森がありました。

リラの森には、ちょっとした広場があります。夏まつりのステージほどの広さなので、ララ・リリクの娘《むすめ》たちはよくここにきて劇《げき》の練習をします。同じく若者たちは、広場のまわりの木にのぼり、ライラの実などをかじりながらその劇《げき》を見物《けんぶつ》します。夜ともなれば、恋人たちにとってかっこうの逢引《あいび》きの場所ともなるのでした。

テオはその広場の中央に立って、森の木々に向かってさけびました。

「教えてよ、リラの森！　わたしはほんとうにラリアーになりたかった。そしてラリアーになれるものだと思っていた。でもわたしは選ばれなかった」

そこまでいってぐっとこみあげるものがありましたが、テオはふたたび気をとりなおしていいました。

「なぜ！　どうしてわたしは選ばれなかったの？　いったいわたしのどこがいけなかったの？　ねえ、教えて！」

もちろんのこと、しばらくの間森はしいんとして、テオになんの返事もくれはしませんでした。テオも返事を期待していたわけではなく、問いを投げかけることによって、じぶんでもう一度考えようとしていたのでした。ところが。返事のかわりにおかしな声がかえってきたのです。

(助けて!)

「助けて?」

テオは思わずあちこちを見回しました。あたりには人影《ひとかげ》はありません。

そのとき、ふたたび、声がしました。

(助けて!)

テオは驚《おどろ》きました。人の声ではなかったのです。風のささやきに似た声でした。

「これは……風の声?」

ララ・リリクでは特別な授業で動物のことばを学ぶ時間があります。テオも小鳥のことばは得意で、同期《どうき》のだれよりも上手だと自負《じふ》していました。けれど、いま聞こえてきた声は小鳥の声ではなくて、これまたララ・リリクで学ぶ〈風の声〉のようでした。〈風の声〉は、鳥の声だけではなく、風を感じて生きている動物すべての共通語、のようなことばです。風に乗って空を飛ぶたくさんの鳥たちだけでなく、風のにおいで獲物《えもの》や敵を感じる地上の動物たち、さらには蝶《ちょう》やイナゴなどの虫にも通じるものだといわれていました。いまテオが聞いたのは、たしかにその〈風の声〉のようでした。とっさに、テオはじぶんも風の声で、低くいいました。

（どこ？）

（ここ。木の上だよ）

木の上？　テオはリラの森の木々を見上げました。

すると、奇妙《きみよう》なことに気づきました。一本の木の梢《こずえ》が、激しくゆれているのです。あたりには風もなく、そこだけがゆれているのは変でした。

「なに、あれは？」

テオが目をこらして木の上を見ると、とんでもないことが起きていました。

「大変！　だれかが鳥にさらわれようとしてる！」

そうなのです。見たこともないほど大きな一羽の鳥が、木の上で羽ばたいているのです。その巨大な鳥は、なんとひとりの人間を、足の爪《つめ》でがっしりとつかまえ、空中に持ち上げようとしていたのです。

〈風の声〉がふたたびかぼそくさけびかけてきました。

（お、お願い。助けて）

「ああっ！　あぶない！」

その木の上があまりにも高すぎて、最初、テオにはそれがだれなのかわかりませんでした。けれど、細い梢《こずえ》に必死につかまっている人影《ひとかげ》は、いまにも巨鳥《きよちよう》によって木から引《ひ》き剝《は》がされ、どこかへ連れて行かれるところなのだというふうに見てとれました。その人影《ひとかげ》は、なぜか包帯を体じゅうに巻《ま》いていました。それでテオはやっと気づきました。このドーム郡で、包帯をしていて、しかもわざわざ〈風の声〉でしかしゃべらない少年がいるとしたら……。

（あなた、リン？）

リンは、半年ばかり前からすっかり有名になった少年です。なぜかといえば、体じゅうに包帯を巻《ま》きつけて、顔も、素肌《すはだ》もだれにも見せないからでした。だけでなく、包帯を巻《ま》くようになってから、リンはだれともしゃべらなくなっていました。

リンが体じゅうに包帯を巻《ま》いている理由について、ドーム郡の三人の医者たちはそれぞれこういっていました。「リンの病気は心配するほどのものではない。まあいってみればウルシにかぶれたようなものだ。しかし、その『かぶれ』はとてもやっかいで、まあ、『やぶれかぶれ』といったところかな。だから、みんなそっとしておいてやっておくれ」とか、「すこしかわったうつり病《やまい》だ。いや、だれかにうつるとかだれかからうつったというんではなくて……まあ、いってみれば、リンの心から、皮膚《ひふ》にうつった、みたいなことだ。心配しないでいいよ。めったにない病気でね。しかもひとの『うわさ』と関係があるんだな。みんながリンの病気はなんだろう、とうわさすればするほど、かぶれは治らない。だが、みんなが忘《わす》れてしまった頃《ころ》に、リンの病気も治っているというわけさ。心配しないで、まあリンとはふつうにつきあってやっておくれ」「あの包帯は、やつの『甘ったれ』のしるしだな。困《こま》った患者《かんじゃ》だよ。ふん、やつの病気なんぞ、やつが包帯をとる気になったときにはもう治っているもんさ」

なんだかよくわかりませんでしたが、命にかかわるほどの病気ではなさそうでした。けれど、リンがしゃべらなくなった理由については、だれもよくわかっていないようでした。「まあ、あんなかぶれにかかったんだ。ショックでことばも出なくなるだろうさ」というひとりの医者の意見にみんな納得《なっとく》していました。

体じゅうを包帯で巻《ま》いた少年がドーム郡をふらふら歩きまわることが数カ月になるとそれがふつうの光景になってしまい、いまではリンといえば包帯、ということになって、子どもたちの間では包帯を巻《ま》いて遊ぶ「リンごっこ」が流行《はや》ったりしていました。

テオは目をこらしました。まちがいありません。木の上の人影《ひとかげ》は、たしかに包帯のようなものを巻《ま》いていました。その包帯が木の枝にからまっているので、かろうじてリンは木の梢《こずえ》にとどまっているのでした。けれど、その包帯もいまにも切れそうです。テオはうろたえました。

「どっ、どうしよう！　そうだ、とりあえずはあの鳥をなんとかしなくちゃ！」

テオはふところから、一本の『投《な》げ棍棒《こんぼう》』を取り出しました。ドーム郡の娘《むすめ》が護身用《ごしんよう》に持っている小さな棍棒《こんぼう》です。枝の上の大きな鳥にねらいをつけると、テオは棍棒《こんぼう》をぐるぐるっとまわし、ぴゅっと投げました。ララ・リリクでもテオの投《な》げ棍棒《こんぼう》の腕前《うでまえ》は一、二を争うほどです。するとものの見ごとに小さな棍棒《こんぼう》は、巨大な鳥の胴体《どうたい》に命中しました。

「クエーッ！」と、不気味《ぶきみ》な声を一声残すと、あたりの梢《こずえ》を激《はげ》しくゆらし、包帯の少年をようやくその爪《つめ》から放して、巨大な鳥は空高く舞《ま》い上がりました。そして、しばらくうらみがましくテオと少年を見ていましたが、やがてゆっくりとゲレンの山並《やまな》みの方角へと飛び去って行きました。

〈助けて！〉

ふたたび少年の風の声がします。ほっとする間もなくテオが仰《あお》ぎ見ると、梢《こずえ》の上では少年がいまにも枝か

ら落ちそうになっていました。

「まいったな。鳥にさらわれるより、あそこから落っこちる方がよっぽどあぶないじゃない。どうしよう！」

そのときです。テオにいきなりどん、とぶつかってきたひとがいます。

「きゃっ！」

はずみでテオはひっくりかえりました。こんどはなに、と思ったら、それはひとりの中年の男で、木の上を見上げていいました。

「よし、すぐ落ちるかと思ったがまだすこしは余裕《よゆう》がありそうだな」それから男はテオに向かって縄《なわ》をさし出し、「悪かったな、ぶつかって。木の上に気をとられたもんだから。だがよくやった。あの鳥を追《お》っ払《ぱら》ったのは手柄《てがら》だが、まだ仕事はおわってはいないぞ。さあ、これを持って！」と早口でいいました。

「あ、はい！」

どうやら男はリンを助けようと思って飛び出してきたようでした。縄《なわ》の一方をテオに持たせ、もう一方のはじを近くの木に巻《ま》きつけました。それから男は樹上《じゅじょう》のリンを見上げるといいました。

「おい、若いの、縄《なわ》を投げるからな。うけとめろ」

リンの返事は聞こえませんでしたが、男の声にうなずくのがわかりました。けれど、そのひょうしに木の上で足をすべらせ、そのままずるっと落ちそうになりました。リンは必死《ひっし》で枝につかまります。

男は縄《なわ》をぐるぐるまわしはじめました。よく見ると、縄《なわ》の先には丸い石が縛《しば》ってあります。

「あら、それは投石器《とうせきき》」

「そんなぶっそうなもんじゃないさ。測量《そくりょう》に使うんだ。それよりその縄《なわ》のはしっこを持ってろよ」

男は石をぐるぐるまわしたあげく、はずみをつけてえい、とリンのぶらさがっている枝に向かって投げました。するするっと縄《なわ》がのびて、石はうまいぐあいに枝にぶつかり、くるくる枝にからまります。

「その縄《なわ》につかまって降《お》りるんだ！」

リンは必死で縄《なわ》につかまりました。すると、枝がミシッと不気味《ぶきみ》な音を立てます。

「まずい！　あんたおれの背中《せなか》に回れ！」

「どういうこと？」

「あいつが落ちてきたらうけとめる！　するとおれが倒《たお》れるから、ささえてくれ」

「りょーかいっ！」

テオは男の背中《せなか》に回り、両肩《りょうかた》をささえました。

「こ、こんなもんでいいの？」

「ちがうっ！　背中《せなか》あわせになるんだ！」

「つまりわたし、クッションのかわりってこと？」

「ほうらきたっ！」

バキッ！

「うわあっ！」

枝がおれ、とちゅうまで縄《なわ》を伝っていたリンはそのままテオたちめがけて落ちてきました。

ドスン！

「ぐうっ！」「きゃあっ！」

三人はもつれてそのまま地面に倒《たお》れこみました。男はどうにかリンをうけとめ、そのままあおむけに倒《たお》れ、テオはその男の下じきになりました。テオもかなり激《はげ》しく地面にぶつかりましたが、なんとか無事でした。

「あのう。早くわたしの上からどいてほしいんですけど」

テオは男たちの下からうめきました。

「むむう。いててて」と、男はいって、どさりとリンを横に投げるように放《ほう》り出《だ》しました。

「あら？　リンは、どうしたの？」

「こわかったんだろう。木から落ちるときに気を失ったんだな。無理はない。あんな鳥にさらわれそうになったんじゃ、正気ではいられないさ。おい、ぼうず、よくがんばったぞ」

リンはごろんと草むらに横たわっています。そのリンを見て、テオも男もあっと驚《おどろ》きました。

「きゃっ！」「うへえ！」

なんと、リンの顔がないのです。落ちたひょうしに包帯がとれたらしいのですが、包帯だけではなくて、首から上のリンの顔がないのです。

「くっ、くっ、首がもげた!?」

「そんなばかな。あの鳥が持っていったはずはないぞ。ちゃんと見てたんだから」

男はリンの頭のあたりに手をやりました。

「まいったな。こんなことがあるんだなあ」

「ど、どういうこと？」

「頭はあるよ、この子の。あるんだが、おれたちには見えないんだ。ほら」

よっこらしょと男はリンの体を起こしました。そして首のあたりをテオの方へ向けました。

「体が……ない⁉」

なんとリンの体は、包帯につつまれてはいましたが、中は空洞《くうどう》だったのです。

「服の中身は空っぽ、ってこと？」

「いや、そうじゃないよ。空っぽの体があんな重さでおれたちにぶつかってくるもんかね。そうじゃなくて、中身はあるんだが、おれたちには見えないんだ」

テオもおそるおそるリンの頭のあたりに手をのばしてみました。すると、そこにはたしかにリンの顔らしきものがありました。

「あら。ここは鼻みたい。ほんとだ。うう。リンの唇《くちびる》にさわっちゃった」

「これこれ、遊んじゃいかん。そうか、リンというんだな、この子は。おい、リン、起きろ！」

すこし手荒《てあら》に男がリンの頬《ほお》のあたりをたたくと、リンは「うーん」といって体をのばしました。必死で包帯をかき集めて、それから、のぞきこんでいるテオと男に気がついたらしく、すばやく立ち上がりました。それから、ふたたび顔に巻《ま》きつけようとしながらリンはふたりをにらみつけているようでした。

「そういうことだったのね、リン。あなたの『かぶれ』は相当ひどいと思ってたけど、まさか、顔が見えなくなってるとは思わなかったわ」

「病気だったのかい。しかし珍《めずら》しい病気もあったもんだ。そんな病気の上に、鷲《わし》にさらわれそうになるなんて、踏《ふ》んだり蹴《け》ったりだな」

「大変だったわねえ、リン。でも、もう大丈夫よ」

リンはふたりの親身《しんみ》になったことばに気が抜《ぬ》けたのか、ぺたんと座《すわ》りこみました。じっと地面を見つめています。リンの気持ちがテオにも伝わってきました。

「ねえ、これからうちにきなさいよ、リン」

リンはテオを見ます。

「あんたの病気が『かぶれ』だったら医者じゃないわたしにはどうしようもないけど、こういうことだったら、ちょっと思いついたことがあるの。うちにおいでよ」

リンは首をかしげました。

ふたりのようすを見ていた男は立ち上がってテオにいいました。

「あんたがこの子の知り合いなら大丈夫だな。じゃあ、あとはよろしく、ってとこかな」

テオは首をかしげてたずねました。

「ええと……ドーム郡ではお見かけしたことがないと思うんですけど。あなたはどなたでしょう?」

「どなたもなにも、今日が初対面《しょたいめん》さ、お嬢《じょう》さん。いやしかし、いかにもドーム郡の娘《むすめ》だな。手足が長くて、舞姫《まいひめ》シェーラもかくやといわんばかりだ。きっと踊《おど》りも上手なんだろう」

「だと思うんですけど」とテオは情《なさ》けなく下を向きました。ライラの木にでものぼりたい気分です。「あたしはテオといいます。こう見えても今年の夏の夏のむすめです」

「それはそれは、夏のむすめに会えるとは光栄だな。おれは、昔このドーム郡に住んでいたもので、トーマというんだ。ずっとアイザリアに住んでてね。ドーム郡に戻《もど》ってきたのはひさしぶりなのさ」

「トーマ……アイザリアで？　ひょっとして、あなたは道大工《みちだいく》のトーマ？」

テオはさけびました。トーマと呼《よ》ばれた男はすこし照れたように頭をかきました。

「ほう。ドーム郡の娘《むすめ》さんがおれのことを知ってくれてるとは思わなかった。いかにもおれは道大工《みちだいく》さ。以後お見知りおきを。じゃあ……ああそうだ、ひとつ聞きたいことがある」

「な、なんでしょう？」

「いや、改まられると困《こま》るんだが、その、ドーム郡では、最近なにか変わったことがあったかね？」

「変わったこと？　そんなのあったっけ？」

テオはリンと顔を見合わせました。リンが巨大な鳥にさらわれるなんてこと自体、相当「変わったこと」であると気づいて、トーマはいいました。

「いや、たとえばだな。ほら、なんかこう、ドーム郡の人間の性格がおかしくなったとか、そういう……」

「さあ？　おかしなひとはいますけどね、昔から」

トーマは吹《ふ》き出《だ》していいました。

「ちがいない。まいいや、おれは行くから」

そういって道大工《みちだいく》トーマと名乗った男はふたりを残してリラの森を出ていきました。

「あれが、トーマ」とテオはつぶやきました。「すごい人に出会ったものだわ」

リンはうなずきました。

「リン」と、テオは改めてリンに向かっていいました。

「どんなことがあったってさ、気を落とさずに、前を向いていこうよ」

これはそのままじぶんにいってるわけだとテオは思いました。ちょっとだけ元気がわいてきました。するとリンが〈風の声〉でいいました。

(なんかふしぎだ。あのひとに会って、急に勇気がわいてきたよ)


ドーム郡では見かけない、カブト虫をかたどったようなふしぎなかたちをした二頭立ての馬車は、御者《ぎょしゃ》もいないのに心地よい音を立ててリラの森からドーム郡を横切って南の方へとすすみました。すすむにつれて、ドーム郡のだれもが馬車を見て驚《おどろ》きました。まず、子どもたちがさわぎだしました。

「わーい！　カブト虫の馬車だ！」「すごいすごい！」その声に大人たちも家から出てきます。

「かわった馬車だ！　はじめて見たぞ」「御者《ぎょしゃ》がいない！」「それにほこりだらけだ」

「よほど長旅をしてきたにちがいない」物知り顔の男がさけびました。

「アイザリアで一度見たことがある。これは道大工《みちだいく》の馬車だ……ということは、トーマ？」

その声に、トーマは馬車の窓《まど》から顔を出してさけびました。

「そのとおり、トーマさ！　いまドーム郡に帰ってきたぜ！」

第二章　フユギモソウの種

翌日《よくじつ》、トーマはドーム郡の郡庁《ぐんちょう》へと向かいました。郡庁《ぐんちょう》の入り口で、トーマは受付の役人にいいました。

「道大工《みちだいく》のトーマだ。郡庁《ぐんちょう》の呼《よ》び出《だ》しをうけている」

受付の役人は丁寧《ていねい》に答えました。

「ご苦労様です。トーマさんがドーム郡にお着きだということは、もう昨日までに三人の市民から報告がありました。わたしたちは首を長くしておいで下さるのを待っていたんですよ。おこしになり次第、長官室へお通しするようにといわれております」

「キシルが直接話したいってことか？　幼馴染《おさななじみ》なんだがね、やつとは」

「お聞きしております。ときどきあなたのお話をなさいます。トーマはどこにいても嵐《あらし》を引き起こす。よくアイザリアで戦争を起こさなかったものだ、とか」

「ふふ。なりかけたけどな。一回か二回。だがそれは若い頃《ころ》の話さ」

トーマは気楽にいって、先を案内する役人にしたがって郡庁《ぐんちょう》の廊下《ろうか》を歩きました。

「こちらでお待ちください」

そういって通されたのは、応接室のような部屋でした。テーブルにはラリー酒の壺《つぼ》が置いてあったので、暑い外からやってきたトーマはたまらず、いきなり壺《つぼ》からごくりと飲みました。

「うっ。たまらん。冷えてるじゃねえか。……うまい！」

するとドアが開いて若い女性が入ってきました。トーマはあわててラリー酒を後ろ手にかくします。すると女性は笑っていいました。

「トーマさん、はじめまして。郡庁《ぐんちょう》の書記、メイコムです。長官はもうすぐ参りますので、しばらくここでラリー酒でもやっていてくださいと……うふふ、もうやってらっしゃるみたいですけど」

「そういうわけさ。メイコムっていったね？　もしかして、おやじさんは鍛冶屋《かじや》のレゴじゃないのかい？」

「はい、父はレゴです、父のことを覚えてらっしゃるなんてうれしいです」

「ということは、あんたのおふくろさんはレゴと仲がよかった子……もしかして、ファンジュ！」

「よくおわかりですね！」

「いやあ、面影《おもかげ》があるよ！　そうか、やっぱりな。どっちも元気かい？」

「はい、ちょっと失礼します」

メイコムといった書記は、丁寧《ていねい》にあいさつして、冷たい水の入ったコップを三つと、山盛《やまも》りにしたミロム菓子《がし》を置いて部屋を出て行きました。

「もうちょっと話をしてくれてもいいのに。他人行儀《たにんぎょうぎ》な。まあお役所だから仕方がないか」

そういいながら、トーマは首をかしげました。コップが三つ。

「ということは、おれのほかに郡庁《ぐんちょう》に呼《よ》ばれてるやつがあとふたりはいる、ってことか？　妙《みょう》だぞ」

そのなぞは、トーマがラリー酒を半分以上も飲んだ頃《ころ》にとけました。

ドアをあけて、若い男女が入ってきたのです。

「あらっ！　あなたは！」

さけんだのは、トーマがリラの森で出会った娘《むすめ》テオでした。包帯を巻《ま》いた少年リンがそのうしろに続《つづ》いています。

「おお、ドーム郡もせまいな。同じ顔に二日と置かずまた出会うとは。包帯少年、どうだい、ぐあいは」

口をきかないリンにかわってテオが答えました。

「すこし元気になったみたいです、この子。でもトーマはなぜここに？」

「なに、そもそもが、郡庁《ぐんちょう》に呼《よ》び出《だ》されておれはドーム郡にやってきたんだよ」

「そうだったんですか。でも、アイザリアにいるあなたを、なんのために郡庁《ぐんちょう》が？」

「おれにもわからんのさ。あんな遠くから呼《よ》びつけるなんて、たいしたもんだよな、ドーム郡も」

するとテオがいいました。

「わたしたちもキシル長官に呼《よ》ばれたの！　しかもいますぐいそいでこい、って」

「あんたたちもかい？　どういうことなんだろう？」

そのときです。反対側の扉《とびら》が開いて、声がしました。

「ほう、三人とも、もう顔見知りだったというわけかね？」

背《せ》の高い、トーマと同じくらいの年の中年男。ドーム郡長官、キシルでした。

「だったらわたしが紹介《しょうかい》するまでもなかったかな。トーマ、ひさしぶりだ」

キシルはトーマの手を握《にぎ》り、肩《かた》をたたきました。

「よくきてくれた。もしかしたら、手紙も届かないのではないかと心配していたんだ」

「よくいうぜ。しかしおまえさんたちも気楽な商売をしてるよな。ワラトゥーム、レイアム市内、道大工《みちだいく》のトーマどの、ときた。あんな宛名《あてな》で、公文書《こうぶんしょ》が届くと思ってるところがおそろしい」

「だが実際に届いたし、おまえさんはきてくれたというわけだ」

「とりあえずは用のおもむきを知りたかったからな。まあひさしぶりのドーム郡からのあいさつだ、おれにしてみればそれなりに思うところがあるさ。キシル、おまえのうわさも聞いてたぜ、アイザリアで」

「ほう、どんなうわさだね？」

「下水工事をしていた男がドーム郡では長官になっている、ってね。ひとは下水長官と呼《よ》んでいる、と。おかげでアイザリアでは土木屋の地位もあがった」

「そいつはよかった。だが、失敬《しっけい》な話だ。わたしは土木屋から長官になったわけではなくて、長官になって、下水を完成したんだ。もっともドーム郡の土木工事のレベルは高いがね。落ちこぼれのおまえさんがアイザリアで有名になるくらいだからな」

「こいつ」

憎《にく》まれ口《ぐち》をたたいているようでしたが、ことばの端々《はしばし》にたがいの親しさがにじんでいます。

「キシル長官とトーマは仲がよかったんですね」とテオがいいました。

「しかしトーマ、ドーム郡にきたばかりのおまえさんが、いったいなぜリンを知ってるんだ？　テオは夏まつりの花形だから知らないものはいないと思うが……でも昨日着いたってことは、夏まつりは見てないんだろ？」

「まあ、ひょんなことでね。それよりおれに用とはいったいなんだ？」

キシルは改まっていいました。

「ひさしぶりにドーム郡に戻《もど》ったばかりのトーマにいきなりなんなんだが、じつはおまえさんにとても大事な頼《たの》みがあるんだ。そして、テオ、リン、きみたちにも、だ。まず話を聞いてくれないか」

「わたしたちに、頼《たの》み？」テオがふしぎそうにいいました。

三人は、キシルの部屋、つまり長官室へと足を踏《ふ》み入《い》れました。そこには、郡庁《ぐんちょう》の書記官メイコムと、役人がもうひとりいました。

「副長官の、コッテさん」とテオがトーマにいいました。

「コッテ？　知らんな。ということはドーム郡の生《は》え抜《ぬ》きではなくて、よそからきたんだな」

「そう。反キシル派《は》よ。ドーム郡って、いつも考えのちがう人が副長官になるの」

そのテオの声が聞こえたらしく、コッテはいいました。

「こんどばかりは、反対といってるわけにはいかないんだよ、テオ」

テオは首をすくめました。トーマがいいました。

「いったいぜんたい、なんなんだ？　おれはアイザリアの道大工《みちだいく》、それにこの子は包帯を巻《ま》いた半病人、そしてテオはドーム郡の娘《むすめ》っ子《こ》だろう、そのおれたちにどんな用があるというんだ？」

「そのいい方はいささか事実とは異《こと》なります、トーマさん」と、書記官のメイコムがいいました。

「正確にいえばこうです。アイザリアでさまざまな道路や運河などの国家的大工事をやりとげ、世の中のありとあらゆる知識を持っている道大工《みちだいく》のトーマ。そしてドーム郡いちの踊《おど》り子《こ》であり歌い手であるテオ。それから、包帯を巻《ま》いているけれど、じつは身体が透明《とうめい》になるという奇病《きびょう》に冒《おか》されているリンの三人を、郡庁《ぐんちょう》でお呼《よ》びしたということです」

テオはうっとりしてさけびました。

「ドーム郡いちの踊《おど》り子《こ》であり歌い手であるテオ。それってわたしのこと!?」

リンはじぶんの病気を公《おおやけ》にされたことでかなり傷《きず》ついたようで、そっぽを向くように体をすみの方に向けました。

トーマはぶつぶついいました。

「ありとあらゆる、役に立たない知識を持っている、というんならおれのことかもしれんが」

キシル長官がいいました。

「三人それぞれに依頼《いらい》をしなければならないところなのだが、ことは一刻《いっこく》を争う。三人ともすでに顔見知りだったとは、シェーラとタウラのご加護《かご》があったにちがいない。さっそく話に入らせてもらうが、かなりこみいっている。みんな、椅子《いす》にかけてくれ。そしてラリー酒でも飲んでこの話を聞いてもらいたい」

「もうとっくに飲んでるが」とトーマはいって、長官室の椅子《いす》に座りました。テオも、リンもトーマにならいました。トーマはラリー酒をいっきにあおってからいいました。

「もったいぶって、まさかフユギモソウがきたからヌバヨって男を探しに行けってんじゃないだろうな」

「あははっ！」と、トーマの冗談《じょうだん》にテオが笑いました。ところが、キシル長官も、コッテ副長官も、ぎくっと顔をこわばらせたのです。書記のメイコムにいたっては、持っていた紙の束《たば》を思わず床《ゆか》に落としてしまったほどでした。トーマはけげんそうにいいました。

「おい、まさか」

「その、まさか、という話なんだよ、トーマ」

「なんだって？」

「最初から話そう。聞いておくれ、トーマ、テオ、そしてリン。郡庁《ぐんちょう》が、なぜきみたち三人をここへ呼《よ》んだのかというわけを」

三人は固唾《かたず》をのんで長官のことばを待ちました。

「フユギモソウという、ひとのこころを凍《こお》らせる花がドーム郡を襲《おそ》ったときから長い長い年月がたった。いま、ドーム郡にはふたたびおそろしいことが起きている」

　メイコムがキシル長官のあとを引きとりました。

「これはまったく秘密《ひみつ》にされていることで、一部の人間しか知らないのですが、ドーム郡の東の壁《かべ》、あのあたりに住むひとたちの間で、妙《みょう》なことが起きたのです。それが、去年の春のことでした」

「妙《みょう》なこと？」

「ええ。急に、あの地域《ちいき》でのけんかや訴訟《そしょう》が、例年になく増えたのです。ご存じのように、東の壁《かべ》のあたりは、かつてクミルがフユギモソウを退治した場所です。ですから、わたしたちはなんだか不吉《ふきつ》な予感がしたのです。そして、さっそく調査をはじめたのです。ところが」

「フユギモソウが復活していたのか？」

「いえ、幸いなことにそのような気配はありませんでした。といいますか、調査に入った郡庁《ぐんちょう》の役人の報告は、どれもこれもみごとなまでに『なにもない』ということしかいっていなかったのです。けんかや訴訟《そしょう》はあいかわらず絶《た》え間《ま》なく起きつづけているにもかかわらず、です。つまり、……役人たちは、みんな、うそをついていたのです！」

「はあ？　いったいぜんたい、それはなんのためだ？」

「わけがわかりませんでした。報告書を読んで、わたしたちは、調査をした役人を問《と》い詰《つ》めました。すると、かれらはこういうのです。『申《もう》し訳《わけ》ありません、ここに書いてあることは、じつはみんなうそです』と。『いったい、なぜそんなうそをつくのだ⁉』『……わかりません！』『じゃあいったいほんとうはどうだったたんだ?』『報告書の正反対の事態が起きていました、つまり、ありとあらゆるもめごとが起きていたのはたしかなのです。ところが、報告を書く段《だん》になると、ペンが勝手にうごいて、こう書いていたのです。〈なにもなし〉と。』わたしたちはふたたび、あるいはみたび、調査を続けるしかありませんでした。そして東の壁《かべ》あたりの住人の間でもめていた訴訟《そしょう》やけんかの理由には、じつは同じ原因があったことがすこしずつわかってきました。原因とはすべて、だれかがうそをついたことからはじまっていました。そうです。訴訟《そしょう》やけんかの原因は、だれかがついた『うそ』にあったのです」

「うそ?」

「そうです。東の壁《かべ》のあたりで、たとえばだれかにだれかがお金を貸した、だがそれはうそだった、あるいはだれかがだれかのことを悪くいった、だがそれも別のだれかのうそだった、というふうに、そこの住人、そしてそこへ行った人間がなぜかかならずうそをつく、というおかしなことが起きていたのです」

「それがフユギモソウのせい?」とテオがたずねます。「フユギモソウは、こころを凍《こお》らせるわけでしょ。なにもうそをつくわけじゃないはずだけど……ちがうんですか?」

キシル長官がいいました。

「こんなことはありえない。だれかがうそをつく、なんてことはどこにでもあることだ、とわたしたちは思おうとした。けれどその場所は、こともあろうに東の壁《かべ》だった。だからある日、わたしは郡庁《ぐんちょう》の人間を総動員して、東の壁《かべ》の一帯の土地を、しらみつぶしに捜索《そうさく》させた。そして発見したのだ。あるものを」

「あるもの?」

「そう。われわれは、とんでもないものを見つけたのだ」

「とんでもないもの？」

キシル長官は、コッテさんに合図しました。するとコッテさんは、長官の机《つくえ》の引き出しからなにかを取り出しました。それは、かなり厚手《あつで》の、金属でできた小箱でした。

「まあ、宝石箱《ほうせきばこ》みたい」

「そんなけっこうなものならいいのだが、テオ、あけてみたまえ」

いわれてテオは小箱のふたをあけてみます。

「まあ！」

そこには、緑色に輝《かがや》く宝石《ほうせき》のような、小さな丸いものがひとつぶ入っていました。

「きれいだわ。まるで木の実みたいな。でも宝石《ほうせき》みたいに光ってる」

「残念ながら、宝石《ほうせき》ではない。これがある夜、東の壁《かべ》の向こうで調査を続《つづ》けていたわたしたちの目の前にあらわれたんだ。そのあたり一帯が、蛍《ほたる》の巣《す》でもあるかのように光っていた。そして、その中心はひときわ明るかった。わたしたちは、その中心のあたりの土を掘《ほ》った。するとそこにこんなものがあったのだ。そう。これこそがフユギモソウの種《たね》だったのだ」

「フユギモソウの種？」

キシル長官はうなずきました。

「だれもがフユギモソウにこんな種があるなんて予想だにできなかった。だが、種は出てきた」

「どうしてそれが、フユギモソウの種だとわかる？　ただの、ビードロの玉かもしれないじゃないか。あるいはライラの種がなにかのひょうしに琥珀《こはく》のような宝石《ほうせき》になったものかもしれないじゃないか」

「そうであったならどんなによかっただろう。だが、これはフユギモソウの種にまちがいない」と、キシル長官は断言しました。

「証拠《しょうこ》でもあるのか？　クミルは……クミルはフユギモソウの親玉を倒《たお》したんじゃなかったのか」

「倒《たお》したのだ。だが、それから長い長い年月ののちに、いま、種ができた、ということなのだ」

「だから、キシル、それがフユギモソウの種だといういったいどんな証拠《しょうこ》があるというんだよ」

テオは、じっとその緑色の種に見入っていました。それに気づくと、キシル長官はいいました。

「小箱を閉《と》じてくれないか、テオ」

「どうして？」

「危険《きけん》なのだ、それ以上あけておくと」

「危険《きけん》？」トーマとテオが同時にさけびました。

「まだ小箱をあけているね。ではテオ、きみにたずねよう。きみは夏まつりで、今年の夏のむすめに選ばれた。にもかかわらず、その翌日《よくじつ》、ラリアーの発表で、きみは今年のラリアーには選ばれなかった。さて、そのことについてきみはいま、どう思っているか、教えてくれないか？」

「な、なんで急にそんな話題になるんだ？　それに、なんかこの子にずいぶんきつい質問だぞ、それは」と、トーマは驚《おどろ》いていいました。しかしテオは、顔を真っ赤にしながらいいました。

「はい、長官！　わたし、あれは……、あれは、とても正しい選択《せんたく》だったと思っています。ドーム郡のひとたちは、みんな、そう思っていると思います。ええ、マイラがラリアーに選ばれたのは当然です！」

「ほうら」とキシル長官がいいました。するとテオはさけびました。

「わたし、うそはいってないわ！　ラリアーに選ばれるのは、ドーム郡でいちばんすばらしい舞姫《まいひめ》、わたしなんかが選ばれるわけがないんです！　わたしはほんとうにそう思ってます、マイラはすばらしい娘《むすめ》です！」

「うそをついてる！」とトーマがさけびました。郡庁《ぐんちょう》のみながうなずきました。

「小箱を閉《と》じてごらん、テオ」とふたたびキシル長官がいいました。

テオは小箱を閉《と》じると、ぽかんとして、みんなを見つめました。

「あら……？」

「どうした、テオ」

「わたし、いま、なにか……おかしなことを口走ったような……気がする」

「だろ？　こんなふうに、この種の影響《えいきょう》をうけたものは、だれもがうそをつく。それがすなわちフユギモソウの種だということの証明だ。いったい、見ただけでうそをついてしまうような種がどこにある？」

「ちょっと待ってよ、わたし、なにをいったの？　ねえ！」

「まあいいからいいから。ちょっとしたうそをついただけだよ、どうってことのない」とトーマがいって、はっとしています。「参ったな。その箱のせいか、おれまでいっぱいうそをついてしまいそうだ」

書記官のメイコムがいいました。

「これが、ドーム郡の東で見つかったものです。わたしたちは、最初、これがなんなのかわからず、ただこうして厳重《げんじゅう》にかくすことしかできませんでした。ですが、あるひとがわたしたちに教えてくれたのです。これはフユギモソウの種であると」

「あるひとって？」

「そのことについて、わたしたちよりはきみたちを納得《なっとく》させせられるひとだ」

「おれたちを納得《なっとく》させせられるひと？」

キシル長官がコッテさんに目配《めくば》せすると、奥《おく》の部屋へのドアが開き、コッテ副長官はそこへ入っていきました。それから、どうやらそこに待機《たいき》していたらしいひとりの人物の手をとって戻《もど》ってきました。

それは、驚《おどろ》くほど年老いたひとでした。

老人が入ってきた瞬間《しゅんかん》、郡庁《ぐんちょう》の一室はなにか神々《こうごう》しい光につつまれました。老人はコッテさんの手をほどくとゆっくりと杖《つえ》をついて歩き、キシル長官のそばに立ちました。老人の深くきざまれた顔のしわにひそむ目はこうこうと輝《かがや》き、叡智《えいち》の光をやどしていましたが、いまにも消えてしまいそうなほどやせこけてもいました。その老人を見て、テオは目を丸くしました。

「ティルガーヌだわ！　まさか！　ドーム郡の伝説の長老が！」

キシル長官は目を細めました。

「ほおー。この老人を知っているのかね？　感心感心」

「だって、ララ・リリクには肖像画《しょうぞうが》があります、校長室に。虹《にじ》戦争の前にドーム郡にあらわれて、エノーラの幽霊部隊《ゆうれいぶたい》との戦いを指導した預言者《よげんしゃ》*でしょ」

「んごごごご」と、ティルガーヌは口の中でつぶやきました。いや、力をこめてしゃべっているのでしょうが、そうとしか聞き取れないのです。するとキシル長官がいいました。

「わたしが、かわりに話そう。まさしくこの方《かた》こそドーム郡《ぐん》の長老にして預言者《よげんしゃ》、ティルガーヌそのひとだ。百歳《さい》は優《ゆう》にこえる、といわれている。今日、道大工《みちだいく》トーマ、そしてドーム郡では屈指《くっし》の踊《おど》り子《こ》テオ、そして若者リンにここへきてもらったのは、じつはわたしの一存《いちぞん》ではなく、このティルガーヌの指示なのだ」

「ええっ?」

「長老がおれとか、この子たちのことを知ってるってわけか。それはぶったまげた話だな」

「んごごご」ティルガーヌはまたしてももごもごとつぶやきました。

「トーマのことは、ずっと前から知っていたとのことだ。その仕事には常々《つねづね》感心している、と。とりわけレイアムからダリアームに開通させた運河の仕事は歴史に残る、とほめておられる。目が悪いので夏まつりは見ていないが、テオの評判も聞いている、それからもちろんリンの病気のことも」

「おまえ、ほんとに通訳《つうやく》してるのか?」とトーマはうさんくさそうにキシル長官にいいました。

「歴代のドーム郡長官はずっとこのティルガーヌと話をしてきたんだ。昔からティルガーヌのいうとおりに

*訳注《やくちゅう》——エノーラの幽霊部隊《ゆうれいぶたい》(化石の兵士たち)との戦いを指導したのはティルガーヌではないはず(シリーズ第二巻『虹《にじ》への旅』参照)だがドーム郡ではこのように語られてきたらしい。

してきたからこそ、ドーム郡はなんとか続いてきた」

「んごんごんごご」

「あー、わかりました、さっそく話を」

ティルガーヌは長官室の一隅《いちぐう》にある椅子《いす》に腰《こし》かけました。そこでみなが椅子《いす》に座り、ティルガーヌの話し声というか、うなり声に近い声と、それを通訳《つうやく》するキシル長官の声に耳をかたむけました。いつしか、キシル長官の声は、ティルガーヌそのひとが語っているかのように聞こえてきました。

ティルガーヌはドーム郡のなりたちから語りはじめます。

「かくして、さすらい人はこの地に住まい、やがてここはドーム郡と呼《よ》ばれ、いまにいたっておる。フユギモソウを退治し、ドーム郡に夏まつりをつくったクミルが呼《よ》びおこしたさすらい人の魂《たましい》は、ノームすなわちアイザリア王女ラクチューナム・レイの時代にラリアーとなって復活した。ラリアーはアイザリアの全土を旅し、人々にさまざまな知恵を与《あた》え、またドーム郡にも多くの知らせをもたらした。いまではこのドーム郡の使命は、かつてのさすらい人と同じほどに重い。その使命とは、アイザリア、いや、イシュゴオルすべての国々の平和だ。戦争の火種はいつでも、どこにでも転がっている。それを未然に察知し、防ぐこと、それがさすらい人のもうひとつの使命なのだ」

「すごいね」とテオはリンにささやきました。「ララ・リリクのだれだって、こんなにドーム郡のことをりっぱに語ることはできないわ」

「美化してるところもあるけどな。虹《にじ》戦争のあと、これといった戦争は起きていないし、平和なアイザリアでドーム郡のラリアーたちは楽しく歌って踊《おど》ってきただけじゃないか」

トーマが皮肉っぽくいうと、ティルガーヌがふたたび「んごっごう！」とさけびました。

「トーマには、さすらい人のほんとうの値打《ねう》ちがわかっておらん！　といっておられる」

「へえ、悪うございました。ごめんよ、じいさん」とトーマは茶化《ちゃか》すようにいいました。

「おまえってやつは」とキシル長官。

「トーマって、困《こま》ったひとね？」とテオがおかしそうにいいます。

「とにかくティルガーヌのだんな、ドーム郡の能書きはいいから、早く話をすすめとくれよ」

それはそうだとテオもうなずきました。ティルガーヌとキシル長官はふたたび話を続けます。

「いま、アイザリアは平和だ。虹《にじ》戦争のあと、郡県制度《ぐんけんせいど》がひかれ、政治のことは五民会議《ごみんかいぎ》が行っている。アイザリアには肥沃《ひよく》な大地、そして勤勉《きんべん》な民が蓄積《ちくせき》したぼうだいな富《とみ》がある。よその国にとってはよだれが出るような獲物《えもの》、それがいまのアイザリアだ。アイザリアには王がいない。王の統治しない国だ。だがこのことはアイザリアの恩恵《おんけい》をうけている湾岸諸国《わんがんしょこく》でさえも看過《かんか》しがたい、許しがたいことなのだ。虹《にじ》戦争の前まで、イシュゴオルには王がいない国などありえなかった。だからかれらはアイザリアの五民会議による統治の形態など、国のすがたではなく、ただの無秩序《むちつじょ》でしかないと思っている。そんな国ならかんたんに滅《ほろ》ぼせると思っている。もっとも湾岸諸国《わんがんしょこく》の国力ではアイザリアに攻《せ》めこむ力はないから、どこもそんなことをしない。しかし、海の向こうには湾岸諸国《わんがんしょこく》などくらべものにならない強大な国もある」

「うーん、つぎからつぎへと難《むずか》しいことをいわれて頭が変になりそう」とテオがいいました。書記官のメイコムが口をはさみます。

「アイザリアはねらわれている。いろんな国が戦争をしかけようとしているということです」

「それはわかるんだけど、それで、とりあえずいま、アイザリアに襲《おそ》いかかろうとしている国がどこかにあるというの？」

「アイザリアの脅威《きょうい》となる国は、北のシルヴェニア、南のカダリームのふたつだといわれてきた。だが、いまここにあらたに登場したのが、海のかなたのゴドバールなのだ。シルヴェニアとカダリームはいつもアイザリアを虎視《こし》眈々《たんたん》とねらっている。いつなんどき侵略《しんりゃく》してきてもおかしくはない、強大な大国だ。だがいま、ここで問題にしているのはゴドバール帝国《ていこく》だ」

「ゴドバール！　知ってます。古代アイザール王国を築きあげたラド王が、死ぬ前に部下を連れて旅立ったという伝説の島でしょ。そしてそこにゴドバール王国をうちたてたんですよね？」

「そんなところだ。かれらの先祖はほかでもない、このアイザリアのかつての王、ラド王だ」

「じぶんたちのルーツはイシュゴオルの大陸にあった。そしてじぶんたちはその大陸を統《す》べた王の末裔《まつえい》だ、なんて、ちょっといい伝説ですよね。仲良くしたいわ」

「ところがそうとばかりもいっておられんのだ、テオ。ゴドバールは島国だが、どうやら大陸に進攻《しんこう》し、アイザリアを支配しようと思っているらしい。じぶんたちにはそうする権利がある、と思っている。なぜならそれがラド王の遺言《ゆいごん》だと」

「まあ。なんてことを。先祖がアイザール王だから、いまのアイザリアの王になりたいっていうわけ？」

「それはそうとうひどい理屈《りくつ》だな」

「そうなんだ。めちゃくちゃな理屈《りくつ》だ。にもかかわらず、ゴドバールは、国民にそういう教育をほどこし、イシュゴオルへ進攻《しんこう》しようとしているらしいのさ」

「宣戦布告《せんせんふこく》でもしてきたのかい？」とトーマはたずねました。

「国家間のことは、いまはまだいえない」と長官は応じました。「だが、これはたしかな筋《すじ》の話だ」

「ゴドバールの人たちは、そんなことを本気でやろうとしているの？」

「きみたちにはわからんだろうが、平和を愛するのはドーム郡の人々だけの特徴《とくちょう》だ。どこにもそういう国民はいない。というより、平和が大事だなどと国民に教えたら、戦争ができなくなるわけだから、どこの国も平和が尊《とうと》いなんていわないのがふつうさ。そして、いつもいつも戦争が勇ましいとか国のためになるとか教えられていると、だれでもそう思うようになるんだ。たとえばこのドーム郡で、ラリアーになることは名誉《めいよ》だが、よその国ではそうならないだろう。おまえはこれから二年間、歌って踊《おど》って旅をしてこいといわれたら、ふつうは名誉《めいよ》どころかとんでもない罰《ばつ》だと思うのさ。まあそういうもんだ。ゴドバール帝国《ていこく》の連中にとっては、……ああ、わざわざ帝国《ていこく》というのは、かれらがまわりの島《しま》王国をすべて征服《せいふく》したからそう呼《よ》ぶんだがね……アイザリアに攻《せ》めこんで、アイザリアの民を奴隷《どれい》にし、富《とみ》を奪《うば》いつくすことこそ夢なのだ」

「あの、おことばですが、ラリアーになることは、別に教えられたからなりたいってもんじゃないです。わたしたちが選ぶ未来です。その国の教育といっしょにしないでよ！」

「そういう国は、海に沈《しず》めてしまった方がいいんだがな」とトーマがいいます。

「沈《しず》められればそれにこしたことはないんだがね」

「あのねえ。どこの国にせよ、海に沈《しず》めちゃだめ。でも、まだ攻《せ》めてきたわけじゃないんでしょ？」

「もちろんだ。だが、うわさは流れている。ゴドバールはその準備を着々とすすめている、というのは湾岸《わんがん》諸国《しょこく》の人間なら常識だそうだ。知らないのはアイザリアの人々だけだ」

「いや。その話はちらりと聞いたことがある」とトーマはいいました。「アイザリアの人間だってなにも知らないわけじゃないぜ」

「でも、でもさ。アイザリアは広いのよ。このドーム郡とはちがって。いくらゴドバールの軍隊がきたって、とても支配できるようなものではないでしょ」

「さあ。そこから先は実際に戦争でもはじまらないとわからない。だが、北の大国シルヴェニアは、いまの国になる前はシルヴァールという名ののんびりした王国だったそうだが、わずか数百人の夜盗《やとう》のような集団に征服《せいふく》されて、あっという間に滅《ほろ》びてしまったんだ。その夜盗《やとう》のかしらだったのがいまの王朝をつくったセイジールだ。まあそれはさておき、いいたいのは、いまアイザリアはそういうあぶなっかしい状況《じょうきょう》にあるということなんだ。ここまではいいかな？」

しばし沈黙《ちんもく》しておたがいに顔を見あわせると、テオはいいました。

「あのお。この先にもっとおそろしい続きがあるんだったら、わたし、帰らせてもらいたいんですけど」

するとトーマがいいました。

「それはもっともだとは思うが、キシルがいったことは、それほどおそろしいことではない。つまり、いまのところどこにも戦争は起きていないし、もしかしたら起きるかもしれない、ということにすぎんのさ。戦争が起きるかもしれない、なんてことはだれだっていつだって考える。もうすこし聞いてもいいだろう」

「まあ、トーマったらずいぶん楽天的なのね！」

「人間、長生きするとなんでも楽天的になれるのさ。つまり、悪いことは起きてから考えればいい、ってね。続けろよ、キシル」

「ああ。さて、ここで話はふたたびドーム郡に戻《もど》る」

「そうこなくっちゃ！」

「あんたも、なんだかうれしそうだな？」とトーマ。

「だってわたしたちのことだから。それでドーム郡がどうしたんですか、長官」

「ここでわれわれの歴史のエポック、つまり、クミルがフユギモソウを退治したときのことを思い出してほしい。例のフユギモソウは、ヒース教授の調査によれば、あるところからまっすぐにドーム郡をめざしてやってきた、というのだ」

「あるところ？」

「そう。その場所を、ヒース教授はその生涯《しょうがい》をかけてつきとめたという。それがティルガーヌの知っている秘密《ひみつ》だ。そこで、きみたちの考えたこともない、聞いたこともない話をこれからするんだが、この地上には、あらゆるものの根源《こんげん》となる場所があるそうなんだ。それはつまり、フユギモソウが生まれた場所でもある。その場所の名前を『ルピア』というそうだ」

とつぜんの話に、テオもトーマも口をあんぐりとあけました。

「『ルピア』？」

「この世界のすべてがそこから発生したと伝えられている場所。そういう場所がこの地上にあるのだそうだ。フユギモソウはそこからやってきたのだ」

ティルガーヌはいいました。

「ルピアには、大きな秘密《ひみつ》がある。だれも、その場所すら、正確には知らなかったし、知ったものは、さまざまな理由でその場所についての知識を封印《ふういん》した。だが、そこに世界の秘密《ひみつ》がある。だれも知らなかったルピアをつきとめたのがヒース教授だった」

「いったい、そのルピアに、世界のどんな秘密《ひみつ》があるというんです？」

「じつはエルメとアザル*の夫婦仲は悪かった、とでもいうんじゃないのかい？」とトーマ。

「それがルピアで仲直り、とか？」とテオがトーマの冗談《じょうだん》をうけましたが、だれも笑いませんでした。

「ルピアの秘密《ひみつ》の正確なことは、ほとんど伝わっていない」とキシルはいいました。

「はあー。困《こま》った話ですね。で、そのルピアという場所は、どこにあるんですか？」

「『ルピア』は、なんといまの話のゴドバールに存在《そんざい》しているらしいのだ」

「ゴドバールに？」

「ティルガーヌによれば、かつて古代アイザールのラド王がゴドバールをめざした理由というのは、まさしくゴドバールにある『ルピア』へ行くためだったというのだ」

「いったい、ルピアというのはどんなところなんだ？」

「くわしいことは、だれにもわからない。だが、そこには人間の持つ〈力〉の根源《こんげん》があるらしい」

「力の根源《こんげん》？」

「つまりですね」とメイコムがいいました。「『ルピア』には、この世界のあらゆる秘密《ひみつ》があるらしいのです。ラド王はじつは不老長寿《ふろうちょうじゅ》になりたくて、ルピアをめざしたといわれていますが、その力のおそろしさにあわてて封印《ふういん》したのだというような伝説もあります。それくらい、おそろしい力を持っているところだというのですよ、『ルピア』というのは」

「そして、あろうことか、いま、そのルピアに異変が起きているというのだ。それが、ゴドバールの戦争準備、ということなのだそうだ」

「そんな遠くのルピアの異変が、どうしてわかるんです？」

「ティルガーヌは、世界のあちこちでいまなにが起きているかを見とおすことができる力を持っている。そのティルガーヌがいうことだ。このフユギモソウの種がいまになってすがたをあらわした。だれもがフユギモソウにこんな種があったなんて予想だにできなかった。だが、種は出てきた。ゴドバールのルピアがおかしなことになったいまになって、ほかでもないこのドーム郡で見つかったのだ、と」

「うーん。なんだかよくわからんのだがね、おれにも。ゴドバール帝国《ていこく》が、戦争の準備をしている、という

＊訳注《やくちゅう》――アイザールの創生神《そうせいしん》のこと。転《てん》じて、世の中の夫婦をさす場合もある。たとえば「さてさてそこなエルメとアザルの皆《みな》さまよ」（さすらい人が街頭で演芸を行う際の口上《こうじょう》より）

こと。そこには『ルピア』があるということ。そして、ドーム郡でこういう種が見つかったということ、それらはすべてばらばらの出来事であって、そうやってあれこれこじつけるのはおかしいのではないのかい？」

するとティルガーヌはいいました。

「どんなささいな出来事であっても、たとえば空に浮かぶ一片《いっぺん》の雲であっても、それはすべてこの世のあらゆる出来事と結びついている、それがものごとを見るための基本ではないのか？」

「あいた、一本とられたな。だがな、おれがいってるのは、何百も何千もある出来事の中から、そうかんたんに一本の筋道《すじみち》をつけるのはまずいのではないかということさ。世の中にはこうだろうと思ったことがちがうことは山ほどある。細い雲が地震《じしん》の前兆《ぜんちょう》だといって、当たったことも中にはあるが、それはまず当たらないことを千回も積み重ねたあとのことだぜ」

「かもしれない。トーマのように楽天的でいられたらどんなにいいだろう。だが、現実問題として、この種が見つかった。これはドーム郡の東の谷で見つかったものだ。そしてティルガーヌはこれが『うその種』であると教えてくれた。『うその種』はまさしくいまという時期だからこそドーム郡にあらわれたのだ」

「どういうこと？」

「ティルガーヌの推理《すいり》によれば、ルピアがおかしくなったのには理由がある。だからこそ、この『うその種』が、ルピアにとって必要なのだということだ、と」

「ええと。ルピアはうその種を必要としている？　なぜ？」

「フユギモソウは、ルピアで生まれたもの。そのフユギモソウの種がいまルピアにはないということ、つまりそれゆえにルピアそのもののバランスがとれないのだとティルガーヌはいいます。いまのルピアの状態では、世界は偏《かたよ》り、滅んでしまうというのです。ルピアの〈力〉がバランスを欠いて、おかしな方向へ行っている、その『おかしな方向』のあらわれこそが、ゴドバールの戦争準備だといえるでしょう。だから、この『うその種』をゴドバールの『ルピア』へ戻《もど》すこと、それが、ルピアのバランスをとるということなのだそうです。これが、まさしくいま、ドーム郡の人間に与《あた》えられた任務なのだということなのです」

しばしの沈黙《ちんもく》がありました。ようやく、テオとリンとトーマは、じぶんたちがなにゆえに郡庁《ぐんちょう》に呼《よ》び出《だ》されたのかという理由を知ったからでした。

かつてクミルが退治したフユギモソウ。じつはそのフユギモソウのルーツは、遠い海のはてにあるゴドバールという島にあるという「ルピア」であること。

その「ルピア」は、いま、おかしな方向の力を発揮《はっき》し、ゴドバールは、アイザリアに向かって戦争をしようとしていること。だから、テオたちドーム郡の人間は、フユギモソウの残した「うその種」を「ルピア」に戻《もど》さねばならない、ということ。わかりにくい話でしたが、そういうことのようでした。

「『うその種』を持って、『ルピア』まで行くという大変な任務をはたせる可能性のあるものは、このドーム郡ではわずか三人しかいない。それが、テオ、トーマ、リン。おまえたちだ」

「なぜ、わたしたちが?」

コッテさんがいいました。

「なぜかは、わかりません。わたしは、しかるべき人選をして、ドーム郡からのラリアーを組織すべきではないかと思ったのですが、ティルガーヌはあなたがた三人を指名したのです」

「どうしてよ、どうしてなのよ、ティルガーヌ」

「ティルガーヌはこの人選をするにあたって、じぶんのすべての知恵を使ったといっています。われわれが推測《すいそく》するに、あなた方に決まった理由というのは、ひとつは、表立ったラリアーとしてこの任務を考えてはいけないらしいということです。つまり、『うその種』を持って『ルピア』に行く、ということは、あくまで秘密《ひみつ》の任務だということです。まあ、わからないではないでしょう。ゴドバール帝国《ていこく》は、『ルピア』の力を利用しているらしいので、その力を失わせようというわたしたちのたくらみは、かれらに敵対するものです。秘密《ひみつ》にしなければならないのは当然です。ふたつめは、三人がそれぞれ、ラリアーとしてのじゅうぶんな資格を備えているということです。テオは、ドーム郡で並《なら》ぶもののない踊《おど》り子《こ》です。きっと、ラリアーとしてでなく、トゥラーとしてもやっていける技量を持っている、そんなひとはテオしかいません。また、トーマは道大工《みちだいく》としてアイザリアに名高い人です。旅のことはよく知っている、このひとなら無事にゴドバールまでみんなを連れて行って下さるのではないか。そしてリン。あなたには、『ルピア』へ行かねばならない理由があります。はい、かくさず申しましょう。リンが、これまでだれ知るよしもなかったとんでもないかぶれの病《やまい》に冒《おか》されていることは、じつはドーム郡の多くのひとは知っています。『ルピア』へ行けば、リン、あなたの病《やまい》は治るかもしれない。あと、もうひとつの理由は、リンがじつはドーム郡のなかでも指折りのハプシタールと笛の名手だということ。テオが踊《おど》るときにリンがいれば伴奏《ばんそう》ができます。これが、あなたがた三人が選ばれた理由ではないのか、と」
「なるほどね」

「よーくわかりました」と、トーマとテオはいいました。

「それで、トーマ、引き受けてくれるだろうね？」とキシル長官がいいました。するとトーマはきっぱりといいました。

「とんでもない。おれが戻《もど》ってきたわけは、郡庁《ぐんちょう》の呼《よ》び出《だ》しがあったからということももちろんあるが、いちばんの理由はドーム郡に住むためさ。さんざアイザリアで苦労して、帰ってきたと思ったらさあ海のかなたのゴドバールへ行け、はないだろう。だいたい、郡庁《ぐんちょう》のやつらときたら昔からこうなんだよ、じぶんたちのことは棚《たな》にあげて、だれか善良《ぜんりょう》な市民をつかまえておまえが行け、というわけだ。きたねえんだよ！」

「そういうと思っていたよ、トーマ」キシル長官はトーマの、ののしりに動揺《どうよう》ひとつせずにいいました。

「だが、そのきたないドーム郡の郡庁《ぐんちょう》は、もうひとつきたない手を使おうと思っている」

「な、なんだって？」

「まことに申し訳《わけ》ないのだが、郡庁《ぐんちょう》は、ドーム郡に住もうというものを審査《しんさ》し、許可をするという権限を持っている。それは知っているね？」

「あ……、ああ」いささか顔色を青くして、トーマはいいました。「だが、それはドーム郡の外からやってくるものに対してのことではなかったか？　おれは、だれもが知るとおり、このドーム郡で生まれたものだが」

「もちろんそうさ、トーマ」とキシル長官は顔色ひとつ変えずにいいました。「きみはたしかにドーム郡で生まれた。だが、忘《わす》れないでほしい。きみはかつてドーム郡を追放されたのだ」

「おい！　それはおれがまだ十いくつだった大昔のことじゃないか！」

「何十年前であろうと、処分《しょぶん》は処分《しょぶん》だ。きみの追放処分《しょぶん》をとくのは郡庁《ぐんちょう》の権限だ。もし行かないというのであれば、残念ながらわれわれはきみをドーム郡に住まわせるわけにはいかない」

「キシル……きたねえぞ!!」

「だからいってるだろう。きたない手を使う、と。きみが行ってくれないとなれば、われわれも対抗手段《たいこうしゅだん》をとるしかないんでね」

「いったい、どんなことでトーマはドーム郡を追放になったの？」とテオはたずねました。

「ま、いいじゃないか。やってはいけないことをすれば、だれだってドーム郡を追放される。当然のことだ」と、キシル長官は口を濁《にご》しました。

「するとこういうことかい、キシル。おれが、そのうその種をゴドバール島のルピアってところに持っていって、首尾《しゅび》よく帰ってくるまではドーム郡に住まわせないというんだな？」

長官、副長官、そして書記官の三人がうなずきました。

「そんな大変な任務なのに、ほうびは追放処分《しょぶん》の取り消し、だけかい？」

「そんなことはない。きみの望みはなんでもかなえよう」

「ほんとうだな？」

「トーマ、なにが望みなんですか？」とコッテ副長官があわてていいました。

「貧乏《びんぼう》なドーム郡だからな。たいしてふっかけることはできんが、まあ、うまくいった暁《あかつき》にはマイオークの山のふもとに、おれの家を一軒《いっけん》、食べていけるだけの畑、そうだな、牛と羊もすこし、あと、そのまわりにライラの木とか、ちゃんと植えといてくれるか？」

「おやすいご用です、約束しましょう」とコッテ副長官がほっとしたようにいいました。

「じつはこのことがなければ、あなたにはいずれドーム郡の貯水池工事を請け負《う》《お》ってもらおうとキシル長官と話していたのです。それで手をうとうと。事件は遠い昔。でも、わたしたちドーム郡の郡庁《ぐんちょう》すなわち公《おおやけ》のドーム郡代表とトーマは、どういうかたちであるにせよ、なんらかの決着が必要なのですよ」

「ふん」とトーマは鼻で笑おうとしましたが、なぜか涙《なみだ》をこらえているように見えました。キシル長官はトーマの肩《かた》に手を置きました。

「そういうことだ、トーマ」

「起請文《きしょうもん》を書いてくれ」

キシル長官は一枚の紙をトーマに渡《わた》しました。

「この任務の遂行《すいこう》によりトーマの追放処分《しょぶん》をとくこと、トーマの望みをかなえることについて一筆《いっぴつ》したためてある。トーマの望みについては空白だ。あんたが好きなように書きこんでいい」

「用意のいいこった。じゃあ、その種を渡《わた》しな。おれが行くことにするよ。だから、もう、そっちの嬢《じょう》ちゃんと包帯の坊やは、帰っていいぜ」

「そういうわけにはいかないんだ」とキシル長官はふたたび無表情になっていいました。

「トーマ。このうその種をルピアに届けるという仕事は、あんたひとりにまかせるわけにはいかないんだよ。だって、あんたがとちゅうで妙《みょう》な気を起こして、この種を捨ててしまったらどうなる？　あるいは、あんたにその気がなくても、道中であんたが倒《たお》れてしまったらどうする？　これは、ヌバヨを探すためのクミルの旅とはすこしちがう。クミルはひとりでもよかったかもしれないが、この仕事はひとりではできないんだ」

「つまり……三人を、おたがいに監視《かんし》させようってことか！」とトーマははき捨てるようにいいました。

「まったく、そういうことにはよく知恵が回るこった！」

「郡庁《ぐんちょう》の思惑《おもわく》はわからないけど、トーマ、あなたが行くと決めてくれてうれしいわ、わたしからもありがとうっていいます」とテオはいいました。

「そいつはどうも。だが、テオ、あんたはどうなんだい？　ラリアーとしてではなく、こんな、いってみれば裏《うら》ラリアーとして行けといわれて、あんた、行くのかね？」

テオは、キシル長官にいいました。

「これはドーム郡の正式な任務としてわたしたちに依頼《いらい》されているのですか？」

「お願い、というかたちです」と、コッテさんが困《こま》った顔でいいました。「正式に、というわけでは……つまり、郡庁《ぐんちょう》が表立って依頼《いらい》するわけにはいかない類《たぐい》のことでして」

「コッテくん、待ちなさい！」と長官はいいました。なんだか気まずい沈黙《ちんもく》が流れています。

「ひょっとして、あんたたちは、この任務につかせるためにテオをラリアーからはずしたのかい？」とトーマがいきなり横から口を出しました。郡庁《ぐんちょう》の三人は顔を見あわせました。

「だとすればとんでもない話だな。ひとをなんだと思っているんだ」

テオはじっとキシル長官を見つめます。やっと長官が口を開きました。

「テオ、その問いにはノーコメントだ。だが、長官としては、ここではっきりとさせよう。正式にあんたたち三人に依頼《いらい》する任務だ。ただし、当面はだれにも秘密《ひみつ》ということだが。行ってくれるだろうか？」

テオはいいました。

「シェラス・クミルス。シェーラの娘《むすめ》、クミルの娘《むすめ》である、ドーム郡の娘《むすめ》として、わたしはこの任務をまっとうしたいと思います。長官、ありがとうございます」

「うっふっふ」とトーマは笑いました。「これだからなあ、ドーム郡の娘《むすめ》っ子《こ》は。ふつうならすこしはもったいをつけるとか、いやいや行ってあげる、とかいうもんなんだがな。ところでテオ、はっきりいって、きつい旅になるぜ。わかってるんだろうな？」

「トーマ。じつはわたし、あんまりわかってないのよ。それより、リンはどうするの？　行く？　行かない？」

みんなが包帯のリンを見つめました。するとリンはゆっくりと首をたてにふりました。

「そりゃまたなんでだ？」とトーマはまたしても驚《おどろ》いていいました。「なんでおまえ、そんな体なのに、わざわざ旅に出るなんて」

テオがいいました。

「ティルガーヌの指名だし、この病気が治るかもしれないと思っているのよ、リンは」

「なるほどな。しかし病気が治る保証なんてどこにもないんだぜ。それでもいいのか」

ふたたびリンはうなずきました。

「ふうむ」トーマは感心したようにうなりました。

「あ、そうだ。長官。わたしたちって、なんの準備もしてもらえないんですか？　ドーム郡は貧乏《びんぼう》だから、正規のラリアーでさえ満足な準備ができないんでしょ？」

「まあそうだ」とキシル長官はにやりと笑っていいました。「きみたちにドーム郡が用意できるのは、せいぜいこれくらいだ、うけとってくれたまえ」

コッテさんが三人に小さな、しかしずっしりした重みのある袋《ふくろ》をひとつずつ渡《わた》しました。袋《ふくろ》の口をあけて、テオは驚《おどろ》きの声をあげました。

「キシル長官、これは……」

「レイ金貨＊が、それぞれ三十枚《まい》ずつ入っている。アイザリアでは、レイ金貨一枚で百シロンだ。湾岸《わんがん》諸国ではもっと高い価値で使えるはずだよ」

トーマがさけびました。

「ぶったまげたなあ、百シロン……ということは一万グロン、ということは、十万ピロン！　それが……三十枚《まい》!」

「それが三人分! 気が遠くなりそうな……ものすごい大金じゃないですか、これ」

そのとき、ティルガーヌが不気味《ぶきみ》な声を出しました。

「ふごっふごっ……」

「なんだよ、じいさん!」

「トーマ! ティルガーヌは、笑ってるんだよ。いいかい、あんたたちはどこへ行こうとしているかわかるかい? アイザリアの田舎《いなか》を巡業《じゅんぎょう》するんじゃないんだ。ゴドバールだよ。そこは島なんだ。ゴドバールに行くには、鯨海《ボエリール》か青の海《スルリール》か、はたまたうねりの海《ドブリール》を通るのかは行ってみないとわからないが、いずれにせよ、長い船の旅をしなければならない。しかもゴドバールが戦争の準備をしているとするなら、湾岸諸国《わんがんしょこく》の海の民《たみ》といえど、いったいだれがドーム郡の人間をゴドバールへ連れて行ってくれようか。最悪の場合、いや、最悪というよりもどんなにふつうに考えたところで、あんたたちは湾岸諸国《わんがんしょこく》で船を一隻《せき》手配して、ゴドバールへ渡《わた》るしかないだろう。つまり、船を一隻《せき》あつらえねばならない。そのためには、まず金貨百枚《まい》でも大丈夫かどうか、というところだ」

「そういうことです」とコッテさんが申《もう》し訳《わけ》なさそうにつけたしました。「これでもたぶん、ゴドバールに渡《わた》るには不足でしょうが、ドーム郡としてはこれがせいいっぱいなのです。なんとかこれで路銀《ろぎん》もふくめて、

＊訳注《やくちゅう》――『虹《にじ》戦争』ののちにアイザリアで鋳造《ちゅうぞう》された金貨。王女ラクチューナム・レイの肖像《しょうぞう》が彫《ほ》ってある。

旅の足《た》しにしていただければ、と。いかがなものでしょうか」

それを聞いてテオも不安になったようでした。けれども、トーマはいいました。

「よし、それで手をうとうじゃないか。湾岸諸国《わんがんしょこく》といっても、その中のどこへ行くかによると思うが、なんとかこの金でゴドバールに渡《わた》る算段《さんだん》をつけてみよう。しかしキシル、ひとつ聞いておきたいが、いったいぜんたい、このお金はどうしたんだい？　レイ金貨五十枚《まい》もあれば、ドーム郡くらいの土地があとひとつ買えるとか、ラノフの川に五、六本の橋もかけられるだろうし、ラリアーだっていくらでもアイザリアに送り出せるじゃないか。ドーム郡は貧乏《びんぼう》だといいながら、どうやってこんなお金を貯めこんだんだ？　それともあんたらは詐欺師《さぎし》か？」

「とんでもない！」と、コッテさんがむっとしたようにいいました。「このお金は、じつはドーム郡が手をつけてはいけないお金なのです」

「というと？」

「ある年、アイザリアから執政府《しっせいふ》の使いがきました。王女ラクチューナム・レイの遺産《いさん》だといって、このレイ金貨をドーム郡に置いていったのですよ。レイ王女はドーム郡で育ったわけですが、まあ、王女のそれまでの養育費、みたいなことでドーム郡にお金を払《はら》うべきだとかなんだとか、そういう話になったらしいのです。もちろんわれわれは断りました。その話はそもそもレイ王女から出た話ではないわけですからね。でも、無理やり置いていったというようなことだったらしいのです。で、そのときに、このお金をどうするかということで当時のドーム郡庁《ぐんちょう》のひとびとが相談し、結局これにはいっさい手をつけない、だがもしも世界の危《き》機《き》にかかわることがあったなら、そのときに拠出《きょしゅつ》しようということが決まったのです。つまりは、そういうお金です」

「ふーん」と、トーマはコッテさんをじろじろと見ました。「それにうそはなさそうだな」

「うそじゃありません！　どうしてそんなことをおっしゃるんですか！」

「いや。けちで有名なドーム郡の郡庁《ぐんちょう》にそんな心意気があったとは驚《おどろ》いた。では、まあ、これはありがたくいただいておこう。お金はあればあるだけ、仕事がしやすい。余ったらぜんぶ使ってやるぜ！　まあ、余るとは思えないがな」

「ありがとうございます」「頼《たの》むよ、トーマ」

「あとひとつだけ聞かせてくれ」とトーマはティルガーヌを見ていいました。

「その、ルピアって場所はゴドバールにあるんだな？　ということは、とにかく湾岸諸国《わんがんしょこく》からゴドバールに向かわねばならないということだ。すると、おれたちはどこからゴドバールをめざせばいい？　湾岸諸国《わんがんしょこく》にはミゴール、エルセス、カラン、タクアの四つの国があるが」

　ティルガーヌは、これには部屋のだれもが聞きとれる声ではっきりいいました。

「ドーム郡から東へ行き、湾岸諸国《わんがんしょこく》の中ではもっとも南の国、タクアをめざすのじゃ。タクアはドーム郡からいちばん近い湾岸《わんがん》の国じゃ。そしてタクアに着いたら、都《みやこ》エインへ行け。そこが湾岸諸国《わんがんしょこく》の中でもっとも栄えている港じゃ。それにタクアはアイザリアを攻《せ》めるには南すぎて、ゴドバールの侵略《しんりゃく》からは無縁《むえん》じゃろうから、ゴドバールへはもっとも渡《わた》りやすいだろう」

「タクア……エインだな。わかった。東へ向かえばいいわけだ」

「そういうことです。廃墟《はいきょ》のマドリム郡をぬけ、ラノフ川をさらに下って、風切《かぜき》り山脈をこえればタクアになるようです」とメイコム書記官がいいました。

「なかなかくわしいな、書記官。どうだい、おれたちといっしょに行かないか？」

「やめてくれ」とキシル長官があわてていいました。「そんなことになったら郡庁《ぐんちょう》の仕事が」

「ははっ、書記官で持ってるわけだ、ドーム郡は」

「申《もう》し訳《わけ》ありません、わたしも行ければいいのですが。でも出発までの用意については、なんなりとわたしにご相談ください。食糧《しょくりょう》や荷役《にやく》の馬などはラリアー用とは別に手配してあります」


「じゃあ」と、トーマはテオとリンを見ました。「あんたたちはいつ出発できるね？」

「いつだって！」と、テオはいいました。リンもうなずきます。

「ほう、息のあったふたりだな。だが、そうせかせないでくれ。おれはまだ、なんの計画も立ててないんだ。とりあえず、明日、おれのねぐらにきてくれ。まず、旅の支度《したく》の相談をしようぜ」

「トーマはどこに泊《と》まっているの？」

「おれのねぐらは、あの馬車だよ。ラノフの橋のところにとめてる。そこにきてくれればいい」

「わかったわ。じゃあ荷物はラリアーならなにを持っていけばいいか考える。リン、わたしといっしょに用意しましょう。行きましょ！　さっそく支度《したく》よ！」

テオがリンといっしょに部屋を出て行くと、キシル長官はトーマの手を握《にぎ》っていいました。

「すまん、トーマ。よろしく頼《たの》む」

「ふん。うその種、ね。そんなものなくたって、おれなんざうそのかたまりだぜ、この年になると。それはあんたもご同様じゃないのかい、キシル」

「ちがいない。それはともかく、ティルガーヌが、今夜あんたにゴドバールへの道を教えたいそうだ。あんたの馬車に行くといっている」

ティルガーヌがいいました。

「マドリム郡の滅亡《めつぼう》以来、ドーム郡の東がどうなっているか、知るものはおらぬ。さっき郡庁《ぐんちょう》の役人がいったようなかんたんなことではないぞ。ラノフ川にそって東へ行っても、タクアなんぞにはたどりつけぬわ。そもそもラノフ川は、風切《かぜき》り山脈までも流れてはおらぬ。まあ今夜、じっくり教えよう」

「わかった。いつでもきてくれ。しかし、それにしてもあのテオって娘《むすめ》といい、包帯坊《ほうたいぼう》やといい、ドーム郡の若者の気質《きしつ》はたいしたもんだ。アイザリアじゃ、ああいうきっぷのいい若者はすくなくなっちまった。とりわけあのテオって娘《むすめ》なんか、ラリアーになればアイザリアでもすっかり人気者になるだろうに、こんな貧《びん》乏《ぼう》くじを引いてしまって」

「たしかに意外だったな。テオがこんなにすんなりと引きうけてくれるとは」と、コッテ副長官がいいました。「それにリンだって、あんなにあっさりと」

「トーマのせいだと思います」とメイコム書記官がいいました。「わたしだって、郡庁《ぐんちょう》の仕事がなければトーマと旅をしたいと思いますもの」

「ほう。あのカブト虫の馬車が気に入ったのかな？　書記官にしては珍《めずら》しいことを」

メイコムは顔を赤くしました。

「こんなおやじといっしょに旅をしたって、面白《おもしろ》いことなんかあるもんかね」とトーマ。「長い間、旅はひとりでするもんだと思ってきたが、あの若い連中とどんな道中になるのか、不安だが、楽しみでもある。まあひとつ、やってみるさ」

「いつ出発を？」

するとティルガーヌが口をはさみました。

「ラリアーの出発が三日後じゃ。トーマたちも、その日に出発するのじゃ」

「それはなぜだ？」

ティルガーヌはいいました。

「敵を、あざむくためじゃ」


数日後、ドーム郡の空にはポン、ポン、といくつかの花火がうちあげられました。花火は白い雲のように空を流れ、人々はそれを合図にドーム郡の郡庁《ぐんちょう》前広場へと出かけます。

今年のラリアーが、郡庁《ぐんちょう》の広場から出発しようとしているのです。特別につくられた舞台《ぶたい》に、十人のラリアーが並《なら》んでいます。いましも、かれらがひとりずつ紹介《しょうかい》され、歌と踊《おど》りがにぎやかに披露《ひろう》されていました。

未完成の出し物ばかりですが、これからアイザリアへ行くまでの旅のとちゅうにどんどん工夫されるのです。

「ラリアーばんざい！」

「がんばって行ってこいよ！」

「さすらい人のみごとな歌をタカバール*にひろめてきてくれ！」などと、見物のドーム郡のひとびとから声がかかります。数十頭の馬や羊や牛もいっしょに、ドーム郡をあとにします。馬の背《せ》には、交易用《こうえきよう》のドーム郡の産物が積んであります。

「テオ」

人ごみの中でこっそりとラリアーの出発を見ていたテオは、自分を呼《よ》ぶ声にふりかえると、ララ・リリクの若者たちが数人顔を並《なら》べていました。

「あら。マテオ、ユリーヌ、それにカラムも。どうしたの？」

「テオ。聞いてくれ」と、マテオという若者が思いつめた声でいいました。「おれたちは、あんたがラリアーに選ばれなかったのはどうしてなのかと、郡庁《ぐんちょう》にかけあった」

「そんなことを……」

「だが、連中はみな、うすら笑いをうかべて、郡庁《ぐんちょう》の決定は変えられないとつっぱねた。そこでおれたちは考えた。ずっと考えた」

ユリーヌという若者がいいました。

＊訳注《やくちゅう》――ラリアーはその年によって目的地を変えていた。この年の目的地がタカバールである。

「もう、郡庁《ぐんちょう》なんかに頼《たよ》らなくてもいいじゃないか、おれたちは、昔のララ・リリクの若者たちがそうしたように、行きたいものたちで、ラリアーを組んで、アイザリアへと旅立とうじゃないか、と」

「どうだろう、テオ。いっしょに行かないか。あんたさえいたら、おれたちは」と、カラムという若者があごをしゃくって、いままさに出発しようとしているラリアーをさしました。「あんな、郡庁《ぐんちょう》が勝手に決めたラリアーではない、ほんもののラリアーになれると思うんだ」

「悪いけど、それはできないわ」とテオはぴしゃりといいました。「こういってはなんだけど、郡庁《ぐんちょう》の選択《せんたく》はさすがだと思う。いまのドーム郡でいちばんの歌い手、踊《おど》り手《て》、そしてラリアーのメンバーとしてもっともすぐれたひとたちが選ばれています。それにもれたからって、郡庁《ぐんちょう》を悪くいってはいけないわ」

まわりの人々から賞賛の声があがりました。

「すごい、テオ」「りっぱだ」「あんたこそ、ドーム郡の誇《ほこ》りだ」

「ほめられるようなこと、いってません！」

テオは足早《あしばや》にその場を立ち去りました。ラリアーはいままさにドーム郡のひとびとの拍手《はくしゅ》と歓声《かんせい》に送られて、ゆっくりとうごきだしました。

郡庁《ぐんちょう》の広場のすみまでくると、テオはこらえきれずぽろぽろと涙《なみだ》をこぼしてしまいました。

「わたしだって、あんなふうにみんなに見送られて行きたかった……」

「泣いてるのか」という声がします。ふりかえると、そこにトーマとリンが立っていました。テオは涙《なみだ》をふきながらいいました。

「もう……なんで、こんなみっともないところにくるのよ！　ふたりそろって」

「いや、おれたちはただ、あんたに今夜の集合場所を伝えようと思ってきただけなんだが」

「じゃあどこなの。教えてよ。そしてさっさとわたしの目の前から消えてしまってよ！」

「おれたちの出発する場所は……」とトーマがいいかけると、リンが指文字＊を書きました。

「珍《めずら》しいな、リン。指文字なんぞでなにをいってるんだ？」といいながら、トーマが読みました。

「ここを、ぼくらの出発の場所にしよう、といってる。ああ。そいつはいい考えだな」とトーマ。「ん？　祝福《しゅくふく》されたラリアーとしてではなく、テオのくやし涙《なみだ》が落ちた、この場所から、おれたちは出発することにしよう、だとさ。いい友達を持ったな、テオ。おれもそうしようと思うが」

「あんたたちって」テオはふたりを見つめました。そしてゆっくりと首をふっていいました。

「ありがとう。まだ出発もしないうちからささえてもらってるよ。でももう、こんなことはないからね」

トーマはうなずきました。

「ようし。じゃあ今夜、この場所に集まろう。ここが出発の場所ってことだ」


その夜、トーマの馬車はランタンをいくつかともして郡庁《ぐんちょう》の広場へとやってきました。馬車は広場のすみにとまります。その馬車の中からトーマが出てきて、長いキセルで煙草《たばこ》に火をつけました。

やがて、暗闇《くらやみ》の中から、帽子《ぼうし》をまぶかにかぶった若者があらわれました。

＊訳注《やくちゅう》――指で文字を書く、ということだろうと思われるが、手話のようなものかもしれない。

トーマは首をかしげました。

「あんた、だれだい？」

若者は手をあげます。その手には包帯が巻《ま》きつけてありました。

「はあん？」

なんと、それはリンでした。包帯少年のリンが、トーマの前に立っているのです。

「どうしたんだい、おまえ、包帯は。いきなりかぶれが治ったのか？　顔がちゃんとついてるじゃないか！」

「治ってないわ。じつはね、それも包帯なの」と、リンのうしろからテオがあらわれました。「わたしがちょっとだけ、絵の具でリンの包帯に色を塗《ぬ》って、目立たないようにもう一度縫《ぬ》い直したの。だって包帯じゃあまりにも人目につきすぎるでしょう。でもね、目だけは色を塗《ぬ》れなくて」

「なるほどな」

テオがいうとおり、リンは帽子《ぼうし》をまぶかにかぶって、目のあたりは見えないようにしています。

「するってえと、その目のところはやっぱり透明《とうめい》になってるってわけだ。そうだ、ちょっと待ってな」

トーマはいったん馬車の中に入ると、手になにかを持って出てきました。

「これを目にあててみな。そしたらもう気にすることはなくなるだろう」

トーマがリンに手渡《てわた》したのは、細長く黒いものです。

「なんなの、トーマ。それは」

「これは日差しが強いときやほこりが風に舞《ま》ってるときに道大工《みちだいく》が使う、目の覆《おお》いみたいなもんさ。外から見ると目《め》かくししてるみたいだが、ちゃんと見えるようになってる。ほら、ここで縛《しば》るんだ。どうだい？」

リンはうれしそうにうなずきました。

「これならちょっと目が弱いんだ、くらいですむだろう。これからはいろいろ世の中の好奇心《こうきしん》と戦っていかねばならん。しかも相手はよその国の人間たちだからな」

「ありがとう、トーマ。リンにかわってお礼をいうわ」

「なんの。さて、じゃあ出発だ。おおい、ハルス、ホルス、しばらくおれの仲間になるテオとリンだ。仲良くしてやってくれ」と、トーマは二頭の馬に呼《よ》びかけました。すると馬たちは低くいなきました。

「よろしく、ハルスとホルス。トーマのお友達ね？　あたしがテオ。そしてこちらがリン」

「だめだめ、ホルス。テオは馬車に乗るんだからな」と、トーマが一頭の馬にいいます。

「あら、どうしたの？」

「べっぴんさんには長いことお目にかかっていないからな、ホルスのやつ、浮かれてあんたに背中《せなか》に乗らないかといってるんだよ」

「うれしい！　乗ってもいいんなら、あたし、乗りたい」

「そういう機会はこの先山ほど出てくるだろうさ。とりあえずはふたりとも馬車に乗った、乗った」

トーマがせかして、ふたりはカブト虫のようなかたちをした馬車に乗りこみました。馬車の中は御者席《ぎょしゃせき》のうしろにひとつと、後部にふたつの三つに仕切られていました。

「アイヤーッ！」とトーマが一声さけぶと、馬車はゆっくりとうごき出しました。

「さあ、ドーム郡ともしばらくはお別れだよ、おふたりさん」

「もう、じゅうぶん心の中でお別れしたわ」テオは馬車にゆられながらいいました。郡庁《ぐんちょう》の広場を出て、ラノフ川の橋を渡《わた》りきると、人気《ひとけ》のない川《かわ》ぞいの道を東の方に向かってすすみます。

「せまいがまんしな。道大工《みちだいく》の道具はドーム郡に置いていくことにしたから、すこしは空《あ》きができた。まあもともとおれの長い間の道具とか食い物置き場だから、あんたたちの荷物用にはできてない。なにか載《の》せていきたいものがあるならいってくれ、場所をつくるから」

「すごい。座るところもあるし、寝るところまである！　外で見ると小さなカブト虫なのに、思ったよりずっと広いのね！　うれしいな、小さいけどわたしのお部屋だ。ラリアーでもこんなぜいたくはできない！

トーマありがとう。こんな乗り物に乗って旅ができるなんて最高」

「いつまで続くかな。とにかくこれで行けるところまで行こうと思ってるのさ。道がなくなればハルスとホルスにはそこでドーム郡に戻《もど》ってもらうことにする。かしこい馬だからちゃんともときた道を帰れるはずさ。で、帰ってきたら郡庁《ぐんちょう》に世話をしてくれるように話はつけた」

トーマの仕事ぶりがいかにきちんとしているかということを垣間《かいま》見たような気がして、テオは改《あらた》まっていいました。

「トーマ。どうぞよろしくお願いします、あたしはやんちゃですが、それから悪いところもいっぱいありますが、ドーム郡の娘《むすめ》として、がんばります」

「まあそう堅苦《かたくる》しくなるなって。おれは適当な人間だよ、テオ。あんまり長い旅にならないように祈《いの》るが、こっちこそよろしく」とトーマが前の仕切《しき》りから顔をのぞかせていいました。「テオの間仕切《まじき》りは隙間《すきま》なくちゃんと閉《と》じられるようになってるから、心配せずに眠りな。まあリンもそこらへんはわきまえてるだろうが、なんだったら鍵《かぎ》をつくってあげるよ」

テオはぷっと吹《ふ》き出しました。

「ララ・リリクの護身《ごしん》の授業で、男の子を三人同時に倒《たお》したって評判になったことがあります。だれもわたしを襲《おそ》おうなんて考えませんってば」

「そいつは頼《たの》もしい。得物《えもの》はなんだい？」

トーマはテオの武器《ぶき》を子細《しさい》に手にとりました。

「投《な》げ棍棒《こんぼう》。これ。いちおう二本はいつも身につけるようにしてます。中に水が入ってるの」

「ほおー。こんなのをいつから、ララ・リリクで教えるようになったんだね？　これは荒野《あらの》の民《たみ》が使う水入れだよ。たしかに投《な》げ棍棒《こんぼう》にも使うが」

「ラリアーが山賊《さんぞく》に襲《おそ》われたことがあったんです。それからララ・リリクでも護身《ごしん》の武術《ぶじゅつ》をいろいろと教えるようになって。中には武術《ぶじゅつ》にすっかりはまってアイザリアへ武者修業《むしゃしゅぎょう》に行く、なんてひともいました」

「それは勇ましいもんだな。平和なドーム郡にそんなやつもいたのか。で、そいつはどうなった？」

するとテオは遠い目をしていいました。

「……やせっぽちのクリス。あのひと、いま頃《ごろ》どうしてるんだろう」

「ほんとに武者修業《むしゃしゅぎょう》に出たのかい？　そのクリスというのは」

「ええ。ちょっとひよわだったんです。だから自分なりに考えることがあったんでしょうね。ある年にとつぜんドーム郡を出たっきり帰ってこないの。わたしたちの十年ほど先輩《せんぱい》になるんだけど」

するとトーマは思い出したようにいいました。

「まさか、そいつ、『ミゴールの真珠泥棒《しんじゅどろぼう》』のことじゃあるまいな」

「だれ、それ？」

「湾岸《わんがん》には四つの国があって、北からミゴール、エルセス、カラン、タクアというふうに並《なら》んでる。ここまでは知ってるな。で、この四つの国にはそれぞれに王がいて、いつも領地のことで小競《こぜ》り合《あ》いやらけんかやら、ときには戦争だってやらかすんだが、最近は北のミゴールって国がいちばんえらそうな顔をしてるんだ。なぜかっていうと、そこの海軍《かいぐん》、つまり湾岸諸国《わんがんしょこく》はそれぞれ海軍を持ってるんだが、ミゴールの艦隊《かんたい》をひきいるクリスって男がめっぽう強いんだとよ。クリスっていうのは、年の頃《ころ》ならまだ三十にもならないほどの若いやつなんだが、これがものすごい剣《けん》の達人《たつじん》で、しかも軍隊《ぐんたい》の指揮《しき》もうまいらしくて、なんでもミゴールのちっぽけな小型《こがた》の船数隻《すうせき》で、エルセスの誇《ほこ》るどでかい軍艦《ぐんかん》を沈《しず》めちまったというんだ。で、そのクリスって将軍《しょうぐん》はじつは素性《すじょう》がよくわかっていないのさ。だもんで、もしかしたらドーム郡の生まれかもしれないって、いまふと思ったってわけさ」

「なんで真珠泥棒《しんじゅどろぼう》っていうんです？　その沈《しず》められた船から真珠《しんじゅ》でも盗《ぬす》んだんですか？」

「ミゴールには、ひとりの王女がいてね。えらく美しいお姫様《ひめさま》なんで、ついたあだ名が『ミゴールの真珠《しんじゅ》』。

エルセスの王子も、カランの王も、タクアの王子もそのお姫様《ひめさま》をじぶんの妃《きさき》にしたいとねらってるわけさ。ところが、だ。この真珠姫《しんじゅひめ》はよその王子さまには目もくれず、その若い将軍《しょうぐん》クリスにぞっこんってわけさ。そこで、クリスには『真珠泥棒《しんじゅどろぼう》』というあだ名がひそかについたってわけさ。湾岸諸国《わんがんしょこく》では有名なうわささ。ミゴール国内でさえ、やっかみ半分でそういってるそうだ」

テオはうっとりしてさけびました。

「すてきな話！　あー、わたしもその真珠泥棒《しんじゅどろぼう》に会ってみたい！　でもまさか、その真珠泥棒《しんじゅどろぼう》がドーム郡のクリスであるはずはないわ。だって、わたしの知ってるクリスは、やせっぽちで、暗くって、そんな派手《はで》なことをするようなタイプじゃなかった……けど、もしかしたら。わたしね。クリスがドーム郡を出るときのこと、覚えてるの。わたしが七歳《さい》のときよ。クリスは、『かわいこちゃん、ドーム郡での最後の思い出に、おれのために踊《おど》ってくれないか？』って、ドーム郡のはずれでいったのよ。わたし、そのとき習ってた『青の海』を、クリスの前で踊《おど》ってあげたの。でもね、とちゅうまでしか習ってなくて、やめてしまったの。『どうしてやめるんだい？　テオ』ってクリスは聞いたわ。わたし、クリスがわたしの名前を知ってたってことですっかり舞《ま》い上《あ》がってしまって、いったの。『この続《つづ》きは、こんどあなたと会ったときにね、クリス』そしたらクリスはいった。『じゃあそのときにはドーム郡の踊《おど》り子《こ》にふさわしい花をいっぱい用意しておこう』って。忘《わす》れないわ、あのときのクリス。細くて、かっこよかった。風のようにドーム郡を出て行ってしまったのよ」

「それが湾岸諸国《わんがんしょこく》で有名になってるクリスと同一人物ならまじで面白《おもしろ》いのにな。もしそうだったらミゴールの真珠《しんじゅ》とはりあうつもりかい、テオ」

「まさか。わたしはたったの七歳《さい》だったのよ」

「だがそれから十年たったわけだ。クリスもいまのあんたを見たらどう思うだろうな」

「よしてよ。どうせ忘《わす》れてるわよ、クリスだって」

「それにしても、あんたの踊《おど》りはいいはなむけになっただろう、そのクリスって男には。あいにくおれたちが向かってるのは湾岸諸国《わんがんしょこく》でもいちばん南のタクアで、ミゴールからはずいぶん離《はな》れてるが」とトーマはいいました。「じゃあ、おれはちょっくら御者台《ぎょしゃだい》に行って、ホルスとハルスに今夜の予定を話してくる」

「今夜の予定って？」

「出発は夜だったが、一晩《ひとばん》じゅう馬を歩かせるわけにはいかない。適当な場所を見つけて、そこで休むのさ」


けれどその夜は、トーマの馬車はずいぶん遠くまで歩き続《つづ》けました。二頭の馬は、トーマが何もいわなくても、ちゃんと露営《ろえい》の場所を見つけ、そこに馬車をとめました。それから馬たちも、トーマたちもあっというまに眠《ねむ》りに落ちました。

翌朝《よくあさ》、ドーム郡のひとびとは、ラリアーとして旅だった十人の若者だけでなく、三人のとてもユニークな有名人がドーム郡からいなくなったことに気づきました。

「踊《おど》り子《こ》テオと、包帯リンと、道大工《みちだいく》トーマが消えた！」

そうささやきあいながら、ひとびとは、三人の消えた理由をあれこれせんさくしていました。

「きっと」と、ラノフ川のたもとのいちご茶の店で、ひとりの娘《むすめ》がいいました。「その三人が帰ってきたら、とてもとても面白《おもしろ》い話を聞かせてくれると思うわ、もしかしたら先に旅立ったラリアーに負けないほどのね」

「ラリアーの旅よりも面白《おもしろ》い旅に出たというの？」

「だって、ほかならぬアイザリアの道大工《みちだいく》トーマよ。それに夏まつりでみんなをうっとりさせた舞姫《まいひめ》のテオ。そこへ包帯少年のリンでしょ。この三人がそろってるところを考えただけでもわくわくしちゃう！」

第三章　ドーム郡の東

十日後、トーマの馬車は草原をすすんでいました。両側には山々が見えます。ドーム郡の東に向かって、ラノフ川はまっすぐに流れていたわけではありませんでした。東に向かう道にしばらくそっていたラノフ川は、あるとき大きく南へと向かっていたのです。テオとリンは、川にそってすすむのだと思っていたのですが、トーマは首をふっていいました。

「ティルガーヌのいったとおりさ。ラノフ川にそって行っても、このトープ・アイザリアは抜《ぬ》けられはしない。まあいってみれば、トープ・アイザリア、そしてドーム郡というのは結界《けっかい》によって守られているんだ。向こうからこっちにくるにせよ、こっちからあっちへ行くにせよ、一筋縄《ひとすじなわ》ではいかないようにできている。……でなきゃアイザリアで食いつめた連中がわんさとやってきて、そのうちドーム郡もへちまもなくなってしまっただろうさ。おれたちは、東への道をただひたすら行くんだ。しばらくの間はな」

東への道は、細く、長く続《つづ》いていました。山道になったり、平地《へいち》になったりもしましたが、どこも人間が住んだような気配はありません。なのに、道はちゃんとついているのです。だれが通ったわけでもないのにとふしぎがるテオに、トーマは、それはけものたちが使っていたからだといいました。

「道大工《みちだいく》のおれがいうのも変だが、じつは道ってのは、もともと世の中にあるものなんだよ」

「もともと？　人間がつくったのではないってこと？」

「そう。道が人間のためにだけあるというのはいつの間にか人間が勝手に考えたことなのさ。野原に立ってみるとわかる。そこに、一筋の道がついている。それが本来の道だよ。人間はあとからそれを自分たちだけのもののように考えたんだ」

毎晩《まいばん》、適当な場所に馬車をとめて休みながら、旅は続きました。

すると、やがて、なだらかな平原に出ました。その平原で東への道はふたたびラノフ川と出会います。まるで向こうからやってくるようにして、トーマの馬車はラノフ川と出会ったのでした。

なだらかな土地の真ん中をラノフ川が流れ、岸には見かけない木々が並《なら》んでいました。

「おお、イエルの木だ。ということは、ここは昔だれかが住んでいたところだな。すこし降《お》りてみるか。どうどう」とトーマは馬をとめました。

馬車から降《お》りると、テオは思いきりのびをしながらいいました。

「うーん。いいお天気。のどかなところね。これがイエルの木なの？　でもどうしてこれがあるとだれかが住んでいたところだってわかるの？」

「イエルの木は、夜になると木全体がぼんやりと光る。だから町はずれの道などに植えておくと迷わなくていいから便利だ。貴重《きちょう》な木なんだが、こんなに並《なら》べて植えてあるのははじめて見たよ。アイザリアだったらいい金に……いかんいかん。アイザリアの金の亡者《もうじゃ》どもの癖《くせ》がなかなか抜《ぬ》けないな、おれも」

リンはイエルの木から葉っぱを一枚《まい》とると、裏返《うらがえ》したりしてじっと見つめています。

「ちょっとかわったかたちの葉っぱだけど、でもほかの木の葉っぱとどこがちがうといわれるとわかんないわね。どうしてこの葉っぱが光るんでしょう」

「夜になると、夜光虫が集まるんだよ、この木には。つまりカブト虫が集まる木と同じしくみだ。夏には蛍《ほたる》、冬には雪虫《ゆきむし》*がくるんだ。葉っぱじゃなくて、樹液《じゅえき》が独特なんだろう。そうか。もしかしたら、この樹液《じゅえき》の中に光る成分が入っているのかもしれないな」

「ドーム郡からたった十日ほど離《はな》れただけなのに、もう暮《く》らし方もちがうし、生えている木もちがうんだ」とテオは感心して、それから、はっとしていいました。「ねえ、昔だれかがここに住んでたっていったわね？　ドーム郡から東に十日ばかりの距離《きょり》で、だれかが住んでいたというと」とテオがいって、トーマと顔を見あわせました。「マドリム郡!?」

「なるほど。フユギモソウがはびこっていくさになり、滅《ほろ》びてしまったという町がここか」

「ということは、クミルとその道案内のかかしも、ここへやってきたんだ！　やっほう！　クミルさんごきげんよう！　わたしドーム郡のテオです、わたしもここにきたわよ！」とテオは草原に向かってさけびました。

＊訳注《やくちゅう》——蛍《ほたる》のように夜光る虫らしい。

「なあ、リン。ここらに町をつくれば、まわりには山もあるし、森もある。広い土地で畑もできる。だれが考えても住みやすそうなところじゃないか。なのにだれも住んでない。いまだにフユギモソウのたたりでもあるのかな」

リンは首をかしげています。

そのときでした。どこかから、ゴゴゴゴゴ……という、かすかな響《ひび》きがしたのです。

「なに、この音！」テオが不安そうにつぶやきます。「地震《じしん》の前兆《ぜんちょう》？」

「いや、地震《じしん》ならわかる。これは……こんなのははじめてだ。まるで、地の底から鳴っているような音だ」

三人が立っている場所そのものが、ふるえています。その音は、鳴りやむことがありませんでした。

「不気味《ぶきみ》だな。こういうことがあるから、だれも住みつかなかったのかもしれん。さあ、馬車に戻《もど》ろう」

三人が馬車の中に戻《もど》ろうと、戸をあけたときでした。

「トーマ！　見て！」テオがさけびました。何事《なにごと》かとトーマとリンがのぞきこむと、

「あっ！」

きちんと整頓《せいとん》されたテオの部屋の棚《たな》に、金色の小箱が置いてあります。それは、ドーム郡を出るときから、そこにずっと置いてあった「うその種」でした。その小箱が、うっすらと光をはなち、そして……。

「ことことうごいているわ、うその種が……まるで、この地鳴りにあわせているみたい」

「なるほど」とトーマはいいました。「あそこの地面を見てみろ」

トーマが指さすところを見ると、草むらの中に、ひとの腕《うで》くらいの太さがある茶色の幹《みき》のようなものが横

たわっていて、それがぶるぶるふるえているのでした。

「まるで大きな蛇《へび》みたい！　なに、あれは？」

「フユギモソウの根っこだよ」

「フユギモソウ！」

「たぶん、うその種がここにきたから、この土地に眠《ねむ》っていたフユギモソウの根っこが、うその種に反応したんだろうさ」

「どうしてそんなことがわかるの？」

「リン、うその種の箱を、こいつでくるんでみな」

トーマがなにかの毛皮を投げてよこしました。それをうけとって、リンが小箱をつつむと、そのとたんに、

「とまったわ！」

振動《しんどう》がとまったのです。小箱から発せられていた光もおさまりました。

「まあとにかく、どえらい力をもった種であることはまちがいなさそうだな。当分、その毛皮にくるんでおこう」とトーマはいいました。「その毛皮、ナウルの皮をなめしたもんだという口上《こうじょう》で売ってたんだが、まんざらうそでもなかったのかもしれんな」

「マドリム郡には、まだフユギモソウの根っこがあったのね。クミルが退治《たいじ》したと思っていたのに」

「世の中の悪がすべて消えるなんてことは未来永劫《みらいえいごう》に渡《わた》ってありえないこったよ」とトーマはいいました。

「現にこうして『うその種』があるんだからね。そのためにわれわれは旅をしている」

「はあ……」テオはため息をつきながら首をふりました。「人間が悪かったりよかったりするだけにとどめてほしいわ。なにも植物まで邪悪《じゃあく》にならなくたって」

馬車がうごき出しました。

「おれは思うんだがね、植物には善《ぜん》も悪もないんだと思うよ。トリカブトみたいにおそろしい毒草だって、別に邪悪《じゃあく》な意志を持ってるわけじゃないだろ？」

「ということは、さ」とテオがいいます。「この『うその種』も、わたしたちの心の反映《はんえい》？」

「そういうことじゃないのかね。テオの、ってことじゃなくて、まあいってみれば人間の、さ」

「ならこわくはないわ」とテオがいうと、トーマはあきれました。

「おい。なんてことをいうんだ。人間の心が世の中でいちばんこわいんじゃないか……うーむ。そんなことをいってもはじまらんな。テオ。あんたは若い。そしてあんたの心はきらきらしていて、まるで朝日にはじける露《つゆ》のようなもんだ。そんなあんたに、わざわざ人間がこわいといってるおれはなんなんだろう。だがなテオ。人間というのは、おたがいのつきあいによって変わるんだよ。あんたはまだ若いから、だれかを殺したいほど憎《にく》いと思ったり、傷《きず》つけたいと思うほど傷《きず》つけられたりしたことがないだろう。だが、そんなあんただって、いざそういう関係になったらなにをしでかすかわからないってこった。人間というのはいろんなふうに変わるもんだ。それがいいとか悪いではなくて、それが人間だってことさ」

「ふーん」とテオはすこし不満そうに鼻を鳴らしました。「わたしの知らないことをいっぱい知ってるっていいたいのね、トーマ。そりゃわたしは若いですけど、人生経験も足りませんけど、でもいまトーマがいったことくらいはわかりますからね。そんなにわたしをおばかみたいにいわないでよ」

トーマはにっこり笑いました。

「ことばというのはふしぎなもんだ。こうしておたがいにしゃべっていると、それぞれのことがすこしずつわかってくるが、でもほんとのことはなかなか見えてこない。してみると、ことばっていうのはなんのためにあるんだろうな。だいたい小鳥や動物はこういうむだな話はしないだろ」

「するわ」とテオがいいました。「わたし、夕暮れにカラスが三羽、ほんとにどうしようもないばかな話をえんえんとしてるのを聞いたことがある」

「そりゃいったいどういう話だい」

「あのね、ララ・リリクで小鳥のことばを教わったときだから、もうずいぶん前になるんだけど、小鳥語って、わかるときとわからないときがあるでしょ、ところがその日の夕方は、わたし、カラスたちのことばがぜんぶわかったのよ、ほんとにそういうときってあるのよね」

「だから、どういう話をしてたのか、って」

「それがさあ、ほんとにつまらない話で、いま思い出してもばかばかしいのよ。『今日はなにを食べたー?』と一羽が聞くの。すると二羽目が『ミミズだあー』っていうの。そしたら三羽目が『うまかったかあー』と聞いて、二羽目が『いまいちー』と答えるの。それがずうっと続いたの。『何匹食べたー?』『さんびきー』それもほんとにまのびした調子で、『カアー』『カ、カアー』『カアカアカアー?』って、こうよ」

三人は笑いました。

「そのカラスの話はいいなあ。人間も、そういうことだけでことばを使っていたらよかったのに。考えてみれば、うそにしても真実にしても、ことばがなければ世の中にはないわけだ」

「するとわたしたちが運んでいるうその種っていうのは、人間が生み出したもの？」

「まさか。そんなことができる人間がいようとは思えないな。そうじゃなくて、うその種は、明らかに人間さまだけのために出てきたものだ、とはいえる」

「いったいなんのために、だれが……？」

三人はしばらくだまってしまいました。それからトーマがいいました。

「もしかしたら、その答えは、おれたちが旅を終えたときにわかるかもな」

「ええ、きっと。わたしたちが向かっているのはルピア。そこにはすべてがあるはずだわ。すべての真実が明らかになるのよ。そういう場所なのよ」

「まあ、テオ、そう先走らんでくれ。うその種より、おれたちより先に、あんたのことばだけがルピアに行ってしまいそうだ。みんなで、ゆっくり行こうじゃないか」

テオはトーマのことばに恥《は》ずかしそうにいいました。

「わかりました」

そのとき、テオとトーマに、〈風の声〉が聞こえました。リンの声でした。

（なんか、ぼくたちって、けっこう仲がいいね）

テオもトーマもにっこりしてリンを見ました。

「そりゃ、ラリアーですもの」

「ちがいない」


マドリム郡を出てしばらくすると、またしてもラノフ川は東への道とはずれ、トーマたちの馬車はふたたび山道を細く縫《ぬ》っている道をすすみました。

「このまま、山道を抜《ぬ》ければ、そこが湾岸諸国《わんがんしょこく》のタクアになるのかしら？」とテオがたずねると、

「なかなかそううまくはいかんだろう」とトーマはいいました。

「じゃあどうなるの？」

「切り立った山もあるだろうし、深い森もあるだろう。つまりだな。おれたちはまだ、大変なところには何も出くわしていないのさ。馬車にゆられてタクアに着ければこんな楽なことはないんだが」

「わたし、歌って踊《おど》りたいの」とテオ。

「踊《おど》れば？」

「だって、こんな馬車の中の毎日ですもん。どうやって踊《おど》るのよ。そうだ！　リン、明日から歌を歌いましょうね！　トーマにも教えてあげるわ！　わたし、ドーム郡では大人のクラスも教えていたのよ」

それからひまがあると馬車の中でテオは歌い、リンはハプシタールで伴奏《ばんそう》しました。トーマは心地よさげにそれを聞いていました。

やがてドーム郡からずっと続いていた東の道はとぎれました。馬車はとつぜん広々とした浜辺に出たのです。そこは、山に囲まれた大きな湖のほとりでした。向こう岸の山々ははるか遠くにかすんでいます。

「驚《おどろ》いた。こんな湖があったのね！　ラノフ川はこの湖に流れこんでいたんだわ」

「ティルガーヌがいったとおりだ。ここはリール湖という。そして、この湖の向こうに、〈ルミ・リール〉すなわち〈海の森〉がある」といってトーマは対岸の、山々が低くなっている場所を指さしました。

「わたしたちこの湖の岸にそって、あそこまで行かねばならないってことなのね？　この湖を泳いで行ければいいのに」

たしかに、湖を囲む山々にそって向こう側まで行くのはなかなか骨がおれそうでした。

「まあ、もうすこし岸を散歩してみよう」とトーマはのんきそうにいいました。

馬車はふたたび湖にそってすすみ、てごろな広さの浜辺でとまりました。

その日の夜、トーマとリンは岸辺で火を焚《た》き、テオは湖で泳ぎました。

「気持ちよかったわ」とテオが濡《ぬ》れた髪《かみ》をふきながら火のそばへ行くと、トーマとリンはなにやらせっせと作業していました。長い木の枝を斧《おの》で加工しているのです。

「あら、なにをつくってるの？」

「櫂《かい》だよ。つまり、舟をこぐための道具」

「櫂《かい》？……でも、舟はどうするの？」

テオがトーマを見ると、トーマは思わせぶりに笑いました。

「明日になればわかるさ」そういってトーマは湖に向かって歩いていきます。

「リン。どういうこと？　明日になったら、舟をつくらねばならないってこと？」

リンは首をかしげました。

「わたしたち三人だけで舟をつくってたら、いったい何日かかる？……あ。それに、ふつうは、舟をつくって、それから櫂《かい》をつくるんじゃない？」

ふたりは顔を見あわせました。

「もう、どこかに舟があるってことなのかしら？　まさか、ねえ」

そこへトーマが戻《もど》ってきます。なんと、手には三匹の大きな魚を持って。

「人間がいないから、魚も無警戒《むけいかい》だ。あっという間にしかけに入っていたよ」

「トーマ！　いったい、いつの間に」

「ん？　さっき、馬車をここにとめたときに、ヤナに餌《えさ》を入れておいたのさ。べっぴんさんが泳ぐっていうから、魚もきっと見にくるだろうと思ってね」

テオはむうっと怒《おこ》りました。

「もうっ！　トーマったらいやらしいんだから！」

「あっはっは！　おわびにおいしい塩焼きをごちそうしよう」

いいながらトーマは手際よく三匹の魚のうろこをとり、料理にかかります。

「これはアイザリアの湖でもとれるプンという魚だ。湖の底の、石なんかについてる苔《こけ》を食べてるんだが、やっぱり麦団子の方がおいしいんだろうな。あっさり食いついてきたよ」

「プンだって。変な名前ね」

「すかした女のこともプンという」

「あのう。なんかわたしに対して失礼なんですけど」

「別にテオのことをいったわけじゃないんだが」などと軽口をたたきながらトーマは魚に塩をこすりつけ、手製の木串《きぐし》につきさし、火であぶります。そのようすをテオとリンはほれぼれと見つめました。

「ねえリン。つまりわたしたち、明日を楽しみにしてればいいのね？」というと、リンもうなずきます。

プンは香《かお》りがよく、また、ほどよい塩加減で、ひさしぶりの新鮮《しんせん》なごちそうでした。

「海の森には」と、トーマがいいます。「ドーム郡にはないようなたくさんの食い物がありそうじゃないか。アイザリアの森には、ライラの実とか、そりゃあもう、うまい木の実がいっぱいだ」

「トーマは森のことにもくわしいの？」

「ああ。もっとも森の民に知り合いでもいないことには、素人《しろうと》が森に入ってもなにもわからんが」

「森の民と知り合いなの!?」と、テオは目を輝かせました。

「昔、とある森に迷いこんだことがあって、そこの森の民によくしてもらった。森の民は、ドーム郡の人間には特別に親切にしてくれる。なんといってもかれらの頭領だったのが、虹《にじ》戦争のマリオだからな」

テオはもう、たまらないという顔でトーマを見つめます。テオにとっては、森の民も、虹《にじ》戦争のマリオも、子どもの頃《ころ》にラノフの学校で聞いた物語の中の名前だったからです。

「その森の民はノームのことは、なんて？」

「アイザリアの人間はノームとはいわずにレイ王女と呼《よ》ぶんだが、森の民は『ノーム』と呼《よ》び捨《す》てだ。虹《にじ》戦争がおわって、マリオがノームと結婚《けっこん》したときの話を聞いたよ。その日、森の木々は光り輝《かがや》き、草はなびき、小鳥たちはいっせいにさえずり、ふたりの結婚を森じゅうが祝福《しゅくふく》したそうだ」

「それから、それから？」テオは待ちきれないといったようすでいいました。

「それからもなにも。それでおしまいさ。ふたりは幸せに暮《く》らしました、だろ？」

「つまんないー！」ぷうっとふくれたテオとリンに、トーマはやさしくいいました。

「その先は、おまえさんたちの物語になるんだよ」


翌朝《よくあさ》、リール湖のほとりで、テオとリンはトーマの手品を見ることとなりました。

トーマはまずホルスとハルスの二頭の馬の引き具をはずし、ロープを数カ所、カブト虫型の馬車の屋根にくくりつけました。それから馬車の車輪に木枠《きわく》をはめてうごかないようにすると、ホルスとハルスがゆっくりとロープを引きました。テオは驚《おどろ》いてさけびました。

「トーマ！　そんなことをしたら馬車がひっくりかえってしまう」

するとトーマは笑っていいました。

「ひっくりかえすのさ！」

そしてゆっくりと馬車がひっくりかえりました。

「裏《うら》がえったわ！　トーマ！　これって！」

「わかってくれたかな？」

そうでした。トーマの馬車は、さかさまにすると、一隻《せき》の小型《こがた》の舟になったのです！

「おれは、アイザリアの運河《うんが》をつくった男だよ。陸も行かねばならんし、川も渡《わた》らねばならないんだ。だからこんな乗り物をつくったってわけさ。カブト虫カブト虫とみんな笑うが、これでけっこう便利なんだぞ」

「でも、どうしてひとことといってくれないの！　わたしの部屋が、ひっくりかえってしまって大変なことになってるわ！　リンの部屋もよ！」

「ああ、そりゃ気がつかなかった！」

大笑いです。三人は、二頭の馬の力を借りてトーマの小舟をゆっくりと湖に浮かべ、乗りこみました。舳《へ》先《さき》には、ホルスとハルスが窮屈《きゅうくつ》そうに並《なら》んで立っています。

湖面《こめん》に風《ふ》が吹き渡《わた》ると、トーマは帆《ほ》をはり、リンとともに櫂《かい》をあやつり、舟はうごき出しました。いわれるままに鞆《とも》の舵《かじ》をあやつるテオは陽気《ようき》にさけびます。

「ようそろー！　ゴドバールに向かって出発！」

「あいにく対岸《たいがん》までたいした距離《きょり》もなさそうだ。ほんとの船旅はタクアに着いてから、たっぷりとできるさ、テオ」「ねえトーマ」「うん？」「海って、この何倍も広いのよね？」

トーマは首をふりました。

「何倍、どころじゃない。向こう側が見えないのさ。そして海に漕《こ》ぎ出《だ》したら、もう四方八方とも一面の海だそうだ。おまけにその水というのが、ぜーんぶ塩水なんだ」

「塩水！　だったら、魚なんか住めないじゃない」

「ところが、住めないどころか、川よりも湖よりもたくさんの魚がいるんだ。ふしぎな話だろう。アイザリアにも、リザ湖っていう塩水の湖があるんだが、そこには魚なんて一匹もいない。なんせ塩水だからな」

「なのに海には魚がいる！　信じられないわ。でも、ああ、早く行きたい。海を見てみたい！」

トーマは櫂《かい》をあやつりながら思いました。おれもたしか昔、海の詩を聞いたとき、そんな気持ちだったような覚えがある。だが、いまはどうだ。海を見るより、テオたちが海を見て喜ぶ顔、そっちの方をよほど見たいと思っているよ。これが、年をとるということなのかな。

「そんな目でわたしたちを見ないでくれない？　トーマ」とテオがいいました。

「どんな目だい？」

「とても、やさしい目」

「よせやい！　ほらテオ、舵《かじ》をしっかり持ってないと、舟がまっすぐにすすまないぜ！」

「わっかりやした、トーマの旦那《だんな》！」

トーマは思わずリンにいいます。

「あの娘《こ》は、ドーム郡でもいつもあんなふうかい？　さぞや人気があったろうな」

リンはトーマに指でこたえました。

（でも、この旅をはじめてからのテオの方が、ずっといい！）

「そいつは、よかった。そういえばリン。おまえもなんだか元気になってるな？」

（ぼくはもう、ドーム郡を出たときから、わくわくしっぱなしだよ！）

湖のちょうど中ほどまできた頃《ころ》でしょうか。急にあたりに霧《きり》がたちこめ、視界《しかい》が悪くなってきました。

「まいったな。でもまあ、対岸ならどこだっていいか。まっすぐ行けるといいんだが」

「トーマ、それよりなんか妙《みょう》な雰囲気《ふんいき》よ、化け物でも出てきそうな……」

「よせやい」

そのときです。とつぜん、行く手の湖面にざわざわと波が立ちました。

「ちょっと、隊長！」と、舵《かじ》をとっているテオがさけびます。「むこうの水面が、泡《あわ》だってる！」

帆《ほ》をささえるロープに気をとられていたトーマはテオの指《ゆび》さす方を見ていいました。

「ほんとだ。水が、盛《も》りあがってるな、あそこだけ」

「魚でもいるの？」

行く手の湖面の水が、ぶくぶくと音を立てて湧《わ》きあがっているようなのです。やがて……。

ザバアーン！

「おおっ？」「あ、あれは⁉」

とつぜん、巨大な、黒くつややかに輝《かがや》く物体が、湖面にあらわれたのです。それはどうやら、巨大な動物の頭部のようで、らんらんと光るふたつの目に、大きく裂《さ》けた口がありました。

「トーマ！　た、助けて！　あれは、蛇《へび》だわ！　蛇《へび》の頭《あたま》よ！　それもとてつもなく大きな！」

「蛇《へび》ではないだろう、頭を見てごらんよ、ツノがある。竜《りゅう》、っていうやつかい？　あれは」

「く、口が開いた！　わあっ、真っ赤な舌だ！　こわい！」

「テオ、あんたすこしうるさいぞ」とトーマがあまりにもにぎやかにさけぶテオをたしなめました。

「だってこわいんだもの！　こっちに向かってくるわ！　どうしよう！」

「頼《たの》むからテオ、静かにしておくれ。相手が竜《りゅう》ならなおさらだよ」

「どういうことよ」

「竜《りゅう》は、気位《きぐらい》が高いんだよ」

「あたしだって気位《きぐらい》は高いわ」

「いや、だからね」

しかしテオもやがて口をつぐみました。ゆっくりと舟に近づいた「竜《りゅう》の頭」は、しゅうしゅうと鼻《はな》で息をしていました。そして、大きく口を開いたのです。

——ボオエエエエルウ！

それは、ナウル象《ぞう》の遠吠《とおぼ》えのように大きく、低く、湖面を伝わっていきました。

「なんて悲しいさけび声なんだ」とトーマがつぶやきました。

「トーマ、もしかしたら、これは伝説のボエル？　まだ東の海に生きているという」

「ちがいない。ボエルなんて生き物に、生きてる間お目にかかれるとは思わなかったが。その昔、アイザリアせましとのし歩いていたというボエルだよ、これは。こんなところで生きていたんだなあ」

「でも、ボエル竜《りゅう》はみんな、東の海に逃《に》げて行ってしまったんじゃなくて？　それがどうしてここに？」

――ボオエエエエルウ！

ふたたび、ボエルの鳴き声がとどろきました。テオがさけびました。

「わかる。あたし、ボエルがなんていってるのか、わかる！」

トーマとリンが驚《おどろ》いてテオを見ると、いつの間にかテオは髪《かみ》につる草の冠《かんむり》を飾《かざ》っていました。

「テオ！　それは、シェーラの冠《かんむり》、か？」

テオはうなずきました。ドーム郡のすべての少女たちと同様、テオもまた、つる草と木の実のタンバリン、その名もシェーラの冠《かんむり》〈シェーラ・カリーン〉と呼ばれる髪《かみ》かざりを持っていたのでした。そしてテオはボエルのさけびにつれて、そのことばを語り出したのです。

「遠い遠い時代のかなたより、たがいに友であったわれらボエルと二本足《にほんあし》の仲間《なかま》よ。そんな木《こ》の葉《は》のような乗り物に乗っていったいどこへ行く？」

（ボエルが、ぼくらに語りかけているんだ）とリンが〈風の声〉でいいました。

「問いかけている。おれたちが、どこへ行くのか、と問うている」

「トーマ、教えて。あたしが答えるから。なんていえばいいの？」

「そうさな、じゃあ木《こ》の葉《は》みたいな乗り物で悪かったな、とでも」

「トーマ！」

「いやそれは冗談《じょうだん》だが、おれたちは、これからタクアへ行き、東の海へと漕《こ》ぎ出《だ》すつもりだ、といってくれ」

「やってみる」といって、テオはボエルに向かってさけびました。

ボエリイイイルウウ！

「テオ。そんな遠吠《とおぼ》えで通じるのかい」

「わからないけど、小鳥と話す要領でやればいいんでしょ。だったらこういうことよ。相手と同じ音を出しながら、こちらの気持ちをこめる。これでいいはずよ」

しばらくして、ボエルがまたしても大きく吼《ほ》えました。

ボエルウウウウウウウウ！

「通じたわ！　東の海には、ずっと昔に生き別れたボエルの兄弟がいるはずだ、っていってるわ」

「妙《みょう》な話だな、それは」とトーマが首をかしげていいました。

「どうして？　その話はだれもが知ってるわよ。遠いアイザールの昔、巨大なボエルはラド王に追われて東の海に逃《に》げていったのよ」

「あのな。生き別れたわけだろ。そしたら片方はそいつがどこに住んでるのかなんて、わからないだろ、ふつう。なんで東の海にいるってわかるんだ。おまえはうそつきのボエルだろう、といってやれ」

「はいはい」とテオはいって、ふたたびさけびます。

ボエルウ……！

「おい、テオ！　いまのは冗談《じょうだん》だ！　やつが怒《おこ》ったらどうするんだ！」

ボエルウウウウウ……！

「テオ！　やめろ、やめてくれえっ！」

「あははは！」とテオは笑い転《ころ》げました。「トーマったら！　わたしがそんなことを本気であのボエルに伝えるとでも思ったの？」

「じゃ、じゃあなんていったんだ？」

「もしもあなたの兄弟に会えたら、あなたからよろしくと伝えてあげるわ、って」

「テオ、あんたも相当なうそつきだな」

けれどボエルはテオのいったことがわかったらしく、うれしそうに、どこかやさしげな声で鳴きました。

ボウエルウウウウウ………！

「そうしてくれたらうれしい。なんの礼もできないが、ひとつ教えてやろう。このまますすむと滝《たき》になる、って」

「おい！」

ボエルボエルウウ……！

「あれ？」

「いま、ボエルは笑った？」

「なぞなぞをしたいといわなかったか？」

「そうよ！　なによ、トーマもボエルのことばがわかるんじゃない！」

ふしぎなことに、そこから先は、ボエルのことばはテオの通訳《つうやく》がなくとも、トーマにもリンにも直接わかったのです。

「きっと、何度かやりとりをすると、直接に話すことができるんだよ。ほかの動物だってそうじゃないか」と、トーマがいいます。「ましてボエルだ。おおかたいろんな魔法《まほう》だって使えるんだろうさ」

「じゃあ、こんどはトーマ、あなたがボエルにお返事してみてよ」

「いいとも」とトーマは気楽にいうと、ボエルにむかって吼《ほ》えました。それは、テオとリンにはこんなふうに聞こえました。

〈どんななぞなぞでもかまわないぞ。おれたち三人にわからないようななぞなぞなんて、世界中どこにもないからな！〉

するとすぐにボエルから返事がかえってきました。

〈ほう、それは頼《たの》もしい！　では、行くぞ？〉

「トーマ！　なんてうそをつくのよ、あんたったら」

「まあいいじゃないか、相手はボエルだぜ。こんな機会はめったにないんだから」

〈うまくなぞがとけたら、滝《たき》を避《さ》けて対岸の海の森まで行けるようにしてやろう〉

〈そいつはありがたい！　どんななぞなぞなんだい？〉

ボエルは、頭の上からびゅーっと霧《きり》のような水を噴《ふ》きました。そしていいました。

〈山のようにどんなに大きなものにも、砂のようにどんなに小さいものにも、虎《とら》のようにどんなに強いものにも、蚊《か》のようにどんなに弱いものにも、岩のように長い一生を送るものにも、泡《あわ》のように短い一生を送るものにも、すなわちこの地上に生きるもの、存在《そんざい》するもののすべてがどんなに逃《に》げようとしても逃《に》げられない、しかもいつもそのものを支配している、ただひとつのもの、とはなにか？〉

「うわっ！　なんだか、聞いたこともないほどおそろしいなぞなぞね、これって」「さすがボエル」とふたりはいいました。

〈答えられなければ、ここで沈《しず》めてしまってもいいんだぞ、その木《こ》の葉《は》のような小舟を〉

ボエルはそのように吼《ほ》え、湖面はひとしきり小舟をゆらしました。

「あんなこといってるわ。ねえトーマ、答えてよ！」

「待ってくれ。ええと、なんだ、大きいものも小さいものも、強いものも弱いものも避《さ》けられない、逃《に》げられないただひとつのもの、ってえことは……さっぱりわからんな」

「もうっ。たかがなぞなぞでしょ。たいしたことはないわよ。ええっとええっと……そうよ！　これよ！」

テオがさけんだので、トーマもリンもほっとしたようにテオを見ました。

「答えはなんだい、テオ？」

「あのね。どんなものも避《さ》けられないのは、〈死〉よ。象《ぞう》だって虎《とら》だって、死ぬことから逃《に》げられない。小さな蚊《か》だってそうでしょ？」

「おみごと！　といいたいが、山とか岩とか小石とか、砂《すな》なんてのは、そもそも死ぬのか？」とトーマ。

「ええっ？　あ。そうか。砂《すな》とか泡《あわ》は死ぬ、なんていわないわよね。うーん」

「おまけに支配されてるというんだぞ。そんなものはどこにある。あるとしたら神様くらいのもんだろ」

「それ！　答えは神様？」

「神様ねえ。ボエルが神様なんていうかなあ」＊

「それをいったら、答えはなんだって神様になっちまうぜ。それはやめとこう」

「じゃあなに！」

「わかった！」とトーマがさけびました。「大丈夫だ、まちがいない！　おれが、ボエルに直接伝えてやろう」

「ほんとなんでしょうね、トーマ」とテオがうさんくさそうにいいました。トーマはむっとして、

「日頃《ひごろ》はおれのことを立てておいて、いざとなったら信用できないっていうのか？」

「そうじゃないけど。あなたがこういう、頭を使うことが得意かっていうと」

リンが〈やめてよ、テオ〉というふうにテオの腕《うで》をとりました。

「わかったわよ、リン。トーマにまかせましょ」

トーマは舟の舳先《へさき》に立ってさけびました。

〈答えてやろう、ボエルよ！　この地上に、生きとし生けるもの、そして山や木や草や岩や石、虫けら、それらすべてのものみなにひとしく訪《おとず》れ、何人《なんぴと》たりといえどもそのものから逃《に》げることも避《さ》けることもできないものは、ただひとつ！　それは、『時間』だ！　そうだろう、ボエル！〉

ボエルは高らかにさけびました。

〈ご名答ー!〉

ザバアン………。

急に音がしたのでふりかえると、湖面に大きな波紋《はもん》が浮かんでいます。

いつの間にか、ボエルがいない!

「あ?」「ボエルがいない!」

いつの間にか、ボエルは湖の中に沈《しず》んでいました。そして、浮いているロープの先を見ると、そこには対岸の浜辺があったのです。

「着いた! やっほう!」「もう浅瀬《あさせ》だ」と三人は待ちきれずに湖に飛《と》び降《お》り、岸辺へと駈《か》けあがりました。

浜辺の向こうには、うっそうとした森が続いています。その森の向こうは、霧《きり》につつまれてよく見えません。

「ホルスとハルス、さあ降《お》りて、舟を引っぱっておくれ」とトーマがいい、二頭の馬は水に降《お》りて、小舟を曳《ひ》きあげました。もう一度小舟はロープでさかさまにされ、もとのカブト虫のかたちをした馬車に早変わりです。

「ここからが、『海の森』。そしてここさえ通り抜《ぬ》ければタクアの国だ!」
＊訳注《やくちゅう》——アイザリアでは「動物には信仰《しんこう》心はない」と教えている……わざわざ教えるべきことかどうかはわかりませんが。

第四章　海の森

『海の森』は、はてしなく深い森でした。どこまでも巨木が続き、ときおりサルやリスや小鳥の鳴き声が聞こえるほかは、ホルスとハルスのはく息と、馬車のギシギシきしむ音しか聞こえないほど静かです。トーマもテオもこの森があまりにもやさしく自分たちを迎《むか》えてくれることに驚《おどろ》きました。

森の中は美しく、木々の下にはトーマの馬車がなんなく通れるほどの道までついているのです。

「どうだい、ここは！　アイザリアにも森は多いが、こんなみごとな森はめったにあるもんじゃない。まるで森の民が百人ほど束《たば》になって世話《せわ》をしたあとの森のようだ。見てごらん、ちゃんとおれたちのために道までついている」と、トーマはいいました。テオがたずねます。

「どうして、だれもいない森にこんな道がついているの？」

「だれもいない、ってことはないからさ。どんな森だって、シカもいればクマやオオカミやキツネやリスがいるだろう。そいつらのための道があるのは、別におかしなことじゃない。いっただろう、人間が通るための道ばかりが道じゃない。どんな山にも、けものが通る道がある。これもそういう道のひとつさ」

「でも、こんなに大きな、つまりけものたちにとっては大きな道は、ふつうはありえないでしょ。けものがみんな利用してたら、この道の上で肉食獣《にくしょくじゅう》はかんたんに獲物《えもの》を捕《と》らえることができてしまうわ」

「あんたのいうとおりだ。だが、だれだって広いりっぱな道を通りたいのさ。時間がちがうんだよ。通る時間がね。ほら、森の泉で動物たちが水を飲む場合を考えてごらんよ。動物たちにはそれぞれの時間があって、それは不可侵《ふかしん》なものなんだ。ちゃんとルールというものがあるのさ」

「ということは、すべての動物たちにとって、この道は聖《せい》なる道で、この道の上で狩りをしてはいけないとか、そういうルールがあるっていうこと？」

「そういうことさ」とトーマはいいました。「道というのはいろんなところに好きにつくっていいというもんじゃないのさ。かならず、こういうけもの道をもとにして、そこから慎重《しんちょう》にもとの道をそれないように道をつくっていくんだ。道というのは通るため、歩くためだけじゃなくて、みんなの住んでいる場所の区切りをつけていく働きもあるし、また、地下の水脈とも通じているところがある。つまり、だれかが勝手に下手《へた》な絵を描《か》くようにして道ができるってわけじゃないのさ。逆に、ちゃんと自然にあわせてつくった道は、みんなが喜んでくれる。そうだな、おれがアシバールのある村でつくった道ができたときは、近くの山からなんと五、六十頭のシカの群れがお祝いにやってきて、その道の歩《ある》き初《ぞ》めをしてくれたもんだ。シカのあとにはサルがうれしそうに飛びはねてたぞ」

「またまたー」とテオはあきれてトーマを見ます。トーマはにやにやしながらテオを見ます。まるでテオが信じるかどうかを試《ため》されているような気がして、テオはいちおう信じることにしました。

「じゃあ、もしも人間が勝手に道をつくったらどうなるの？」

「あんまりできのよくない道大工《みちだいく》があるところで新しい道をつくったら、井戸という井戸の水が涸《か》れてしまったという話を聞いたことがある。新しい道が、地下の水脈をおさえつけるかどうかしたんだろう」

「でも、そんな、地下の水脈なんて見えないでしょ。見えもしない水脈をどうやって知るの？」

「いろいろなやり方があるよ。地下の水脈だっておれたちには地上から見えるのさ。ああ、あそこに地下水が走っているも、地面の下のことから上のこと、裏側《うらがわ》のことまで教えてくれるのさ。目に見える風景だけでな、ってね。アイザリアでは水大工《みずだいく》の仕事だが、もちろん道大工《みちだいく》だって知ってなきゃな」

「水大工《みずだいく》？」

「まあ、ふつうは井戸を掘《ほ》ったり、水道をつくったり、下水の工事をしたりする。アイザリアでは水大工《みずだいく》と道大工《みちだいく》は分業《ぶんぎょう》しているんだ。でもドーム郡ではみんな道大工《みちだいく》の仕事になってるな」

リンがトーマの袖《そで》を引きました。そしてじぶんを指さします。

「ん？　リンも道大工《みちだいく》になりたいのか？」

リンがうなずきます。

「いいかもな。道大工《みちだいく》に特別な能力や資格《しかく》はいらない。親方《おやかた》について仕事をしていれば、あとは年月が教えてくれる。ならこの旅の間にすこしずつおれが教えてやるよ」

「いいえ。リン。あんたはね、わたしの伴奏《ばんそう》をするの」とテオは水をさすようにいいました。「道大工《みちだいく》や水《みず》大工《だいく》になるのはほかの人にまかせて、さすらい人はまずラリアーになるの！」

「だから、それはもうなってるじゃないか、いま」とトーマは笑っていいました。「旅がおわれば、おれはドーム郡で隠居《いんきょ》するが、リンは仕事して生活しなきゃならないからな」

「生活なんてどうにでもなるわよ」とテオはいいます。「そもそもちゃんと日々の糧《かて》を得ようと思えばさすらい人なんてこの世の中から消えてしまうわ。そういう連中は、田畑《たはた》を耕《たがや》して、一生同じ土地に縛《しば》られて暮《く》らせばいいのよ。でしょ？」

「ちげえねえ！　あんたは、ほんとに性根《しょうね》の座ったドーム郡のむすめだなあ！」とトーマは舌を巻《ま》いていいました。


ちょうど、リール湖でたくわえた水がつきようとするころ、一行は小さな泉のほとりに出ました。

「なんかすてきなところ！　ねえ、ホルスとハルスだって疲《つか》れたと思うし、今日はここで休みましょうよ！　わたし、森の中でキノコとか薬味《やくみ》とか食糧《しょくりょう》をさがしてきたい。おいしいスープをごちそうするわ」

「いいだろう。おれも馬車の修理や道具の手入れをしよう。リン、手伝っておくれ」

そこは泉を囲《かこ》んで木の実が熟《じゅく》している木々があり、横たわればいつまでも寝《ね》そべっていたくなるほど深々としたじゅうたんのようにやわらかい苔《こけ》が地面をおおっているところでした。ホルスとハルスも、ひさしぶりに引き具をはずされ、そのあたりの草を食べたりしてうれしそうです。トーマにいわれるままに、リンは馬車の修理を手伝います。見れば見るほど、トーマの馬車はよくできていました。でこぼこの山道を行くときに振動《しんどう》をすくなくして上《のぼ》り下《お》りができるようなしかけや、車輪の強度を保《たも》つためのさまざまな工夫《くふう》、そしてそれらの道具を長持ちさせるための油や塗料《とりょう》など、どれをとってものんびりしたドーム郡の生活のための馬車には考えられないことでした。トーマはそれをいちいちリンに説明しました。

「生活が大変になればなるほど、仕事はいろいろ出てくる。するとみんなそれぞれの仕事をうまくこなせるように工夫する。ところが、工夫すればするほどいろんなものが複雑になって、素人《しろうと》が扱《あつか》えなくなる。そこらへんが困ったもんさ。南の国ならいいんだが。ほら、カダリームという南の国では、気候がいいから服なんぞなくてみんな裸《はだか》ですごせるっていうし、家だって、食べ物だってそこらへんにあるっていうからな。うらやましいだろう。だが、そんなにいいところかといえば、おれは首をかしげるね。人間はどこにいたって苦労してるもんだというのがおれの考えだ。ところでテオはどこへ行ったんだ?」

そういえば、食糧《しょくりょう》を探しに行ったテオが小半刻《こはんとき》たっても帰ってきません。

「まさか森の中で迷ったなんてことはないだろうが……テオにかぎって。森はこわいぞ。似たような木々ばかりだ。山だってそうだが、ちょっと気を抜《ぬ》くとすぐに迷ってしまうもんさ。いくらテオが利口だからって、こればっかりは経験しかものをいわないぜ」

リンは首をふりました。

「ん? テオはそんなことはないっていうのかい? だが、やっぱり、そろそろ探しに行かなくてはならないよ」

トーマとリンは腰《こし》をあげ、それぞれナイフと山刀《やまがたな》を持って森の中に入りました。けもの道が続《つづ》いています。

「リン。このあたり、けっこうおかしな雰囲気《ふんいき》だと思わないか？　なんだかなあ。ふつうの森とちがって、妙《みょう》な気分になる。この足元のせいかな」とトーマはあたり一帯の苔《こけ》を指さしました。「その昔、レイアム＊の都で宮殿《きゅうでん》の中に入ったときも、こんなふかふかのじゅうたんがあったもんさ。……眠《ねむ》くなってきちまう。ひょっとして、テオもどっかで……ん？」

　リンの指さす方を見ると、大きな木の根元に、テオが倒《たお》れているのが見えました。

　ふたりは大いそぎでかけつけ、テオをゆりうごかしました。

「テオ！　大丈夫か？」

「ううん」と、テオが小さな息をしたので、トーマとリンはほっとして顔を見あわせました。するとテオは目をあけました。

「あら？　どうしたの？　ふたりとも」

「どうしたもこうしたもないもんだ。あんたはここで倒《たお》れてたんだぜ」

「やあねえ。倒《たお》れたんじゃないわよ。ちょっとうとうとしてしまったのよ」とテオはすこし恥《は》ずかしそうにいいました。「夢なんか見ちゃった。あ……。わたし、ずいぶん長いこと寝《ね》てたのかな。心配かけてしまった？　だったらごめん！」

「いや、無事でよかったよ。だが、どうしたんだ？　おかしなキノコでも食べたのかい？　こんなところで

＊訳注《やくちゅう》――旧称《きゅうしょう》はワラトゥームの都、イズム。虹《にじ》戦争ののち、王女ラクチューナム・レイにちなんでレイアムと改称《かいしょう》された。

寝《ね》てしまうなんて」とトーマはテオのそばにキノコの入ったかごがあるのを見ていいました。

「なんだかね、ここで、急に眠《ねむ》くなったのよ。それで、この木にもたれて……あっ！」

「どうしたい？」

テオは大きな木を見上げました。

「この森に、昔、だれかがきたことがある……って、そんなことをこの木がいってたの」

「夢の中で、かい？」

テオはまだ目がさめていないかのように、首をかしげました。

「そうなんだけど。あれはやっぱり夢だったのかなあ」

「おい、大丈夫か。とにかく、馬車まで戻《もど》ろう。立てるかい？」

リンとトーマがテオの両手をとって起こそうとすると、テオはゆっくりと立ちあがりました。

「ありがとう。もう歩けるわ。リン、悪いけどキノコのかごを持ってくれる？」

三人は馬車のところまで戻《もど》りました。テオは何事《なにごと》もなかったかのように馬車のそばで火を焚《た》き、なべにキノコを入れてスープをつくりはじめたので、トーマとリンもほっとして馬車の反対側で車輪を磨《みが》く仕事に戻《もど》りました。それからまもなく、「お食事よ」という声でふたりそろってテオのところに行くと、テーブルがセットされて、三人分のスープ皿が載《の》っていました。薬味《やくみ》のいい匂《にお》いもします。

「キノコのスープよ。さあ座って」というテオの声に、ふたりはいそいそとテーブルにつきました。旅がはじまってから、こんな優雅《ゆうが》な食事ははじめてでした。テーブルのせいでなごやかな気分になっています。

「うまい！　なんだい、この歯《は》ざわりのいい草は！　キノコもおいしいし、スープの味つけときたら、レイアムいちの店に匹敵《ひってき》するぜ！」

「草じゃないのよ。このあたりの苔《こけ》を入れてみたの」とテオがいったので、トーマは吹《ふ》き出しました。

「ぷふっ！　そこいらの苔《こけ》ってかい！　ほんとに食えるものなんだろうな！」

「大丈夫よう！　失礼ねえ。わたしだって苔《こけ》の種類くらいわかるわ。これは、メモっていう珍《めずら》しい苔《こけ》よ。めったに見つからないの。珍味《ちんみ》なんだけど、こんなに群生してるのははじめて見たわ」

そういって、テオもスープを味見《あじみ》しようとしました。

スプーンを口に運ぼうとしたその瞬間《しゅんかん》、テオは、「あっ」と小さくさけび、手をとめました。

「思い出したわ！　さっきの夢！」

テオは呆然《ぼうぜん》としてスープを見つめています。

「あの木の下で、見た夢かい？」

テオはうなずきました。

「そう。そうだわ。あそこでキノコとりに夢中になってたときよ。どこからか声が聞こえたの。それはね、さっきのあの木の声だったの。おまえに教えてやりたいことがある、って。それで、急に眠《ねむ》くなって、夢を見たの。ひとりの娘《むすめ》の夢。そう、わたしがその娘《むすめ》になってるわけね。で、その子がだれかというと、じつはわたしのよく知っている娘《むすめ》なの。親しい友人というか、あるいはきょうだいのような。でも、それがだれかはわからないんだけど。でね、その娘《むすめ》が……つまりわたしが、なぜかうきうきしてるの。スープをつくりながら。キノコと、いくつかの森の山菜《さんさい》をとりあわせたそのスープ、つまりいま食べてるこんなのをつくってるんだけど、もう、それはそれは楽しい気分なのよ。なぜかっていうと、そのスープにはね、大事な、大事な思い出があったからなの。そのスープをつくるたびに、とってもうれしい、甘《あま》い記憶《きおく》があったのよ」

スープにまつわる記憶《きおく》とは、ある若者のことでした。若者はいまは旅に出ていて、そこにはいません。けれど娘《むすめ》は、いつかかれとふたたび会う日がくると信じていました。ドーム郡の若者にはありがちな関係です。もしかしたら娘《むすめ》の恋人は、ラリアーとなってアイザリアへ旅立ったのかもしれないとテオは思いました。でも、だったらなぜ、娘《むすめ》は、朝からこんなにうきうきしているのでしょう。なぜ、急に思い立って、このスープをつくる気になったのでしょう。

そのわけは、娘《むすめ》のつぶやきでわかりました。

……あのひとが、帰ってくる！

どうしてそう思ったのか、娘《むすめ》にもわかりません。若者がその日に帰ってくると約束したわけではありません。手紙がきたわけでもありません。若者が戻《もど》ってくるなんていうわさも、ことづても、なにもありません。だれもが、若者はもう戻《もど》ってはこないのだと思っていました。

でも、娘《むすめ》は、はればれとつぶやいたのです。

……あのひとに、会える！　今日！

こんなことがあるのでしょうか。これは予《よ》感《かん》とか、予兆《よちょう》というようなものなのでしょうか。夢を見ているテオはふしぎに思います。すると娘《むすめ》は、テオの疑問《ぎもん》が聞こえたかのように、心の中で答えました。

……予感《よかん》でもないし、期待《きたい》でもない。とても確実《かくじつ》なことなの。そう。あのひとに会える。今日。そのことを、わたしは知っている。だから、スープをつくってるの。そういうことなのよ。

テオは、「そんな」と心の中でつぶやきます。未来のことをどうしてすでに知っているというわけ？

すると娘《むすめ》は答えました。

……おかしな話よね。でもそうなの。まちがいないって、わたしの心がいってるの。

ひょっとして、それはあなたとその若者だけにしか通じないことなのかしら、と、テオは思いました。娘《むすめ》はふたたび、テオの声が聞こえたかのようにじぶんにいいます。

……それならすてきだけどね。でもちがうみたい。この世の中には、ときどき理屈《りくつ》ではわからないことが起きるのね。そんなようなことだわ。わたしにもよくわからないけど。

テオはそれ以上問うことをやめました。そう。そうなの。じゃあ、ほんとに、会えるといいね。

口もとにほほ笑《え》みを浮かべながら、スプーンひと匙《さじ》の香《かお》りをかいでうなずく少女。これでいい。この香り。きっとあのひと、喜んでくれる。

そこから先は、もうテオは娘《むすめ》になりきっていました。

ドアをノックする音がしました。

高鳴る胸《むね》をおさえながら、娘《むすめ》はドアをあけました。

……やっぱり。

そこに、男が立っていました。


その胸《むね》に飛びこめばよかったのです。でも、娘《むすめ》にはできませんでした。男は、たしかに娘《むすめ》の見知った若者にちがいありませんでした。けれどかれの目はあまりにも鋭《するど》く、娘《むすめ》の笑顔も凍《こお》りつくほどでした。

男の目は落ちくぼみ、頬《ほお》はこけて、別人のようでした。たくましかった筋肉《きんにく》は痩《や》せさらばえ、長旅のせいでしょうか、髪《かみ》もすっかり汚《よご》れていました。まなざしの奥あたりのまっすぐな光だけが、かつて娘《むすめ》が知っていた若者の瞳《ひとみ》をほうふつとさせるものでした。

「どうして、こんなことに」

かすれ声でつぶやいた娘《むすめ》に向かって、男はいいました。

「よかった。おいらがだれか、わかるんだね」

そのことばに、娘《むすめ》はじぶんをとり戻《もど》しました。

「入って。どんなにつらい旅をしたか、なにがあったか、聞かせて。ずっと待っていたの。あなたが帰るのを」

すると男は首をふりました。

「そうしたいのは山々だが、時間がない。いっしょに、きてほしい。それも、いますぐ、だ」

娘《むすめ》は男を見つめました。その目には、彼女が愛した一途《いちず》な光が変わらずにありました。

「どんなことでも、あなたといっしょにやっていく」

なんのためらいもなく、そういっていいました。その答えを待っていたかのように、男は娘《むすめ》の手をとりました。

「ひとつだけ、わかったことがある」

「教えて」

「真実とは、つらいものだ」

男は馬に乗り、手をさしのべて娘《むすめ》をじぶんの前に乗せました。馬は一声高くいななくと、走り出しました。馬のたてがみにしっかりすがりついて、娘《むすめ》はつぶやきました。

……スープ、飲ませてあげたかったのに。


「そんな、夢だったの」いいながら、テオは涙《なみだ》をぼろぼろこぼしました。「ああん、もう！　なんでスープを飲んでくれなかったのよう！　どんなことがあったってふたりでスープを飲むことの方が大事でしょうに！」

「じつにうまいスープだ。だが、その男はだれだったんだろうな。そんなに切迫《せっぱく》して娘《むすめ》をドーム郡から連れ出さねばならない事情でも……ん？」トーマはふと思いついたようにいいました。

「その娘《むすめ》はドーム郡の子にまちがいはないのかな？」

「ええ、ドーム郡の娘《むすめ》の服を着ていたわ。なによ、トーマ」

テオとトーマはしばらくおたがいの顔を見つめあいました。

「それって……」

トーマはうなずきました。

「まあ夢の話だしな。まさかとは思うが、クミルではないのか、そのひとは」

「クミルはドーム郡を出て行った。だけど、いつどこへなんのために出て行ったのかはだれも知らない。そうだったわよね？」

「ああ。フユギモソウがドーム郡を襲《おそ》ったとき、クミルたちは夏のまつりをはじめ、そしてみずからタウラの剣《つるぎ》によってフユギモソウを倒《たお》した。おれたちが知っているのはそれだけだ。それからいったい何百回、何千回、いやもしかしたら何万回、ドーム郡の子どもたちはこの質問をしたことだろう。『クミルはそれからどうしたの？』と。だが、大人たちはだれも教えてはくれなかった。もしもあんたの見た夢に出てきたのがクミルなら、それも当然だ。クミルはある朝ドーム郡をとつぜん出ていったということになるからな」

「きっとあの男のひとが、かかしと呼《よ》ばれたクミルの同伴者《どうはんしゃ》よ。夏のまつりがおわったあと、かかしはもうドーム郡にはいなかったんだもの。ああ、でも、さっきの夢がそうだったという証拠《しょうこ》はなにもないのよね。でも、ねえ、トーマ。わたしが見た夢はなんだったの？　どういう意味があるのかしら？」

「この森が、おれたちに教えてくれようとしてるんだろうよ」とトーマはいいました。「あるいは、クミルが、かな？」

「クミルが？」

「だってそうだろう、おれたちはなんのための旅をしていると思う？　わざわざにわかラリアーを組んで、クミルが退治したはずのフユギモソウの種を持って、はるか遠くの海のかなたへ行こうとしているんだぜ。そのラリアーが見る夢に出てきたんだ。まちがいなくクミルがおれたちになにかを語ろうとしてるんだよ」

「ではいったいなにを？」

トーマは腕《うで》を組みました。

「その男はクミルを連れて行ったわけだ。しかもそれはフユギモソウが退治されたあと、ってわけだろ？それだけではなんのことかわからんよな。……おい、リン！　どうした！」

いつのまにか、真剣《しんけん》に話しているトーマとテオをよそに、リンは椅子《いす》にもたれかかってかすかな寝息《ねいき》を立てていました。トーマはほほ笑《え》みました。

「無理もない。こいつはまだ半分子どもだからな。ふつうの人間だって旅は疲《つか》れる。寝《ね》かせといてやろうじゃないか。ふう。なんか、おれも眠《ねむ》くなってきたようだ。ちょっと一服するよ、テオ」

「どうぞ。あたしもなんか……ふぁあ……」

トーマは森の大きな木を一本選んで、その木の根もとに腰掛《こしか》けました。するとすぐに大きないびきをかいて、寝《ね》てしまいました。それを見るとテオも急に眠気《ねむけ》がさしてきました。

「なんか、さっき寝《ね》たばかりなのにもう。まさか眠《ねむ》りキノコじゃないでしょうね」いいながら、テオもふかふかした苔《こけ》の上で、くずれるように眠《ねむ》ってしまったのです。

それから間もなく、眠《ねむ》っている三人のまわりに薄《うす》いもやがたちこめてきました。まるで、森の木々が静かに煙《けむり》のようなもやを集めているかのようでした。

最初に気づいたのはテオでした。

「トーマ！　ねえ、トーマ！」

「ん？　どこだ、テオ」

あたりは一面ミルク色の霧《きり》です。トーマの肩《かた》を、リンがゆさぶりました。

「おお、リン。どうした」

そこへテオもやってきました。三人は不安そうにたちこめる霧《きり》を見つめました。そのときです。

「なにかがくる！　馬のひずめのような音がする！」とテオがささやきました。けれどその音はとてもかすかで、どこか別の世界を走っている馬のような気がするのでした。

「森の中ではいろんなことが起きる。いいかテオ、リン。これからなにが起きてもだまっているんだぞ。いいか？」とトーマが押《お》し殺《ころ》した声でいいました。ふたりはうなずきました。

それはみごとな葦毛《あしげ》の馬でした。いえ、もしかしたらミルク色の霧《きり》のせいでそう見えたのかもしれません。その馬は、三人が息をひそめている泉のほとりの小さな広場までやってくると、ぴたりととまりました。テオは思わずさけびそうになりながら、口をおさえました。馬の背《せ》にはふたりの男女が乗っていたのです。

「夢に出てきたふたりだわ！」

トーマがうなずきました。

ひょろ長い手足の男がまず馬から降《お》りました。そして娘を抱《かか》えて降《お》ろしました。

「すこし休もう。海の森はまだまだ長い」と、男がいいました。娘《むすめ》は馬から降《お》りるとき、すこしふらつきました。その娘《むすめ》をささえながら、「大丈夫かい、クミル」と男は娘《むすめ》の名を呼《よ》びました。娘《むすめ》はほほ笑《え》んで若者を見つめました。

「森の中ならわたしのものよ。心配しないで。……ここは、『百の森、千の森』の続《つづ》きになるの？」

「まあ、続《つづ》きといえばそうなるのかもしれない。すべての森は続《つづ》いている、ということばもあるからな。ここは『海の森』。海というだけあってアイザリアでいちばん深くて大きな森だよ」

「このまま海に続《つづ》いていればいいのにね。そうすれば、ここからまっすぐにゴドバールへ行けるのに」

男はしばらくだまってクミルを見つめたあとでいいました。

「よくおいらについてきてくれた。礼をいうよ、クミル」

「なにを水くさいこと。かかし、わたしは、もう、昔のクミルじゃないの。あのとき、フユギモソウを倒《たお》したとき、わたしのなにかが変わった。それがなんなのか、ずっとわからなかったけど、いまはちゃんといえる。わたしも、あなたやヒース先生や、そしてシェーラとタウラのように、だれかの幸福のために生きていこうと。それがわたしの使命なんだと思ってる。生きている意味なんだと」

娘《むすめ》は唇《くちびる》を真《ま》一文字《いちもんじ》に結んで、かかしと呼《よ》んだ若者を見上げました。そのときでした。

「ヒェッ、ヒェッ、ヒェッ！」

とつぜん、ふたりの前にひとりの男が降《ふ》って湧《わ》いたかのようにあらわれたのです。テオもトーマもリンも、ただただ驚《おどろ》いて眼前《がんぜん》の光景を見ているだけでした。

男は、山刀《やまがたな》を持って、クマの毛皮を着ていました。体は大きく、体じゅうから獣《けもの》のような臭《にお》いがたちこめていました。顔全体にいくつかの傷《きず》があり、目は片方《かたほう》がつぶれていました。明らかに男は山賊《さんぞく》のようでした。

「まーさか、こんなところで会えるとは思わなかったぜ、うそつきの小娘《こむすめ》！　男といっしょかい、ヒェッ、ヒェッ、ヒェッ！　いつの間にかこんな野郎《やろう》とつるみやがって！　なんてけっこうな再会《さいかい》だ！　おれを忘《わす》れたかい？　そうだろうな、おれみたいなけがらわしいやつに会ったことなど、さっさと忘《わす》れてしまいたいだろうからな！　ヒェッ、ヒェッ、ヒェッ！　ドーム郡からきたといってたな、小娘《こむすめ》！　おれは、かげの森でおまえと出会い、お前にこの目を木の枝で突《つ》かれて、片目《かため》になってしまった山賊《さんぞく》だよ！　ここで会ったが百年目だ。さあ、おれの目の償《つぐな》いをしてもらおうじゃないか」

「かげの森の山賊《さんぞく》！」

クミルは、思い出したというように山賊《さんぞく》を見ました。

「忘《わす》れるものですか。あなたのことは、決して忘《わす》れないわ。わたしの旅のとちゅうで、あなたに出会ったときほどつらいことはなかったんですもの！　そして、いま、こんなところであなたに会うなんてね！」

「ヒェッ、ヒェッ、ヒェッ！　こいつときたら、いきなりおれの目を突《つ》いて、逃《に》げて行きやがったんだよう！」

クミルが自分にとても悪いことをしたというかのように、山賊《さんぞく》はかかしに訴《うった》えました。かかしはにっこり笑いました。

「そのときの話は聞いている。おいらとクミルが出会う、そのすぐ前のことだね。クミルは雨にうたれて倒《たお》れていた、あのときクミルを死ぬほど追《お》いつめたのがおまえだったわけだ」

「ありがとう、かかし、この山賊《さんぞく》のいうことを信じないでくれてうれしいわ」

「まあ、ふつうはそうだろう」とかかしはいいました。

「でもあのとき、かげの森でこの山賊《さんぞく》にうそつきと呼《よ》ばれ、わたしはじぶんをこなごなにうちくだかれたのよ。そしてやみくもに逃《のが》れようとして、結果このひとを傷《きず》つけたのよね。そう、あなたは片方《かたほう》の目をなくしてしまったのね、わたしのせいで」

山賊《さんぞく》はよだれをたらすほど、うれしそうでした。臭《くさ》い息《いき》をはきながらいいました。

「おぼえていたんだな。おれは、おまえにもう一度会おうと思って、森から森へと渡《わた》り歩いたよ。ヒェッ、ヒェッ！　あのとき、殺してやる、とおれはいった。たったいま、殺してやろうじゃないか。おれの味わったような苦しみを、おまえにも味わわせてやりたいんだよ。こっちへこい、まず、おまえの片方《かたほう》の目玉《めだま》からくりぬいてやろうじゃないか」

「あいにく、そうは問屋《とんや》がおろさないわ」そういって、クミルはつかつかと山賊《さんぞく》の前まで歩いていきました。

テオは息をのみました。それはかかしも同じ思いのようでした。

「あぶない、クミル！」

山賊《さんぞく》は、いきなりクミルが自分の目の前にやってきたことにたじろぎました。

「な、なんなんだ、おまえ！　おれが怖《こわ》くないのか！　おれにあんなことをして、ただですむと思ってはいないだろうな！　おれはおまえを殺《ころ》すつもりなんだぞ！　お……おまえの細い首ねっこをおれのこの手でぎゅっとつかんで、へし折《お》ってしまうことだってできるんだぞ！」

クミルはほほ笑《え》みました。

「それで、あなたは、どうなりたいわけ？」

「どう……なりたい、だと？」

「わたしを殺して、それでどうなるの？　それで目的達成《もくてきたっせい》？」

「なにがいいたいんだ！」

「あなたは、わたしと出会って、わたしを傷《きず》つけようとして、かえって片目《かため》を失った。だからあなたはこんどはわたしを殺そうとずっと思って、森から森へとさまよってきたのね？」

「そうだっ！　えらそうに能書《のうが》きをたれて、自分はうそつきじゃないといってたお前が許せないんだ、おれは。お前をとっつかまえて、もういちど、世の中のありとあらゆるうそを教え、おまえがうそつきだと認《みと》めさせてやるんだ、わかったか小娘《こむすめ》！」

するとクミルはまたしてもふふっと笑っていいました。

「わたしについていてらっしゃい」

「なんだとお？」

「あなたの、その考え、そのすさんだ生き方を、ここでおしゃべりをして変えようなんて思わない。あなたのいってることが真実か、わたしの方が真実か、それをはっきりさせるためにもこれからわたしたちといっしょにいらっしゃい。ね？」

山賊《さんぞく》は、一歩退きました。そして、山刀《やまがたな》を構えました。

「なにをいってるんだ！　お前をいまから殺してやるといってるんだぞ、おれは！」

「クミル！」

かかしがすらりと剣《けん》を抜《ぬ》いて、クミルの前に出ようとします。ところがクミルはそれを制していいました。

「ここは、わたしにまかせて」

「この、この小娘《こむすめ》が！　いつのまにそんなに偉《えら》そうな口をきくようになったんだ、ええ？」

山賊《さんぞく》はそういって、山刀《やまがたな》をふりあげ、クミルに向かってふりおろしました。

「ええいっ！」

ところが、クミルはすっと身をかわしたのです。山賊《さんぞく》は勢いあまって、見ているテオたちのところまで前のめりになってどうと倒《たお》れこみました。

「片方《かたほう》の目が見えないのでは、さぞ不自由な思いをしたでしょう。でも、そのことであなたにあやまるつもりなどないわ。だって、あれはあなたが悪いんですもの」

「な、なんだとお！」

山賊《さんぞく》は山刀《やまがたな》を捨て、こんどはクミルに素手《すで》で襲《おそ》いかかろうとしましたが、またしてもクミルに体をかわされ、どどうっと倒《たお》れました。そして、それから数回、同じことが繰《く》り返《かえ》されました。

「なんてすごいの、クミルの身のこなし！」とテオはうっとりしてつぶやきました。

「おやめなさい」とクミルは静かにいいました。山賊《さんぞく》は荒い息をはきながらさけびました。

「ちぇえっ！　なんてざまだ！　小娘《こむすめ》ひとりに、こんなに軽くあしらわれるなんて！　おおお、おれは、なんて情《なさ》けないんだっ！　しかもあんなうそつきの小娘《こむすめ》に、おれをこんな体にしやがったやつに！　おうっ」

「クミルはもう、昔の小娘《こむすめ》じゃないのよ」

「どういうことだ？　おまえはおれのいうことにショックをうけて、おたおたして、悲鳴《ひめい》をあげてたじゃないか！　なにがどうしたというんだ、どうしてそう変われるんだ、人間なんて、変わるもんじゃないだろうが！」

「その秘密《ひみつ》が知りたければ、わたしといっしょにいらっしゃいといってるのよ」

「おいおいクミル、こいつといっしょに旅をしようってのかい？」とかかしはおかしそうにいいました。

「あら、かかし、ご迷惑《めいわく》？」

「あっはっは。ご迷惑《めいわく》なのはおいらじゃないよ」

「でしょうけどね、ふふふ」とクミルもいって、山賊《さんぞく》を見つめました。

山賊《さんぞく》はいらだちながらいいました。

「おっ、おっ、おまえたちは、どこへ行こうとしてるんだ？」

「あなたの知らない物語があってね。フユギモソウという邪悪《じゃあく》な草があったの。人の心を凍《こお》らせるという草なの。ドーム郡はそのために大変な目にあったんだけど、わたしたちはなんとかその草に勝ったのよ」

「だが、その草には出所《でどころ》があった。遠い遠いところなんだが、その場所にフユギモソウの種を戻《もど》さねばならないということがわかったんだ。だから、これからおいらとクミルで、そこへ行こうとしてるのさ」

「おまえたちふたりで、かい？」

クミルとかかしはうなずきました。

「ちょっと危険《きけん》な種でね。ふつうの人間にはかなり重い」

「昔のわたしだったら運べないかも」とクミルはいいました。

「そんなに重いものを持ってるようには見えないが」と山賊《さんぞく》はけげんそうにいいました。クミルとかかしははじけるように笑いました。

「あはは。ほんとよね。じつは軽いのよ。重いといったのは、なんというか、この仕事の重さみたいなものなのよ」

「いったい、その種はどういうものなんだ」

クミルはいいました。

「真実の種」

「なんだ、それは」

「すべての人間の真実を暴《あば》いてしまうというおそろしい種」そういって、クミルはポケットから小さな金色の箱を取り出しました。「どう、あけてみましょうか？」

「それをあけると、あんたがいまなにを考えているか、ほんとのところがすっかりばれてしまうのさ」とかかしがいいます。すると山賊《さんぞく》はあわててさけびました。

「やめろ！　やめてくれ！　いまさら、真実なんて見たかねえや！」

「まあ、その方がいいだろうさ。なかなかふつうの人間には耐《た》えられないもんだ。で、その種をおいらたちは海のかなたのある場所へ戻《もど》しに行こうとしてるわけだ。そうしないと、いろいろ困《こま》ったことが起きるというんでね」

「ばかばかしい、お人よしにもほどがある！　そんなもの、そこらへんに捨ててしまえばいい」

「だから、いっしょにいらっしゃい、といってるの」とクミルはおかしそうにいいます。

「なんでおれが行かなきゃならないんだ！」と山賊《さんぞく》はふたたび山刀《やまがたな》をふりあげてさけびました。

「この箱をあけてみればわかるわ。あなたは、ほんとはわたしといっしょに行きたいと思ってるでしょ？」

とクミルはふたたび小箱を取り出しました。山賊《さんぞく》はたじろいで、あとずさりしながらいいました。

「馬鹿野郎《ばかやろう》！　おれが行きたいなんて、しかもおれの仇《かたき》のおまえといっしょに旅をだと！　やめろ！　いいかげんにしろ！　おぼえてろ！　いつか殺してやる！　若いの、お前もいっしょだ！」

そういいながら、山賊《さんぞく》は森の中へ逃《に》げるようにかけて行きました。そのうしろすがたを見送りながらかかしはつぶやくようにいいました。

「ふうん、これからおいらたちのあとをずっとつけまわしそうだな、あいつ」

「あのひとにとって、きっと必要なのよ、わたしたちとここで出会ったということは」

「クミルらしい考え方だな、それは」

またしてもミルク色のもやがあたりにたちこめました。そして、クミルとかかし、葦毛《あしげ》の馬はそのもやの中に溶《と》けてしまったかのように消えてしまいました。


「クミルが……フユギモソウの種を……持ってた」

テオは目を丸くしてつぶやきました。

「おったまげた話だ、まったく」

「いったいどういうこと？」

「見てのとおりだろう。それ以上のことも、それ以下のこともおれにはわからんよ。いいかい、テオ、そしてリン。あれはずっと昔の話だ。クミルが退治したあとにきっと、フユギモソウの種があらわれたんだ。クミルたちはそれを持って、どうやらゴドバールへと向かったんだな」

「それって変よ。そしたら、あたしたちの持ってるフユギモソウの種はなんなのよ……ま、まさか！」

「なんだい」

「クミルとかかしは、きっとあの山賊《さんぞく》に殺されたんだ！　そして種を奪《うば》われたんだわ！　ゴドバールに行くことなんてできなかったのよ。だから種がいまになって見つかったんだわ！　なんてひどい」

「テオ。落ち着きなさい。あんな山賊《さんぞく》にクミルが殺されるなんてことはないさ。たぶん、フユギモソウには、ふたつの種があったんだ。ひとつは、クミルたちの運んだ『真実の種』だ。だが、それだけではなかったたんだ。それからずっとあとになって、おれたちの目の前にこのもうひとつの種があらわれたってわけさ。つまりそれが、この『うその種』ってわけだ」

「つまり、フユギモソウにはふたつの種があった？」

「いいか、ゴドバールが戦争を起こそうとしている、という話だった。それはきっと、クミルたちが戻《もど》した『真実の種』のせいだ」

「おかしなことをいわないでよね、トーマ。真実の種が、どうして戦争を起こす種になるというのよ。理屈《りくつ》にあわないじゃない。まさかクミルのしたことがいけないことだったとでも？」

「いや、だからね。そのときはそれでよかったんだろう。だが、それから長い年月がたった。『真実の種』だけではまずいことが起きたのさ。だから、いま、この『うその種』をゴドバールに戻《もど》す必要ができたってことじゃないのかね、おれの推理《すいり》だが」

「クミルが『真実の種』をゴドバールに戻《もど》したという証拠《しょうこ》がある？　それに『真実の種』なら、世の中のすべてが真実になる、ってことでしょ？　たとえばこれがうその種なら、世の中が悪くなるのはわかるわよ。どうして真実の種が悪いことを引き起こすのよ。わたしにはそれがわからない」

「世の中は、真実とうそとふたつのことでできている、ということがわかれば、かんたんなんだがな」

「わかりません！　なによそれは。めちゃくちゃよ。世の中のどこの学校でも子どもたちにはうそはいけないこと、と教えてるわ。うそつきは悪者と決まってるわ」

トーマはふうとため息をつきました。

「まあ、若いということはそういう考え方をするということだ。人間というのは、なかなか成長するのに時間がかかるもんだよな」

テオはぷいと横を向きます。

「年をとると、うそでも真実でもどうでもよくなるんでしょ。わたしはいやよ、そんなの！」

「ちがうんだ」とトーマは珍《めずら》しくきびしい声でいいました。テオは正面からトーマを見ます。

「なにがちがうんですか」

「ある人間をうそつきだといって追及《ついきゅう》するのはかまわんさ。そしてまたある人間を真実のことをいっているといってほめそやすのもいい。だがな、それはみんな物事《ものごと》の半分だ。どんなことにもかくれている半分がある。そのことを忘《わす》れずに物事《ものごと》を見るということが大事なことなんだ。つまりそれが思いやりというもんだ」

「そんなことといったら、世の中のルールはどうなってしまうのよ。悪いことした人間にいつも半分はいい面がかくれている、なんてことをいってたらどうしようもないでしょう」

「あんたが役人で、そういう悪いやつを取り締《とし》まらねばならないんだったら、おれもあんたの理屈《りくつ》にしたがうよ。だがテオ、あんたはふつうの娘《むすめ》だろう。なのにどうして役人みたいなことをわざわざいうんだ？　昔アイザリアをアサスという暴君《ぼうくん》が支配していたとき、悪いことをした、といってたくさんの罪のない人間が捕《つか》まえられて牢屋《ろうや》に入れられたり、殺されたりした。そのときに、考えなしの馬鹿《ばか》どもは、役人といっしょになって無実の人たちを捕《と》らえる手助けをした。つまり、そのときの真実なんて、しょせん時《とき》の権力のいうことを真にうけるというだけのことでしかなかったんだよ。そして、考えなしの連中はいつも『真実は！』

と偉《えら》そうに建前《たてまえ》をさけんで、物事《ものごと》の一面だけしか見ないからかんたんに権力を持った連中に利用されるのさ」

「わたしは単純《たんじゅん》ということ？」

トーマはうなずきました。

「単純《たんじゅん》というのは物事《ものごと》をろくに考えず、楽《らく》にとらえることだ。だが世の中はいろいろあるんだ。物事《ものごと》には裏《うら》がある。それをいつも見ておかないと、とんでもないことになる」

「なんかよくわかんないけど」

「こういう説教《せっきょう》じみたことは嫌《きら》いだが、そのうち思い当たることも出てくるはずだ。ちょっと頭のすみっこに置《お》いといてくれよ、ということさ」

テオはしばらくトーマを見つめ、それからうなずきました。

「わたし、……あの、トーマ。これからも、わたしに教えてください」

「いや、教える、とかじゃなくて」と、トーマはばつが悪そうに頭をかきました。

トーマが馬車の方へと去ったあとでテオはリンにささやきました。

「困《こま》ったな。ねえリン。あたしだんだんトーマが好きになる。なんかこうるさい、あんなおっさんなのに」

リンは包帯の向こうでほほ笑《え》んだようでした。

それからしばらくして、ふたたび三人はクミルたちの幻《まぼろし》を見ました。三人が、海の森で焚《た》き火《び》をしているときでした。やはりとつぜんミルク色の霧《きり》におおわれて、焚《た》き火《び》をしているクミルとかかしがあらわれたのです。


「真実、ということなんだが」とかかしはいいました。

「ええ」

「ほんとのことをいえば、おいらはクミルを誘《さそ》いたくはなかった。こんなことにあんたを巻《ま》きこみたくはなかったんだよ。なのに、結局あんたに頼《たの》んでいる。おいらはいったいなんなんだ、と」

「あら、かかし。それって、真実じゃないと思う」

「へっ？」

「かかし、あなたは、わたしにきてもらいたかったのよ。素直《すなお》におっしゃいなさい」

そういってクミルはかかしを見つめました。しばらくふたりはにらめっこをしているみたいでしたが、やがてかかしがぷっと吹《ふ》き出《だ》していいました。

「ちがいない！　おいらは、クミルといっしょにもう一度旅がしたかった！」

「うれしいわ、かかし！　ほんとのことをいってくれて」

「真実の種の力、ってな、こういうことなのかな」とかかしは首をふりながらいいました。「こんなことを、もっとずっと前にあんたにいいたかったのに、いえなかったような気がする」

クミルは木々のかなたを見つめながらいいました。

「かげの森の山賊《さんぞく》も、素直《すなお》になればいいのに。そんなところにかくれてないで」

がさ、と音がして、その場から足早に去《さ》っていく足音に変わりました。

「真実の種。これからどうなるのか、楽しみだわ」とクミルはいいました。


その幻《まぼろし》が消えてから、テオはいいました。

「つまり、クミルの旅は、真実を見つめる旅だったんだ」

「みたい、だな」

「ではわたしたちの旅は？　うその種を持ってるわたしたちっていうのは？」

トーマはいいました。

「うそを見つめているのかもな。だが、似たようなもんさ」

海の森は続きました。

そして、それからも何度か、テオたちはクミルやかかしの幻《まぼろし》を見ました。それは海の森を行くふたりの何《なに》気《げ》ない会話だったり、ときにはクミルとかかしがふたりで歌う『シェーラ・カリーン、キリ・タウラ』*の歌声だったりしました。ときにはクミルは森の中で舞《ま》ったりもしました。そのつどテオは興奮《こうふん》をおさえきれませんでした。

「トーマ、わたし、うれしい！　クミルとかかしがわたしたちといっしょに旅をしてくれているみたいな

*訳注《やくちゅう》――ドーム郡に伝わる古歌。

の！　こんなすばらしい気持ちになれるんだ。わたしたちは、ちっともさびしくなんかない。クミルもいっしょなんだもの！」

しかしトーマは首をふっていいました。

「おれたちは、うその種といっしょに旅をしているんだ」

「どういうことよ」

「この森全体が、おれたちにうそをついてる、ってことだってあるだろう」

「ばかばかしい！　森はうそなんかつきません！」

「いやそれはもちろんさ。だが、なんというか、この森が、おれたちに夢を見させてくれている、というような気がするんだよな、おれには」

「どういうわけで？」

「おれたちの旅はいまのところまちがっていない、ってことを知らせてくれているってとこかな」

「それならわたしの結論《けつろん》と同じだわ。クミルが教えてくれてるのよ。わたしたちを先導《せんどう》してくれてるんだわ」

そしてふたりは顔を見あわせました。テオは苦笑しました。

「結局のところ、わたしたちは、まだ道に迷ってないといいたいのよね？」

「そういうこった。しかし、こういう幻《まぼろし》を見るということは、たしかにクミルたちはここを通ったにちがいないよ。その先を知りたいもんだ」

「ええ！」

長かった海の森もやがてはてになりました。一行はまたしても大きな湖に出ました。シダ湖でした。

「この対岸がシダガール、つまり人も住まないアイザリア最南の砂漠地帯《さばくちたい》だが、シダ湖を南に行ってひと山こえれば、そこが湾岸《わんがん》諸国の南に位置するタクアというわけだ。地図の上ではね」

地図は正確でした。湖を南にすすんだトーマの舟は、湖岸にそびえる「ひと山」を、シダ湖から流れる川とともにこえることができました。その川は、タクアの国を横切る大河《たいが》、プララ川だったのです。三人がふたたび陸地を踏《ふ》んだのは、プララ川の河口近くの大きな港町でした。

その港町こそ「鯨《ボエリール》海の扉《とびら》」と呼《よ》ばれるタクアの都《みやこ》、エインでした。

第五章　エインの酒場

「うわあ！」

さけんだきりなにもいえなくなっているテオを、トーマはほほ笑《え》んで見つめました。

「これが、あんたたちの見たがっていたものだな」

「海。これが、海なの。なんて広い。なんて大きくて、青いんだろう！」

「ああ」

前日、トーマはふもとの村で何軒《なんけん》かの農家にあたり、信頼《しんらい》できそうな男の家の納屋《なや》に馬車を置かせてもらいました。ホルスとハルスをそこでしばらく飼《か》ってもらうように手配したのち、その日は百姓家《ひゃくしょうや》でひさしぶりにのんびりと体を休め、朝になってエインの見える丘《おか》に向かって出発したというわけでした。

三人の眼下《がんか》には、エインの町並《まちな》みと港。その向こうに「鯨海《ボエリール》」と呼《よ》ばれる静かな大海が横たわっています。港の桟橋《さんばし》には漁師たちの大小の釣《つ》り舟《ぶね》や漕《こ》ぎ舟《ぶね》がところせましと並《なら》び、沖には外洋航海の大型帆船《はんせん》が、翼《つばさ》を休める白鳥の群れのようにゆったりと浮《う》かんでいます。

「ここが、鯨海《ボエリール》をながめるにはいちばんの丘《おか》だろう。テオとリンの最初の海との出会いが妙《みょう》ちくりんな景色だったら、おれが一生うらまれると思って、わざわざここまでのぼってきたってわけさ」

テオと包帯を巻《ま》いたリンはしばらくじっと海を見つめていました。やがてテオは感謝に満ちたまなざしをトーマに向けました。

「ありがとう、トーマ。あたし、この景色は一生忘《わす》れない。海ってすばらしい。なんだか、心の中がぐうんと大きく、広くなったような気がする」

それからテオはふしぎそうに首をかしげました。

「でもトーマだってエインがはじめてなんでしょ？　どうして、ここが海を見るのにいちばんいい場所だってわかるの？」

「エインははじめてだが、湾岸《わんがん》のミゴールには行ったことがある。海のそばの地形はけっこう似ているし、湾岸諸国《わんがんしょこく》の地図だって、頭にゃ入ってる。そんなわけさ」

「ふうん。さすが道大工《みちだいく》。で、このタクアっていうのはどんな国なの？」

「けっこう食い物はうまいっていうが」

「そういうことじゃなくて」とテオはトーマのわき腹《ばら》をこづきました。リンもいっしょになってこづきます。

「ふん、そんなことはこれから町へ行ったらわかってくるさ。いいかい、おれたちはこれからゴドバールへ行く船を一隻《せき》、買わなくちゃならない。これはそうそうかんたんなことじゃないぞ。まず、ゴドバールまで行くにはどんな船が必要で、どれくらいの船旅になるのかってことを調べなきゃな。それから食糧《しょくりょう》を買いこんで、出航！」

「早すぎる、って。おれたちが船をうごかすわけじゃないだろ。船乗りってやつを集めなきゃならないのさ」

テオとリンは顔を見あわせました。考えた以上に大変そうなことです。トーマは笑いました。

「なあに大丈夫さ。そういう交渉《こうしょう》なら慣《な》れている。おれのアイザリアでの仕事はそんなようなことばかりだったんだ」


エインはさすがにタクア随一《ずいいち》の良港《りょうこう》らしく、市場はさまざまな人々でにぎわっていました。南方カダリームからきたらしい、白い布を頭に巻《ま》いた商人たちが香料を売っていたり、シルヴェニア人らしい赤ら顔の大男が毛皮を売っていたり、また湾岸諸国《わんがんしょこく》の貿易商人たちが織物《おりもの》や陶器《とうき》や宝石《ほうせき》の類《たぐい》、燃える水、さらには剣《つるぎ》や弓や槍《やり》、よろい兜《かぶと》などの武具《ぶぐ》や馬具《ばぐ》を売り、それを買いつける男たちがまわりに群《むら》がっています。あまりにもいろんな人たちがいて、包帯を巻《ま》いたリンもここではそれほど目立ちません。

「すごいにぎわい！　それになんだか空気がぜんぶおかしな匂《にお》いでいっぱいよ！　なんなのこの匂《にお》いは」

「これが海の匂《にお》いってやつだろうな」

「ねえ、ねえ、あの大きな壺《つぼ》にはなにが入っているの？」

商人たちが取り囲《かこ》んでいるのは、いくつもの壺《つぼ》でした。中には黒い水が入っています。

「燃える水だ」

「水が燃えるの？　そんなばかな」

トーマは、それが料理に使うわけではなく炒《いた》め物《もの》のできない油で、カダリームの重要な輸出品であり、寒くて燃料をほしがる北のシルヴェニアという国が輸入するのだと教えました。

「ここにはなんでもある。アイザリアからだって、たくさんの品々が入ってくる。もっとも陸路《りくろ》は開《ひら》けてないから、ほとんどがミゴール経由《けいゆ》だ。ワラトゥームの草原の民《たみ》が馬具《ばぐ》を買うときは、わざわざレイアムに出て、メール河を下り、ミゴールにきて、ここからの品物を買うわけだ。だから、その間の運賃《うんちん》で、つまらんものも高くなる」

「おかしな話ね。ワラトゥームとタクアはお隣《となり》どうしでしょ。なのにどうしてそんな遠回りをしなきゃならないの」

「サヤ・クミスクル（風切り山脈）を横切って、ワラトゥームとタクアをつなぐのは、ただのけもの道《みち》だ。商人たちが通れるような道ではないんだ」

「道をつければいいでしょ」

「そんなことはタクアは望まないさ。もし、大きな道ができてごらん。草原の民《たみ》はいくさにすぐれてる。タクアなんてちっちゃな国はあっという間にアイザリアに征服《せいふく》されてるだろうよ」

「まさか。アイザリア人は平和な民《たみ》よ。そんなことはしないでしょ」

「タカバールあたりの連中なら知ってることだが、例のアサスは、アイザリアを統一したら、つぎはこのタクアを攻《せ》めるつもりだったというぜ」

「ええっ」

「有名な話だ。魔王《まおう》アサスの残した［征服計画書《せいふくけいかくしょ》］によれば、やつはいっこうにすすまないアイザリアの統一に業《ごう》をにやして、タクアを攻《せ》めようとしたこともあるらしい。というのは、ワラトゥームの草原の民《たみ》がなかなか屈服《くっぷく》しないので、タクアからはさみ撃《う》ちにしようという作戦を立てていたんだそうだ。それに、タクアを攻《せ》めれば、湾岸諸国有数《わんがんしょこくゆうすう》の海軍が手に入る」

「アサスの話はやめましょ。話しただけでも魔物《まもの》が近づくっていうじゃない」

「そうだったな。おっ、あれだ。安くて、それなりの食事の出る宿屋《やどや》ってのは、ああいうつくりなんだ」

いつの間にか、三人は石づくりの宿が並《なら》ぶ一角にと足を踏《ふ》み入れていました。トーマは一軒《けん》の宿を指さしていいました。

「どうして、あそこが安くてうまいものを出す宿だってわかるの」

「見な。奥《おく》まったところにある。しかも建物はみすぼらしい。なのに、どことなく活気があって、客が多い。これはどういう意味だ？」

「あ。奥《おく》は人通りがすくない。それなのに繁盛《はんじょう》しているってことは、客が信頼《しんらい》してるってことね」

「そういうわけだ。もちろん、ほかにもいろいろある。店の前がきれいに掃除《そうじ》されてるとかな。全体として、どことなく感じがいい。それがいちばんの理由だよ」

「では、あそこにしましょ」

「待った！」

元気よく走り出そうとしたテオの袖《そで》を引っぱります。

「なあに。あそこに泊《と》まるんでしょ」

「宿賃《やどちん》のことを忘《わす》れてはいかん。ぼったくるような店ならやめておくからな」

「わかったわ。でも、ここであの金貨を使うのね？」

「冗談《じょうだん》だろう、レイ金貨一枚《まい》あれば、三人でまず半年は遊んで暮《く》らせるさ、アイザリアでは。うまいものをたらふく食って。両替《りょうがえ》できるところを見つけるまでは、うかつなことでは金貨を見せちゃいけないぜ。多少の金はおれがなんとかする」

「頼《たの》もしいなー、トーマって」

「よせやい」


三人はその「ウツボの目玉」という変な名の宿に入りました。

「へい。アイザリアの方でげすね。アイザリアの方はめったにエインにはいらっしゃいませんが、おふたりさんのほかにもひとり、たしかワラトゥームのお方が泊《と》まってらっしゃいますよ」

宿の主人は愛想《あいそ》よくいいました。

「いや、おれたちはふたりじゃなくて、もうひとりいるんだが」

主人はそこではじめてリンに気づき、けわしい顔になりました。

「うちじゃあ、病気持ちは泊《と》めないことになってるんで」

「なんですって！」いきりたつテオをおさえて、トーマはふところから銀貨を一枚《まい》取り出しました。

「三人だ。いいな。しばらくやっかいになるぜ。釣《つ》りはおれたちが出るときに清算《せいさん》してもらおう」

宿の主人は銀貨を見ると、態度をころっと変えました。

「うちには潮風呂《しおぶろ》という、皮膚《ひふ》の病《やまい》なら一度で治るという内風呂《うちぶろ》もありやすんで、へい」

テオは主人ににいいました。

「ねえ。ちょっと聞きたいんだけど」

「へい。なんでもどうぞ」

「船を一隻《せき》買うのにいくらくらいかかるものなの？」

「お嬢《じょう》さん、船をお買いになるんでげすか？」

亭主《ていしゅ》はにやにやしました。明らかにばかにしているようです。

「聞いてるだけよ」

亭主《ていしゅ》はうなずいていいました。

「港の人間ならみんな一度は船主《ふなぬし》になることを夢見るもんですが、まずふつうの人間にゃ手が届きません。この宿屋が十軒《けん》ほど買える金があれば、やっと湾岸《わんがん》の交易船《こうえきせん》が一隻《せき》手に入りますかどうか、まあ首尾《しゅび》よく買えたとしてもおんぼろでげしょうな。それに、船があっても、船乗りがいる、水も食糧《しょくりょう》もいる。あっしなんかも、昔は船乗りにあこがれて、自分の船を持つ夢もありやしたが、結局そんな夢は捨《す》てやした」

「でも、あたし、丘《おか》の上からたくさんの船を見たわ。あの船の持ち主たちはいったいどうやって自分の船を手に入れたの。」

「ありゃ、半分はタクアの王侯貴族《おうこうきぞく》の旦那方《だんながた》のもんでさ。あと半分は、外国や湾岸諸国《わんがんしょこく》のもので、まあちっこいのと、中くらいのだけが正真正銘《しょうしんしょうめい》、このタクアの船乗りたちのものでげすよ。個人所有のガレー船《せん》があるところなんて、この湾岸諸国《わんがんしょこく》じゃ、ミゴールだけでさ。あそこは金持ちだから」

「つまらねえ話はやめろい」

いきなりふたりの間に割《わ》って入ったのは、浅黒い顔で、体格のいい若者でした。

亭主《ていしゅ》は首をすくめました。

「お出かけですかい、旦那《だんな》」

「ああ。今夜は遅《おそ》くなる」

「今夜も賭場《とば》ですかい？　旦那《だんな》」

「大きなお世話《せわ》だ。引き戸はあけとけよ」

「承知いたしやしたあっ」

「あなたは？」

テオがたずねると、若者はむっつりした顔で返事もせずに宿を出て行きました。

「えらく無愛想《ぶあいそう》なやつだな」

トーマがいうと、亭主は小声でいいました。

「あれはこないだタクアにやってきたカランの船乗りでさあ。カダリームからの航海をしてきたばかりですが、自前の船を持っていたけれど、そいつが嵐《あらし》かなにかで沈《しず》んでしまったっていう話で。腕《うで》はいいんですが、あのとおりの性格でしてね。賭場《とば》の連中は一目《いちもく》置いてるようですが」

「いろんな人がいるのね」

「ですがみなさん方はいったいなにをしにこのタクアへ」

テオはにっこり笑いました。

「あたしたち、ラリアーなの」

「へ？」目を丸くした亭主《ていしゅ》に、トーマがあわてていいました。

「まあ、ちいとばかりわけありでね、生き別れになった家族を探《さが》して旅をしてるんだ。船をあつらえて、海に出てみたいと思ってる」

「といいますと、あれですか、人さらいにあった娘《むすめ》さんでも探《さが》しておられるというわけですかい？」

「ま、まあな」とトーマはあいまいにうなずきました。テオがいいます。

「妹はボエルにさらわれたの」

トーマはあきれてテオを見ました。すると亭主は笑い出します。

「あっはっは！　おもしろいお嬢《じょう》さんだ。まあ、そうでも考えないと世の中生きていけませんや、まあとにかく、お力になれないわけでもありやせん。知り合いも大勢いますしね。湾岸《わんがん》のあちこちの港に行く船便《ふなびん》の手配もしております。それなら……」

どんどん先へすすもうとする亭主《ていしゅ》を制《せい》してトーマはいいました。

「湾岸《わんがん》の港を訪《たず》ね歩こうというんじゃないんだ。さっきもいったが、おれたちは、海に出る」

「といいますと、カダリーム？　そんな遠くに売られてしまったんでやすかい？」

「ええい！　さっきから聞いていれば。勝手に話をつくるなよ。この娘《むすめ》もいっただろ、おれの娘《むすめ》はボエルにさらわれたんだ。だから海に出て探《さが》すんだよ！」

亭主はこういうおかしな客には慣《な》れているといわんばかりに平然としています。

「それで？」

「だから船がいるのさ」

「ようがす。この『ウツボの目玉』のギーダにできないことはありません。いくらでもご用意してさしあげますが、お代《だい》の方はいかほどご用意されてるんですかい？」

「こっちからはいえねえよ。そもそも相場《そうば》で一隻《せき》いくらか、ってことだよ」

「どんな船です？　大きいのから小さいのまでありやすが」

「ほら。港に泊《と》まってるでしょ。きれいな、大きな帆船《はんせん》が。あんなのは？」

宿の主人は笑い出しました。

「えっへっへ、ああいう船は王様や貴族《きぞく》のもんですからな。そうですなあ。ガレー船《せん》なら、一隻《せき》あたり、まず五百ザランてえとこですかな」

「五百ザランって？」

横からトーマが口をはさみました。

「アイザリアの、五万シロンてなとこさ。つまり金貨で五百枚《まい》」

「冗談《じょうだん》じゃないわ！　そんなお金がどこにありますか」

「お客さん、そりゃだいぶ前の相場《そうば》でげすよ。いまは湾岸諸国《わんがんしょこく》じゃ、その十分の一くらいです、それでもアイザリアの金貨なら五十枚《まい》、沿岸交易用《えんがんこうえきよう》の船といってもふつうの金持ち程度では手が出ません」

「ふうん」

「それに、なにも買うことはないじゃありませんか。借りればいいんで。金さえはずめば、交易船《こうえきせん》がまるごと借《か》りられますよ。船乗りから水先案内人《みずさきあんないにん》から、まとめて面倒《めんどう》見てくれますから、借主《かりぬし》は船にでんと乗ってるだけでいい」

「だったらいくらくらい？」

「十人ほどの水夫まとめて金貨一枚《まい》あればひと月分くらいの給料にはなるでしょう。あとは交渉次第《こうしょうしだい》」

「よしわかった。まあとにかく、明日からエインの港をあちこち回って、いろいろ調べてみることにする。それから亭主《ていしゅ》、ギーダだっけ、あんたの力を借りるとしよう」

「ようがす。ではトーマさまご一家には特上の部屋をご用意いたしやす」

というわけで、三人が通されたのは、宿屋の二階で、やはりエインの港が一望《いちぼう》できるすばらしい部屋でした。カダリームのものらしいじゅうたんが敷《し》きつめられており、テーブルにはライラの実がいくつか盛《も》ってありました。やがて運ばれてきた食事はこの宿屋の名物だというウツボ料理。そのおいしさはグロテスクな外見《がいけん》とはうらはらで、三人は感嘆《かんたん》しました。

「とにかくあんたにいっておきたいのは、だ」と食事をしながらトーマは難《むずか》しい顔でテオにいいました。

「世の中は悪いやつばかりなんだから、そうかんたんにおれたちの尻尾《しっぽ》をつかまえられるようなことをいわないこと、これを約束してほしい。あの亭主《ていしゅ》だって食わせものかもしれん。そもそもおれたちが多少の金を持って船を買おうとしているという話をもらしてみな、そこらへんから悪党《あくとう》どもがわらわらと出てくるんだ。世の中というのはそういうところだってことを、よくよく肝《きも》に銘《めい》じてほしいんだ。ここは……」

　そこから先はテオも声をあわせていいました。

「ドーム郡とはちがうんだ」

「わかってるじゃないか。いいたくはないが、そういうことさ」

「でもわたしたちはドーム郡の人間なんだもの。そのわたしたちがドーム郡の人間らしくしなかったら、いったいどうなるというのよ」

「あぶない目に遭《あ》う、といってるのさ。あんたの身があぶなくなるということは、おれたちの身があぶなくなるということなんだぞ」

「はいはい」とテオはいいましたが、トーマはむすっとしてだまりました。

「それはわかったけど、でもゴドバールへ行くということをいってはいけないの？　それをいうと船を買うことができなくなるの？」

「その可能性だってある。なんせ、ゴドバールの戦争準備は有名な話だからな」

「とりあえず、わたしたちには情報がない。ということは、これから手分けして、いろんな情報を集めなきゃならないってことでしょ。明日から、わたしとリンも街に出て、いろんなひとにあって情報を集めるわ」

「ああ。じゃあおれもそうするよ。じゃあ、明日の夜はおたがいの報告を持ちよることにしよう。それからだな、船を買うのは」

「しばらく、この町を見てみないとね」とテオはいたずらっぽい目をしていいました。

「ん？　なにをたくらんでるんだ？」

「お・た・の・し・み・に！」


翌日《よくじつ》の午後、エインの港の船着場では、ちょっとした人だかりができていました。

「アーイーアアー！」という、かんだかいさけび声が響《ひび》きます。続《つづ》いて、ハプシタールの音色《ねいろ》。それから笛《ふえ》の音。テオとリンが、船着場の広場で楽器をひきはじめたのです。ふたりはすこし前から石畳《だたみ》の広場に麻《あさ》ひもで丸い輪の境界をつくり、その円陣《えんじん》の中央に立って呼《よ》びこみをしていました。

「湾岸諸国《わんがんしょこく》いちの良港、タクアの都《みやこ》エインの海の民《たみ》の皆《みな》さま、ごきげんよう！　わたくしは遠く海の森やシダ湖でさえぎられたトープアイザリアはドーム郡からやってきたさすらい人でございます。十人以上のさすらい人のことをラリアー、そしてわたくしのようにひとりで踊《おど》るさすらい人のことをトゥラーと申します。さてさてドーム郡と申しまするは、遠い時代、いまだ神々《かみがみ》がこの世の中を粘土《ねんど》でつくっては壊《こわ》し、つくっては壊《こわ》しておりましたアイザール古王国《こおうこく》のその名も高いラド王の時代に、歌と踊《おど》りをおのれのわざとして世界を旅するようにという運命《さだめ》を与《あた》えられましたさすらい人の住むところ。なかでも歌姫《うたひめ》シェーラこそ、世界を経《へ》めぐり、多くの民《たみ》の心をなぐさめたといまに伝えられていることはみなさまもよくご存じのことと思います。そしてそのシェーラ姫《ひめ》の末裔《まつえい》たるわたくしこそは、じぶんでいうのもおこがましいことではございますけれど、ドーム郡でいちばんの踊《おど》り子《こ》とうたわれた、舞姫《まいひめ》テオと申します、以後お見知りおきのほど、よろしく申し上げます」

そこでシャラランと鈴がなり、包帯を巻《ま》いた少年が笛を吹《ふ》きはじめました。テオは一枚《まい》の輝《かがや》く水色の布をじぶんの体のまわりにまとわりつかせ、風にたゆたわせながら、ゆっくりと踊《おど》りはじめました。

「踊《おど》りの伴奏《ばんそう》は、タウラ王子《おうじ》の再来《さいらい》とまでうたわれた、ドーム郡いちの笛の吹《ふ》き手、リンと申します。わけあってみなさまの前に素顔《すがお》を見せるわけにはいきませんが、テオ同様にごひいきのほど」

さまざまなさけびが、いつの間にか集まった数十人の見物人からあがりました。

「ドーム郡の舞姫《まいひめ》が！」

「さすらい人が、こんなタクアの港にやってくるとは！」

「なんて美しい娘《むすめ》だ！」

「おお、それにこの笛の音のすばらしさよ！　まるで魚群《ぎょぐん》を見つけた海猫《うみねこ》の喜びの声のようじゃないか」

ざわめきの中でリンの笛が潮風《しおかぜ》に乗って流れて行きました。その笛の音にあわせて、テオは軽やかに踊《おど》りはじめます。すると、人々のざわめきは水をうったように静まりました。何事《なにごと》かと驚《おどろ》いて、港のあちこちから水夫や荷揚《にあ》げの男が集まります。黒山のようになった人だかりの真ん中で、テオは無心《むしん》に踊《おど》りました。一曲目がおわるとやんやの喝采《かっさい》です。そして二曲目、テオは踊《おど》りながら歌いました。

昔この港町に旅の娘《むすめ》と若者がやってきた
娘《むすめ》はふしぎな金色の草の種を持っていた
それはひとのこころを狂《くる》わせるふしぎな種
娘《むすめ》は世界を救《すく》うため　その種を持って旅立った
そしてこの港町にやってきた
きっと娘《むすめ》もわたしのように
歌い踊《おど》っていたことでしょう
でもその先の物語をだれも知らない
かもめ　かもめ　飛び行くかもめ
娘《むすめ》の行く先を知りませんか
どうかわたしに教えてください
娘《むすめ》と若者がそれからどうなったのかを

またしても、大きな拍手《はくしゅ》と歓声《かんせい》があがります。それからしばらく、ひとびとが息をのんで見守る中を、テオはドーム郡のさすらい人に伝えられたいくつかの曲を踊《おど》りました。どの歌がおわるときも、大きな拍手《はくしゅ》とどよめきが起きました。ため息をつくばかりの人もいます。だれもがテオの歌と踊《おど》りを楽しんでいました。

それからテオはうやうやしくショールのような布をひろげ、人々の前でお辞儀《じぎ》をしながら、投《な》げ銭《せん》を要求しました。するとたちまち、テオの布は小銭《こぜに》でいっぱいになりました。テオはにっこりしました。

「ありがとう皆《みな》さん！　明日またここで歌っていいかしら？」

「もちろんだとも！」

「おい、明日の出航《しゅっこう》をあさってにしようぜ！　明日もこの歌を聞きたいもんだ！」

海の荒《あら》くれ男たちは、すっかりテオの歌と踊《おど》りが気に入ったようでした。そのとき遠くから、馬のいななく声とともに、「どけどけどけい！　どこだどこだどこだ！　なんで集まっている！」という声がしました。

「お役人だ！　港の取税《しゅぜい》役人のフーガだ！」という声がします。

「やつはこの広場のだれからも税だといっていろんな難《なん》くせをつけて金をとるんだ！」

「娘《むすめ》さん、逃《に》げたほうがいい！」

テオはすばやく紐《ひも》を丸めて円陣《えんじん》をとくと、たちまちのうちに先ほどのきらびやかな衣装を脱《ぬ》ぎ捨《す》て、羽根つき帽子《ぼうし》をかぶった少年のようなすがたに変わりました。リンも帽子《ぼうし》をかぶり、マフラーのように布を巻《ま》いて、さきほどのようすからは想像できないような平凡《へいぼん》な格好になりました。

「それでは皆《みな》さん、ごきげんよう！」というが早いか、人ごみの中にかくれてしまったのです。

そこへ取税人《しゅぜいにん》、フーガがやってきました。

「こらあっ！　許可もなく群れるとは何事《なにごと》だ。いったいこれはなんのさわぎだ！」

「さすらい人の娘《むすめ》が踊《おど》っていたんですよ」とひとびとはいいました。

「なんだと！　どこだっ！　そのさすらい人はどこだ？」

「いや、もう踊《おど》りはおわっちまったんですがね」

するとフーガは大声でいいました。

「出てこい！　許可もなくこんなところで踊《おど》って投《な》げ銭《せん》を稼《かせ》ごうとするとはとんだやつらだ！」

ひとびとはざわめきました。ということは、明日はテオの踊《おど》りが見れないということです。

「ひょっとして、さすらい人を捕《つか》まえようとおっしゃるんで？」とひとりの男がいいました。

「それもあるだろう。こういうことには届《とどけ》がいるんだ！　そしてしかるべき税を払《はら》わねばならんのだ」

ひとびとの中にまぎれていたテオはこっそりとリンにささやきました。

「ほうらね。だから、おわったらすぐにかくれる、というわたしの考えでよかったのよ」

役人はあいかわらず頭から湯気《ゆげ》を出して怒《おこ》っています。すると群集《ぐんしゅう》の中から声がしました。

「フーガの旦那《だんな》！　たしかさすらい人といえば、アイザリア五民《ごみん》のひとつ。五民《ごみん》ならば、何事《なにごと》によらず税をとらないという取《と》り決《き》めがあったんじゃないですかい？」

するとに同意の声があちこちからあがりました。

「そうそう、アイザリアでも、ほかのどこの湾岸諸国《わんがんしょこく》でも、さすらい人の大道《だいどう》の見世物《みせもの》や踊《おど》りに税をかけるなんて話は聞いたことがねえ」

「ことと次第によっちゃ、海の民《たみ》がだまっちゃいませんよ？」

その声にぐっとつまったフーガは、しばらくして気をとりなおしていいました。

「ここはタクアだ！　タクアにはタクアのやり方がある！」

「あっはっは！」

ひとびとはどっと笑いました。フーガはむっとしたままで帰っていきました。

「いまのやりとりわかった？　なんで、みんな笑ったの？」とテオはふしぎそうにリンにいいました。すると、テオのとなりの背《せ》の高い男がいいました。

「湾岸諸国《わんがんしょこく》に唯一《ゆいつ》共通《きょうつう》することわざさ。ミゴールでも、エルセスでも、カランでも、みんな困《こま》ったときにはあの捨《す》てぜりふをいうんだ。『ミゴールにはミゴールのやり方がある』ってね。なんだかんだいって、負けを認《みと》めたってことさ」

「あなたは……まあ、宿《やど》で会ったひとね！」

その浅黒く日焼けした海の男は、テオたちと同じ宿に泊《と》まっていた船乗りでした。

「まさかあんたたちがトープ・アイザリアのさすらい人だとは思わなかった。おれは、海の民《たみ》、カラン出身のフェルノンというもんだ、以後お見知りおきを」

「宿《やど》のご主人から聞きました。あなたの船は沈《しず》んでしまったんですってね」

フェルノンは苦笑しました。

「まったくおしゃべりな男だよ。そのとおりさ。いまはこれから乗る船を探《さが》しているところだ。自分の船をなくした船乗りは、ひとに使われるしかないもんでな。だが、多少の金ならある。どうだい、今夜はエインの酒場に案内しよう。そっちの覆面《ふくめん》の王子さんもこないか。『タルの胃袋《いぶくろ》』って店だが、飯《めし》は宿のとはちがって上等だし、あんたのとはまたちがった踊《おど》り子《こ》もいる。けっこう楽しめるぜ。あ、今夜は近づきのしるしにおれがおごるよ」

「そこにはいろんな船乗りがやってくるの？」

「もちろんさ」

テオはにっこり笑いました。

「こんなふうにして、テオは港町にいろんな知り合いを増やしていきました。さて、一方トーマはどうしていたでしょう？……って、ドーム郡小史《ぐんしょうし》には書いてもらいたいところね！」

「もう……さっそく港じゅうのうわさになってるよ。さすらい人がやってきた、ってね。どういうつもりなんだい、テオ」と、トーマはいいました。

「どうして怒《おこ》るの？　わたしはドーム郡のさすらい人よ。わたしたちの任務《にんむ》は秘密《ひみつ》だけど、トゥラーとして歌や踊《おど》りを見せるのは別《べつ》にかまわないでしょ」

「ティルガーヌが、秘密《ひみつ》にしろといったのはだな、そういうこともふくめて、ってことだろうが！」

「あのね、どのみちわたしたちなんて、不自然《ふしぜん》よ。なにが親子ですか。なにが生き別れの妹ですか。トゥラーとしてやってきました、ってのがいちばん自然よ。そしてあなたは食《く》いっぱぐれた道大工《みちだいく》、ってことでいいじゃない」

「そりゃまあ、ほんとにそうなんだが」

「あははっ！　トーマ。そこで怒《おこ》らなきゃだめでしょう」

トーマは見《み》ちがえるように元気いっぱいのテオにやりこめられています。

ここは『タルの胃袋《いぶくろ》』というおかしな名前の居酒屋《いざかや》です。フェルノンに案内されてやってきた酒場は、海の男たちでごったがえしていました。

「なんの話をしてるんだい、おふたりさん」とフェルノンが割《わ》って入りました。「まあまあ、話は乾杯《かんぱい》のあとさ。それよりここの名物を早いとこ頼《たの》んじゃおう。おれにまかせる？　よしきた！　おーい、こっちにも泡酒《あわざけ》四つ、それからボエルの肉を四人前！」

「かしこまりいっ！」とにぎやかなテーブルの間をすばやく動いている店の男がかえします。

「ボ、ボエルの肉ですって！」と、テオは目を丸くしていいました。

「鯨海名物《げいかいめいぶつ》、ボエル＊の肉さ。あっはっは！　ほんものじゃないよ。でもよくボエルにまちがえられる、巨大なハルハさ。まあ食べてみな、海のものはなんでもうまいが、こいつは格別だ」

そうこうするうち泡酒《あわざけ》が運ばれて、四人はまず乾杯《かんぱい》をします。テオもリンも思いきり泡酒《あわざけ》を飲《の》み干《ほ》します。

「んんんっ……うまいっ！」

「なかなかのもんだな。まさか湾岸諸国《わんがんしょこく》でこんなにうまい泡酒《あわざけ》にお目にかかれるとは」

そこへ料理が運ばれてきました。おいしそうに煮《に》こまれた肉を前にして、三人はもうたまりません。しば

＊訳注《やくちゅう》――サメのことか？

らくはものもいわずに食べて飲みます。そこへさらにフェルノンが、「これも食べなくちゃ」と、さまざまな海の幸《さち》を注文します。

「なんて豪華《ごうか》な！　タクアの人たちって、こんなおいしいもの食べてるんだ！」

「このエインの港には、世界中のおいしいものが集まってくる。もっとも素通《すどお》りするのがほとんどだけどな。まあカダリームとも近いし、シルヴェニアに行くのもそれほど難《むずか》しくはないし、ちょっと難点《なんてん》はアイザリアに直接行けないってところだな。だがとにかく、湾岸諸国《わんがんしょこく》の中でもタクアはいちばん食べものがうまいという評判さ。おれにいわせれば、海のものはなんだっておいしいんだが」とフェルノンがいいます。

「なんで湾岸諸国《わんがんしょこく》は別々なんだ？　四つを統一すれば、交易《こうえき》だってもっともっとうまくいくだろう？　ミゴールやエルセスだったらアイザリアのワラトゥームやアシバールへの便《びん》があるじゃないか、メール河だって流れているし。なのに、なんでそれぞれ仲が悪くていがみあってるんだい？」とトーマがたずねました。

「まあ、長年の歴史ってやつだろうよ。昔はどこもアイザールだったわけだが、いまはいちおうそれぞれが王国だからな。それに、仲が悪くてけっこう、ってやつだよ。四つの国はそれぞれ性格もちがうし、考え方もちがうんだ。それぞれ勝手、ってことでいいじゃないか」

そのときです。でっぷりと太った酒場の亭主《ていしゅ》が、中央にしつらえられた舞台《ぶたい》の上に上ってさけびました。

「皆《みな》の衆《しゅう》！　今宵《こよい》もタルの胃袋《いぶくろ》へようこそ！　エインの港に数ある酒場のうちでも、このタルの胃袋《いぶくろ》だけがこんなに毎日客が入るのにはわけがある。うまいものを安く食わせるだけじゃない！　そうですな、皆《みな》さん！　今宵《こよい》もお待ちかねの時間がやってまいりましたぞい！」

すると酒場のあちこちから「待ってましたっ！」と声がかかります。

「ん？　何がはじまるんだ？」

「これからはじまるのをぜひドーム郡のさすらい人だというあんたたちに聞いてもらいたくてね」とフェルノンがいたずらっぽく片目《かため》をつむっていいました。酒場の亭主《ていしゅ》、タルはいちだんと大きな声でいいました。

「おとなりの大国アイザリアは王様がいないというおかしな国になってしまいましたが、前はれっきとした王女がたしかにいたのでございます。その王女の名はラクチューナム・レイ！　この美しい王女こそが、アイザリアを滅《ほろ》ぼそうとした虹《にじ》戦争からひとびとを救い、統一アイザリアを築《きず》きあげたわけでございます。ところが虹《にじ》戦争のあとで、レイ王女は行方《ゆくえ》知れずとなってしまいます。はたして王女はどこへ消えたのか？　そうです、もうすでにみなさまご存じのとおり、王女はアイザリアの森深く、森の民《たみ》の王であるヌバヨと結《けっ》婚《こん》したのでありました。そして！　なんとここタクアに、レイ王女の忘《わす》れ形見がやってきたのです。今宵《こよい》も皆《みな》さまに、レイ王女の直系《ちょっけい》、アイザリアの歌姫《うたひめ》ライラの歌声をお聞かせいたしましょう！」

「なんですって！」とテオは目を丸くしてトーマを見ました。トーマもさすがに驚《おどろ》いています。

「そうら、王女さまのお出ましだ」とフェルノンがいいました。

ドラの音とともにあらわれたのはひとりの娘《むすめ》でした。顔にはどぎつい化粧《けしょう》、同じくかなりけばけばしい服《ふく》装《そう》で、金糸《きんし》銀糸《ぎんし》の縫《ぬ》いとりも派手《はで》なガウンを身にまとい、頭にはどう見てもまがいものの宝石《ほうせき》をちりばめた冠《かんむり》をかぶり、うしろにさまざまな楽器を抱《かか》えた男たちをしたがえて、王女の行列のようにしゃなりしゃなりと酒場の中央に向かって歩いてきたのでした。

「さあ、さすらい人よ、今宵《こよい》もにぎやかに演奏《えんそう》じゃ！」と娘《むすめ》がさけぶと、男たちは「合点《がってん》だあ！　王女ライラさま！」と答えて、ドラや鐘《かね》をたたき、笛《ふ》を吹き、港町特有《とくゆう》のハピヨンと呼《よ》ばれる弦楽器《げんがっき》をかきならしました。たちまち酒場は男たちの歓声《かんせい》につつまれました。

「な、なん、なんなの、この騒々《そうぞう》しい音は！」とテオはあきれてさけびました。

娘《むすめ》は酒場じゅうを見回してにっこり笑うと、なかなかよく通る声で歌いはじめました。

酒は悲しみ忘《わす》れさせる　恋人なくした船乗りは
夜毎《よごと》おぼれる　酒の海　板子《いたこ》の下は涙《なみだ》の地獄《じごく》
いっそこのまま　おぼれたい　ああ　うねりの海に身をまかせ
この身も心も青になる　その日がくるまで　ウァラララヤー　ラリラー

「へえー歌詞《かし》はまあまあなんだ」とテオがすこし感心したようにいいました。「発声《はっせい》もなってないけど、ちゃんと聞かせるところは心得てるし。驚《おどろ》いてしまうわ。努力もしないでここまでものになってる」

「ドーム郡じゃ使いものにならないってことかね？」とトーマがたずねます。

「このままではね。でもね、いいもの持ってることはたしかよ。世の中は広い」

その声が、とつぜん静かになった酒場に響《ひび》いたことに、ふたりははじめて気づきました。

「ちょっと、そこのお客さん、なにかいいたいことといってないかい？」と、舞台《ぶたい》の上から〈王女ライラ〉が

いいました。「まるであたいの歌が素人《しろうと》だみたいなけちつけて、無事に帰れると思ってるの？」

「あら」と、テオはにっこり笑いました。「けちをつけたんじゃないわ。あたし、これでもいちおうほめてるのよ。もう一度いいましょうか？　素人《しろうと》で下手《へた》だけど、あなたには才能があるっていってるのよ」

「これこれ、やめなさい」とトーマが割《わ》って入ります。「悪い悪い。この子は、ちょっと泡酒《あわざけ》に酔《よ》っちまったのさ。ささ、歌を続けておくれ」

「酔《よ》ってませんよーだ！」と、テオはますます挑戦的《ちょうせんてき》になっていいます。

「あたいのどこが素人《しろうと》だっていうのさ！　この湾岸諸国《わんがんしょこく》であたいにかなう歌姫《うたひめ》なんて、いるもんか！　ははあ、わかったわ。あんた、惚《ほ》れた男に捨《す》てられたんだろ？　んでもって、その男はきっとあたいにぞっこんなんだ。どう、図星《ずぼし》だろ？」

「あはははは」とテオは笑いました。そして、とめるトーマをふりきって、いきなり舞台《ぶたい》の上に飛びあがりました。するとどうやらテオが襲《おそ》いかかろうとしたのかと思ったらしく、ライラはぎょっとしたようすで舞《ぶ》台《たい》から飛びおりました。テオはライラには目もくれず、あっけにとられている男たちのひとりからハピヨンを奪《うば》い取《と》ると、ポロロロン、と奏《かな》で、そのまま歌いはじめたのです。

酒で忘《わす》れる悲しみなんて　どうってことはないものさ
恋人なくしたことだって　親と別れたことだって
この世に置き場のないわが身　この身の不幸にくらべれば

夜毎《よごと》おぼれる　酒の海　板子《いたこ》の下は涙《なみだ》の地獄《じごく》

いっそこのまま　おぼれたい　ああ　うねりの海に身をまかせ

この身も心も青になる　その日がくるまで　ヴァララヤー　ラリラー

なんと、テオの歌声は、酒場のすみずみまで行き渡《わた》り、いつの間にかライラまでが、口をあんぐりあけて、聞き入ってしまったのでした。それくらいテオは、悲しい歌を、だれの心にも響《ひび》くようにうたったのでした。

「なんだい、この歌は！」「心の中にしみわたってくるぜ！」

歌がうまい、ということだけではなく、テオは正確にこの歌の意味を知り、その意味をつかみとってみんなに聞かせたのでした。それだけではありませんでした。テオは歌いおわると、ハピヨンを男にかえし、そのまま弾《ひ》くようにといいました。男がはっとして弾《ひ》きはじめると、テオはゆっくりと踊《おど》り出《だ》したのです。

普段着《ふだんぎ》のままのテオは、とても踊《おど》り子《こ》の服装《ふくそう》のときのようなわけにはいかないのですが、にもかかわらず、スカートをひるがえし、激《はげ》しく足を踏《ふ》み鳴《な》らしたかと思うと、こんどは祈《いの》るようなしぐさで両手をまっすぐに伸《の》ばし、ゆらゆらとふりながら舞《ま》いました。それはまるで、波がうねるようでもあり、また、海の上をたゆたう水鳥《みずどり》のようでもあり、また、凪《な》いでいる海に水夫たちが見るという幻影《げんえい》のリルク（海の精《せい》）のようでもありました。

「す、すげえ！」

「こりゃ、まるで……」

「伝説のシェーラ姫《ひめ》みたいじゃないか！」

「いったい、この娘《むすめ》はだれなんだ？」

ため息とも、つぶやきともいえないざわめきが、テオの踊《おど》りに乗せてあちこちから聞こえてきます。やがて、曲がおわると、テオはにっこりと笑い、酒場の四方にお辞儀《じぎ》をしました。

「みなさん、わたしの歌と踊《おど》り、楽しんで下さってありがとう！　明日もこの港町のどこかで歌っておりますので、どうぞよろしく！　それでは今日はこのへんで！」

歓声《かんせい》があがります。

「やっほーい！」

「娘《むすめ》さん、名はなんというんだ！」

テオは胸《むね》をはって名乗《なの》りました。

「ひとりで踊《おど》るさすらい人、トゥラーのテオと申します、以後お見知りおきのほどお願い申し上げます」

「いやはや、思いもよらず、いいものを見せてもらったよ、今夜は」とフェルノンは上機嫌《じょうきげん》です。トーマがじぶんで払《はら》うといったのに、フェルノンは酒代《さかだい》をすべてもってくれ、気分よく四人で酒場《さかば》を出たところでした。

「タルの胃袋《いぶくろ》にはさすらい人の歌姫《うたひめ》がくる、ということで明日からまたにぎやかになることだろうよ」

「うふふ。あそこで雇《やと》ってくれるかな、あたしを」

「そりゃもちろんだろう、でもあんた、あそこで雇《やと》われる気なのかい？　いったいあんたたちはなにをしにこのタクアへやってきたんだい？」

「ま、いろんな事情でね。あんただっていろんな事情があるんだろ？」とトーマ。

「ちげえねえ！」とフェルノンは笑いました。

「ところでフェルノン、ひとつ聞きたいんだが」

「なんだって聞いてくれ」

「船の良《よ》し悪《あ》しと、船乗りの良《よ》し悪《あ》しはどんなふうに見《み》わければいいんだ？」

「ほう」とフェルノンはうれしそうにいいました。「なんていい質問だ。それに答えるのはよほど腕《うで》のいい水夫だけだ、おいらがそうだということを認《みと》めてくれたってことだね？」

「おれは道大工《みちだいく》で、船乗りのことはわからないからな」とトーマは正直にいいます。

「船の良《よ》し悪《あ》しは、見たらわかる。つまり、いい船はすがたかたちがいい。明日から港で、何隻《なんせき》も船を見てみるといい。すると、どの船がいいのかはすぐにわかってくる。かんたんなこった。だが、船乗りの良《よ》し悪《あ》しだけは、船に乗ってみないとわからない。だいたいおいらみたいに、どんないい船乗りでも、陸の上ではただの飲んだくれってのが多いもんさ」

「あら、船の上でも陸の上でも飲んだくれは飲んだくれでしょ？」

「ちがうっ！」とフェルノンはむきになってテオにいいました。「海の上に出たら、おいらたちはどんなに飲んでいても、なにかがあればすぐに腕《うで》のいい船乗りにもどるのさ」

「それは困《こま》ったな」とトーマはいいました。「船乗りを集めるのは陸の上だからなあ。では腕《うで》のいい船乗りはどうしたら集まるんだね？」

「船長次第だろうな。おれたちは結局のところ金のためでなく、男気《おとこぎ》ってやつのために船乗りをしているんだよ。海の民《たみ》とはそういうものさ」

「ということは、いい船長を雇《やと》えば、いい船乗りもついてくるってことか」

「いや、悪い船乗りもいっぱいついてくる」とフェルノンがいって大笑いになりました。フェルノンは真顔《まがお》でいいました。「だが、いい船長は、船乗りをちゃんと選ぶし、いい船を見わけることもできる」

トーマとテオは顔を見あわせました。

「だいぶわかってきたな、テオ」

「ええ。要するにいい船長を見つけるってことが大事なのね？　じゃあフェルノン、このエインの港でいちばんの船長ってだれなのかしら？」

そのときでした。とつぜん、四人のまわりを、ばらばらと十人ほどの男たちが取り囲《かこ》んだのです。

男たちのひとりがいいました。

「よお、お姉さん、さっきはよくもうちのライラをこけにしてくれたな？」

「このエインの港の歌姫《うたひめ》をバカにしたお礼をしなきゃならないのさ」

「ちょいと痛い目にあわせてやるぜ」

「なあに、すこしばかり海の水を飲んでもらうだけだがね」といって男たちは笑いました。

テオはさけびました。

「なんなのよ、あんたたちは！」

トーマはうなずいていいました。

「どうやら、さきほどの『タルの胃袋《いぶくろ》』の連中だな？　亭主《ていしゅ》のさしがねか？」

「そういうことだ。ライラ姫《ひめ》は泣いてるぜ、かわいそうに」

「しばらくこの港町にいられなくしてやるのさ」

「冗談《じょうだん》じゃないわ！」とテオがいいました。「そうは問屋がおろさないから。やっつけちゃうわよ！」

テオはさっと腰《こし》のポケットから投《な》げ棍棒《こんぼう》を両の手に持って身構《みがま》えました。男たちはテオが武器を持っているのを見てぎょっとしたように一歩あとずさりしました。トーマはあきれていいました。

「テオ。こんなところで立ちまわりをしてどうなるというんだ。逃《に》げるんだよ、こういうときは」

するとフェルノンがいいました。

「暗くてよくわからんが、そうかんたんに逃《に》げられる連中でもなさそうだよ」

たしかに、暗闇《やみ》の中で、男たちのようすははっきりとはわかりませんでしたが海の男らしい屈強《くっきょう》な体格でした。四人をすきのない間隔《かんかく》で囲《かこ》んでいるのを見ても、けんか慣《な》れしたようすがわかります。

「じゃあどうするの？」

するとフェルノンはとつぜんさけびました。

「マッホラニトー、ヌイシュブリ！　タレンガン、ソニ、トゥラリーク、ヌーバス、メルリール、フェルノン！」

「古代アイザール語だ」とトーマがささやきました。「最後だけならわかったが」

「口から出まかせみたいね」とテオがいいます。ところが、男たちはフェルノンのことばを聞いて、びくっとしてたがいに顔を見あわせて口々にいいました。

「まさか！」「しかし、あの文句は」

「まちがいない！　海の民の王、フェルノンだといったぞ」

するとフェルノンは、胸《むね》をはっていいました。

「タルの胃袋《いぶくろ》といえばエインの港でも評判があまりよくない。裏《うら》の商売をしてるんじゃないかといううわさもある。まさか海の民《たみ》がそんなところに入《い》り浸《びた》ったり、手下《てした》になったりしてるはずはなかろうが、もしもそうなら、海の民《たみ》の王子、フェルノンが許さない」

「フ、フェルノンかっ！」と男たちのひとりがさけび、その場にいた十人ほどの男たちは皆《みな》そのことばにひるみました。中のひとりがさけびました。

「うう、海の民《たみ》の王は、陸では王ではないはずだっ！」

「そうだ！　陸の上では、海の民《たみ》の律法《りっぽう》は通用しないんだ」と、別の男もさけびます。しかし、かれらは明らかに浮《う》き足《あし》立っていました。

「たしかに地上の王国では、海の民《たみ》の出番はない。だが、波の上で男になったものはすべて、海の律法《りっぽう》を心に誓《ちか》うはずではなかったのか！」と、フェルノンは高らかにいいました。その声はそれまでのフェルノンとはうって変わって、朗々《ろうろう》と、まるで海の上の風のように響《ひび》き渡《わた》ったのです。

「お、おまえがフェルノンだという証拠《しょうこ》はっ！」

「そうだ、それを見せてくれないことには、おれたちは信じないぞ」

するとフェルノンはいいました。

「おまえたちはほんとにバカだな。まことの海の民《たみ》の前でならともかく、陸の上のクズのようなやつらに王のしるしを見せるものが王であるわけもなかろう。散れっ！」

するとまるで潮《しお》が退《ひ》くように、男たちは闇《やみ》の中へと消えてしまいました。そのうしろすがたに向かってフェルノンはさけびました。

「フェルノンがふたたび海に出るときには、おまえたちの手を貸してくれ！　今夜のことは帳消《ちょうけ》しだ！」

テオはフェルノンを見上げて、うれしそうにいいました。

「散れっ、だなんてかっこよかったわ。あたしもいってみたいなあ！　散れっ！」

フェルノンは苦笑しました。

「しかしおてんばだなあ、ドーム郡の娘《むすめ》さん」

トーマはたずねました。

「あんた、海の民《たみ》の王子だったのかい？」

「あっはっは！　海の民《たみ》の王子が、船を沈《しず》ませてこんなところであぶれてるとでも思うのかい？」

トーマはそれを聞いてほっとしたようにいいました。

「テオ。そしてリン。どうやら、おれたちはなかなかいい船長を見つけたような気がするがどうだい？」

するとテオもリンもうなずきました。

「こういうものは、縁《えん》ですもんね」

「いったいなんの話だい？」

「まあ、宿に戻《もど》ってからゆっくり話そうじゃないか、船をなくした船乗りさんよ」

フェルノンはにっこり笑いました。

「信じてもらえたようだな」

「いいえ、信じたわけじゃないのよ」とテオはすこしつらそうにいいました。「そういうことを基準《きじゅん》にしているわけではないのよ、わたしたちは」

「おかしなことを。信義《しんぎ》はなにより優先《ゆうせん》する。それは湾岸諸国《わんがんしょこく》でも、アイザリアでも、どこでも同じではないのか？　それともドーム郡はちがうのか？」

「いえ。ドーム郡ももちろん信じることがなにより優先《ゆうせん》するわ。でも、わたしたちはちがうのよ。あなたとちがう基準《きじゅん》なんで残念だけど。つまり、わたしたちには目的があるの。それが優先《ゆうせん》するの」

「ほう。その目的というのは、信じられる目的かい？　それともちがうのかい？」

思いがけないフェルノンの問いにテオは驚《おどろ》きました。

「信じられる目的、だと思います」

フェルノンはうなずきました。

「だったらおれは、力になれるはずさ」

「どうして?」

フェルノンは力強く答えました。

「海の民《たみ》だからさ」

第六章　マリンカ号

「船というのは、基本的《きほんてき》には風とひとの力、そして潮《しお》で走るものなんだ」とフェルノンがいいました。ここは、エインの港の桟橋《さんばし》です。テオ、リン、トーマ、そしてフェルノンは、釣《つ》り糸をたれながら港に停泊《ていはく》している多くの船を見ながら話していました。

「風をうけるときには帆《ほ》を張《は》る。ふつう船乗りの仕事というのは、この帆《ほ》を張《は》る作業がほとんどだ。それも、風と潮《しお》を見ながらやるわけさ。で、港が近くなったらみんなで櫓《ろ》を漕《こ》いで、岸に近づくってわけだ」

三人はうなずきながらフェルノンの話を聞いています。フェルノンは三人が船のこと、航海のことをなにも知らないのに驚《おどろ》いたようでしたが、改めてじぶんの知識をまとめながら話していると、自分でもいろんなことに気づいているようでした。

「外海《がいかい》に出るには、どれくらいの大きさの船が必要になる？」とトーマがたずねます。

「外海《がいかい》といっても、そもそも湾岸諸国《わんがんしょこく》の船乗りはせいぜいがオノゴル島あたりまでしか行かないよ。そこまではだいたい船で十日もあれば行ける。あとは湾岸《わんがん》伝いに航海している船がほとんどだからね。つまりいつも陸地を見ながら行《ゆ》き来《き》しているわけさ。昔はそれこそ、はるかゴドバールまでも行ったわけなんだが」

トーマとテオがそのことばにびくりと身体をうごかしました。

「いまは、ゴドバールへは行かないの？」

「そりゃそうさ。海のかなたのゴドバールだぜ。だいたい、鯨海《ボエリール》の先に青の海《スルリール》、その向こうにうねりの海《ドブリール》があって、ゴドバールってのはそのあたりにあるらしい、ってことくらいしか、おれたちは知らない。むこうからこっちにはわりとちょくちょくくるらしいんだが、ろくなうわさは聞かないし、おれたちは、わざわざそういう危険を冒《おか》すことはしないよ。……、まさか、あんたたち、ゴドバールに行こうってんじゃないだろうな？」

「行きたいといったら？」と、テオがいいます。

「そういうことで、話に乗ってくれないか？」とトーマもいいました。フェルノンが信じられる男かどうかについては、前の晩にふたりはさんざん話しあったのですが、結局結論はでませんでした。しかし、いまはフェルノンをたよるしかないのです。だから、この際じぶんたちの目的地ははっきりいうことにしたのでした。

「悪いが、わけは聞かないでほしいんだ。とにかく、おれと、このテオ、そしてリンの三人を、ゴドバールへ連れて行ってほしい。そのためにどうすればいいかを、あんたに聞きたいんだ。船のこと、船乗りのこと、そして、たぶんもうひとつ必要なものがあるだろう、海の地図、ってやつが」

しばらくフェルノンは海のかなたを見つめていました。それからいいました。

「そういうことかい。ゴドバールへ。そしてなぜそこへ行くのかを聞くな、ときたね、旅のひと」

トーマ、テオ、そしてリンも同時にうなずきました。

「おれたち海の民《たみ》は」とフェルノンはいいました。「借金以外の頼《たの》みは断ってはいけないんだ」

これにはトーマとテオは爆笑《ばくしょう》しました。

「しかし、そうなると、外海《がいかい》に出る船を一隻《いっせき》買うということになるが」

「借りる、というのはだめかい？」

「だめだろうな。船主から船を借りるには、その船でなにを積《つ》んでなにを買って帰るかをはっきりさせなければならないんだ。行く先がゴドバールでは、なにを売り買いするのか見当がつかないから、借りようがない」

「なるほどね。で、買うとしたらいくらいるんだい？」

「ピンからキリまであるさ。いろんな船がある。おんぼろから新品《しんぴん》までね」

「安くて、しっかりしたやつ」とテオがいいます。

「あれならどうだい？　おれが目をつけてる船なんだが」と、フェルノンはかれらからいちばん近くの桟橋《さんばし》を指《ゆび》さしました。そこには、エインの港に停泊《ていはく》しているたくさんの船とは明らかにようすのちがう、舷側《げんそく》が黒い塗装《とそう》でおおわれた中型の快速船《かいそくせん》がたった一隻《せき》だけ繫留《けいりゅう》されていました。

「あの、黒く塗《ぬ》られた船？　なんかすてきじゃない？　ほかの船とちがって、つくりがしっかりしてる、って気がするけど」

「なかなかいい目をしてるね、お嬢《じょう》さん」とフェルノンがうなりました。「そうなんだ、あれはつくりがしっかりしているんだよ、小さくても外洋船《がいようせん》だ。つまり少々の荒波《あらなみ》は平気な船だ」

フェルノンの目は輝《かがや》いていました。

「じゃあ、あれにしよう」とトーマがいいました。「船主《ふなぬし》に会いたい。手配してくれないか」

フェルノンは目を丸くしました。

「アイザリアのお大尽《だいじん》だったのかい、あんたは。そんなふうには見えなかったが……しかし、あのマリンカ号を買うとなると、金貨五十枚《まい》ではすまないぜ」

「そこをなんとか、ってことさ。いったいあの船の持ち主はだれなんだい」

「タクアには何人かの船主がいて、みんな貴族《きぞく》なんだが」

「つまり船を持つほどの金持ちはみんな貴族《きぞく》ってことかい？」

「いちばんの金持ちがタクア王だからね。だがマリンカ号の持ち主はアダといって、貴族《きぞく》でも金持ちでもないよ。変わり者だがね。まあとにかく、マリンカ号を見に行こうじゃないか。それからアダに会わせよう」

四人は立ちあがりました。いつのまにか、リンは何匹かの魚を釣《つ》っていて、みんな驚《おどろ》きました。その魚を縄《なわ》に通して、桟橋《さんばし》を戻《もど》ろうとすると、向こうから釣《つ》り竿《ざお》と魚籠《びく》をかついで歩いてくる老人がいました。老人はフェルノンを見ていいました。

「ほう。これはまた。船乗りフェルノンご一行かい。釣《つ》りをしての帰りかい？　フェルノンが船乗りはやめたというわさはほんとうだったんだな？」

「アダ！」とフェルノンは驚《おどろ》いています。なんとトーマたちに会わせたいといったマリンカ号の船主、アダそのひとだったのです。

「妙《みょう》な偶然《ぐうぜん》だな」とトーマはいって、アダという老人にあいさつしました。アダは真ん丸な顔に白いあごひげをはやして、柔和《にゅうわ》そうな目をしています。「おれはアイザリアの道大工《みちだいく》、トーマってもんで。わけあって、ここにいる若い衆《しゅう》といっしょに、海に出なければならない。で、あんたの船を買いたいと思ってます」

「マリンカは売らんよ」とアダ老人はあっさりといいました。「あれはわしの娘《むすめ》の名をつけた船だ。娘《むすめ》はわしの意にそわない男とどこかへ行ってしまった。このうえ船まで失いたくはない」

「いきなりそういうことをいうのかい、アダ。娘《むすめ》さんと船は別だろう。まあ、じっくり最初から交渉《こうしょう》しようじゃないか。船は港に置いておくためのもんじゃないだろう」とフェルノンはいいました。

「そりゃ、わしだってマリンカ号が帆《ほ》をいっぱいに張《は》ったところは見たいさ。だがな、船はいったん外洋《がいよう》に出れば、いつ沈《しず》むかわからんじゃないか。だからわしは決めた。娘《むすめ》が帰ってくるまでは、マリンカ号を見てここで魚を釣《つ》って暮《く》らすことにしたんだ。航海さえしなければマリンカ号はいつまでもわしのものだ。」

「ほう。そういうことなのかい」

トーマはがっかりしていいました。するといきなりテオが口を出しました。

「その考えはまちがってると思います」

アダは目をつりあげてテオを見ます。

「なんだと？」

「いなくなった娘《むすめ》のかわりにその名前の船をいつまでもじぶんのものにしておこうという、そういう考えはまちがってるし、よくないと思うんですよ、おじいさん」

「な、なぜだっ！　この小娘《こむすめ》がっ」

テオの言葉はアダを激《はげ》しく刺激《しげき》したようでした。テオはいいました。

「だって、そもそも航海するべき船を、いつ沈《しず》むか、失うかと心配しながら所有しているなんて、とても不自由な考えでしょ？　ときどきアイザリアにもそういうお金持ちがいるっていいますけどね。お金は使うためにあるのに、失いたくないからって必死で抱《かか》えているのよね。でもね、お金だってそうでしょうけど、娘《むすめ》さんも、その船も、ほんとはあなたのものじゃないんです。あなたはただ支配したいだけ。自由にさせてあげれば、娘《むすめ》さんだって、船だって喜ぶし、あなたのこともきっともっと好きになってくれるはずよ」

「ぐう……」と、アダはうなりました。フェルノンがあわてていいました。

「テオ、やめなさい。なんてことをいうんだ」

「だって」

「だってもへちまもないだろう。かりにも相手はこれから交渉《こうしょう》する当の船主《ふなぬし》だぜ」

「あ」

「あのなあテオ」とトーマは渋《しぶ》い顔をしました。「そこまでいわれて、まともに交渉《こうしょう》してくれるほど太《ふと》っ腹《ぱら》な男は世の中にはいないよ。それに父親ならだれだって娘《むすめ》を愛している。愛する娘《むすめ》を失ったつらさが大きい

から、その名前をつけた船も売りたくないというんだ。その気持ちもわからずに、あんたは理屈《りくつ》をいってい
るだけだぜ。金持ちだって、金をもうけるまでにはいろいろあったんだ。同じく、ひとはいろんなかたちで
じぶんの愛をあらわすんだよ、テオ。……すまないことをした。この娘《むすめ》はまだ若いから許してやってくれ」
「でもわたしは思っていることをいったまでよ。そんなの愛じゃないと思う」
「おいおい」と、フェルノンは困《こま》ったようにいいました。
「おれたちはほかをあたってみる」とトーマはあっさりいいます。「こういう娘《むすめ》と旅をしているんだ、おれ
は。だからこういうことがあるのはまあ仕方がない」といってトーマはフェルノンに笑いました。
「まいったね、あんたたちには。まあいいか、しかしマリンカ号ほどの船はないのにな」
「縁《えん》ってやつだろうさ、これも」とトーマはいい、テオはさすがに申《もう》し訳《わけ》なさそうにいいました。
「トーマ。わたし、話を壊《こわ》そうとしていったわけじゃなくて」
「まあそうさ。娘《むすめ》さんの側《がわ》からすればテオ、あんたのいうとおりだろうからな。……アダさんとやら、いき
なり出会って、船を買うだの、あんたの気持ちを逆《さか》なでするだの、とんでもないやつらだと思っただろうが、
すまなかった。許してくれ。おれたちはこれで失礼するよ」
トーマがいい、四人はアダに一礼《いちれい》して歩きはじめました。
すると四人に向かってアダがさけびました。
「待ってくれ！　その娘《むすめ》さんのいうとおりだ、わしはマリンカをほんとうに愛しているわけではなかったん
だ。愛しているならマリンカの愛している男といっしょにさせてやればいい。だがわしには見栄《みえ》があったん

だ!」

これにはみんな驚《おどろ》きました。フェルノンがアダの肩《かた》に手を置いていいました。

「どうしたというんだい、日頃冷静《ひごろれいせい》なアダにしては珍《めずら》しいこともあるもんだ」

「いや、取《と》り乱《みだ》してすまん。ここのところ、ずっとわしはそのことを考えていたのだ。そしてずっとすっきりしなかったのだ。だが、いまのことばで目がさめた。いまとなってはマリンカだってどこに住んでいるのかわからんからわしが目がさめるのが遅《おそ》すぎたわけだが、しかし死ぬまでさめないよりはよかった」

「どうかな、アダ。死ぬまでさめない方がいいこともあるぜ」とフェルノンがいいました。「まあ、じゃあ、おれも、あんたの娘《むすめ》さんに会ったら、アダがそういってたと伝えておこう。どこらへんに行ったんだね?」

「それがわかれば苦労はいらん」とアダはいいました。「それよりも、そこなアイザリアの棟梁《とうりょう》と娘《むすめ》さんは、マリンカ号がほしいのか。だったら、条件次第ではゆずってあげないこともない」

「おおっ!」「ほんとかい!」とフェルノンとトーマはさけびました。テオは用心深くいいました。

「条件、って?」

アダはにやりと笑いました。

「船乗りたちはこれから雇《やと》うんだろうな? そこでたずねるが、水先案内(リフル)はもう雇《やと》ったのか? だれを連れて行くつもりかね?」

「水先案内って?」

フェルノンが解説《かいせつ》します。

「アダも昔はそうだったんだが、外洋船には水先案内が必要なんだ。水先案内は、星と、太陽と、月の位置を見て、船の位置がわかる。それから雲を見て風を読む。海の色を見て潮《しお》の流れを読む。つまり船について、海についてすべてを知っている男のことさ。どの船にも属していない水先案内は、港町にひとりかふたりはいる。もちろん、おいらたちも、そういうやつを探《さが》さねばならないわけだ」

「アイザリアの村にも、そういう年寄りがいたな。星を見て、太陽を見て、月を見て、明日の天気をすべて当てる連中が。そして、雲や風を読んで、どこに家をつくればいいかとか、どこに畑を新しく開くかを決めてくれるわけだ。すると水先案内というのは、年寄りがなるのかい？」

「いや、かならずしもそうではないんだがね。これは技術だからな。別に勘《かん》を頼《たよ》りにやるわけではないらしいんだ。だから若い水先案内に会ったこともあるよ」

「若い水先案内だと！　ふんっ！」とアダは鼻《はな》でせせら笑いました。「まともな水先案内を乗せた船は決して沈《しず》まない。技術だと！　海が荒れるのは雲がこういう色をしているからだ、風があっちから吹《ふ》くからだ、などといってるやつのいうことが、いったいどれだけ当たっているか知ってるのか。ふんっ、人をだますのはかんたんなもんだ」

「またはじまったよ。アダ、あんたはたしかに天才的な水先案内だ。だが、みんながあんたのようではないのだよ。若いものには若いもののやり方がある。だいたい、あんたは水先案内というより、自分で勝手に天気を決めて、お天道様《てんとうさま》をしたがわせるという、めちゃくちゃなひとだ。それは水先案内ではない。魔法《まほう》使いの領域《りょういき》だ」とフェルノンはほめているのかけなしているのかわからないことをいいます。

五人はいつの間にかアダの持ち船、マリンカ号のつながれている桟橋《さんばし》にまでやってきました。近くで見るとマリンカ号は意外に大きな船だということがわかります。

「櫓《ろ》はいちおう十六丁《ちょう》、右と左に八丁《ちょう》ずつだ。外輪《がいりん》が両舷側《りょうげんそく》に一基《き》ずつ。これは特別《とくべつ》なしかけがあって、風車《ふうしゃ》で回るようになっている。つまり、前から風が吹《ふ》いていても、風車《ふうしゃ》で外輪《がいりん》が回るから船はまっすぐ走るというわけだ。もちろん追い風のときは帆走《はんそう》するから、帆《ほ》も三本立っているが、世の中の帆船《はんせん》のように帆《ほ》だけに頼《たよ》るわけではない。ミゴールの海軍がこのしくみを知りたがっているが、わしは断った。軍用船にここまでのしかけをされたら、どこの軍艦《ぐんかん》よりも強力になるだろうが」

「すごいよ。ここまでの仕様《しよう》がある船は貿易船《ぼうえきせん》ではマリンカ号くらいのものだ」

「といっても、おれたちにはなんのことかよくわからんが」とトーマがいうと、フェルノンは説明します。

「マリンカ号は小さいがああ見えても外洋航海の特別仕立《じたて》でね、ふつうの帆船《はんせん》が十日かかる航海を、マリンカ号なら半分の五日で行ける。アダがいった以外にもすごいしかけがあるんだよ、この船には」フェルノンは、マリンカ号が自分の船でもあるかのように自慢気《じまんげ》にいいました。「それが特別の潮帆《しおほ》さ」

「なんだい、それは」

「風をうける帆《ほ》のように、海の中で潮《しお》をうける帆《ほ》がついているんだ、マリンカ号には」と、フェルノンが指さします。船首の両側に、腕《うで》のようにつきでて見えるものがあります。

「あれを海の中に入れて、まあいってみれば潮《しお》に帆《ほ》をかけるようにして、船を引っぱってもらう」

「なんだかよくわからんが、性能だけはよさそうだな」

「性能だけではない」とアダ。「マリンカ号は、頑丈《がんじょう》なんだ。ちょっとやそっとの嵐《あらし》や波にはびくともしない。いいかい、海に出るということは、陸のものが海と戦うってことなんだ。おれたち人間はそもそも陸のものだからな。だから、この地上にあるすべての知恵をつくさないと、海に呑《の》みこまれてしまうんだ。そこでマリンカ号には、あらゆる知恵がつくしてある。船底《ふなぞこ》には蠣殻《かきがら》がつかないように、わざわざアイザリアの西のはてアシバールから取り寄せたウガロの木が使ってある。そこへさらにカダリーム特産のスタラという塗料《とりょう》を塗《ぬ》った。外輪《がいりん》の考えは、エルセスの学者たちの知恵を借りた。もちろん風車《ふうしゃ》のしかけは風の強いアンマスの連中に頼《たの》んださ。金はかかってる。どうだ、ちょっとやそっとでは売りたくないという気持ちもわかるだろ。おいで。船に乗ってみよう」

四人はアダにしたがって、マリンカ号の舷側《げんそく》にとりつけられたタラップをのぼり、甲板《かんぱん》に出ました。

「ラリラー・ラララライ！　やっほう！　ねえ、見てこんなに広い甲板《かんぱん》！　まるで夏まつりの舞台《ぶたい》みたい！」

そこはじつはさほど広い甲板《かんぱん》ではありませんでしたが、テオははしゃいでさっそく踊《おど》り出しました。仕方なくリンが笛で伴奏《ばんそう》します。このときならぬ見ものに、アダもフェルノンも口をあんぐりあけて、テオの踊《おど》りに見とれました。

「なんとまあ。港にさすらい人の娘《むすめ》がきたといううわさはほんとうだったのか！」とアダがつぶやきました。そしてフェルノンをふりかえりました。「いったいこの娘《むすめ》さんたちはどこへ行こうとしているんだ?」

「ゴドバールに用があるらしい」とフェルノンがいいます。「だから頑丈《がんじょう》な船を探《さが》しているんだよ」

「ゴドバール！」と、アダはさけびました。テオがその声にはたと踊《おど》りをやめ、リンも笛をとめました。静まりかえったマリンカ号の甲板《かんぱん》で、アダはゆっくりといいました。

「わしを、その航海の水先案内にしてくれるならマリンカ号をあんたたちの好きにしていいぞ」

フェルノンはにやりと笑って、トーマに手をさしだしました。

「その昔、エインのアダといえば、どんな船の船長も水先案内に雇《やと》いたがったものだ。おめでとう、トーマ。あとは船乗りを探《さが》すだけだね」

「いったいどういう風《ふ》の吹き回しだい？　このじいさんになにが起きたんだ？」

「さすらい人といっしょに伝説の島、ゴドバールへ行くといえば、たいがいの水夫《すいふ》は二《に》の足《あし》を踏《ふ》むさ。だがほんものの海の民《たみ》は、それこそじぶんが船乗りに生まれた宿命《しゅくめい》だと思うだろうさ」

そういってフェルノンはにやりと笑いました。

「その昔、古代アイザールのラド王とその一行をゴドバールまで運んだのが、湾岸諸国《わんがんしょこく》の海の民《たみ》さ。そしてラド王の一行の中に、さすらい人たちがいた。それはもう有名な話じゃないか。つまり海の民《たみ》とさすらい人は、まあ兄弟みたいなもんだ。生粋《きっすい》の海の民《たみ》がひと肌脱《はだぬ》がないでどうする」

「ううむ」とトーマはうなりました。目をしばしばさせています。

「どうしたの、トーマ？」

「いや。おれはさすらい人の出身だが、それがどうしたと思っていつも生きてきた。それなのにどうだい、どこへ行ってもさすらい人であるがゆえのこういう好意をうけている。まあそんなことに思いいたってな」

テオはトーマの両肩《りょうかた》に手を置いていいました。

「素直《すなお》になりなさい、ってことでしょうね。道大工《みちだいく》トーマ」

「その手をどけなさい、テオ。なにを気やすくおれに向かって」

テオは肩《かた》をすくめて渋《しぶ》い顔をしているトーマから離《はな》れます。そのようすを見て、フェルノンもアダもほほ笑《え》んでいます。マリンカ号を降りるときに、フェルノンがいいました。

「トーマ。おれたちが『うつぼの目玉』に泊《と》まってるといったらアダが驚《おどろ》いてる。今夜はぜひアダの家に泊《と》まってほしいそうだ。いいんじゃないか？」

「あら、あのお宿、わたしたちは気に入ってるんだけど？」

フェルノンは片目《かため》をつむりました。

「じいさん、じつはさびしがりやでね。それにこれからはマリンカ号の出航準備をしなければならない。食糧《しょくりょう》なんかは、アダの倉庫《そうこ》に集めておくとか、いろいろ便利《べんり》だからアダの家も見ておくといい」


その晩、フェルノン、トーマ、テオ、リンは、エインの港に面したアダの大きな屋敷《やしき》に招待《しょうたい》されました。白いひげをはやして毎日魚釣《つ》りをしているアダはエインの港ではよく知られた人物で、船も何隻《なんせき》か持っています。屋敷《やしき》には大きな倉《くら》が並《なら》び、待機中の船乗りたちが住む棟《むね》もありました。いまはほとんどアダの息子が仕切《しき》って仕事をしていますが、貿易の仕事ではかなり儲《もう》けているようでした。

四人がアダの家をたずねると、アダみずからが庭のいけすから網《あみ》ですくった魚を料理し、ぐつぐついう鍋《なべ》で煮《に》てくれました。フェルノンによれば、タクアなど湾岸諸国《わんがんしょこく》でのいちばんのもてなしというのは、料理人がつくるのではなく、その家の主人がつくる料理だということでした。アダが料理した魚、クラルは、テオが「板《いた》みたい！」と驚《おどろ》いたくらいひらべったい魚でしたが、その身《み》の味は陸のどんな動物とも異《こと》なっていました。

「湾岸《わんがん》の男というのは、しょせんは海の民《たみ》だからな。海の民《たみ》の値打《ねう》ちは、魚をどれだけうまく料理できるか、ということもひとつだ。わしは一度ミゴールの年とった水先案内と同じ船に乗ったことがあるが、それはそれはおいしい毎日だった。驚《おどろ》いたことに積《つ》んでいった食糧《しょくりょう》には手をつけなかったんだよ、そのときは」

「つまり毎日釣《つ》ってたってことか？」とフェルノンがうさんくさそうにたずねます。「船乗りが釣《つ》り三昧《ざんまい》にあけくれてたら航海《こうかい》ができないだろうが。漁船《ぎょせん》じゃあるまいし」

「航海《こうかい》しながら釣《つ》るんだよ」とアダ。「そのうちこつを教えてやるさ。あっはっは」

笑ったあと、アダはまじめな顔になっていいました。

「フェルノン。しかしあんたも物好《ものず》きだ。ゴドバールへどうやって行くのかもわからず、ゴドバールがどんなところかも知らずに行こうとしてるんだからなあ。それにそこのさすらい人さんたちよ。あんたたちはなぜゴドバールへ行こうとしているのか、そのわけを教えないんだってな？」

「そういうことなんだ。それだけじゃない、トーマもテオも、じぶんたちが行こうとしているゴドバールのことを知らないんだよ。まあ一寸先《いっすんさき》が霧《きり》につつまれた航海《こうかい》、みたいなもんかな」とフェルノンがいいます。

「十年ほど前に一度、カランの貿易船が海賊《かいぞく》に遭《あ》った」とアダがいいました。「場所は湾岸《わんがん》にほど近いところだ。それもフィラ岬《みさき》を北に行ったあたりだというから、はっきりいえばタクア領海内《りょうかいない》だ。そんなところで、見たこともない船がとつぜん岬《みさき》のかげから出現《しゅつげん》したそうだ。その船は、なんだかひらたくて、マストは見あたらなかったそうだから帆船《はんせん》ではないようだった。しかも外装《がいそう》はなんと鉄《てつ》で、鎧のようにおおわれていたというんだ。たぶん、帆《ほ》ではなく櫓《ろ》で漕《こ》いでいたのだろうが、なかなかのスピードで近づいて、いきなりカランの船にぶつかったんだそうだ。船の名前はワスクスーア号だ」

「十年ほど前？　ワスクスーア号？　なんかちらりと聞いたことがあるぞ。それはカランの都《みやこ》ラツァイいちの貿易商人、ワスクの持ち船じゃないのか？」

アダはうなずきました。フェルノンはその話を知っているようでした。

「海賊《かいぞく》に出会ったとは聞いていない。なにか、ボエルのようなものにぶつかって沈《しず》んだと聞いたが」

「海賊船《かいぞくせん》の被害《ひがい》はいちおう湾岸諸国《わんがんしょこく》の恥《はじ》だからな。タクアでは伏《ふ》せているのさ」とアダはいって続けます。

「ぶつかってきたなぞの鉄の船はまるで背《せ》びれを出して泳いでいるハルハのようだったそうだ。そして、ハルハの背中《せなか》にあたる部分、まあそこを甲板《かんぱん》といってもいいんだが、その甲板《かんぱん》のふたが開いて、中から黒づくめの鎧兜《よろいかぶと》に身をかためた海賊《かいぞく》たちがわらわらと出てきたのだそうだ。そして、縄《なわ》ばしごをかけて乗《の》りうつったかと思うとワスクスーア号の水夫たちに襲《おそ》いかかり、水夫たちは皆殺《みなごろ》しにされてしまったんだ。もちろん水夫たちだって屈強《くっきょう》な連中だし、ワスクスーア号は大型帆船《はんせん》だ。もとカランの海軍にいたやつだっている。武器《ぶき》だってある。当然ながらその黒づくめの海賊《かいぞく》……というより、まあ兵士たちだな。そいつらと果敢《かかん》に戦ったそうなんだが、そいつらの強さといったら並大抵《なみたいてい》ではなかったというんだ。とりわけそいつらの持っていた弓というのが、見たこともないような弓で、剣《けん》で斬《き》りあったりもしたらしいんだが、多くの被害《ひがい》はその弓だったらしい。で、あっという間にワスクスーア号は制圧《せいあつ》されて、黒い兵士たちは船荷《ふなに》のすべてを生き残ったワスクスーアの船乗りたちに運ばせ、それから皆殺《みなごろ》しにしたんだとさ」

「……なによ、だまって聞いてたらなんておそろしい話なの、それって」とテオが真《ま》っ青《さお》になっていいました。

「まあしかし、海賊《かいぞく》ってのはそういうもんさ。山賊《さんぞく》だって同じことだろう」とフェルノン。

「でもどうして皆殺《みなごろ》しになったのに、その話が伝わってるんだ？」とトーマ。

「いい質問だ。まあ聞いてくれ。船荷《ふなに》をすべて積《つ》みかえると、ワスクスーア号は火をつけられて沈《しず》められたんだが、その一部始終を見ていたのが、当時十歳《さい》、ワスクスーア号の船客の子どもだったんだ。この子は海賊《かいぞく》たちとの戦いの最中に海に飛びこんで、海の上から見ていたのだそうだ。じぶんの親や兄弟が殺されるのを見ていたんだ。それから何日かして、板切れにつかまって漂流《ひょうりゅう》していたこの子を助けたのがマリンカ号だったというわけさ。で、わしはいちおう、その子……ジャバというんだが、その子に聞いたことはすべてカランの役人に届《とど》けておいた。けれど、なんの返事もなかったんだ。湾岸諸国《わんがんしょこく》では、当時こういうことが多発《たはつ》していたらしい。そして、その黒づくめの兵士たちというのが、そのゴドバールのやつらだという話だった。なぜそういうことをするのかはわからない。だが湾岸諸国《わんがんしょこく》でのその後のうごきを考えると、ゴドバールという国は、イシュゴオル、すなわちアイザリアをふくめたこの大陸を征服《せいふく》しようと考えているらしい。黒い兵士は、海賊《かいぞく》に扮《ふん》して、湾岸諸国《わんがんしょこく》のようすを偵察《ていさつ》にきたゴドバールの海軍らしいといううわさだった」

「どうしてそんなことがわかる？　黒い兵士やその鉄の船がゴドバールのものだという証拠《しょうこ》はあるのか？」

「ない。ないんだが、あんなものは、湾岸諸国《わんがんしょこく》にもないし、南のカダリームにもないし、北のシルヴェニアのものでもないことはたしかだ。だとすれば、あとはゴドバールしかないという結論《けつろん》なんだよ。まあもっとも、われわれ湾岸諸国《わんがんしょこく》の人間は、わけがわからないものはすべてゴドバールのしわざにしているということもあるが……ゴドバールはやばい。いろいろあるんだ。ここ数十年、ゴドバールにまつわることはいろいろ」

アダのことばは、トーマやテオをぞっとさせました。

「どうしてゴドバールがやばいということになるのかな」

「あんた、その昔、つまりアイザール古王国《こおうこく》の時代に、全イシュゴオルを統一したラド王がどこへ行ったか知ってるよな？」

「ゴドバールだろ？」

「だからさ。どうしてゴドバールへ行ったと思う？」

「不老長寿《ふろうちょうじゅ》の薬じゃなかったっけ？」

「そうよ。ラド王は、ふたりの魔法使《まほうつか》いと、五人の王子と王女、そして少年少女三千人を連れて、不老不死の薬を求めてゴドバールへと旅立った。アイザルシオンの最終章だわ」とテオ。するとアダはいいました。

「たぶん、アイザリアのお人はそういうだろう。もちろんこの湾岸諸国《わんがんしょこく》でも似たようなもんだ。だが、海の民《たみ》は、実際にラド王をゴドバールに運んだわけだから、別の言い伝えがあるんだ。ラド王がゴドバールに向かったのは、なにも不老不死の薬を求めたわけじゃないんだそうだ。そこには、この世界の根源《こんげん》の泉があるんだそうだ。ラド王はそこへ行ったというんだな」

「ルピア？」と、テオがつぶやきます。アダはうなずきました。

「さすがにさすらい人だな。なんでも知っている。海の民《たみ》でも、その名を知っているものはめったにいないというのになあ」

するとフェルノンはすかさずたずねました。

「なんだい、そのルピアってのは」

「いや」とアダはことばを濁《にご》しました。「ゴドバールの伝説だ。その泉から、この世界は湧《わ》き出《だ》したといわれている」

第七章　出　航

エインの港に、ひとつのうわさがあっという間にひろまりました。港へやってきたさすらい人の歌姫《うたひめ》一行が快速帆船《かいそくはんせん》マリンカ号で外洋航海《がいようこうかい》をしようとしている、なんと水先案内はマリンカ号の持ち主、アダその人である、かれらがどこへ行こうとしているかは秘密《ひみつ》である、航海の請負《うけおい》船長は、カランの船乗りフェルノン。そしてかれらは間もなく出航しようとしているが、この冒険《ぼうけん》に満ちた航海にいどむ腕《うで》のいい水夫を探《さが》している、といううわさでした。

「マリンカ号といったら櫓《ろ》は十六、それだけでも漕《こ》ぎ手《て》は十六人いるってわけだろ。まさかこないだ港で歌ってたさすらい人にそんなたくさんの水夫を雇《やと》う金はないだろう」

「だからさ、報酬《ほうしゅう》はたいして見こめないってやつさ。おれはごめんだね。カダリームへの航海の方がまだしも金になる。ひと財産《ざいさん》かせぎたいのは山々だが、命《いのち》あってのものだねさ。外洋航海《がいようこうかい》がどんなものか、多少でもわかってるやつはそういうあぶない橋は渡《わた》らない」

「いったい、どこへ行こうとしてるんだい？」

などと、酒場「タルの胃袋《いぶくろ》」でもうわさ話に花が咲いています。

「それがさ、もっぱらのうわさなんだが、やつら、ゴドバールへ行こうとしてるっていうんだぜ」

「おいおい、ほんとうかよ、それは」

「最近、ゴドバールが攻《せ》めてくるという話が、ミゴールやエルセスあたりでは本気でいわれてるんだ。このタクアあたりはのんきなもんだがね。どうも、マリンカ号の船主は、ミゴールの海軍じゃないかといううわさもあるぜ」

「くわばら、くわばら。そりゃあますますあぶない話だなあ」

「だがよ、なんでそういう航海にさすらい人が一枚《まい》かんでるんだ？」

「知らないのかよ、おまえ、さすらい人といえば、アイザリアのレイ王女だろう。マリンカ号の船主は、じつはアイザリアそのものさ。でなきゃ、外洋に出るほどの資金はないさ」

「ばか。さすらい人に金なんかあるわけないだろう。金があれば、港で歌など歌わないさ」

「そうそう、ところでおまえはもう見たかい、あの歌姫《うたひめ》」

「見た見た！　テオだろ！」

「おれもだ！」

「見たというか、聞いた！　すごいぜ、さすらい人の歌姫《うたひめ》は。もう、それはすごいのなんのって」

「歌い出すと、港のカモメまでが鳴くのをやめるってな、ほんとかい？」

「ちげえねえ。港じゅうが、しん、とするんだ。それから、テオの歌がまるで絹糸《きぬいと》みたいにすうっとおれたちの胸《むね》にしみこむんだよ」

テオの話で酒場は急に盛《も》りあがります。

「おれは、あの歌姫《うたひめ》と航海できるんなら、ちょい冒険《ぼうけん》をしてもいいかなって気分なんだが」

「まじかよ。しかしその気持ちもわからんではないな」

「おまけに水先案内がアダだろ。腕《うで》のいい船乗りになろうってんなら、この機会を見逃《みのが》す手はないだろう」

「ところで、『タルの胃袋《いぶくろ》』の歌姫《うたひめ》は最近とんと出てこないが、いったいどうしちまったんだい？」

「なんだかな、テオがここに乱入《らんにゅう》して、ライラの歌をけなしてから、すっかりすねちまって、部屋に閉《と》じこもってしまったっていうんだけどな」

「おやおや。あの子にはあの子のいいところがあったのに」

そんなうわさ話を、酒場のすみでひとりの男がじっと聞き入っていました。男は、フードですっぽりと頭をおおっていましたが、目はらんらんと輝《かがや》いていました。

「なんだい、あいつは？　ここじゃ見かけないが、最近新しい船でも入ったか？」

「そういえば、昨日、ミゴールの商船が一隻《せき》入ったな。商船にしては仕立《した》てが変わってたが」

「おれも見た見た。マリンカ号なみに塗装《とそう》が黒いんだ、黒いというよりは茶色か。なんだか、もとは軍船だった、みたいな船だったぜ」

「ありゃ、軍船だよ。まちがいない」と、水夫のひとりが断言しています。

「名だたるミゴール海軍の払《はら》い下《さ》げってやつか。ミゴールも、真珠姫《しんじゅひめ》の婚儀《こんぎ》でものいりだから、貿易《ぼうえき》をせっせとやらなきゃならないわけだな。王家《おうけ》のつきあいも金がかかる」

「へ？　ミゴールの真珠《しんじゅ》は、だれと結婚するんだい？」

「例の、真珠泥棒《しんじゅどろぼう》だろ？」

「まさか。われらがクリスはアイザリアの出身でしかも平民だぜ。いくらなんでも王女さまと結婚《けっこん》はできまいよ」

「へっ。湾岸諸国《わんがんしょこく》の王様だって、もとはといえばアイザリアの平民だろうが！」

「おいおい、そんなことが聞こえた日にゃ、首が飛ぶぜ」

どっと笑い声が起きたところで、すみに座《すわ》っていた男がすっと立ちあがりました。そこらへんの船乗りたちが思わず息をのむほど、みごとな体、きたえられた体だということが、だぶついた上着からも見てとることができました。男は勘定《かんじょう》をすませると、船乗りたちの席《せき》にきていいました。

「ひとつたずねるが、さっきあんたたちのいってた、マリンカ号っていう船の乗組員募集《ぼしゅう》はどこでやってるんだ？」

みんな、じろじろと男を見ます。ひとりの水夫がいいました。

「ああ、それは港に繋《つな》いであるマリンカ号に直接行けばいいんだ。いま、せっせと出航の準備を整えてるよ。そこへ行って、船に乗りたいといえば、条件次第で雇《やと》ってくれるんじゃないかな」

「なるほど。……ゴドバールへ行くといううわさはほんとうかな？」

「そいつはどうかな。そもそも、ゴドバールは貿易なんてしてないわけだから、交易は成立しないだろう。儲《もう》けのない航海をするほど、みんな暇《ひま》じゃないと思うが」

「だが、どんな交易だって、裏《うら》があるからな」と、これはどうやら裏《うら》の交易を経験したらしい船乗りがいいました。「ひょっとしたらゴドバールにはお宝《たから》がいっぱい、ってことかもしれないぜ」

「どんなお宝《たから》やら」

「ボエルにぶつかって、海の藻屑《もくず》ってこともあるからな」

「ちげえねえ！」と、男たちはまたも陽気に笑いました。フードの男はいいました。

「あんがとよ。もうひとつ、聞いてばかりで悪いが、さっき、さすらい人の歌姫《うたひめ》がどうとかいってたが」

「ああ、エインの港に、とつぜんトープ・アイザリアからの歌姫《うたひめ》が舞《ま》い降《お》りたんだよ」

「港に行ってみな。マリンカ号の近くの広場で、毎日タクアの役人とやりあいながら踊《おど》ってる子がいるよ」

「ドーム郡からきたのか？　ならふつうはラリアーという十人くらいの集団のはずだが」

「いいや。あの子はいつもひとりで踊《おど》ったり歌ったりしている、そうだ、笛を吹《ふ》く少年もいたな」

「珍《めずら》しい。それは、トゥラーというんだ。ラリアーとはちがって、シェーラみたいな歌姫《うたひめ》のことをいうんだ。ぜひ見てみたいものだな」と男はいい、なにがしかの銀貨《ぎんか》を男たちのテーブルに置《お》きました。

「おれからのおごりだ。泡酒《あわざけ》でもやってくれ」

男たちは歓声《かんせい》をあげました。

「豪勢《ごうせい》だなあ、いったいあんたはどこのだれなんだい？」

すると男はあいかわらずフードの下の表情《ひょうじょう》は見せないままでいいました。

「おれは、さっき話に出てたミゴールの真珠泥棒《しんじゅどろぼう》さ」

男たちは爆笑《ばくしょう》しました。ミゴールの船乗りは面白《おもしろ》いうそをつく、という話で座《ざ》はふたたび盛《も》りあがりましたが、男はいつの間にかいなくなっていました。


マリンカ号の甲板《かんぱん》では、出航準備が着々《ちゃくちゃく》と整えられていました。テオもトーマも、そしてリンも船出《ふなで》の準備など、はじめて見ることでしたからとても珍《めずら》しく、アダやフェルノンが指示して用意する荷物に目を見張っていました。いましもマリンカ号の舷側《げんそく》には何十本もの長く太い竹が束《たば》ねられ、とりつけられています。

「これはなんのための竹竿《たけざお》なの？」とテオがたずねるとフェルノンは答えました。

「あの竹には節《ふし》がなくて、中には真水《まみず》が入っているんだ。つまり飲料水さ。船《ふね》ばたにああしてくりつけると、多少船足《ふなあし》が遅《おそ》くなるが、船を守ってくれる防護壁《ぼうごへき》にもなるというわけでね」

「あら。飲み水だったら海の水があるじゃない。わざわざ積《つ》みこまなくても」とテオがいうと、まわりで仕事をしていた船乗りたちが爆笑《ばくしょう》しました。「なによなによ。わたしなにかおかしなこといって？」

「いや、テオ。海の水を飲んだことがないんだね、あんたは。おい、タジル！」とフェルノンは船乗りのひとりを呼《よ》びました。「こいつで海の水を汲《く》んでくれ。コップ一杯《いっぱい》でいい」

「へい！」といってタジルは縄《なわ》つきの桶《おけ》を海にどぼんと放《ほう》りこみ、水を汲《く》みあげるとコップに入れてテオにさし出しました。「テオの姉さん、どうぞ一気にやって下せえ」

「ありがと。飲《の》んでいいのね？」
みんなが見ている前でテオはぐいっと海水を飲み、派手《はで》にぶうっと吹《ふ》き出《だ》しました。
「な、なによこれは！　ごほっごほっ！　うえぇーっ！」
「あっはっは！」と、海の男たちは期待どおりのテオの反応に大喜びです。
「つまり海の水は塩辛《しおから》いってことさ、テオ」
テオは顔をしかめて、「そんならそういってよ！」とフェルノンをけとばしました。
「じゃあ あの竹竿《たけざお》の水がなくなったらどうするんだい？　水がなければ航海できないってことだろう？」と
トーマは不安そうにたずねます。「よほどたくさんの竹竿《たけざお》を持っていかねばならないのかね？」
「いや、たいていのことは海水で間にあうんだ。掃除《そうじ》にしたって洗い物にしたって、それにもちろん料理や
その後片《あとかた》づけ、それから大小便の始末だってとりあえずは海水でやるのさ、もちろん。だからまあ、飲み水
だね、あの竹竿《たけざお》は。それに海ではしょっちゅう雨も降《ふ》るから、それを貯《た》めることだってする。まあ世の中に
は海水を真水《まみず》にするためのしかけだってあるそうだがね」
「海水を真水《まみず》にするの？　どうやって？」
「それはミゴールのやり方のことか？」
いきなりテオとフェルノンの会話に割《わ》って入ったのは、背《せ》は高く、いかにも海の男らしい屈強《くっきょう》で精悍《せいかん》な若
者でした。いぶかしげにふりかえる船乗りたちのひとりが、声をあげました。
「おお、夕べ『タルの胃袋《いぶくろ》』でおごってくれた、気前のいいミゴール人じゃないか！」

「いかにも、おれはミゴールからきたんだが、生まれつきのミゴール人じゃないんだ、あいにく」

フェルノンは、自分と同じくらいの年格好の若者を見て、うさんくさそうにいいました。

「たしかに海水を真水《まみず》にするしかけがミゴールにあるとは聞いてるが、あんた、それを知ってるとでもいうのかね？　ミゴールはミゴールでも、その話はミゴールの軍隊の話だと聞いてるぜ」

「海軍のやり方は、たいしたもんじゃないよ。塩づくりと同じで、海水をろ過《か》するのが基本だ。ろ過《か》させるために、ミゴールでしかとれない砂と石を使う。だが、おれのいってるのは蒸留《じょうりゅう》するやり方だ。これはミゴールの王室に伝わってる方法で、門外不出ってやつさ」

「門外不出なら仕方《しかた》がないな」とフェルノンはそっけなくいって仕事に戻《もど》ろうとしました。すると若者はいいました。

「その方法を教えるから、おれをマリンカ号で雇《やと》ってくれないか？」

「ただの船乗りとして、ってことでかい？　ミゴールの旦那《だんな》」

「ああ」

フェルノンはまわりのアダやトーマやテオやリンにいいました。

「こんどの船乗り志願者は素人《しろうと》じゃないぜ。筋金《すじがね》入りだ。ひと目見たらわかったよ。船長としておれには異《い》存《ぞん》がないが、雇《やと》い主《ぬし》であるあんたたちはどうだ？」

「わざわざこの男にかぎっておれたちにたずねるのかね？」とトーマはいいました。

「エインの船乗りなら、おれはよく知っている。すべておれの責任さ。だがミゴール人となるとな。もしも乗せたあとでマリンカ号が乗っとられたらだれが責任をとるんだ？」

「そもそもフェルノンがそれだけ警戒《けいかい》するにはわけがあるだろ？　そこなお人はいったいどういうお方だ？」とトーマがたずねます。すると若者はいいました。

「海の民《たみ》、フェルノンに弟子入りしたいと思っているただのミゴール人さ。それなりに海のことは知っているが、まだまだ修行が足りないと思っている。だからきたんだ。名前はクリス」

「クリス！……あなた、生まれは？」とテオが若者の顔をまじまじと見つめていいました。

「生まれは捨《す》てた」とクリスはいいました。テオはだまりました。

「おれは賛成《さんせい》だが。どういう生まれだろうと、マリンカ号をうごかすには人手がいる。フェルノンがよければそれでいい。問題は早く出航することだ」とトーマ。するとアダもいいました。

「波の上は広いが、船の上はせまい。だがわしはどんなやつとでもうまくやっていく自信はあるから大丈夫だ」

「男たちの意見はそんなもんだが、テオはどうだい？」

「とくに意見はありません」とテオはそっけなくいいました。

「では決まりだ」とフェルノンがいうと、ずっとフェルノンの下で手伝いをしてきたタジルがいいました。

「みんな、あとふたり決まれば、乗組員はすべてそろう。出航は近いぞ」

　するとまたしてもどこかから声がしました。

「あとひとり、ってことにしてもらいたいんだけど」

甲板《かんぱん》にあがってきたのはリンと年端《としは》もちがわない少年でした。その少年を見て、アダは首をかしげました。

「どこかで見たことがある坊主《ぼうず》だが……名前はなんというんだい？」

するとと少年はにっこり笑っていいました。

「アダ！　ぼくだよ、ジャバだよ！」

なんと少年は、十年ほど前海賊《かいぞく》に沈《しず》められたカランの商船、ワスクスーア号の生き残りで、アダの乗ったマリンカ号が拾《ひろ》いあげた子どもだったのです。アダは目を細くしてジャバを抱《だ》きしめました。

「おお、生きていればこういううれしいこともある！　ジャバ。大きくなったなあ」

「マリンカ号が船出するって聞いて、矢《や》も盾《たて》もたまらずかけつけたんだよ！　アダ、連《つ》れてってくれるよね！」

「おれに頼《たの》むんだよ、坊主《ぼうず》」とフェルノンはいいました。「まったく、船長がえらいのか水先案内がえらいのかわかりゃしない」甲板《かんぱん》のひとたちが笑ったところでフェルノンはいい渡《わた》しました。

「船主からの要望により、ここから先は秘密《ひみつ》だからよく聞いてくれ。マリンカ号は、明日、練習航海に出航する。一日だけの予定で、夜にはタクアに帰ってくるというふれこみで港を出る。だがそれはうそで、おれたちは明日、練習ではなく、いきなり出航する。陸に未練《みれん》のあるものは、今夜はゆっくり陸のものと別れを告げてくれ。だがマリンカの出航については秘密《ひみつ》にすること。そしておれたちの目的地については明日出航したら全員に教えよう。以上だ。質問は？」

船乗りのひとりが手をあげました。

「乗組員がまだひとり不足だが、その欠員はいつ埋《う》めるんで？」

フェルノンはにやりと笑いました。

「欠員はない。さっき全員がそろったんだ。つまりうそをついてたわけさ、最初から。ほかに質問は？」

だれも手をあげませんでした。もともと謎《なぞ》だらけのマリンカ号の船出です。いまのフェルノンのことばで、それがはっきりとわかったようでした。フェルノンはふたたびにやりと笑っていいました。

「心配するな、それ以上のうそはとりあえずはない。今夜勝手に出航《しゅっこう》なんてしないよ。では解散！」


「あっという間に船が出ることになったのね」とテオはいいました。星の見えるマリンカ号の甲板《かんぱん》です。船乗りたちは陸地の最後の夜を惜《お》しんだり楽しんだりするためにそれぞれ船を出ていきましたが、テオとトーマ、リンはこの間《かん》ずっとマリンカ号を宿《やど》にしていたので、そのまま船に残ったのでした。

「結局この船をいくらで借りることになったの？」

「金貨《きんか》十枚《まい》」とトーマはいいました。「格安《かくやす》だ。あちこちで聞いたが。おれたちは商売をするためにゴドバールへ行くわけじゃないから、比較《ひかく》のしようがないんだ。ふつうはいち航海《こうかい》で儲《もう》かる金の四割《わり》が船主、二割が税《ぜい》、残りの四割が船長や船乗りの取《と》り分《ぶん》ということになる。アダは商売人だが、おれたちからは金を取ろうとは思っていないようだな。あとフェルノンに十枚《まい》、これは船長としてやってもらうために前金《まえきん》で払《はら》った。船乗りの仕度《したく》もある。それから積荷《つみに》に十枚《まい》。ざっとそんなところでおれの金はつきた」

「きっとトーマはだれがやるよりも有効に使ったと思うわ」とテオはいいました。「こんどはこのお金を預《あず》かってよ」といって、テオはじぶんの持っていた金貨のつつみを渡《わた》します。「リンの分も入ってるの」

「まあ待てよ」とトーマいいました。「たしかにおれが預《あず》かるのが自然ってもんだろう。だがこれからは海の上だ。あんたたちが持ってる方がいい。ゴドバールに着けば着いたで、きっとまた使い道がある」

リンもうなずきました。リンはいつも影《かげ》のようにテオによりそっていました。

「例の種はどうだい、最近はうごいたりしないのか？」

「みたいね。どうなの？　リン」

リンは首をかしげています。それからリンの手と指がうごいてテオになにかを伝えました。

「港で見るものや聞くものが多すぎて、種のことを考えている暇《ひま》がなかった、ですって」とテオがいいました。トーマは笑いました。

「ここの港町で、カダリームの特産だという香《かお》り茶《ちゃ》を手に入れたんだが、飲まないか？」

「香《かお》り茶《ちゃ》？」

「ふしぎにいい香《かお》りがする。なんかこう、植物というより、人間の心の奥底《おくそこ》にあるなにかをくすぐるような、そんな香《かお》りがする飲み物なんだが、どうだい？」

「飲みたい飲みたい！」とテオがはしゃぎ、甲板《かんぱん》の鉄板敷《てっぱんし》きの上でトーマがお湯を沸《わ》かしました。そこは囲炉裏《いろり》のようになっていて、まわりに固形燃料《こけいねんりょう》が置いてあります。やかんも茶碗《ちゃわん》もありました。トーマのいうとおり、香《かお》り茶《ちゃ》はふしぎな味がしました。

「なんでしょう、この味。香《かお》りもたしかにすてきだけど、苦くもなく、甘くもなく、しょっぱくもないけど、そのどの味でもない、なんだかふしぎな味なのね！」

三人は、ゆっくりと香《かお》り茶《ちゃ》を味わいました。すると、海の森で、霧《きり》の中にクミルたちのまぼろしを見たときのような、ふしぎな気分になってきました。

「トーマ。わたし、なんだかちょっと変な気分になってきた」

「おれもだ。まわりがぐらぐらする」

「ねえ、これって、」

いつの間にか、あたりがぼんやりとした霧《きり》につつまれています。

「もしかしたら、クミルたちの旅の続きを……？」

トーマがゆっくりと指をさしました。港の突堤《とってい》に、ゆらゆらと人影《ひとかげ》がたちのぼっていました。

「行ってみましょう！」

「その必要はないさ」とトーマがいいました。そのとおりでした。その人影《ひとかげ》は、すうっとテオたちの目の前に移動したのです。「おれたちに教えてくれようとしている。先達《せんだつ》はどうしたのかを」

テオはリンの指を読みました。リンはこういっていました。

「うその種が、もうひとつの種に呼《よ》ばれて、こんな場面をつくっている」

霧《きり》につつまれてはいましたが、夜のようでした。海は凪《な》いでいます。静かな波音《なみおと》がします。

ふたつの人影《ひとかげ》が波止場《はとば》に立ち、海を目にしてとまどっていました。クミルと、かかしのようでした。

「どうしよう。どうやって、海のかなたに行けばいいの？」

クミルは途方《とほう》にくれていました。そしてかかしを見上げました。

「どうすればいい？」

「いくら得意でも、泳いで渡《わた》るわけにもいかないからな」

「だから？」

「やってみようか」

かかしは、ふところから一本の笛を取り出し、無心《むしん》に吹《ふ》きはじめました。

そのメロディーはテオが聞いたことのないものでした。波の音のような、あるいは海を渡《わた》る風のようなそんな音色でした。ひとつの曲がおわると、かかしは鋭《するど》くさけびました。

「ソルギニル！」

すると、星空を裂《さ》いて、バサバサッと音がしたかと思うと、一羽の巨大な鳥が舞《ま》い降《お》りたのです。

「星の……鷲《わし》？」

「どうやら、おいらたちの旅は正しいらしい。こういう出迎《でむか》えがあるのだから」

ふたりはその巨大な鷲《わし》にまたがりました。かかしはふたたびさけびました。

「ゴドバールへ！」

ソルギニルはゆっくりとはばたきをはじめ空へと浮かびました。

霧《きり》が晴れ、テオたちはわれにかえりました。

「鳥に乗って行くなんて、ずるい」とテオはいいました。「わたしたちは船に乗って行くしかないのね」

「これでいいんだよ、テオ」とトーマはいいました。「おれはとてもうれしい。どうやら、海の向こうへ行くのは、正しいことのようだ。そして、クミルが向かったところへ、おれたちも確実に向かおうとしている。おれたちの準備ができたからこそ、こういう幻《まぼろし》を見せてくれたのだと思う」

「では」とテオは立ち上がりました。「リン、いまの曲を忘《わす》れてないでしょうね？　わたしも忘《わす》れないうちに」

「なにをしようというんだい？」

リンはふところから笛を取り出しました。テオは甲板《かんぱん》の中央に立ちました。そして、かがんでなにかを拾いあげると、口にくわえ、片手を高くあげてポーズをとりました。

「それは！」

「鷲《わし》の羽根。甲板《かんぱん》に落ちていた」とテオはいいました。

リンの笛が静かに流れて行くと同時に、テオの踊《おど》りがはじまりました。

星の鷲《わし》　ソルギニル
闇《やみ》の狼《おおかみ》　サスミニル
暗い憎《にく》しみにいろどられたふたつの心が出会うとき
淡《あわ》い日々の暮《く》らしはかすみ　物語の目をしたものが

たがいの肉を求めて諍《いさか》う　炎が燃える　燃えるものの中へと
争いながら闘《たたか》いながら　あの空の高みへいつか　たどりつこう
燃えつきてしまおう　憎《にく》しみも燃やして消えてなくしてしまえばいい

大きな拍手が湧《わ》きました。驚《おどろ》いたことに、テオの踊《おど》りを、いつの間にか戻《もど》ってきていたマリンカ号の船乗りたちが見ていたのです。

「これは……神にでもささげる踊《おど》りなのか？」と、フェルノンがいいました。「この世のものとも思えないような気分になった」

「よい航海になりそうじゃ」とアダがいいました。

われにかえったテオは急にはにかんで、トーマにいきなりしがみつくとかすれた声でいいました。

「自分じゃないような踊《おど》りができた……」

やさしくテオの肩《かた》をたたいたトーマに、これまたいつの間にかきていたクリスがいいました。

「トーマがおれと同い年くらいだったら、まちがいなく殴《なぐ》ってるな」

「ちげえねえ」とフェルノンもいいました。

「いつでも相手になるぜ」とトーマはいい、甲板《かんぱん》はにぎやかな笑いにつつまれました。

その翌日《よくじつ》、エインの港にはいくつかの人だかりができていました。お触《ふ》れがでていたのです。

湾岸諸国《わんがんしょこく》の海の民《たみ》に告ぐ。

不穏《ふおん》なうごきが、鯨海《ボエリール》をつつんでいる。

海のかなたのゴドバールが、湾岸諸国《わんがんしょこく》をうかがい、すでに何隻《なんせき》かの商船が沈《しず》められている。

かれらはやがて、艦隊を繰《く》り出して湾岸諸国《わんがんしょこく》に襲《おそ》いかかるにちがいない。

ここにおいて、湾岸諸国《わんがんしょこく》はこれまでのいきさつを捨《す》て、たがいに同盟《どうめい》を組《く》み、ゴドバールの脅威《きょうい》に対抗《たいこう》することとした。

布告《ふこく》：小型、中型商船のうち、湾岸諸国《わんがんしょこく》連合海軍が必要と認《みと》めたものは海軍の管轄《かんかつ》下に置くものとする。

上記に伴《ともな》い、湾岸諸国《わんがんしょこく》の貿易商人には戦時下特別税を課《か》す。諸国《しょこく》の規定《きてい》により納付《のうふ》すべし。

以上、艦隊総司令官《かんたいそうしれいかん》、ミゴール王ヴァイトンの名において通告《つうこく》する。


「あぶないところだ」とフェルノンはいいました。「もう一日遅《おそ》ければマリンカ号は海軍に接収《せっしゅう》されるところだった」

「ミゴール王が、湾岸諸国《わんがんしょこく》の主導権《しゅどうけん》を握《にぎ》ったってわけだ」とクリスはいいました。

「ヴァイトンというのはどんなやつなんだい？」

「まあ、小国《しょうこく》の王様にしておくのはもったいない、ってとこかな。ゴドバールがほんとうに襲《おそ》ってきたとして、その海軍がかなりのものだったとしてもヴァイトンには手を焼くだろうさ」

「では、まあ、そっちは司令長官にまかせるとして、おれたちはこれから出航といこう」とフェルノンはくったくないいました。クリスもにっこり笑ってうなずきます。

「仲がいいね、あのふたり」とそのうしろで、テオがトーマにいいました。

「どっちも、ただものじゃなさそうだからな」とトーマ。「それより、あのクリスはドーム郡の生まれではないのかい？　あんたのいってたクリスではなかったのか？」

「わからないのよ」

「聞いてみればいいじゃないか」

「なんかさ、恥《は》ずかしくて顔をまともに見れないの」とテオがいったので、トーマは爆笑《ばくしょう》しました。

「ドーム郡の歌姫《うたひめ》も、恋に関しちゃお子様並《な》み、ってことか。こいつはいいや」

「悪かったわね！　さぞやアイザリアでは手練手管《てれんてくだ》でならしたことでしょうね、いやらしいおやじさん！」

トーマは頭をかきました。

「いや、そういって自慢《じまん》したいのは山々だが、あいにくそんな暇《ひま》はなかったんでね。誤解《ごかい》しないでくれ、テオ、おれはあんたの恋の相談に乗ってやりたいんだよ。だが、残念ながらそっちはからきし経験がなくって、役に立たないってことさ」

「そんな経験なくたっていいのよ」とテオはいいました。「ドーム郡の娘《むすめ》だって、別に恋の経験が豊富《ほうふ》だから歌や踊《おど》りがうまくなるわけじゃないわ。踊《おど》りとか歌で、こころの中をみんなにあらわすということは、恋していい気持ちになってることとはまた別のことよ。百人の男たちと恋をすれば百倍歌がうまくなるんならわたしだってせっせと恋しちゃうけどね」

「そんなもんかい？　百人の男と恋すれば、やはりそれだけ歌も磨《みが》きがかかるんじゃないかと思うが？」

「歌や踊《おど》りは心と技術でしょ。いい恋をすればたしかに心も技術も磨《みが》かれるけど、ではいい恋というのはどういうことかといえば、めでたしめでたしがふつうはいい恋でしょ？　でもすてきな恋をしてる子がかならずしもいい歌や踊《おど》りができるわけではないのよね、これが」

「それはいったいなぜだい？　じゃあ失恋《しつれん》してるやつがいい歌を歌うのか？」

「そういうことなのよ」とテオはいいました。「まあいちがいにそういうわけにはいかないんだけど、すくなくとも失恋《しつれん》してる子の歌は、たしかにみんなの胸《むね》をうつのよ。でもまあ、わたしは失恋《しつれん》しなくても、その気持ちはわかるから、わざわざ失恋《しつれん》しなくてもいいの」

「ほほう」とトーマはにやにやしていいました。「要するにこわいのか」

「はい」とテオは素直《すなお》にいいました。「失恋するのも、恋してわれを忘《わす》れるのもどちらもね」

「面白《おもしろ》いもんだ。これからはじまる冒険《ぼうけん》の方がはるかにおそろしいのに、恋する方がこわいんだな、あんたは。つまり、死ぬまでプライドを持ったじぶんでありたい、というわけだ」

「ドーム郡の歌姫《うたひめ》はそういうふうにじぶんをしつけています」

ふたりがのんびりと話している間に、マリンカ号の船乗りたちはいそがしく立ち働き、いつの間にかそれぞれの位置についていました。船の中央にはいちだんと高くなった船橋《せんきょう》があり、そこにアダ、フェルノン、クリスが陣取《じんど》っています。リンが手招《てまね》きするので、あわててトーマとテオも船橋《せんきょう》にあがりました。そこからはマリンカ号のようすが一望《いちぼう》のもとに見ることができました。右舷《うげん》に八丁《ちょう》、左舷《さげん》に八丁《ちょう》の櫓《ろ》にはそれぞれ漕《こ》ぎ手《て》がひとりずつついて、いまや遅《おそ》しとフェルノンの合図を待っています。

「出航準備がすべて整った！」とフェルノンが船橋《せんきょう》でさけびました。すると後部甲板《こうぶかんぱん》にそなえつけられたほら貝《がい》をジャバがふいごで大きく吹《ふ》き鳴《な》らしました。

「ウラ・ヤア！」とフェルノンがさけびます。すると漕《こ》ぎ手《て》の水夫《すいふ》たちがいっせいに「ワラ・ヤア！」とかえし、右舷《うげん》の櫓《ろ》が漕《こ》がれました。ゆっくりとマリンカ号は桟橋《さんばし》を離《はな》れ、並《なみ》いる世界の大型船の間を抜《ぬ》けてエインの港をするするとすすみます。あちこちでほら貝が吹《ふ》かれ、爆竹《ばくちく》が鳴ったりして、港はマリンカ号の出航をにぎやかに祝《いわ》いました。

「気分がいいわ。港中の船がわたしたちを見てる！」

「珍《めずら》しいこともあるもんだ」とフェルノンがいいます。「出航するときにはみんなで見送らねばならないというしきたりなんぞないんだよ。気がついたやつ、仲のいい船、同じ持《も》ち主《ぬし》の船同士《どうし》が、まあちょいあいさつくらいはするものだが、こんなに港をあげておれたちを見送ってくれるなんて前代未聞だ。おまけにおれたちは外洋《がいよう》に出るなんていってない、今日はただの練習航海だっていってるのに！」

「おい、いったいどうしたんだい、なんだい、このさわぎは」と、アダが別の船の知り合いに向かってさけんでいます。すると、舷側《げんそく》に並《なら》んだ船乗りたちから声がかえりました。

「なんだかしらんが、マリンカ号が今日出航するってんで、だったらみんなで送ろうかって話になったのさ」

「海の民《たみ》のフェルノンが船長になって乗り組んでるんだろ」

「おまけにさすらい人も乗ってるんだろう?」

「水先案内にアダが乗ってるって話も聞いてるぜ」

「元気で行ってこいよう!」

「それでもって、みやげ話もたっぷり待ってるからな!」

ひと声ごとに、船縁《ふなべり》をどやどやと船乗りたちがたたきます。

こうして、マリンカ号はタクアの都《みやこ》、エインの港を船出し、ボエリールに向かって漕《こ》ぎ出《だ》したのです。

第八章　航　海

エインの港を出てしばらくしてから、マリンカ号は帆《ほ》をいっぱいに張《は》りました。そして前後にとりつけられた風車《ふうしゃ》が回るにつれて、両舷《りょうげん》の外輪《がいりん》が回り、すばらしい帆走《はんそう》を開始《かいし》したのです。それだけではありません。しばらくじっと海を見ていたアダが片手をあげると、船乗りたちはその合図《あいず》を待っていたというようにいっせいに「セーイ！」「ヤア！」と声をあげました。そして船の前面に両手をひろげるようにして、大きな袋《ふくろ》状《じょう》の板《いた》をひろげ、ゆっくりと海に沈《しず》めたのです。

「これは何？」とテオがたずねると、フェルノンがいいました。

「潮帆《しおほ》だ。おれも見るのははじめてさ。こう、マリンカ号の行く手に大きな風呂敷《ふろしき》をひろげるようにして、この帆《ほ》を海中に張《は》るわけだ。すると、海の潮《しお》をまるで風のようにはらんで、この船を引っぱってくれるというわけだ」

フェルノンのいうとおり、潮帆《しおほ》を海に沈《しず》めたとたん、風の力だけで動いていたマリンカ号は、いきなり猛《もう》スピードで走りはじめたのです。

「相乗効果《そうじょうこうか》というやつだな」とクリスがいいました。「どちらか一方だけではこんなに速くならない。まいったなあ。この船より速い船は世界中どこを探《さが》してもないぜ」

ほら貝が鳴り渡《わた》りました。ジャバがさけびます。

「総員《そういん》前甲板《かんぱん》に集合！」

船乗りたちが全員、前甲板《かんぱん》に集まりました。船橋《せんきょう》にはテオ、トーマ、リンも並《なら》びます。アダ、クリス、ジャバたちも集まります。マリンカ号の乗組員は、ぜんぶで三十人でした。フェルノンはかんたんに全員を紹《しょう》介《かい》したあと、みんなにいいました。

「さて、いよいよこのマリンカ号の目的地についてみんなに知らせるときがきた。おれたちは、これから、ゴドバールへと向かう！」

おおう、というどよめきがあがりましたが、みんなそれはうすうす感づいていたようでもあり、改めて驚《おどろ》くというような声ではありませんでした。漕《こ》ぎ手《て》のひとり、ラプーが手をあげていいました。

「おかしら、ゴドバールへ行くのはいいが、そこへ行ってどうするんでい？」

「このマリンカ号の船主《ふなぬし》は、さっきもいったとおり、ドーム郡からきた三人、トーマとテオとリンだ。かれらの指示にしたがっておれたちはゴドバールへ行くわけだが、とにかくこの三人をゴドバールへ送り届ければそれでおれたちはお役ごめんということだ。だから、あとはゴドバールのどこかへ船をつけて、湾岸《わんがん》の積《つみ》荷《に》を売り、ゴドバールの品々を積《つ》んで帰ればいいというわけだ」

「ひゃっほーい！」「やったあ！」「ゴドバールの品となれば大儲《もう》け確実だ！」と、船乗りたちは口々にさけびました。フェルノンは船乗りたちの期待に水をさすように、冷静な声でいいました。

「あいにく、ゴドバールになにがあるかはまったく未知だ。向こうがこっちに攻《せ》めてくるという話もあるくらいだから、どうせろくなものはない、ということだとおれは思っている。だがカダリームの臭《くさ》くて黒い燃《も》える水がシルヴェニアでは高価《こうか》な毛皮と交換《こうかん》されるみたいに、貿易というやつはどういう品がどう転《ころ》ぶかわからないところがあるからな。このおれたちの航海によって、新しい商売が開けることもあるかもしれん。だが、だがしかし、だ。ラド王がゴドバールに行ってしまってからというもの、イシュゴオルからゴドバールへの道は閉《と》ざされた。ここから先はなにが起きるかわからないという未知の航海になる。怖気《おじけ》づいたやつはいますぐ、この船から降《お》りてもらおう。そのための小舟《こぶね》も用意してあるんだ」

「未知の航海にうしろを見せるやつが湾岸《わんがん》にいるかっ？」とモーイという船乗りがさけびます。すぐにみんなが「いないぞっ！」と声をあわせてかえします。

「さすらい人のためにひと肌脱《はだぬ》ぎがないような船乗りが湾岸《わんがん》にいるかっ！」

「そんなやつはいないっ！」

「ゴドバールに行くと聞いて怖気《おじけ》づくような船乗りはっ！」

「どこにもいないっ！」

すごいさわぎです。テオはあきれてフェルノンを見ました。

「湾岸諸国《わんがんしょこく》の船乗りって、いつもこんなふうなの？」

「いや、まあ、いちおう、おれが選《えら》び抜《ぬ》いた連中なんで、みんな浮《う》かれてるところはあるんだが。まだ酒も入ってないのにまいったな。みんな酔《よ》ってるみたいだ」

「こんなふうに仲間同士《どうし》の息があってないと、船はうまく動かないのさ」とクリスがテオにいいました。

「なんせせまいところだ。おたがいに家族みたいにしてすごすわけだからな。ある種《しゅ》の儀式《ぎしき》が必要なのさ」

「わかった。ラリアーみたいなものだと思えばいいのね！」

「そういうことだ。ラリアーとちがうのは、船乗りに女性がいないということかな」

「まったく。アイザリアでも湾岸諸国《わんがんしょこく》でもどこでも、女性を大切にしない国は滅《ほろ》びるってことがわからないのかしらね！」とテオは怒《おこ》ります。マリンカ号も、テオの要求でいくつかの手直しがされていて、多少はテオにとっても住みやすくはなっていますが、それでも男の船乗りにとっての住み心地しか考えてないという点ではがまんできないことが多いのでした。

「でも、三十人のひとたちの胃袋《いぶくろ》を満《み》たすというのはとても大変なことよね？」

「それはそうさ。陸ではあちこちに畑があり、森があり、ラリアーは歌や踊《おど》りを披露《ひろう》すればその日の稼《かせ》ぎがある。だがここは海の上だ。食料は陸で積《つ》むしかないと思うだろう？」

「そして、いくらたくさんの食糧を積《つ》んだところで三十人の乗組員が毎日三度食事をすれば、あっという間につきてしまうわ」

「そのとおりだ。ほんとにテオはいいところを見ているな。だが、海にだって、畑や森があるんだぜ」

「どういうこと？」

そのとき、ちょうどマリンカ号の行く手右前方《ぜんぽう》に、カモメの群れがにぎやかにさわいでいるのが見えました。クリスはそっちを見ていきなりさけびました。

「フェルノン！　二時の方向（正面を十二時として方位《ほうい》を時計盤《ばん》に見立てるやり方は現在でも軍隊などで使われているが、それとほぼ同様のやり方。もっとも湾岸諸国《わんがんしょこく》の場合は十進法《じっしんほう》である）にカモメの群れだぞっ！」

「わかっている、もうアダが見つけているよ、クリス！」

フェルノンが舵《かじ》を切り、マリンカ号はカモメの群れに向かってすすみます。

「カモメがどうしたの？」

「あのカモメの下には、魚の大群がいるってことなのさ」

「へえっ！」

海に出てからはなにもかもが珍しいテオたちでしたが、ここからはほんとうに見たことのない光景がはじまりました。船乗りたちはいっせいに舷側《げんそく》にとりつき、鉤針《かぎばり》のついた棒《ぼう》を持って海につきたてました。すると、その鉤針《かぎばり》の先には、それぞれ大きな魚が引っかかってくるのです。それをえいとばかりにマリンカ号の甲板に向かって放《ほう》りあげ、またしても海に向かってつきたてます。

「すごい！」とテオやリン、そしてトーマは驚《おどろ》いて見ています。

「ラチオという魚だ。うまいんだぞ。とりわけいまの季節は油がのっていて。やってみるかい？」

「うん！」

テオとリンもさっそく見よう見真似《みまね》で鈎針《かぎばり》のついた棒《ぼう》をうけとり、海に向かってついてみます。

「重い！　すごい大きな魚ね！」

なかなか非力《ひりき》なテオには難しいわざでした。リンはなかなか器用《きよう》です。ふたりが何匹かの魚を釣《つ》りあげるころには、甲板《かんぱん》はほかの船乗りたちが釣《つ》りあげた魚でいっぱいになっていました。

「よおし！　ここまでだ！　これで当分の食料には困《こま》らないぞ」とフェルノンがさけびます。「幸先《さいさき》がいい。まあ世界一の水先案内がついてるから当然といえば当然だが」

「がんばって干物《ひもの》をつくっておいてくれ」とアダがいいます。テオに向かって片目《かため》をつむっていいました。

「この魚にはいろんな使い道がある。ラチオだけを食べてるわけにもいかんしな」

アダによれば、いま釣《つ》りあげたラチオという魚は生《なま》で焼いてもおいしいのですが、乾《かわ》かすとほかの魚を釣《つ》るための餌《えさ》になるだけでなく、なんと醱酵《はっこう》させれば燃料《ねんりょう》にもなり、また油をしぼって灯油《とうゆ》にまで使えるすぐれものだとのことでした。船の上ではさっそくラチオの加工《かこう》がはじまっています。そして、にぎやかにドラがなり、テーブルが用意されると、あっという間に魚の料理が大皿《おおざら》に載って出てきました。いつの間にか酒《さか》樽《だる》が甲板《かんぱん》に据《す》えられています。

「さあそれじゃあ、さっそく宴会《えんかい》と行こうじゃないか！」とフェルノンがいいました。

「まあ、船乗りさんたちって、なんて楽しい商売なんでしょう！」とテオがさけびます。

「それというのも、この豊《ゆた》かな海の幸《さち》あればこそさ。というわけで、一杯目《ぱいめ》の酒はもちろんのこと、海の神様にささげるってわけさ」といいながらフェルノンはなみなみと注《そそ》がれたコップの酒を、海に向かってうやうやしくたらしました。

「ヌブリール！　どうかおれたち海の民《たみ》に祝福《しゅくふく》を！　リールの神々、ばんざい！」

「ばんざい！」と皆が唱和《しょうわ》しました。それから宴会《えんかい》がはじまります。もちろんのこと船乗りたちの求めに応じてテオの歌と踊《おど》りも披露《ひろう》されましたが、宴会《えんかい》もたけなわとなったころ、とんでもないことが起きました。

ひとりの少年がラプーやモーイたちに囲《かこ》まれて甲板《かんぱん》に連れてこられたのです。

「密航者《みっこうしゃ》だ。酒樽《さかだる》を持ってこようとしたら、樽《たる》のうしろにかくれていやがったんだ」と、ラプーがいいました。

「船荷《ふなに》を積《つ》みこむ小僧《こぞう》たちの中でひとり、給金《きゅうきん》を取りにこないやつがいたんでおかしいと思ってたんだ」

「こら、小僧《こぞう》！　おかしらの前で申し開きをしてみろ。しないんだったら海につき落とすぞ」

少年はおびえた目でフェルノンを見ました。

「もう。おまえたちの目は節穴《ふしあな》か。この子は女の子じゃないか。手荒《てあら》な真似《まね》をするんじゃない」

「え、ええっ！」と船乗りたちは驚《おどろ》いています。短いズボンをはいた少年は、たしかにそういわれると、しなやかな少女のようでもありました。

「しかも、ただの女の子じゃないだろう。驚《おどろ》いたなあ、歌姫《うたひめ》ライラ。いったいどういう風の吹《ふ》き回しだい、このマリンカ号に密航《みっこう》とは」

みんな口をあんぐりとあけて少女を見ました。少女は頭に巻《ま》いた白い布をはらりと取り払《はら》いました。すると美しい黒髪《くろかみ》が生き物のように少女の肩《かた》まで流れました。

「あーおなかがすいた！　まったく、船の底なんて、二度とかくれるもんじゃないよね。船酔《ふなよ》いしちゃって頭はぐらぐら、おまけにおいしそうな匂《にお》いが甲板《かんぱん》から流れてきても出て行くわけにはいかないし。ねえ、エインの酒場ではさんざんあたいの世話になったやつもいるんだろ？　だったらその食べ物とお酒、すこしわけておくれよ」

「お安いご用だ！　ほうれ！」と、船乗りのひとりが串《くし》にさしたラチオの肉をさし出しました。ライラはさっそくその肉にかぶりつきました。そのようすは一匹の美しいけもののようでした。

「ライラ。食べながらでもかまわんが、いったいどういうわけでこのマリンカ号にかくれて乗ったんだね？」とフェルノンがたずねます。するとライラはまっすぐにテオを見つめていいました。

「あたいはそこの、さすらい人の歌姫《うたひめ》に用があってこの船に乗りこんだのさ」

「わたしに？」とテオはうれしそうにいいました。「いったいどんな用が？」

「踊《おど》りと歌を教えてほしいんだ」とライラはいいました。「あんたにけちをつけられたとおり、あたいは別に歌も踊《おど》りも修行したわけじゃない。ただこんなもんだろうと勝手にやってるだけなんだ。でも、あたいは歌も踊《おど》りも好きなんだよ。これからも港で歌姫《うたひめ》をしたいんだ。だからちゃんと勉強したいんだ。ドーム郡ってところに行って、学校に入れたらどんなにいいだろうと思った。あんたについていけば、きっとドーム郡に行けるだろうと思ったんだよう」

「おやまあ……」とテオは絶句《ぜっく》しました。

「残念《ざんねん》ながらおれたちはドーム郡を出てきたんだよ、娘《むすめ》さん。まあ仕事が無事におわればドーム郡に戻《もど》れるが、そんな保証《ほしょう》はどこにもないしなあ」

「あら。トーマったらなんてことを。わたしたちはちゃんとドーム郡に戻《もど》ります。でも、ライラ。いいわよ、しばらくわたしといっしょにいたら、毎日歌と踊《おど》りを教えてあげる。あなたのこと、じつはとっても気になってたのよ」

「ほんとかい！　ありがとう、ドーム郡の歌姫《うたひめ》さん！」

「まいったな。まあ、船主《ふなぬし》のテオがいいというんだからおれは反対はしないがね。でも、せめて船の仕事はやってもらうからな」

「タルの胃袋《いぶくろ》でも給仕《きゅうじ》はお手のものだったし、料理だってつくれるよ。あたい、役に立つからさ！」

「それよりなにより、この船に女の子がもうひとりいるってことがわたしにはとてもとてもうれしいのよ」

とテオはいいました。

「よかったよかった！　これでマリンカ号もますますにぎやかになる」

「なんと、ライラとテオのふたりの歌と踊《おど》りが見れるかもしれないってことかい？」

「そいつはなんて豪勢《ごうせい》な話じゃないか！」

「まったく！　いまごろエインの港は火が消えたようだろうなあ」などと船乗りたちはいいあいました。

翌朝《よくあさ》から、マリンカ号の甲板《かんぱん》はテオとライラの歌と踊《おど》りの練習場になりました。といっても、特別に踊《おど》りを教えるわけではなく、テオが歌って洗濯物《せんたくもの》を干《ほ》していくあとから、ライラがその洗濯物《せんたくもの》のしわをのばしながら歌ってついていく、というようなことでした。船乗りたちは、この見物《みもの》が大変気に入ったのですが、だれもそんなことを口には出さず、ただテオとライラのふたりのやりとりをうれしそうに横目《よこめ》で見ていました。

「ライラ！　体のこなしに気をつけて。いちばん無駄《むだ》のないうごきが、いちばん美しいのよ。だからほら、こっちから回るの。あなたのは遠回りになるでしょ？」と、甲板《かんぱん》のマストのまわりを歩きながら、テオがいいます。ライラはぷうっと頬《ほお》をふくらませます。

「そんなのどっちからだっていっしょでしょう！」

「よおく見ていて」といって、テオがマストを右回りにくるりと回ります。それから「で、こんどはこうでしょ」と、左回りに回ります。「どこがちがってるかわかった？」

「スカートのひるがえり方がちがってた」とライラ。

「そこよ！　よくわかったわね！　つまり、こう回ったほうが腰《こし》の回転の勢いがいいわけ。だからスカートがひるがえるわけね」いいながらテオはひらりとスカートのすそをひるがえします。

「じゃあ、左回りのときに、その勢いをつけようと思ったらどうすればいいの？」

「オッケー！　それをやってみるわ。こうよ」

「ほんとだ！　こんどは勢いがないけど、優雅《ゆうが》に見える」

テオはもううれしくてたまらないというようにライラを抱《だ》きしめます。

「こんな飲みこみの速《はや》い子ははじめてだわ！　半年もあれば、わたしのわざをみんな教えてあげられるかも！」

「ねえ、つぎはあのステップを教えて！　ほら、空中で両足のかかとをくっつけるの」

「それはまだよ。だって、その前にこのわざをおぼえなきゃ」といってテオは片足《かたあし》でくるりと回ります。

「なに、いまのは！　手品《てじな》？　どうしたらそんなことができるの？」

「見えないところで力を使うのよ。だから鍛《きた》えなきゃいけないところがふつうとはちがうの」

「いつもやっている仕事の力の入れ方ではいけないの？」

「それだとふつうの仕事しかできないわけね。踊《おど》りというのは、人に見せるものだから、ふつうではいけないところがあるのよ。そうね、歌のたとえがいいかな。ふつうの声で歌っていては、声は小さくて他人には聞きとれないの。だから、かなり大きな声で、しかもふつうに歌っているように聞かせる、ってことなのよ。最初はなんだか無理な歌い方なんだけど、やっていると次第に自然になってくるの。でもあなたには天性の大きな声があるから、すぐにできるようになるわ」

　仲良くやっているふたりを見て、リンはうれしそうにトーマを見て、めずらしく指文字で語りました。

「ん？……ドーム郡ではテオはこんなに仲のよい友人はできなかった……そうだったのか、リン」

　リンは続けていいました。

「テオと肩《かた》を並《なら》べられる歌姫《うたひめ》がいなかったから、テオはいつも孤独《こどく》だった」

「なるほどなあ。してみると、あのライラはドーム郡にきたらかなりいい線行くってことか」

　その声が聞こえたのか、テオはふっつりと踊《おど》りをやめてふたりのところにやってきました。

「わたしがラリアーを組織《そしき》したら、このライラは欠《か》かせないメンバーになるでしょうね」

「もしかしたらテオを抜《ぬ》くような人気者になるんじゃないのかい？」

トーマは半分冗談《じょうだん》めかしていったのですが、テオはまじめな顔でいいました。

「それはほんとのことかもしれないわ。なんせ、訓練《くんれん》もなにもしないでいきなりエインの港であんなに人気者になってるくらいですもんね」

「それならテオだってそうじゃないのかい？」

「トーマも知ってるでしょうけど、わたしはラリアーを落第《らくだい》したのよ。いってみれば、ラリアーとしては、なにかが欠《か》けているのよね。それがじぶんでわかってるだけに、ライラみたいな天性《てんせい》の踊《おど》り子《こ》はうらやましいわ。なんというか、あの子の体がね、踊《おど》り子《こ》なのよ。生まれつきというか」

「なにをいってるんだ。テオこそ、天性の踊《おど》り子《こ》、歌姫《うたひめ》だろうが」

「わたしにはわたしなりのなにかがある、ってことはもちろんじぶんでも知ってるわよ。でもね、当たり前のことかもしれないけど、ライラにはわたしにないものがあるの。くやしいくらいにそれがわかる」

「おいおい。だれだってそうだろう。おかしなことをいってるぜ、テオ」

そこへ洗濯物《せんたくもの》をすべて干《ほ》しおえたライラがやってきていいました。

「あたいにあってテオ姉《ねえ》さんにないものを教えてあげようか？」

「やめてよね。いつからわたしはあんたの姉になったというのよ。……でも、それはなに？」

「テオ姉さんは、男に媚《こ》びない、ってことなのよ」

「ちげえねえ！」とトーマは笑っていいました。「ライラは、たしかに愛嬌《あいきょう》がある。媚《こ》びてる、というのとはちょいちがうと思うが、こう、男の心に入ってきて、とろけさせてくれるようなところがあるよな」

「でしょ！」とライラはわが意《い》を得《え》たりとばかりに得意そうにいいました。「そこがテオ姉さんのいいところなんだけどね。凛《りん》としてるんだけど、そこらへんの男はよせつけないぞ、っていう、なんというか、つっぱったところがテオ姉さんの持《も》ち味《あじ》だよね」

「ふんっ！　人をなんだと思ってるの。わたしはかわいい女の子よ。なにをいってるのかしらねっ！」

「あたいは思うんだけど」と、ライラはテオの怒《いか》りをまったく気にせずにいいました。「テオ姉さんが、もしもちょっとでもやさしい笑顔で男たちを見たら、世界じゅうの女たちが嫉妬《しっと》するね。だからほんとはテオ姉さんが男嫌《おとこぎら》いでほっとしてるよ」

「テオ、おまえさんは男嫌《おとこぎら》いだったのか？」とトーマは笑いながらいいました。

「なんとでもいってちょうだい。もうそれ以上テオ姉《ねえ》さんをからかうと明日からの練習はなしだからね！」とテオはじぶんで〈テオ姉《ねえ》さん〉といいながら、ライラの尻《しり》をたたきました。ライラは笑いながら逃《に》げていきました。そのうしろすがたを見ながらトーマはテオにいいました。

「あんたのこんなに楽しそうな顔はひさしぶりだよ、テオ」

「ライラが好きなのよ、わたし」とテオはいいます。「気があうの。歌や踊《おど》りだけじゃなくて、あの子もたったひとりで生きてきたんだよね」

「うむ。あの年なのにかなりの苦労はしているよ。男への媚《こ》びとかいってるが、じつは生きるための手段《しゅだん》だったんだろうな、ライラにとっては」とトーマはいいます。

「そんな手段《しゅだん》を、わたしはあの子から捨《す》ててみせる。男なんかに媚《こ》びなくてもちゃんと生きていけるってことを。踊《おど》りも歌もライラの技術だけでしっかり見せられるものになるってことを教えてあげるわ」

「うーむ。まあ、あんまり入れこまないでおくれ。おれたちには任務《にんむ》があるんだからな」

「そういえば、トーマ。ゴドバールまではいったいどれくらいかかるのかしらね」

「航海ははじまったばかりだからな。その質問はまだ早いんじゃないかい？」

「そうよね。でも、この大海原《おおうなばら》！　はてしない空と海！　世界にこんなに大きくて広いものがあったなんて！　トーマ、わたし、ほんとにドーム郡を出てよかった。海が見れてよかったよ」

翌朝《よくあさ》、テオは朝早くに起き出すと、桶《おけ》を持ってライラと甲板《かんぱん》に出ました。

「やっほう！　フェルノンのいったとおりだわ」

「まあ！　この魚はいったいなんなの？」

甲板《かんぱん》には、一面に細身の魚がうちあげられています。

「トビウオよ。これも食糧《しょくりょう》にするんですって。さあ、ライラ、拾い集めましょう。なんだか、野菜を収穫《しゅうかく》するお百姓《ひゃくしょう》さんみたいだけど」といいながらテオは甲板《かんぱん》にはねているトビウオを一匹ずつ桶《おけ》に入れはじめました。

「夜の間に、甲板《かんぱん》の灯《あか》りめがけて飛んできたってわけなのね。きゃっ！」

なんと、そういったライラの鼻先を、いましも一匹のトビウオが飛んでいったのでした。

「別に夜だけ飛ぶってわけじゃないんだね。海って面白《おもしろ》い」とテオは笑いながらいいました。

しかし、楽しいことばかりではありませんでした。なんと、その日の午後から、空は一転《いってん》して灰色になり、海が荒《あ》れはじめたのです。

マリンカ号は外洋船ではありますが、嵐《あらし》の海では風に舞《ま》う木《こ》の葉《は》のようなものでした。空までつきあげられるかと思うほど波に持ちあげられたかと思えば、つぎの瞬間《しゅんかん》には地獄《じごく》の底につっこむのかと思うほどまっさかさまに落ちてしまうのです。嵐《あらし》の間、船乗りたちは必死で帆《ほ》をたたみ、マストを補強《ほきょう》し、甲板《かんぱん》の荷物が流されないように大声でどなりながら波と戦いました。

「舵《かじ》をまっすぐに波に向かわせるんだ！　横波《よこなみ》をくらうんじゃないぞ！　そうだ！　ジャバ、それでいいんだ！」

「ようそろ！」

「ほら、こんどはあっちから大波だ！」

「アダ、いったいこの嵐《あらし》はいつまで続くんだ！」

「ふん、これでも嵐《あらし》の外側にいるんだぞ！　まともに嵐《あらし》の真《ま》ん中《なか》にいってみろ、マリンカ号といえど一瞬《いっしゅん》で海の藻屑《もくず》だ！　もうすぐ嵐《あらし》の中を抜《ぬ》けるからがんばれ！」と水先案内のアダはさけびます。さすがに海の男たちは、嵐《あらし》の中でもてきぱきと仕事をし、ずぶぬれになりながら生き生きしていました。トーマもテオも、生きた心地《ここち》がしません。船底《ふなぞこ》のじぶんの部屋で、柱《はしら》につかまっているのがせいいっぱいでした。

そしてやがて嵐《あらし》が去り、夜になりました。こんどは鏡《かがみ》のように海は凪《な》いでいます。昼間の嵐がうそのように、マリンカ号は静かにすすみます。船乗りたちは疲《つか》れきり、船のあちこちで死んだように眠《ねむ》っています。

テオはほっとして甲板《かんぱん》に出てみました。すると、「テオ」と、だれかが呼《よ》ぶ声がします。

「クリス……あなたもお昼は大変だったんでしょう？　まだ寝《ね》てないの？」

「なかなかあんたと話す機会がなくってな」とクリスはいいました。テオはクリスの横に座《すわ》りました。

「わたしに話があるの？」とテオはいいました。クリスはふっと笑いました。すっと立ちあがると、縄《なわ》のついた桶《おけ》をざばん、と海に落としました。それから桶《おけ》をえいと引きあげます。

「何度もあんたの歌や踊《おど》りを見せてもらいながら、礼をいうことがなかったものだから」といいながら、ガラスのコップに桶《おけ》の海水を注《そそ》ぎました。そのコップをテオにさし出します。なんと、そのコップの水は、赤く輝《かがや》いていました。テオは驚《おどろ》いてさけびました。

「まあ！　赤い花が咲いてるみたい！」

「夜光性《やこうせい》の海の……なんというか、小さな虫のようなものだ。これは海のバラ、というやつさ」

「これをわたしに？」

「その昔」とクリスはいいました。「おれが故郷《こきょう》を捨てたとき、村の出口でひとりの、まだ小さな娘《むすめ》っ子《こ》がおれのために特別な舞《ま》いを踊《おど》ってくれた。その娘《むすめ》はなぜかおれが村を出るということを知っていたらしいんだ。そして娘《むすめ》は、踊《おど》りをとちゅうでやめておれにいった。この踊《おど》りの続きは、こんど会ったときのためにとっておく、といって。おれはいった。ではそのときは、おれはバラをいっぱい用意しておこう、と。……あいにく、コップに小さなバラがひとつで申《もう》し訳《わけ》ない」

「クリス……」テオはコップを胸《むね》に押《お》し抱《いだ》いていいました。「どんなにたくさんのバラよりも、このコップのバラは美しいわ。わたし、わたし、あの踊《おど》りの続きを」

「いいんだ」とクリスはテオの腕《うで》をとっていいました。「エインの港で、あの踊《おど》りの続きはしっかりと見せてもらった。まさかと思ったことが目の前に起きて、おれはほんとうにうれしかった。生きていてよかったと思った。こんなことがあるんだなあ、と。ありがとう、テオ」

「どうして過去形《かこけい》で語るの？」とテオはいいました。「わたしたち、いま会えたばかりでしょ。生きていてよかったと思えるかどうかはこれからのことではないの？」

「あんたがゴドバールへと向かおうとしているには、あんたの理由《りゆう》があるだろう」とクリスはいいました。

「それと同じように、おれにもおれの理由《りゆう》があって、ミゴールからタクアへやってきた。そしてエインの港に行き、この船に乗ったというわけさ。つまりおれたちはおたがいに自由ではないんだよ、テオ」

「だから？」

「だから、残念ながらこの出会いは、ゴールではないし、まして祝福《しゅくふく》された門出でもない、ということなんだ。おれたちはそのうち、別れる。あんたはドーム郡に帰るだろうし、おれはおれでたぶんミゴールへと帰るだろう」

そういってクリスはテオの腕《うで》にキスをしました。

「臆病者《おくびょうもの》」とテオはいいました。

「なんだと？」

「自分のしがらみ、他人のしがらみ、そんなものを最初から並《なら》べ立てて、おたがいに別れましょうだなんて、とんでもない臆病者《おくびょうもの》だといってるの。クリス、もうそれ以上わたしにいわせないでね。この赤いバラは大事にとっておくわ」

「おれは……臆病者《おくびょうもの》じゃない！」

「だったら」とテオは挑戦的《ちょうせんてき》にいいました。「こういい直してほしい。このバラを、再会《さいかい》した想《おも》い女にささげる、って。わたし、そのことばに似あう女になろうとして生きてきたのに！」

クリスは、まっすぐに見つめるテオの目をまぶしそうに見ました。

「おれの中では、あんたはいつも小さな小さな女の子だった。こんなにいい女になってるとは考えもしなかった」

「では、改めていい女にふさわしい扱《あつか》いをしてほしいんです、わたしは。はっきりいっちゃうけど、ミゴールの真珠《しんじゅ》とだって争う気持ちはありますからね！」

ぷっと吹《ふ》き出す声に、クリスとテオは思わずあたりを見回しました。

「だれよ！　立ち聞きしてるのは！」

すると、なんということか、暗い甲板《かんぱん》のすみからフェルノン、トーマ、リン、そしてライラがおずおずと出てきたのでした。

「だめじゃない！　いいところで笑って！」とライラがトーマにいっています。完全に怒《いか》り心頭《しんとう》に発《はっ》しているテオとクリスに、フェルノンがいいました。

「この静かな夜の海にかけて、おれたちはいま見たことはぜーんぶ忘《わす》れた！」

みんな爆笑《ばくしょう》しました。それから、みんな、車座《くるまざ》になってお酒を飲みはじめました。こんどはフェルノンが海に桶《おけ》を投げいれ、みんなにかわった飲み物を回しました。

「夜の海のスープだ。こんな夜は、海面いっぱいに、栄養のかたまりみたいな海のスープが膜《まく》を張っているのさ。まあ飲んでみな！」

それは、ほんとうに極上《ごくじょう》のスープでした。

こんなふうにしてマリンカ号の航海は続いていったのでした。

第九章　艦《かん》　隊《たい》

「もうすぐ、オノゴルに着く」と、ある日の夕食のときにアダがいいました。夕日が来し方の海面に美しく映《は》えて沈《しず》んで行こうとするころでした。甲板《かんぱん》にはいつものようにマリンカ号の主《おも》だった面々《めんめん》がテーブルを囲《かこ》んでいます。オノゴルという名前を聞いたのははじめてだったので、みんながその島についてたずねました。

「小さな島なんだが、鯨海《ボエリール》では有名な島だ。なぜかといえば、三つの潮《しお》が流れている、ちょうどその合流《ごうりゅう》点《てん》になっているからだな。ひとつの潮《しお》はイシュゴオルの南、カダリームからの流れだ。これを南海流《みなみ》という。わしらマリンカ号は、タクアからその潮《しお》に乗ってやってきたわけさ。もうひとつは、イシュゴオルの北、シルヴェニアからの流れで、こちらはミゴール、エルセスと北から南へ流れ、そこからこんどは東へと向きを変える。いってみれば、南《みなみ》海流とぶつかるのでそこでねじ曲げられる、というわけだ」

「それが北《きた》海流なのね。で？　もうひとつの潮《しお》というのは？」とテオがたずねます。

「東《ひがし》海流、すなわちゴドバールからの潮《しお》だ。うねりの海《ドブリール》を大きくつつむように流れているらしい。で、オノゴル島はその三つの流れの合流点になっている」

「オノゴル島では、水とか食糧《しょくりょう》をあらたに積《つ》みこむのかい？」

「水だけだ。小さな島なので人口も少ないし、食糧《しょくりょう》というほどのものはない。島のまわりの魚は豊かだが」

「ではひさしぶりに上陸できるわけか」とトーマがいい、みんながうなずきます。

「陸地にあがると、足元がゆれてるような感じがする。つまり大地がうごかないというのが信じられないくらい、おれたちの体が船に慣《な》れてしまっているんだ」

「そういえば、最初あれほどひどかった船酔《ふなよ》いも、なんだか慣《な》れてしまったわね、最近は」とテオ。

「なんか吐《は》いてばかりだったもんね、あたいたち」とライラもいいます。それはじつはトーマも同じでした。


オノゴルは美しい島でした。島の入《い》り江《え》にマリンカ号を停泊《ていはく》させると、そこからほどない場所にある井戸や川で水の補給《ほきゅう》を行いました。空になった竹筒《づつ》に新しい水を入れ、また、新しい水竹を補充《ほじゅう》しました。

「ここからゴドバールまでどれくらいかかるかわからないが、水次第《しだい》だと思ってくれ」とフェルノンがいいました。「なんとかあと半月くらいでたどり着きたいものだ」

「でもそれまでにこのオノゴルみたいな島があればもっと行けるわけでしょ？」

「それはそうだが、この先の海図はないからな」

「これからわたしたちがつくるというわけね？」

「まあ、無事に帰ることができたら、な。そこらへんはアダが商売上手だからまたひと財産《ざいさん》つくるんだろう」

フェルノンがいうと、アダはにやついてうなずきました。

「ゴドバールへの海図は売れるだろう。湾岸《わんがん》じゅうの船乗りが買いたがる」

「だったらどうしていままでゴドバールへの海図をつくってやろうという船乗りがいなかったの？」

アダはこともなげに答えました。

「たぶんいただろうさ。いたんだが、戻《もど》ってこなかっただけさ」

「ということは、つまり？」

「海の藻屑《もくず》と消えてしまったか、ゴドバールの連中にとっつかまって、殺されたかどうかしたんだろうな」

「そんなことはわからないでしょう。だってだれも戻《もど》ってないんだから」

「なあテオ」とアダはいいました。「人は死んだらどうなる？」

「鳥になるのよ」

「しかしだれも死んで生きかえったものはいないから、死んだあとのことはわからんはずだ。にもかかわらず鳥になるということをみんなが思っている。ではそれはどういうことか」

「なにがいいたいのよ、アダ」

「要するにゴドバールに行くとろくなことがないということを、みんな知ってるというわけさ。これが人間同士《どうし》の絆《きずな》ってもんだ。むこうで困《こま》った目にあったやつが、心の中でさけぶのさ。『みんな、ゴドバールなんぞにきちゃいかんぞ』ってね。その心の声がおれたちに届《とど》いて、おれたちはだれも行かなくても、ゴドバールには近よらないでおこう、と思うわけさ」

「じゃあ、その声を無視《むし》してゴドバールへ向かおうとしてるわたしたちってなんなの」

「無《む》鉄砲《てっぽう》、ということさ。あっはっは！　そもそも、太陽が昇《のぼ》るところへ向かおうという了見《りょうけん》が、大それてるじゃないか。人間はお天道様《てんとうさま》を追いかけるのが順序ってもんだろう。それを、逆に行こうというんじゃ、それだけでお天道様《てんとうさま》に逆《さか》らってる罰《ばち》あたりってこった」

テオは不服《ふふく》そうにいいました。

「じゃあさ。大昔にそういうことをしようとした古代アイザールのラド王も罰《ばち》あたりってこと？」

「だろうさ。だからいまだに御魂《みたま》はアイザールに戻《もど》っていないというわけさ。もっとも当人が戻《もど》りたくないのかもしれんがね」

するとテオとアダの会話にフェルノンが口をはさみました。

「湾岸《わんがん》の海の民《たみ》の間でときどきいわれてることがある。もしかしたらラド王は、ゴドバールへ行って、ほんとうに不老不死の薬を見つけたんじゃないか、って。だからいまだにゴドバールで生きてるんだ、と」

「そりゃあぞっとする話だな」とトーマがいいました。「そして何百年もたったいまになってイシュゴオルがなつかしくなって攻《せ》めてこようとしてるってかい？」

「おれもミゴールで面白《おもしろ》い話を聞いたことがある」とクリスがいいました。「これはドーム郡の人間にはとりわけ思いあたる話なんだが、ゴドバールに渡《わた》ったラド王は、死んでからもアイザールが忘《わす》れられずに、魂《たましい》となってアイザールへ何度か戻《もど》ってこようとしたらしい。ところがほれ、なんせ魂《たましい》のことだから、ろくな戻《もど》り方《かた》はできないわけだ。だもんだから、あるときは悪い流行《はや》り病《やまい》になって上陸してみたり、害虫になってみたり、嵐《あらし》になってアイザリアじゅうを吹《ふ》き荒《あ》れたりしたそうさ。つまり」

「ドーム郡を襲《おそ》ったフユギモソウも、ラド王の邪悪《じゃあく》な魂《たましい》がアイザリアを訪問《ほうもん》したんだってこと？」

「とまあ、ドーム郡の人間であれば思いつくだろう」

クリスのことばにトーマは冷静に反論《はんろん》しました。

「なんでもかんでも悪いことがあると、ひとはだれかのせいにしたくなるもんさ。いくらアイザールからいなくなった王様だって、嵐《あらし》やら流行《はや》り病《やまい》までラド王のせいにしちゃかわいそうってもんだ。ある種の人間はどこにいたって悪くなる。それでかならずだれかのせいにする」

「それにしても、オノゴル島のひとたちって、どこに住んでいるの？」

「島の反対側さ。外洋船は勝手にこっち側で水を持っていくことになっている。でも、ふつうは船が立ちよるとみんなやってきて、いろいろ売りつけたりするんだけどな。たしかに今回は静かだ……」

アダがいったときでした。船橋《せんきょう》で海のようすを見ているジャバがさけびました。

「二時の方向に帆船《はんせん》発見！　しかも一隻《せき》じゃない！　二隻《せき》……三隻《せき》！」

「ん？　こんなところに船が？」首をかしげながら、みんな船橋《せんきょう》にあがりました。

水平線のかなたに、白い帆《ほ》をかかげた船が、ほぼ同じ間隔《かんかく》をあけて二列縦隊《にれつじゆうたい》でやってくるのが見えます。

その数は十隻《せき》。しかもそれぞれ、かなり大型の外洋帆船《はんせん》だということがわかります。マストの先端《せんたん》には赤く染《そ》めた小旗がひるがえっていました。フェルノンは首をかしげていいました。

「いったいどこの船だ？　あんな旗は見たことがないが」

するとアダがいいました。

「まさか」

「アダ。なにか知ってるのか？」

「ずいぶん昔、アサス*がタカバール公を名乗ったとき、アイザリアからグラメール河を下って、ミゴールの港に公用船がやってきたことがあるんだ。そのときその公用船があんな小旗をつけていた。これはなんだと聞いたら、古代アイザールから伝わる、アイザール王家の由緒《ゆいしょ》ある旗だというんだ。つまりあれはアイザリアの旗だよ！」

「そんなばかな。アイザリアは内陸の国だ。外洋に出るには湾岸諸国《わんがんしょこく》を通らねばならないんだぞ。それにそもそもアイザリアが外洋艦隊《かんたい》を持ってるわけがない」

「ということは」とトーマがいいました。「あれはアイザール王家を自称《じしょう》するものたちの艦隊《かんたい》だということだよな。つまりそれは……」

船橋《せんきょう》にいたみなが、口々にいいました。

「ゴドバールの！」「ラド王直系《ちょっけい》の王家《おうけ》のしるし？」「ゴドバールの艦隊《かんたい》か！」

ライラが青ざめていいました。

「なに？　ということはつまり、ゴドバールの軍艦《ぐんかん》が、湾岸諸国《わんがんしょこく》を襲《おそ》いにきたってわけ？」

フェルノンは難《むずか》しい顔でいいました。

「それはわからんが、十隻《せき》の艦隊《かんたい》か。この広い海でわざわざ出会うとはな。さて、どうやってご対面すればいいんだろう？　アダ、頼《たの》む、こういうときはどうすればいいのか教えてくれ」

「艦隊《かんたい》であろうとたった一隻《せき》であろうと、海の道はひとつだから、どんなに海が広かろうが、こうして出会うのは自然というものさ、フェルノン船長。こういうときにどうすればいいのかは、前例がないが、とりあえず相手も海に生きるものたちだろう、だったら湾岸《わんがん》の通例《つうれい》どおりにやるしかないさ。いずれ、こっちは丸《まる》腰《ごし》だ。そしてどうやらあいつらは公的な艦隊《かんたい》のように見える。だったら、あちこちで出没《しゅつぼつ》するゴドバールの海賊船《かいぞくせん》、といわれている連中とはちがうんではないのかな」

フェルノンはアダのことばでたちまちのうちに決断したらしく、しばらくののちに、主《おも》だった船乗りたちを集めててきぱきと指示しました。マリンカ号の船内に緊張《きんちょう》が走りました。

まもなく、マリンカ号を認《みと》めて、十隻《せき》の艦隊《かんたい》が近づいてきました。向こうが風下《かざしも》だったせいで、まっすぐには近よれません。そこでマリンカ号は潮帆《しおほ》もマストの帆《ほ》もたたみ、洋上で停止《ていし》して待《ま》つことにしました。艦隊《かんたい》もマリンカ号の停止《ていし》に気づいたらしく、いっせいに帆《ほ》をおろし、舷側《げんそく》からするすると数十本のオールを出して漕《こ》ぎはじめました。十隻《せき》の船はいずれも似たようなかたちをしていました。帆《ほ》は縦帆《たてほ》と横帆《よこほ》がそれぞれ二本ずつ、オールは二《に》段構《だんがま》えになっていて、一段《だん》に二十本、計四十本のオールが出ています。

＊訳注《やくちゅう》――『虹《にじ》への旅』参照。アイザリア内戦『虹の戦争』を引き起こした張本人。アイザールよりの悪王の系譜《けいふ》につながり、いのりの民《たみ》を皆殺しにし、アイザリアの王となろうとした。

「……ってことは、オールを漕《こ》ぐ連中だけでも八十人ってことかい。でかい船だなあ」

「いや。一段構《だんがま》えの船もある。きっと補給《ほきゅう》のための物資運搬専門《ぶっしうんぱんせんもん》なんだろうな、いちばんうしろのは」

「船の甲板《かんぱん》が見えないように、盾《たて》が並《なら》んでるぜ」

「あれはかなり昔の軍船仕様《ぐんせんしよう》だな。やれやれ。ほんとに軍艦《ぐんかん》だよ、あれは」

テオがふしぎそうにたずねます。

「こういう船って、どうやって戦うの？　だって船同士でしょ」

「いい質問だ」とクリスはうれしそうにいいました。「昔はおたがいに船を接舷《せつげん》させて、船に乗った兵士たちがたがいの船に乗りこんで弓や剣《つるぎ》で戦った。いまでももちろんそれが基本だが、艦隊《かんたい》になると二隻《せき》で一隻《せき》を囲《かこ》んでやっつけるという作戦ができるわけだ。そこからさまざまな作戦が考えられている。基本的《きほんてき》には陸の戦いと同じで強い方が勝つ、ということなんだが、陸とちがうのは舞台《ぶたい》が海だということだ。つまり海を知っているものがより上手《じょうず》ないくさができるというわけさ」

「あと、どうあがいたって船の上はせまい。だから長い槍《やり》は使えないし、重い鎧《よろい》も着ていられない。そこらへんが陸のいくさとはちがうかな」とフェルノンがつけくわえます。

「男ってさ」とライラがいいました。「こういう話になるとどうしてこう、目がぎらぎらしてくるの？」

「そもそも戦争というのはね、これまでずうっと男たちがやってきたのよ。馬鹿《ばか》だから」とテオ。

「いや、その、別に男だからってみんないくさが好きなわけじゃない」とフェルノンがあわてていいました。

クリスはばつがわるそうにだまりました。そうこうしているうちに、見知らぬ艦隊《かんたい》の先頭の一隻が、ゆっくりとマリンカ号に近づいてきました。

「手信号《てしんごう》も、旗《はた》ことばも、まるで通じません！　むこうの船の見張りらしきやつがこっちを見てなにか合図《あいず》をしてはいるんですが」とマストの上でジャバがさけびました。

「だろうな。やっぱりゴドバールだぜ」とフェルノン。

「ここは、とりあえず相手にならずに逃《に》げた方がいいと思うね、おれは」とクリスがいいます。

「船主《ふなぬし》として、おいらもそう思うね」とトーマもいいました。

「あたしも！」とさっそくテオが賛成します。

たがいの距離《きより》がせばまり、艦隊《かんたい》の船の舳先《へさき》にいる男がさけぶ声がきこえました。しかし潮《しお》の音にかき消されて、ところどころしか聞こえません。

「とま……いまより……点検《てんけん》……」

「なにをいってるんだ？」とフェルノンがたずねると、ラプーという船乗りがいいました。

「いまから、そっちの船を点検《てんけん》するからとまって待っていろ、といってるみたいでやす」

「なにが点検《てんけん》だ、ここは公海だ、そもそもおまえたちは何者だ、とたずねろ。その前にこっちが名乗るのが常識《じょうしき》ってもんだが、いきなり点検《てんけん》とくるんだから仕方がない」

フェルノンがそういうと、ラプーが心得たとばかりに拡声器《かくせいき》（メガホンのようなもの）で大きな声をはりあげました。

「こちらはタクアの商船、マリンカ号だ！　海の男のあいさつを送りたい。そちらはどこの船か？」

すると声がしました。

「われら、ゴドバール帝国の先遣艦隊《せんけんかんたい》。汝《なんじ》らはこれより我《わ》が艦隊《かんたい》の指揮下《しきか》に入る。そこにとまり、旗艦《きかん》メイルの指示を待て」

「そんな指示にしたがうわけにはいかない。ここは公海《こうかい》だ」

ラプーがそう返事をしたときいきなりテオの鼻先《はなさき》にビュッと矢が飛んできて、船橋《せんきょう》の柱につきたちました。

「きゃあっ！」

「テオ、大丈夫か！」

あわててトーマとリンが近よりましたが、そこへふたたび、ビュッ、ビュッと音を立てて数本の矢がたてつづけに飛んできたのです。

「みんな、船の中に入れ！」とクリスがさけびました。テオが見ると、クリスはいつの間にか一本の剣《けん》を握《にぎ》っており、数本の矢をたたき落としていたのでした。

「問答無用《もんどうむよう》で攻撃《こうげき》かよ。よおし、ここは逃《に》げるしかないと見た。全員配置《はいち》につけっ！」

「了解《りょうかい》っ！」あちこちでフェルノンに答える声があがり、マリンカ号はいっせいにオールを出して漕《こ》ぎはじめました。

「ウラ！」「ヤア！」「ワラ！」「ヤア！」両舷《りょうげん》のオールがかけ声とともに上下し、マリンカ号は艦隊《かんたい》の先頭艦から徐々《じょじょ》に離《はな》れます。その間にも攻撃《こうげき》の矢は雨あられと降《ふ》りそそいできました。船橋《せんきょう》で舵《かじ》をとるフェルノンを、クリスが剣《けん》を抜《ぬ》いて守ります。手の空いている船乗りたちが必死でフェルノンを守る盾《たて》になるものを船橋《せんきょう》に並《なら》べました。

「艦隊《かんたい》がそろって追撃《ついげき》体制をとってきたよ。まいったな。十隻《せき》の軍艦に囲《かこ》まれちゃ一巻《いっかん》のおわりだぜ」

「だがまあ、向こうはでかいから、風上《かざかみ》に向かえばこっちがすこしは速《はや》いはずだろう」とアダはのんびりといいます。しかし、艦隊《かんたい》は強力な漕《こ》ぎ手《て》をそろえているらしく、なかなかマリンカ号は逃《に》げられません。それでも、弓の脅威《きょうい》からはかなり離《はな》れることができたのでした。

「ちくしょう。おい、こっちもすこしは反撃《はんげき》するからな」とクリスがさけびました。

「そんなことといったって、マリンカ号に武器《ぶき》はないよ」

「ふん。おいジャバ、ラチオを醗酵《はっこう》させたやつがあるだろう、あれを団子《だんご》にして持《も》ってきてくれ。トーマ、火打石《ひうちいし》あるよな？」

「あるが……そうか、クリス！　なにをしようとしてるかわかったぞ」

クリスはジャバが持ってきた魚の団子《だんご》を袋《ふくろ》に入れて抱《かか》えると、マストにのぼっていきます。そして革《かわ》のベルトのようなものを取り出すと、団子《だんご》のひとつをベルト中央のポケットに入れ、火をつけました。それからぐるぐるとベルトをまわし、ベルトの一方の端《はし》を離《はな》すと、火のついた団子《だんご》がひゅっとベルトを飛び出しました。

「投石器《とうせきき》だ！　虹《にじ》戦争で、五民軍《ごみんぐん》が使ったという」とアダがうなりました。

「さすらい人の武器《ぶき》ってやつさ。ここにもあるが」とトーマがいうと、ジャバがうれしそうにいいました。

「ぼくも使っていい？」

「いいが……この魚の団子《だんご》は臭《くさ》いなあ、それにしても」

「内臓《ないぞう》の油だからな。ものすごい火力《かりよく》が出るんだ、ラチオは。焚《た》き付《つ》けのいい材料《ざいりょう》になる」とアダとトーマがのんきに話しているうちに、ジャバとクリスのふたりが飛ばしたラチオの火団子《ひだんご》は、もろにむこうの船の帆《ほ》に命中《めいちゅう》し、たちまちのうちにめらめらと燃《も》えあがりました。

「いまのうちに風車《ふうしゃ》の向《む》きを！」とフェルノン。すぐに何人かの船乗りが甲板《かんぱん》に出て外輪《がいりん》を回す風車《ふうしゃ》の向きを設定《せってい》します。「漕《こ》ぎ手《て》の数は向こうが多い。どうしたってやつらのほうが速い。だが、人力は長くは続かないからな」とフェルノンはすこし余裕《よゆう》の出てきた顔になっていいました。

「なんとか逃《に》げられそうか」とクリスがいいます。

「あのでかい軍艦《ぐんかん》が燃えてるよ」とフェルノン。「信じられないぜ。マリンカ号みたいな丸腰《まるごし》の商船が、あんな武装船《ぶそうせん》を燃やしちまうなんて。やっぱりあんた、ミゴールの真珠泥棒《しんじゅどろぼう》だったんだな？」

「海は面白《おもしろ》い」とクリスはいいました。「知恵《ちえ》がそのまま生きる。思いつきがかたちになると、面白《おもしろ》いいくさになる。しょせん船はいくら大きくてもせいぜい何百人かの戦いだ。陸の戦争みたいに何千とか何万のいくさにはならない。おれはこういう小規模《しょうきぼ》な戦いは大好きだ。願《ねが》わくばおれに一隻《せき》か二隻《せき》の軍艦《ぐんかん》を持たせてくれ！　ってとこだよ」

「そしたらあの十隻《せき》を沈《しず》めてしまうのかい？」

「いや、そこまでおれはうぬぼれてはいないよ。だがいい戦いをする自信ならある」

「やめろ、クリス。ドーム郡の人間はいくさはやらない。ましていくさの腕《うで》を自慢《じまん》するやつがあるか」とト

ーマが舌打《したう》ちをしていいました。

「道大工《みちだいく》さんよ」とクリスはトーマに顔を近づけていいました。「悪いがおれはもうドーム郡の人間じゃないんだよ。たしかに生まれたところはそんな名前の土地だったような気がするが、そんなことはもう忘《わす》れたんだ。どう呼《よ》ばれてもいいが、おれはいまはミゴールの戦士さ」

「なぜ、そんな無理をするんだ、クリス」とトーマはいいました。「だれに対してつっぱってるんだ?」

「おれの過去《かこ》ってやつさ。悪いか」

「悪いとはいわんが、出自《しゅつじ》を忘《わす》れていくさびとになろうというのは感心できないね、おれは」

「出自《しゅつじ》にしばられて、抱《かか》えきれないほどの任務《にんむ》を背中《せなか》に負《お》うのがそんなにりっぱなのかい」

「おいクリス。ひとはだれだって自分の土地に誇《ほこ》りを持つものだ。その誇《ほこ》りのために生きるんじゃないのか」

「まあそんな話はあとにして、だ」とフェルノンが割《わ》って入りました。「一隻《せき》が燃えたもんだから、残りもとりあえずはおれたちの追撃《ついげき》をやめたようだな。商船に燃やされたとあっては、すくなくともふつうの海軍なら艦長更迭《かんちょうこうてつ》だろう」

はるかの洋上では煙をあげている一隻《せき》の軍艦《ぐんかん》を数隻《せき》が囲《かこ》んでいます。どうやらマリンカ号はあやうく難《なん》を免《まぬが》れたようでした。やがて、マリンカ号は艦隊《かんたい》が水平線のかなたに見えなくなるところまでやってきました。漕《こ》ぎ手《て》たちは疲《つか》れきって、その場で眠《ねむ》りはじめるものもいました。この事件でマリンカ号はせっかくかせいだ旅程《りょてい》をふたたびオノゴル島まであと戻《もど》りしてしまったわけです。

その夜、フェルノンはいいました。

「船主さんには悪いが、オノゴルでなんとかこのゴドバール艦隊《かんたい》のことを湾岸諸国《わんがんしょこく》に伝えるすべを考えたいんだ。おれたちはしょせん湾岸諸国《わんがんしょこく》の海の民《たみ》だ。おれたちが見たことは、その海の民《たみ》をゴドバールが襲《おそ》おうとしているという最初の情報《じょうほう》だと思う。なんとかそれを伝えないといけない」

「ということは、タクアまで戻《もど》るってことかい？」とトーマはいまにも怒《おこ》り出しそうな剣幕《けんまく》でいいました。

「まあ、そういうことになるかもしれん。もしかして、オノゴルでタクアへ行く船とかに出会えればいいのだが。待《ま》っていればそういう船がくるかもしれんから」

「そんな確率《かくりつ》はないだろう！」とトーマがどなると、テオはトーマを制《せい》していいました。

「海の上で、おたがいに連絡《れんらく》をとりあう方法はあるはずでしょう？　たとえば船が難破《なんぱ》しそうになるとか、海の上で遭難《そうなん》しそうになったら、いったいあなたたちはどうやってたがいに連絡《れんらく》をとるの？　それともまったく連絡《れんらく》なんかとれないってわけ？」

「おじょうさん、おことばをかえすようだが、陸の上だって、そんな方法はないだろ？」

「あるに決まってるでしょ！」とテオはいいました。「ドーム郡のさすらい人は二年も旅をするのよ。その間にいろんなことが起きるわ。でもドーム郡の人も、旅に出た人たちも、おたがいにちゃんとおたがいのことを連絡《れんらく》しあえるんです」

「どうやって？」

「あら、いろんな方法があるわよ。ことばの木を使ったりとか、鳩《はと》に手紙を託《たく》したりとか」

船上のひとびとは目を丸くしてテオの話を聞いています。テオのいうことは湾岸諸国《わんがんしょこく》のひとびとの思いもよらぬことでした。するとクリスがいいました。

「鳩《はと》は賢《かしこ》いが、カモメはなかなか人間になつかない。だが、海にはちゃんと人間の味方《みかた》もいる。うまくいくとはかぎらないが、やってみる。おれの考えでは、オノゴルまで戻《もど》らなくてもいいと思う」

「そういえば、あんた夕方からジャバを使っておかしなことをしていたな」とフェルノンがいいました。

「おかしなことって？」とテオがたずねると、アダも気がついていたらしく、こういいました。

「例のラチオの団子《だんご》なんだが、あれを海に流していただろう。それからラリー酒もひとびんばかり海に」

「なんだとお！」とフェルノンが怒《おこ》ってどなりました。フェルノンの大好物はラリー酒だったからです。

「そそそ、そんなことを船長のおれに断わりもなく！　いいか、酒はこの船の財産《ざいさん》なんだぞ！　それを」

「まあ怒《おこ》るのはもっともだが、それは仕上げを見てからにしてくれ」というと、クリスは立ちあがり、海面に向かってヒュウッと口笛を吹《ふ》きました。すると暗い夜の海に、ズザザザッと波が立ち、三角形のひれが波《なみ》間《ま》にいくつもあらわれたのです。「おお、きてくれたらしいな」とクリスはいいました。

波間《なみま》にあらわれたのは、イルカ*の群れでした。マリンカ号と併走《へいそう》して、ときには海面高くジャンプしたりしています。

「小さなボエルたちよ、頼《たの》みを聞いてくれ」といいながらクリスはラチオの団子《だんご》を海に投げ入れます。するとイルカたちは大喜びで団子《だんご》を争って奪《うば》いあいます。クリスは竹筒《たけづつ》を投げ入れました。

「この大事な手紙を、ミゴールの海軍の船に……いや、ミゴールでなくてもどこでもいい。湾岸諸国《わんがんしょこく》の船に出会ったら、その船のものに渡《わた》してほしい。頼《たの》む！」

クリスがいいおわると、ヒューイッという声がイルカの群れからかえってきました。フェルノンは驚《おどろ》いていいました。

「いまのイルカのことばは、おれでもわかる。了解《りょうかい》、といっていた」

「どうやらうまくいったようだ」

クリスはその竹筒《たけづつ》に手紙を仕《し》こんだといいました。手紙にはマリンカ号がオノゴル島の東三十ソグドのあたりで、ゴドバールの軍船十隻《せき》に遭遇《そうぐう》し、いきなり攻撃《こうげき》されたこと、そしてその艦隊《かんたい》は先遣隊《せんけんたい》として湾岸諸《わんがんしょ》国《こく》へ向かおうとしている、ということを書いたそうです。


翌朝《よくあさ》、マリンカ号のまわりは一面ミルク色の霧《きり》でした。アダはあたりを見回していいました。

「三つの海流がぶつかっているところなんだろう。海面の温度がちがうからこういう霧《きり》がでるんだな」

「どっちへ向いてすすめばいいかさっぱりわかりませんが」と舵《かじ》をとるジャバがいいます。

「お天道様《てんとうさま》がどっちかさえわかればいいんだ。もっと右……そうそう」

しばらく霧《きり》の中を航行したときでした。

「フェルノン！」

＊訳注《やくちゅう》――原文ではホイットという名称《めいしょう》しかなく、イルカは訳者《やくしゃ》の推測《すいそく》にすぎないので了承《りょうしょう》していただきたい。

「アダ……これは！」

思わずふたりは声をひそめてさけびました。

マリンカ号のすぐ横に船が併走《へいそう》しているのです。しかも、一隻《せき》ではありませんでした。

「こっち側もだ！」

なんと、マリンカ号は二隻《せき》の大型帆船《はんせん》の間を航行していたのです。そして、その二隻《せき》はまぎれもなく、昨日マリンカ号を捕《と》らえようとした、あのゴドバール先遣艦隊《せんけんかんたい》の軍艦《ぐんかん》にほかなりませんでした。二層《そう》になった舷側《げんそく》のオールのうちの一層《そう》だけをゆっくりとうごかし、ほとんど無風の霧《きり》の中をしずしずと航行していたのです。マストの上にはアイザール文字をきざんだ赤い旗がひるがえっています。

「おれたち、あの艦隊《かんたい》のど真ん中にいるじゃないか！」とフェルノンはうなりました。「どうしたらいい？」

「こういうときは、やはり専門家《せんもんか》だろう。クリスの出番だな」とトーマがいいました。

「マリンカ号の帆《ほ》をたたんで、ここでとまってくれ」とクリスがいいました。「まだやつらは気づいていないみたいだから、いそぐんだ」

「帆《ほ》をたため！」とフェルノンはいい、船乗《ふなの》りたちが低い声でそれに応じました。それからクリスはジャバにいいました。

「舵《かじ》をいっぱいに切って左に向かえ！」

「ようそろ！」とジャバはゆっくり舵《かじ》をきり、マリンカ号は右側のオールだけをうごかしてみごとにその場で向きを変えました。

「どこへ行こうとしている?」

「艦隊《かんたい》というのは、陣形《じんけい》を崩《くず》さずに航行するのがその最高のかたちなんだ。だからもしもあの二隻《せき》がしんがりでなかったら、すぐに後続がくる。航路をはずれることがこの際もっとも肝要《かんよう》なことさ」

「やつら、このマリンカ号を探《さが》してるのかな」

「どうかな。船を燃やされて頭にきてはいるだろうが、十隻《せき》もの艦隊《かんたい》だぜ。マリンカ号を追いかけるよりはもっとなにか重要な任務があるだろうさ。先遣艦隊《せんけんかんたい》といってたからには、おおかた湾岸諸国《わんがんしょこく》への威力偵察《いりょくていさつ》ってことじゃないのかね。だが、とりあえずはおれたちを追いかけてきたんだろうな。漕《こ》ぎ手《て》たちはかわいそうに、ひと晩じゅう働かされていたんだぜ」

「それにしても、霧《きり》さまさまだなあ」とフェルノンはいいました。「これがなければ、夜明けとともにおれたちはやつらの奴隷《どれい》にされていたってわけだ」

「まずいことになった」とアダがいいました。「その霧《きり》が次第に晴れてきそうだ」

アダのいうとおりでした。無風《むふう》だった海面に風が吹《ふ》き渡《わた》り、青い空と青い海面がゆっくりとすがたをあらわしたのです。それはとても美しい光景でしたが、マリンカ号にとってはそれどころではありませんでした。

「青い塗装《とそう》をすればよかった」とフェルノンがいいました。「そうすればかくれられたのに」

「まさかこんな目にあうと考える船主《ふなぬし》はいないからな」とアダは苦笑します。

やがて、霧《きり》はすっかり晴れました。マリンカ号の向こうを、十隻《せき》のゴドバール艦隊《かんたい》が二列縦隊《にれつじゅうたい》ですすんでいくのが見えます。いまの位置からすればマリンカ号はさっきまでもろに艦隊《かんたい》のど真ん中にいたことになります。

「危機一髪《ききいっぱつ》だったわけだ」とフェルノンがいいます。

「まだ逃《のが》れられたわけじゃないぜ」とクリス。「やつら、向きを変えやがった！」

マリンカ号の全員が、背中《せなか》に冷水でもあびせられたようにぞっとしました。

ゴドバール艦隊《かんたい》は、いっせいにマリンカ号の方向に向けて回頭《かいとう》したのです。

「きれいだ」とクリスはいいました。「なかなかよく訓練《くんれん》された海軍だ」

「そんなことといってる場合じゃないでしょう！」とテオが怒《おこ》ります。「どうするの？」

「たぶん、捕《つか》まる」とクリスはいいました。

「だめじゃない！」

「海の上だからな。かくれる場所はない。そこが地上とちがうところだ」

「やだやだ！　なんとかして！　クリス！」

「そりゃおれだってなんとかしたいよ。あんたの前でいい格好もしたいし」

「もういい！　トーマ。どうしよう！」

「やつらにつかまって、ゴドバールにつれて行かれるんなら、それはそれでてっとり早《ばや》いんだが」

「なに考えてるのよもう。あなたってそういう生き方してるわけ？」

トーマは頭をかきました。

「行き当たりばったり、ってことならたしかにそうだが……」

「あたしはいやです！　ちゃんと自由な身でゴドバールに行きたいの！　そうだ、フェルノン！　海に潜《もぐ》れない？　このマリンカ号にはそういう装置《そうち》はついてないの？」

「無茶《むちゃ》をいうおじょうさんだ」とフェルノンが苦笑《にがわら》いしたときでした。クリスがさけびました。

「なんと、おれたちはついてるぜ。天の助けだ！」

……そちらを見たものはいなかったので、だれも気づいてはいませんでしたがマリンカ号のすすむ方角に、「天の助け」があらわれたのです。

それは、数十隻《せき》の船でした。まるで水平線いっぱいに並《なら》んでいるように見えました。

「あの並《なら》び方を見ろよ。なってないぜ」とクリスがいいました。「だがとりあえずは、助かった」

「なんなの、あの船は？」

クリスはにっこり笑っていいました。

「あれはミゴール艦隊《かんたい》だ。……いや。正確にはミゴールを中心とした、湾岸諸国《わんがんしょこく》の連合艦隊《かんたい》だな」

第十章　海　戦

ゴドバールの先遣艦隊《せんけんかんたい》は、マリンカ号を認《みと》めたからいっせいに回頭《かいとう》したわけではなかったのです。マリンカ号の先に、湾岸諸国《わんがんしょこく》の連合艦隊《かんたい》がいるのを見つけたからだったのです。

クリスのいうとおり、ミゴールを中心とした連合艦隊《かんたい》は十六隻《せき》の軍艦《ぐんかん》で構成されていました。その中心はいかにも快速を誇《ほこ》っているといったスマートな外見《がいけん》の同型高速帆船《こうそくはんせん》をそろえたミゴールの巡洋艦隊《じゅんようかんたい》六隻《せき》で、獲物《えもの》を追う狼《おおかみ》のように洋上に踊《おど》り出た感じがしました。ところが、その後方に位置する十隻《せき》は、艦型《かんけい》もまちまちで、統率もとれていないようでした。どちらかといえばあたふたとミゴール艦隊《かんたい》のあとを追いかけるようにしてやってきた、エルセス、カランからの寄《よ》せ集め艦隊《かんたい》のようでした。

「湾岸諸国連合艦隊《わんがんしょこくかんたい》といっても、まだタクア海軍は入っていないな」とフェルノンがいいます。

「おれたちが出航するときにお触《ふ》れが出たくらいだからな。タクアはこれから参加するんだろう。その前に、しっかり訓練をつんで、エイン港あたりに登場しようとした矢先に、ここでやつらと出会ったってわけだ」

とクリスがいいました。「こんなところでゴドバール艦隊《かんたい》の実力のほどを見ることができるとはな」

「あんた、行かなくていいのかい？」

「とりあえずは、ここで見せてもらうさ、もちろん行かねばならないんだがな、ははっ」とクリスは不敵《ふてき》に笑いました。

「しかし、おれたちが遭遇《そうぐう》したときと同じで、湾岸《わんがん》連合の連中は、ゴドバール艦隊《かんたい》が問答無用《もんどうむよう》で合戦《かっせん》を挑《いど》むとは思ってないんじゃないのかい？」

「うむ。まずは艦隊《かんたい》同士の挨拶《あいさつ》をしようと思ったところを不意《ふい》をつかれてやられるかもしれんな」

アダとフェルノンがいっています。するとクリスはいいました。

「おれのイルカたちの手紙がちゃんと届いていたら、そんなことにはならないはずさ。それに湾岸諸国《わんがんしょこく》連合艦隊《かんたい》がどうしてここにあらわれたと思う？　ちゃんと、ゴドバールの先遣部隊《せんけんぶたい》がここにやってくることを予測しての話なんだよ。つまり、ミゴールはしっかり準備していたってことだ」

「そいつは初耳《はつみみ》だな。どうやってミゴールはそんなことを知ったんだい？」

「フェルノン。あんたは長くタクアにいたから知らんだろうが、ミゴール海軍の情報網《じょうほうもう》は湾岸《わんがん》いちなんだぜ。小さな国だからな、生き残ることができるかどうかは情報次第《じょうほうしだい》だってことをよく知ってる。とくに」

「ミゴール王、ヴァイトンか？」

「ああ。おれが剣《けん》をささげた王さ。みずから船を駆《か》って、大海せましと出かけていく提督《ていとく》なんて湾岸諸国《わんがんしょこく》はじまって以来だろう。ヴァイトンいるかぎり、ミゴールはそうそうかんたんにやられはしないよ」

するとだまって聞いていたテオがいいました。

「そのヴァイトン王の娘《むすめ》が、真珠姫《しんじゆひめ》？　なんていう名前なの？」

「ニール。正直にいえば、湾岸諸国《わんがんしよこく》でいちばん美しい姫君《ひめぎみ》だ。あいたっ！」

テオがクリスをけとばしていました。

「もう。わたしを前にしていってくれるじゃない。どうせお姫様《ひめさま》なんだからけばけばしく飾《かざ》り立《た》ててるんでしょ、そんなのよりドーム郡の娘《むすめ》の方がよっぽど健康で美しいんだから」

「いやしかし」とアダがにやにや笑いながらいいました。「田舎《いなか》くさくて健康的なのはどこにだっているからな。やはりきらびやかなのもいいし、まあいろいろ……あいててっ！　こんどはライラかい」

「まったく男たちって!!　ところでテオ姉さん、これから派手《はで》に戦争がはじまるらしいんだけど、あたいたちはどうする？　いちおう厚手《あつで》の服《ふく》でも着ておく？　だって流れ矢でも飛んできたらあぶないし」

「こないだのクリスの剣《けん》さばきを見たでしょ。わたしたちも矢が飛んできたら、ちゃんとよけるの。すばやい身のこなしは舞姫《まいひめ》の第一条件よ。ちゃんと目を見開いて見ておくわ。ラクチューナム・レイならいくさをとめられるけど、わたしたちはまだなんの力もないんだし」

「そうだよね」とライラもため息をついていいました。「あたいたちじゃ、空に虹《にじ》が立ったとしても、だれも見てくれないだろうしね。ほんっとに、男たちって、腹《はら》が立つやつらよね！」

そうこういっているうちに、次第に湾岸諸国《わんがんしよこく》連合艦隊《かんたい》と、ゴドバール先遣艦隊《せんけんかんたい》の距離《きより》は近づきました。マリンカ号はできるだけ両者から距離《きより》を置きながら、双方《そうほう》が一望《いちぼう》できる位置を選んでいます。頼《たの》まれもしないのに、クリスがフェルノンに海戦の説明をしています。ふたりのやりとりを甲板《かんぱん》のみんなが聞いていました。

「まずはミゴール艦隊《かんたい》が先に出たな。あの先頭が、ヴァイトン王の旗艦《きかん》、ニルラーン号だ」

「ミゴール……湾岸諸国《わんがんしょこく》連合艦隊《かんたい》が風上《かざかみ》になってるな。ということは、連合艦隊《かんたい》有利ってことだろ？」

「いちおうは、そうだ。だがゴドバールの艦隊《かんたい》を見ろよ。帆《ほ》をすべて降《お》ろして、櫓《ろ》を漕《こ》ぎはじめただろ？こうなると、風向《かざむ》きはどうでもよくなる」

「おたがいに正面からぶつかるのか？」

「まあそういうことだ。だが、正面からぶつかっていては戦争にならない。だから、どちらかが相手のどてっ腹《ぱら》にぶつけて、乗りこむというのが海のいくさのやり方さ。側面《そくめん》を見せたほうが負け、ってことだ」

「そこらへんは、いくさのうまい下手というよりは、操船《そうせん》の問題ではないのかい？」

「それもあるが相手の船に乗りこんでも、そこからは白兵戦《はくへいせん》だ」

「ミゴール兵は強いのかい？」

「うーん。カランとかエルセスの兵は白兵戦《はくへいせん》には強い。大きな声ではいえないが、あそこは海賊《かいぞく》あがりが軍隊に入る。そこへいくとミゴールの海軍は国王直属《ちょくぞく》だ。規律《きりつ》もしっかりしてるし、訓練《くんれん》も行き届いているが、実戦での度胸《どきょう》とかになると、ちょっとな。まあ優秀《ゆうしゅう》な上官さえいれば、ミゴールはいちばん強いといってもいいだろうが、その上官も、連戦練磨《れんせんれんま》のつわものかといえばあながちそうでもなくて、貴族《きぞく》のお坊《ぼっ》ちゃんだったりするからな」

「で、相手は未知数のゴドバールってわけかい」

「未知数ではあるが、あの漕《こ》ぎ手《て》たちは兵士ではなさそうだ。戦士は別にいるようだ」

「どうしてわかる?」

「そもそも船を漕《こ》ぐという重労働はせいぜい一刻《いっこく》どころか、半刻《はんこく》程度しか続《つづ》かない。知ってのとおり、湾岸《わんがん》諸国《しょこく》では、兵士は漕《こ》ぎ手《て》を兼《か》ねている。敵艦《てきかん》に体当たりするまでは、漕《こ》ぎ手《て》をするわけだからかなり疲《つか》れるんだ。戦闘《せんとう》に備えて体力を残しておかねばならないから、当然船のスピードは遅《おそ》くなる。ほら、ミゴール艦《かん》隊《たい》はもうオールをあげている。だろ? ところがゴドバール艦隊《かんたい》は、どうやら漕《こ》ぎ手《て》は漕《こ》ぎ手《て》、兵士は兵士にわかれているようだ。さっきからずっと一糸《いっし》乱《みだ》れず漕《こ》いでいるよ」

「おやおや、するとゴドバール艦隊《かんたい》は、この長い航海中、兵士はただ船に乗ってるだけかい?」

「たぶん、な。こういうやり方ははじめて見た。ひょっとしたらゴドバール、強いかもしれん」

「ヴァイトン王の出方《でかた》が見物《みもの》だな、そうなると」

ふたりの会話のとおり、ゴドバール先遣艦隊《せんけんかんたい》はスピードを落とすようすもなく、ミゴール艦隊《かんたい》を中心とした湾岸諸国《わんがんしょこく》連合艦隊《かんたい》との距離《きょり》をどんどんちぢめました。やがて、両者はついに先頭艦《せんとうかん》同士が交叉《こうさ》する地点までやってきました。けれど、両者の方向はたがいに一直線でがっぷり四つに組むのではなく、その進度は若《じゃっ》干異《かんこと》なっており、ミゴール艦隊《かんたい》はゴドバール艦隊右側面《かんたいみぎそくめん》からぶつかるような形になっていました。マリンカ号から見ると、ゴドバールの艦隊《かんたい》とミゴールの艦隊《かんたい》はたがいにすれちがったように見えましたが、じつはミゴールの艦隊《かんたい》はゴドバール艦隊《かんたい》の中央部に突入《とつにゅう》しようとしていたのです。ゴドバールの先頭艦《せんとうかん》は、ミゴールの先頭艦《せんとうかん》にやりすごされて戸惑《とまど》っているようでしたが、そのままますすみ、湾岸諸国《わんがんしょこく》連合の残りの艦隊《かんたい》につっこむかたちになりました。全体としてはそんなふうな混乱状態《こんらんじょうたい》で、戦闘《せんとう》の火蓋《ひぶた》は切って落とされました。

クリスのいうとおり、よく訓練され、勇猛《ゆうもう》な武将《ぶしょう》であるヴァイトン王によって率いられたミゴール艦隊《かんたい》は、みごとな隊列《たいれつ》を組《く》んだままでゴドバール艦隊《かんたい》の中心の、旗艦《きかん》とおぼしき船に向かってすすみ、船の横腹《よこはら》にぶつかりました。そして、舳先《へさき》から勇敢《ゆうかん》なミゴール兵が剣《けん》をふりかざしてゴドバールの船に乗りうつりました。もちろんゴドバール兵も、必死になって応戦します。マリンカ号が遭遇《そうぐう》したときがそうだったように、ゴドバール艦隊《かんたい》の主な武器は弓のようでした。しかし、ミゴール艦隊《かんたい》が船首《せんしゅ》をゴドバール艦《かん》の横腹《よこはら》にぶつけ、そこから乗りこむという戦法をとったため、ゴドバール艦隊《かんたい》の弓の効果は思ったほどではありませんでした。先頭のヴァイトン座上《ざじょう》の旗艦《きかん》が中央の船を攻撃《こうげき》しているところへ、二隻目《せきめ》のミゴールの軍艦《ぐんかん》が反対側の舷側《げんそく》に横《よこ》づけし、そこから多くの兵士がわらわらと乗りうつります。たちまちゴドバール艦隊《かんたい》の旗艦《きかん》の艦上《かんじょう》はおそろしいいくさの修羅場《しゅらば》と化《か》しました。このガレー船（帆《ほ》と櫓《ろ》の併用《へいよう》によって動く軍船）の戦いは、いってみれば「勢い」の戦いでもありました。操船《そうせん》がたくみで、船を相手の横腹《よこはら》にどしんとぶつけた方が、そのまの勢いで相手の真ったた中へと踊《おど》りこみ、優勢《ゆうせい》にいくさをすすめていくようでした。ゴドバール艦隊《かんたい》の先頭も、後方の湾岸諸国《わんがんしょこく》連合艦隊《かんたい》にぶつかり、同じような戦いをしています。ただ、ゴドバール艦隊《かんたい》の強みは、どうやらその武器にあるようでした。弓が、湾岸諸国《わんがんしょこく》連合艦隊《かんたい》のものとはちがっているのです。

「まずいな」とクリスがいいます。クリスの目はもうミゴール艦隊《かんたい》の方を見てはいませんでした。かれは湾《わん》岸諸国《がんしょこく》連合艦隊《かんたい》の後方を見て、苦《にが》い顔でいいました。「みろよ、あっちはまるでゴドバール艦隊《かんたい》のいいようになぶり殺しにされてるぜ」

十六隻《せき》対十隻《せき》の戦い、ではありましたが、ミゴール艦隊《かんたい》六隻《せき》ががっぷり組《く》んで戦っているのはゴドバール艦隊《かんたい》のうち数隻《すうせき》にすぎません。そこではミゴール艦隊《かんたい》の優勢裡《ゆうせいり》にことがすすんでいましたが、残りのゴドバール艦隊《かんたい》はまっすぐに湾岸諸国《わんがんしょこく》連合艦隊《かんたい》の中央へとすすみ、そちらでは圧倒的《あっとうてき》な強さを誇《ほこ》っているのでした。

やがて海上に炎《ほのお》があがり、いく筋かの煙《けむり》がたちのぼります。

「ヴァイトンのミゴール艦隊《かんたい》はまだ無傷《むきず》だ。だが、湾岸諸国《わんがんしょこく》連合艦隊《かんたい》の残りの船はやられまくりだ。ゴドバール艦隊《かんたい》の損害《そんがい》はいまのところ三隻《せき》だけだな。まずい、ミゴール艦隊《かんたい》がこんどはあぶなくなってきてる」

「おい、クリス。湾岸諸国《わんがんしょこく》連合艦隊《かんたい》のうしろから、妙《みょう》な船があらわれたぜ。こっちに向かってる。なんだいあれは。あれも連合艦隊《かんたい》に所属してるのかな？」

フェルノンが首をかしげたときでした。クリスが急にいいました。

「フェルノン、頼《たの》みがある」

「なんだい？　マリンカ号に戦列に加われ、なんていうんじゃないだろうな」

「それはない」とクリスは苦笑《くしょう》していいました。「ノロシ草《そう》を積《つ》んでるか？」

「積《つ》んでるさ。いちおう外洋船だからな。なにかあったら陸地からでもどこからでも助けてもらわねばならん」

「悪いが、それを積《つ》んで、小舟を一艘《いっそう》おれに貸してくれないか」

「どうするんだ？」

「おれはミゴールの軍人なんだ。つまりいまからでもやらねばならないことがある。頼《たの》む」

「まさか、クリス、あんた、いくさをする気なの⁉　正気なの！」とテオはさけびました。

「そういうことさ。あそこにあらわれた船……そう。おかしなかたちをしたやつ。あれはじつはミゴール艦《かん》隊《たい》の船なんだ。特命艦《とくめいかん》、みたいなやつなんだがな。おれの船だ」

「クリスの船？」

「いまは副官《ふくかん》が代理《だいり》で艦長《かんちょう》をしている。いずれおれが戻《もど》らねばならない船なんだ。テオ、悪いがおれはここであんたとは別れることになる。達者でいてくれ、アダもフェルノンも、トーマも。ああ、それからリンも」といきなりクリスはみんなに別れのあいさつをしました。これには全員が驚《おどろ》きました。

「ちょっと、やめてよ、冗談《じょうだん》でしょう」とライラ。「行かないでよ、クリス」

「そういうことなら、ここでノロシ草をあげてやるよ。そしてあの船に近よればいいんだろう？」

「そう願えればありがたい」

「いいとも。海の男の名にかけて、クリス、あんたの思いどおりにしてやろう。湾岸《わんがん》の男なら、どんなに非力であろうとこのいくさ、加勢するのが当然だろうからな」

「恩《おん》に着るぜ、フェルノン！」

やがて、ノロシ草《そう》の青い煙《けむり》がマリンカ号から高々と戦場に流れていきました。するとクリスのいっていた「特命艦《とくめいかん》」が気づいた、というように向こうでも青いノロシをあげました。特命艦《とくめいかん》はどんな船とも変わったデザインをしていました。艦首《かんしゅ》が、海につっこむようなかたちをしているのです。しかも、風車《ふうしゃ》による外輪《がいりん》がついていました。

「なんだありゃ？　まるでこれから前のめりになって海に沈《しず》みます、みたいな格好の船だぜ」

「どのみち人間のつくった船はいつかは沈《しず》むさ」とクリスはいい、マリンカ号をその特命艦《とくめいかん》へと近づけました。

「特命艦《とくめいかん》ナーム号だ。まあちょっとおもしろい戦い方をするから見ていてくれ。おれのアイデアでつくった船だからな。ほかのやつらでは、使い方がわからんのさ」とクリスはいいました。

ナーム号は、船の前面がどうやら鋼鈑《こうはん》でおおわれているらしくきらきら光っていて、喫水線《きっすいせん》が妙《みょう》に高いところにある、つまりそれだけ船の上部が低いという構造をしていました。本来かま首のように高くあるべき船首はそのまま海にでも潜《もぐ》ってしまいそうになだらかに海に向かって傾斜《けいしゃ》しています。波頭《はとう》は船の前方にかぶり、とちゅうに波よけらしき盾《たて》がついていました。その後方はいちおうふつうの船のような仕様《しよう》でしたが、マリンカ号と同様、風車《ふうしゃ》による外輪《がいりん》がついていました。妙《みょう》なかたちだとだれもが思ったのは、前のめりになっている船首だけでなく、この船には船橋《せんきょう》らしき上部構造物《こうぞうぶつ》がほとんどないことでした。しかも、帆《ほ》は、この大きさの外洋船ならすべてが横帆《よこほ》（船の進行方向に向かって水平に張《は》る帆《ほ》）であるのに、縦《たて》に張《は》られた帆《ほ》＊です。

「なんというか、ほれ、機織《はたお》りに使う、糸巻《ま》きじゃなくてええと」とフェルノンがいうと、テオが、

「紡錘《ぼうすい》。つむぐものでしょ。それに帆《ほ》をつけて外輪《がいりん》をつけたような船なのね」と上手に形容しました。

「海に沈《しず》んだままでうごくことも考えてみたんだが、なかなか難《むずか》しくてな」とクリス。

「楽しい？」とテオは皮肉っぽくいいました。クリスはいやな顔をしました。

「きっと真珠姫《しんじゅひめ》さまは喜んだことでしょうよね」

「テオ。あんたらしくもない。そういういやみをいうかね」とトーマがたしなめると、テオはいいました。

「いい足りないの。わたしをどうにかしてよ、トーマ」

「じゃあだまってな」

「でも、クリスとはもうお別れかもしれないのよ、もう会えないかもしれないのよ！」といってしまってから
テオはいきなりぽろっとこぼれた涙《なみだ》に自分でも驚《おどろ》きながらいいました。

「そんなことはない」とクリスは力強くいい、テオの手をとってくちづけしました。「あんたには、もう一度、海のバラではなく、ほんものの陸のバラをささげるつもりだ。それまで待っていてくれ」

「いやです！　待ってるなんてこと、わたしはしたことがないの！　あんたよりいい男をかならず見つけるから！」とテオはいい、愁嘆場《しゅうたんば》にもかかわらずマリンカ号の男たちはどっと笑いました。

「まったくテオはばかだな。わざわざミゴールの真珠《しんじゅ》という恋敵《こいがたき》にチャンスを与《あた》えるようなもんだ」とフェルノンがいうと、クリスはいいました。

「おれが生きてきた短い時間にこれだけ強烈《きょうれつ》な女の子にふたりも出会うとは思わなかった。ミゴールのことわざにこういうのがある。『どんな物語も決着《けっちゃく》をつけるのは神様だ』つまりおれたちはまだどんな決着もついていないわけだから、また出会うってことさ」

「でもこんど登場するときにはバラのお相手はあたいかもね！　真珠泥棒《しんじゅどろぼう》さん！　三人目だって捨《す》てたもん

＊訳注《やくちゅう》――現在では、ヨットがこの「縦帆《たてほ》」である。方向を変えるのに適《てき》している。

じゃないのよ」とライラが名乗りをあげたのでふたたび船上はどよめきました。

やがて近づいたナーム号に、クリスはマリンカ号から出された短艇《たんてい》で移乗《いじょう》しました。

「マリンカ号のみんな、達者《たっしゃ》でな！　また会おう！」

それは、ほんとうに短い間のできごとでした。ナーム号では乗員たちがクリスを最敬礼《さいけいれい》で迎《むか》えています。

「おい、クリスのやつ、なんだかえらく丁重《ていちょう》な迎《むか》え方をされてるぜ。ほんとにあの軍艦《ぐんかん》の艦長《かんちょう》だったんだ！」

「あっという間にいなくなった。風のようなやつだわい」とアダがいいました。

しかしクリスとの別れを惜《お》しむどころではなく、海上ではまだ戦いが続いていました。というより、クライマックスを迎《むか》えていました。ミゴールの艦隊《かんたい》は、あらたに襲《おそ》ってきたゴドバール艦隊《かんたい》の軍艦《ぐんかん》に囲《かこ》まれながら戦っていました。湾岸諸国《わんがんしょこく》連合艦隊《かんたい》の船のうち、半数はゴドバール艦隊《かんたい》の攻撃《こうげき》にもうすっかり戦意を喪失《そうしつ》して、海上で燃えていたり、舵手《だしゅ》を失って漂《ただよ》っていたりしました。

そこへ、クリスの乗ったナーム号がさっそうと戦場に駆《か》けつけたのです。

「ミゴールの真珠泥棒《しんじゅどろぼう》！　おまえの腕前《うでまえ》を見せてくれ！」とマリンカ号ではみんなが勝手にさけんでいます。

クリスの指揮《しき》のもとで、ナーム号は帆《ほ》をいっぱいに張《は》りました。そして、風車《ふうしゃ》が回りはじめ、同時に外輪《がいりん》も回り出します。いっせいに数十本のオールが漕《こ》がれました。そのときマストの上の兵士が、数枚の旗をかかげて上下左右にふっているのが見えました。

「なんなの、あの旗は」とテオがたずねます。

「あれは信号だよ。ええとね」とジャバが旗の位置や模様《もよう》を見ながらいいました。「マリンカ号よ、おれの戦いを見ていてくれ。これより戦場へ向かう。クリスより、だってさ。かっこいいなあ！」

「ふん」とテオはいいましたが、目はナーム号にくぎづけです。

ナーム号は次第に速度を速めます。その登場に気づいたゴドバールの軍艦《ぐんかん》が、さっそく二隻《せき》ほどでナーム号をとり囲《かこ》もうといううごきに出ました。けれどもナーム号はそれをさっとかわします。

「すごいな。ゴドバールの軍艦《ぐんかん》とはくらべ物にならないスピードだ」

しかもナーム号の操船《そうせん》はたくみでした。帆《ほ》を使えば、風の影響《えいきょう》でそんなに自在《じざい》に船の行方《ゆくえ》をあやつれないはずなのに、ナーム号は縦帆《たてほ》を採用《さいよう》しているせいか、自由に戦場を行きかうミズスマシのように見えました。襲《おそ》いかかろうとするゴドバール艦隊《かんたい》の数隻《すうせき》をさんざん翻弄《ほんろう》したかと思うと、いまや二隻《せき》のゴドバール艦に包《ほう》囲《い》されているミゴール艦隊《かんたい》の旗艦《きかん》、ニルラーン号のところへと急行したのです。

「ちょ、ちょっと待ってよ！　あのままのスピードでぶつかったら……きゃあっ！」

テオがさけびました。とんでもないことが起きました。クリスの乗ったナーム号が、ゴドバールの軍艦《ぐんかん》にまともにぶつかったのです。すると、その軍艦《ぐんかん》が、まっぷたつに割《わ》れてしまったのでした。

「艦首《かんしゅ》に鋼鉄《こうてつ》の刃《やいば》をとりつけてあるんだろう」とフェルノンがいいました。「おそろしい軍艦《ぐんかん》だな。体当たり戦法かよ！」

「しかもクリスの船は無傷《むきず》じゃ。見てごらん。こんどはもう一隻《せき》のうしろに回ったぞ！」

アダのいうとおり、ナーム号はゴドバール艦隊《かんたい》の一隻《せき》を沈《しず》めると、こんどは別のゴドバールの船にぶちあたりました。マリンカ号で見ているトーマたちにも、衝突《しょうとつ》のガシイーン、メリメリ、バキッというような音が聞こえた気がしました。そして二隻目《せきめ》もあっという間に海の藻屑《もくず》と消《き》えてしまったのです。

「お……おそろしい！　なんて船だ！」

「あんなことをしたら、じぶんだって無傷《むきず》ではいられないだろうに」

しかし、不死鳥《ふしちょう》のようにナーム号は衝突現場《しょうとつげんば》から脱《ぬ》け出《だ》すと、あらたな獲物《えもの》を求めて走り出したのです。

ゴドバール艦隊《かんたい》はこのとつぜんのナーム号の出現《しゅつげん》でたがいに連絡《れんらく》をとりあったらしく、ミゴール艦隊《かんたい》と交戦している数隻《すうせき》をのぞいた残りが集結《しゅうけつ》をはじめました。

「わりと平然《へいぜん》としているな、ゴドバール艦隊《かんたい》は。ふつうなら一瞬《いっしゅん》で二隻《せき》も沈《しず》められたら泡《あわ》を食《く》って逃《に》げるところだが」とフェルノンはいいます。するとアダがいいました。

「クリスの船みたいなのがゴドバールにもあるんだろう。ジャバに聞いた海賊船《かいぞくせん》とそっくりだからな」

「そう。帆《ほ》はないけど、ぼくらを襲《おそ》った海賊《かいぞく》の船も、あんなふうに船首が海に潜《もぐ》るようなかたちをしてた」

「ということはどういうこと？」とテオが不安そうにいいます。

「もしもあんなのがゴドバールにあるとしたら、やつらなりの対策《たいさく》はあるということだろう」

アダのいったとおりゴドバール艦隊《かんたい》は四隻《せき》が集結し、横一列《よこいちれつ》になってナーム号へと舳先《へさき》を向けました。

「なるほどな。横腹《よこはら》にぶち当てられなければ、やつらの勝ちってことか。なかなかみごとないくさぶりだな。しかも、旗艦《きかん》はもうミゴール艦隊《かんたい》にやられちまってるわけだから、副官《ふくかん》クラスのやつが指揮《しき》してるわけだろ。ゴドバール艦隊《かんたい》は人材《じんざい》もかなりしっかりしていると見た」

フェルノンのことばにトーマもうなずきました。

「ゴドバール艦隊《かんたい》ってのは、どうやらあちこちで戦争をしなれてるという雰囲気《ふんいき》があるな。何百年も鎖国《さこく》してた国には見えないぜ。いったいどんな歴史を持っているのやら」

「ねえ、もっとよく見えるところまで行って！」とテオがいい、フェルノンもうなずきました。

かなり長くのびた戦場を、マリンカ号はゆるゆるとすすみます。どうやら、湾岸諸国《わんがんしょこく》連合艦隊《かんたい》はさんざんでした。しかし、ミゴール艦隊《かんたい》とクリスの活躍《かつやく》で、ゴドバール艦隊《かんたい》ももちろん痛手《いたで》をうけていました。そして最後のひと合戦《がっせん》がいまはじまろうとしていました。

四隻《せき》が並《なら》んですすんできたので、いったん突入《とつにゅう》しかけたナーム号はあわてて艦首《かんしゅ》を左に向け、四隻《せき》の外側から攻撃《こうげき》しようという態勢をとろうとしました。となれば四隻《せき》のゴドバール艦隊《かんたい》は、ナーム号の向かった方へ回頭《かいとう》するかと思われたのですが、どうしたことか、その場で停止《ていし》したのです。

「まるでナーム号においでおいでといわんばかりだな。あれだと四隻《せき》とも串刺《くしざ》しになってしまうんじゃないかい？　ほら、ナーム号が猛烈《もうれつ》な速さで突進《とっしん》をはじめたぞ」

「罠《わな》だ！　クリス！」とフェルノンがさけびました。

「なんて単純《たんじゅん》なの、クリスって！　ばかじゃないの！」

ナーム号が接近《せっきん》したときを見はからい、満《まん》を持《じ》してゴドバール艦隊《かんたい》はいっせいに櫂《かい》を漕《こ》いで反転《はんてん》したのです。それはみごとな作戦でした。ナーム号は横腹《よこはら》につきあたるどころか、四隻《せき》の真ん中に囲《かこ》いこまれてしまったのです。そして、四隻《せき》のゴドバール艦隊《かんたい》から、いっせいに火矢《ひや》があびせかけられ、ナーム号はあっという間に燃えあがりました。

「まいったな。ナーム号の帆《ほ》も外輪《がいりん》も燃えだした」

「おおっ！　あれを見ろ！」

ミゴール艦隊《かんたい》の旗艦《きかん》、ヴァイトン王が指揮《しき》するニルラーン号がそこへ駆《か》けつけたのです。なんと、ニルラーン号はそのまま四隻《せき》のただ中に突入《とつにゅう》し、舳先《へさき》が折《お》れるのもかまわず、うち一隻《せき》にぶちあたり、沈《しず》めてしまいました。そして、息つく暇《ひま》もなく隣《となり》の艦《かん》に襲《おそ》いかかったのです。

「なんとまあ勇《いさ》ましい王様もあったものだ」とフェルノンはうなりました。「あんな気迫《きはく》でつっこまれた日にゃ、逃《に》げるしかないわな」

「王様って、クリス思いなのね。なんかそんな感じ」とライラが感想を述《の》べました。

そのクリスたちも、燃えあがるナーム号を櫂《かい》で前進させ、もう一隻《せき》のゴドバールの軍艦《ぐんかん》に横《よこ》づけして、剣《けん》や短い槍《やり》を持って乗りこんでいます。

やがて、戦いはおわりました。

ゴドバール艦隊《かんたい》は、残った三隻《せき》がほうほうのていで戦場を離脱《りだつ》しました。海に沈《しず》んだ仲間を救《すく》うこともせず、必死で東の方角へと戻《もど》っていったのです。

「損害《そんがい》からいけば五分五分といったところか。痛《いた》み分《わ》け、ってことかな？」とだれかがいうと、

「いいや。ゴドバール艦隊《かんたい》の湾岸《わんがん》への襲来《しゅうらい》を阻止《そし》したわけだから、湾岸諸国《わんがんしょこく》連合艦隊《かんたい》の勝利にちがいないよ」

とフェルノンがきっぱりといいます。「クリスの活躍《かつやく》のおかげだ。」

「ゴドバール艦隊《かんたい》、味方《みかた》を海に捨《す》てていくなんて」とテオがふんがいすると、アダがいいます。

「オノゴル島も近いし、それにほら、湾岸《わんがん》の連中が、わけへだてなく助けているよ。ゴドバールがどういう国かとかの貴重《きちょう》な情報も集まるし、武器とか戦法のことも助けた連中から教えてもらえるだろう」

湾岸諸国《わんがんしょこく》連合艦隊《かんたい》は、ミゴール艦隊《かんたい》を中心に集結し、海上に浮《う》かんでいる敵《てき》や味方の救助《きゅうじょ》をはじめていました。クリスのナーム号は、なんとか沈没《ちんぼつ》を免《まぬが》れたようでした。そのナーム号を守るようにして、ミゴール艦隊《かんたい》の旗艦《きかん》、ニルラーン号がぴったりよりそっています。

「なんせお婿《むこ》さんだからな、クリスは。父王としては大事にしたいだろうさ」とアダがいいます。テオがふと思いついていいました。

「なあに？　ってことは、クリスはひょっとして、ミゴールの王様になるの？　真珠姫《しんじゅひめ》と結婚《けっこん》して？」

「ありうるね。まあふつうなら王女ニールが女王になるだろうが、夫に王位をゆずるなんて話はざらにある」

「真珠泥棒《しんじゅどろぼう》して！　こんどは王位を盗《ぬす》むわけ」とテオはいいました。トーマはあきれていいました。

「テオ。ことばをつつしみなさい。クリスがだれと結婚《けっこん》しようと、別に泥棒《どろぼう》でもなんでもないし、そもそもあいつは王位なんてものがほしくて姫《ひめ》と結婚《けっこん》するわけじゃないだろう、それくらいわかるだろ」

「だって、だって」とテオはトーマの胸《むね》をたたきました。「あたし、くやしい！」

「テオはテオですばらしい恋をして、結婚《けっこん》するだろう」とトーマはいいました。「クリスもすばらしい恋をして結婚《けっこん》する。それだけの話だ。それで世の中はまとまるんだ。場末《ばすえ》の酒場女みたいなくやしがり方をしなさんな。かりにもドーム郡の夏のむすめだろう。テオはもっと毅然《きぜん》としていてくれなくては」

「場末《ばすえ》の酒場女ってあたいのことかしら？」とライラがトーマの足をけっていいました。「恋をするのに身分もなにも関係ないでしょ！　トーマ、あんたってもっとましなおっさんだと思ってたら」

「もう。話をややこしくしないでくれよ、ライラ。わかった、おれが悪かった。場末《ばすえ》の酒場女がすてきだってことはみんな知ってるよ。だが、世の中は男と女だけでできてるわけじゃない」

「へ？　ほかになにがあるの？」

「いくさとか、政治《せいじ》とか、商売とか、つまり仕事とか」

するとライラはこともなげにいいました。

「なんだ、しょうもない。やっぱり男と女だけじゃないか」

「仕事の話で申し訳《わけ》ないんだが」とフェルノンがトーマにいいます。「船主さんよ、やっぱりおれたちはゴドバールへ行くんだよな？　ますますあそこはやばいという気がしてきたんだが」

「もちろんだよ、フェルノン。ちょうどあの三隻《せき》が向かった方角に向かえば、確実《かくじつ》にゴドバールへ行けるってわけだからね」トーマがいうと、甲板《かんぱん》にいた船乗りたちはおおう、というどよめきをあげました。「ん？　みんなどうしたんだ？」

「いや、トーマ。やっぱりあんたは腹《はら》が座《すわ》った人だなあとみんな感心してるんだ。ふつうなら、もうあんな危険《きけん》なところへ行くのはやめようと思うじゃないか。テオなんかそう思うだろ？」

「やめてよう。たしかに気分は重いわよ。それはなぜかっていうと、わたしとトーマとリンだけならことはかんたんだけど、あなたたちこのマリンカ号のひとに連れてってもらわねばならないからよ。あなたたちを危険《きけん》にさらすことを考えると、わたしは申し訳《わけ》ないけど、でもわたしたち、行かねばならないの。お願いしますみなさん、もうしばらくわたしたちとつきあってください。わたしたちをゴドバールまで運んでください」

このテオのことばに、フェルノンはいいました。

「みんな聞いたかい。世の中にはじぶんのことで汲々《きゅうきゅう》としてる連中ばかりだが、こんな娘《むすめ》さんもいるんだ。エインの港を出るときは、まさかゴドバールがそれほどおそろしいところとは思わなかったが、はっきりいってこれからはかなりやばいぜ。だが、ここでひるんでは海の民《たみ》の名が泣く。そうだろ?」

「そうとも!」とみんな答えました。テオはリンに目配《めくば》せしました。それから「ライラ、お願いね」といいます。ふたりはさっそく船室へ行き、笛《ふえ》とハプシオンをそれぞれ持って戻《もど》りました。それからふたりはゆっくりと奏《かな》で、テオは甲板《かんぱん》に吹《ふ》く潮風《しおかぜ》も伴奏《ばんそう》にして、すばらしい声で歌いはじめました。

いまはまだ旅のとちゅうだけど　そしてまだ　知らないことも多いけど
このはるかな空の向こうに　きっとあなたが　待っている
通りすがりの　ひとも　風も　みんなやさしいから
そしてわたしに勇気をくれるから　なにもこわくはないのです

虹色《にじ》に輝《かがや》いてるこの空のかなた　あなたと暮《く》らせる街がある
追いかけてゆこう　どこまでも　夢があるかぎり
あなたがいるかぎり

「ね、結局男次第ってことだろ？」とライラが歌詞《かし》についていいました。「いいひとが待《ま》っているんだ」

「それがね」とテオはいいました。「あなた、というのはね。じつはもうひとりのじぶんのことなんだって、ドーム郡のあるひとがいうの。いろんな経験をして、ちがうじぶんになっているっていうことなの」

「おれは別にちがう自分に会うよりは、いいひとに待っていてほしいが」とトーマがまぜかえします。

歌がおわったとき、一羽のクチバシの長い海鳥《うみどり》がテオの肩《かた》にとまりました。

「あら？　あんたも聞いてくれてたの？　うれしいわ」

するとフェルノンは海鳥に手をさしのべ、いいました。

「昔ミゴールで見たことがあるが、たぶんこれはテガミドリだ。珍《めずら》しいこともある」

けげんな顔のテオたちをよそにフェルノンは海鳥の冠毛《かんもう》を引っぱりました。すると海鳥は長いクチバシをあけて、一枚《まい》の丸く巻《ま》いた紙をぺっと吐《は》き出《だ》しました。

「ジャバ、こいつにラチオの切《き》れ端《はし》でもやってくれ。テガミドリ、ごくろうさん。どこからきたのかな」そういってフェルノンはテガミドリの運んできた紙をとりあげ、ひろげました。

「おお、なんとなんと、クリスからの手紙じゃないか」

甲板《かんぱん》のだれもがおおと声をあげました。フェルノンは手紙を読みました。

「マリンカ号のみんな、いくさがおわって大いそぎでこれを書いている。ゴドバールはとんでもないことをたくらんでいる。さっきの艦隊《かんたい》はやはり先遣《せんけん》部隊で、あの十倍の艦隊《かんたい》が、百倍の兵士を積《つ》んだ船を護送《ごそう》して湾岸諸国《わんがんしょこく》に向かう用意をしていると、捕虜《ほりょ》が証言している。こちらの損害はただごとではなかった。なぜかといえば、やつらが特別な武器を持っていたからだ。それは二連装《れんそう》の弩《いしゆみ》（固定式の洋弓《ようきゅう》）だ。一本の矢を射《い》たあとで、もう一本の矢を射《い》ることができるようになっているという、おそろしい武器だった。これでこちらの損害は倍になったと思う。もっとほかにもおそろしい武器があるらしい。おれはこれから湾岸諸国《わんがんしょこく》に戻《もど》り、やつらを迎《むか》え撃《う》つ準備をしなければならない。残念だがマリンカ号のみんなと会う時間がない。ただとりあえずはゴドバールの危険《きけん》なことだけは伝えておかねばならないと思ったのだ。そしてもしもなにかゴドバールの情報がわかれば、教えてくれ。ゴドバールはやはりミゴールあたりを上陸予定地点に選んでいるようだ。そこからメール川をさかのぼり、アイザリアへと進撃《しんげき》するつもりらしいが、そうはさせない。……とはいっても、おれたちにはいまのところ勝つためのなんの用意もなく、あるのは決意だけだ。マリンカ号のみんな、生きていてくれ。また会おう。そしてテオ、楽しい日々でありますよう、クリス」

「十倍の艦隊《かんたい》、百倍の兵士か……」とフェルノンはうなりました。

「ゴドバール、なんだかぶっそうな島だなあ」とトーマ。みな、クリスの手紙に暗澹《あんたん》としていましたが、ライラだけは明るくいいました。

「そしてテオ、楽しい日々でありますよう、クリス、だって！　かっこいいなあ！」

第十一章　陸地

マリンカ号は、三隻《せき》の傷《きず》ついたゴドバール艦隊《かんたい》を注意深く追いかけました。水平線のかなたにゴドバール艦隊《かんたい》の帆《ほ》がちらりと見えると、マリンカ号は速度を落とし、相手に気づかれないようにします。そしてふたたび艦隊《かんたい》の向かった方角へとすすみました。それはなかなか注意のいる作業で、甲板《かんぱん》ではみんなが帆《ほ》のあげおろしや風車《ふうしゃ》の向きなど、速度の調節にとりくんでいました。

「ねえ、どうして見えたり見えなかったりするの？　遠いから小さくなる、っていうのはわかるわよ。でも、とつぜん見えなくなるなんて、変じゃない」とテオがいうと、フェルノンはあきれていいました。

「テオ。おれたちが生きてるところ、つまりこの海も大地も丸い球《たま》の上だってことを知らないのかい？」

「ええーっ！」と、テオとライラがさけびました。

「どういうこと、どういうことなの、ねえフェルノン！　そんな話聞いたことがない！　ここが星なの？」

「そして丸いの？　おかしいじゃないよ。丸い鞠《まり》のような球《たま》の上に住んでいるんだったら、あたいたち、すべり落ちちゃうじゃないのよう！」

「あのねライラ、鞠《まり》は丸いし球《たま》も丸いからいまのことばはおかしいわ」とテオは冷静に訂正《ていせい》します。「球《たま》が大きいから落っこちないのかしら？　でも球《たま》の上ってことは、反対側はどうなってるの！　すごく変な話！」

フェルノンは笑っていいました。「とかなんとかいいながら、ふたりともおれがいってるのが正しいと思ってるだろ？　あっはっは。そういうもんさ。ほんとのことはだれも否定《ひてい》できないんだよな。おれだって最初聞いたときは仰天《ぎょうてん》したが、こうして海に出るとやはりそう考えるしかないんだから」

「つまりだね」とアダが漁《りょう》に使う丸い浮《う》き玉《だま》をもって親切《しんせつ》に説明しました。「あいつらはこの丸い球《たま》のあっち側にいる。そしてわしらはこっち側にいる。どうだい。見えないだろ。ところが、わしらがここまでくると……」

「見える！」とテオとライラが同時にさけびます。ジャバが割《わ》って入ります。

「この船橋《せんきょう》や甲板《かんぱん》の上ではたいしたことはないけど、マストのてっぺんから見ると、こう、水平線《すいへいせん》が丸くなっているのがわかるよ。見せてあげたいよ、テオさんにも」

「ようし」とテオがいって立ちあがりました。

「なにをするの？」とライラがたずねます。

「一度のぼってみたかったのよ。あのマストのてっぺんに」というと、あっという間にテオはマストのところまで駈《か》けていったかと思うと、するするとジャバのようにのぼりはじめました。

「あたいもやってみるう！」と、おっちょこちょいのライラはテオにつづきます。

「い、いきなりなにをやりだすんだ、あんたたちは」

スカートをひるがえしてマストにのぼっていくテオとライラを、マリンカ号の男たちは見てはいけないものを見るように横目《よこめ》でながめながらあきれています。やがてマストの上からテオの声がしました。

「やっほう！　ほんとだわ、ジャバ！　水平線《すいへいせん》が丸い！　丸くなってる！」

「あたいたちって、とてつもなく大きな鞠《まり》の上に乗っかってるんだ！」

「やれやれ」とアダは首をふりました。湾岸諸国《わんがんしょこく》の女もアイザリア同様《どうよう》につつしみ深さこそ美徳《びとく》とされていますから、ライラの変わりようにあぜんとしたのでした。けれどやがてふたりが意気揚揚《いきようよう》と戻《もど》ってくるとアダは何事《なにごと》もなかったように話を続けました。

「そういうことだ。だが、丸くてもひらべったくても、航海にとってはたいしたことはない。問題は潮の流れと空のようすだな。いや、天気ももちろんだが、お天道様《てんとうさま》や星がどうなってるかということさ。それがどういううごきをするかということをいつもいつも空をながめて読まねばならないわけさ」

「星って、あれもこの球《たま》みたいなの？　あたい、あれはみんなホタルが死んで夜空に貼《は》りつけられたもんだと思ってた」とライラがばかなことをいうのでみんな笑います。

「そんなことしたらそのうちいつか夜がなくなってしまうじゃないか」

「そもそもだれが貼《は》りつけるんだ？」

「まあライラ、よく星を見てごらん。ホタルではないぞ。だいたい点滅《てんめつ》の仕方がちがう。あれは星が点滅《てんめつ》してるんじゃなくて、わしらがそう見えるって話だ」とアダが夜空のふしぎなうごきについて語りました。

「夜空の星は、その位置がしょっちゅう変わるんだ。だが、まるで空に貼《は》られた図面のようだ。そう、うごく天井に貼《は》ってある星たちの絵みたいなもんだ。その大きな絵が、毎晩毎晩うごいているんだ」

「あたい、今夜ぜったい見る！　ねえ、テオ姉さん！」

「いいね！　だったら今夜は星の歌を教えてあげるよ、ライラ」

「おう、おう。これで今夜もマリンカ号の甲板《かんぱん》は酒盛《さかも》りと決まったようなもんだな」とフェルノンがいいました。「ラチオでつくった酒はもうほとんど飲みつくされてしまったよ！」

「だがその動く絵の中でも、たったひとつの星があるんじゃよ。絵の真ん中に、うごかない星が。そして、すべての星は、なんとその星を中心にしている。それを、わしらはルピア*と呼《よ》んでいる」

「ルピア！」テオはいってアダを見ました。トーマもアダを見ました。

「うごかない星。それがルピアなのか。アダ、ルピアについて知ってることを教えてくれ」

アダは首をかしげました。

「わしらが航海のために読む夜空の星は、そのルピアを基準《きじゅん》にしている。ん？　もしかしてトーマ、あんたが聞きたいのは地上のルピアのことか？」

「地上のルピア！　あんたはそのことも知ってるのかい、アダ！」

「教えて、アダ！」

甲板《かんぱん》の上が静まりました。まるでそのことばを海も空も聞いていたようでした。風も波も急におさまったのです。〈ルピア〉ということばは魔法《まほう》の呪文《じゅもん》のようでした。

「いや、それほどたいしたことは教えられないが……空のルピアと同じように、この地上にもルピアがある、という話だ。宇宙の根源《こんげん》が、空のルピアであると同様、この大地、この地上にあるすべてのものの根源《こんげん》、それがルピアなのだ。そこにいけば、なにもかもがかなう。そこにいけば、すべての謎《なぞ》がとける。よくいわれるのは、ルピアは泉だという話だ。その泉の水を飲めば、不老長寿《ふろうちょうじゅ》はまちがいない、という話さ。ほら、ラド王は、晩年《ばんねん》不老不死になりたいと思い、ボエリールのかなた、ゴドバールへと向かっただろ。なぜかといえば、ゴドバールにこそルピアがあると思ったからさ。つまり不老不死の泉……伝説だがね」

「ゴドバールにはほんとうにそのルピアがある」とトーマはいいました。

「トーマさんたちはルピアへ行こうとしてたんだ」とジャバがつぶやきました。

「まいったな。あんたたちはそんなところをめざしてるのかい」

「もしもルピアにたどりついたら、トーマ、その泉の水をひと口飲むだろ？　おれにも一杯持ってきてくれよ」と船乗りのひとりがいいました。

「やめろい！」とフェルノンがいいました。「飲みたければおまえもゴドバールで降《お》ろしてやる」

「いえ、けっこうです、親方」と船乗りがすぐにいってみんな笑いました。

「まあ、若くなりたいと思うのは」とトーマはいいました。「若い体を使ってなにかをしたいからだよな。

＊訳注《やくちゅう》――アイザリアでは北極星（たぶん）のことを『シルク』という。湾岸諸国《わんがんしょこく》でもそう呼《よ》ぶので、これは船乗りだけの話ではないだろうか。他では『ルピア』とは呼《よ》ばない。

いつまでも若い肉体を持っていたいと思ったラド王にはよほど若い恋人がいたんだろう」

「というよりは、若さにかなうものはない、ということではないのかな」とアダがいいます。「わしだって、かなうものならこの老いぼれた体をみんな若いのととっかえてみたいさ」

「年寄りが体だけ若がえってどうする。そんなの気持ち悪いだけだぜ」

「それは知っているが、願いってもんがあるだろ、トーマ。だがたしかにあんたのいうとおりだな。そうか、わかったよ、ラド王にはあんたみたいなことをいう側近《そっきん》がいなかったのさ。だから願いというか、思いだけが先走りして、年老いてからの冒険《ぼうけん》をしたんじゃないのかな」

「かもしれん。年をとってからまわりがちやほやすると、とんでもない年寄りになる」

「だがみんな死ぬのがこわいんだよ。年をとると、ますます死ぬことに近くなるから、そこから逃《に》げたくて、いろんなあがき方をする。たいていの年寄りは、その年の分だけ賢《かしこ》くなっているし、じぶんが老いた分だけ若いものに対してやさしくもなっているが、そうじゃないやつも多い。だが、だれだって心の中は同じだろう。死ぬのはこわい。そして老いて行くのはいやだ。だがなにをどうあがいても、髪《かみ》の毛は薄《うす》くなるし、体力はなくなる、体のあちこちが痛《いた》くなって、いうことをきかなくなる。忘《わす》れることが多くなる。ところが心の中はいつも同じだ。同じ人間なんだから当然だよな。ちがうのはどんどん死に近づいていくことだ。心が変わらず、その外側の容《い》れ物だけがおとろえていくんだぜ、残酷《ざんこく》な話じゃないか」

「アダ。だが、それはそれで公平《こうへい》なことだ。たとえラド王であろうと、そこから逃《のが》れることはできないというのは。おれは時間というのは神様ではないかと思う。どんな心の傷《きず》も、ちゃんとときがたつと癒《いや》してくれる。そして貧《まず》しいものにも金持ちにも公平だ。それが世の中ってもんだ。若いということは、中身も若いから値打《ねう》ちがあるんだ。おれはね、じぶんだけそんな世の中のしくみからはずれていいとは思っていないよ。だからおれはルピアの水は飲まないさ」

みんなうなずいています。けれどそのとき、テオはリンの耳元でささやきました。

「トーマはうそをいってる」

するとリンはうなずきました。ふたりの会話はだれにも知られることはありませんでした。


マリンカ号はゴドバール艦隊《かんたい》を追いかけながら漁をし、雨水を貯《た》め、さらに東へとすすみました。潮風《しおかぜ》にさらされて、テオの肌《はだ》もすっかり黒くなりました。けれど、テオの肌《はだ》はいつもつやつやと輝《かがや》くようでした。そしてテオの声は次第に力強くなっていきました。毎晩《まいばん》ライラとテオは甲板《かんぱん》で歌い、その歌を聞くために船乗りたちはせっせと昼の仕事をがんばりました。リンはあいかわらず包帯を巻《ま》きつけた体で、笛を吹《ふ》き、昼は低くなっている後部甲板《かんぱん》で海に糸をたらしてもくもくと魚を釣《つ》っていました。面白《おもしろ》いことに、リンの糸に魚がかかったときは、マリンカ号はスピードをゆるめなければならないときでもあり、リンの漁は順調でした。リンはどうやらなにかの病《やまい》らしいといううわさは船乗りたちの間ではときおり話題になりましたが、リンのたたずまいはとても静かでした。静かだっただけでなく、リンはほんのすこし、意志表示《いしひょうじ》をしていました。それはかれの体による表現《ひょうげん》でしたが、だれもがリンのいいたいことがわかるのでした。

「まるで風のような少年だな、リンというのは」とフェルノンはいいました。「いるかいないかわからないが、いてくれるとなんだか心がなごむ」

このことばが、リンのこの船の中での位置をよくあらわしていました。包帯を巻《ま》いているとはいえ、リンの体つきは少年そのものだったのです。アダとトーマ、テオとライラのように、だれかがだれかと仲良くなり、多くの時間をともにしていましたが、けっして仲良し同士で閉《と》じこもることはなく、マリンカ号はみんなが仲良しでした。ドーム郡のさまざまなしきたりやことわざが、湾岸諸国《わんがんしょこく》のものといっしょだったり異《こと》なっていることがよく話題になり、いつかおたがいがおたがいのことをよく知るようになっていました。なんと船乗りたちは、トーマやテオの朝の祈《いの》りまでを毎朝まねるようになったのです。それは東から太陽が昇《のぼ》る瞬間《しゅんかん》にそちらを見てあいさつするというだけのものでしたが、みんながやるようになっていました。そして逆にテオたちは、夕日に向かってあいさつする船乗りたちのしきたりをまねしていました。こうして航海は続きました。テオとライラの歌と踊《おど》りの練習ももちろん毎日続いていましたが、やがてテオはライラの歌にほとんど文句《もんく》をつけなくなりました。ある日、テオはいいました。

「もう、そろそろひとりで歌ってみるといいわ」

「どういうこと？　テオ姉さん」ライラがけげんそうな顔をすると、

「みんな聞いて！」とテオは大きな声で甲板《かんぱん》の船乗りたちの注意を引きました。

「今夜、ライラがたったひとりで歌と踊《おど》りをみなさんにお目にかけます！　どうぞ、見にきてください！」

「ええーっ！」と当のライラが驚《おどろ》いています。

「ライラだけで？」「ほう、そりゃ珍《めずら》しい」「楽しみだな！」とみんな口々にいいました。

その夜、ライラの歌と踊《おど》りが甲板《かんぱん》で披露《ひろう》されました。夜毎《よごと》の練習のときとはちがい、フェルノンは灯油《とうゆ》に火をつけて甲板《かんぱん》を照《て》らしました。リンとテオ、それからいつの間に習ったのか、ジャバの三人が楽器《がっき》を奏《かな》で、ライラが登場しました。体にぴったりあった衣装《いしょう》をつけ、すこしだけ顔《かお》に化粧《けしょう》をしていました。船乗りたちがどよめきました。

「すげえ！」「あれがおきゃんなライラかよ！」「まるで夢にでてくる人魚みたいじゃないか」

そしてライラが歌いはじめると、みんな静まりかえってしまいました。すばらしかったのです。ライラもまた、じぶんが歌と踊《おど》りでみんなを酔《よ》わせていることに感動していました。ショーがおわると、ライラは甲《かん》板《ぱん》でテオに抱《だ》きつき、泣き出しました。

「テオ姉さん、こんなのはじめてだよう！　あたい、こんなことができるんだ！」

「すばらしかったわ、ライラ！　くやしくなるくらい、あんたってすてきよ」

「もう、あたい、ひとりでやっていける？」

「みんな、どう？」とテオはたずねました。みんな拍手《はくしゅ》で答えました。

「港じゅうの男がみんなあんたの歌を聞きにくるさ！」「踊《おど》りもな」

「エインの港に戻《もど》ったらおれたちだって聞きに行くよ！」という声もしました。

そのときでした。アダがさけびました。

「陸だ！」

みんな、ええっと声をあげました。暗い海のほかにはなにも見えなかったからです。けれどアダは確信に満ちていいました。

「明日の朝になればわかる。どうやら、ゴドバールにたどりついたようだ」

「なぜ、そういうんだい、アダ」とフェルノンがたずねます。「陸などおれたちには見えないが」

アダはゆっくりといいました。

「目や耳だけで物事《ものごと》を知るわけではないんだ」とアダがいいます。「まちがいない。陸の匂《にお》いだ」

「じゃあ寝《ね》よう」とフェルノンがいって、みんな笑いながらおひらきとなりました。

甲板《かんぱん》に残ったテオとトーマに、珍《めずら》しくリンが風の声でささやきました。

〈アダのいったことはほんとうだよ。陸が近い〉

「どうしてわかるのよ、リン！」とテオがうれしそうにいいます。いつもリンはテオといっしょにいるのですが、こうして話すことがめったにないので、リンから話してくれるとうれしいのです。

〈イルカがいっていた。明日着くだろうって〉

「おまえ、いつの間にイルカとしゃべっていたんだ？」とトーマ。

〈毎日。夜になるとイルカはテオとライラの歌を聞きたくて船の横にたくさんいたんだよ。今夜はテオの歌がないから残念だといってた〉

「あら、あんたもうそついてるでしょう」とテオがいいました。リンは首をふりました。

「ついにテオは、海の動物までもその歌声で魅了《みりょう》したというわけだ、ドーム郡の伝説になる」

「もう！　トーマまでからかわないでよ！　でも明日もしも陸地について、そこがゴドバールだったら、わたしたち、マリンカ号のみんなとはお別れなんだ」

「まあ、そういうことだな。ライラやフェルノン、アダやジャバと別れるのはつらいだろう、テオ」

「トーマ。あなただって。……旅をするということは、こういう別れをいっぱいするっていうことなのね」

「まあな。だがとりあえず、おれたち三人がいるということはいいことだ」

「そうね」としみじみいってテオはトーマの手をとりました。「あなたがいてくれてほんとによかった」

それはおれのせりふだ、だがあいにくおれはミゴールの真珠泥棒《しんじゅどろぼう》の代役にも、マリンカ号の船長の代役になれそうにない、といおうとしてトーマは口をつぐみ、すこしだけ顔を赤くしました。それではまるでクリスやフェルノンとはりあおうといっているみたいではありませんか。そのとき、バシャ、と音がしました。イルカが海面ではねたのです。

「あのイルカはなんといってたんだ?」とトーマはリンにたずねました。リンは風の声で答えました。

〈がんばれ、っていってるよ〉

トーマは苦笑してうなずきました。テオも肩《かた》をすくめて小さな声で「がんばります」といいました。

翌日、夜明けとともにマリンカ号のみんなは東の方角を見て驚《おどろ》きのあまり声も出ませんでした。目の前いっぱいに、巨大な陸地がひろがっていたのです。ゆらゆらと朝もやの中に、緑の大地が青々とした山々をしたがえてマリンカ号の行く手をさえぎっているのです。

「たっ、大陸だあ!」とジャバがさけびました。

「島なんかじゃないんだ、ゴドバールは」とフェルノンもいいました。

「こいつはすごい」とアダ。「もしかしてこれがリュンゴオルなのか？」

「なんだいそれは」

「伝説の大陸さ。ほれ、エルメとアザルの神様がはじめて地上に人間をつくっただろ、粘土《ねんど》でさ。そんときに、大陸をふたつにわけて、イシュゴオルとリュンゴオルをつくったのさ。で、おれたちはアイザリアをはじめとするイシュゴオルに住んだわけだが、そのもうひとつの大陸がリュンゴオルなのさ」

「それはどうかな。ゴドバールが大陸だなどという話は聞いたことがない。まあしかし、大きい島であることはたしかだし、ここがゴドバールであることもまずまちがいはないだろう」トーマも船べりに立って熱心に陸地を観察しました。「これくらい豊かな土地なら、たしかにたくさんの兵を養うだけの豊かな実りもあるかもな。……そういえば、おれたちが追いかけていた例の三隻《せき》はどうした？」

「ゆうべ、この方角に三隻《せき》の灯火《とうか》を確認《かくにん》してるから、まちがいなくここについてると思うけど、この陸地のどこに着いたかはわからない」とジャバがいいました。

「ようし、接岸《せつがん》するぞ！　ゴドバールに上陸だ！」とフェルノンがいいました。「まだ朝だから、陸地の人間はそうそう起きてはいないだろう。いまのうちに、なるべく人目《ひとめ》につかないような入《い》り江《え》を見つけてそこに停泊《ていはく》するんだ。そして、三人を降《お》ろし、水と食糧《しょくりょう》を調達しておれたちはエインに帰る」

「接岸《せつがん》だ！」「上陸準備！」「ついたぞお！」と船乗りたちはうれしそうにさけびました。帆《ほ》をたたむと、全員が所定《しょてい》の位置につき、いっせいにマリンカ号の櫂《かい》が水をうち、陸地をめざしました。

「すばらしい！　陸に近いのに、まだまだ海は深い。自然の良港《りょうこう》があちこちにありそうだ。おっと、岩礁《がんしょう》に注意しなくてはな」とアダは注意深く海面の色を見ています。「どこに着けてほしいんだ？　トーマ」

「なんと、陸がふたつにわかれている」とトーマはいいました。「よく見てみろ。あの陸地の奥の山の色がちがうだろう。あれは、手前の陸地とはちがうんだ。つまりふたつの陸地があるんだよ！」

「おお！　わしとしたことが。そのとおりだ！　手前はもしかしたら岬《みさき》か半島か、いずれにせよ、北と南に別れている！」

「それでわかった」とフェルノンがいいました。「あの三隻《せき》は、北の陸地の裏側《うらがわ》にかくれたというか、入っていったんだ。それで消えてしまったんだ。ということは、あれが北の陸地の突端《とったん》だな」

たしかによく見ると、手前の陸地、つまり北の島と、そのうしろの陸地、南の島があるようでした。そして手前の陸地は右端《みぎはし》でとぎれていました。

「なんだか、ぞくぞくしてきたな。あの陸地の裏《うら》にはなにがかくれているんだ？」とフェルノンがいいます。

「向こうがかくれているということは、こっちも見えないということだ。あの右側の岸に着けてみよう。そこからあがって、ようすを見ようじゃないか」とトーマはいいました。

近づくにつれて、陸地がはっきりとそのすがたをあらわします。植生《しょくせい》はさほど湾岸諸国《わんがんしょこく》とはちがっていないというのがフェルノンたちの意見でした。

「湾岸《わんがん》だと、北から南にミゴール、エルセス、カラン、タクアとくるだろ、その順番で次第《しだい》に樹木《じゅもく》なんかの葉っぱが大きくなっていくんだよ。で、あそこを見ると、ほぼエルセスとカランの中間くらいの感じだな。

もっと南だと思っていたが、すこし北にあがってきてたんだ」

「そりゃわからんよ、海流の温度の加減で、植生《しょくせい》も変わるもんさ。オノゴル島の北にシャプー島っていうのがあるが、そこなんざ南の島みたいな木がいっぱいだ。だがまあ、いずれにせよすごしやすそうな土地ではあるな。それにしては人のすがたが見えないが」とアダがいいました。

「ラド王がやってくるまでは人間なんて住んじゃいなかった土地だろ。動物の数が多いんじゃないのかね?」

「人間がいないんじゃ、あたいの出番はなしね」とライラ。「テオ姉さんは動物と話してればいいけどさ」

「どういう意味よ」などといっているうちに、マリンカ号は陸地のすぐそばにやってきました。遠くから見たとおり、そこはふたつの陸地のはざまになっています。そこは河口《かこう》のようにも見えましたが、川の流れではなく、まぎれもなく海が続いているのでした。ちょうど船が五、六隻並《せきなら》んで通れるほどの幅《はば》で、海峡《かいきょう》は北の陸地の裏《うら》に入《はい》りこんでいるようでした。明らかに北の陸地と南の陸地は植生《しょくせい》が異《こと》なっています。その海峡《かいきょう》の中に入ろうかどうしようかと、マリンカ号ではすこしの間議論になりました。しかし、結局慎重《しんちょう》なトーマが、とりあえず北の丘《おか》にのぼって、陸地全体のようすを知りたいといったので、それで話は決まりました。

北の陸地にはかなり高い丘《おか》があり、南の陸地は山よりもうっそうとした森におおわれていました。

マリンカ号は海峡《かいきょう》の中には入らず、北の陸地に接岸《せつがん》しました。ちょうど港にでもすればいいようなくぼんだ入《い》り江《え》があったのです。そのうしろは大きな森で、海からも陸からも目立たないところでした。

「大丈夫だ。浅瀬《あさせ》も座礁《ざしょう》しそうな岩もない。なんとまあ、天然の港だぜここは。もしかしたら昔ラド王がついたところはここかもしれないぞ皆《みな》の衆《しゅう》」とアダがいってみんなを笑わせます。「ここをラドの港、ライディーンと名づける！」と、すっかりアダはラド王になりきってさけびました。「へえい、閣下《かっか》！」「石の像でも建てますかい？」などとさけびかえしながら船乗りたちはばらばらと陸地に降《お》り立ち、船のロープを岸の大きな木にくくりつけ、錨《いかり》を下ろしました。海岸はちょうどマリンカ号の甲板《かんぱん》の高さで、板が渡《わた》されるとすぐにテオたちも上陸します。オノゴル島以来の陸地でした。船乗りたちは、そのままジャングルにわけいり、水を探《さが》しました。まもなく小川も見つかり、みんな大喜びでした。ジャングルでおいしそうに肥《こ》えた鳥をつかまえた船乗りもいて、海岸で火が焚《た》かれ、ひさしぶりの陸の味に舌《した》つづみをうちました。

「では、みんなは船の水の補給《ほきゅう》をしておいてくれ。それから食料になりそうなもの、燃料になるものを集めてくれ。つまり帰り仕度《じたく》だ。おれはこれからトーマやテオたちといっしょにこの島のようすを見にあの丘《おか》までのぼってくる」と指示して、フェルノンはトーマ、テオ、リンの三人に加わりました。フェルノンが戻《もど》ってくるなら、ということで、ライラとジャバも丘《おか》の上まで同行することになりました。もしかしたらこのままトーマたちはフェルノンと別れることになるかもしれなかったのですが、みんなにあいさつさせようとするフェルノンをトーマは制《せい》しました。とりあえず島のようすを見るまではなにがどうなるかわからないと思ったのです。

「けもの道を通っていこう」とトーマはいいました。「ようやく陸にきた。おれの出番《でばん》、というやつだな」

「トーマ、なんだか楽しそうだな。顔つきが船の上とはまるでちがってきたぜ」とフェルノンがいうと、

「よせやい。マリンカ号だっておれはじゅうぶん楽しんださ。でもな、たしかに人間はやっぱり、その力を

発揮《はっき》できるところがいちばん楽しいんだな、おれは海の上では無力だよ」

「なあに、あんたの判断は頼《たの》もしかったさ。しかしそれにくらべると、テオやライラはどこにいたって歌姫《うたひめ》だ。たいしたもんだなあ。おれやジャバは海の上ならなにかできても、陸となるとこんどはからきし」

「だいたい、歩くのが難儀《なんぎ》だよね、フェルノン。海ならボートを漕《こ》げば行けるところが歩くとこんなに時間がかかる」と、フェルノンとジャバが陸地に文句《もんく》をいうと、テオがいいました。

「そういえば、あんたたちって、歩くの下手《へた》ね」

いわれてフェルノンとジャバは顔を見あわせました。たしかに、ジャングルの中の細い道、それも次第にのぼり坂になっている道を歩くのはふたりにとってかなりつらいことでしたが、テオやトーマはとても自然に歩いているのです。

「下手《へた》とはなんだよう。歩くのに上手も下手《へた》もあるわけがないだろう」とジャバがいいます。

「手のひらをすこし軽く握《にぎ》ってごらんなさいよ、ジャバ」とテオはいいました。「両手が自由になるように荷物はなるべく肩《かた》にしょって。それからね、足もとを見るの。地面の角度によって足を下ろす角度だってちがうでしょ。なんだか、あんたたちって、海の魚が陸にうち上げられたみたいな歩き方してるんだもん」

そんなことは考えたこともありませんでした。そこでフェルノンとジャバはテオの歩き方をしばらく見て、まねてみました。すると、あっという間に呼吸《こきゅう》が楽になり、たしかに「上手に」歩くことができたのです。

「まいったなあ。いくら船乗りだからって歩き方を教わるとは。恥《は》ずかしくてだれにもいえないぜ、こんなこと」

「いいじゃない、フェルノン。おかげでちゃんと歩けるようになったんだから。それにさすがにりっぱな船乗りは、歩き方を覚えるのも飲みこみが早いわ。あんたたち、たいしたもんよ」とライラがなぐさめます。

「えらそうに海で暮《く》らしていたが、知らないことがいっぱいあるんだな、この世の中には」

「おたがいさまよ、フェルノン。なんだってそうなのね、結局のところ。わたしたちは海のことがわからない、山のことがわからない、町のことがわからない、でもそれぞれなんでも知ってるような顔をしてる」

「湾岸諸国《わんがんしょこく》だって、それぞれ習慣《しゅうかん》も風俗《ふうぞく》もちがう。それでいがみあったり戦争したりするんだよな」

「ましてゴドバールとなると、なにもかもがちがうんだろう。こりゃあ大変だ」とジャバがいうと、みんなだまりました。

トーマは「こっちだ」と、こんな森の中でも的確《てきかく》に進路を指さします。「ワラトゥームの東に、大きな大きな山と森がある。山はクミスクル山脈といって、アイザリアの東に長くのびている連山なんだが、そこから平野にかけては帯状の森になっているんだ。そこに似ているよ、この森は」

「それはいったいどういうこと？」

「その連山にのぼると、海が見える。つまり、向こう側がすっかり見えるわけさ。おれたちがいまやろうとしていることもそれさ。この山のてっぺんにのぼれば、この大きな島のすべてが見えるだろう」

「そもそもあの三隻《せき》の艦隊《かんたい》がどこに向かったかを知りたいよね」とジャバがいいました。

もしもトーマがいなければ、山の頂上にのぼるにはかなりの時間がかかったことでしょう。しかし陸地では、道大工《みちだいく》のトーマは海の上とはまるきり別人でした。またテオとリンもドーム郡で育っただけあって、山の中では生き生きしています。ライラが疲《つか》れたと音《ね》をあげると、テオはどこからともなくライラの目の前にツルクサをさしだして、そこからしたたる汁《しる》を飲ませました。するとライラはまた元気を回復したのです。

「ここはけっこうドーム郡で見かけた木や草がある。豊かな森だわ」

「テオ姉さんってなんでも知ってる！」

「まさかまさか。遊んでいたら覚えるのよ、こんなことは。ねえトーマ」

「まあそうさ。こんどはこれをかじってみな」とトーマはべつの葉《は》っぱをさしだします。ライラがそれをかじってみると、なんだか体じゅうから元気が出るような気がしました。するとテオが怒《おこ》りました。

「トーマ！　なにを食べさせてるのよもう」

「ココって葉っぱさ。一時的に元気になる。あはは」

「ドーム郡ではお年寄りが飲むの。でも若者は飲んではいけないことになってるの」

するとフェルノンがいいました。

「これがココかい。湾岸諸国《わんがんしょこく》ではいい値《ね》で取引されるんだ。帰りにみんなに集めさせよう」

船長としては、なんとかいい交易の品がほしいようでした。するとジャバがおかしそうにいいました。

「もうそんな必要はないんだよ、フェルノン」

「ん？　どうしてだ？」

「アダがいってたんだけどね」とジャバがいいました。「さっき入り江で、白くて丸いものが十個ほどぷかぷか浮《う》かんでいたんだ。あれはボエル珠《だま》だっていって、ものすごく喜んでいたよ」

「ボエル珠《だま》！」とフェルノンも驚《おどろ》いたようにさけびます。「それが十個だって？」

「なんだいそれは」とトーマはふしぎそうにたずねます。

「金塊《きんかい》を見つけたようなもんだ」とフェルノンはうれしそうにいいました。「ボエルの体の中にひとつだけある珠《たま》だといわれている。類《たぐい》まれなる香《かお》りがする、まあいってみれば香料《こうりょう》なんだ。くだいてお香《こう》にしたり香《こう》水《すい》にしたりするんだが、いずれにせよ貴重《きちょう》なもんでね。船乗り一万人が一生かかってひとつ見たらいい方だといわれてるほどの珍《めずら》しいものなんだ。それが十個！　おいジャバ！　これでおれたちはみんな大金持ちだ。なんでアダはおれにいわなかったんだ！」

「だって船乗りたちにも内緒《ないしょ》だって。フェルノンにはあとでこっそり教えるからっていってたからさ。とりあえずはテオたちを助けるのが先決だからな、って」

「もう。おれがボエル珠《だま》ごときでさっさと帰ろうなんてけちなことをいうかってんだ！　アダめ、見損なうんじゃないぞ、海の民《たみ》のフェルノンさまを」とフェルノンはぷんぷんしていいました。しかし、手ぶらでエインに帰らなくてもよさそうなので、とてもうれしそうでした。テオたちも喜びました。

「どうだい、それで踊《おど》り子《こ》にならなくてもいいかもしれないんだぜ、ライラ。どうする？」

「お金があったらエインにひとつお店を買うわ。そこであたいの思うとおりの舞台《ぶたい》をつくって、みんなにあたいの歌と踊《おど》りを見てもらう。そうだ。テオ姉さんが帰ってきたら、あたいといっしょに踊《おど》ってもらう」

「その前に」とテオがいいました。「ライラはドーム郡にくることよ。わたしが教えたのはほんのすこしだもの、もっともっとドーム郡のいろんな歌や踊《おど》り、それにお芝居《しばい》も見てもらいたいわ」

「いいの？　あたいが行ってもいいの？」

「おれたちの仕事がおわってからだな、それは」とトーマがいいました。テオはむっとしました。

「おわるわよ、ちゃんと」

トーマはなにもいいませんでした。マリンカ号船長フェルノンとの契約《けいやく》は、ゴドバールに着くまでです。つまりテオたちをゴドバールに下ろしたいま、もうマリンカ号はエインの港に戻《もど》るのです。ふたたびゴドバールにもどるという契約《けいやく》は結んでいないのでした。無茶な話でしたが、どこにあるかわからないゴドバールに向かおうとしていたときは、その先のことなど考えられなかったのです。けれど、いまはちがいました。まだルピアという場所がどこにあるかはわかりませんが、どうやってここからまた海を渡《わた》って戻《もど》ればいいのだろう、とトーマは考えていました。しかしそれよりも洋上で出会ったゴドバール艦隊《かんたい》のようすではこの国は戦争を準備しているのです。そんなところでルピアを探《さが》すことができるものでしょうか。

トーマの心を見透《みす》かしたようにテオがいいました。

「トーマ。わたしたちはラリアーなんだから、先にすすむしかないのよ。目的をはたすのがとにかく大事なことで、それがすめば、きっといろんなこともうまく行く。いまのことにまずぶつかる、そしたら道は自然に開けるんでしょ？」

「いいことばだな、テオ」とトーマはにっこりしていいました。「おれは情《なさ》けない男だ。後悔《こうかい》したり逃《に》げたりしてここまできた。だがあんたのいうとおりだ。ドーム郡を出るときはそもそもゴドバールにたどり着けるかどうかさえ不安だったんだからな」

直線距離にすれば一ソグド*ほどののぼり道ですが、ぐねぐねと曲がったり谷川を越《こ》えたりしているとかなりの時間がたち、もうおなかがすいて一歩も歩けないとライラがいったとき、先頭のトーマがさけびました。

「もうすぐ峠《とうげ》に出る！　見晴らしもよさそうだぞ！」

すこし前から木々が低くなっていたので、かなり高いところまできているとはみんなが思っていましたが、この声にはげまされて一行は力をふりしぼってのぼります。木々がなくなり、石ころばかりの道になりましたが、行く手には青い空が見えます。

「山の壁《かべ》*にくらべたら、赤子《あかご》みたいなもんだ」とトーマはいいましたがそのトーマも息があがっていました。長い船の暮《く》らしで、足腰《あしこし》がなまっているようでした。「やっほう！」とテオがさけびました。一行は早足で駈《か》けのぼりました。頂上《ちようじよう》に出たのです。頂上《ちようじよう》とはいっても、そこはまだ両側に山々が続いており、視界《しかい》はかぎられていましたが、前方の広い土地が見えます。

「おお！」「これは……」

眼下《がんか》の光景にだれもが息を飲みました。ふたつの陸地は、大きく彎曲《わんきよく》している海峡《かいきよう》によって隔《へだ》てられていました。北と南の陸地は、島というよりは大陸のようでした。テオたちが立っている北の島の丘《おか》からは、海岸にそって山々がずっと北にのびています。その山々のはてはここからはわかりませんでした。けれど、山の下には広大な平野がひろがっていました。平野には、森や、畑がつらなっていました。アイザリアにもあ

＊訳注《やくちゆう》――一キロ程度。
＊訳注《やくちゆう》――アイザリアとドーム郡をへだてている巨大な山脈。

りそうな、開けた土地がひろがっていたのです。一方、南の島はそこからはあまりよく見えません。ちょっとした峰《みね》の続きが視界をさえぎっているのです。けれど、手前に見えるかぎり、南の島は切り立った山があったり、森があったり、岩山がそびえていたりしました。こちらは開けているとはいえませんでした。海峡《かいきょう》といってもそれほど広いわけではなく北から南へは容易《ようい》に行けるはずなのにこの対称《たいしょう》は奇妙《きみょう》でした。

「南の島の向こうはここからではちょっと見えないわね」

「あの峠《とうげ》まで行けば見えると思うよ」とジャバがいいます。「行ってみようよあとで」

トーマは北の島をながめながらいいました。

「海からの風をこの山脈がしのぎ、なかなか住みやすい土地になっている。あそこにぼんやりとかすんでいるところがあるのが見えるか。あれはどうやら町……それもかなり大きな都会だ。ひとびとの営《いとな》みがあるから煙《けむり》が立つ。空気がかすむくらいの。人口は相当なものだぜ。何十万単位の」

「アイザリアでいえば？」とフェルノンがたずねます。

「この距離《きょり》だからな。正確なことはいえないが、遠くから見るとレイアムの都《みやこ》もあんなふうに見える。内部にはずっと開けた土地が続いているんじゃないか。あれだけの都市を養うには、この平野だけでは無理だろうからな。それとも、もしかしたら、あそこが……ここがゴドバールだとしての話だが、ゴドバールの首都なのかもしれない。あちこちから年貢《ねんぐ》や産物が送られてきて、都会の暮《く》らしを成り立たせている。」

「まず、そこへ行かないと、ルピアの情報は手に入らないわね」とテオはごくりとつばをのんでいいました。

「だな。それほどの距離《きょり》ではない。ここから降《お》りて……」

「まあ、待ってくれ」フェルノンはトーマのことばをさえぎりました。「海峡《かいきょう》の先がどうなっているかを見たい。曲がっている海峡《かいきょう》の先がどうなっているかがわからない。山を降《お》りるのはそれからにしよう」

「それはそうだ。あの三隻《せき》の艦隊《かんたい》がどこへ消えたかも気になるしな」とトーマがいうと、こんどはジャバが先頭になって、尾根《おね》を伝って隣《となり》にそびえる峰《みね》へとのぼりはじめました。すこし休んだことですっかり元気になったジャバは、サルのように身軽に峰《みね》の上の大きな岩に飛び乗りました。

「ああっ！」

「どうした、ジャバ！」

「た、大変だ！　みんな、早く！　早く見にきて！」

「いったいなにが見えるってんだよ」

いいながらみんな、岩山によじのぼりました。すると、そこから南の島の向こう側が見えたのです。

「う、うそっ！」

「これは……！」

テオたちは自分が見たものが信じられませんでした。

第十二章　ゴドバール

南の島の向こうには大海原がひろがっていました。その手前、海峡《かいきょう》を抜《ぬ》けたところに、先ほどの大きな都市《とし》をうしろにひかえた港がありました。港というよりは、南の島と北の島に囲《かこ》まれた大きな湾《わん》でした。陽《ひ》の光をあびて、その海は静かに輝《かがや》いていました。漁船《ぎょせん》らしき小さな船も見えました。ですが、テオたちが目を見張ったのはそれではありませんでした。

湾《わん》いっぱいにひろがる、大船団だったのです。

帆《ほ》をたたんではいましたが、マリンカ号よりは大きめのガレー船が、湾内《わんない》のところせましとひしめいていたのです。その数は……。

「百隻《せき》ではきかないぜ。こりゃまいったな、正確な数が読めないほどぎっしりいるよ」とフェルノンがいうと、ジャバが即座《そくざ》にいいました。

「五百隻《せき》ほどだよ。うち五十隻《せき》ほどは、ぼくらが出会った軍艦《ぐんかん》と同じタイプだ。つまり五十隻《せき》のゴドバール艦隊《かんたい》と、あとは兵士を乗せた輸送船《ゆそうせん》ってことだよね」

「あんなのが湾岸諸国《わんがんしょこく》に攻《せ》めこもうとしているのか」とフェルノンはうなりました。

「そういえば、おれたちが追《お》いかけてきた三隻《せき》の軍艦《ぐんかん》が、湾《わん》の真《ま》ん中《なか》にいるよ、ほら」

ほとんどの船が帆《ほ》をたたんでいる中で、まだ帆《ほ》もたたまずにいる軍艦が三隻《せき》いました。それこそは、湾岸《わんがん》諸国《しょこく》連合艦隊《かんたい》と戦った、ゴドバール先遣艦隊《せんけんかんたい》の生《い》き残《のこ》りでした。

「遠いなあ。ここからじゃよく見えないがきっと湾岸諸国《わんがんしょこく》連合艦隊《かんたい》との戦いを報告してるんだろうな。いったいなんといってるんだろう。十隻《せき》で出発したのが、三隻《せき》で帰ってきたわけだから、ふつうは相当応《こた》えるはずだが……いくさをやめよう、とか思ってくれればいいのに」そうフェルノンがいったときでした。

ゴドバール先遣艦隊《せんけんかんたい》の三隻《せき》を、湾《わん》に停泊《ていはく》していた十隻《せき》ほどの軍艦《ぐんかん》がいきなりうごき出し、円陣《えんじん》を組むようにしてとり囲《かこ》んだのです。

「おい、ありゃなんだい？　なにをしようとしてるんだい？　うわっ！」

なんと、三隻《せき》の軍艦《ぐんかん》が、急にぼっと炎《ほのお》をあげ、燃《も》え出したのです。

まわりを囲《かこ》んだ軍艦《ぐんかん》がいっせいに火矢《ひや》を放ったようでした。

「いったいなにがあったの？　どうしてあの船、燃《も》えてるの？」とライラがたずねます。

「つまり、湾岸諸国《わんがんしょこく》連合艦隊《かんたい》に負けた責任《せきにん》をとらされたってことだろうな」とトーマがつぶやきました。

「まいったな。相当冷酷《れいこく》なやつらだぜ、ゴドバールの軍隊ってのは」

いっているうちに三隻《せき》の軍艦《ぐんかん》はみるみる燃《も》えあがり、かたむきはじめました。テオたちは悲鳴《ひめい》をあげました。

「ねえ！　沈《しず》んじゃう！」「ああっ！　ほんとに海に……！」

そう、三隻《せき》はあっという間に波間《なみま》にそのすがたを没《ぼっ》してしまったのです。

「こんな……こんなこと、あっていいの？　あれはみんなあのひとたちの味方じゃなかったの？」

「敵《てき》とはいえ、ずっと追いかけて同じ航海をした連中だ。あんな目にあうとは」とフェルノンはつらそうにいいました。「海戦に負けて逃《に》げ帰ってはいけないというわけだな。ひどい話だ」

「まさか、海に落ちた兵士たちも殺しはしないわよね」とテオがいうと、フェルノンは首をふります。

「出陣《しゅつじん》の儀式《ぎしき》みたいなもんだろう。つまりは見せしめだ。ああやって恐怖《きょうふ》で支配して、死にもの狂《ぐる》いで戦わざるをえないように仕向けるのさ。なんせ人殺しをするところだから、自由があったり仲がよかったりしては困《こま》るのさ。軍隊ってのはそういうところだ。こういう連中のやり方はみんなそうだ。わかるかい、テオ。軍隊ってのは大切なのは有無《うむ》をいわせず命令にしたがわせるってことだけなんだ」

「湾岸諸国《わんがんしょこく》の軍隊もそうなの？」

「あそこまではひどくないだろうが、似たようなもんさ。軍隊を軽く見てはいけないよ」

「だからといって」とトーマがいいました。「すべての軍隊をいっしょくたにするわけにはいかない。アイザリアの五民軍《ごみんぐん》はほかの国を侵略《しんりゃく》しないという誓《ちか》いを立てている。湾岸諸国《わんがんしょこく》だって、それぞれの国どうしで小競《こぜ》り合《あ》いをすることはあるが、たがいの国を奪《うば》うことまではしていない。すくなくともこれまではな」

「難《むずか》しい話だけど、とにかく軍人さんとはつきあわないほうがいいってことだよね？」とライラがいってか

ら「あちゃっ！」と口をおさえました。テオとクリスのことを思い出したからです。

「どんなひどい軍隊にだって、ちゃんと人間らしい兵士はいる。かしこい士官《しかん》もいる。そうでなきゃ困《こま》るだろ。世の中はそういうもんだ。だから軍人とひとからげにするのはいけないよ、ライラ」

「あい。どんな場所にも、ちゃんとしたやつ、まっとうな男はいるってことだね？」

「そうそう。わかりが早いぞ、ライラ」とトーマとライラが話していると、テオがいいました。

「わたしはクリスとぜったい結婚《けっこん》しないから！　ドーム郡の娘《むすめ》がいくさびとと、となんて、ありえない！」

「しかしおかしいな」とテオのいうことにはまるで反応せずにトーマがいいました。「数があわない」

「軍艦《ぐんかん》の？　あれだけいれば十分でしょう。湾岸諸国連合艦隊《わんがんしょこくれんごうかんたい》が束《たば》になってもかなわない数じゃん」

「だがクリスの手紙では、捕虜《ほりょ》はたしかこういっていたぞ。十隻《せき》の先遣艦隊《せんけんかんたい》、その十倍の軍艦《ぐんかん》と、百倍の船」

「つまり百隻《せき》の軍艦《ぐんかん》と、千隻《せき》の輸送船《ゆそうせん》ってこと？」

「それなのに、あそこにいるのはその半分だ……だよな、ジャバ。五十隻《せき》の軍艦《ぐんかん》と五百隻《せき》の輸送船《ゆそうせん》」

「うん、まちがいないね。でも、トーマ、それがどうしたの？　ライラがいうとおり、あれだけだって湾岸《わんがん》諸国《しょこく》連合艦隊《かんたい》が束《たば》になってもかなわないよ。たった十隻《せき》の先遣《せんけん》艦隊にだってあれだけ手こずったんだ」

「おれがいってるのはそういうことじゃない。どんな圧倒的《あっとうてき》な敵《てき》であろうと、やつらのことを正確に把握《はあく》しておくことはとても大事なことなんだ。それをしないということは、もうあきらめているのと同じだ」

「はい！」とジャバはいいました。「でもどこかにもう半分がいるなんて聞いただけで、湾岸諸国《わんがんしょこく》の兵士だっていい加減やる気をなくすよ。連中のおどかしってこともあるかもしれないよ」

「それも考えに入れておこう」とトーマはいいました。「さて、マリンカ号の諸君《しょくん》。おれたちはこれから山を降《お》りて、ゴドバールの中心部へと向かう。つまりここでお別れってことだ」

「一度マリンカ号に戻《もど》ってくれないか」とフェルノンはいいました。

「そりゃまたなぜだい？」

「陸の上を行くよりあの海峡《かいきょう》を船で行く方がはるかに早くゴドバールの都《みやこ》へ行ける。それに道は危険《きけん》だ」

「おかしなことを。マリンカ号の方がよほど危険《きけん》ってもんだろう」

「ふん、ああいうでかい艦隊《かんたい》は小回りはきかないさ。見つかったら逃《に》げればいい。マリンカ号はスピードでは負けないから」とフェルノンは不敵《ふてき》に笑いました。

「ううむ……好意に甘《あま》えてはいけないとは思うが」とトーマはうなり「ではあのあたりまで送ってもらえるだろうか」と海峡《かいきょう》の反対側の出口を指さしました。

「いいとも。それも今夜のうちに、だ。おれだって昼にこんなところを航海するのはいやだよ」

「とかなんとかいって。じつはあたいたちはマリンカ号までたどりつく自信がない」とライラはいいました。

「山道を歩くのに必死で、道など覚える暇《ひま》がなかったんだもん」とジャバ。それはそうでした。しかもけもの道ですからトーマのほかに行けるものはいなかったのです。善《ぜん》はいそげとばかり、五人は山を降《お》りました。

マリンカ号に戻《もど》ると、船乗りたちやアダはふたたびテオやトーマに会えたので大喜びでした。けれど、ゴドバール艦隊《かんたい》のようすを聞いて、みんなぞっとしています。アダはさっそくフェルノンから聞いた情報《じょうほう》と地図をつけ、海鳥《うみどり》に託《たく》してクリスに伝えようといいました。

「しかしこういう情報《じようほう》をもらっても困《こま》るだろうなあ、クリスは」とフェルノンが心配します。「湾岸諸国《わんがんしよこく》連合艦隊《かんたい》をもう一度再編成《さいへんせい》して、エインの港あたりの商船もすべて軍用船《ぐんようせん》に改造するとして、だよ。まあとりあえず数だけは何百隻《せき》という艦隊《かんたい》をつくって迎撃《げいげき》することができるかもしれん。だけど、はたしてそれで勝てるだろうか？」

「なあに、やり方はいくらでもあるだろうさ」とトーマはいいました。「なにも海の上で戦うばかりが能じゃない。迎《むか》え撃《う》つ方にはちゃんと地《ち》の利《り》がある。補給《ほきゆう》、兵站《へいたん》だって迎《むか》える側《がわ》が有利だ。準備さえ早ければ、敵がいくら強大でもそれなりの戦いはできるはずさ。そして陸での戦いとなればうしろにはアイザリアがいる」

「アイザリア！」

「でもそこは王様もいない国だろ？　そもそも軍隊なんてものがないって話じゃないか」

トーマは笑いました。

「おれからもひとことクリスに伝えておかなくてはな。アイザリアの五民軍《ごみんぐん》に連絡《れんらく》をとれ、と。ワラトゥームに草原の民《たみ》がいる。その頭領《とうりよう》はムルグという男だ。そいつにこの危機《きき》を伝えてくれと書いてくれ」

「頼《たよ》りになるのかい？　そいつは」とフェルノンはうさんくさそうにいいます。

「アイザリアには常備軍《じようびぐん》はないが、いったんことあらばいつだって強力な軍団が編成《へんせい》されるようになっている。イシュゴオル最強を誇《ほこ》る王女ラクチューナム・レイの『虹《にじ》の軍団』だ」

「なんか頼《たの》もしいね、レイ王女が出てきたぞ」とかつてエインの酒場《さかば》で「レイ王女の忘《わす》れ形見《がたみ》」を名乗ったライラがうれしそうにいいました。「たとえうそでもあたいとのかかわりがある名前だ」

「そういえば、ライラはエインの酒場《さかば》でどうしてあんなうそをわざわざついたの？　湾岸諸国《わんがんしょこく》ではレイ王女のことなんてみんな知らないんだから、もっと人気のありそうな王女の末裔《まつえい》とかにどうしてしなかったの。たとえばミゴールの真珠《しんじゅ》の双子《ふたご》のかたわれです、とかなんとか」とテオがたずねました。

「あのね、あたいは孤児《こじ》なんだ。メール川っていう、アイザリアから流れてくる大きな川が湾岸《わんがん》のええと、エルセスって国にあるんだけど、その河口《かこう》に葦《あし》の小舟《こぶね》に乗せられてぷかぷか浮いて流れていた赤ん坊《ぼう》があたいなんだよ。だもんで、育ての親が、もしかしたらそういうこともあるかもしれない、なんてことを近所のひとにいいふらしてね。おかげであたいは小さいときからさんざんいじめられてたよ。そんなわけ」

「貧《まず》しくて食べさせてやれない赤ん坊《ぼう》が生まれたら葦《あし》の小舟《こぶね》に乗せて下流に向かって流すんだ。だれかが拾《ひろ》ってくれるんじゃないかって」とジャバがいいました。するとフェルノンがいいました。

「やんごとなき高貴《こうき》なお方が事情があって育てられない子を産《う》んだときもそうするが、その場合はだいたい形見《かたみ》になるものをいっしょに入れておく。ライラはなにも持ってないだろうからやっぱり貧乏人《びんぼうにん》の……」

「あのさ。いちおう、あることはあるんだ。あたいの形見《かたみ》はこれ」といって、ライラは小さな袋《ふくろ》をとりだしました。みんなが見ると、中からは表面を加工したらしい金色のクルミがひとつ出てきました。

「おお、金のクルミだ！」「こりゃすげえ！」と船乗りたちがいいましたが、ライラは首をふりました。

「ただのクルミなんだ、これ。金はあとから塗《ぬ》ったらしいのさ。笑っちゃうよ、形見《かたみ》がこんな木の実だって」

するとテオがライラの頰《ほお》に両手をあてていいました。

「ライラ。あんたはドーム郡にゆかりの娘よ。まちがいないわ」

「テオ姉さん、またそんな。なぐさめてくれなくてもいいってば。気持ちはうれしいけど」

「ううん。ただの木の実を形見《かたみ》にするってことはね、じつはドーム郡ではとても大事なことなの。シェーラの冠《かんむり》といったり、クミルの髪《かみ》かざりともいうんだけど、ドーム郡では娘たちはみんなクルミの実をつけたツルクサの髪《かみ》かざりを持っているの。だからね、きっとあんたはドーム郡の娘がどこかで産《う》んだ女の子にちがいないわ！」テオがいうと、フェルノンは首をかしげました。

「しかし葦《あし》の小舟で流すとは、ちょっとひどくないかい、誇《ほこ》り高いドーム郡の娘さんにしては」

「そりゃだれだってじぶんの子どもを葦《あし》の小舟に流したくはないでしょう。ということはよほどの事情があったってことなのよ。それにそういう場合はたいてい男が悪いのよね。それくらいわかるでしょ」

「了解《りょうかい》」とフェルノンは海の男らしくあっさり引き下がりました。

「ねえライラ、ぶじに戻《もど》ったら、アイザリアを旅しているさすらい人たち、ラリアーを見つけなさい。そして、その一座《いちざ》に加えてもらうように頼《たの》むの。そうだ、これを持っていくといい」といってテオはかくしから一枚《まい》の金貨を取り出しました。「トゥラーのテオから、ラリアーの皆さんへ、っていってね」

「ひょおっ！　レイ金貨だっ！」

「すげえもんを持ってるなあ！」

「うわさでしか聞いたことはないがレイ金貨といえばアイザリアの内戦がおわったときに魔王《まおう》といわれたアサスの金塊《きんかい》が発見されてそれで鋳造《ちゅうぞう》したもんだよな。ふつうの金貨の十倍の値打《ねう》ちがあるっていわれてる」

「なのかい？」とトーマはアダにたずねました。アダはうなずきました。「このおっ！」とトーマはアダにつかみかかりました。ずいぶん安く売ってやるといわれたマリンカ号ですが、金貨にはその十倍の値打《ねう》ちがあったわけです。アダは首をすくめていいました。

「商人《あきんど》とはそういうものさ。だまされるほうが悪い。あはは……く、苦しいぞトーマ。首をしめないでくれ」

「ふん。まあいいや。とにかくライラの夢がかなうもかなわないも、すべてはこのゴドバールとのいくさが片《かた》づいてからのことだろう。おれのいったことを、ちゃんとクリスに伝えてくれよ」

「あいわかった」といって、アダは手紙をしたためると、それを丸め、海鳥の長いくちばしに入れて、「頼《たの》むぞ！」と、空へ放ちました。海鳥はしばらく空を旋回《せんかい》したのち、ゆっくりと西をさして飛んでいきました。

「ではマリンカ号も出発だ！」

「へえいっ！」と船乗りたちは答えました。

海峡《かいきょう》には風が吹《ふ》いており、マリンカ号の風車《ふうしゃ》を回すにはじゅうぶんでした。夜の闇《やみ》にまぎれて、マリンカ号は海峡《かいきょう》の中をしずしずとすすみます。左には北の陸地、右には南の陸地があり、暗くてよくはわかりませんでしたが、北の陸地はあちこちに人家《じんか》があるようで、家らしき黒い影《かげ》が見えました。対称的《たいしょうてき》に南の陸地にはうっそうたる森があるばかりです。

フェルノンとアダは舵《かじ》をとりながら、どこにマリンカ号を着けようかと相談しました。

「このままいくと、広い湾《わん》に出る。そこには例の五百隻《せき》の艦隊《かんたい》だ。ちょっと見たくないかい、アダ」

「うんにゃ」とアダは首をふります。「五百隻《せき》に追いかけられると思うとぞっとする」

「アダのじいさん、もう心はエインの港でボエルの珠《たま》を売ることしか考えてないんじゃないのお？　この腹《はら》黒《ぐろ》商人め」とライラがいいます。アダはもろにあせってどもりながらいいました。

「そ、そんなことをおれが、おれが考えてるもんかいっ！　金なら腐《くさ》るほど持ってるアダさまだっ！」

どうやら図星《ずぼし》だったようで、みんなが笑いました。


やがてマリンカ号は海峡《かいきょう》をすぎて、広い湾内《わんない》に出ました。夜の海はぼんやりと輝《かがや》いています。そこにはたくさんの軍船がひしめいていました。さすがに戦場からは遠い国、まったく警戒《けいかい》というものをしていないようでした。マリンカ号の櫂《かい》の音がざざん、ざざんと港にこだましています。

「ようそろ！　向きを変えるぞ。とんでもないところに出ちまった」

マリンカ号はゆっくりと舵《かじ》をきります。

「眠《ねむ》ってるな。やれやれ助かった。もっともここだって商船みたいなものはあるだろうから、おれたちを見てもいきなり襲《おそ》ったりはしないだろうが」とアダがいいます。

「それよりクリスがいたら逆《ぎゃく》に襲《おそ》いかかるだろうな、こんなにたくさんの獲物《えもの》が無《む》防備《ぼうび》で眠《ねむ》ってるんだから」

「ああ。あいつなら百隻《せき》とはいかないだろうが、なん十隻《せき》には火をかけて沈《しず》めてしまうだろうさ」

「しかしいったいなんでまた、ゴドバールの連中はイシュゴオルを攻《せ》めようなんて思ったのかね。こんな美しい山や平野もあるし、ここでじゅうぶんやっていけるじゃないか」

フェルノンがいうと、トーマが答えました。

「どんなに恵《めぐ》まれていても、人間ってのはもうひとつ上のものがほしくなるんだよ。いや、上でなくてもいいんだ、じぶんにはないものがほしいのさ。困《こま》ったもんだ。アイザリアだって、金持ちになればなるほどもっともっと金がほしくなるっていうやつらは多いぜ」

「金持ちがもっと儲《もう》けてなにが悪い」とアダがむきになっていいました。「金があればなんでもできる」

「アダ。もう。まだそんなことをいってるの？　娘さんに逃《に》げられて泣いてたのはだれよ」とテオはあきれてアダの肩《かた》をぶちました。「お金があってもアダはじぶんの幸福ひとつ買えなかったじゃないの」

「テオは若くて純粋《じゅんすい》だ。だからいろんなものに対して筋《すじ》の通った見方《みかた》をする。だが、世の中はそうはいかない。金も必要だ。これがわしからのはなむけのことばだ」とアダは痛《いた》そうに顔をしかめていいました。

「そんなはなむけはいりません」とテオはいいました。「なによ、お金お金って」

「なんだかねー。せっかく水先案内のすばらしいじいさんだと思ってたのがこういうひとことで台無しになってしまうよ」とライラがいいました。「そこらへんのしょーもないおやじと同じことをいってさ」

「そこらへんのおやじが戦争をはじめるのよ」とテオはいいました。「そして女や子どもが泣くの」

「おいおい、そういうふうにひとくくりにするのはやめてくれ」とフェルノンはいいました。「世の中にはいろんなおやじがいる。アダは戦争をはじめるようなことはしないさ。いやむしろ逆《ぎゃく》だろう。だけど、アダのことばが力を持つためには、アダは金持ちにならなければならないわけさ。そうだろ、アダ」

「トーマみたいに世をすねていては、世の中を変えることはできない」とアダがいいます。

「おれがいつ世をすねたんだよ。こうして世の中のために一生懸命《いっしょうけんめい》……おっと」とトーマは口をつぐみました。「まあそういうことにしておこう。たしかにおれはアダみたいに世の中に影響力《えいきょうりょく》のある金持ちになろうとは思わなかったよ。そんなやつらと自分はちがうと思ってたからな。だが、世の中をうごかそうとすることは大事なんだろうな」

「こういう話ばかりしていたな、そういえば」とフェルノンはいいました。みんなふっとだまりました。たしかにマリンカ号の航海は、だれにとってもとても楽しいものでした。それぞれが好きなことを語っていましたし、口論《こうろん》もするうちにいつの間にか、みんな家族《かぞく》のようになっていたのです。

「そろそろ、だな」とトーマがいいました。テオとリンがうなずきました。

「元気でいてくれ、トーマ、テオ、そしてリン」とフェルノンがひとりひとりの手をしっかり握《にぎ》りました。

「テオ姉さん、ありがとう」といって急にライラが泣き出しました。テオがそっとライラを抱《だ》きしめます。

「楽しい日々でありますよう」とテオはいいました。船乗りたちは思い思いに別れのあいさつをしました。

そしてテオたちはボートに乗り、北の陸地、といってもそこはもう港、といっていいところでしたが、岸壁《がんぺき》に向かってトーマとリンがオールをあやつり、漕《こ》ぎ出しました。それを見届けるとマリンカ号はゆっくりとうごきました。やがて海峡《かいきょう》の真ん中まで戻《もど》ると、あっという間に見えなくなってしまいました。

ボートは岸壁《がんぺき》に近よりました。さほど高くない岸壁《がんぺき》には小舟《こぶね》がぎっしりとつないであります。艦隊《かんたい》の兵士たちがこの小舟に乗って移乗《いじょう》するのでしょう。その小舟をかきわけて接岸《せつがん》すると、テオを先頭に上陸しました。

「りっぱな港だ」とトーマは上陸したところが石畳《だたみ》になっているのを見ていいました。「考えてみればラド王以来というからにはけっこう古い国なわけさ。古代アイザールの時代からあったわけだから」

「あっちが町になっているわ」とテオが海を背《せ》にしてそびえている建物を指さしていいました。「行ってみましょう。こうして見ているかぎりは、エインの港となんら変わりのない港町に見えるけど……いったいどんな人たちが住んでいるのかしら」

「同じことをアイザリアにきたときに、おれも思ったよ」とトーマはいいました。「そこはドーム郡と同じような、でもかなりちがう連中が住んでいた。きっとここもそうだろう」

「なら、ここでもわたしたちは歌ったり踊《おど》ったりできるかもしれない？」

「それはあまりにも早すぎる結論《けつろん》だろう」

「でも真夜中にはみんな眠《ねむ》っている。それだけでもきっとふつうの人間たちの住む世界だってことよ」

「だがまあ、テオ。朝になったからって、いきなり港町で踊《おど》ったり歌ったりするのだけはやめてくれよ」

「はいはい」とテオは吹《ふ》き出しながらいいました。じつはそうしようかと考えていたところでした。「でもね、明日からはいったいどこに泊《と》まってどこで食べるつもり？」

「ルピアを探《さが》すこと。とにかくそれがすべてだ。どこに向かえばいいかもわからないのに、食事のことを考えても仕方《しかた》がなかろう」

「それでどうします？　町の中に入ってみる？」

「ううむ」とトーマは考えこみました。「たぶん服装《ふくそう》も髪《かみ》のかたちもちがう人間がとつぜん町の中にあらわれたら、しかも三人もだろ、すぐにあやしいと思われて、役人たちにひっとらえられる、というのがアイザリアではありうることだ。ここでもたいしたちがいはないように思える」

「どうしてそうわかるの？」

トーマは足もとの石畳《だたみ》を指さしていいました。

「ゴミが落ちていない。あそこの石は修復《しゅうふく》されている。つまりここにはちゃんとした政治《せいじ》がある。法律《ほうりつ》があり、役人がいて、税《ぜい》を納《おさ》めるようになっている。まあそのことはあの艦隊《かんたい》を見てもわかることだが」

「よくわかんないんだけど」

「アイザリアでも、アシバールの北の方に行けばちゃんと政治《せいじ》が行われていないところがある。つまり無法《むほう》地帯《ちたい》みたいなもんなんだが、そういうところは町の景色《けしき》が荒《あ》れている。ゴミだらけだし、道はでこぼこ、とてもまともに住めるようにはなっていないのさ」

三人は石畳《だたみ》の道を、すこしずつ市内の中へと入っていきました。両側にはどうやら石か煉瓦《れんが》でできているらしい塀《へい》に囲《かこ》まれている家々が建《た》ち並《なら》んでいます。

「つまりここは相当まともだということなのね？　戦争をするための準備をしていても？」

「テオ、戦争というのは、ふつうの市民の生活とはまたちがったところでの話なんだよ。つまり戦争を起こすやつ、その戦争に乗っかるやつ、そういうふたつの力が、戦争なんていやだという連中の力よりも大きくなったときに起きるんだ。いってみれば熱病みたいなところがあって、戦争の最中《さいちゅう》にそういう力に反対することは不可能に近い。アイザリアの虹《にじ》戦争のことを考えてごらんよ。いまでは魔王《まおう》アサスの下で戦争をしたのはまちがったことだった、というのがタカバールの常識になっている。だが、あの当時、タカバールの連中は本気でアサスのもとで世界を征服《せいふく》するぞと思っていた。そしてアサスを魔王《まおう》だとは思わず、フラバ王の再来《さいらい》だと信じていた。だが熱《ねつ》がさめてしまえば正気《しょうき》にもどってなんとばかなことをしていたんだろうと思うわけさ」

「ゴドバールが戦争の準備をするもっとずっと前に、ドーム郡のラリアーたちはここにくるべきだったのよ」とテオはいいました。「まったく！　平和になったアイザリアで、さすらい人が楽しく歌って踊《おど》っている間にゴドバールではおそろしいいくさの準備をしていたってわけよ！　そんなことなら、もっと早くからゴドバールへくるべきだったんだわ。そして戦争の気配をアイザリアのみんなに伝え、ゴドバールのひとたちにも戦争がいかにいけないかを伝えるべきだったのよ！」

「べき、とかねばならないは、おかみのせりふってやつだな」とトーマはいいました。「だいたいじぶんには責任《せきにん》のないやつだけが他人の責任《せきにん》をとやかくいう。とりあえずはここにこうしておれたちがいる。いきさつはともあれ、ドーム郡はおれたちをここに派遣《はけん》したんだ。そのおれたちがやることは、ドーム郡を批判《ひはん》することではなかろう」

「まあなんて模範的《もはんてき》なことをいうのかしらね、トーマは！」とテオはあきれていいました。「まるで郡庁《ぐんちょう》のまわしもののようなことを……いいわよ。それでこの暗闇《くらやみ》の中でわたしたちのやるべきことは？」

「とりあえず明日の朝まで無事にすごせるところを探《さが》すことだろうな。できることなら飯《めし》も食えて、このあたりのようすがわかるようなところがいいんだが、それはあまりにも虫のいい注文というものだ。テオ、リン、つぎの角を右に曲がるぞ。ここはどうやら大通りだ。それもかなりりっぱなところだ。こういうところにはりっぱな家しかない。おれたちが泊《と》まるところを探《さが》すのはここではなくて裏《うら》通りだ」

「なぜなの？　りっぱな家の馬小屋《ごや》ならこっそり眠《ねむ》ることができるんじゃない？」

「りっぱな家に忍《しの》びこむのは大変なんだよ！　それに裏《うら》通りはだいたい貧《まず》しい家が多い。そこなら万国《ばんこく》共通、おれたちが休めるところがいくらでもある」

「そういうものなの？」

「まあついてきな。とはいってもアイザリアの道大工《みちだいく》としてのおれのキャリアがこの未知の国でどこまで通用するかはわからんがね」といってトーマは先頭になって大通りを右にはずれ、テオとリンを細い路地裏《ろじうら》にと誘《さそ》いました。アオーン、と犬の遠吠《とおぼ》えがどこかで聞こえました。

「こわいんですけど、わたしは。こういうところは」

「なあに、テオの性格ならすぐに慣《な》れるさ。こっちだ」

「どういう意味よ。待って、トーマ。すこしは目が慣《な》れたけど足元なんか、この暗さだし……あっ！」

テオは驚《おどろ》いてさけびました。一瞬《いっしゅん》のうちに、風景が一変《いっぺん》したのです。路地裏《ろじうら》に入っていくらもしないうちに、まわりは低い屋根のみすぼらしい家々になっていました。石畳《だたみ》の道はもうありませんでした。泥《どろ》のようにぬかるんでいる小道《こみち》の両側に、無数の小さな家が並《なら》んでいるのです。どうやら薄《うす》い煉瓦《れんが》を積《つ》み重《かさ》ねたらしい壁《かべ》と、屋根はそこらへんの草で葺《ふ》いたような家々でした。

「どんなもんだい」とトーマはうれしそうにいいました。「そしてこういうところに住んでる連中はおれはだいたいすぐに仲良くなれるんだ。つまりまあ、似たもの同士っていうか」

「まああたしかに王様や貴族《きぞく》とは無縁《むえん》でしょうけど」といいながら、トーマとテオは顔を見あわせました。なにか変なのです。けれどそのどこが変なのかが、わからなかったのでした。

「どういうことなのかしら。眠《ねむ》っているから？」

「いや。こういうところは、夜中でもけっこうあちこち起きてるものさ。いやむしろ夜中の方がにぎやかなときだってある。なんせいかがわしい仕事も多いからな。そういう連中は夜しか商売ができないわけで」

「まっ。くわしそうね、トーマったら。きっとアイザリアでもそういうところばかり入《い》り浸《びた》ってたんでしょうね。でもおかしいな、ほんとに静かだわ」

するといつの間にかリンが先頭に立って、一軒《けん》のあばらやの前でふたりを手招《てまね》きしています。そこへ行くと入り口の戸がすこし開いていました。リンが中を指さします。

「ほんとう。だれもいないみたい」

「ではまあ、ここで今夜は休むことにしようじゃないか、明日になったらなにかわかるだろう」

「でもさ。そんなのんきなことといってていいの？　ここはわたしたちのまったく知らない場所よ」

「そういうことをいえば、湾岸諸国《わんがんしょこく》のタクアだって、同じことじゃないか。あそこでは宿《やど》を探《さが》したぞ」

「あのね。この国は戦争を起こそうとしてるわけでしょ。そんなところに敵であるわたしたちがいるってことをどう考えてるわけなの、あなたは！」とテオはあまりにものんきなトーマにいいました。トーマはまるで気にせず、「おお、ここにあった」といいながら窓《まど》のそばで火打石《ひうちいし》をこすり、火をつけています。

「ほうら点《つ》いた。これですこしはわけがわかるってもんだ」

窓《まど》のところにはろうそくのような灯《あか》りがともりました。その小さな灯《あか》りで、家の中がぼうっと照《て》らされます。土間《どま》の上にはテーブルと椅子《いす》がいくつかあります。また奥にはベッドらしきものが並《なら》んでいました。ほかにはこれといった家具もありませんでしたが土間《どま》には石のかまどがありました。

「見て！　かまどのそばに食べ物があった！　これはまるでチャパティールそっくりだわ」

「じゃあきっとチャパティールだろう。よかったな、テオ。おなかがすきすぎると眠《ねむ》れないからな」

「トーマといっしょにしないでください……あれ。でもどういうことなのかな。どうして人がいないのに、食べ物があるわけ？　それにほら、このやかんには水が入ってるわ。お茶の用意みたい」

「ふしぎだな。まあそれはともかく、まず飯にしないか？」とトーマがいうので、テオもどこかのんびりした気持ちになって、三人は小さな灯《あか》りの下で空家《あきや》の主《ぬし》が置いていったらしい食料を食べはじめました。

「これはドーム郡のチャパティールとはちがうわ。小麦じゃないと思う。なんだろう」

「水麦《みずむぎ》だろう」とトーマはいいました。「ワラトゥームの湿地帯《しっちたい》でとれる麦さ。ちょっとかたい実がなるんだ。粉にするとこういう感じだ。あっちじゃ丸めて焼いて、塩で味つけしている。……うまいじゃないか。

まあしかし、麦ってのは、殻《から》に入ってるから、麦打ちをしたり、粉にひいたりするのが大変だ。とうもろこしみたいなわけにはいかないよな。あれならそのまま食えるのに。ああリン、もっと食べな。おまえは食べざかりなんだから。おれの分もやるよ」「わたしたちって、なんかこそ泥《どろ》みたいじゃない？」「冒険者《ぼうけんしゃ》といってくれ、人聞《ひとぎ》きの悪い。そりゃたしかにやってることはこそ泥《どろ》だが」などといいながら食事をおえると三人はそのままベッドに横になりました。そしてあっという間に寝入《ねい》ってしまいました。

夜明けにトーマはふたりを起こしました。

「まあすごい、トーマはちゃんと起きたんだ！　わたしなんか、何日でも寝《ね》てしまいそうだった」

「ふん、年寄りは疲《つか》れていても朝が早いのさ。それよりあれを見てごらん、テオ」とトーマの指さす方をみると、家の壁《かべ》があります。そこには朝の薄《うす》い光に照《て》らされて、なにやら文字のようなものが浮かびあがっていました。その色は赤く、どう見てもきちんとしたものではなく、乱暴《らんぼう》に壁《かべ》になぐり書きをしてあるようでした。しかもその文字は三人になじみ深い、アイザール文字だったのです。

「おどろいた！　古代語だわ！　ゴドバールでアイザール語が使われている！」

「それはそうだろう、ラド王の末裔《まつえい》たちだからな。しかしそんなことじゃない。あの文字を読んでごらん」

「……ティア・ノール……ええと……ティアノール・グラバロール……否定《ひてい》の反対……？　どういう意味？」

「ノールは、『組《く》みする』だよ。『組《く》みすることを否定《ひてい》する』、ってことは『組《く》みしない』ってことじゃないのか。つまり『いくさに我《われ》らは組《く》みしない』……ほう、戦争反対、ってことか？」

「古代アイザール語とはちょっとちがってるわ。なんか、文法がめちゃくちゃなんだけど。もしそういう意味だったら『グラ・ノールケ・トゥワロール』みたいないい方になるんじゃない？」

「文法くらいちがうだろうさ、海を隔ててそれぞれに歴史を重ねてきたわけだからな。しかし、これですこしはようすがわかりそうだ」

「わたしにはさっぱりわからないんだけど？」

「つまりさ、この貧民窟《ひんみんくつ》には、ゴドバールの支配者たちがすすめているイシュゴオルへの侵略《しんりゃく》戦争を良しとしない連中がいたってことさ。当然ながら支配者たちはその連中を弾圧《だんあつ》するだろ。だからここにはだれもいないのさ。つかまえられたんだろうな」

「なるほど」とテオは感心してトーマを見ました。「たしかにそれですべてのつじつまはあいそうね。でもわたしたちの見たのはほんの断片《だんぺん》なんだから、そういう結論《けつろん》を出してしまうのはどうなのかしら」

「おれを信じろって」とトーマはいいました。「目の前に起きるすべてのことには意味がある。神様がおれたちにくれたヒントのかけらさ。そこから推理《すいり》して答えを出すことこそ神様の意志、ってもんだ」

「はあー。それではトーマ、ここにいた人たち、つまり貧民窟《ひんみんくつ》の抵抗《ていこう》するひとたちはいったいどこへ連れて行かれたんでしょうね？　ゴドバールの牢屋《ろうや》かしら？」

「あるいはみんな殺されたとかな」

「やめてよ！　縁起《えんぎ》でもない！」

「論理的《ろんりてき》に話しているだけだ。昨日、おれたちはなにを見た？　あのゴドバール艦隊《かんたい》の最後はどうだった？」

「トーマ、あなたはしゃべりすぎよ！」とテオが怒《おこ》っていったときでした。

「あるかなぜにいるここにおまえたちは！」という声がしました。

驚《おどろ》いて三人がふりかえると、そこに白い口ひげの眼光鋭《がんこうするど》い男が立っていました。着ているものは薄汚《うすよご》れていましたが、その体は黒く輝《かがや》き、鍛《きた》え抜《ぬ》かれていました。

「あやしいもんじゃない、おれたちはひと晩《ばん》の宿を貸してもらった旅人だ」とトーマはいいました。

「旅人？」と男は首をかしげていいました。「この宿をとった自由街《じゆうがい》にひと晩《ばん》の勝手に入《はい》りこみ？　どこからいったいそれはというのかきた旅人だ？」

「なにをいってるのかぜんぜんわからないわ！」とテオは半分吹《ふ》き出《だ》しそうになりながらいいました。「単語はわかるんだけど、意味がさっぱりわからない！」

「ことばこそいってるのかおまえのなにをわからぬが」と男はいいました。どうやら向こうもテオのいうことがわからないようです。

「いや、なんとなく意味は通《つう》じそうだ。たぶん文法というか、ことばの順序《じゅんじょ》がちがうのだ」

「ことばはこの国の気がする似ているようなことばに遠い昔のおまえたちの。どこからいったいきたのだ？」

「最後はわかった！」とトーマとテオはうれしそうにさけびました。「で？　正直《しょうじき》に答えていいのかしら？」

「用心するにこしたことはないだろう。だが貧《まず》しい身なりでも、この男はまっとうな生き方をしているという雰囲気《ふんいき》がある。正直にいいたいところだが、どんなもんだろう？」

「正直にいうべし！　それがドーム郡のやり方だわ」とテオはいいました。そして男に向かっていいました。

「わたしたちはルピアへ行こうとしています。遠い国からやってきました」

「そしてできればいくさをやめさせたいと思っている」とトーマもいいました。

「ルピア！」と男はさけびました。「なんということだ」というと、その場にひざまづいてテオの手をとりました。「おれはくるとは幸せ者《しあわせもの》なんとこの日がだろう生きて！」

「なぜか喜んでいるぞ、テオ」とトーマが笑いながらいいました。「期待《きたい》されてるようだぜいろいろおれたちは……あれ。おれのことばもなんか変になってきちまった」

「ものたち自由街《じゆうがい》のおれたちは、ゴドバール王のに反対するいくさの準備。デニというおれはリーダーの。やってきてアイザリアからくれたのだねあんたたち？　あぶないなら、ここにいては。おれのきてくれついてあとに」と男は早口でまくし立てました。そしてテオたちを手招《てまね》きして外に出ます。

「どうやらここにいては危険《きけん》らしい。あいつについていこう」とトーマはいい、みんな荷物をまとめて男のあとに続きました。貧民窟《ひんみんくつ》にはだれもいません。その中の細《ほそ》い路地《ろじ》を、縫《ぬ》うようにして男は小走りに駆《か》けていきます。トーマがうしろからさけびました。

「この都市の名はなんという？」

どうやら通じたらしく、男はふりむいていいました。

「ここはゴドバールの都《みやこ》、イデア」

トーマはにっこり笑っていいました。

「つまり、おれたちはこれでやっとゴドバールに着いたことがはっきりしたってわけだ」

第十三章　ナグラの館《やかた》

貧民窟《ひんみんくつ》の路地《ろじ》は曲《ま》がりくねっていました。どうやら迷路《めいろ》になっているようだとトーマはいいました。はっきりしていることは、この貧民窟《ひんみんくつ》にはいまはだれもいないということでした。けれどつい昨日かそこらまではだれかがいたのです。その証拠《しょうこ》に、あちこちに洗濯物が干《ほ》してあったり、中にはかまどの火がくすぶっている家だってありました。つまり住人たちは着《き》の身着《みき》のままで逃《に》げ出した、というような雰囲気《ふんいき》だったのです。道をさし示《しめ》しながら先に立つ男が切《き》れ切《ぎ》れに話してくれたところによれば、どうやら王の軍隊が今日にでもやってきて、この街の人々を捕まえてしまうという情報があったらしいのです。それで人々は逃《に》げ出し、男……デニという名前でした……は残っているものがいないかと最後の点検にきたところ、トーマたちを発見したということでした。いったい逃《に》げた人たちはどこへ行ったのかとトーマがたずねたとき、デニは一軒《けん》のあばらやの前でようやくとまっていいました。

「みんな、ここから逃《に》げた」

「ここ？　だってここは……」とテオはけげんそうにいいました。トーマもふしぎそうな顔をします。

「ここはまだ自由街《じゆうがい》の中だろう。それも迷路《めいろ》のようすではど真《ま》ん中《なか》にいるはずだが？」

デニはにこりと笑うと、あばらやの中に入りました。そしてベッドをどけると、床《ゆか》をほうきでひと掃《は》きしました。ほこりが舞《ま》って、しばらくおさまると、そこには薄《うす》い石の板があり、デニはゆっくりと板《いた》をうごかしました。テオたちは息を飲んで見つめました。その板の下には黒い穴があったのです。

「階段がある。地下に続《つづ》いているのね！」

「なるほどな。ワラトゥームの都《みやこ》にも、同じようなしかけがある。たいてい地下の下《げ》水道《すいどう》に続《つづ》いているんだ」とトーマがいいました。「昔から盗賊《とうぞく》やら逃亡者《とうぼうしゃ》はこういう道を抜《ぬ》けて行くことになってる」

デニは三人を手招《てまね》きし、先頭に立って石段《いしだん》を降《お》りました。「くる早く」というデニに「行くわすぐに」とテオが応《おう》じて、デニに続いて降《お》り、最後にトーマがベッドをもとどおりにし、石の板をふさぎます。そのようすを見ていたらしく階段の下でデニは両手をあわせ拝《おが》むようにしてトーマに感謝の意をあらわしました。

「ほおー、だてに年はとってない。気がきくのね、トーマって」とテオが冷かします。

「あぶないこともたくさんしてきたからな。後始末《あとしまつ》をきちんとしないと、やばい橋は渡《わた》れないってことさ」

「でもさ、そもそもやばい橋を渡《わた》らねばならないようなことをしなければいいわけでしょ？」

「わざわざやらなくてもいい仕事、あぶない仕事をさせられたりしたりするのが人生ってもんなのさ」

「それは浮世《うきよ》の義理《ぎり》とかなんとかそういう話？　友情とか人情とかでそうなってしまうの？」

「目の前に、」とトーマはいいました。「困《こま》ったやつがいるだろ。そしたらそいつを助けてやらなきゃと思うのは人情だろう。あげくのはてにじぶんがまずいことになるってわけさ。そんな例は山ほどある。世の中にはじぶんが悪くなくても悪者にされるやつとか、自分がしたわけでもない借金に悩《なや》まされてるやつがどんなに多いか、年をとればとるほどそういうことを目にするわけさ。あんたなんかはまだ若いからそういうのはひとくくりに『馬鹿《ばか》』ってことになるだろうがね」

「つまりそういうことであなたはドーム郡を追い出されたわけ？」とテオは賢《かし》こそうな目をトーマに向けてたずねます。あいかわらすデニが先頭に立ち、トンネルのような地下の通路が続いていました。そのところどころにろうそくの灯《あか》りが点《つ》いていて、四人の足元を照《て》らしていました。

「みごとな誘導尋問《ゆうどうじんもん》だな」とトーマはあきれていいました。「そんなにおれがドーム郡をなぜ追い出されたのかを知りたいのかい？」

「だって興味があるんですもの」

するとリンまでもうなずいて、トーマの話をうながしました。トーマは苦笑いしていいました。

「あるときドーム郡にゾーネっていう長官が誕生《たんじょう》した。遠い昔さ。テオが生まれる前のことだよ。昔からドーム郡の郡庁《ぐんちょう》ではふたつの勢力が争ってるってことは知ってるよな？　そのころもそんな具合でね、そのゾーネってのは、こちこちの反ラリアー派《は》で夏のまつりはやめようとするし、ラリアーの派遣《はけん》もやめさせようとあれこれ画策《かくさく》していたわけさ。まあその前の時代にララ・リリクが全盛を誇《ほこ》った反動もあったんだろうな。ゾーネってのも、昔はかなりララ・リリクでならした歌い手だったらしいんだが、なぜか長官になったとたんに急にえらそうになって、反ラリアーの急先鋒《きゅうせんぽう》になったってわけさ。だいたい、ドーム郡で長官が反ラリアー派《は》ってことはめったにないにもかかわらず、そのときはたまたまそういうことになってしまったのさ。で、郡の連中はみんないまいましいと思っていたんだが、まあそういうこともあるか、好きにやらせておけと、たかをくくっていた。ところがゾーネはあるときから取《と》り締《し》まりの役人を増《ふ》やしてなにやらおかしなきまりをつくりはじめたんだ。アイザリアにも悪法《あくほう》はたくさんあったが、ドーム郡ではあのときがいちばんおかしな法律《ほうりつ》ができたときだったな。しょうもないことが多かったからあんまり覚えていないが、酒を飲んではいけないというのもあったし、タバコをすうなというのもあった。それから子どもを泣かせる親は罰金《ばっきん》だとか、逆《ぎゃく》に親に悪態《あくたい》をついた子どもは牢屋《ろうや》に入れるとか、人間を嚙《か》んだ犬は殺す、みたいなのもあった」

「うそ。そんなひどい法律《ほうりつ》がこともあろうにドーム郡でまかりとおってたの？」

「困《こま》ったことにこういうおかしな法律《ほうりつ》がつぎつぎにつくられても、なんだかみんな大きな声で『それはおかしいだろう』なんていえなかったんだよ。それはなぜかというと、ゾーネが『ラリアーの中止』『夏まつりの廃止《はいし》』という、ドーム郡のひとたちの最後のよりどころを、いってみればおどしの種《たね》に使ったわけなんだ。いちばんの弱みをちらつかせられて、みんな、それにくらべればまあいいか、ってことで多少のことには目をつむったわけさ。そこへ役人たちが妙《みょう》に目を光らせはじめて、ふつうの市民がしょっぴかれたりもした」

「なんなのよ、だまってたわけ？　ドーム郡のひとたちが。それで？」

「そのとき、道大工《みちだいく》の見習いの少年がいたんだが、毎日ほかの人たちとともにゾーネの家の前の道を補修《ほしゅう》していた。で、ある日、ようやく道は完成して、その式典《しきてん》が行われることになった。その場で、少年が『ゾーネ、道が完成したよ！　これはドーム郡のみんなが幸せになる道さ』といって、完成のしるしに、ゾーネに鋤《すき》を手渡《てわた》した。儀式《ぎしき》だからドーム郡の連中はうんざりした顔でみんな見にきていたさ。ゾーネは得意そうに、鋤《すき》をもって、家の前のひと山の土を崩《くず》した。それを崩《くず》せば、ゾーネの大邸宅《だいていたく》とドーム郡の郡庁《ぐんちょう》をつなぐ一直線の道が完成するというわけだった。ところが、ゾーネが鋤《すき》を入れたとたんに、とんでもないことが起きた。その山にはあるしかけがかくされていたんだ。土には縄《なわ》がかくされていたんだが、じつはその縄《なわ》はドーム郡の貯水池《ちょすいち》の壁の、たったひとつの煉瓦《れんが》につながっていたんだ。そして、ゾーネのひと鋤《すき》は、つながっていた縄《なわ》をぶちきって、そのことによってひとつの煉瓦《れんが》がぽろっとはずれ、ドーム郡の貯水池《ちょすいち》が決壊《けっかい》したんだ」

「え、ええーっ！」とテオはさけびました。

「まあいってみれば洪水《こうずい》のようなものだ。ところが、その洪水《こうずい》は、ドーム郡の、ごく一部、それもゾーネの家にむかって流れ込《こ》むようになっていた。そういうしかけと細工《さいく》を、道の工事の中でだれかがやっていたんだな。そしてゾーネの大邸宅《ていたく》はあとかたもなくラノフ川まで流されてしまった。まわりで見ていたドーム郡の連中はそれを見て大笑いしたってわけさ」

「よっぽど嫌《きら》われていたのね、ゾーネ長官は」

「いまにして思えばそんなに嫌《きら》わなくても、とは思うんだがね。ゾーネなりに一生懸命《いっしょうけんめい》だったのさ。だが、みんなの幸福のために一生懸命《いっしょうけんめい》ではなかったんだな。自分の自己満足《じこまんぞく》のために一生懸命《いっしょうけんめい》だっただけなんだ。ゾーネはひとを信じないやつでね。だからだれを見ても犯罪者《はんざいしゃ》に見える。そこであれこれ法律《ほうりつ》をつくらねばならないと思ったわけさ」

「弱いひとだったんだ。法律《ほうりつ》が守ってくれると思ったのね」

「でまあ、ゾーネがそういう目にあったということで、ドーム郡のひとたちもようやくゾーネを長官から下ろすことで一致《いっち》したわけさ。だがもちろん、そういうことをやってのけた少年をただですますわけにはいかない。これはもう、ドーム郡を永久に追放する、という処分《しょぶん》が下《くだ》されたわけだ」

「なんと、まあ」

「そのゾーネの洪水《こうずい》事件は、少年だけがやったわけじゃないのさ、もちろんのことだが。ドーム郡のみんなが思っていたことを、少年がいってみれば体現《たいげん》したってことじゃないかといまは思う」

「そしてトーマは……その少年はアイザリアで道大工《みちだいく》になった」

「ああ」

歩きながらテオはそっとトーマによりそって、トーマの腕《うで》をとりました。

「話してくれてありがとう。ドーム郡っていうのは、そういうひとたちによってささえられながら、いろんな危機《きき》を乗りこえてきたのね。なのに追放処分《しょぶん》だなんて」

「まあ条件つきだったけどな。ほら、クミルの例があるだろう。ある任務《にんむ》を与《あた》えられてドーム郡の危機《きき》を救《すく》えば、その処分《しょぶん》はいつでも取り消される、という。だがおれには、その肝心《かんじん》な任務《にんむ》がずいぶん長い間こなかった。こんな年になってからさ。だが、それでよかったかもしれない。もしもアイザリアでの日々がなかったら、ここまでたどりつくこともできなかったのではと思ったりもする。だがテオ、ここからはあんたたちのような若い力が必要になる。わかってるな」

テオもリンもうなずきました。

デニはだまって先頭を歩き、この話を聞いていましたが、ふりかえっていいました。

「いわなかったクミルですかといま？」

「いったわよ」とテオは答えました。次第《しだい》にゴドバールのことばに慣《な》れてきたようです。

「クミルのことを知ってるの？」

「やってきたクミルという娘はたずねてルピアを」

「それで？」「ほんとか！」とテオとトーマはさけびました。

「静かに」とデニはいいました。トンネルは、かなり大きくなっており、都市の地下水路《ちかすいろ》らしく煉瓦《れんが》や石やしっくいで固《かた》めた壁《かべ》がどこまでも続いています。中央には丸い石の管《くだ》があり、どうやら水はそこを流れているようでした。デニは壁《かべ》に置かれたろうそくをつぎつぎと吹《ふ》き消し、あたりは真っ暗になりました。

「こっちだ」というデニのあとに続くと、通路のとちゅうに石の扉《とびら》があり、ギ、ギギギと音を立てて回転しました。石の扉《とびら》の奥には、上に続く階段がありました。

「どのあたりだろうな。話に夢中になっていて、気がつかなかった。ここはまだ都市の中だろうか？」

「なんか、坂をのぼっていたような気がするんだけど」

「ナグラの続いている別荘《べっそう》へと」とデニがいいました。トーマたちにも、だいたいのことばはわかってきました。単語はほとんど同じなのですが、並《なら》び方がちがうのでした。そのため、わけがわからなかったのですが、次第にその並《なら》び方が感じ取れるようになってきたのです。

「ナグラってのはだれだい？」

「貴族《きぞく》だ。だが物心両面でくれている自由街《じゆうがい》のものをささえて」

階段をあがると、いちばん上に石の板があり、デニは顔を真っ赤にしてその石の板をずらしていきました。たちまち、まぶしい光がさしこんできます。

「地上だ！」

デニが板のすきまから地上にのぼり、石の板を取り払《はら》いました。そこでトーマたちは順番に地上へと出ることができました。

「うわあ。こういうことかい」とトーマはうなりました。あとから続いたテオも驚《おどろ》いて目を丸くしました。

「ゴドバールのひとたち！」

そこは、森に囲《かこ》まれた大きな屋敷《やしき》の庭のようでした。庭といってもそこはとても広く、あちこちに三角のふしぎなテントが建っていました。そして、テントの前や庭のあちこちに、たくさんのひとびとがたむろしていたのです。その数は優《ゆう》に百人をこえていました。

「こいつは驚《おどろ》いた。荒野の民《たみ》の簡易《かんい》テントにそっくりじゃないか」とトーマはいいました。

「このひとたちは！」

赤ん坊を抱《だ》いた女性、こどもたち、老人たちがいました。みんなにぎやかに、井戸のまわりで食事の支度をしたり、洗濯《せんたく》をしたりしています。ゴドバールの権力者に追われて逃《に》げているひとたちとはとても思えないほど、みんな活気にあふれていました。こどもたちはきゃっきゃっとはしゃぎながら鬼《おに》ごっこをしたりしています。女たちは楽しげに語らっていました。

「通称《つうしょう》自由街のみんなイデアの貧民街《ひんみんがい》だ。ただひとつのここ、王に反抗《はんこう》するゴドバールで勢力《せいりょく》だよ」とデニがいいました。みな自由街の住人たちだといっているのです。

とつぜんあらわれた三人の会話がきこえたのか、そのひとたちがいっせいにテオたちを見つめました。

テオはうれしそうにいいました。

「やっほう！　みなさん、こんにちは！　ドーム郡からきた、さすらい人です！」

いきなりテオがその場《ば》で踊《おど》りをはじめるとはトーマにも予測《よそく》がつきませんでした。けれど、リンは心得《こころえ》たもので、さっそく笛《ふえ》を取り出し、テオの踊《おど》りに伴奏《ばんそう》をつけました。いつの間に準備《じゅんび》したのか、それともいつもこういう準備《じゅんび》をしているのか、ひとびとの前でテオは長いスカーフをいくつか腕《うで》に巻《ま》き、それをみごとに風のようにひるがえし、すばらしい舞《ま》いを見せたのでした。そして、歌を披露《ひろう》します。

昔この港町に旅の娘と若者がやってきた
娘はふしぎな金色の草の種をもっていた
それはひとの心を狂《くる》わせるふしぎな種
娘は世界を救うため　その種を持って旅立った
そしてこの港町にやってきた
きっと娘《むすめ》もわたしのように

歌い踊《おど》っていたことでしょう
でもその先の物語をだれも知らない
かもめ　かもめ　飛び行くかもめ
娘の行く先を知りませんか
どうかわたしに教えてください
娘と若者がそれからどうなったのかを

「きたのだ同じところからクミルとこの娘《むすめ》さんは」という声がどこからかあがりました。それと同時に、テオの歌にあわせて何人かの娘《むすめ》たちが手をつなぎ、踊《おど》りはじめたのです。たちまちその踊《おど》りの輪《わ》は大きくなり、広場にいた娘《むすめ》やこどもたちがみんな踊《おど》り出すというさわぎになりました。

あなたのあなたのやさしい　腕《うで》を腕《うで》をまわしてよ　こっちから　あっちから
わたしが逃《に》げないように　しっかりしっかりつかまえててよ
手のひらと手のひら　肩《かた》と肩《かた》　わたしとあなたとお似あいみたい

「肩《かた》と肩《かた》じゃなくて、髪《かみ》と髪《かみ》でしょ……って、驚《おどろ》いた！　花の踊《おど》りだわ！」とテオはさけびました。「花の踊《おど》り」はドーム郡の夏のまつりで毎年かならずみんなが踊《おど》る定番《ていばん》だったからです。

「まさかこんなところでドーム郡の歌と踊《おど》りに出会うとは」とトーマもうなりました。「さすらい人の祖先はラド王の直系だというが、このゴドバールはさすらい人のふるさとだってことか？」

「それはどうかしら。クミルが教えたかもしれないわよ」

そのとき、

「そこまで！　みんな、あまりにも大きな音だよ」という声がしました。屋敷《やしき》の前に、ひとりの男が立っていて、柔和《にゅうわ》な目でみんなに向かって静《しず》まるようにいっているのです。するとにぎやかに踊《おど》っていたひとびとがいっせいに踊《おど》りをやめ、庭にひざまづいて男にあいさつしました。デニがトーマにいいました。

「ナグラさまだ貴族《きぞく》のあれが。引いておられるので血《ち》を王統《おうとう》のああいうしゃべり方をす……ん？」

「そうか。おれたちのしゃべり方は王統《おうとう》のものなんだな。つまりここの貴族《きぞく》はアイザール語《ご》をそのまま使っているわけだ」

＊

「あんたもラド王の直系なのか？」とデニはいいます。

「さあね。さすらい人はみずからを王だと名乗るから、王族だというのもあながちまちがっているわけではないだろうさ。だが、まじめに直系だなどといわれるとこそばゆいな。そういう血筋《ちすじ》なんてものは、しっかりとしきたりを守るからこそ意味があるわけだが、さすらい人はそういうことは気にしないんだ」

「血統を気にしない？　それはなぜだ？」とデニがふしぎそうにたずねます。「血統こそがすべてだろう」

「あのな。ひと組の王様ときさきがいるとするだろう。その子ども、つまり王子や王女が三人生まれたとする。その三人の子どもたちがさらに三人ずつ子どもを生む。そしてそしてというぐあいになっていったら、だいたい数百年もすると国じゅうの人間がみんな先祖はそのひと組《くみ》の王様にたどりつくだろ？　そしたらいったい血統《けっとう》ってのはなんなんだ？　ちゃんと系図が残ってるものだけが王族であとはみんなしもじも？」

「まあそういうことだね」とトーマの話に割《わ》りこんできたのは、先ほどの貴族《きぞく》、ナグラでした。自由街《じゆうがい》のひとびととは異《こと》なり、ひとりだけすばらしい模様《もよう》の入った美しい絹《きぬ》の服を着ています。ナグラは絵から抜《ぬ》け出してきたように美しく、若く、賢《かしこ》そうな額《ひたい》に整った顔立ちをしていました。

「系図《けいず》があり、代々《だいだい》の物語がちゃんと書き記《しる》されている一族のことを王族と呼《よ》ぶのだよ。血統とはそういうシステムのことさ。そこにいたるまでに落ちこぼれていくもの、没落《ぼつらく》したものは、もはや王族とは呼《よ》べない。貴族《きぞく》の人生とは、この系図《けいず》を絶《た》やさずに代々《だいだい》の家を守ることにほかならない」

「かようにおっしゃるが、その王族としての血統を投げ捨てる危険《きけん》をもかえりみず、ナグラさまはわたしたちの味方《みかた》をされている」とデニはいいました。

「王族なんだ」とテオはいいました。「光栄《こうえい》がいったりきたりしちゃう。いえ、光栄《こうえい》のいたりでございます」

ナグラは明るい笑顔で、大きく両手をひろげ、テオたちを迎《むか》えるしぐさをしました。

「ようこそ、ゴドバールへ。あなたたちはドーム郡からこられたのですね？　このゴドバールがいくさをしかけようとしている、まさに東のかなたの国々からの使者として？」

＊訳注《やくちゅう》——原文はこのあともゴドバールのひとびとのことばはあくまでもゴドバール語の文法に忠実《ちゅうじつ》に述《の》べられていますが、ここからはアイザリア語と同じようにふつうに訳《やく》します。

「まあ、それもそうなんだけど……」とテオたちはむにゃむにゃとごまかしました。

「ではぜひ、ゆっくりと我《わ》が家《や》に滞在《たいざい》してほしい、といいたいところなのですが、いまはこのゴドバールがもっともややこしい時期です。そして今日がそのピークかな。わたしはいまから港の閲兵式《えっぺいしき》に出なければならない。これ以上ここに引《ひ》っこんでいたら投獄《とうごく》されかねない勢いで使いのものがきましたよ。今日はゴドバール艦隊《かんたい》がイシュゴオルに向けて出発する日。そして艦隊《かんたい》が出発すると同時にこのひとたちの自由街《じゆうがい》が執政《しっせい》府《ふ》の連中によって焼かれることになっています。わたしもあらゆる手をつくしたが、力及《およ》ばずというところです。できることならみんなをいつまでもここにかくまっていたいのですが、そうもいかないのです。これからこのひとたちが生きていける場所を確保《かくほ》しなければならない。そしてさらに王に会って、この無意味《むいみ》ないくさをやめるようにいわねばならない、でもまあそれはぼつぼつやらないと、このわたしまで死罪《しざい》になってしまうかもしれませんからね。この間のいくさの前のあれこれで、わたしはいまはいってみれば日《ひ》かげの身分《みぶん》なのです。だが、それこそこの血統とやらのおかげで、まだなんとかこうして地位を保っていられるわけです。だがそのためにはね、じぶんの意にそわない儀式《ぎしき》にも出なくてはならないということです。それやこれやのいそがしい一日がはじまったので、積もる話は今夜ということにでもして、これからわたしといっしょに閲兵式《えっぺいしき》に行きましょう。馬車の中でも話はできます……が、その前に、とりあえずは朝食をとり、そして衣服をいくつかお貸ししたいと思います。よろしいですね？」

テオはひざまづいて、「ありがたいおことば」といいました。トーマもあわててテオにならいながら、「おい、なんだいそれは」といいます。貴族にへいこらしてどうする、といいたかったわけでした。

「ばかね。捕《つか》まって牢屋《ろうや》に放りこまれるところだったのよ、ほんとは。それなのに朝ごはんよ！　おまけにきっと晩《ばん》ごはんもよ！　ゴドバールの貴族《きぞく》のお方、しかも戦争《せんそう》に反対《はんたい》しておられるお方に出会えたという幸運に感謝しないんなら、あんたは食べないでいたら？　それとも牢屋《ろうや》に行く？」

「いや、感謝するよ」とトーマはあわてていいました。テオの自在な考えに目を見張るばかりです。

ナグラは、自由街《じゆうがい》のひとびとの厚《あつ》い信頼《しんらい》を得ているようでした。みんなナグラを尊敬《そんけい》の目で見ています。そのナグラに屋敷《やしき》の中へと招《まね》かれた三人は、はじめてゴドバールの朝の食卓《しょくたく》につきました。テーブルの上に並《なら》んでいるのは、アイザリアとよく似た料理でした。いや、タクアの料理にも似ていました。つまり、肉と魚が並んでいたのです。そして果物も豊富でした。豪華《ごうか》なのです。ナグラに感謝の意を述《の》べて、三人は遠慮《えんりょ》なくぱくつきました。そのようすをほほ笑んで見ながら、ナグラはいいました。

「戦争前のこの時期にゴドバールへやってくる大陸の人間がもしもいるとしたら、それはかなりすご腕《うで》のいくさびとの一団《いちだん》だろうと思っていたのに、あなたたちはこともあろうにわたしの、いちおう表向《おもてむ》きはゴドバールの執政官《しっせいかん》のひとりであるわたしの別荘《べっそう》の庭で踊《おど》っている。なんと大胆《だいたん》なひとたちでしょう。……これはゴドバール特産のジュクという果物です、どうぞどうぞ」とナグラは果物をすすめながらいいました。「自《じ》己紹介《こしょうかい》をしておきましょう。わたしはナグラ・ナヤ。ゴドバール王、スフとは従兄弟《いとこ》の関係にあたる、つまり王位継承権《おういけいしょうけん》でいえば第四位の王族です。ゴドバール北島シルクールでもっとも肥沃《ひよく》なところ、イデアを中心とした平野部がわたしの領地です。つまりはこの自由街の住人たちもわたしの大切な領民《りょうみん》だというわけです」

ナグラはそのように自己紹介《じこしょうかい》をし、テオとトーマも名乗《なの》りをし、リンのことをも紹介《しょうかい》しました。三人がドーム郡からきたということに、ナグラは強い興味を示しました。

「ワセ王の時代に、ひとりの娘《むすめ》とその連れが大鷲《おおわし》の背中《せなか》に乗ってこのゴドバールへとやってきた。その娘はアイザリアのドーム郡というところからやってきた歌姫《うたひめ》だったという言い伝えが残っています。彼女は、当時荒《あ》れ狂《くる》っていたルピアを鎮《しず》めてくれた、ゴドバールの恩人《おんじん》です」

「ルピア！」

「ルピアとはどこにあるのです？」

激《はげ》しくルピアということばに反応したテオたちに、ナグラはやさしい目を向けました。

「やはりあなたたちは、ルピアへ行こうとしているのですね？」

「そもそも、ルピアとはどういうところなのですか」とテオはたずねました。いったい、このゴドバールのひとたちは、ルピアについてなにをどこまで知っているのか、それが知りたかったのです。

「自由街のひとびとは、もともとルピアの民《たみ》と呼《よ》ばれ、ルピアを守っていたものたちなのに、その自由街のデニに連れられてきたあなたたちがルピアのことを知らないとは驚《おどろ》きましたね」とナグラは皮肉をこめていいました。けれどトーマたちにはそんな皮肉どころではありませんでした。

「わたしたちはなにも知らずにやってきました。お願いです、教えてください！」とテオはいいました。顔を真っ赤にしながら、正直にそう語るテオをナグラはまぶしそうに見ました。

「知らないことはこのゴドバールでは恥《はじ》です。どんなことも、知っているような顔をしないといけません。

ですが、あなたはその恥《は》ずかしいことを堂々《どうどう》と語る。なんとまあ、これが文化のちがい、というやつですか。でも、あなたたちがそこまでいうのなら、まずご自分のことについて、すべてを語る必要があるのでは？」

ナグラはそんなふうにいいながら、三人を見つめました。「それにしてもなんと面白《おもしろ》いとりあわせであることか。中年のお方、もしかして、あなたのお子さんですか、そのふたりの若いひとは？」

テオはくすくす笑い、トーマはふんっとそっぽを向きました。

「ほう。他人《たにん》同士。しかもひとりは顔、いや、全身に布を巻《ま》いた少年だ。そしてルピアをめざしていると。おまけにルピアのことをなにも知らないという。ではなぜ、あなたたちはルピアへ行こうとしているのです？　そしてルピアでなにをしようとしているのです？」

「それはいえません」とテオはいいました。「あることをしようとしている、とだけ」

「もしかしたらルピアの地で、歌と踊《おど》りをルピアにささげようとしておられるのかな？」

「だから、ルピアってなに！」とテオはたまりかねてさけびました。

「ルピアについて語ることは、このゴドバールのいまを語ることでもあります」とナグラはいい、壁《かべ》を指さしました。そこには地図が描《えが》かれています。

「これは？」

「ゴドバールの地図。ごらんのように、ゴドバールは、北の島、つまり首都イデアのあるここシルクールと、南の島カダラとにわかれている島国です。まわりをたくさんの島が囲んでいます」

「ほんとだ。海に囲まれたところなんだ」とテオはため息をつきました。ゴドバールは、島の帝国《ていこく》だったのです。北の島がもっとも大きいようでしたが、周辺にもかなり大きな島がありました。

「ラド王がこの地に舞《ま》い降《お》りたとき、……ああ、わたしたちはかれの来島《らいとう》をこのように呼《よ》びます……これらの島国はそれぞれ独立していました。シルクールでもっとも栄えていたイデアの周辺をラド王がじぶんの領土として王それぞれに王がいました。ひとはまとめてゴドバールと呼《よ》びましたが、じつは十五の島国があり、朝を建て、シルクールとカダラの各地の王たちはみなラド王の臣下《しんか》となりました。ただ、アイザールを統一したラド王でしたが、このゴドバールをじぶんのものにするという野望はありませんでした。かれの目的は、そんなことではなかったのです。かれはとにかくルピアを手に入れたかったのです。ラド王がゴドバールへやってきたのも、そもそもルピアをおのれのものとするためだったからです」

そのとき、まるでナグラの話が聞こえたかのように、屋敷《やしき》の外で静かなさざなみのような歌声が起こりました。

ルピア　ルピア　ルピア
タンダシル・ルピア　エランシカ・ルピア　グァヌバ・ルピア
ルピア　ルピア　サリアラーヌ・ルピア

「美しい歌声だわ。なんといっているのかしら」
「美しいルピア、おそろしいルピア、やさしいルピア、ふしぎなルピア……ルピアを賛美《さんび》し、恐怖《きょうふ》し、崇拝《すうはい》する歌です。ルピアの民《たみ》は、ラド王がアイザールから連れてきた人々とは異《こと》なり、遠い昔からこのゴドバールに住み、ルピアを守ってきたのです。だが、ラドはルピアを王のものとしました。かくしてゴドバールのひとびとは、そののちずっとルピアから遠ざけられたのです。ルピアがあるのは、カダラ。南の島です。ですが、カダラに住む者も、ルピアへは、だれひとり行くことができません。そこはラド王以来、代々のゴドバール王のみが行くことができる、禁忌《きんき》の土地となりました」

「つまり、ラド王はルピアの民《たみ》から、ルピアを奪《うば》ったわけね？」

「ルピアの秘密《ひみつ》を知ったラドは、逆にルピアを守ろうとしたのだともいえます。いくさの武器を持たないルピアの民《たみ》は、いずれだれかによって滅《ほろ》ぼされ、ルピアは略奪者《りゃくだつしゃ》のものとなるだろう、と。であるならばラドの王族がルピアの民になりかわって未来永劫《みらいえいごう》に渡《わた》りルピアを守って行こうではないかと思ったわけです」

「うーむ。なんとでもいえる話だなあ、それは」とトーマは腕《うで》を組んでいいました。「それでルピアというのはいったいどんなところなんですかい？　旦那《だんな》」

「ルピアをことばであらわすのは難《むずか》しいといわれています」とナグラはいいました。「この世界の根源《こんげん》である場所だとはいわれていますが、根源《こんげん》にふさわしい泉であるとか、あるいは秘密《ひみつ》の暗い穴であるとか、はたまた深い井戸だとか、ゴドバールのひとはさまざまにルピアのことを語ってきたのです。中にはルピアは場所のことではなく、カダラの島にひそむ生《い》き物《もの》のことだというものもいます。美しい少女のすがたをした妖《よう》精《せい》だという説にはかなりの信奉者《しんぽうしゃ》もいますね。残念ながらわたしは実際にルピアを見たわけではないので、なんともいえません。過去、ルピアを見たものはごく少数です。歴代《れきだい》のラド王家の王たち、すなわちゴドバール王朝の直系《ちょっけい》の王たちはこの五百年で五十人。うちカダラに渡《わた》った王はせいぜい十人に満《み》たないといわれます。その十人のうちでも、じっさいにルピアに遭遇《そうぐう》したことのある王は数人です。……その貴重《きちょう》なひとりこそが、いまのゴドバール王、スフなのですよ」

「王だけではないでしょ？　ドーム郡からきた娘《むすめ》も行ったはずよ」

「もちろん、その話もあります。それら、ルピアにまつわるすべての語りごとを伝えるのが、このルピアの民《たみ》の仕事なのです。カダラの島はルピアの民《たみ》だけが住むことを許され、代々の王は、ルピアの民《たみ》を大切に保護してきました。ところが、スフ王は、こともあろうにカダラからルピアの民《たみ》を追い出し、おのれの手のものによって、ルピアを王の直轄地《ちょっかつち》としてしまったのです」

「それでいったい、なにが起きたの？　スフ王というのは、どんなひとなの？　そして、このゴドバールの戦争の準備と、ルピアとはどういう関係があるのです？」

「テオ、まあそうせかさないでください。ルピアのことは、わたしもふくめて難《むずか》しい問題なのです。だから、ルピアについて語るときは、だれもがゆっくり、考えながらしゃべらざるをえないのです。……そう、なにが起きたかといえば、スフ王がルピアに行ってから、さまざまなことが起きたのです。先ほどもいいましたが、ゴドバールではみんな幸せに暮《く》らしていたわけです。いろんな島があって、それぞれ王様がいたわけです。ところが、スフ王の代になってすべてが変わってしまいました。ラド王の残したわずかな領土を中心に、スフ王は自分のための精兵《せいへい》を訓練し、平和な島国には似《に》あわない重装備《じゅうそうび》の軍隊をつくったのが、そもそものはじめでした。スフ王は、ルピアでなにがしかの影響《えいきょう》をうけたのです。かれはそのことを『天啓《てんけい》を得《え》た』と呼《よ》んでいます。ルピアがかれに命じたのだそうです、それはかれがまだ十四歳《さい》になったばかりの時だったのですが、ある、ひとつのことばにとりつかれてしまったのです」

「十四？　なんてえ年だよ、まったく」とトーマがいいました。「おれがドーム郡を出た年じゃねえか、それは。で、そのことばというのはどういうんだい？」

「全世界を我《わ》がものに」とナグラはおごそかにいいました。トーマとテオは顔を見あわせました。

「ばかじゃないの」とテオはいいました。「王様でしょ。なのになんて欲《よく》ばりなの！」

「いいや」とトーマは首をふりました。「そういうことではないだろう。スフ王は、じぶんのことがわからなかったんだよ。つまりさ。じぶんが何者かわからない、っていうことさ。自分がなにを欲《ほっ》しているのか、じぶんはどういう生き方をすればいいのか。だからそれを知るために、そのことばに乗ったのさ。十四だろ。そういうお年頃《としごろ》、ってやつだよ。思い出すのも気恥《きは》ずかしいが、おれが十四の頃《ころ》だって、たしかそういうことを思ったもんさ。もちろんおれの場合はちっぽけなもんだったがね。全世界を我《わ》がものにしようとは思わなかったし、もちろん規模《きぼ》もちがうが、まあ似《に》たようなことを思ってたものさ」

「世界じゅうの女の子を我《わ》がものにしようなんて考えたんじゃないでしょうね」とテオがしれっといいます。

「だいたい、男の子って、そういうおばかなところがあるものね」

「すごいことをいうひとですね、あなたは」とナグラが感心したようにいって話を戻《もど》しました。「あなたたちのように、自由なものの見方ができれば、そしてそういうことを自在《じざい》に語れる友人がいれば、きっとスフ王の考えもちがったかもしれないのですが、ルピアでひとつの考えにこりかたまってしまったかれは、ルピアから帰ってくると軍隊を訓練し、イデア王国の王として即位《そくい》すると、こんどは隣国《りんごく》のロベイサ王国を滅《ほろ》ぼし、その国を手に入れたのです」

「あっという間に？」とトーマがたずねます。ナグラは重苦しくうなずきました。

「わずかばかりの兵力で、シルクールいちの古王国、ロベイサを滅《ほろ》ぼしてしまったのです。イデア＝ロベイサ連合王国の誕生で、これがゴドバール帝国《ていこく》の基礎《きそ》となりました。」

「なんか似たような話があったんじゃなくって？　アイザリアにも」とテオがたずねました。

「ああ。例の虹《にじ》戦争を引き起こしたアサスだろ。いきなりタカバールでいのりの民を皆殺しにして、アイザリアの王を名乗ったんじゃなかったかな」

「スフ王も、アサスみたいにばかでかい体をして、おそろしい甲冑《かっちゅう》に身をつつんでるのね、きっと」

テオがいうと、ナグラは首をふりました。

「そうではないのです。スフ王は、まるでやせた少年のようにほっそりした体つきで、顔も女の子のようです。だが、目。かれの目だけはおそろしい。その目は、内部からわたしたちをじっと見つめているのです。かれの目の奥に、ものすごく深い、底知れぬ別の世界があるかのような錯覚《さっかく》さえ起きます」

「だが、目だけで国を滅《ほろ》ぼしたわけじゃあるまい？」

「もちろんです。スフ王は国じゅうの弓師《ゆみし》を呼《よ》び、また、刀鍛冶《かたなかじ》、槍《やり》つくり、甲冑《かっちゅう》つくりなど、武器をつくるものたちを王宮に呼《よ》び寄《よ》せて、かれのいうとおりの武器をつくらせたのです。そのすべてが、それまではゴドバールのだれも考案《こうあん》できなかったような、おそろしい武器でした。中でももっともおそろしい力を発揮《はっき》したのがこれです」といってナグラは壁《かべ》にかかっていた弓を手にとりました。

「あれだ……！　例の先遣艦隊《せんけんかんたい》の連中が使っていた、危険《きけん》な弓だ」とトーマはうなりました。その弓は固定式の弩《いしゅみ》で、すでに二本の矢がつがえてありました。

「この弓のことをわたしたちは連装弓《リバーズ》、と呼んでいます。いちいち弦《つる》を引かなくても、このバネをはずせば矢が飛んで行くようなしかけになっているのですが、この弩《いしゅみ》がなぜおそろしいかといえば、いちどきに二本の矢を間を置かずに放つことができるということなのです。同じ原理《げんり》で、三本の矢をつがえることができる三連装弓《クスバーズ》という弓もつくられました。敵が弓をかまえ、矢をつがえ、弦《つる》をきりきりと引いているうちに、この連装弓《れんそうきゅう》は、もう矢を射《い》ているのです。それだけでなく、続けて二番目の矢も飛ばすことができるのです。この弓を使って訓練し、早撃《う》ちの技《わざ》にたけるようになった兵は、たったひとつの弓から数十本の矢を目にもとまらぬ早業《はやわざ》で、射《い》ることができます」

「おそろしい話だ。そういう弓兵《きゅうへい》をそろえれば、たしかに無敵の軍隊がつくれるな」

「そんなものなの？　弓だけでいくさをするわけじゃないはずでしょ？」

「テオのいうとおりです。武器だけでいくさに勝てるわけではない。おお、そろそろ時間だ。あなたたちを、わたしのゲストとして、これから閲兵式《えつぺいしき》に招待《しょうたい》しましょう。なに、心配することはありません。わたしだって王族の端《はし》くれ。国の行事に客人をもてなすくらいのことはできますよ。そこでスフ王を見てごらんなさい、わたしのいった意味がわかると思います」

食事がおわると、三人は新しい衣装《いしょう》を着せられることとなりました。数人の侍女《じじょ》がやってきて、うやうやしくテオを別室へと連れて行きました。

「まあ、ちょっとしたお風呂《ふろ》に入って、旅の疲《つか》れをいやしてください。トーマも、リンもどうぞ」

「あー、リンはちょっとわけありなんで、悪いがおれたちはじぶんたちだけで入ってもいいかな？」

「もちろんですとも。でも、服《ふく》だけは変えてください」

「あいよ」

それからトーマとリンは別室に通され、そこでお風呂《ふろ》に入ることになりました。ドーム郡では食事の仕度がおわるとあたり数軒《すうけん》の家々で残りの火を集めてお湯を沸《わ》かし、風呂《ふろ》を焚《た》きます。そのための大きな風呂《ふろ》がまがありましたが、それと似たつくりの風呂《ふろ》がまでした。ところが、ドーム郡とちがうのは、火を焚《た》くところがないのです。お湯《ゆ》が風呂《ふろ》がまの一方から流れてきて、もう一方の端《はし》に流れ落ちていくのです。

「おいリン、お湯が流れてるぜ。とめなきゃな。いってやった方がいいかな」とトーマは心配そうにいって、

「ありゃ！」とさけびました。「このお湯は、自然のもんだ！　見ろ、岩の中から湧《わ》いてる！」

ところがリンが見あたりません。風の音がしました。

〈もう入ってるよ。トーマ。気持ちがいいよ〉

「そうか。すっぱだかだと見えないんだな、リン。残念だなあ、背中《せなか》でも流してやろうかと思ったのに」

〈ぼくが流してあげる〉とリンはいいました。

「あっはっは！　くすぐったいぜ、リン！」とトーマはリンの見えない手で背中《せなか》を洗《あら》われて笑い出しました。

「あんたたち、楽しそうね！」とどうやら隣《となり》に女性用のお風呂《ふろ》があるらしくテオの声がしました。「わたし

もそっちに行きたい！」

「な、なんてことを！」とトーマは真っ赤になってどなりました。

「リン、リュックの中に洗《あら》った包帯があるからそれをつけるのよ」とテオはさけびました。このお風呂《ふろ》こそはこれまでの長い旅の中で、三人がいちばんのんびりした、楽しい時間でした。

それから間もなく、三人はナグラが用意した馬車に乗って、「閲兵式《えっぺいしき》」が行われるという会場へと向かったのです。それは敵の真っただ中へ行くことにほかならなかったわけですが、三人にはさほどの危機感《ききかん》はありませんでした。かれらにとっては戦争よりもなによりも、ルピアのことこそが大事だったからです。閲兵《えっぺい》式《しき》に出て、スフ王を見ることができれば、ルピアの謎《なぞ》にまたひとつ近づくことができると思ったのでした。

第十四章　ゴドバールの王

そこは、ゴドバールの首都、イデアの中心といえる広場でした。ナグラと三人を乗せた馬車が着いたのは、広場の中央にしつらえられた巨大なひな壇《だん》でした。そこにはすでにきら星のごとく、美しい衣装《いしょう》に身をつつんだゴドバールの貴族《きぞく》や王族たちが着席していました。広場の中央にはまだだれもおらず、広大な敷地《しきち》があるばかりでした。そのかわり中央を囲むようにして長い柵《さく》が連なり、要所要所に剣《けん》を持った兵士たちが警備《けいび》をしています。その柵《さく》の外側には、何千何万というひとびとが、なにやら不気味《ぶきみ》にだまりこんで座《すわ》っていました。

「あのひとたちは、ゴドバールの市民？」馬車を降りて、ひな壇《だん》にすすみながらテオがたずねます。ナグラはうなずきました。

「そういうわけです。みんながわたしたちを見ています。わたしは、ここではときのひとです。つまりスフ王の政策《せいさく》に反対している唯一《ゆいいつ》の支配階級の人間ですからね。早くスフ王がわたしの首をはねればいいのにと思っている連中もずいぶんいます。ですが、まあわたしもそれなりの力がありますから、スフ王にしてもそうかんたんにはいかないと思っているのです」

「そういうおまえさんが、おれたちみたいな得体《えたい》の知れない三人をつれてこんなところに出てくるというのは、いったいどういう意味があるんだね？」

トーマがたずねると、ナグラは苦笑していいました。

「ですからね、わたしもかなり必死なのですよ。じつはもう、使えるカードというカードはほとんど切ってしまっています。なんせわたしの領地であるイデアの自由街まで、連中は焼いてしまおうとしているのですからね。腹《はら》を立てたわたしがどう出るか、向こうもようすを見たいわけですよ。そこへあなたたちのような得体《えたい》の知れない……失礼、ですがあなたがそうおっしゃるものでつい……、ふしぎな客を抱《かか》えているということは、かなり新しい展開《てんかい》になるかなあと思っているのです。そもそもあなたたちはルピアへ行こうとしているわけですしね。ルピアは、ひょっとしたらこれからのキーワードになりそうだと、わたしも思っているのです。これまでは、ルピアのことを……忘《わす》れはしませんが、意識からはずしていたようです。でも、考えてみればルピアこそ、このゴドバールの王の意識の根源《こんげん》。この局面を打開するとすれば、まさしくルピアがらみ以外には考えられませんからね……おっと、スフ王の登場だ」

ひな壇《だん》の下には、いつの間にか兵士たちの一団がさまざまな太鼓《たいこ》や楽器を抱《かか》えて待機《たいき》していました。その楽団が、大きな音を立てて会場の雰囲気《ふんいき》を盛《も》りあげました。すると、柵《さく》のうしろでじっとだまっていた群衆《ぐんしゅう》が、いきなり、

「ウオオオーッ！」とさけびました。それは広場全体をゆらすほどのものすごい歓声《かんせい》でした。耳をつんざくほどのさわぎの中で、かすかに聞こえる太鼓《たいこ》の響《ひび》きにあわせるようにして広場の中央にあらわれたのは、白い馬に乗ったきらびやかな衣装《いしょう》の若者と、その取《と》り巻《ま》きの衛兵《えいへい》たちでした。

「あれがスフ王です」とテオの耳もとで、ナグラが大きな声でさけびました。そうしないとさわぎで聞こえないからです。「若くしてゴドバールの王となり、競合《きょうごう》する島王国のすべてをおのれのもとにひれ伏《ふ》させ、ついにゴドバール帝国《ていこく》の帝王となりました。そしていま、イシュゴオルへ、アイザリアへと進撃《しんげき》しようとしているのです。ゴドバールにとっても、あなたがたアイザリアの方々にとっても、今日は歴史的な瞬間《しゅんかん》ということになりますね」

「アイザリアの人はなにも知らないんだもの、歴史的な日なんかじゃないわよ。そういういい方をするってさあ、反対派といってもやはりあなたはゴドバールの人なのねえ」とテオは皮肉っぽくいいましたが、その声は歓声《かんせい》にかき消されてしまいました。

スフ王はゆっくりと馬を下りるとひな壇《だん》をあがります。居並《いなら》ぶ貴《き》族《ぞく》王族たちはみな立ちあがって拍手《はくしゅ》しながらスフ王を迎《むか》えます。仕方なくトーマやテオも立ちあがって、王に拍手《はくしゅ》しました。

「若い！　だがすごいなあ、あの威風堂々《いふうどうどう》ぶりは。なんてやつだ。あの趣味《しゅみ》の悪いぎんぎら衣装《いしょう》がぴったり似あってるよ」とトーマが感心していいました。ほんとうに、スフ王はまだ少年のような顔立ちをしていました。けれど、近づくに連れ、トーマたちはスフ王の奇妙《きみょう》さに気づきました。

「あの目はなに！」とテオがトーマの耳もとでさけびました。

「うへえ。ありゃやばいぜ、テオ！」とトーマもいいました。

スフ王の目はすこしかわっていました。それをどう形容すればよいのか、テオにもわかりませんでした。

「つまりこうだ。やつの体の中に、もうひとつ、別の奥深いものがあって、あの目はそこからのぞいている、っていう、そんな目だ。ちがうか？」

テオはうなずきました。たしかに、スフ王の目のうしろに、もうひとつの目があるような、そんな気持ちになったのです。そしてその目がぎらりとうごきました。あたかも、この会場のすべての人間をチェックするかのように、ひとびとの上をその目から発せられる光が通りすぎて行ったのでした。

「トーマ、こわいよ！」といって、テオはその目を避《さ》けるように身をかがめ、トーマの腕《うで》につかまりました。

「おれたちは荒《あ》れ狂《くる》った海をこえてやってきたんだ。まだ若いあんなやつにこわがるな！」とトーマはじぶんをはげますように胸《むね》を張っていいました。するとまるでその声が聞こえたかのように、スフ王はひな壇《だん》をのぼるとちゅうでふと足をとめ、ナグラ、そしてその横に控《ひか》えるトーマたち三人に顔を向けたのです。しかし、それは一瞬《いっしゅん》でした。歓声《かんせい》をあげる群衆《ぐんしゅう》に手をふり、スフ王はひな壇《だん》のいちばん上に座りました。ふたたび太鼓《たいこ》やラッパが鳴り渡《わた》り、群衆《ぐんしゅう》はますます大きな歓呼《かんこ》の声をあげました。どうやらその声は、「スフ王万《ばん》歳《ざい》！」「ゴドバール万歳《ばんざい》！」「イシュゴオルへの進撃万歳《しんげきばんざい》！」といっているようでした。

「まいったな。こいつらは教育されてるのか？　それとも根っからの馬鹿《ばか》なのか？」

「みんなで同じことしていると気持ちが麻痺《まひ》して、じぶんを忘《わす》れるのよ、でもきっと興奮《こうふん》は倍増《ばいぞう》するのよ、まあいってみればお酒とかね、そういう類《たぐい》のことと似てるんじゃない？」とテオはいいました。

「おれは馬鹿《ばか》らしさが倍増《ばいぞう》するんだ、こういうのを見ると」

「トーマもわたしも、今《いま》ここでは参加している側の人間ではないからでしょ、そういうふうに思えるのは。もしもわたしたちがゴドバールに生まれててごらんなさいな。あっという間にこの中の一員だわ」

「やめてくれ。悪いがおれはドーム郡の夏のまつりだってけっこうさめてるんだよ」

「あー、なによそれは。夏のまつりを馬鹿《ばか》にする気？」

「やめようテオ。いまはそういう話をしてるときじゃないだろう。だがいずれにせよおれはこんな民《たみ》のひとりにはならないという自信がある。それはテオ、あんただってそうだろう」

「こういった儀式《ぎしき》になじまないのはあなた方がじぶんで考える人たちだからですよ」とナグラがいいました。

「教育というほどのものではないのですが、いつの間にか、こういうふうに馴《な》らされていくのです。スフ王は集団の扱《あつか》いがうまい。軍隊への演説などはそりゃあみごとなものです。まあ見ていてごらんなさい」

ナグラがそういったとき、会場はいったん静まりかえりました。どうやら儀式《ぎしき》を仕切っているらしい、ひな壇《だん》のスフ王から離《はな》れたところにひとりで立っている太った男が立ちあがり、一声《ひとこえ》、

「ゴドバール臣民《しんみん》よ、勇敢《ゆうかん》な戦士たちが入場する！」とさけびました。すると太鼓の音がとどろき、会場の柵《さく》の向こうから、人々のどよめきがあがりました。

広場の海側の入り口、すなわちちょうどひな壇《だん》の真正面《ましょうめん》から、一団の兵士たちがやってきたのです。

それは港に停泊《ていはく》しているゴドバール艦隊《かんたい》五百隻《せき》の兵士たちのようでした。それぞれ、高々と赤い旗を立て、何百人かの集団にわかれてみごとな行進を繰りひろげたのです。全員が甲冑《かっちゅう》に身をかため、武装《ぶそう》していまし

た。剣《けん》や弓を負《お》い、また槍《やり》や、斧《おの》や、ナグラが説明してくれた連装《れんそう》や三連装《れんそう》の弩《いしゆみ》を持った兵士もいます。集団を率いているのは、スフ王と同じように白馬に乗った身分の高そうな将官《しょうかん》たちでした。

「ゴドバールにはもともと馬はありませんでした。ラド王がこの地に連れてきたのだといいます」

「しかしそれではアイザリアでのいくさができないだろう、馬なしでどうやって」

「いまは、ここ十年ほどの戦争政策《せいさく》のおかげで馬はずいぶん増えました。それにああいうものもあります」

とナグラが指さしました。おりしも会場に入ってきたのは、なん層《そう》かのシンプルな箱型《はこがた》の建造物でした。その巨大な箱には車がついていて、からだを銀色の甲冑《かっちゅう》でおおった数頭の馬が引いています。箱の中には兵士たちが入っているようでした。側面の窓《まど》が開き、そこから連装弩《れんそういしゆみ》が顔を出します。

「うごく城です。あれがそのまま艦隊《かんたい》の船の上部構造物になっていて、そのまま上陸するとすぐにいくさができるようになっているわけです」

「まるで子どもが思いつきで考えたような代物《しろもの》だな」とトーマは苦笑していいました。「あんなものが実際の戦場で役に立つのかよ。いやしかし、たしかにあんな城の中から目にもとまらず矢が射《い》られたらたまらんだろうな」

「戦争は単純《たんじゅん》なものです。ほんとうにあのうごく城《しろ》が登場して、ゴドバールの統一は完成したというほどです」

「単純《たんじゅん》といえば単純《たんじゅん》だ。武器が強く、多い方が勝つわけだしな。それにしても兵士の数といい、うごくお城といい、すごいものだな。おお、あんなものまで出てきたな」

トーマが見たのは、動く城の小型版とでもいうべき、小さな箱でした。中に兵士がふたり入っているようで箱の下から足が見えていました。

「箱鎧《はこよろい》です。連装弓《れんそうきゅう》を最大限に効果的にするには、この箱の中から射撃《しゃげき》するのがもっとも有効です。ひとりが弓を射《い》て、もうひとりが別の弓に矢を装塡《そうてん》するのです」

「それに箱なら鎧《よろい》ほど金もかからないだろう。このゴドバールなら、木もたくさんあるから、板をつくるのはわけはないということか」

「木は便利です。いかなる形にも加工できますし、矢や剣《つるぎ》の攻撃《こうげき》を防ぐことができます。それにものによっては軽い。歩兵の甲冑《かっちゅう》の主要な部分はかたい材質で軽い木でできています」

「いろんな工夫があるもんだ。湾岸諸国《わんがんしょこく》でも昔、海からとれたスルメを鎧《よろい》にした兵隊たちがいたそうだ。非常の際《さい》には食糧《しょくりょう》にもなるってわけでね。でも腹が減《へ》って食べたら、あとはどうするのかだれもわからなかったらしい。おまけにスルメの臭《にお》いで、敵に感づかれてしまったという話だった」

「まあそれに近い話はありますよ、木の鎧《よろい》にも。いくさのとちゅうで燃料にしてしまったとか」

そうこういっているうちに、すべての兵士たちが整列をおえたようでした。将官《しょうかん》たちの合図で、兵士たちは剣《けん》をすらりと抜《ぬ》き放ち、高くかかげてさけびました。

「グラール、ヌバ・スフ、グラール、ヌバ・ゴドバール！」

その声に応《こた》えて、スフ王はゆっくりと椅子《いす》から立ちあがり、兵士たちに向かって手をふりました。柵《さく》の外の群衆《ぐんしゅう》からも、「グラール！」の声がとどろきました。熱狂的《ねっきょうてき》な声でした。そしてさけんでいるひとびとの顔はみな、歓喜《かんき》の表情にあふれていました。幸福の絶頂《ぜっちょう》にいるかのようでした。やがてその歓声《かんせい》がごく自然に静まり、スフ王は会場に向かってかんだかい声で語りかけました。

「忠実《ちゅうじつ》なるゴドバールの臣民《しんみん》たち。おまえたちに向かって語りかけるこのわたしはだれだ？」

すると会場の群衆《ぐんしゅう》はみな、怒濤《どとう》のような声で答えました。

「ヌバ・スフ！　グラール！　ヌバ・スフ！」

まるであらかじめ数十回も練習したかのようなやりとりでした。たぶん、これまでもゴドバールでは王と臣民《しんみん》はこのようにして儀式《ぎしき》をはじめてきたのでしょう。そののちも、スフ王と群衆《ぐんしゅう》のやりとりは続きました。それはテオたちには退屈《たいくつ》きわまりない儀式《ぎしき》でした。スフ王は群衆《ぐんしゅう》に問いかけ、群衆《ぐんしゅう》は熱狂的《ねっきょうてき》に答える、というやりとりの馬鹿馬鹿《ばかばか》しさにうんざりしてしまったのです。

「世界でもっとも強い戦士たちは、いったいだれだ？」とスフ王が問い、群衆《ぐんしゅう》が「ゴドバール！　ゴドバール！」と答え、「戦士たちの最強の味方はなにか？」「ゴドバール最強の武器、連装弩《れんそういしゆみ》！」「向かうところはどの大陸か？」「イシュゴオル！」といったぐあいです。それでも、やりとりは次第に変化していき、やがてスフ王はすべての群衆《ぐんしゅう》が固唾《かたず》を飲んで聞き入るほどに会場との呼吸《こきゅう》をあわせ、自分の演説へと導いていくのです。

「なるほどみごとなもんだ」とトーマはいいました。「天性の才能ってもんかな、ありゃあ」

「ラリアーのメンバーに加えたいところよね」とテオもいいました。「人集めの口上《こうじょう》をいわせたいわ」

「くっ、首が飛びますよ、そんなことをいって」とナグラがあわててささやきました。けれどまわりはナグラ以外にはだれひとりとしてこの不敬《ふけい》なことばの意味がわかっていないようでした。それよりも、スフ王の演説に聞き入っていたのです。かれは、おおよそ次のようなことを語りました。

「ゴドバールの軍は、ラド王建国以来五百年ののちに、さまざまな島王国と戦争をし、この間の統一戦争を最後として、ついにゴドバール帝国《ていこく》を築いた。そしてわれわれはいま、世界でもっとも強い軍隊を持っている。この軍隊こそは、正義の力であり、この力を使わないのは神に与《あた》えられたわれわれの使命をはたさないことにひとしい。そこでわれわれは、ついに本日、イシュゴオルへと向かって進軍を開始するのである。これこそは、ラド王がこの地に来《き》てより、望郷《ぼうきょう》の念《ねん》にかられながらもはたせなかった夢であり、ラド王の末裔《まつえい》たるわれわれが完遂《かんすい》しなければならない任務にほかならない。かつて古代アイザールを統一したラド王の帝《てい》国《こく》は見る影《かげ》もなく、いまやイシュゴオルは堕落《だらく》しきった湾岸《わんがん》四カ国、王もいない無秩序《むちつじょ》なアイザリア、蛮国《ばんこく》カダリーム、暴政《ぼうせい》シルヴェニアなどの国々に分裂《ぶんれつ》し、民《たみ》は正統《せいとう》な、そして幸福と安全をもたらしてくれる帝《てい》王《おう》を待ち望んでいる。おお正義の民《たみ》よ、いまこそゴドバールは全世界の救世主《きゅうせいしゅ》として海に乗り出す。そして正義の鉄槌《てっつい》を腐《くさ》りきった国々と、野蛮《やばん》なものたちに下すのである。そこには肥沃《ひよく》な土地がある。そこには蒙《もう》昧《まい》な民《たみ》がいる。かの地でわれわれがくるのを待っている人々がいる。さあ出陣《しゅつじん》しよう、イシュゴオルへ！　まずは湾岸《わんがん》四カ国をこの手におさめ、アイザリア進撃《しんげき》の橋頭堡《きょうとうほ》をきずくのだ！」

スフ王はかんだかい声の演説をおえると、歓声《かんせい》の中でさっと手をあげました。すると、太鼓《たいこ》の音とともに巨大な「動く城」が会場の中央に集まりました。その城の上には一群《いちぐん》の兵士たちが長い弓を持って立っています。どうやらひとりでは扱《あつか》えないほど大きな、特別の弓のようでした。その弓に矢がつがえられ、矢の先に火がつけられました。

「攻城弓《こうじょうきゅう》ってやつだな」とトーマがいいました。「話に聞いたことはあるが。あれだけ大きいと射程《しゃてい》も長いだろう。城攻《しろぜ》めに使う、特別の弓さ」

「その弓でなにをしようというの？」とテオはたずねました。トーマが答える前に、スフ王がさけびました。

「放《はな》て！」

するとそれを合図《あいず》に火矢《ひや》がびゅうっと空に向かって放《はな》たれました。鏑矢《かぶらや》なのでしょうか、きりきりと鳥のように長鳴《ながな》きをしながらイデアの街の中へと飛んでいったのです。会場はどよめきました。太鼓《たいこ》はさらに大きく激《はげ》しく打ち鳴らされました。二本、三本と、つぎつぎに矢が飛んでいきました。

「なんてあぶないことを。あんなことしたら、火事に」とテオがいったとき、矢が飛んでいった方向の市内から、もくもくと黒い煙《けむり》がたちのぼりました。群衆《ぐんしゅう》のどよめきはさらに大きくなりました。

「おいおい。案《あん》の定《じょう》、火事になってるじゃないか！」

「あれは？」とテオがたずねると、ナグラが唇《くちびる》をかんでいいました。

「イデアの自由街を燃やしているのです。スフ王は、出陣《しゅつじん》の血《ち》祭《まつ》りにああいうことをするのです」

「な、なんてことを！」

「知識と教養にあふれたことばづかいをするかと思えば、こういうあくどいことも平気でやる。それがまた民《たみ》の人気にもなったりしている。ふしぎなものです、民《たみ》というのも。たとえそれが不正義きわまりない暴力であったとしても、力の強いものにはあっさりとおのれの未来を預けたりする」

その声が聞こえたかのようにスフ王はじろりとナグラのほうを見ていいました。

「この崇高《すうこう》ないくさに異議《いぎ》をとなえるやからがいることをわたしは知っている。王族というおのれの安泰《あんたい》な地位に居座《いすわ》り、いくさで傷《きず》つき死ぬかもしれぬ兵士を冒瀆《ぼうとく》するものたちは、ゴドバールの理想が理解できない愚《おろ》か者たちだ。そんなものたちに理《り》をつくしたとて、考えを変えるとも思えない。よって、かれらをこのゴドバールから追放してやろうではないか。その手はじめとしていま、イデアの自由街に火矢を放ったのだ。その炎は高くのぼり、これから戦場におもむく兵士たちの士気をいやがうえにも高めるであろう。以後、ゴドバールは戦時下《せんじか》となる。このいくさにしたがわぬものはみな、敵と同様である。すなわち敵は屠《ほふ》るのだ。スフ王とその軍がすすむ前に立ちはだかるものはすべて連装弓《れんそうきゅう》に胸《むね》を射抜《いぬ》かれ、剣《つるぎ》によって首が飛ぶだろう。すべてのゴドバール兵とすべてのゴドバールの民に告ぐ。地上でもっとも偉大《いだい》な王はだれか⁉」

群衆《ぐんしゅう》と兵士たちは剣《つるぎ》やこぶしをふりかざして応《こた》えました。

「それはスフ王！　地上でもっとも偉大《いだい》な王！　もっとも美しく、もっとも高貴《こうき》な王！　そして全世界を統《す》べる王！　それはスフ王！」

またしても熱に浮《う》かされたようなスフ王賛美の大合唱が会場じゅうにとどろき、兵士も群衆《ぐんしゅう》もえんえんと呪文《じゅもん》のようにさけびつづけたのです。

ところがそのとき、さけびの中に、かすかな音が聞こえました。それは小さな音でしたが、あまりにも異《い》質《しっ》な音だったので、最初は聞きとれないほどでした。ところが、いつか、だれもがさけぶのをやめて、その音をたしかめようとしはじめたのです。それは笛の音でした。いつの間にか、涼《すず》やかな笛の音が式典の会場に鳴り響《ひび》いていたのです。スフ王もその笛に気づき、いっとき演説をやめてけげんそうにあたりを見まわしました。群衆《ぐんしゅう》はすっかり静まりかえり、広い会場にはひと筋《すじ》の笛の音だけが響《ひび》き渡《わた》りました。群衆《ぐんしゅう》はその笛の音もまた、スフ王の軍隊が出陣《しゅつじん》する儀式《ぎしき》のひとつであろうと考え、耳をかたむけていたのです。けれどやがてだれもが気づきました。その音はひな壇《だん》でスフ王が立っているすぐ近くから聞こえてきたのでした。なんと笛を吹《ふ》いているのはほかでもないリンだったのです。

つぎの瞬間《しゅんかん》、会場はどよめきました。思いがけないことが起きたのです。なんと、笛の少年のところから、ひとりの少女がゆるやかに踊《おど》りながら登場したのでした。

テオが、いつの間にかスフ王の立っているひな壇《だん》のところで、笛の音に乗って踊《おど》りはじめたのでした。だれもが、流れるようなそのあまりにも自然なテオの踊《おど》りに、これがとつぜんの、しかも予定にはないできごとだということがわかりませんでした。テオはまるでこの出陣式《しゅつじんしき》をことほぐかのように、花をそえるために踊《おど》らされているというように舞《ま》いだしたのです。それほどに、会場のだれをもひきつける、完璧《かんぺき》な踊《おど》りでした。

「なにをやってるんだい、テオ！　まいったな、ちくしょう！」トーマはあせっていいました。

「あんなことをして。テオ、殺されますよ！　リンという子も」とナグラもいいました。

ところが、このとつぜんのテオの飛び入《い》りに、同じ壇《だん》に立っているスフ王は驚《おどろ》いたようすは見せませんでした。まるで予定されたできごとでもあるかのように目を細めて見入ったのです。けれど、トーマはスフ王の表情の裏《うら》に、燃えさかるような憎悪《ぞうお》を感じとっていました。

「まさか……まさか、テオとリンのやつ、シェーラとタウラを気取ってるんじゃないだろうな！」とトーマはつぶやきました。ナグラはけげんそうな顔をします。トーマは手短《てみじか》に、さすらい人の祖《そ》とされる舞姫《まいひめ》シェーラと、伴奏《ばんそう》の笛吹《ふ》き少年タウラがアイザールの悪王フラバを暗殺したという話をしました。

「さすらい人とは、そういう人たちの末裔《まつえい》だったのですか」とナグラはおかしそうにいいました。「でもこんなところでいくらなんでも王の暗殺はできませんよ」

「まるきり同じシチュエーションなんだよ！　テオの踊《おど》りに気をとられた悪王に、笛吹《ふ》きの少年が近づいて、そしてふところから剣《つるぎ》を取り出して……ああそうか、リンは剣《つるぎ》なんざ持ってないや」そのことに気づいて、トーマはようやく落ち着きました。「だったら、あいつら、いったいなんであんなことを」

「スフ王とコンタクトをとりたいからでしょうね」とナグラはいいました。「こんな危険《きけん》なことをしなくても、わたしが会わせてあげたのに。しかし無謀《むぼう》なひとだ。いや、勇敢《ゆうかん》といってもいいが」

そんなふたりの心も知らぬげに、テオは壇上《だんじょう》で舞《ま》いながら歌いはじめました。

シェーラ・カリーン　キリ・タウラ
トゥルーク　フラルーザ　チャフル　ティザ
シェーラ・カリーン　キリ・タウラ
シェーラの冠《かんむり》　タウラのつるぎ

そは冬の夜の　道しるべ
なれを忘《わす》れじ
シェーラ・カリーン　キリ・タウラ

哀切《あいせつ》な響《ひび》きに、会場はしんと静まりかえっています。それはたしかに、出陣《しゅつじん》の儀式《ぎしき》のひとつといえばいえないことはありませんでした。ただ、それまでとはうって変わって、この歌を聞き、テオの舞《ま》いを見ることによって、いくさのもうひとつの面、兵士たちが長い旅に出て、その家族が嘆《なげ》くのだということを、だれもが感じたことはたしかでした。

「これがさすらい人なのですね」とナグラはつぶやきました。「こんな短い間に、たったひとりの歌と踊《おど》りで、みんなの心をとらえている。なぜか思ってもみなかったいくさの実相《じっそう》が心に伝わってくる。百万のことばを費やしていくさに反対だとさけぶより多くのことを民《たみ》に伝えているようだ」

「それはかいかぶりだよ。だが見な。あの王様が、なんだか頼《たよ》りなくなってきてるぜ」

「おお。スフ王が。あれは昔のスフ王のようだ！」とナグラはさけびました。

壇上《だんじょう》ではふしぎなことが起きていました。

それはテオが踊《おど》りながら壇上《だんじょう》のスフ王の真横《まよこ》に立ったときに起きました。ふたりが並《なら》んだ瞬間《しゅんかん》、さっきまでこの地上のすべての権力を一身に負っていると思えた居丈高《いたけだか》なスフ王が、王という衣装《いしょう》を脱《ぬ》いだひとりの少年になったのです。テオはスフ王をじっと見つめながら踊《おど》っていました。そのテオの前で、スフ王はまる

でひとりぼっちで立っている少年のように見えたのです。かれはテオの踊《おど》りを夢中になって見つめていたのです。それも、気の弱い、また、性格もけっして冷酷《れいこく》ではない、ごくふつうの少年のように。が、それはほんの一瞬《いっしゅん》のことでした。この儀式を仕切っている太った男がスフ王に近づき、何事《なにごと》かを耳うちしました。すると、それまで見ていた少年が、ただの幻《まぼろし》だったかのように一瞬《いっしゅん》のうちに消えてしまい、前と同じ、権威《けんい》を身にまとった王があらわれたのでした。ナグラがトーマにささやきます。

「あれは王の腹心《ふくしん》、通称『副官』ブーン。悪賢《わるがしこ》さは並《なみ》ではありません。これまで何度もスフ王が危機《きき》に見舞《みま》われるたびに政敵《せいてき》を失脚《しっきゃく》させたり、国民の関心をそらせたりと、じつにみごとに難局《なんきょく》を乗り越《こ》えてきたのです」

「つまり年若い王様の懐刀《ふところがたな》ってわけかい」

「そんなりっぱなものではないですよ。スフ王の意のままにうごく腰《こし》ぎんちゃくですが、理想や定見《ていけん》があるわけではなく、おのれの保身《ほしん》だけしか考えてはいません」

「だがそういうやつのほうが原理原則主義《げんりげんそく》の連中より実際は幅《はば》をきかせてるよな。どんなきたないことだって平気でやるだろ？　やつらは」とトーマはいいました。

「アイザリアでもそうなのですか」とナグラはがっかりしたようにいいます。「あなたのような方がいるから、もっとましなところかと思ったのに」

「それより、そろそろテオの踊《おど》りが飛び入りだってことがばれたようだぜ」

トーマがあごでしゃくりました。壇上《だんじょう》では数人の衛兵《えいへい》がテオとリンを取り囲んでいます。

そこへブーンがさけびました。

「はるかアイザリアから、踊《おど》り子までが駈《か》けつけて、ゴドバール艦隊《かんたい》の出陣《しゅつじん》を祝《いわ》ってくれた。さあ、みんなでこれから港へ行こう！　われらが誇《ほこ》るゴドバール艦隊出撃《かんたいしゅつげき》の歴史的瞬間《しゅんかん》を、みなのまぶたにくっきりと焼きつけるのだ！」

太鼓《たいこ》とラッパがとどろき、それまでテオの踊《おど》りに見とれていた群衆《ぐんしゅう》は、我れにかえったように歓声《かんせい》をあげました。そして人々のうねりは、港へ、海へと怒濤《どとう》のように向かっていったのです。いつの間にか壇《だん》の下には巨大な箱型《はこがた》戦車が近づけられ、その最上段の展望台のようなところにスフ王が乗りこみました。そしてスフ王に続いて、なんと衛兵たちに囲まれたテオとリンもその戦車に乗せられたのです。

「ナグラ様」という声に、トーマとナグラがはっとしてふりむくと、かれらの席のそばには十人ほどの衛兵が剣《つるぎ》を持って囲んでいました。ナグラは苦笑しながらいいました。

「これはこれは。いよいよわたしを牢屋《ろうや》に連れて行こうとしているのかな？」

「めっそうもない。陛下《へいか》がお呼《よ》びです。そちらの客人の方もともにお連れするようにと」と、衛兵の一団を指揮《しき》している将校がていねいにいいました。そこでナグラとトーマも、衛兵たちに連れられて箱型戦車の上にうつらされたのでした。ごろごろと、戦車はうごいていました。巨大な戦車は、最上階もかなりの広さで、まるで船の甲板《かんぱん》のようでした。そこで衛兵たちに囲まれながらではありましたが、テオとリンがうれしそうにトーマに駈《か》けよってきました。

「もう……無鉄砲《むてっぽう》な娘《むすめ》だよ、まったく」とトーマは愚痴《ぐち》りましたがもちろん怒っているわけではありません。

ただ小声でつけくわえました。「おれたちの任務はどうでもいいのかい、テオ」

「ごめんなさい、でも」とテオは素直《すなお》にあやまりながらいいました。「わたしたちはゴドバールにやってきた。右も左もわからないこの国で、ようすがわかるまでなにもしないでいたら、一生わからないままだと思ったの。そしたらあとは思ったとおりに行動するしかない、つまりさすらい人はそのようにするべきだと」

「了解《りょうかい》した」とトーマはいいました。「あんたの親でなくてよかった。もしそうなら寿命《じゅみょう》が十年はちぢんだだろう。あの王様なら踊《おど》りのとちゅうで首がちょん切《ぎ》れたってふしぎじゃないぜ」

「そんな無粋《ぶすい》なことはしないよ」という声がしました。まわりの衛兵たちがさあっと道をあけるようにした先に、スフ王がいました。すでにきらびやかな衣装《いしょう》は脱《ぬ》ぎ捨《す》て、若者らしい、活動的な服に着替《きが》えていました。目の前で見るとスフ王は、整った顔立ちで、そのまま街を歩いていたとしてもだれもが振《ふ》り返《かえ》るような美しい容姿《ようし》をしていました。若くして王という地位にいるせいなのでしょうか、からだじゅうからなにかふしぎな光でも出ているようでした。

「ここは自己紹介《じこしょうかい》をしておいたほうがいいかな。わたしはゴドバールの初代帝王《ていおう》、スフだ」

ナグラが目配せしたので、ナグラのふるまいにならい、テオたちもあわててひざまづき、スフ王にお辞儀《じぎ》をしました。それからテオは顔をあげ、堂々と胸《むね》を張っていいました。

「とつぜんの乱入《らんにゅう》とつたない踊《おど》りをお許しください。ただあまりにもみごとな出陣《しゅつじん》の儀式《ぎしき》でしたので、せめてアイザリアからはなむけをさしあげようと思い立ちまして、かように無礼な仕儀《しぎ》をつかまつりました次第でございます。もちろんいかなるお仕置《しお》きも覚悟《かくご》の上にございます。申し遅《おく》れましたが、わたくしはアイザリアの南にあります、ドーム郡というさすらい人の本拠地《ほんきょち》から参りました、トゥラーのテオと申します。そしてこちらにおりますのが、伴奏《ばんそう》のリン、あちらがわたしどもの旅の道連れとなっております、アイザリアの道大工《みちだいく》、トーマでございます」

「ほう、王族のことばだね」とスフ王は感心したようにいいました。「ナグラのところに不審《ふしん》なものたちがいると聞いていた。謁見《えっけん》したのちに処分《しょぶん》を決めようと思っていたが、こんな劇的《げきてき》な出会いをさせてくれるとは思わなかったよ。いや驚《おどろ》いた。まさかこの警戒《けいかい》の中をくぐり抜けてわたしのそばで踊《おど》るものがいようとは。近衛兵《このえへい》はなんのためにいるのかといわんばかりだ。しかしなかなかすばらしい踊《おど》りだったよ、テオとやら」

「おそれいります。帝王《ていおう》さまのあまりのご威光《いこう》に、わたしの体が勝手に踊《おど》り出してしまったのでございます」

「よくまあしゃあしゃあとあんなことを」とトーマはつぶやきました。そのトーマにテオが目配せしました。

「あっ！」

スフ王は、さっきまでとまたようすがちがっていました。目が、最初にテオたちが見たような目に戻《もど》っていたのです。その目はスフ王自身の目というよりは、その奥にだれか別のものがかくれていて、スフ王の目という穴を借りて、そこからのぞいているような目だったのです。表情も、冷酷《れいこく》で、いかにも非情なものになっていました。これはまともなことばが通じる相手ではないとトーマも悟《さと》ったのです。そして、これらの目でのやりとりは一瞬《いっしゅん》のことだったのですが当のスフ王も、どことなく気配でトーマとテオのやりとりを感じたようでした。なぜか急にスフ王は無理につくったような笑顔でいいました。

「アイザリアからの旅人たちよ、おまえたちには聞きたいことがある。あとでゆっくり話そう。ナグラ、おまえを牢屋《ろうや》に入れるのも、あとにすることにした。とりあえずは、わがゴドバール艦隊《かんたい》の出陣《しゅつじん》を見てからだ」

「もったいないおことば、といってもわたしには牢屋《ろうや》に入るべきどんな理由も思いつきませんが？」とナグラはかえしました。「わたしはつねにスフ王の忠実《ちゅうじつ》なしもべです」

「これはまたしても驚《おどろ》いたな」とスフ王はいいました。「そんなしおらしいせりふをいうナグラははじめて見たぞ。これもアイザリアびとの影響《えいきょう》か？」

「まったくです」とブーンもいいました。「ナグラさまがいつもこうなら、なにも反逆罪《はんぎゃくざい》に問われることなどなかったものを」

「ふん」それはありえない、という顔でスフ王はじろりとナグラを見ました。「これからはアイザリアを相手に戦争をするのだ。さまざまな敵と戦うときにはおまえのようなやつも必要になるかもしれないが、あいにくいまはそういう時期ではないようだ。それまでは牢屋《ろうや》に入ることもあるということだ。だがいまはとりあえずこの歴史的な瞬間《しゅんかん》に立ちあわせてやろう。さあ、港へ行くぞ」

そういってテオたちから離《はな》れたスフ王は、箱型戦車の上から群衆《ぐんしゅう》に手をふり、また一層下の窓《まど》からは侍女《じじょ》たちの一団がきらきら光る金や銀の紙ふぶきを群衆《ぐんしゅう》に向かって投げていました。「ゴドバール！　ゴドバール！」という声がイデアの街にとどろき渡《わた》り、やがて群衆《ぐんしゅう》の波は港にたどりつきました。

兵士たちを乗せた無数の小舟がいま、湾内に停泊《ていはく》しているゴドバール艦隊《かんたい》に向かって漕《こ》ぎ出し、その外側を漁師たちの船がにぎやかなドラを鳴らしながら伴走《はんそう》します。兵士たちが乗船し、やがてゴドバール艦隊《かんたい》はいっせいに赤い旗を翩翻《へんぽん》とかかげると、みごとにそろった舷側《げんそく》の櫂《かい》を海面に向かって下ろし、ゆっくりとうごきはじめました。先頭を行くのは特別の仕立をほどこした船で、ほかの軍船の倍の大きさです。

「ゴドバール海軍の誇《ほこ》る第一遠征艦隊《えんせいかんたい》、遠征軍《えんせいぐん》司令官ダイン将軍座乗《ざじょう》の旗艦《きかん》、戦艦《せんかん》ギナム号です」と、心底誇《ほこ》らしそうにスフ王のそばに控《ひか》えたブーンがいいました。「五百隻《せき》の遠征艦隊《えんせいかんたい》を率いる栄誉《えいよ》、男と生まれたからには一度でいいからやってみたいものですな」

「アイザリアにもそういういい方があるよ」とトーマがいいました。「男と生まれて一度はなってみたいもの、草原の民《たみ》『風の軍団』の英雄《えいゆう》ユリーズ、クミスクルの山賊《さんぞく》の頭領《とうりょう》ゴンバ、そして最後にノトンの亭主《ていしゅ》、ってね。ああノトンってのはダリアームの都《みやこ》の髪結《かみゆ》いだ。稼《かせ》ぎがよくて旦那《だんな》は左団扇《ひだりうちわ》さ」

「ろくでもない男ばかりじゃないか」とブーンはむっとしていいました。「遠征《えんせい》軍の司令官とくらべるなんて失礼きわまる。ダイン将軍はスフ王の右の肺《はい》だ。左の肺《はい》のセメラ将軍と並《なら》んでゴドバール海軍の英雄《えいゆう》さ」

「じゃあそのセメラ将軍というのはどこにいるの？」となぜか気になったのでテオがたずねます。

「ふっふっふ」とブーンは笑いました。「あとでわかる」

港につめかけた群衆《ぐんしゅう》とスフ王の戦車の前をつぎつぎとゴドバール艦隊《かんたい》の巨船が通過していきました。その甲板《かんぱん》には兵士たちが整列し、スフ王に向かっていっせいに敬礼《けいれい》しています。群衆《ぐんしゅう》は歓呼《かんこ》して艦隊《かんたい》を見送っています。そのようすを見てテオはいいました。

「世の中のひとたちは、戦争なんて大嫌《きら》いだと思っていたけど、ちがうんだ。大好きなひとたちがいるんだ」

「それはちがう」とトーマはいいました。「やってるときってのはこんなもんさ。んでもってあとになって反省するんだ、多少のことだがね。人間はひとつまちがえるとどんなおかしなことでもやってしまう。たぶんゴドバールも人間が増えたかどうかして、この島国だけではやっていけなくなったんだろうよ。だからこうして熱にうかされる、というか、こういう熱が蔓延《まんえん》するわけさ」

「トーマは戦争をしたことがあるわけじゃないのにどうしてそんな知ったようなことをいうの」

「似たようなことはいつでもどこでもあるのさ。おれはアイザリアで道大工《みちだいく》をしてただろう、運河《うんが》の掘削工《くっさくこう》事《じ》のときなんざ、組と組とのいさかいで大変だった。意気のいいあんちゃんたちが大勢いると、とにかくけんかをしたくなる。大勢だとなおさら盛《も》りあがる。なかでもワラトゥームもぐら組、なんて笑っちゃう名前の組なんざ、腕《うで》っぷしが強くて若いのが何百人もいて、そこらじゅうのし歩いていたよ」

もぐら組、という名前にはテオもほんとうに吹《ふ》き出してしまいましたが、目の前の軍艦《ぐんかん》のパレードを見てあることに思いいたると青くなっていいました。

「これがみんなアイザリアへ、つまりは湾岸諸国《わんがんしょこく》へ行くわけよね。そしていくさをするってこと？」

「湾岸諸国《わんがんしょこく》の軍備などたいしたことはない」とブーンがいいました。「そのあたりのことは、とっくに調べてある。湾岸諸国《わんがんしょこく》の軍艦《ぐんかん》をみんな集めてもせいぜい百隻《せき》がいいところだ。しかも湾岸《わんがん》四カ国の寄せ集めになるだろう。あっという間にゴドバール艦隊《かんたい》の前に粉砕《ふんさい》されることはわかっている」

「そうかい？　先遣艦隊《せんけんかんたい》だって、湾岸諸国《わんがんしょこく》に迎《むか》え撃《う》たれてけっこうてこずっていたんじゃなかったのかね？」

トーマが強がっててこずっていた、といいはっても、オノゴル島沖《とうおき》の海戦を思い出せばミゴール艦隊《かんたい》以外はとうていゴドバールの敵ではありませんでした。これだけの艦隊《かんたい》が襲《おそ》いかかれば、湾岸諸国《わんがんしょこく》の海軍が束《たば》になってかかっても、勝てる相手ではなさそうでした。トーマはこっそりいいました。

「クリスに聞いたが、湾岸諸国《わんがんしょこく》の海軍を集めたって百隻《せき》どころか、五十隻《せき》程度にしかならないらしい。ゴドバールの連中はかいかぶっているわけで、連中の見積《みつ》もりよりははるかに弱いということになる」

「だったらクリスはどうするというの、こんなのを見て」とテオはつぶやきました。クリスがいくらいくさの神様だといっても限度《げんど》があるはずです。テオの気持ちを見透《みす》かしたかのようにトーマはいいました。

「たぶん、おれたちとクリスの立っているところにそんなちがいはないだろうさ。いいかテオ、それぞれにやるべきことをやろう。難《むず》しいことは考えなくてもいい。目の前のことをひとつずつこなしていけば、道は開ける」じぶんに言《い》い聞かせているようだなとトーマは思いました。

やがて、すべての軍艦《ぐんかん》が目の前を通り過ぎました。群衆《ぐんしゅう》は最後の船に向かってふたたび大歓声《かんせい》を送りました。そのときでした。スフ王がテオとトーマに向かっていいました。

「第一遠征艦隊《えんせいかんたい》はぶじに出航した。アイザリアの客人たちよ。こんどは向こうを見てごらん」

スフ王があごをしゃくったその先は、イデアの港のはるかかなたの水平線でした。なんとその水平線に、いま、無数の黒い影《かげ》があらわれたのです。ブーンがいいました。

「あれが、半月後に出発する予定の、司令官セメラ将軍に率《ひき》いられたゴドバール海軍の誇《ほこ》る第二遠征艦隊《えんせいかんたい》、すなわち主力艦隊《しゅりょくかんたい》の五百隻《せき》です」

「な、なんですって！」

「主力艦隊《かんたい》がさらに五百隻《せき》、だと？」

「たぶん第一遠征艦隊《えんせいかんたい》でいくさの決着はついているでしょうが、勝利をより確実なものとするために、この主力艦隊《かんたい》は湾岸《わんがん》の戦場に半月後には着くことでしょう。そこでたぶん最後に残っている敵も壊滅状態《かいめつじょうたい》になるはずです。レブ島王国の強力な海軍を破ったときに、スフ王がとった作戦がこの二《に》段階攻撃《だんかいこうげき》作戦でした」

あまりのことにテオはよろよろとトーマによりかかりました。気が遠くなりそうだったのです。そこへ追《お》い討《う》ちをかけるようにスフ王はあくどい冗談《じょうだん》をいいました。

「本隊出陣《しゅつじん》の日には、イデアの自由街を燃やすのではなく、アイザリアからの歌姫《うたひめ》をいけにえにするかな」

王につきしたがっているものたちがいっせいに笑いました。テオはきっとなっていいました。

「スフ王。あなたはなぜ、こんな、こんな、人間として許せないことをするのですか？　いくさになれば、多くの民《たみ》が嘆《なげ》くことになるとわかっていながら！」

スフ王はいいました。

「おもしろい問いかけをするのだな、アイザリアの歌姫《うたひめ》。なぜいくさをするか？　それが人間の真実だからだよ。われわれは人を支配し、人の上に立ち、おのれの暮《く》らしを豊かにする。そのための戦争だ。戦争はわれわれに多くのものをもたらしてくれる。そのことを、われわれはこのゴドバール統一戦争の間に学んだのさ。ふっふっふ、珍《めずら》しく甘《あま》っちょろいことばを聞いたものだな、ブーン。いまごろ戦争反対を唱《とな》えるやからがいるとは思わなかった。そんな思想《しそう》は世界から消えてしまったと思っていたのに」

「まったくです。戦争はなにもかもを解放してくれる。その戦争の規模《きぼ》が大きければ大きいほど、ひとは勇壮《ゆうそう》になり、おのれの力に目覚めるというものです。ゴドバールの兵士も、あの統一戦争がなければいつまでも島国根性が抜《ぬ》けず、この小さな島国で永遠に暮《く》らすだけの腰抜《こしぬ》けになっていたことでしょうが、陛下《へいか》のおかげで、このようなりっぱな艦隊《かんたい》、世界で最強の軍隊を持つことができました。スフ王万歳《ばんざい》」

「スフ王万歳《ばんざい》」と、その場《ば》にいた全員がいっせいに背筋《せすじ》をのばしておうむがえしにいいました。

「さあそれでは、城《しろ》に戻《もど》ろうか。アイザリアの歌姫《うたひめ》と、その一行は城《しろ》の牢屋《ろうや》にでも入ってもらおう。なあに、牢屋《ろうや》といっても城《しろ》の獄舎《ごくしゃ》は貴族専用《きぞくせんよう》だ。不自由はないから心配しないでいいよ。ナグラはしばらく家で謹慎《きんしん》してもらう。これからは戦時体制だからな。おまえにあれこれ口をはさまれては面倒《めんどう》なのだ」

「それは承知《しょうち》しましたが」とナグラは蟄居《ちっきょ》の命令にも動《どう》じることなく王にいいました。「この客人を牢屋《ろうや》に入れるのは、スフ王の度量《どりょう》に反《はん》する行為《こうい》かと。ここはひとつ、わたしにまかせていただけませんか？　すなわち客人たちはわたしとともに、わたしの別荘《べっそう》ででもすごす、ということでいかがでしょう」

「おことばをかえすようですがナグラさま」とブーンがいいました。「あなたさまは先ほどの陛下《へいか》のおことばで、すでに咎人《とがにん》となったのです。国王陛下《へいか》に向かって咎人《とがにん》が助言や提言をしたという先例はございません」

「先例をいうのであれば王族を罪《つみ》に問うことはできない」

このことばにブーンはぐっとつまりましたが、スフ王が口を出しました。

「残念だが先例は関係ない。これからはわたしのことばのすべてが法となり令となる」

ナグラは唇《くちびる》をかんでだまりました。ここでは最高の権力者であるスフ王にたてつくことはできないようでした。その空気にたまりかねたようにトーマはいいました。

「そんなに偉《えら》そうにするあんたの根拠《こんきょ》はほんとのところ、なんなんだい、若いの」

「ぶっ、無礼《ぶれい》な！　いまこの場で切り殺してもいいのだぞっ！」とブーンがいいました。

するとスフ王は面白《おもしろ》そうにブーンを制《せい》していいました。

「おまえは何者なのだね？」

「おれはアイザリアの道大工《みちだいく》だよ。ははっ。ゴドバールの王様とさしで話ができるとは思いもよらなかったが、この機会だ、いいたいことだけはいっておこう。見ればずいぶんお若いようだが、王という地位があるだけで偉《えら》いわけではないということくらいはわかっているよな？」

「ぶ、無礼《ぶれい》にもほどがあるぞっ！」とブーンはふたたびどなり、衛兵たちもじわっとトーマに近寄りました。

「アイザリアは王のいない国だ。だから国民はみんな上に立つ人間の吟味《ぎんみ》はきびしいぞ。どんな執政官《しっせいかん》も五年とは続かないところさ。よほどりっぱなやつだけが、アイザリアでは上に立つことができる。アイザリアを攻《せ》めるのはいいが、そのあとの統治《とうち》のことまで考えているのかね？　暴力でいつまでも権力を維持《いじ》しようというのかい？　そんなことで百年千年の帝国《ていこく》が築《きず》けるとでも思ってるのか？　それとも、そんなものはどうでもよくて、ただひたすら攻《せ》め寄《よ》せたいってだけのことなのか？」

ふたたび剣《つるぎ》に手をかけようとする臣下《しんか》たちをさえぎり、スフ王はいいました。

「いかにも王もいなくて混乱《こんらん》するアイザリアびとらしい質問だな。答えてやろう。統治《とうち》するのはかんたんだ。どんなにシニカルなアイザリアびとも、わたしが支配すれば、瞬時《しゅんじ》になびくだろう」

「すげえ自信だな。いったいどうやってそこまでの支配ができるというんだ？」

するとこの年若い王は世の中でもっともかんたんな質問に答えるとでもいうようにいいました。

「人間の真実は単純《たんじゅん》なものだ。それを知れば全世界だって手に入る。教えてあげよう。わたしがアイザリアを支配し、かれらに富《とみ》をもたらす。それだけのことだ。富《とみ》を得《え》るためになら人間はなんだってやる。すなわち金、だ。あまりにも単純《たんじゅん》で、最初はうそかと思った。だが、それはほんとうだった」

トーマとテオは顔を見あわせました。そのスフ王のことばに妙《みょう》なことを感じたのです。

「最初はうそかと思った、って、だれがあんたにそれを教えたんだ？」

スフ王はそのことばに、明らかに動揺《どうよう》しました。テオがいいました。

「さきほど、陛下《へいか》の前で踊《おど》っていたとき、おかしなことを感じました。陛下《へいか》は、こういっては失礼かと存じますが、陛下《へいか》をささえているのはいったいだれなのでしょうか？　つまり」すこしいいよどんでいましたが、テオは思いきったようにいいました。「あなたのうしろにかくれているのはいったい何者？」

「このものたちを牢獄《ろうごく》へ！」と、ブーンがさけび、テオ、トーマ、そしてリンは衛兵に両腕《りょううで》をつかまれて、国王の前を退出させられてしまいました。

その三人に向かって、ナグラがいいました。

「アイザリアの客人！　わたしもあなたたちに教えられました。いつも、希望を捨《す》てず、だれの前でも堂々としていなければならない。それが人間であるということなのだと。また会いましょう！」

「ええ、きっと！」

「そこが地獄《じごく》でないことを祈《いの》るよ！」とトーマとテオはかえしました。

第十五章　イデアのとらわれびと

首都イデアは海に面した街《まち》ですが、その奥には小高い山を控《ひか》えた王宮がそびえていました。連行される馬車の窓《まど》から、トーマは興味深そうに王宮をながめました。独特の発展をした島国ゴドバールらしく、その王宮のたたずまいはアイザリアのものに似てはいましたが、ありそうであってもアイザリアのどこにもないものであることはたしかでした。トーマにとっては趣味《しゅみ》が悪いとしか思えない、あざやかな朱色に塗《ぬ》られた建物は木と石を組みあわせた箱を何層《なんそう》にも積み上げてあり、その屋根はにぶく銀色に輝《かがや》いています。

「あの御殿《ごてん》の屋根の素材はなんだい？」とトーマはたったひとり馬車の中で三人を監視《かんし》している衛兵にたずねました。衛兵は最初トーマのいっていることばが理解できなかったようですが、いくどかのやりとりのあとで、王宮の屋根があるときは鋼《はがね》で、あるときは金や銀で、またあるときは鉛《なまり》や銅《どう》などの金属でできているといいました。建造された年代によって材質も異《こと》なりますが、これら王宮の金属屋根にくらべて庶民《しょみん》の家の屋根は煉瓦《れんが》にうわぐすりをかけて焼いたものが主《おも》であるということでした。衛兵は馬車の中にほかの兵がいないことで気を許したのか、いざことばを通じさせるこつがわかると、人なつこそうにいろいろ語ってくれました。まだ若いのですが、トーマたちの監視《かんし》をしているだけあって、ただの兵士ではなさそうです。

「煉瓦《れんが》だけでは雨の多いゴドバールでは家の中に水が漏《も》れてしまうんです」と衛兵《えいへい》はいいました。「だから金持ちの家では、薄《うす》い大理石《だいりせき》をはった煉瓦《れんが》を使います」

「なるほど雨対策《あめたいさく》か。だがそうなると屋根が重くなってしまうな。わざわざそんなことをしなくても、こんなに植生《しょくせい》が多いんだから、屋根はなんだって葺《ふ》けるだろうに。木の皮とかさ。アイザリアの貧民窟《ひんみんくつ》だとだいたい藁《わら》とか葦《あし》だぞ。あっそうか、あっちは雨が少ないからそれでいいのか」

「じつは屋根が重いということが問題でもあるんですよね」と衛兵はいいました。「ゴドバールはけっこう地震《じしん》が多いんです。だもんで、家が壊《こわ》れて、屋根の下敷《したじ》きになって死ぬ人があとをたたないのです」

「おまえ、アイザリアにきてしばらく修行しないか」とトーマはいいました。「そうすりゃ、地震対策《じしんたいさく》の基本をみっちり仕《し》こんでやるよ。ここじゃあ、重力の法則を無視《むし》して豪勢《ごうせい》な家をつくろうとしてるだけじゃないか。そのうち中にいる人間もおかしくなるぞ。愚《ぐ》の骨頂《こっちょう》は王宮だよ。鉛《なまり》で屋根を葺《ふ》く、だと？　銅《どう》だと？　金属だって腐《くさ》ったり、毒《どく》をまきちらしたりするってことがわかってないようだな、ここの大工どもには」

「いまの王様の代《だい》に急に王宮を大きくきらびやかにするようにということになって、ああいうものになったのです。伝統を無視《むし》しているといって、ほんとうの大工たちはそっぽを向いているようです」

「なんだ、ちゃんとした大工もいるんじゃないか」

「いるんですが、いまはほとんど戦争のためにみんな兵士になってます。大工は兵士になっても使いでがありますからね。いくさになれば橋もかけなきゃならないし、道もつくらなきゃならない、それから野営《やえい》の小屋《こや》だってなんだって、結局《けつきよく》大工の仕事ですから」

「だから食《く》いっぱぐれがないんだよ、大工は」とトーマはうれしそうに衛兵の肩をたたきました。

「あのねえ」とテオが話に割《わ》りこみました。「わたしたちはこれから牢屋《ろうや》に入れられるのよ。なにをのんきに大工談義なんかしちゃって」

「アイザリアの歌姫《うたひめ》」と衛兵はつぶやきました。

「でもいまはとらわれの身のさすらい人よ。はじめまして、兵隊さん」

「悪いなあ、ドーム郡の娘っ子はみんなこうやっていくさびとにはつんつんするんだよ」

「なぜですか、ゴドバールでは兵士はあこがれの職業です。だれもが兵士を尊敬《そんけい》しますが」

「ばかじゃない。いくさびとを尊敬《そんけい》するなんて、そもそもおかしいと思わないの？　ちゃんと考えてみて。わざわざ殺しあいをするための職業をなぜ尊敬《そんけい》しなきゃならないの？　最低じゃない」

テオはつんとしていいました。

「ひどいことをいうひとだなあ。殺《ころ》しあいですって？　いくさは国と国の名誉《めいよ》をかけた崇高《すうこう》な勝負です」

「崇高《すうこう》！　いくさが！　もういっぺんはっきりさせてよ、なんでいくさが殺《ころ》しあいじゃないというの？　人が死なない戦争ってあったっけ？　それを抜《ぬ》きにして話さないでよ」

「まるでわたしたち兵士が殺し屋だといわんばかりだなあ。ずいぶん殺しあいってことにこだわるんですね」

「それにこだわらずになににこだわるというの！　あんたどうしてこだわらないのよ！」

「兵士にとって死は名誉《めいよ》です。喜んで国のため、愛するもののために死んでいく誇《ほこ》り高い仕事が兵士です」

「と、習《なら》いました、っていいなさい。そんなものはいくさで得をするだれかが、つごうよく兵隊を利用しようとしてつくったことばに決まってるじゃない。あんたが死んでいったいだれが喜ぶの！　みんな悲しんで泣《な》くでしょうが！　喜んでるのは、あんたを使っていくさをしたい連中だけなの！」

衛兵はぐっとだまってテオを見つめました。それからいいました。

「あなたにかかると、兵士がまるで汚《よご》れた仕事のようじゃないですか。そんな意見ははじめて聞きました。当たり前ですよね、そんな意見がまかりとおったらどこの国からも兵隊はいなくなってしまう」

「だからいってるんじゃないの！　どこの国からも兵隊がいなくなればいいの！」

「いつもこういうテンションの子じゃないんだ、なかなかおしとやかなところもあるんだがな」とトーマは頼《たの》まれもしないのに割《わ》って入ります。「まあおしとやかなところはめったに見たことはないが」

「悪かったわね！」

衛兵はまじめな顔をしていいました。

「おっしゃるとおり、兵隊は殺しあいをする仕事です。もしもあなたのそういう話が通じるなら、いくさはなくなるかもしれない。わたしたちがいつもやっていることはどうやって敵《てき》を殺すか、ということばかりです。弓や剣《つるぎ》の腕《うで》を競《きそ》うのはなにも趣味《しゅみ》や娯楽《ごらく》ではない。ではもしもそんな兵士のひとりであるわたしが、あなたたちの力になりたいと思えば、わたしはあなたたちのためになにをすればいいのでしょうか？」

「いまのところはなにもないわ。ただ、わかるものなら、わたしたちに毒《どく》を盛るとき、その前に教えてほしいだけよ。なにも知らずに殺されるのはまっぴら」とテオは衛兵にそっけなくいいました。

「牢屋《ろうや》に入れられたら、どこにも逃《に》げられないわけだが、なんとかならないだろうか」とトーマはいいました。「虫のいい話ではあるが、この際、藁《わら》でもなんでもすがりたい。おれたちはここゴドバールではほんとに無力なんだ。できれば牢屋《ろうや》なんかに入らずに、カダラって島にあるというルピアへ行きたいんだが」

「そのことばは、二度と口にされないほうがいいです」ルピアということばにびくりと反応して衛兵はいいました。「なぜ、さっき、いくさの前に自由街が焼かれてしまったかわかりますか、ルピアの民《たみ》を皆殺《みなごろ》しにするためだといわれています。以前からその話はありましたが、今日はっきりしたわけです」

「ルピアの民《たみ》がいったいなにをしたというの？　なぜ皆殺しにされなければならないの？」

「表向きはルピアの民《たみ》は反逆《はんぎゃく》の徒《と》だから、といいます。でも王様は、ルピアで大きな力を得《え》られたのです。その秘密《ひみつ》を教えてくれたものたちを、生かしておくわけにはいかないと思われたのではないでしょうか」

「自由街のルピアの民《たみ》が、スフ王にルピアを教えて、それでスフ王は力をつけた？」

「ちょっとちがうんじゃないかな。ルピアの民《たみ》は、あのナグラの旦那《だんな》といっしょで、スフ王には対立している存在だろう。スフ王はルピアの民《たみ》の力を借りたのではないだろうよ。ルピアの秘密《ひみつ》を知った時点で、それを守ろうとしている民《たみ》が邪魔《じゃま》になったってことじゃないのかな」

「そのあたりはわれわれ下々《しもじも》の兵士にはわからないところです。うわさだけしか」

「あんがとよ、またなにかあったら教えておくれ。おれたちはいくさぎらいの、ごくふつうのもんさ。つまりあんたと同じ下々《しもじも》、ってわけだ」

「まさか。アイザリアの歌姫《うたひめ》とその一行、高貴《こうき》な方々です。王とも同席しておられた」

高貴《こうき》、といわれてトーマはぷっと吹《ふ》き出し、テオはトーマをこづきました。衛兵はいいました。

「いえ！　さっきの踊《おど》りを見て、わたしは体の中に新しい風が吹《ふ》いてくるようでした。まるでちがう考え方、ちがうならわし、ちがう世界があるのだということを教えてもらったのです。わたしだけではないと思います。そして思ったのです。わたしたちはもしかしたらまちがってるのかもしれない、と」

「もしかしたらじゃなくて、まちがってるの」

テオはぴしゃりといい、衛兵はだまりました。

「あのなテオ。スフ王が支配して、いくさをしようとしているこのゴドバールでそんなことをいったって仕方がないだろう。この兵隊さんだって生きていかなきゃならないんだからな」

「生きていくんなら、いろんなやり方があるわ。なにもわざわざ殺しあいの仕事を選ばなくたって」

「おっしゃるとおりです」と衛兵はいいました。「なにか、妙《みょう》にすっきりしました。いままでかげでそういうことをいうものを、汚《けが》らわしく思っていたのですが、もしかしたら汚《よご》れていたのはわたしだったのかも」

「もしかしたらじゃなくて！」

いくさびとである衛兵の考えを根底から変える、というとてつもないことをやろうとしているテオを、トーマは驚《おどろ》きの目で見つめました。

「まいったなあ。まるでとらわれの娘《むすめ》とその番兵じゃなくて、そこらへんの若者たちの語らいのようだ」

「そこらへんのふつうの若者たちの語らいなの！　なにをいってるのよ」

「そうか」と衛兵はいいました。「ふしぎなことにあなたは兵士が殺し屋だといいながら、わたしのことをちゃんと人間として見てくれて話してくれてる！　だからあなたのことばがわたしの胸《むね》にまっすぐに届くんだ。鎧《よろい》かぶとに身をつつんだ兵隊なのに、あなたはわたしのことをちゃんと血の通《かよ》った人間として」

「だからちゃんと血が通《かよ》った人間なんだってば！」

若い衛兵の感動をよそにあいかわらずテオはおのれの主張をいい立てましたが、無情にも馬車は間もなく王宮に到着《とうちゃく》しました。馬車の窓から見たいくつかの御殿《ごてん》は近くで見ると巨大でした。降《お》り立った三人は兵士たちに囲まれてそそり立つ御殿《ごてん》の間の複雑《ふくざつ》に曲《ま》がりくねった路《みち》を歩かされ、奥にそびえる石づくりの建物へと連行されました。その建物の中の暗い廊下《ろうか》をたどり、やがて鉄格子《てつごうし》のはまった部屋の前につきました。

「ここがおまえたちの牢屋《ろうや》だ」と、まわりの兵士たちをおもんぱかって、先ほどの衛兵がうって変わった声でいいました。「逃《に》げようとしてもどこへも逃《に》げられないが王族の牢獄《ろうごく》だから住《す》むことに不自由はない。食事もちゃんと与《あた》えられる。もしもほしいものがあったら番兵にいってくれればよい。なんとかしよう」

「あら、でもあなた、とっても若いのにどうしてそんな地位にいるの？」

「王宮の近衛兵《このえへい》はみな貴族《きぞく》や地方王族の子弟だ。中にはかつての五王国の王子だっている」と衛兵はいいました。「答えてあげられるのはここまでだ。以後おまえたちは自分から質問することはできない」

「名前聞きたかったのに」とテオは残念そうにいいました。すると衛兵は小さな声で耳打ちしました。

「わたしの名はノガラスといいます」

衛兵と数人の番兵は外からがちゃりと錠《じょう》を下ろして立ち去りました。錠《じょう》の先には鎖《くさり》をつけた重石《おもし》があり、その鎖《くさり》をはずさないことには開かないことになっています。

「アイザリアの牢屋《ろうや》だと鍵《かぎ》をかけるもんなんだが、ずいぶん単純《たんじゅん》なもんだな、ここでは」とトーマがいいます。「単純《たんじゅん》ではあるが内側からは逃《に》げられない。さてどうしようか」

「あのさ。逃《に》げるたって、ここは王城でしょ。外は兵隊たちでいっぱいよ。たとえこの牢獄《ろうごく》から出られたとしても、そのあとはどうするのよ」

「するとテオ、あんたにはなにか策《さく》があるとでもいうのかね？」

「策《さく》はないけど、トーマみたいにここから出ればなんとかなるだろう、なんて単純《たんじゅん》なことは考えないわ」

「だからどうしようというんだよ」

「あの王様の方からわたしたちに会いにくるはずよ、きっと」

「えらく自信ありげだな。どうしてだ？」

「だって、わたし、シェーラみたいに踊《おど》ったんだもん。きっとあの王様は、もう一度わたしの踊《おど》りを見たい、っていうに決まってる」

トーマは馬鹿馬鹿《ばかばか》しくなっていいました。

「今日はもう寝《ね》ろということだな。腹《はら》は減《へ》ったが、明日になればきっと飯《めし》くらいは持ってくるだろう。いちおう、おれの予想はそんなところだ。おお、とりあえずはベッドが三つ用意してあるぞ」

三人はベッドに潜《もぐ》りこみました。リンはあっという間にすやすやと寝息《ねいき》を立てはじめます。

「ねえトーマ、ひとつ聞いてもいい？　クリスは、わたしとミゴールの真珠姫《しんじゅひめ》と、どっちをとると思う？」

「まったく！　ひとが寝《ね》ようってときにくだらんことを」

「だって眠《ねむ》れないんだもん。幸せなことを考えて眠《ねむ》りたいじゃない？　教えてよう」

「わたしとだれかさんと、どっちをとるう？」とトーマはいやらしい声でテオをまねました。「あのなあ、そういう質問をする時点で、もうあんたは負《ま》けているんだよ。わかったらさっさと寝《ね》な」

「もうっ！　意地悪なんだから」といってテオはトーマに枕《まくら》を投げつけました。トーマは笑いながらろうそくを吹《ふ》き消《け》しました。「あそこに天窓《てんまど》があるから、朝になると陽《ひ》がさすだろう。おやすみ」

「待ってよトーマ！　いったいぜんたい、明日になったらどうするつもりなのよう！」

「だから明日になったら考えようってことさ」というなり、トーマはあっという間にいびきをたてて寝入《ねい》ってしまいました。その大きないびきのせいでますます眠《ねむ》れなくなってしまったテオがベッドで寝返《ねがえ》りをうっていると、どこからともなく女のひとの声がします。

「ねえ、わたしとだれかさんと、どっちをとるう？」

「もう！　トーマったら！　いい加減にしてよね」とテオはぷんぷんしていいました。ところがトーマのいびきはあいかわらず聞《き》こえています。「あれ？　ということは？」

　壁のあたりが、ぼうっと光っていました。そして、そこにひとりの美しい女性が立っていたのです。

「ゆ、幽霊《ゆうれい》だ！」とテオがさけぶと、その女の人は静かな声でいいました。

「いつの時代も男は勝手なものだ」

「ま、まあね。女もけっこう勝手だとは思うけど」とテオはふるえる声で答えます。

「捨《す》てられた女の魂《たましい》はどこへ行けばいい？　もしもこの魂《たましい》が外に出ることができるなら、ありとあらゆる男を不幸にしてやりたい。男を？　いいや、男も女も。幸せそうなものたちはみな、不幸になればいい。そのものたちの幸せは、みな、わたしのようなものの不幸の上に成り立っているから」

「ちょっと、それって、あまりにもいじけた考えよ。まちがっていると思うんですけど？」

幽霊《ゆうれい》の女はテオのいうことにはまるで反応《はんのう》せずに、話を続けます。

「あらゆる幸せなものたちをみんな壊《こわ》してしまいたい。そう思ったのは、じつはわたしのうそだったかもしれない。そう。壊《こわ》してしまいたかったのは、ただひとり、あの男の幸せだけだった」

「あの男って？　まあこういうところだから、きっと王様かなにかよね？」

「王子スフが生まれたころは、わたしも幸せの絶頂《ぜっちょう》だった。世継《よつ》ぎの王子も生まれて五王国の最上位《さいじょうい》にあるイデア王国も順風満帆《じゅんぷうまんぱん》、多くのものにかしずかれ、わたしは夫であるシュロ王を信頼《しんらい》しきっていた」

「あのスフ王のお母さんなのね！」とテオはさけびました。それではこのひとはゴドバール帝国《ていこく》の王、スフの生母《せいぼ》、すなわちこの国の皇太后《こうたいごう》ではありませんか。それがなぜ幽霊《ゆうれい》に？

「シュロ王の時代、ゴドバールは五つの王国と十三の公国《こうこく》にわかれ、それぞれの差異《さい》を認《みと》めながら友好的に共存していた。多くはラド王が残した子孫たちがつくった王国だったが、ゴドバール古来の国々もあった。アイザールからやってきたラド系《けい》の国々とは異《こと》なり、ゴドバール先住の民《たみ》の国は文字や記録こそなかったが、海や島とともに生きるのびやかな民《たみ》だった。みなそれぞれ平和に暮《く》らしていた」

「すみません、無知なもんで教えてほしいんですけど、王国と公国はどうちがうんですか？」

「王国は王によって直接統《す》べられる国。公国《こうこく》とは、それらの王国の下にあって貴族《きぞく》王族が支配する準《じゅん》王国というようなもの。王国に属《ぞく》してはいるがいってみれば半独立国のような存在。五つの王国とは、北から順にマルカ、テイカ、ブロン、ロベイサ、そしてイデア王国。……さて、ある年の夏、シュロ王はイデアの王として、おとなりのロベイサ王国へ表敬訪問《ひょうけいほうもん》の旅に出た。イデアの港から、真っ白な帆船《はんせん》に乗り、三隻《せき》のお供の船をしたがえてイデアの港を出航したのだった。わたしはシュロ王の御座船《ござぶね》ペルヌーク号を民《たみ》とともに見送った。ペルヌーク号。その名はわたしの名前にちなんで名づけられた船だった。王に随行《ずいこう》したかったが、わたしはそのときみごもっていたので大事をとったのだ。それがあやまちのもとだったのかもしれない」

「いったいなにが起きたのです？　王がその滞在先《たいざいさき》で殺されたとか？」

「それならわたしの魂《たましい》がこんなところをうろつきはしない。生きているときはこんな話をすることですらおぞましかった。でもいまならいえる。もう恥《はじ》はないのだから。シュロ王はわたしというものがありながら、ロベイサで新しい女をめとったのだ。それがロベイサの王女ニードだった。そしておのれの不実《ふじつ》をごまかすためにわたしを牢獄《ろうごく》に監禁《かんきん》し、民にはわたしが病気になったといつわり、やがてすべての根回しをおえたのちに王宮にニードを入れたのだ。朝も昼もそして夜もわたしは大声でこの不当を訴《うった》え、さけび、夫を呼《よ》んだ。すると夫はわたしの声が出ないように飲み物に毒《どく》をまぜたので、わたしの声は墓場《はかば》の風のような音になった。その風の音は毎晩王宮に吹《ふ》き渡《わた》った。わたしの恨《うら》みは衰《おとろ》えることがなかった。そしてあるとき、わたしはシュロ王とニードの部屋へ風になって入《はい》りこみ、いきなりふたりの間に立ちはだかった。ふたりは驚《おどろ》いたことだろう、現実《うつつ》とも幻《まぼろし》ともつかぬわたしが部屋の真ん中にあらわれて、シュロ王をなじったのだから。それからわたしはふりむいて泥棒女《どろぼうおんな》ニード姫《ひめ》をののしった。ニードはたいした女だった。シュロ王は土下座《どげざ》してわたしに謝《あやま》ったが、ニードはそんなシュロ王の手をとって、『亡霊《ぼうれい》に謝《あやま》るなどとみっともない』と気丈《きじょう》にいった。だがシュロ王はがたがたふるえていた。そこでわたしはふたたび風になって牢獄《ろうごく》に戻《もど》った。朝になればわたしは牢獄《ろうごく》から出ることができるだろう、そして皇后《こうごう》としての地位《ちい》に戻《もど》ることができるだろうと思った。そうそのとおり、わたしは次の朝、牢獄《ろうごく》から出ることができた。だが、わたしを連れ出した衛兵はニードが差し向けた刺客《しかく》だった。王宮の真ん中で、わたしは王への愛を訴《うった》えながら衛兵の剣《つるぎ》に刺《さ》し貫《つらぬ》かれて殺された。

わたしが死んでからというもの、ニードは妃《きさき》となって抜けがらのようになったシュロ王にかわって国の政治に口をはさんだ。臣下のものに命令し、それまでわたしが存在していたあかしのすべてを消し去った。わたしの石像や銅像《どうぞう》、そしてわたしを描《えが》いた絵はすべて取り払われ、焼きつくされた。あの白い王室の帆船《はんせん》、ペルヌーク号はヌクニード号と名を変えた」

「ひどい……」とテオはつぶやきました。「あなたの夫は、その女になにもかも奪《うば》われてしまったのね」

「なにもかも奪《うば》われたわけではない。泥棒皇后《どろぼうこうごう》ニードにも手を出せないものがあった。わたしの息子、スフがいたのだ。スフ王子は、わたしが牢獄《ろうごく》につながれていたころからシュロ王にわたしを解放《かいほう》するよう訴《うった》えていた。そのスフ王子をニードはわたしを殺したあとでイデアから追放《ついほう》したのだ」

「でもいま、スフ王子は王となってるけど？　無事に生き抜《いぬ》いたというわけ？」

「ニードはシュロ王にいってスフ王子を亡きものにしようとしたのだが、さすがに他国《たこく》から嫁《とつ》いできた皇后《こうごう》がいくら暴威《ぼうい》をふるっても、イデア王国の古くからの忠臣《ちゅうしん》たちがそれはさせなかった。スフ王子は追放されて各地を放浪《ほうろう》したあげく、カダラ島にたどりつき、そこでルピアの存在《そんざい》に気付《きづ》く。そしてルピアの力をもらってシュロ王を放逐《ほうちく》し、イデア王として即位《そくい》した」

「待《ま》って」とテオはさけびました。「その、カダラの島にあるというルピアの力って、なに？」

「わたしはあるところまでは魂《たましい》となってスフ王子を守ってきた。だが、ルピアへ行ってからというものは、スフ王子の心が見えなくなった。いってみれば、わたしは夫からも息子からも捨《す》てられた女」

「もうそんなふうに考えるのはおよしなさいな」とテオはいいました。「男と女の間のことは、すべてなりゆき。これはドーム郡のことわざよ。どういう意味かというと、男の人と女の人がたがいに好きになったり嫌《きら》いになったり、奪《うば》ったり奪《うば》われたり、信じたり裏切《うらぎ》られたりというようなできごとは、これはすべて天のおぼしめし、人間の力でどうなるというものではないということなの。わたしたちにできるのは、そういうできごとをありのままに受け入れることだけなんだって」

「わたしが、うらんだり憎《にく》んだりするのはまちがいだと？」と幽霊《ゆうれい》はいいました。

「だから、正しいとかまちがっている、ということはないの。わかるかなあ。人がだれかを好きになったり、その好きになったひとに恋人がいたり奥さんがいたりすることはもうこれはしょうがないことなのよ。だからそこで泣いたり恨《うら》んだり、憎《にく》んだりするわけだけど、つまりそれはそういうことなんだってこと」

「わけがわからないことをいう」と幽霊《ゆうれい》はテオのことばに混乱《こんらん》したようでした。

「ですからね」とテオはじぶんでも混乱《こんらん》しながらいいました。「わたしたちにできることは、とにかく前を向いて元気に生きていこうというだけだって……」テオは幽霊《ゆうれい》に歩《あゆ》み寄《よ》りました。そしてやさしくその手を

とりました。「ああ、冷たい手。あなたは幽霊《ゆうれい》で、もう死んでしまったんですものね、元気に生きていくなんてことができないんだ。かわいそうに……ああ、かわいそうに、だなんて、わたしはなんてひどいことをいってるんだろう、わたしは生きていて、明日も元気でいることができる、それがわかっていて、そのことがとてもすばらしいことだと思いながら、それができないあなたのことをかわいそうだといっている……ごめんなさい幽霊《ゆうれい》さん、わたし、あなたの分まで元気に生きていく、それしかいえないひどいやつです」

テオはぽろぽろと涙《なみだ》をこぼしました。するとその涙《なみだ》が幽霊《ゆうれい》の腕《うで》にこぼれ、その瞬間《しゅんかん》にしゅわっと白い煙のような霧《きり》のようなものがたちこめたかと思うと、あっというまに幽霊《ゆうれい》は消えてしまったのでした。

翌朝、一部始終《いちぶしじゅう》を聞いたトーマはいいました。

「くわばらくわばら。早く寝《ね》てよかったぜ。起きていたらおれが呪《のろ》い殺されるところだったよな」

「そういう感想をいうかなあ」とテオはあきれていいました。「無事でよかったなあ、テオ、というんじゃないの？　いったいどれくらいいっしょに旅をしてきた仲間なんでしょうね、わたしたちは」

「昔のことなど忘《わす》れたさ」とトーマはいって口笛を吹《ふ》きました。「しかしドーム郡のことわざはよかったな。テオもすこしは賢《かしこ》くなってるってことだ。それにスフ王の過去がだんだんわかってくる。母親が牢屋《ろうや》でおかしくなって、新しい母親によって殺されたのか。そんな生い立ちを背負《せお》ったら性格だってひん曲がるぜ。おおかたルピアへ行って、そのひん曲がった性格のスケールがでっかくなっちまったんだろうな。それであちこちに戦争をしかけようというとんでもない王様になっちまったってわけだ」

「なるほどね。で、わたしたちがルピアにこのフユギモソウの種《たね》を捨《す》てれば、そのルピアの力がすこしは弱くなるということなのかしら」

「まあな。そう願いたい、ってことだよ。しかしテオ、それをするにしても、ここから出られなければ話にならないぜ」

「問題はそれね」

「おれもひょっとしてルピアへ行ったら、ものすごい力なんてものが手に入るのかな」

「急になにをいいだすの。じゃあトーマは、どんな力がほしいのよ」

「この年になると、世の中のいいものとか悪いものがよくわかるんだ」とトーマはいいました。「つまりあんたみたいに純粋《じゅんすい》じゃないからな、大人は。つまりおれは、ってことだが」

「だからおっしゃいよ、なにがほしいの？」

「この年になって思うんだが、小さいガキだったころ、大人になったら、もうすこしましな人間になるだろうと思ったし、そのころおれが尊敬《そんけい》していた大人たちのように、しょうもないことで悩《なや》まなくてもいいだろうと、つまり成長するだろうと思ったってわけさ。ところが、じつはおれの心の中はあいかわらずドーム郡でくだをまいてたころのしょうもないガキのまんまだ。ひどいだろ？」

「ふーん」とテオは感心したようにいいました。「アイザリアの道大工《みちだいく》として成功したあなたがそういうふうにいうということは、結局世の中の男たちはみんなガキのまんまってことなのかしらね」

「いや、ほかは知らんよ。おれだけかもしれん。だがたしかにおれよりひどいガキのまんまみたいな男たちには大勢お目にかかった。むろんほとんどは大人ってことでとりつくろってボロなど出しそうにないが、そういうやつにかぎって、小さいころに母親に死に別れてそれ以来ずっと母親恋しいでいるやつとか、幼いころに感じた恨《うら》みつらみをずっと大人になっても持ってるやつとかがいた」

「あ、知ってるわよわたしだって、そういうひとがいること。父親がすてきだと、いつまでたっても父親の幻《まぼろし》を追いかけてる娘《むすめ》とかね。でもそれはガキのまんまというのとはちょっとちがわない？　みんな心の中に子どものときの心を宿してるってことでしょ？」

「ふうむ。あんたはやさしいなあ、テオ。これが女性ってもんだよな」とトーマはしみじみいいました。

「世の中の女がみんなあんたみたいだと、男たちは必死でまともになろうとするだろうが」

「あぁら、なにも出ないわよ。それで？　トーマの望みはなんなの？　もっとちがった子ども時代を送りたいということなの？　ドーム郡でやったあのとんでもないいたずらをなかったことにしてほしいとか？」

「そうじゃない。できることなら、心と体がいっしょに年をとるようにしてほしいってことさ。体だけが年をとって、心の中がガキのままではどうしようもない」

「要するに長生《ながい》きしたいんだ！」といってテオは大笑いしました。「あははは。トーマって自然のままのひとだとばっかり思ってたら、ちゃんとそういうひと並《な》みの欲《よく》があったのね」

「なんでそんな当たり前のことに馬鹿《ばか》笑いするんだ？」

「だって」とテオはまじめな顔でいいました。「あなたって、欲《よく》とか無縁《むえん》みたいなんだもの」

「おれは仙人《せんにん》じゃないんだって」とトーマはばつの悪そうな顔をしていいました。「しかしまあ、テオに会ったのがいままでよかった。若いときのアイザリアでのおれじゃなくて」

「どうして？　若いときのトーマって、かっこよかったんでしょ？」

「あいにく、まあ三日とたたずに愛想《あいそ》つかされてただろうな、そのころのおれなら」

「乱暴者《らんぼうもの》だったってこと？」

「いや。あんまり中身がないくせに、格好ばかりつけてたってことさ。でもそれが若いってことでね」

するとと珍《めずら》しくリンがふたりの間に入ってきて指文字でいいました。

「中身がなくて、若くて生意気なガキだったトーマは、いつから、どんなふうに変わっていったの？」

「仕事ってことかな」とトーマはいいました。「道大工《みちだいく》の仕事ってのはなかなか奥が深かったから、夢中になっていったのさ。まあるときから、おれは仕事がすべて、みたいなやつになっていたんだけどね。すると、だんだん、外側のことはどうでもよくなってくる。つまりは中身がすこしはできてきた、ってことじゃないのかな……ほら、テオは、いつもじぶんがどう見えるかってことより、じぶんの歌や踊《おど》りの技術をどうあげたいかしか考えてないだろう、そんなようなことを、おれもアイザリアで仕事をしてるうちに見つけたってことさ。すると、以前はかわいい女の子が好きだったわけだが、こんどはそういうおれのことをわかってくれるひとがいいと思うようになる。そういうことがわかる女の子は逆におれの値打《ねう》ちもわかってくれる、ってわけでね」

「それは別に道大工《みちだいく》の仕事のことじゃなくて、トーマの経験の大きさ、その値打《ねう》ちがわかるひと、ってことよね？」とテオは慎重《しんちょう》にことばを選びながらいいました。

「おいおい、いったいなんの話だよ」といいながらトーマは苦笑いしました。「まったくおれたちはのんきだよ。ここは牢屋《ろうや》だってのに。しかし便所もあれば水洗いをするところもあって、りっぱな牢屋《ろうや》ではある」

テオもリンもうなずきました。トーマのいうとおり、この牢屋《ろうや》にはベッドが三つだけではなく、別室があり、そこにはなんとトイレがあったのです。

「こんなぜいたくな便所にはなかなかお目にかかれない。この宮殿《きゅうでん》には、下水と上水のふたつの川が流れているってことだよな」

川、というわけではありませんでしたが、別室のトイレには小さな石組みの溝《みぞ》があり、そこには常時水が流れていたのです。つまり排泄物《はいせつぶつ》はそこから流れていくようになっていました。さらに、飲み水と、体を洗うための上水の溝《みぞ》までもありました。

「驚《おどろ》いたわ」とテオもいいました。「ドーム郡では灌漑《かんがい》システムでこういう工夫をしているけど、でもいつも水を流してるわけじゃないでしょ。日に三回なのに、ここではいつも流してる」

「うしろに控《ひか》えた山が、よほど深いんだよ。それだけ水の量《りょう》が豊富《ほうふ》ってことさ」

「ドーム郡みたいに、わざわざ水番《みずばん》の仕事をつくらなくてもいいわけよね、こんなふうに流しっぱなしだと」

「いや、これはこれでメインテナンスが大変だろう。いくら石づくりだといっても草だって生えてくるし長い年月にはぐあいが悪くなるところも出てくるからな。それに排水《はいすい》だが、肥料《ひりょう》を流すのはどうかと思うね、おれは。昔ドーム郡では排泄物《はいせつぶつ》やごみはまとめて処理《しょり》してただろう。いまはどうしてるんだい？」

「いまもそうよ。地面に埋《う》めていって、古くなった順番にみんな肥料《ひりょう》をとりにくるようになってるわ」

「だよな。肥《こ》やしは地面に埋《う》めるのがいちばんだ。いい作物《さくもつ》もとれるしな」

「ゴドバールは島国ですからね。たくさんのものを海に流します。*するど海が肥《こ》えていきます」という声がしました。

三人がふりかえると、ナグラが兵士たちに囲まれて獄《ごく》の外に立っていました。

「あなたたちに食事をお持ちしようと、スフ王にお願いしてやってきました。みなさん、こんなところでもお元気のようでなによりです」

牢屋《ろうや》の扉《とびら》が開き、ナグラが入ってきました。しかし衛兵たちもいっしょに入り、しっかりとナグラやトーマたちを監視《かんし》しています。見つめられながらの食事は気分のいいものではありませんでしたが、三人はナグラには心から感謝しました。また、食事も海の幸を中心としたすばらしいものでした。衛兵たちを気にしながらも、テオは昨夜見た夢をナグラに語りました。するとナグラは目を見張ってその話に聞き入りました。

「なんと！　スフ王子の母といえばペル皇后陛下《こうごうへいか》！　いや、いまはペル前后《ぜんごう》、という名で呼ばれていますが、彼女はイデア公領《こうりよう》の出身、すなわちこのナグラにとっては叔母《おば》にあたります。そうですか、幽霊《ゆうれい》になって。かわいそうに、彼女は気の強い方だったから」

「ペルさんがここで殺されて、彼女の一人息子だったスフ王子は王宮を追放されてしまったのね」

*訳注《やくちゅう》――当然のことながら、ドーム郡にせよ、ゴドバールにせよ、いわゆる石油製品（プラスチックなど）のゴミはありません。すべてが有機物《ゆうきぶつ》であるわけです。だから、畑に捨《す》てようが、海に流そうが、それらのゴミの問題はいまのわたしたちと異《こと》なります。

「しっ！」とナグラはあわてて口に指をあてました。「殺されたなどと。ペル前后《ぜんごう》は、ご病気になられて、この王宮で亡くなられたのです」そういって、テオにウインクしました。

「ああそうだったんでございましたか」

「テオ、声が裏《うら》がえってるぞ」とトーマはいいました。ナグラは笑いをかみころしながら立ちあがりました。

「ゴドバールの正史《せいし》によれば、スフ王子は実母であるペル前后《ぜんごう》が亡くなられたあと、ゴドバールの五王国十三公国、そして二百の島々へ修行《しゅぎょう》の旅に出られたのです。そして父王シュロが亡くなられたときにイデア王位をめぐって、ニード女王との間に争いが起きたのです」

「スフ王子は前の妃《きさき》の息子でしょ？　つまり長男だからかれが王位を継《つ》ぐべきなんじゃないの？」

「まあ、スフ王子はそう主張しますが、ニード女王にもシュロ王との間に子どもがいましてね。いま現在の妃《きさき》の息子こそ正当な世継《よつ》ぎだというわけです。子どもはまだ小さいから、ニード女王が面倒《めんどう》を見るということで対立したんです。要するにシュロ王が亡くなるころからイデア王国はまっぷたつにわかれてはいたのですが、それぞれ担《かつ》ぐ王子がいたもので、とうとう戦争になりました。スフ王子は追放の身だし、正規軍はニード女王が把握《はあく》しているわけですから、スフ王子は圧倒的《あっとうてき》に不利だったのですが、イデア王国の東にある小さな砦《とりで》を皮切《かわき》りに、かれの少数の軍勢は次第に数を増やし、やがて国軍とのいくさになりました。勝敗は驚《おどろ》くほどあっけなくつきました。ニード女王の軍勢が王宮を出て、戦場となるべきビアンの原野へ向かったところ、王宮はスフ王子軍の別働隊《べつどうたい》によってかんたんに占拠《せんきょ》されてしまいました。そしてニード女王は捕《と》らわれ、国軍はスフ王子に下《くだ》ったのです。もともと心情的《しんじょうてき》にはスフ王子にしたがいたいというものがほとんどでしたから、こうなるのは自然だったと思います」

「まるで絵巻《えまき》を見ているようだ」とトーマはいいました。「いやあ、面白《おもしろ》いなあ、そういう歴史があったのかい。それでスフ王子はようやくイデア王国の支配者となったわけだ。だが、ゴドバールにはまだたくさんの王国があったわけだろ？」

「そのとおりです。こんどはニード女王を奪還《だっかん》しようと、王女の父母が支配するロベイサ王国がイデア王国に宣戦布告《せんせんふこく》しました。ふたつの国の間で戦争がはじまりました」

「すると当然、ほかの三つの国だってだまってはいないというわけだよな？」

「残りの三つというのはマルカ、テイカ、ブロンの各王国ですが、この三国は連盟《れんめい》を組んでロベイサとイデア両国に戦争をやめるよう勧告《かんこく》しました。五つの国はそれぞれ国力も同じくらいで軍事力も拮抗《きっこう》していましたから、そのバランスが壊《こわ》れるのは困《こま》るのです。しかし戦争当事者であるふたつの国はその勧告《かんこく》を無視《むし》しました。スフ王子の軍勢は、ロベイサの国軍をことごとく打《う》ち破《やぶ》り、イデア王国はかつてのロベイサ王国をあっさりと併合《へいごう》してしまいました。このときの国名《こくめい》が『イデア＝ロベイサ連合王国』です」

「戦争に負けた、つまり降伏《こうふく》したのにロベイサ王国の名前を残したのにはわけでもあるのかい？」

「降伏《こうふく》条件として、ロベイサ王国の王女……じつはいとこなのですが、その女性をスフ王子の妻にしたのです。この時期まではスフ王子もいちおう手段を踏《ふ》んでいました。つまり名目を重視《じゅうし》したのです。戦争はおわり、民《たみ》はふたつの国がひとつになって喜び、活気づきました。そしてスフ王子は正式に即位《そくい》しようとしましたが、そこへマルカ、テイカ、ブロン三国連盟《れんめい》が連合軍を派遣《はけん》して、イデア王国とロベイサ王国の連合、じつは併合《へいごう》に反対したのです。この時点で、ゴドバールはふたつに分裂《ぶんれつ》し、のちに〈統一《とういつ》戦争〉とよばれる内《ない》戦《せん》に突入《とつにゅう》します。歴史の必然といいますか、あとになってみると結局は帝国ゴドバールができあがるまでの手続きのように思えるのですが、この時期はスフ王子がそれほどのものだとはだれも思っていなかったのです。しかし、いくさが続くと、スフ王子の軍勢の圧倒的《あっとうてき》な強さにだれもが驚《おどろ》きました。いちばん驚《おどろ》いたのは兵士たちかもしれません。スフ王子の軍は、最新式の連装弓《れんそうきゅう》や戦車を使い、ゴドバールせましと暴れまわりました。北のマルカ王国は、ろくに戦いもせずに降伏《こうふく》しました。こうして、ゴドバールは統一されたのです。スフ王子はゴドバール王となり、その即位式《そくいしき》でかれはあらたな野望を提示《ていじ》しました」

「それがイシュゴオル侵攻《しんこう》、ってことだったのか」

「それが……」とナグラは一瞬《いっしゅん》いいよどみました。「ゴドバールの東に、大きな海があります」

「東？　イシュゴオルの反対側のことかい？」

「海には名前がついています。イシュゴオルとの間には、ドブリール、スルリール、ボエリールという海がありますね。そしてゴドバールの東、つまりみなさんの住んでいる大陸の海の反対側には、アスリールという海があるのです。鏡《かがみ》の海、という意味です」

「ぞくぞくしちゃう」とテオはいいました。「世界は広いのね！　ゴドバールの東にはまだまだいろんなものが続《つづ》いていているんだ！」

「そのアスリールには、カレドオルという陸地がうかんでいるといわれていました。そのカレドオルには金銀財宝のみならず人間の望みを満《み》たすことができるものはすべてそろっているといわれている土地なのです。

大地にはそこかしこに恵《めぐ》みの穀物《こくもつ》があり、大河《たいが》は水をたたえて流れ、森も山も美しい、理想の土地、神々の土地だといわれているところです。スフ王は、カレドオルに侵攻《しんこう》するといって、そのための手段として、ゴドバールから東に点在する、レブ島をはじめとする多数の島王国をすべて侵略《しんりゃく》し、支配下《しはいか》におさめました。その島王国の人々は、いまこのゴドバールで、最下層《さいかそう》の奴隷《どれい》となって使われています」

「奴隷《どれい》かい」とトーマはうんざりした声でいいました。「おれがいちばん嫌《きら》いなことばが奴隷《どれい》、ってやつだ。アイザリアには、貧《まず》しい民《たみ》、飢《う》えている人々はいるが、すくなくとも奴隷《どれい》はいない。だがカダリームや、あといくつかの国のいくつかの都市《とし》にはまだこの奴隷《どれい》、っていうひとたちがいるんだ」

「知っているわ。売買《ばいばい》されて、人間として扱《あつか》われないひとたちでしょ」

「まあいいや、それで？」

「カレドオルという理想郷《りそうきょう》をめざした国をつくるため、いくつかの王国にわかれていたゴドバールはゴドバール帝国《ていこく》と名を変え、スフ王子はスフ帝王《ていおう》として君臨《くんりん》することになったのです」

「たいした出世物語だな、それは」

「それから帝王《ていおう》の専制《せんせい》がはじまりました。スフ王の下には三つの機関《きかん》があって帝国《ていこく》を統治しています。それはかつてないほど機能的な組織で、軍事と財政と政治にわかれ、それぞれの地域《ちいき》ごとにこの三つが縦横《たてよこ》の連絡をとりながら帝国を運営《うんえい》していくのです。帝国《ていこく》になってからというもの、ゴドバールはすっかり変わりました。国を縦断《じゅうだん》する道路ができ、都市には流水設備《りゅうすいせつび》、この牢屋《ろうや》でもおなじみの上下水が完備《かんび》され、運河《うんが》が掘《ほ》られ、港が整備《せいび》されました」

「すごいなあ。それではまるでラド王の再来《さいらい》じゃないか」

「われわれも、この国がいったいどんなふうになっていくのだろうとわくわくしていました。いままで見なれた牧歌的《ぼっかてき》な景色《けしき》が、いつの間にかゴドバール帝国《ていこく》、という名を冠《かん》した、ひとつの文明のようなものに変わっていったのですからね。あちこちに巨石のスフ王の像がきざまれたり、帝国《ていこく》の象徴《しょうちょう》、赤い狼《おおかみ》の旗がなびくようになりました。しかしそれらはすべて、イシュゴオルを侵略《しんりゃく》するための準備だったのでした」

「待ってよ。カレドオルはどうなったの？　その理想郷《りそうきょう》へ行くんじゃなかったの？」

「カレドオルは見つからなかったのです」

「は？」

ナグラは深いため息をつきました。

「たぶん、それは単なる伝説だったのでしょう。だが、理想郷《りそうきょう》をめざすという話はわれわれを興奮《こうふん》させ、スフ王を神格化するのに役立った。もしも最初にイシュゴオルを侵略《しんりゃく》するといわれれば、われわれは反対したかもしれない。けれど、カレドオルが見つからないままに、侵略《しんりゃく》目標がイシュゴオルに変わったときは、われわれはだれも反対できないほど、スフ王の力は強大になっていたのです」

「巧妙《こうみょう》だ！」とトーマはうなりました。「しかしそんな単純《たんじゅん》な詐欺《さぎ》に引っかかるなんて、ゴドバールの民《たみ》も愚《おろ》かなものだぜ。権力者がおのれの権力を強くするために餌《えさ》をちらつかせるなんてよくあることだ」

そのとき、衛兵のひとりが「えへん」とわざとらしい咳《せき》をしました。

「もう行かなくてはならないようです。思わぬ長居《ながい》をして、あらぬことを口走ってしまったようです。あなたがたをなんとか牢屋《ろうや》から出したいと思って、あれこれやっているところですが、もうしばらく待っていてください。いま、イデアでは例の第二艦隊《かんたい》の出航準備でてんやわんやです。どうやら半月後に出陣式《しゅつじんしき》とあいなるようです。無鉄砲《むてっぽう》な戦争をはじめたものだとは思います。湾岸諸国《わんがんしょこく》の艦隊《かんたい》と決戦をして、それで敵が降伏《こうふく》してくれるならともかく、そのうしろにはアイザリアがひかえているわけだから、たかだか十万や二十万の軍勢でアイザリアが支配できるわけはないと思うのだが。でも、これまで、そんな疑問《ぎもん》にスフ王は現実の侵略《しんりゃく》の成功《せいこう》というかたちで何度も応《こた》えてきたという事実があるのです。いつの間にか、かれの下にはどこからやってきたのか得体の知れない連中も参謀《さんぼう》になっています。一例が『副官』と呼《よ》ばれるブーン。ブーンをはじめ、いろんなやつらが王を取り巻いている。そしてなかなか機能的にうごいている。それぞれが王の手足、王の目や耳になってうごいています。まるであの集団がひとりのスフ王でもあるかのようだ」

衛兵たちはナグラを囲み、それ以上語らせまいとしました。ナグラはかれらの手をふり払《はら》いながら、牢屋《ろうや》を出ていきました。

「なにか、別のことをいいたかったみたいなんだがな、ナグラの旦那《だんな》は」とトーマはいい、テオもうなずきました。

これではわざわざトーマたちにゴドバールの歴史《れきし》を講釈《こうしゃく》しにきただけではありませんか。

ところがそのとき、リンがふたりにすうっと小さな竹の切《き》れ端《はし》を見せました。どうやら食事の中に入っていたもののようです。

驚いたことに、その切《き》れ端《はし》にはこんな文字が書いてありました。

――半月後にあなた方を助けるチャンスが巡《めぐ》ってくる。それまでお待ちなさい。ナグラ――

「半月後って」とテオはいいました。「第二艦隊《かんたい》が出発する日ってことね」

第十六章　脱　出

まさに半月の間、三人はなすすべもなく牢屋《ろうや》ですごしました。一日に三度、食事を運び、取り下げる兵士と短い会話をかわすほかは、だれも訪《たず》ねてはきませんでした。外のようすを聞いても、最初のうちは兵士たちはなにも答えてはくれませんでした。その間、テオは毎日牢屋《ろうや》の中で踊《おど》りや歌の練習に余念《よねん》がなく、リンは笛でその伴奏《ばんそう》をしました。トーマといえば、ゴドバールの上水や下水のシステムがよほど気に入ったようでなにやらぶつぶついいながら、図面を引いていました。監視《かんし》はきびしくはなく、外に出られないということをのぞけばふつうの部屋《へや》のようにすごすことができました。やがて交代で食事を運んだりする番兵たちも次第に三人にうちとけ、毎日テオの踊《おど》りを楽しみにしはじめ、十日もするとテオの練習の時間になると牢屋《ろうや》の前では兵士たちが鈴《すず》なりになってテオの踊《おど》りを見つめるというようなさわぎになっていました。

天窓《てんまど》からのぞく月が新月から満月になったある日、いつも見にくる兵士たちが当番の番兵だけになっていました。ちょうど半月たったころでした。

「今日はなんの日なの？　お客さんがいないけど？」テオがたずねると番兵は答えました。

「イシュゴオル侵攻《しんこう》の主力艦隊《かんたい》、つまり第二艦隊《かんたい》の出航準備が整《ととの》って、今日が出陣式《しゅつじんしき》になるのです。だから兵士はみんなそっちに出払《ではら》っています」

「この前と同じことをまたしてもやるわけね？」

「はあ。でもこんどは踊《おど》り子《こ》の踊りはないぞ、というただし書きがついてましたけどね、命令には」そういって番兵は立ち去りました。

「あっ、そう。王様のお呼《よ》び出しはないのね」がっかりしていったテオにトーマが皮肉っぽくいいます。

「ゴドバール帝国《ていこく》の帝王《ていおう》さんも、あんたに近づくのは危険《きけん》だということがわかったらしいな」

「危険《きけん》な女」テオはうれしそうにいいました。「いいなあ、それ。でも、冗談《じょうだん》いってる場合じゃないわね。ナグラは今日、わたしたちを助けにくるといってたわ。兵士がみんな出払《ではら》ってるということは、今日しかこの牢獄《ろうごく》を出るチャンスはないってことでしょう？」

「そういうこった。王宮の警備《けいび》も薄《うす》いだろうからな。外に出る準備でもしておくか」

「ううむ。投げ棍棒《こんぼう》を使わねばならないかしら、ひょっとして」とテオはうれしそうです。

「そういうことで喜ぶかね。ほんとにおまえさんは危険《きけん》なやつだなあ」とトーマはあきれていいました。

ナグラの助けは夕方になってもありませんでした。トーマはいいました。

「では」テオとリンもうなずきました。そしてテオはかんだかい声でさけびました。

「あーれーーーー！」

番兵たちが三人でやってきました。牢屋《ろうや》の中をのぞくと、トーマたちが見えません。

「逃《に》げたのか？」「まさか。鍵《かぎ》はかかっているぞ」「中でなにかあったにちがいない」と口々にいって、剣《けん》を持った番兵の三人はかんぬきをはずし、牢屋《ろうや》の中に入ってきました。するとトイレの前で、テオが倒《たお》れており、トーマが助け起こしているところでした。番兵の一人が「どうしたんだ？」といったとき、いきなり三人のひとりがどすっという鈍《にぶ》い音とともに前のめりになって倒《たお》れました。残りのふたりはぎょっとして身構えました。

「幽霊《ゆうれい》がいるらしいんだ」とトーマがテオを介抱《かいほう》しながらいいました。「この子もいきなり倒《たお》れたんだ」

「うっ！」と、こんどは二人目の番兵が腹《はら》をおさえて倒《たお》れました。

「どっ、どっ、どうしたっ！」三人目は焦《あせ》りながら見まわします。するとテオが起きあがって、

「まあひとりなら大丈夫ね」といって投げ棍棒《こんぼう》をうしろからびゅっと投げると、三人目の兵士の後頭部《こうとうぶ》に命中《めいちゅう》して、兵士はどさっと倒《たお》れ、そのまま起《お》きあがりませんでした。

「では」と、トーマが手際よく三人を麻縄《あさなわ》でうしろ手《で》に縛《しば》りあげ、さるぐつわをし、いつのまにか包帯《ほうたい》を巻《ま》いてすがたをあらわしたリンも手伝って、兵士たちは皮の鎧《よろい》をはがされました。

「悪く思うな。こうでもしないと逃《に》げられないんだよ」とトーマはいい、鎧《よろい》をつけました。

「くうっ！　なんて重いものを着てるの」とテオは鎧《よろい》の重さに顔をしかめます。それでもさすがに鍛《きた》えられた体は、鎧《よろい》をつけてもちゃんとうごきます。「えー、これでまだ剣《けん》を持つわけ？」

「そういうわけだ。しかしうまくいったもんだな、なかなかしっかりした鎧《よろい》じゃないか。この鎧《よろい》の上をたた

いても蚊《か》に食われたほども感じないぜ。ちょうどあわせ目《め》のところをついたもんだから倒《たお》れてくれたってわけだ、テオの棍棒《こんぼう》だって、頭にあたらなかったらどうなっていたことか」

トーマたちはうめいている兵士を縛《しば》りあげると、ベッドに運び、上からシーツをかぶせ、すばやく牢屋《ろうや》の扉《とびら》から出てかんぬきを元どおりにかけました。外から見ると、三人がまだベッドで寝《ね》ているように見えました。

「これならしばらく時間を稼《かせ》げるな。よし、いそごう」

ところどころにろうそくの灯りがついている長い廊下《ろうか》を三人はひたひたと走ります。トーマは建物のつくりから、どこが出口になるかを予測《よそく》しながら先導《せんどう》しました。ところがトーマも首をかしげるところにきてしまいました。廊下《ろうか》が三つにわかれている踊《おど》り場《ば》のようなところに出たのです。

「牢屋《ろうや》といったって、番兵やおれたちの飯《めし》をつくる人間もいれば、いろんな係りがあるんだ。そいつらの居《きょ》住区《じゅうく》や、待機場所《たいきばしょ》、拷問部屋《ごうもんべや》などいろいろあるわけでね。おれたちがたどりつきたいのは裏口《うらぐち》なんだが、これではいくら道大工《みちだいく》でもどっちに行けばいいかわからないな。どこか決めてかけてみるしかないぜ」

トーマがそういって立ち往生《おうじょう》したときでした。とつぜん、一方の廊下《ろうか》から、

「決めてごらんなさい」という声がして、ひとりの兵士が出てきました。「ただしわたしを倒《たお》してからね」

兵士はそういいながら三人の前に立ちはだかったのです。三人はぎょっとして身構《みがま》えました。けれど、剣《つるぎ》を抜《ぬ》こうとしたトーマを制《せい》して、

「わたしが相手しようか」とテオが投げ棍棒《こんぼう》をもって一歩前に出ました。トーマはまたしてもあきれてしま

いました。こういうことになると、テオは問答無用で血がさわぐようです。

「待てよテオ！　相手はたったひとりじゃないか」

「そのとおり、しかもあなたたちの味方ですよ」と兵士はくっくっと笑いながらいいました。

「あんたは……ノガラス！」とトーマはさけびました。「衛兵さんだったよな、スフ王の」

「光栄です、覚えていてくださって。いやはや、血の気の多い方々ですね。さ、こっちへ」そういうとノガラスは先頭に立って三人を左側の通路へと案内しました。「まさしくこっちがこの牢獄《ろうごく》の裏側《うらがわ》になります」

「出たとたんにそのおそろしい剣《けん》で刺《さ》し殺そうなんて思ってないでしょうね」とテオ。

「まいりましたね、状況《じょうきょう》はいろいろ変わっているんですよ。どうぞご心配なく」

「とはいってもな」とトーマもいいました。「いきなり助けてやるっていわれても。おれたちは囚人《しゅうじん》だぜ。それを助けたらとんでもないことになるぜ。そんなリスクを背負《せお》って、いったいあんたにはどんな得《とく》があるというんだね？」

「わたしはレブ島という、シルクールのさらに北にある島王国の出身なんです。島王国はたくさんあるんですが、まあその小さな島の王子です。村程度の島ですから、王子というのもちょっとおこがましいですが。そのわたしのレブ島で平和に暮《く》らしていた民《たみ》はスフ王によって多く兵士にされたり奴隷《どれい》にされてしまいました。あの艦隊《かんたい》の漕《こ》ぎ手《て》にもわたしの島のものたちがたくさんいます。これまではそれも仕方がないことだ、わたしがスフ王のもとで偉《えら》くなればかれらを解放《かいほう》できるかもしれないと思っていましたが、あなたたちと話して考えが変わりました。わたしは、これからスフ王に抵抗《ていこう》するひとたちとともに、かつての平和な島王国を取り戻《もど》すために戦うことにしました。それがどんなに長くかかっても、やっていこうと思ったのです……そのきっかけをくれたあなたたちを助けるのは当然です」

「まあすばらしい」とテオはいいました。「水をさすようで悪いんですけど、わたしたちを助けたからってスフ王をやっつけられるわけじゃないのよ。わたしたちの目的は」

「ルピアへ行かれることですね」と衛兵ノガラスはいいました。テオたちはびっくりしました。

「どうしてそれを知ってるの？」

「わたしがここにきたのは、ナグラさまの手配《てはい》です」

「ナグラはどうしてるんだ、今日助けにくるといっていたが」

「ですからそれがわたしです。しかし、まさかあなたたちが自力で牢屋《ろうや》から出てくるとは思いませんでした。しかも兵士に化《ば》けて。たいしたものです。でもタイミングがずれたら、わたしとは会えなかったのですよ。まあいいですけどね。さあ、こっちへ」

しばらくノガラスのあとについて走り、廊下《ろうか》の角《かど》を曲《ま》がると、四人はいきなり外に出ました。もちろんまだ王城《おうじょう》の中なので、目の前には高い城壁《じょうへき》がそびえています。城壁《じょうへき》にそって歩いて行くと数人の兵士や、王宮の仕《つか》え人《びと》に出会うのでテオたちはひやひやしましたが、四人とも兵士の格好をしているのでどうやらあやしまれずにすみました。建物と城壁《じょうへき》の間をしばらくすすむと、いちだん低くなったところに煉瓦《れんが》づくりの堤防《ていぼう》で囲まれた細長い側溝《そっこう》がありました。その中には小川のように水が流れています。王宮の中を縦横《じゅうおう》に走る運《うん》河《が》だったのです。側溝《そっこう》の階段を降《お》りると、水は深そうで、幅《はば》もあり、小舟が並《なら》んでうごけるほどでした。

「イデアの王城《おうじょう》の中はこのように運河《うんが》で行き来《き》するようになっています。出入《でい》りのものたちも小舟で城内《じょうない》に入ります」といってノガラスは階段の下で太い綱《つな》をたぐりました。すると綱《つな》に引っぱられて小舟がでてきました。のぞきこむと、側溝《そっこう》の堤防《ていぼう》の下には四角い池のような空間があって、そこにはたくさんの小舟がつながれていました。

「手品《てじな》みたいだな」とトーマが感心していいました。「ここに小舟を格納しているのか」

「この階段では城《しろ》の女たちが洗濯《せんたく》をしています。いつもはにぎやかですが、今日はみんな出陣式《しゅつじんしき》なので出払《ではら》っています。さ、乗ってください。トーマさん、その櫂《かい》を持ってください。わたしが竿《さお》で舵《かじ》をとります」

リンを最後に四人が乗りこむと、ノガラスは竿《さお》を運河の底にぐいと立てて小舟を操《あや》つりました。島王国の育ちというだけあって小舟の操作《そうさ》は慣《な》れているようでした。しかしうごき出すと小舟は猛然《もうぜん》とすすみました。

「きゃあっ！　あぶない！」

「ところどころトンネルになってます。頭上に気をつけてくださいっ！」とノガラスはいい、じぶんも身をかがめて小舟をすすめました。

「そんなにいそがなくても」とトーマがいうと、

「なにをのんきなことをおっしゃってるんですか！　どのみち、すぐに追手《おって》がかかるんですからね」

「頼《たの》もしいわ、ノガラス。そんなに勇ましいんじゃ、あなたの島王国がスフ王に征服《せいふく》されたときは大変だったでしょうね、よく殺されなかったものね」

「そのときわたしはまだ子どもでした。幸いなことに。もし大人だったら、死ぬまで抵抗《ていこう》したでしょうね、

おっしゃるとおり。わたしの父や兄たちのように

「子どもだったから殺されるのは免《まぬが》れて、生きのびた。しかし大きくなるとじぶんたちの国を滅《ほろ》ぼしたスフ王の兵士にさせられたというわけか」

「姉や妹たちは王宮の侍女《じじょ》として。でも滅《ほろ》びたたくさんの島王国の国々の民《たみ》にくらべればまだ幸福な部類《ぶるい》です。多くは奴隷《どれい》になり、イデアの自由街よりももっと悲惨《ひさん》な生活をしています」

「だったらスフ王って、やっぱり悪王じゃないのよ、それものすごくひどいやつじゃなくて？」

「そうとばかりもいえません」とノガラスはいいました。「かれはゴドバールを一歩先にすすめたのですから。島王国は、それぞれ勝手にじぶんたちで暮《く》らしていましたが、いまではみな統一アイザール語の教育をうけていますし、漁業や塩の生産は分業化して効率的《こうりってき》になりました。ゴドバールの富は格段に増えたのです」

「おやおや。それはすべて、ゴドバールの戦争準備のためだったっていうのに？」

「それとこれとは別ではないかと思っていたのです。戦争は社会を進化させるのではありませんか？」

「そんな進化《しんか》にどんな意味があるの？」

「ですから……」ノガラスはぐっとつまりました。「おお、わたしはいま、アイザリアへ侵攻《しんこう》し、アイザリアの民《たみ》を支配するために、というのいつもの答えをしようと思ったのですが、それはそのままわたしたちの島王国に行われたことでした。考えてみれば、いや、考えるまでもなく、だれだって戦争はいやだ」

「わかればよろしい」とテオはいいました。「でもさあ、ドーム郡の人間にとって、戦争はいけないこと、

というのは自明《じめい》なのに、どうしてよその国ではそれが自明《じめい》ではないの？」

「それはね、ドーム郡が支配されていないからだよ、だれからも」とトーマはこたえました。

「支配ということがそんな大きな問題なの？」

「それはそうだ。どんなにりっぱな貴族《きぞく》王族であろうと、かれらをささえているのは支配されている民だ。その制度をささえるためにさまざまな理屈《りくつ》が考えられてきた。戦争は必要悪《あく》だというのもそいつらの考えさ。なんのことはない、兵士なんてものは貴族《きぞく》王族を守るためだけに存在している。だがそんな真実をかくすために、兵士は国を守る、みたいなことをわざわざいいふらすわけさ」

「しかしあなたがたは……不逞《ふてい》の輩《やから》ですね！」とノガラスはうれしそうにいいました。「国王や支配階級がいらないなどととんでもない思想《しそう》を持っているひとたちだったんだ」

「あら、わたしもそういう考えはあまり聞いたことがないんですけど」とテオはいいました。「っていうか、ドーム郡の女の子だって、ふつうに貴族《きぞく》とか王様って好きだと思うけど。王子さまがいつかきてくれる、みたいなことをいう子は多いし、王様王子様の話にはあこがれるんじゃなくて？」

「そりゃそうさ」とトーマはいいました。「だれだって上に立ちたいからな。金がないよりあるほうがいいに決まってる。だがな、自由なアイザリアに世界じゅうが襲《おそ》いかかろうとしているのはなぜだと思う？　王様が支配する国ではないからだよ。やつらは王のいないアイザリアがじぶんたちの体制を根本《こんぽん》からゆるがそうとしているという危機感《ききかん》にとらわれているもんだからアイザリアを滅《ほろ》ぼそうとするのさ。湾岸諸国《わんがんしょこく》みたいな小さな国だって、自由なアイザリアを快《こころよ》くは思っていない。もうひとついうとだな、テオ。ドーム郡ってのは、じつはおれみたいな不逞《ふてい》の輩《やから》がつくったところなのさ」

「やめてよ！　なによそれは。わたしたちのドーム郡は、由緒《ゆいしょ》正しい、シェーラとタウラの」

「そのふたりというのが、じつはこともあろうにアイザールの王様を暗殺した犯人《はんにん》じゃなかったかね？」*

「そういえば」

「だろ？　自由というのはそういうことさ。人を支配したりされたりしないで生きていくには、いずれにせよ戦っていかねばならない。たたかうもののことを支配者は不逞《ふてい》の輩《やから》というんだ」

「あなた方は暗殺者の末裔《まつえい》なんだ」とノガラスは面白《おもしろ》そうにいいました。「ゴドバールでそんなことをいったらみんな目をひんむくだろうな。それはそうと、顔を伏《ふ》せて。そろそろ城門《じょうもん》です」

「あいよ」といいながら、トーマとテオとリンは小舟の中で顔を下に向けました。両側に兵士が立っている王宮の門があります。上級兵士のノガラスを見て兵士たちは槍《やり》を持ち替《か》え、敬礼《けいれい》をします。

「外のようすはどうなっている」とノガラスは棹《さお》を立てて小舟をとめ、兵士たちにたずねました。

「こちらには情報は届いておりません」と兵士が答えました。「祝典《しゅくてん》の最中に謀反《むほん》がはじまった、としか」

「気をつけて見張っていてくれ。王宮にはあやしいものはだれひとり入れてはいけない」

「はっ」とふたたび敬礼《けいれい》する兵士を尻目《しりめ》に、ノガラスは小舟を王宮の外へとすすめました。

「なんだい、その祝典《しゅくてん》の最中の謀反《むほん》というのは」

「出陣《しゅつじん》の祝典《しゅくてん》はとどこおりなくおわろうとしていたんです。そして第二艦隊《かんたい》がゆっくりと出航したのです。

第二艦隊《かんたい》は前後《ぜんご》四つの部隊にわかれていたのですが、うち最後の部隊が出航と同時に反転《はんてん》して、カダラ島へ向かったのです。先の三つの部隊はもう出陣《しゅつじん》したあとでしたから、戻《もど》るとしても時間がかかります。この謀《む》反《ほん》にはだれもが驚《おどろ》きました。見送るひとびとにとってはそれが当然の行動であるというふうに説明されましたが、だれだっておかしいと思います。第四部隊は総軍《そうぐん》のしんがり、艦隊《かんたい》の要《かなめ》です。それがこともあろうに海峡《かいきょう》方面ではなく、カダラ島に向かった。方向がちがうんですからね」

「いったいなぜ、その四番目の部隊はカダラ島へ向かったの?」

「うわさはあれこれ飛びかっています。先にイシュゴオルへやらされた先遣艦隊《せんけんかんたい》がいたのですが、前回の出《しゅつ》陣式《じんしき》の前にかれらは敵前逃亡《てきぜんとうぼう》したという不名誉《ふめいよ》なレッテルを貼《は》られて処分《しょぶん》されたのです。その将兵たちが中心になっての謀反《むほん》だ、といううわさもあり、また、ナグラ様の反乱《はんらん》に呼応《こおう》したのだという話もあります。ここだけの話ですが、ナグラ様の指示で、自由街《じゆうがい》、ルピアの民《たみ》もふくめ、いま、スフ王に反対するものは、みなカダラ島へ、ルピアへと向かっているのです」

「カダラ島を反乱軍《はんらんぐん》の拠点《きょてん》にしようというのね。ナグラさん、かっこよくスフ王と対決するってわけだ」

「いや、いまのところ百にひとつも成功の希望はありません。ナグラさまは、無謀《むぼう》なところがあります。とりあえず、じぶんが反抗《はんこう》したというだけで自己満足しておられるところがあります。そういう事実をつくることが大事だと思っておられるだけなんです」

「しかし歴史は往々《おうおう》にしてそういう連中が先鞭《せんべん》をつけて変わっていくものなんだから」

「もちろんわかりますが、わたしはあまり期待していないというだけです」とノガラスはいい放《はな》ちました。

＊訳注《やくちゅう》——そのいきさつは『ドーム郡ものがたり』にくわしい。

「ほう。りっぱなもんだ。反乱軍《はんらんぐん》ってのは、だいたい反乱《はんらん》しようとする、その当の相手に似てたりするんだが。つまりナグラが勝ったらこんどはナグラが第二のスフ王になる、なんてことになりがちなんだが、あんたみたいにしっかりしてるのが協力するんなら、これはちょっとしたもんだぜ」

「そこがわたしの悩《なや》みの種《たね》でもあるんです」とノガラスがいいました。「ねえ、トーマさん。教えてほしいのです。スフ王のやろうとしていることに逆《さか》らおうとすれば、ナグラ様につかねばならない。だが、ナグラ様はとうていスフ王に勝てるとは思えない。そしてわたしの勝つための進言《しんげん》にもあまり乗り気《のき》ではない。こういうときに、わたしはどうすればよいのです？」

するとトーマはあっさりと答えました。

「そういうときは、じぶんの足場を固めるしかないよ」

「なるほど！」とノガラスはいいました。「すごい。あなたはわたしのここ十日ばかりの悩《なや》みをたったひと言で」

「あちらもこちらも水浸《みずびた》し、じぶんの足場を固めよう、って、アイザリアのことわざじゃない」とテオがいいました。「まったくいつも、適当なことばかりいっちゃって、うまく行くんだから」

「すごい！　いつもそんなみごとにすばらしいことばをおっしゃるんですね、トーマさんは」

ますますトーマを尊敬《そんけい》するノガラスにテオはあきれています。

「ことばが正確に伝わらないということは、逆にいいこともあるってこった」とトーマは得意顔です。

「それよりノガラス、あなた、この小舟でわたしたちをカダラ島のルピアへ連れて行ってくれるつもり？」

「そうできればいいのですが、運河《うんが》は行きどまりになっているんです。だからいったん道に出て、港へ出たらまた別の舟を調達《ちょうたつ》します。そしてカダラ島へ渡《わた》りましょう」

「別の舟って。小舟を盗《ぬす》むってこと?」

「人聞きの悪いことを。盗《ぬす》むんではなく、調達といいます」

「便利なことばだよな、だいたい兵隊ってのは基本的に野武士とか夜盗《やとう》と変わらない存在《そんざい》だからな。ふつうの人間の持ち物を盗《ぬす》むことなんざ、なんとも思ってないんだ。だろ?」

「いくさの最中にこれはだれのものだなんていってられませんからね。そういうものなんです」

「わかったわ。非常事態《ひじょうじたい》ですものね。なんでも調達しましょう!」とテオがいってトーマはあきれています。

小舟はイデアの街《まち》の中の運河《うんが》へとすすんでいきました。夜のとばりがあたりをつつみ、街は静かです。

「この静寂《せいじゃく》の背後《はいご》に、権力《けんりょく》の暗闘《あんとう》が渦巻《うずま》いているのね、たったいまも。あー、わたし、歌でも歌いたい気分《きぶん》だわ。長いこと牢屋《ろうや》で大きな声も出せなかったんだもの」

「冗談《じょうだん》だろ!　あんた、牢屋《ろうや》でも歌ってたじゃないか。それにこんなところで歌ってみろ、あっという間に牢屋《ろうや》に逆戻《ぎゃくもど》りだぞ、テオ」とトーマはあわてていいました。

「ふん、だ。わかったわよ。それはそうと、ルピアの民《たみ》はどうなったの?　ナグラの館《やかた》にいたひとたち」

「ルピアの民《たみ》がナグラの館《やかた》に!　そうだったんですか!」とノガラスはいいました。「自由街の焼《や》き討《う》ちのことを聞きましたが、兵士たちの間でうわさになっています。なんせ、何百人というルピアの民がこつぜんと消えていたというんですから。そうか、しかしいつの間にナグラの館《やかた》にうつったんだろう」

「あら、抜《ぬ》け穴《あな》とか見つからなかったってわけ？」

「街を燃《も》やしましたからね。あとは灰と崩《くず》れた煉瓦《れんが》ばかりでした。そうか、抜《ぬ》け穴《あな》があったのか」

「それも下水につながってたわよ。知らないんだ。みんな知ってるのかと思ったら」

「なるほど。下水にねえ。するとあのうわさもほんとうかもしれないな」とノガラスは首をかしげました。

「あのうわさって？」

「カダラ島のルピアと、このイデアをつなぐ地下《ちか》回廊《かいろう》があるというんです」

「おいおい、まさかそれは海の下を通っているというんじゃないだろうな」

「まさにそのとおりですが？　海の下を通らずにどこを通るというんです？」

「あのなあ。地下に下水路をつくるったって、どんなに深くてもせいぜい二ラグール（二十メートル程度）か三ラグールくらいのもんなんだよ。だが海の底はいったいどれくらいだ？　かるく十ラグールはあるんだぞ。それだけじゃない。海の底の岩なんてものは掘《ほ》ろうとしたってかたくて歯が立たない」

「ですよね」とノガラスはあっさりうなずきました。「海の底に地下通路《つうろ》をつくるなんてことは、ラド王だってできっこない」

「海の底にトンネルなんか掘《ほ》らなくても、回廊《かいろう》をつくろうと思えばできるんじゃない？」

「どうやって？　道大工《みちだいく》のおれができないといってるのに、歌姫《うたひめ》さんがずいぶんな口をきくじゃないか」

「膠《にかわ》かなにかで、水が漏《も》れないようになってる丸い管《くだ》はつくれる？」

「土管《どかん》みたいなもんだろ？　それならできるさ。ここの下水《げすい》にも使ってあるだろう。陶土《とうど》でもいいし、うわぐすりを使っても、防水《ぼうすい》はできるぜ」

「だったらその大き目のものをつくってつなげるのよ。それを海の底に並べたら、ちゃんとトンネルができるでしょ」

テオのことばに、トーマとノガラスは顔を見あわせました。ノガラスが感心したようにいいました。

「それならできます。そうか、ラド王は海の底を歩いてカダラ島へ渡《わた》ったという伝説はうそではないのかもしれない。だが待てよ。だとしたら、いや、わからんな、それは」

「なにがわからないんだ？」

「もしもそんな回廊《かいろう》があるなら、いったいこっちの出口、いや入り口かな？　それはいったいどこだろうと思ったのです。ありうるのはやはり王宮ですよね、でも、いまの王宮は一度場所を変えているからあそこのはずはないでしょう。すると、もう一カ所の候補《こうほ》があるんですが」

「まあそんなに話を飛躍《ひやく》させなさんな。伝説でそういう回廊《かいろう》の話があったとしてもだ、いまは使い物にならなくなってるかもしれないだろ。おれはね、確実にその島へ渡《わた》りたいんだよ」

「了解《りょうかい》しました。おお、そろそろ運河《うんが》は行《い》きどまりです」

小舟は掘割《ほりわり》の中でとまりました。ノガラスは小舟を岸につけると石段をのぼり、三人を街の中へ導《みちび》きました。地上にあがるとそこには人々が行きかっています。とりあえずは兵士の格好をしているテオたちですが、やはり異質《いしつ》さはかくせません。ことにテオの場合はサイズのあわない鎧《よろい》かぶとなので、妙《みょう》にうごきがぎくしゃくしているのです。

「もう。せっかくさあ、ゴドバールのふつうの街の中に出てきたっていうのに、これでは話もできないわ」

「それよりみんなおれたちを見ているような気がするんだが」とトーマがささやきます。

「もうすこしの辛抱《しんぼう》です。港まで行けば、ナグラ様の手のものが待っていてくれます。そのものたちのてはずで、カダラ島へ渡《わた》ることができるでしょう」まずいと思ったのはノガラスも同様らしく、一行は細い路地に入りました。屋敷《やしき》の壁《かべ》と塀《へい》の間の道が続いています。

「ナグラはもうカダラ島へ行ったのかい？」

「たぶん。ですが、スフ王だって手をこまねいているわけではありませんからね。カダラ島に依拠《いきょ》する反乱《はんらん》軍への総攻撃《そうこうげき》を準備しています。相当知恵《ちえ》を使って上手にスフ王の攻撃《こうげき》をくいとめないと、反乱軍はひとたまりもないでしょう。さ、こっちへ」

細い路地を抜《ぬ》けさえすればそこはイデアの港だということでした。ところが、先頭に立って路地を出ようとしたノガラスははたと足をとめました。三人を路地《ろじ》に押《お》しとどめて、ノガラスはいいました。

「まずい。ここで待っていてください」

すっと公道《こうどう》に出たノガラスの行方《ゆくえ》をこっそりと見たトーマはあわてて首を引っこめました。

「テオ。まあちょっと見てみな」

「なに。なんなの……あっ！」

そこはイデアの港でした。夜の海がひろがっているはずなのに、海が見えませんでした。なんと港の海ぞいに、ぎっしりと兵士たちが並《なら》んでいるのです。

「あれではネズミ一匹、海には行けないぜ。すごい警戒《けいかい》だな」

「わたしたちがねらいなのかしら？」

「いくらなんでもまだおれたちが逃《に》げた連絡《れんらく》は入ってないだろう。さっきノガラスがいってたように、反乱軍に加担《かたん》するものがカダラ島へ行かないように港を封鎖《ふうさ》してるんだろう」

「ということはここからカダラ島へ渡《わた》るのは無理ということ？」

「それだけじゃなくて、反乱軍《はんらんぐん》が出てきたわけだからここだって自由にうごけないぜ」

「ノガラスが戻《もど》るまで、この路地で待ってなきゃならないわけなの」と、うんざり顔でテオがいったとき、三頭の馬を引いたノガラスが戻《もど》ってきました。なにか切迫《せっぱく》した声でいいます。

「ナグラ様の味方をするものたちはみな、拘束《こうそく》されてしまいました。港の漁船もすべてスフ王の軍勢に押さえられています。どうやら反乱軍《はんらんぐん》の徹底的《てっていてき》な掃討《そうとう》が開始されるようです。これまでにも何度かありましたが、スフ王の反対派に対する弾圧《だんあつ》は残酷《ざんこく》なものです。わたしも原隊に復帰しなければなりません。あなた方につきあいたいのは山々ですが、しばらくは自由な行動ができなくなりました。とりあえずはこの馬でここから離《はな》れてください。港という港は封鎖《ふうさ》されていますから、北に向かっても港町へは出ないように」

「じゃあどこへ行けというんだよ」

「ここから三ソグドほど北東の街はずれに、ラド王の陵《りょう》があります。王陵《おうりょう》といっても外見はまあふつうの森なんですが、その森の向こうにナグラ様の配下のものが住んでいます。わけをいってかくまってもらってください。基本的にイデアはナグラ様の領地ですから、領民が味方になってくれる確率《かくりつ》は大きいです」

ノガラスは三人を馬に乗せると、トーマの馬の鞍《くら》に食料だという袋《ふくろ》をくくりつけました。

「多少の金貨《きんか》も入れておきました。うまくいけばそのうちにカダラ島の反乱軍《はんらんぐん》の拠点《きょてん》でお会いすることができるかもしれません。またお会いしたいものですが道は遠いというところです」

「あんたはいい男だ」とトーマはいいました。「ゴドバールがふたたび自由な国になるよう祈《いの》ってるが、おれたちにはおれたちの仕事があるんだ。だが好意は忘《わす》れない。あばよ」

「わたしもあなたの島王国がもう一度復活《ふっかつ》することを祈《いの》ってるわ」

「そしたらあなたたちを招待《しょうたい》します。ははは、それはわたしの新しい夢だ！　では。アイヤーッ！」

ノガラスは順番に馬の尻《しり》をたたきました。三人を乗せた馬は走り出しました。

「トーマ！　わたし、馬に乗ったことなんかないんだから。もっとゆっくり走ってよ！　お尻《しり》が痛い！」

「尻《しり》を鞍《くら》から離《はな》さなければいいんだよ！」とトーマは馬の上からテオに乗り方を教えました。「手綱《たづな》を引いたら馬がとまるんだ。おなかをけとばすと走るぞ。方向を変えるのはそっちの側《がわ》の手綱《たづな》を強く引けばいい」

「わかった！……ほんとだ！」

しばらく走っていると、町並みはとぎれ、あたりは草原になりました。そしてやがて遠くにこんもりとした森が見えてきました。

「あれが、ラド王の陵墓《りょうぼ》というやつらしいな」とトーマはいいました。「アイザリアでもあんなのがたくさんある。遠目ではダリアームの、女王ダリアの墳墓《ふんぼ》にそっくりだ」

「ちょっと降《お》りない？」慣《な》れない乗馬がかなりこたえたらしく、テオがいい、三人は馬を下りました。あたりに人家は見えません。けれど、道は整備されています。道のようすを見てトーマがいいました。

「これは軍用道路だな。イデアの王宮に向かって、ゴドバールのあちこちからこの道を通って軍勢がうごいたんだろう。カダラ島に反乱軍《はんらんぐん》が集まっているそうだから、王の軍勢もそっちに向かったんだ」

「別の道かもしれないでしょ。どうしてここを軍勢が通ったってわかるのよ」

「ふつうの夜目にはわからんだろうが、道の端《はし》に馬の糞《ふん》が片《かた》づけてある。それを見ればどれくらいの騎馬《きば》の軍勢が通ったかがわかるのさ」

「はあー。道大工《みちだいく》って、ほんとにいろんなことを知ってるのね」

「まあひとそれぞれさ。あんただって、踊《おど》りのことじゃけっこう他人にはわからんことをやってるだろう」

「なんのことかしら？」

「まあいいさ。おれがなにも知らないと思ってるだろう。だがラド王の前でのあんたの踊《おど》りには別の意味がかくされていた。ちがうか？」

「うふふ。道大工《みちだいく》は踊《おど》りのことに口出ししないでよね」

「あのな。おれはドーム郡の出なんだぞ。そこらへんの道大工《みちだいく》といっしょにしないでくれ」

「はいはい。それでさ。軍勢が通ったということは、もうここには軍隊はこないってことでいい？」

「ふつうはな。ゴドバールのもっと遠くからくる連中は、きっといまごろは街道のとちゅうの宿営地《しゅくえいち》で寝《ね》ているはずだ。だが安心はできない、もしもゴドバール王が……」

「じゃあ、この兵士の服装は脱《ぬ》いでもいいかしら？」とテオがトーマをさえぎっていいました。「捕虜《ほりょ》になってもいいからこんな服もう着ていたくないわ」

「じゃあ捕虜《ほりょ》になるがよかろうさ」とトーマはいいました。するとテオはほんとうに兵士の服を脱《ぬ》ぎ捨《す》て、

「やっほう！　兵士の歌など歌いたくはない、兵士の踊《おど》りなんかまっぴらよ。捕虜《ほりょ》にするならするがいい、わたしはどこだって自由に踊《おど》る！」とさけびました。「っていうか、ほんとうに踊《おど》るぞ、わたしは」

そういってテオが一枚《まい》の布をひらひらとまわすと、きゅうに月の光が雲間《くもま》からテオを照《て》らしました。

「やれやれ」とトーマがあきれていうと、リンがさっそく笛を取り出して吹《ふ》きはじめました。

「ひさしぶりにドーム郡のひとのための歌よ」

いまはまだ　旅のとちゅうだけど
そしてまだ　知らないことも多いけど
このはるかな　空の向こうに
きっとあなたが　待っている
通りすがりの　ひとも　風も　みんなやさしいから
そしてわたしに　勇気をくれるから
なにもこわくは　ないのです
虹《にじ》色にかがやいてるこの空のかなた
あなたと暮《く》らせる街がある

追いかけていこう　どこまでも
夢があるかぎり
あなたがいるかぎり

トーマは半分横目《よこめ》でテオの踊《おど》りを見ていました。ほんとうはくいいるように見ていたかったのですが、気《き》恥《は》ずかしかったのです。「この旅の空で『虹《にじ》への旅』が聞けるとはな」とトーマはひとりごとをいいました。

「たぶんおれは、ドーム郡でも指《ゆび》おりの幸せ者かもしれん」そしてたぶん、そのとおりでした。

やがてテオの踊《おど》りがおわりました。すると、なんと、まわりの草むらから、拍手《はくしゅ》が聞こえてきたのです。

そして草をかきわけて、三人のまわりに、わらわらと鎌《かま》や竹槍《たけやり》を持ったひとびとがあらわれました。

「きゃっ！」とテオはあわててトーマのうしろにかくれました。

「いずれにせよ、あんたの歌と踊《おど》りに拍手《はくしゅ》してくれたんだ。悪い連中ではないだろう」

「まあ、いいできだとは思ったけど。このひとたちは？」

「王の軍勢には思えない。つまり、おれたちの味方ではないかと」

「そのとおりです」と、土民の群れのようなひとびとの中から、年老《お》いた男が一歩前にすすんでいいました。

「すばらしい歌を聞かせてもらいました。われわれはイデア公領《こうりょう》、ゲレンの民《たみ》。あなた方をお助けするためにやってきました」

「ゲレンの民《たみ》？　ナグラの領民《りょうみん》、ってことかしら」

「イデアはナグラ様の領地です。ですがわたしたちはルピアの民《たみ》と同様に、自由の心を持って生きるものたちです」

するとこんどは男のそばにいた女がいいました。

「以前、わたしたちはじぶんのことをバクーの民《たみ》と呼《よ》んでいました。墓守《はかもり》、という意味です。ラド王の陵墓《りょうぼ》を守《まも》るという使命《しめい》を持たされてこの地に住んでいました。そのわたしたちの縛《しば》られた心をといたひとりの女の人のことばによって、その女の人の故郷《こきょう》の山の名をとり、ゲレンの民《たみ》と名乗っています」

「ゲレンの山！　まさか、その女の人って」

「あなたが歌った歌を歌い、あなたが踊《おど》った踊《おど》りを踊《おど》ったひとです」

「クミルのこと？」

するとと女は首をかしげました。

「わたしたちは、その女の人のことをダーシャ・カミラと呼《よ》んでいます」

「ちがうの？」と問うテオの肩をひきよせて、トーマはやさしくいいました。

「ダーシャは古代の尊称《そんしょう》だよ。王族や貴《き》族《ぞく》ではない平民で、尊敬《そんけい》に値《あたい》するひとの名に冠《かん》するんだ。つまり王に与《あた》えられる位ではなくて、民《たみ》によって与《あた》えられる。テオも気づいているだろうが、ここゴドバールでは、アイザリアのウの音の発音が、アとウの真ん中くらいになるだろ。カミラはまちがいなく……」

「その語りごとだけで、じゅうぶんだわ。トーマ、わたしたちって、クミルに守られているのね！」

そのテオのことばにうなずくように、長老らしき男がいいました。

「こちらへお越《こ》しください。ここからは我《われ》らゲレンの民《たみ》があなた方をかくまいます」

公道をはずれ、草原の中の小道を、ひとびとに守られるようにしてテオたちはすすみました。ナグラの反《はん》乱《らん》はすでにかれらも承知していて、スフ王に抗《こう》するものを村にかくまっていくことが決められているようでした。

つまり、ここはこれまでもイデア公領の中の特別の村としてゴドバールでは知られた土地なのだそうでした。内戦の間も、ここには多くの傷《きず》ついた将兵が逃《に》げこみ、そのままナグラが召抱《めしかか》えたり、ほとぼりがさめた頃《ころ》に領地のあちこちに住まわせたりしていたのだそうです。

「しかし、見たところ平坦《へいたん》な土地だし、あまりかくれ里《さと》という感じではないんだが。王の軍隊がきたらあっさりと見つかってしまうんじゃないのかね。それとも……そうか、自由街のようなものなのか」

「おっしゃるとおりです」と男がいいました。「ラド王の陵《りょう》というのは、じつはその地下がひとつの都市のようになっているのです。ラド王がいつか復活するという、まあ一種の信仰《しんこう》のもとに築かれたわけですが、その地下都市に、いつラド王が復活しても忠実《ちゅうじつ》に仕《つか》えるために住まわせられていたのが、われわれ墓守《はかもり》の民《たみ》だったのです」

「なんとえげつない。ラド王ってな、そういうやつだったのかい」

「いまはそういえます。しかし、われらにとってはそれは当然のことだったのです。そういう父祖伝来の掟《おきて》は、いつかだれかによって破《やぶ》られねばならなかった。それを破《やぶ》ってくれたのがダーシャでした。彼女《かのじょ》はラド王の陵《りょう》に向かっていいました。『死んでからもひとを支配したいの！』と。彼女《かのじょ》によってわれらはようやく目覚め、地上に出て、太陽のもとで暮《く》らせるようになったのです」

「なんだか、ダーシャってすてきな呼《よ》び名ね！」とテオがいいました。

「つまりその地下都市と、ラド王の陵《りょう》というのは当然ラド王が生きているときにつくられたものだよな？」

「もちろんです。そして死んでからラド王はここに葬《ほうむ》られたわけです」

「もう。ラド王のことなんかどうだっていいでしょ」

「そうはいかんさ。おれたちはその地下都市へ行ってみなければならないようだぞ、テオ」

「あら、どうして？」

「たぶん、その地下都市に、カダラ島、そしてルピアへと通じる回廊《かいろう》があるような気がするからさ」

男はうなずきました。

「そのように聞いております。ですが、だれも地下都市でそれを確認《かくにん》したものはおりません」

「楽しみだな。面白《おもしろ》くなってきた。逃《に》げたり踊《おど》ったりではおれの出番《でばん》がない」

テオはトーマをこづきました。

「つまらなかったみたいね、わたしの踊《おど》りが」

「は？　ゴドバールでもどこでも、あんたの踊《おど》りをつまらないと思う人間はいないさ」

「あのね」とテオはいいました。「たとえ百万人にほめられたとしてもほめてほしい人にほめられなかったら意味がないでしょ」

テオのいっている意味をまったく理解できずにトーマはいいました。

「そりゃあわがままってもんだ。百万人に認《みと》められたら喜ぶべきさ。もっとも残りの百万人は認《みと》めないんだろうがね」

「わかってきたわ。スフ王のことが、すこしだけ」とテオはいいました。

「どういうことだい」

「あの王様は、百万人に忠誠《ちゅうせい》を誓《ちか》われたもんだから、残りの百万人に反抗《はんこう》されるんだ」

「なるほどな」とトーマはいいました。

「いまはたぶん数百人だろうがね」

第十七章　ラド王の墳墓《ふんぼ》

遠目にはこんもりとした森も、近くで見るとまわりの堀《ほり》に満々《まんまん》と水をたたえた小島のような巨大墳墓《ふんぼ》でした。その周囲にはぽつりぽつりと集落があり、それがゲレンの民《たみ》の家々でした。かれらは畑をつくり、自給自足に近い生活をしていました。村の長老の家で数日をすごし、長老たちからゴドバールについて、あるいはゲレンの民《たみ》についてのさまざまな話を聞いて、テオとトーマはラド王陵《おうりょう》の下にあるという地下都市に、まちがいなくカダラの島のルピアへといたる地下回廊《かいろう》への入り口があると確信しました。

ある日、長老に頼《たの》んで、トーマたちはいよいよ地下都市へと足を踏《ふ》み入れることにしました。牢屋《ろうや》暮《ぐ》らしで弱っていた体力も回復し、三人はひさしぶりに旅の仕度《したく》を整えて出発しました。長老の息子だという若者ラサが先頭に立って三人を案内してくれました。ラサはゆくゆくはゲレンの民《たみ》の頭領になるべき人物らしく、聡明《そうめい》で誇《ほこ》り高い若者でした。

「ラド王陵《おうりょう》には、その昔王宮があったのです」とラサはいいました。「そして、ラドは王陵《おうりょう》の建設にともなって、王宮をイデアへ遷都《せんと》したのでした。で、それまでの王宮をおのれの墓《はか》にしようとして、大きな穴《あな》を掘《ほ》り、王宮をまるごと埋《う》めてしまったというふうに聞いています」

「そいつは聞いただけでもずいぶん難《むずか》しい工事だなあ」とトーマはいいました。王宮を穴《あな》に埋《う》めると聞いただけで、たちどころにどれだけの工事になるかが頭に浮《う》かんだようです。「そもそも建物ってのは、地上に建てるものであって、地下に埋《う》めるようにはできていない。みんな壊《こわ》れちまったんじゃないのか」

「それがですね」とラサはうれしそうにいいました。「まず、建物の下にコロを入れて、建物全体を移動《いどう》するのですよ。それから、同じ広さの穴《あな》を掘《ほ》ります。そして建物をその穴《あな》に移動します。そしたら、こんどはいままで建っていたところの地面を掘《ほ》るのです。そしてそこへ移動し、という具合《ぐあい》で、順番に穴《あな》を掘《ほ》りながらすこしずつ移動《いどう》していったそうです。王宮はかなりの高さだったそうで、なんでも移動は百回に及《およ》んだと聞いています」

「あきれた話だ！」とトーマはいいました。「水を使えば、そんなことしなくてもいくらでも移動できるだろうに！　まったく、人足《にんそく》に使われる方はたまったもんじゃないぜ、そんな工法《こうほう》では」

「水を使うんですか？　そしてどうやって移動するんです？」

「だからさ。穴《あな》を掘《ほ》る、それも、建物が全部入るほどの穴《あな》を掘《ほ》るのさ。そこに水を張って、建物をゆっくり沈《しず》めるんだ。平行に沈《しず》めるにはこつがいる。まず水の上に建物を浮かすんだがね。そして建物に重石《おもし》をつけて沈《しず》めていくんだ。重石《おもし》を使うのと、建物に水を入れるのとやり方はいろいろだが……まあいいや、そして最後に、水を抜《ぬ》けばいいのさ。なにも建物をあっちへやったりこっちへやったりすることはない」

「はあー。なるほど、しかし、それも相当な技術が要求されそうですね！」

「そりゃもちろんだが、大工ってのはなんでもできるさ。ゴドバールの大工の腕《うで》を見てみたくなったな。おれが見るところ、ゴドバールはずいぶん水がたくさんあるようだ。イデアの町も運河《うんが》が中心になっていた。ということは、逆《ぎゃく》に地下を掘《ほ》るのは大変なんじゃないのかい？」

「はい。水との戦い、という側面《そくめん》があります。掘《ほ》れば地下都市ができるものでもありませんが、逆《ぎゃく》に水を通さない、粘土《ねんど》質《しつ》の漆喰《しっくい》技術は発達しました。バルと呼《よ》ぶのですが、軽くて強く、すぐ乾《かわ》きます。これを船の底に塗《ぬ》れば、多少船底が薄《うす》くても、水を通さないしっかりした船底になります。ゴドバール海軍が短い時間のうちに多くの戦艦《せんかん》をつくることができたのは、このバルのおかげなんです。単純《たんじゅん》な竜骨《りゅうこつ》やおおまかな骨組《ほねぐ》みがあれば、あとはどんどんバルを塗《ぬ》って外装《がいそう》を整《ととの》えればいいんですからね」

「ふーむ」とトーマは感心してうなりました。「あんたたちは、ほんとうに創意《そうい》工夫《くふう》に富《と》んだひとたちだなあ。たしか戦争の道具もずいぶんあぶないものを開発してたようだし」

「連装弓《れんそうきゅう》ですね」とラサはいいました。「まったく、あんなものをつくって。うわさですが、スフ王はあの連装弓《れんそうきゅう》のヒントを、ルピアで教えてもらったのだそうです」

「するとなにかい、スフ王がじぶんで考えたのかい、連装弓《れんそうきゅう》は」

「そういわれています。イデアの王国はスフ王が即位《そくい》するまではたいした領土ではなかったですからね。それが、あっという間にゴドバール全土を制圧したのです。連装弓部隊《れんそうきゅうぶたい》がなければそんなことは不可能でした」

「だがかんたんにいえば弓に二本の矢をつがえただけのもんだろう。迎《むか》え撃《う》つ方だってそれくらいの工夫はできたんじゃないのかね？」

「長い間、ゴドバールでのいくさといえば、いってみれば儀式《ぎしき》だったのですよ。島王国では、相手が一本の矢を射《い》ると、それがはずれてからこっちが射《い》る、というふうなのんびりしたいくさをしていたくらいです。結局、たがいの信頼《しんらい》を裏切《うらぎ》って、どこまでひどいことができるか、ということが戦争なんだと、スフ王の軍勢は教えてくれたわけです」

「なるほどな。スフ王はゴドバールの古いしきたりを破《やぶ》った、という見方もできるわけだ」

「はい」とラサはうなずきました。「ただ、最初のうち、ゴドバールの諸《しょ》王国は、スフ王の目的がわからなかったのです。攻《せ》めるほうの意図がわからなければ、防ぎようもなかったわけで」

「目的？」

「スフ王のいくさには、れっきとした目的がありました。そのひとつが、ゴドバール中央部、アーム地方の占領《せんりょう》でした。ここは、バルの産地だったのです」

「バルって、さっきの話の？」

「はい。アーム地方の粘土《ねんど》こそ、バルの中でももっとも質《しつ》の高いものなんです。スフ王はまずアーム地方をおさえ、バルを使ってさまざまな武具を大量につくりました。それまで、兵士ひとりの武装《ぶそう》を用意するには村ひとつぶんの富《とみ》が必要だといわれていたのですが、スフ王はひとつの村からこれまでの十倍の武装《ぶそう》兵士を生み出したというわけです……さあ、ここから小舟で渡《わた》ります」

四人は小舟に乗って、王陵《おうりょう》のまわりを取り囲む池を渡《わた》りました。

「武装はともかく、兵士の食糧《しょくりょう》やなんかの物資はどこからひねりだしたんだい、スフ王は」

「それは」ラサはすこしためらってからいいました。「そうですね、スフ王がやった、そして連装弓《れんそうきゅう》がその助けになった、というのはわたしたちの言《い》い訳《わけ》かもしれません。イデアの民《たみ》も、ゴドバールの多くの民《たみ》も、スフ王を心の中で応援《おうえん》していた、それはまさしく事実です。スフ王の軍勢は、ゴドバールの豪族《ごうぞく》たちから支《し》援《えん》されていました。スフ王軍の食糧《しょくりょう》をはじめとする兵站《へいたん》は、かれらが負担《ふたん》したのです。だからこそ、短期間での統一が可能だったのです。多少の抵抗《ていこう》は、大きなうねりの中ではとるに足らぬものでした。多くの島王国は、残酷《ざんこく》にひねりつぶされていきましたが、わたしたちは、その事実を、なにか面倒《めんどう》くさいもの、みたいに考えていたのです。いまならなんというひどいことを、といえますが、そのときはスフ王に手向かうものが悪いのだ、くらいにしか思っていませんでした」

「その記憶《きおく》は大事なことだ。よくよく覚えておくがいいぜ」とトーマはいいました。「似たようなことはいつだってどこにだってあるからな。自由で、おのれの良心にしたがってものをいってるようでも、結局のところそのときのじぶんのつごうのいいようにしか考えないのが人間でね」

「おっしゃるとおりです」とラサはきまじめにうなずきました。すでに王陵《おうりょう》のかなり奥深くに入っているようでしたが、そこはもううっそうとした森になっており、日の光もほんのすこししかさしていませんでした。先導の若者がいなければとうていたどりつけないようなところです。しばらくそんな森の中を歩いてから、とつぜんラサは立ちどまりました。

「まいったなあ。グールが」

「なんだい、そのグールってのは」

ラサは一本の木のあたりを指さしました。その木の幹《みき》にはどろっとした白い液体が付着しています。

「グールが通るとこんなのがつくんですが、この王陵《おうりょう》の森に住む、気持ちの悪いやつなんですよ。もともとはレブ島あたりにいた海ガエルなんですが。神様のお使いってことになってはいますが」

「海ガエル！　そんなのもいるんだ」

「それがですね、レブ島の海ガエルはかわいいんですが、ここのグールときたら墓泥棒《はかどろぼう》よけというだけあって、それはもう……」

かれがそういったとき、液体のついた木の裏《うら》のあたりから妙《みょう》なうなり声がしました。

「グゲゲ……」バキバキッと木の枝《えだ》が折《お》れる音がして、なにやら大きなものがぬうっと出てきたのです。

「きゃっ！」テオは立ちすくみました。

「うへえ。なんだいこれは」とトーマもぞっとしていいました。

「グールです」とラサはいいました。

のっそりとあらわれたのは、巨大なカエルでした。体長はテオやトーマの二倍、そして体重はおそらく三倍から四倍はあろうかという大きさです。のどがひくひくうごき、からだはぬめぬめ光って、それはそれは不気味《ぶきみ》でした。

「こ、これがグールなの？　大きいけど、で、でもカエルじゃない？　ひとに危害《きがい》は加えないわよね？」

「た、たぶん」とラサもかすれ声でいいました。「墓泥棒《はかどろぼう》をぺろりと食べてしまったというのはうそで、わたしたちがばらまいたうわさなんですけどね。それに前はこんなに大きくもなかったんですが」

グールはカエル特有の丸い無表情な眼《め》で、四人を見ています。しゅるっ、と舌《した》が出ました。その舌《した》の長さに、テオたちはまたぞっとしました。たしかにその舌《した》なら、人間のひとりくらいはかんたんに巻《ま》き取って、ぺろりと飲《の》みこんでしまいそうでした。

「いちおうカエルだからな、あんまり悪いことはしないだろうさ。そおっと失礼しようじゃないか」とトーマはいいました。が、四人がうごこうとするとグールは巨体に似《に》あわぬ機敏《きびん》なうごきでさっとその方向に向くのです。ぶよぶよの皮膚《ひふ》には疣《いぼ》が無数にあり、その疣《いぼ》には小さな穴《あな》があいていました。その噴気孔《ふんきこう》のような穴《あな》からはしゅうしゅうと音を立ててなにやら奇怪《きかい》な泡《あわ》が出ていました。その泡《あわ》が白い液体になってグールの体を伝って落ち、まわりの草にべったりとまとわりつくと、草の葉がどろどろと溶《と》けていくのでした。

「毒液《どくえき》を出してるんじゃないかな、あの疣《いぼ》から」とトーマは冷静《れいせい》に観察《かんさつ》しながらいいました。「そのまま触《ふ》れると皮膚《ひふ》が溶《と》けそうだがけっこう薬になるかもしれん、あれを集めて煎《せん》じて飲むと」

「飲みなさいよ、好きなだけ！」とテオは怒《おこ》っていいました。「その前にトーマがぺろりと飲みこまれなければいいんですけどね！」

「そう外見にこだわって気味悪がらなくても」とトーマは口をとがらせました。「だいたいガマとかカエルとか蛇《へび》とか、いわれなく嫌《きら》われる動物がいるが、おれはかわいそうでならない」

「だったらお友達になってなさいよ、わたしたちは行くからさ！」とテオがいって、リンの手を引き、グールのそばをさっさとすり抜《ぬ》けようとしました。ところが。

「キャーッ！」

ふたたびテオの悲鳴《ひめい》がとどろきました。なんと、木々の間から、四方八方に何匹もの巨大なグールが顔を出したのです。その数は五、六匹ではききませんでした。

「いったいどうしてしまったんだろう、巨大になったばかりじゃなく、増殖《ぞうしょく》している！」とラサはさけびました。「前はこの森にせいぜい一匹か二匹いるだけだったのに」

「そうなのか」トーマは考えこみました。

「考えてる場合じゃないと思うんですけど、わたしは！」とテオは青ざめていいます。「きゃあっ！　舌《した》がここまでのびてきたわっ！　あとちょっとで頬《ほお》をなめられるところだったのよ！」

「ちょっとなめてもらって、仲良くしたらどうだい。そしたらすこし静かになるってもんだ」とあいかわらずトーマは軽口をたたいています。「いろいろ考えないと、危機《きき》は脱出《だっしゅつ》できないもんさ」

「じゃあ早く考えて！」

「あいよ」トーマはてごろな枯《か》れ木を数本集めてまとめると、木の先にグールの体液を塗《ぬ》りたくり、なにをするのかと不審《ふしん》そうなテオたちの前で火打石《ひうちいし》を打ちました。すると、ボッと音がして、グールの体液が青い炎《ほのお》となって燃えあがったのです。

「なんと、燃えるんだわ。油みたいなものなのね」

「ということは、グールは燃える、ということなわけだが」といいながらトーマはたいまつのようになった木を目の前のグールにぐいっとつきだしました。「どうだい、おまえさんたち、あっという間に全身火だるまになってしまうぜ、そこをどかないと」

まるでトーマのいったことがわかったかのように、グエッ、とひと声あげるとグールはさあっと身をひるがえし、森の奥へと逃《に》げ出しました。その一匹がリーダーだったのか、残りのグールも消えるようにいなくなってしまったのです。

「まあ、わりとあっけないのね」とテオ。トーマはむくれていいました。

「あのなあテオ。おれは冷や汗もんだったんだぜ。もしもあいつらに火をつけたら、森じゅう燃えてしまうからな。それにあんなやつらでも、焼き殺すなんてことはしたくないだろう」

「おー、それはりっぱな心がけね。ほめてあげるわ」

「テオさんは、トーマさんにだけはとても無礼なもののいい方をなさるんですね？」とラサはあきれたようにいいました。するとトーマはいいました。

「ふん、あんただってこの娘《むすめ》としばらくいっしょに旅をすれば、この子が無敵だってことがわかるよ」

「やめてよお、ひとのことを鬼婆《おにばば》みたいに」

そうこういっているうちに、ラサは木々に麻縄《あさなわ》が張《は》って囲ってある場所を指さしました。

「ここがラド王の古墳《こふん》の入り口です。もっともふつうの人間にはたとえこの場所がわかったとしても、古墳《こふん》の中にまでは足を踏《ふ》み入れることはできないでしょう。わたしたちゲレンの民《たみ》だけが知っている地下都市への入り方があるのです。でも、それは他人には見せられないのです。すこし時間がかかりますが、しばらく向こうにいて、わたしが呼《よ》ぶまではここにこないでください」

「あいよ」「秘法《ひほう》、というやつなのね。わかったわ」と、テオたちは快《こころよ》くラサから離《はな》れました。けれど木のかげに入ると三人とも、ちゃっかりラサがなにをするかをのぞきこんだのでした。

地下都市に入るための「秘法《ひほう》」を見て、三人は顔を見あわせました。ラサは背中《せなか》にしょったリュックからなにやら白い粉《こな》を取り出し、それをそこいらにまきちらしてから呪文《じゅもん》を唱《とな》えたのです。

「グール、バームリール、グーラ、ルメール、エルメール、ラドリーク！」

「なんていってるの？」とテオは声をひそめてたずねました。

「さっぱりだ。古代アイザール語だったらあんたが得意のはずだろ」

「呪文《じゅもん》の類《たぐい》のことばって、あんまり面白《おもしろ》くなかったから授業さぼってたのよう」

「使えねえなあ。たいしたことはいってないぜ。グール、海のカエルさん、この世界のはじめの神様、この世界のはじめの王様ラド、てな意味かな。ラド王やエルメ神やカエルの神様に頼《たの》みごとをします、みたいなことじゃないのかね？　ん？　カエルの神様だとお？　んなもな聞いたことがないぞ」

ラサのことばが、きれぎれに聞こえてきます。

「そも大君《おおきみ》ラド、はじめてゴドバールに着《つ》きし時、ゴドバールを統《す》べたるバームの神に出会い、ゴドバールに住まわむことを欲《ほっ》せしが……バームの神はこれを拒《こば》み、ラド王との一戦に及《およ》ぶ……しかれどもイシュゴオル全土を平定《へいてい》せしラド王には神といへども敵《かな》うべくもなく、バームの神及びゴドバールの三族五王国はラド王に降伏《こうふく》し、ゴドバールの全権はラド王の手中《しゅちゅう》となりぬ。よりてバーム神《しん》はラド王の臣下《しんか》となりて永劫《えいごう》にラド王の墓《はか》の守護神《しゅごしん》として忠誠《ちゅうせい》をつくすべきことを約《やく》す。……バーム神《しん》に謹《つつし》んで曰《いわ》く、ラド王の守護《しゅご》、墓守《はかもり》バクーの民《たみ》はいま、王陵《おうりょう》に入《い》らんと欲《ほっ》す。……願《ねが》わくは王陵《おうりょう》を爾後《じご》の幾星霜《いくせいそう》に耐《た》えしめるため、現世《げんせ》の風に曝《さら》すべき時なりと。ただいま、バームの力によりて扉《とびら》を開《ひら》かれむことを欲《ほっ》す」

ラサの祈《いの》りのことばがおわると、さっきテオたちの前にあらわれたのと同じような巨大なグールが一匹、ふたたびゆっくりと森の中から顔を出しました。

「また！　あいつよ！　なにをしにきたのかしら？」

「ちがうな。さっきのはカエルが大きくなっただけだろ。でも、こんどのをよく見てごらん」

いわれてテオがもう一度見ると、たしかにこんどのグールはようすがちがっています。

「ほんとだ……なんか色がちがうわね、あのカエル。金色だわ」

「ラサの呪文《じゅもん》によれば、どうやらあのカエルの力を借りないと、お墓《はか》の入り口は開かないらしいぜ」

グールはラサのところまで近よると、ラサのさし出す白い粉をぺろりとなめました。するとどうしたことでしょう、急にグールの体が金色に光りはじめ、巨大なガマガエルが、人間のようなすがたへと変わっていくではありませんか。ぼんやりと光っているため、はっきりとはわからないのですが、どう見てもそれはカエルではなく、なめらかな皮膚《ひふ》を持つ人間のように見えました。その人間は、ゆっくりとその場に立ちあがりました。裸《はだか》の体にはなにひとつまとうものはなく、目はあいかわらずカエルのようでしたが、その神々《こうごう》しさに森の木々も草も一瞬《いっしゅん》その場で頭《こうべ》をたれ、ひれ伏《ふ》したような気配がありました。

ラサはじぶんがこのカエルの神を降臨《こうりん》させたにもかかわらず、あぜんとして見つめています。

「バーム神《しん》！　なにゆえに、いま、わざわざ降臨《こうりん》されたもうたのですか？」

「なにゆえって、あいつが呼《よ》んだんじゃないのか？」とトーマがつぶやきました。

「しっ！　きっと予想外なのよ、カエルの神様が人間になってるんですもん」

ふたりのつぶやきをよそに、バーム神《しん》とよばれた変身ガエルは草むらにひざまづき、両手《りようて》で大地《だいち》を引きつかむようにすると、そのままえいっと地面を持ちあげるような格好をしました。すると、なんと、四角いふたのように、大地の一部が切り取られ、ぽっかりと穴《あな》が開《あ》いたのでした。穴の中には、石の階段があります。

「ありがたい！　こたびも、王陵《おうりよう》の地下都市への扉《とびら》をあけていただき、まことにかたじけない」

ラサはバーム神《しん》にひざまづき、感謝の意をあらわしました。そしてトーマたちに向かってさけびました。

「さ、早く！　入り口が開きました！　わたしのあとについてきてください」

バーム神《しん》がつっ立っている横を、トーマたちはいちおうちらりと会釈《えしやく》しながら通りすぎ、先頭に立ったラサにうながされるままに四角い穴《あな》の中の階段に足を踏《ふ》み入れました。

「ねえラサ！　カエルさんだった神様が！　うしろからついてくるんですけど！」とテオが悲鳴をあげました。ふりかえると四人のあとから、ぼうっと光りながら、裸《はだか》のバーム神《しん》がゆっくりとついてくるのです。

「神様ですから、われわれが文句《もんく》をいうすじあいはないでしょう」とラサはたしなめるようにいいました。

「そもそも神様のおかげでここに入れるのですからね」

「いつもあんたたちはこの神様の立会いでここに入るのかい？」

「いいえ」とラサはいったん立ちどまり、用意してきた灯りに火を点けました。それは手に持って運べるようになっている提灯《ちょうちん》で、アイザリアでも使われているものでした。「いつもはこんなふうなあらわれ方をされることはありません。カエルのおすがたのままで、あの大地の一画《いっかく》にあるしめ縄《なわ》を首にかけて引っぱるのです。そうすると地下への入り口があらわれるようになっているのです。昔語《がた》りで聞いたことはありますが、こんなふうに人間のかたちで降臨《こうりん》なさるのを見るのははじめてのことです。大変幸運なことだというべきか、それともなにかとんでもないことが起きているのかどちらかでしょうけど」

「当然後者《こうしゃ》しかないのよね」とテオはゆうううつそうにいいました。

最初は階段だけが続いていました。それから、広い空間がひらけました。たいまつの灯《あか》りに照《て》らされて浮《う》かびあがったのは、王宮の屋根《やね》のようでした。トーマたちは巨大な王宮がそっくり埋《う》められている、その外側の通路の中にいたのです。

「ラド王時代の宮殿《きゅうでん》がそのまま地下に眠《ねむ》っているとはすごいなあ」とトーマは感慨《かんがい》深げにいいました。「アイザリアでは、こんな建物はもうほとんど残っていない。なんたる眼福《がんぷく》」

「ここには、つまり王陵《おうりょう》の下には王宮だけが眠《ねむ》っているのですが、そのまわりに古代都市が同じく埋《う》められています。わたしたちが入れるのはほんの一部だけです」

「リン、あれを見てみろ。瓦《かわら》のひとつひとつ、窓《まど》のひとつひとつにそれぞれ彫刻《ちょうこく》がきざまれているだろう。なんとまあ。どれひとつをとっても、年単位《ねんたんい》の仕事だぞ」

リンもうなずいて、興奮《こうふん》しているようでした。

「しかしこんなに手のこんだ細工物もこんなお墓《はか》で眠《ねむ》っていては値打《ねう》ちがないな。ラサ、はがして持って行くんなら手伝うぜ。いいお金になりそうだし」

「やめてください、なんてことを」とラサは苦笑していいました。

「あのねえ大工さん。古代アイザールの古い建物は、そういう考えの大人たちによってことごとく壊《こわ》されてしまったんでしょ」とテオは手《て》きびしくいいました。

「ごもっともですがね。ゴドバールのおひとたちは、きっとアイザリアの連中にくらべていいひとが多いんでしょうな」とトーマはいいました。「アイザリアの墓泥棒《はかどろぼう》のすごさったら」

「でもアイザリアにはカエルのおばけなんかいないわね。いっそアイザリアにくれば食糧《しょくりょう》には困《こま》らなかったと思うけど」とテオは不穏《ふおん》なことをいってのけました。自然にみんながふりかえると、あいかわらずバーム神《しん》は最後尾《さいこうび》について、無表情な丸い目をしてひたひたと歩いています。

宮殿の外周《がいしゅう》をまわっているとちゅうで、ラサは立ちどまり、鈍《にぶ》く光っている銅板《どうはん》の扉《とびら》をあけました。そこから建物の中に入ることができました。扉《とびら》の内側は、どうやら中二階《ちゅうにかい》のような、踊《おど》り場《ば》のようでした。中に入ったとたん、みんなほうっとため息をつきました。

そこは別世界だったのです。建物の内部は黄金《おうごん》や宝石の細工が壁《かべ》じゅうに彫《ほ》られています。彫刻《ちょうこく》されているのは海の波にゆられる船であるとか、いくさの絵でした。どうやらラド王の事跡《じせき》をこまごまと描《えが》いたもののようでした。暗いのではっきりとはわかりませんでしたが、荘厳《そうごん》な雰囲気《ふんいき》は往時《おうじ》の盛《さか》んなようすを想像させるにあまりあるものでした。

「こちらへ」とラサもかすれた声でいいます。「いつきても、みごとなというか、すごいところです。ラド王というのはおそろしい王様だったのでしょうね。これだけのものをつくるわけですから」

「ラドは人をも神《かみ》をもその目の光で平伏《へいふく》させしなり」と、うしろからバーム神《しん》の声がしました。ふるえるような、カエルの鳴き声のような、ふしぎな声でした。「ラドの目には、古代アイザールのすべての版図《はんと》でかれが従《したが》わせた何千何億という民《たみ》の尊崇《そんすう》の光り宿《やど》りたり。かれゴドバールの生き神《がみ》はすべてラドに従《したが》ひぬ。ラドこそ世界の半分を支配したるものなり。そは神においてもかなはずなり。エルメ神《しん》は、アイザールの一国の中で信仰《しんこう》を得るのみ、されどラドは、アイザールのみならず南のカダリーム、北のシルヴェニアまでも王の領土とし、ひとびとを支《し》配《はい》したるなり。いまだかつてこのような王を見ず」

いいおえると、バーム神《しん》は口を閉《と》ざしてふたたび無表情なカエルの顔に戻《もど》りました。四人ははっとわれにかえりましたが、まるで、いま聞いたことばがカエルの鳴き声だったかのような錯覚《さっかく》におちいりました。

「それにしたってね」とテオはいいました。「ラド王は人間なんだから。神様が負けてちゃだめじゃない」

「あなたがたは」とラサは絶句していいます。「なんということを。いつかアイザリアで神様になってしまうかもしれませんね、神に向かってこんなものいいをされるひとたちにはじめて会いました」

「おれもいっしょにしないでくれ」とトーマ。「ドーム郡の娘《むすめ》は、いやまあラサ君もそのうちわかるだろうが、ドーム郡にかぎらず、若い娘《むすめ》ってのはじつは無敵さ。神様もかないやしない」

「いや、若輩《じゃくはい》ではありますが、わたしも多少はわかります」といってラサとトーマは笑いました。

王宮の廊《ろう》下《か》をすすみ、いくつかのぶ厚《あつ》い扉《とびら》を押《お》しあけて、五人がたどりついたのは大広間でした。

「ここがラド王が臣下《しんか》を謁見《えっけん》した殿上《てんじょう》の間《ま》です。ゴドバールにやってきたラド王はアイザールでの儀式《ぎしき》やし

きたりにはほとんど興味がなかったそうですが、それでもじゅうぶんものものしいですね。いったいアイザールではどんなふうだったんだろうと思います。建物にしても、アイザールの王宮はこの十倍も豪壮《ごうそう》だったといって、家来《けらい》たちは嘆《なげ》いたそうですが、ゴドバールの人間にしてみれば失礼な話ですよ、まったく」とラド王の家来《けらい》たちをののしって、ラサは部屋の奥へとすすみました。部屋の奥には祭壇《さいだん》がしつらえてあり、金色の像《ぞう》が何体も立っていました。

「これもみごとなもんだ。中央がラド王かい」

「みたいですね。五神将《しんしょう》、六神女《しんにょ》がラド王を守っています。この黄金の像《ぞう》の下に、ラド王のなきがらが眠《ねむ》っているといわれています。さて、わたしが案内できるのはここまでなんですが」とラサはいいました。どうやら早く帰りたいようで、もじもじしています。

「どうしたら、地下の回廊《かいろう》に行くことができるのか、あんたがいないとそのヒントすら思いつかないが」とトーマは心細そうにいいましたが、もちろんそれが演技だということがテオにはわかっていました。

「いやあ、もうわたしにもわかりませんですよ。そうだ、バーム神《しん》にお聞きになったらどうですか」

みんなが最後尾《さいこうび》のバーム神《しん》を見ました。バーム神《しん》はあいかわらず裸《はだか》のままでつっ立っています。

「なんか着《き》てほしいんだけどな」といってテオは目のやり場に困《こま》っています。するとバーム神《しん》はいいました。

「吾《われ》は、汝《なんじ》らにカダラへの地下回廊《かいろう》を教えるためにきたるなり」

ええっとトーマたちは顔を見あわせました。

「こんなにうまく行くこともあるのね！　いままではろくなことがなかったのに、向こうから教えてくれるなんて！」とテオはそれはうれしそうにいいました。

「そういう話にはかならずとんでもないことがついてくるわけだが、神様、見かえりになにがほしいんだい？」とトーマは慎重《しんちょう》にバーム神《しん》にいいました。するとバーム神《しん》は、みんなの先頭に立っていいました。

「先達《せんだつ》はあらまほしきものかな」*

「なんていう意味だっけ」

「何事によらず、経験者は必要だ、いてほしいものだってことだったぜ。たしか」

「あのバーム神《しん》は経験者なのかしら？　つまり回廊《かいろう》を通ったことがあるのかしら」

「イアン・バーム」*とバーム神《しん》はひと言だけいいました。

「その弟さんはどうしたんだい？」

するとバーム神は立ちどまり、急に肩《かた》をふるわせました。

「吾《われ》は、イアンを連れ戻《もど》すことを汝《なんじ》らに頼《たの》むものなり」

そういって、バーム神《しん》はぼろぼろと涙《なみだ》をこぼしました。無表情なままで涙《なみだ》だけがこぼれるのは、より一層悲しそうに見えました。祭壇《さいだん》の上で、バーム神《しん》*はいいました。

「イアンはわれらの一族の中ではひと一倍人間に興味をもっていたがゆえにバームの神の化身《けしん》がカエルの中

＊訳注《やくちゅう》――ララ・リリクでは有名な古代語。よく試験に出たそう。
＊訳注《やくちゅう》――弟のバーム、という古代語。
＊訳注《やくちゅう》――以下古語を意訳。

でもガマガエルであることにつねに傷ついていた。ガマは醜く、不気味だというのだ。だれがイアンにそんな考えを吹《ふ》きこんだかは、汝《なんじ》らにもわかるだろうから改めて語るまい。いずれにせよ、異族《いぞく》のものに懸想《けそう》して、幸福になったものはいない。それは神の世界でも同じことだ。だがイアンはおのれの考えとおのれの価値《ち》を捨《す》てた。誇《ほこ》りあるバームの美しさはイアンにはもはやなんの意味もなかったのだ。イアンの願いはただひとつ、人間のようなかたちになりたいということだった。ぬめぬめした、ぬるっとした皮膚《ひふ》ではなく、乾《かわ》いた肌《はだ》を持ちたいと思ったのだ。輝《かがや》く大きな目ではなく、常にきょろきょろとせわしなくうごく意地悪そうな目がよいと思ってしまったのだ。そしておのれの疣だらけの体を捨《す》ててしまおうと決心したのだ。そこである日、イアンはこの回廊《かいろう》を通ってカダラ島のルピアへと旅立った。われらはイアンのあやまった考えと無謀《むぼう》なかけをいさめたのだが、イアンは聞きいれなかった。だけでなく、われらのことを醜《みにく》い、汚《けが》らわしいものだとさえいった。そこまでいわれては、われらにはとめる義理《ぎり》はなかった。なんとでもいうがいい、そして人間の世界でさんざん恥《はじ》をかくがいい、とわれらは思い、イアンと別れた。そんなわけでいま、イアンは人間の中にいる。だがもうイアンも目がさめているだろう。そのような気配《けはい》をわれらは感じているのだ。どうかイアンに、ここに戻《もど》るようにと伝えてほしい。できれば連れて帰ってほしいのだ」

ざっとそんなことを、バーム神《しん》は語ったのでした。

「どうするよ。そんなことはできません、とはいえないよな、ここにきて」

「それはそうよね」とテオもいいました。「うそでもいいから、はいわかりました、っていうしかないんじゃない？」

「珍《めず》しく、意見の一致《いっち》を見たようだな」

トーマは、バーム神《しん》にいいました。

「そのイアンっていうあんたの弟さんに会うことができたら、もちろん、あんたの伝言《でんごん》を伝えよう。そして、ここに戻《もど》るようにいうつもりだ」

するとバーム神は大きくうなずきました。そして、四人を祭壇《さいだん》のうしろへといざないました。ところがラサはためらって、一、二歩あとずさりました。

「どうしたんだい、若いの」

「そこだけは、行ってはいけないのです。祭壇《さいだん》のうしろへ行こうとすれば、このラド王の守護《しゅご》神像《しんぞう》がうごき、わたしたちを殺してしまうといわれています」

するとバーム神《しん》がいいました。

「心配するな。それは墓《はか》の守り手たちにわれらが吹《ふ》きこんだ迷信《めいしん》だ」

「神様ってのは、そういうでたらめを人間に信じさせてるのかよ」とトーマ。四人はバーム神《しん》について、祭《さい》壇《だん》のうしろへと足を踏《ふ》み入れました。そこは円形劇場《えんけいげきじょう》の舞台《ぶたい》のように、階段状に低くなったところでした。中央にだえん形の箱が置いてありました。その箱は金色に輝《かがや》いています。

「これがラド王の棺《ひつぎ》だ。これをあけることができるのは、王陵《おうりょう》の守り手であるわれらしかいない」といって、バーム神《しん》は棺《ひつぎ》のふたに手をかけました。そのふたは黄金か、黄金を貼《は》りつめた鉄かなにかでできているようでした。当然ながらものすごい重さでしょうが、バーム神《しん》はいとも軽々と、そのふたを持ちあげたのです。

四人はおそるおそる棺《ひつぎ》の中をのぞきこみました。テオがさけびました。

「からっぽだわ！」

「王陵《おうりょう》にまことの王の遺体《いたい》が眠《ねむ》っていると思うのは世の中に墓泥棒《はかどろぼう》などいないと信じるお人よしだけだ。あいにくラド王はそのような間抜《まぬ》けではなかった。これだけ金銀財宝を使い、いかにも国王の墓《はか》だと見せかけて、じつはおのれの墓《はか》は別のところにある。それはわれらが知るところではない」とバーム神《しん》はいいました。

「偽《にせ》の墓《はか》の墓守《はかもり》をしてるなんて、そんなことをしてプライドはないのかね、あんたたちには！」とトーマは驚《おどろ》いていいました。「それともそんなにラド王に忠誠《ちゅうせい》をつくしているのか」

「人にも神にもそれぞれの役目というものがある」とバーム神《しん》は平然としています。

「わたしたちだっていまはゲレンの民《たみ》、もはやかつてのバクーの民《たみ》ではないのです」とラサはいいました。

「ラド王の墓《はか》を守ることがわれら一族の生きる意味だった昔とはちがいます。だからここにラド王の遺体《いたい》がなかったとしても、ここがダミーの王陵《おうりょう》であったとしてもさほど傷《きず》つきはしません。これが昔であれば、どんなにか嘆《なげ》いたことかと思いますが」

「で？　なんでこの棺《ひつぎ》をあけたってわけだね？」

「ここに入るのだ」とバーム神《しん》はトーマにいいました。

「ちょ、ちょっと待ってくれ。いくら王《おう》の棺《ひつぎ》でも、こういうのに入るのはやっぱり、死んでからってことに」

「では死ぬのだな」とバーム神《しん》はとても冗談《じょうだん》とは思えない口調《くちょう》でいいました。「さあ早く。でないとルピアへは行けないぞ」

「どういうことだよ」

バーム神《しん》は棺《ひつぎ》の下の四角い石を持ちあげました。すると、そこからびゅうっと水が噴出《ふんしゅつ》したのです。

「おおっ！」「噴水《ふんすい》か？」

それは大量の水でした。ラド王の棺《ひつぎ》はまるで小舟のように水の中に浮かびました。すると、
ギ、ギ、ギ、ギ……。
「石段がうごいた！」

棺《ひつぎ》を取り囲んでいた石段の一角が、ゆっくりと下に降《お》りていきました。そのあとにはぽっかりと半円形の黒い穴があいています。その穴は奥深く、どこまでも続いているようでした。

「どういうしかけなのかさっぱりわからん」とトーマがうめきました。

「しかけではない。神のみわざだ」とバーム神《しん》がいいました。「この穴は半分水が入っている通路になっている。すなわちルピアへの地下回廊《かいろう》がこの穴《あな》なのだ。早く棺《ひつぎ》に乗りなさい。すればこの棺《ひつぎ》がおまえたちをルピアへといざなうだろう。弟イアンは、カエルのすがたのままでこの通路を泳いでいった。だが人間にはそれは無理だから、この棺《ひつぎ》が舟となる」

「わかったわ」といってテオがまず棺《ひつぎ》に入《はい》りました。それからリン。最後にふしょうぶしょう、トーマが乗りこみました。

「ラサ、ここまでありがとう。みなさんによろしくね！」

「テオさんも、トーマさんも、リンさんも！　すべてが首尾《しゅび》よくいけば、わたしたちはまたお会いできるでしょう。これからルピアでは、ゴドバールの未来を決める戦いがはじまるようです。わたしたちも、陸路《りくろ》からすすむつもりです」

「おれたちもそうすればよかったと、この先何度か思うという確信があるよ、おれには」とトーマ。

「もう。ほら、オールを持ってよ、トーマ。漕《こ》ぐのよっ！」とテオはいいました。

しかしオールを持つまでもありませんでした。三人が乗りこむとすぐに、棺《ひつぎ》の小舟はゆっくりとうごき出したのです。暗い穴《あな》の中を、どうやらルピアに向かって。

第十八章　地下回廊《ちかかいろう》

それはふしぎな回廊《かいろう》でした。中に水の張られた円形のトンネルが、ラド王の棺《ひつぎ》のあった場所からまっすぐにある方向に向かって続いていたのです。とくに傾斜《けいしゃ》があるわけでもなさそうなのに、棺《ひつぎ》のかたちをした小舟は、三人を乗せてすすんでいます。やがて、ぼんやりとした明かりがトンネル全体をつつみました。その明かりはうすい緑色をしていて、ところどころ、かなり強い光となっています。緑色の光はまるで暗い道を照《て》らす星明かりのように回廊《かいろう》の中に一定の間隔《かんかく》をおいて点《つ》いていました。

「このトンネルはいったいなんだろう。まるで巨人の体内に入ったような気さえする。おれの体でいえば、血管《けっかん》とか、内臓《ないぞう》の管《くだ》の中を通っているようだ」

「体の中！」とテオはさけびました。「それって、今のこの回廊《かいろう》にぴったりのことばだわ。でも、もしそうだとしたら、わたしたちが向かっているカダラ島のルピアというのは、心臓《しんぞう》のようなところなのかしら、たしかドーム郡で『すべての根源《こんげん》』だと聞いた気がするけれど」

「うーん」とトーマは腕《うで》を組みました。「ルピアが心臓《しんぞう》なら、かなり気をつけなければならないな。もしも心臓《しんぞう》がとまったら、人間だって動物だって死んでしまうわけだから。おれたちがルピアでおかしなことをして、『すべての根源《こんげん》』のうごきがとまるようなことがあったら、この世界そのものが死んでしまうのかもしれないぞ。いや待てよ。そうか、危機《きき》、というのはそういうことだったのかもしれない。ルピアという心臓《しんぞう》がうごきをとめようとしているので、おれたちはそれをくいとめるために、このフユギモソウの種をルピアに運ぼうとしているのかもしれないぞ、テオ」

「そう考えればすっきりするわね、わたしたちがフユギモソウの種を運ぶ、ということの意味が」

「しかし、いま、カダラ島ではとんでもないことが起きようとしているわけだろ。つまりナグラの反乱軍《はんらんぐん》が、カダラ島を拠点《きょてん》にしようとしている、といってたよな。そして、スフ王の侵略軍《しんりゃくぐん》、つまりアイザリアへ向かおうとしている艦隊《かんたい》の一部が、とつぜん反転して、カダラ島へと向かった、と」

「そうそう。ノガラスがそういってたわ。第二艦隊《かんたい》の最後の部隊が、いっせいに反転してカダラ島へ向かったって。つまりそのひとたちは、ナグラの反乱軍《はんらんぐん》についたわけよね？」

「ということは、だ。いままさに、カダラ島は反乱軍《はんらんぐん》とスフ王の正規軍の戦いの場になろうとしているってことだよな？」

テオは激《はげ》しくうなずきました。ふたりは慎重《しんちょう》に、しかしめまぐるしく頭を回転させて、さまざまな予測をしたのです。

「つまり、ルピアが、ルピアがもし心臓《しんぞう》なら、まさにルピアがとまってしまうってことよね、そのいくさの舞台《ぶたい》がルピアになったなら」

「待て待て。ことはこのゴドバールという島国だけのことではないだろう。つまりスフ王が、アイザリア、いや、イシュゴオルを侵略《しんりゃく》しようとしているわけだから、この反乱《はんらん》程度のことではおさまらない。そうだ、そういうことではないのかい、ルピアの危機《きき》というのは、やはり全世界に関係があるんじゃないのかね」

「ルピアがとまったら、なにもかもとまってしまう……でもね、トーマ。そもそもルピアがとまらなくても、いま、ゴドバールの艦隊《かんたい》は湾岸諸国《わんがんしょこく》に向かっているのよ。それって、どういうことだと思う？」

「だからさ、それをくいとめるためにも、早くこのフユギモソウの種をルピアに持っていかねばならないんだろうよ。いずれにせよ、ルピアはおかしくなっている。だからそういう事態を招《まね》いた……」

「わたしたちがこの種をルピアに持っていけば、それですべてうまくいくのかしら」

「うーむ。たしかにそれはいえないな、テオ。おれたちはいまこの回廊《かいろう》にいるのと同じだ。まだまだなにもかもがぼんやりしているだけだ。まったく、なんて仕事だろうな」

緑色の光は次第に間隔《かんかく》をせばめ、やがて、回廊《かいろう》全体が緑色に光り輝《かがや》きはじめました。この世のものとも思えないほど幻想的《げんそうてき》な光の中を棺《ひつぎ》の小舟はゆるやかにすすみます。

「それにしても。これはいったいどういうことだろう、地中、いや、そろそろ海の中かな、そこを通っているはずの回廊《かいろう》が輝《かがや》いているということは。光る石でも埋《う》めこんであるんだろうか」

「道大工《みちだいく》さんにしてはおかしなことを。この回廊《かいろう》は、人間がつくったものでしょ？　光る石なんていったいどこにあるというの。きっとこの回廊《かいろう》は薄《うす》い石でできているのよ。だから、外の光を通しているんだと思うわ」

「それだ！」とトーマはひざをたたきました。「なるほどなあ。薄《うす》い石、ではなくて、あれだよほら、ドーム郡でもコップなんかに使う、透《す》かし石が使ってあるんだ！　いや、だがそれだと強度が問題になるが」

「あなたはそもそも、この回廊《かいろう》がなにでできているか、ということばかりに頭を使ってるみたいだけどさ」

とテオは不服そうにいいました。「この棺《ひつぎ》はほんとうにわたしたちをルピアに連れて行ってくれるのかしら」

「だって、バーム神《しん》の弟がこの回廊《かいろう》を伝ってルピアへ渡《わた》ったわけだからな。当然この棺《ひつぎ》だって、そこへ行こうとしてるわけだろう。すくなくともこの回廊《かいろう》を通るかぎりは」

「だったら、そこらへんのことを考えなきゃ。バーム神《しん》の弟、ええとそうそう、イアンっていってたわね。イアンはいったい、ルピアへ行ってどうなったのかしら？」

すると、珍《めずら》しくリンがふたりの会話に割《わ》って入りました。といってもリンはしゃべらないので、例によって指文字だったのですが。

〈イアンのことなら、ぼくにはすこしわかることがある〉

「ほんと⁉　それはなあに、リン！　教えて」

ひさしぶりにリンが話しかけてきたので、テオはうれしそうにさけびました。

するとリンはこんなことをふたりに指文字で語りました。

〈ぼくらをラド王陵《おうりょう》に案内してくれたラサの奥《おく》さんのことを覚えてる？　とてもきれいな人だったよね。あの奥《おく》さんこそが、じつはバーム神《しん》の弟、イアンが恋《こい》した娘《むすめ》なんだよ〉

「ほんとかよ！」「ええっ」とトーマとテオはさけびました。

〈ぼくが口をきけないせいかもしれないけど、あのひとはだまっているぼくにいろんなことを語りかけてくれたんだ。だからいろんなことがわかった。ラサの奥《おく》さん、ナーゲ、っていうんだけど、ナーゲはある日、ラド王陵《おうりょう》の森の中で一匹の大きなガマガエルに出会ったんだ。そしてそのガマガエル、つまりイアンなんだけど、イアンはナーゲに結婚《けっこん》を申しこんだ〉

「いきなり？　もう。なんて乱暴《らんぼう》な。いくら神様の弟だからって」

「神様の弟だからそういうことをするんだろう。人間だってけっこうやりそうなことだが」

〈もちろんナーゲにはラサという恋人がいたから、そんなことはできません、って答えたんだ。そりゃそうだよね、そもそもナーゲは人間だし、いくらなんでもガマガエルと結婚《けっこん》したくはないからね〉

「ラサという恋人がいたからよかったけど、そういう口実がなかったら、いつまでもイアンにつきまとわれそうね。美人は困《こま》るのよね、こういうことがあるから」

〈ところが、イアンはナーゲが断《こと》わった理由をうそだと思った。恋人がいるからではなくて、じぶんが人間とちがって醜《みにく》いものだからナーゲが断《こと》わったと思ったんだ〉

「じぶんは醜《みにく》い、っていうイアンの思いこみもわかるなあ」

〈そこでイアンは『おれと同じようにおまえも醜《みにく》くなれば、そんなことはいわないだろう』っていって、毒液をナーゲの顔に吹《ふ》きつけようと、襲《おそ》ってきたんだ。ナーゲは必死で王陵《おうりょう》の森の中を逃《に》げた。逃《に》げに逃《に》げた。でもとうとうイアンにつかまって、組み伏《ふ》せられてしまった。そして、イアンは毒液をナーゲの顔にぶうっと吹《ふ》きつけようとした、そのときナーゲはいった。「あなただって、わたしが醜《みにく》い女だったら結婚《けっこん》しようとはしなかったくせに！　あなたはじぶんにないものを求めてるだけじゃないの！」〉

トーマもテオもその続きが知りたくて、じっとリンの指先を見つめました。

〈イアンはやはり神様の弟だけあって、とても賢《かしこ》かった。そのことばでなにもかもがわかったんだ。つまり、イアンの感じ方はガマガエルのものではなく、人間と同じだったということに。イアンは同じ仲間のガマガエルが美しいとは思えず、人間の女が美しいと思っていたんだ。じつはそのことは自分自身を、つまりガマガエルそのものが醜《みにく》いと認《みと》めることだった。ナーゲのことばによってイアンはじぶんの醜《みにく》さに目をつむっていたことに気がついてしまった。イアンは頭を抱《かか》えてその場でのたうちまわった。『おれは醜《みにく》い、おれはイボだらけのガマガエルだ、おれはこんな醜《みにく》い体をどうすればいいんだろう、ああがまんできない、こんな体を持って生まれたことを一生のろってやる、だれにのろえばいいんだ、おれをこんな体につくった、造型《ぞうけい》の神をのろってやる！　おれを生んだ母親と父親をのろってやる！　おれは美しい女と結婚《けっこん》したい、なのにおれはこんなに醜《みにく》い、醜《みにく》いガマガエルの仲間にすぎなかったんだ！　おれはどうすればいいんだ！』〉

「あなたはちっとも醜《みにく》くなんかない」とテオはいいました。「わたしならそういってあげるけどな」

「しかしそんなことばはなんのなぐさめにもならないだろうさ」とトーマ。「じゃあテオはガマガエルと結《けっ》婚《こん》できるか、ってことだ」

「わたしはトーマがガマガエルでも、ちっとも気にしないわよ。結婚《けっこん》してくれる？」

「な、なにをあほなことを！」

ふたりのやりとりを無視《むし》してリンは続けました。

〈ナーゲも、テオと同じことをいったんだって。恋人のラサがたとえあなたと同じ外見をしていても、わたしはかれと結婚《けっこん》します、って。だけどそんなことばはイアンには通じなかったんだ。『おれが人間になるか、それとも人間すべてがおれと同じガマガエルになるか、このどちらかだ。おれはこの不公平を神に訴《うった》えて、おれを人間にするか、人間すべてをおれと同じ容貌《ようぼう》にするかを決めさせてやる！』そこまでがナーゲの知っていることだけど、たぶんイアンはこのことがあってすぐに、この回廊《かいろう》を泳いでルピアへと向かったんだと思う。バーム神《しん》のいうことから考えるとそうにちがいないよ〉

「ということは、ルピアで望みをかなえて、イアンは人間になったってことかしら？」

三人は顔を見あわせました。そうだとすれば、いったいだれがイアンの生まれ変わりなのでしょうか。もしかしたら、という大きな疑問《ぎもん》が三人の脳裏《のうり》に浮《う》かびましたが、それを口にするのははばかられました。

「見て！」とテオがいいました。いつの間にかあたりが明るくなっていました。そのあたりから回廊《かいろう》はすべて透明《とうめい》な石によってできていたのです。そして、外のようすを石の壁《かべ》を透《す》かして見ることができたのでした。

「ここは……海の底だ！」

「魚が泳いでいるわ！」

そうでした。三人の乗った小舟は、透明《とうめい》な回廊《かいろう》をすすんでいました。回廊《かいろう》は、なんと海の底を通っていたのです。青い青い海の底に、丸く長い、管《くだ》のような回廊《かいろう》が通っていたのです。その管《くだ》の中に小舟が浮《う》かんでいるというわけでした。棺《ひつぎ》の小舟ですすむテオたちの目の前には、とても美しい光景《こうけい》がくりひろげられていました。さまざまな魚が、自由に泳いでいたのです。

「なんてきれい！　これが海の中のようすなのね！　ねえ見て！　あんなにのびのびと泳いでいる魚を見たことがある？　まるで空を舞《ま》う小鳥たちのようだわ」

「信じられない光景だな」といったきり、トーマもだまってしまいました。三人の心はこの美しい見物《みもの》にってとても幸福な気持ちに満《み》たされました。海の中は別世界でした。そこには色とりどりの魚たちが泳いでいたのです。その魚たちは、どれをとってみても完全なかたちをしていました。きらきら輝《かがや》くうろこや透《す》きとおる目は宝石のようでした。優雅《ゆうが》にたなびく背《せ》びれや尾《お》びれは孔雀《くじゃく》の羽かほうき星のようでした。

「このトンネルが石でできているとするならば、この透明度《とうめいど》はものすごいな。そんな石は聞いたことがないが。まあいいや。ラド王の魔法《まほう》ということにしておこうか」トーマがそういうと、リンが指でいいました。

〈地下回廊《かいろう》についての話を、ラサの奥《おく》さんのナーゲが歌のように語っていた。地下回廊《かいろう》はボエルの腸《ちょう》を取り出して、海に長々と横たえたものだって〉

「なにをあほなことを。いくらボエルがどでかくっても、こんなに長いはらわたがあるもんかい」

「ああら、ラド王の時代ですもの、ナウルもボエルも地上を闊歩《かっぽ》していたのよ。ボエルだってものすごい大きさだったにちがいないわ。ほらよく見てごらんなさいよ。どこかしわくちゃな壁面《へきめん》だわ。これはほんとにボエルの腸《ちょう》にちがいないわ。さすがに竜《りゅう》よね！　腸《ちょう》までのちのちの人間の役に立つなんて」

　トーマはだまりました。まさかそんなはずは、と思いましたが、ではいったいこの回廊《かいろう》はなにでできているのかと問われればわからなかったのです。

「ううむ。まあいいや。しかしテオ、じぶんの墓《はか》で、じぶんの棺《ひつぎ》にこんなしかけをしたのはなぜだ？　ラド王は墓からルピアまでの回廊《かいろう》をつくって、いったいなにがやりたかったんだろう？」

「わかんないわよう、わたしにそんなことを聞いたって」とテオがいったとき、リンが指でいいました。

〈ラド王がなぜ地下にこんな大きな墓《はか》をつくったかというと、いったん死んでも、また復活すると思ったからなんだ。でも、復活したとしても、そのときに別の王がいて、ラド王に敵対したら復活した意味がないだろ。生きかえったときに、生きていたときと同じほどの力がほしい。そのためにはルピアの力が必要だ。だから、墓《はか》からルピアに直結した通路が必要だったんだ。それが地下回廊《かいろう》さ〉

リンが先ほどからさまざまなことを語るのはふたりにとってはうれしい驚《おどろ》きでしたが、ことさらにそのことはふれずにテオはいいました。

「だったらどうしてルピアに王陵《おうりよう》をつくらなかったのかしら。わざわざ遠くから地下回廊《かいろう》を通って行くのは大変じゃない？　まして生きかえった王様にとっては。ううう。ちょっとこわい話だなあ、死んだ王様が生きかえって、この通路を歩いてルピアへと戻《もど》っていくんだ」

「ちょっと待てよ」とトーマはいいました。「さっきこの棺《ひつぎ》のなかにラド王の死体がなかったとき、この棺《ひつぎ》そのものはダミーだとカエルの神様がいってたよな。ほんものは別のところにある、と。だがもしも今の話がほんとうなら、ダミーの棺《ひつぎ》からルピアへの地下回廊《かいろう》をわざわざつくるだろうか？」

「なにがいいたいのよ、トーマ」

「もしかしたらラド王はすでに復活しているのかもしれない、ということさ。それなら棺《ひつぎ》がからっぽだったことの理由も説明がつくだろう」

「でもバーム神《しん》はそんなことはいわなかったわ。むしろからっぽであることを知っていたみたいだったし」

するとリンがまた指でいいました。

〈ラド王は復活していないと思う。たぶん、この棺《ひつぎ》は、ラド王が復活したときに、従者《じゅうしゃ》としてのバーム神《しん》がラド王を助けるためにつくられたものだよ。つまりラド王復活のあかつきには、この棺《ひつぎ》の舟に乗ってバーム神《しん》がラド王のもとへ駈《か》けつけるようになってたのさ。だからバーム神《しん》はこの棺《ひつぎ》のことも、回廊《かいろう》のことも知っていた。ぼくらにこの棺《ひつぎ》を使わせたのは、弟のイアンをなんとか連《つ》れ戻《もど》してほしいからだと思う〉

「なあるほど。リンのいってることは筋《すじ》が通っている」とトーマは感心したようにいいました。「そもそもあのラド王が復活したら、天は裂《さ》け、地はくだけるくらいのさわぎにはなるだろう。アイザリアあたりにまで『われは復活せり！』ぐらいの大音声がとどろくだろうしな」

「でもね。そもそも死者は復活しない。こんなことは当たり前なのに、いつの間にかなんでも起きてしまいそうな気分になってるわ。それもこれもこの地下回廊《かいろう》みたいな、信じられないものがあるせいよ」

「うむ。しかしアイザリアで下水や運河を掘《ほ》っていたときに、いつももっといい土管がないかと思っていたんだが、こんなものがあるんだったら、あれこれの工事はもっと楽《らく》にできただろうな。ちぇっ」

道大工《みちだいく》としてのじぶんの仕事を思い出してトーマは舌打ちをしました。

「こんなものってね、トーマ、いくらアイザリアの運河《うんが》工事でも、ボエルの腸なんかは使えないわよ。そうだ。トーマに一度聞きたかったんだけど、あなたはどうしてアイザリアで有名になったの？　運河《うんが》工事を指《し》揮《き》したって聞いたけど、どういう工事だったの？」

「アイザリアの北のダリアームと、南のレイアムを結ぶ運河《うんが》をつくろうという工事だったんだがね。まあ運《うん》河《が》を通すのにざっと三年がとこかかったかな。人足《にんそく》はいったいどれくらいだったろう、のべにしたらわからないが、一日に何千人も、多いときには万という単位の人間が働いていたよ。そうさな、テオにわかりやすくいうとすれば、ラノフ川を三つ並《なら》べたような堀割《ほりわり》を、北から南へざっと五百ソグド*ほども掘《ほ》ってつくったってとこかな」

「五百ソグド！　気が遠くなるような話だわ。それって、ものすごい大工事よね？」

「ああ。およそ南北に走る運河《うんが》には東岸《とうがん》と西岸《せいがん》があってね、東岸はおれ、西岸はもうひとりの道大工《みちだいく》であるセコーという男が請《う》け負《お》うことになったんだ。本来ならば両岸を同じ監督《かんとく》が指揮《しき》して工事するべきなのに、こんなおかしな分担《ぶんたん》になったのも、セコーのさしがねだった。このセコーというのは食わせ者で、仲間うちでは手抜《てぬ》きで有名なやつだったんだ。ところがそういうやつにかぎって上にコネをつくるのはうまいから、執政府《しっせいふ》や五民会議にとりいって、なんとか西岸の工事を落札したわけさ。で、東西の堤防工事《ていぼうこうじ》が同時にはじまったわけだが、東岸のおれたちにあっちから聞こえてくるのは悪いうわさばかりだった。人足《にんそく》の労賃《ろうちん》をちょろまかすだろう、くらいのことはおれにも予想できたんだが、本来やるべき水防工事《すいぼうこうじ》をしなかったとか、使うべき石や砂を半分に減《へ》らしているとか、工事全体にかかわる手抜《てぬ》きをやっているといううわさは捨《す》てておけなかった。そのままで運河を最後まで完成させた日にゃ、西岸一帯はとんでもないことになる。そう思ったから、おれはあるところまでできたときに、水入れをやることを申し入れた。できあがったところまでの運河に水を入れれば、資材《しざい》の搬送《はんそう》も水上でできるしな。セコーだって、手抜《てぬ》きはしていても、いちおう工事は完成しているわけだからこれに反対はできない。そしていよいよメール河から水がどっと流れこんだ。なんと、水の力はすごいものさ。あっという間に西岸の堤防《ていぼう》は決壊《けっかい》した。セコーの手抜《てぬ》きはもろにばれてしまったってわけさ」

「ほほう。それで東岸の工事を請《う》け負《お》っていたトーマの名があがったってわけなのね？」

「ちがうよ。おれが有名になったのは、それを予測して、西岸の家々が水浸《びた》しになる前にちゃんと手を打っておいたってことさ。つまり堤防《ていぼう》が決壊《けっかい》して氾濫《はんらん》した水の逃《に》げ口をあらかじめ準備してたってことなんだ。まああの日だけはおれの生涯《しょうがい》でもいちばんいそがしい日のひとつだったな。馬に乗って、流域《りゅういき》を必死で駈《か》け抜《ぬ》けて、いろいろ指図《さしず》したんだよ。おかげで大事にはいたらなかった。まあしかし、セコーってのはまったくひどいやつでね。そのあとは東岸のおれの工事をいかに邪魔《じゃま》するかということに執念《しゅうねん》を燃やしはじめたのさ。そのときに、なにくれとなくおれを助けてくれたのが、ワラトゥームの草原の民《たみ》さ。おれがドーム郡の生まれだということだけで、なんと騎馬《きば》の軍団まで出して、堤防《ていぼう》を守ってくれたこともあった。感謝したいのはこっちなのに、草原の民《たみ》はおれにいったよ。この運河のおかげでこの先草原の民《たみ》は飢《う》えることなく麦をつくったり、水麦＊を植《う》えたりできる。トーマのことを忘《わす》れない。未来永劫《みらいえいごう》に渡《わた》って草原の民《たみ》はドーム郡のひとに味方するだろう、だってさ」

＊訳注《やくちゅう》——五百キロほどか。
＊訳注《やくちゅう》——米のことだと思うが、確証はありません。

「虹《にじ》戦争以来のアイザリア五民の信義《しんぎ》を守ってくれているのね、草原の民《たみ》は」

「そういうことだ。テオ。見なよ、珍《めずら》しくリンが眠《ねむ》ってしまったぜ」

いわれてテオがふりかえると、小舟のいちばんうしろにいたリンがいつの間にかすうすうと軽い寝《ね》息《いき》を立てていました。

「疲《つか》れたのね、きっと。でもリンはいつの間にか、いろんなことを吸収《きゅうしゅう》して、成長しているのね。さっき指で話してくれたことなんか、わたし、驚《おどろ》いてしまったわ」

「まったくだ。ところで、なあテオ、こんな機会でもないと話せないから聞くんだが、この坊《ぼう》やはいったいどういうわけで、からだが透明《とうめい》になってしまったんだ？　そしておまけに口がきけなくなってしまったというんだい？　おまえさんはそのことについてなにか知ってるんじゃないのか？」

「それがねえ」とテオは困《こま》った顔でいいました。「くだらないうわさがあったんだけど、ほんとのところはわからないのよ。リンに水を向けたら、すごく気分を害したらしくてそれっきり聞くこともできないの」

「なんだい、そのくだらないうわさ、ってのは」

「ドーム郡にね、あるすてきな女の子がいたのよ」とテオはいいました。「リンと同い年くらいのね」

「恋仲《こいなか》だったのか」

「ええ、まあ」とテオはことばを濁《にご》しました。

「なんだか奥歯《おくば》にもののはさまったようないい方をして、あんたらしくもないぞ、テオ」

「わかったわ。いいます。けっこう早熟《そうじゅく》だったふたりは、将来《しょうらい》を約束してたのよ。ところが、リンは裏切《うらぎ》られたってわけ。つまり、彼女には別の男ができたのよ。そしてリンは捨《す》てられたの」

「よくある話じゃないか。それがどういうわけでリンの体が透《す》きとおることとつながるっていうんだい？」

「だって、失恋《しつれん》してごはんものどを通らないことだってあるだろうし、涙《なみだ》が涸《か》れるまで泣いた子もいるわ、中にはリンみたいにからだが消えてしまう子だっているかもしれないじゃない」

「いや、ものを食べなくなったり泣《な》いたりすることもあるだろうが、からだは消えないだろう」

「でもげんに消えてるじゃない、リンは」

「いちおう、医者にも見せたわけだろ？　つまりリンはじぶんでも困《こま》ったことになったと思ったわけだよな？　失恋《しつれん》が原因なら、医者に行ったりはしないんじゃないか？　ほんとに彼女に捨《す》てられたのか？　おれの見るところ、たいていの女の子なら、いい子のリンを捨《す》てたりしないだろう」

「甘いなあ、トーマって！」とテオはあきれていいました。「いい子だから捨《す》てられたりしないなんて、まったく！　男と女のことになるとどうしようもなく無知なのね！」

このテオの逆襲《ぎやくしゆう》にはトーマも苦笑するしかありませんでした。

「もう一度聞くが、リンの失恋《しつれん》という話はたしかなのかい？」

「つきあっていたのは、わたしの知り合いで、サフラという子なのよ。それが、ほんとうにきれいな子で。でも、どことなく頼《たよ》りないところもあってね。リンはいつもサフラのことを考えていたと思うの。ところがある年の夏祭りの夜に、サフラは別の男の子……まあちょっと年上なんだけど……魔《ま》がさしたというか、できごころというか、その子とつきあってしまったのよ。そういうことってあるのよね、まあ男と女の誓《ちか》いなんてそんなものといえばいえるんだけどさ」

「身《み》につまされる話だなあ。だがテオ、あんたのそのいい方はまるでばあさんみたいだぞ」

「まっ、失礼な！　わたしはね、苦手なの、そういうのが。わたしきっと、これからも恋なんかしないと思う」

「なにを断言《だんげん》してるんだ。あんたこそ、いまのことばをいつだってひっくりかえすだろうよ。それはともかく、そのサフラって女の子にふられて、リンは体が消えたってかい？」

「ありえない？」

「たぶん、それはきっかけではあるだろうさ、リンがこうなってしまったことの。だが、それだけでは体は消えないよ。それで消えるんなら、世の中は透明《とうめい》な人間ばかりになっちまう」

そのときでした。リンの指がうごいたのです。トーマとテオは驚《おどろ》いてリンを見ました。するとリンはあいかわらずからだを横たえたまま、指だけをうごかしてふたりに語りました。

〈ぼくは……サフラのことでわかったんだ。ぼくが、ほんとうになんにも中身がない人間だったってことが。ぼくはサフラを好きだっていうだけの男だった。それ以外にぼくにはいったいなにがあっただろう？　そうなんだ。ぼくはからっぽだったのさ。だから、サフラがいなくなったら、ぼくの体の中身もどこかに消えてしまったんだ〉

「そんなふうに考えてはいけないわ」とテオはいってやさしくリンの体をさすりました。「寝《ね》ていたところをごめんね、あなたのうわさ話なんかして悪かったわ。でもわたしもトーマもあなたのことが心配なの」

〈ぼくはほんとうはひとりでルピアへ行かねばならなかったんだ。でもあんたたちをいっしょに連れてきてしまった。ほんとうにごめんなさい。ぼくを許して〉

「なにをいってるんだい、リン。おまえが謝《あやま》ることなどありゃしない」

「そうよ、リン。おかしなことをいわないで。わたしたちはドーム郡から任務《にんむ》を与《あた》えられたからここまできたんじゃない」

〈ごめんね、トーマ、テオ。ぼくは、ドーム郡の郡庁《ぐんちょう》からいわれる前に、ぼくがルピアに行かねばならないことを知っていたんだ。この体を治すために〉

「どういうことだよ。このルピアのことを知っていたとでもいうのかい？」

〈ルピアにおいで、といわれたんだ。あるとき。それはふしぎな声だった。ぼくはこの体をもとに戻《もど》してほしいとつぶやいたんだ。そしたらその声は、ぼくがルピアに行けば、この透明《とうめい》な体が治るといった。どうやってそこに行けばいいのかとぼくはたずねた。すると声はいった。おまえをルピアに連れて行く使いをよこすから、それに乗ればいいだけだ、と。そしたら、あの日、つまり夏まつりの翌日、大きな鳥がやってきたんだ。あの鳥のことを覚えてる？　ほら、ぼくらが最初に会った、リラの森でぼくをさらおうとしていた巨大な鳥のことを〉

「覚えているわ！」

「そうだ、リン、おまえ、あのとき、巨大な鳥にさらわれようとしていたんだったよな！」

「そうだったわ。あの大きな鳥のことを、わたしたち、すっかり忘《わす》れてしまっていたわ！」

「あれはいったい……あの鳥はひょっとして」

「ソルギニル？」とテオはいいました。

「なんで、ソルギニルがリンをさらおうとする？　あの星の鷲《わし》は、アイザリアの善《ぜん》なるものの味方《みかた》のはずだが？」とトーマは不審《ふしん》そうにいいました。するとリンは指でいいました。

〈あれはソルギニルじゃないよ。そんないいもんじゃない。あれはぼくをさらいにきたんだ。『おれは遠い遠い海の向こうから飛んできた。おまえをほしがっているものの使いなのだ。だから、おまえを連れて行くが、いいな？』そしてぼくの返事も聞かずに、いきなりぼくの肩《かた》をその爪《つめ》で引っつかむと、空高く舞《ま》いあがったのさ。逃《に》げようとしたけれど、どうしようもなかった。ちょうどリラの森まできたとき、あの木の梢《こずえ》が目の前にあったから、ぼくは必死で梢《こずえ》につかまって、そして風の声で助けを呼《よ》んだ。人間が助けてくれるとは思わなかった。ドーム郡にいる、鳥かなにかが助けてくれればいいのに、って思ったんだ。そしたら、テオとトーマが助けてくれた。うれしかった。でも、あの鳥はたしかにゴドバールからやってきたんだ。そして、ゴドバールのだれかが、ぼくを、ぼくみたいなものをなぜか必要としている、ってことだけはぼくは知ってるんだ。だから、ぼくは逃《に》げないでここまでやってきた。……これがぼくの理由だよ、テオ。トーマ。いままでだまっていてごめんね〉

くいいるように指のうごきを見ていたテオとトーマは、このことばに首をふりました。

「なにを謝ることなんかあるもんかい。リン、おまえはなんてりっぱな、けなげなやつなんだ。よく、こんなこわいことに首をつっこんだものだ。だれだっておまえの立場になったら逃《に》げ出すぞ」

「ほんとだわ。リン、あなたは偉《えら》いよ」

〈こわかったけど、ぼくにはもうひとつのこともわかってたんだ。ぼくのこの体と声を取り戻《もど》すには、きっと、逃《に》げてはいけないんだって。ルピアまで行かなくてはならない。それだけはわかっていた。だからぼくは偉《えら》くもなんともないよ。ぼくはぼくのためにここまできたってだけのことなんだから〉

「それがじぶんのためだとしても、ひとはつらい方の道を選ぶわけではないのよ。でも、リン、あなたを呼《よ》んでいるものっていったいこのゴドバールのだれなのかしらね？」

〈ぼくにはわかりかけているんだけど。でも、まだそのときではないから〉

「よしよし。とにかく、おまえの目的はなんとかわかったよ、リン。そのときがきたら、なんでもいってくれ。力になれるものなら、なんとかしたいもんだ」

トーマのことばにリンはうなずきました。ドーム郡を出たときからくらべると、リンの体つきはたしかにすこし大きくなったようでした。

「トーマ。わたしたちの旅も、もうすぐだわ。ルピアにさえ着けば、そしてこの種をそこに捨《す》てれば、わたしたちの旅もおわる。そして、そのときききっと、リンの目的も果たすことができるわ！」

「そしたら、おれたちは晴れてドーム郡に帰れるってわけだ……とかいって、テオ。なかなかそうはいかないぜ。ゴドバールがしかけたいくさの行方《ゆくえ》がどうなるか、まだなにもかもがはじまったばかりだともいえるからな」

「そうだったわ。でも、とりあえず、わたしたちの肩《かた》の荷《に》だけでも下ろしたいものね」

「ちげえねえ」

トーマがいったとき、がくん、と音がして、小舟はとまりました。地下回廊《かいろう》は、まだ海の中です。テオがいいました。

「階段が、上に続いているわ。ここをのぼれば、きっとカダラ島。そして、そこにはルピアがある」

三人は、ゆっくりと小舟から降《お》りました。

第十九章　戦　場

三人は森の中にいました。ようやくトンネルを抜《ぬ》けて、地上に出たのです。そこは、ふしぎなところでした。あたりに森の木々は生えていましたが、テオたちが見たことのない景色《けしき》でした。

「これはいったいどういう森なんだ？」とトーマは首をかしげました。「どうもようすがおかしいぞ、テオ」

「だったらどこがおかしいのかいってよ」テオもあたりのようすがおかしいと思っていましたが、どこがおかしいかといえば、よくわからないのです。

「木はある。だが、いったいこれはなんという木だろう？　どこかで見たことがあるようだが、ちっともその名前が出てこない。いや、おれはこんな木は見たことがないぞ」

「ねえ見て。足元には草が生えてない！」

いわれてトーマも足もとを見ると、そこには赤茶けた土があるばかりで、草は生えていませんでした。

「別にどこもおかしくはない、といわれればそのとおりなんだけど」

「なあテオ、ここはまちがいなくカダラ島だよな？」

「それはそうでしょう、わたしたちはラド王の地下回廊《かいろう》を通ってやってきたわけだから」

「であるならば、とにかくこういうときは上にのぼらねばならない。山は……ええと山はどっちだ」とトーマは珍《めずら》しく迷っています。「おかしいなあ。おれの勘《かん》が働かなくなっている」

「道大工《みちだいく》さん」とテオはいいました。「じゃあ、わたしのいうことを聞いてみる？」

「なんだ？　どういうことだ？」

「ここはもう、わたしたちの地上での経験や勘《かん》が通用する世界ではないのよ、きっと。つまり」とテオは目の前を指さしました。「前に一歩踏《ふ》み出して歩けばいいだけよ。ふふ、うれしいな、道大工《みちだいく》トーマの経験にはわたしが逆立ちしてもかなわないけど、おたがい未経験ってことは、対等ってことだもんね」

「妙《みょう》なところでなにを喜んでるんだ。しかしまいったな……おいテオ、あれを見ろ！」

トーマが驚《おどろ》いてさけんだのも無理はありませんでした。赤茶けた土の上に、一本の、すこし黄色くなった道がついているのです。その道は三人のところからまっすぐに森の中を通っていました。さっきまではなかった道が、いつの間にかあらわれていたのでした。

「道だ。妙《みょう》な道だ。いったいこれはなんなんだ？」

「あのねトーマ。わたしさ。クミルの旅の話でとっても好きなところがあるの。ヌバヨを探《さが》して旅に出たクミルがあちこちで『コノフの森はどっちですか？』とたずねるでしょ。そしたら村の人たちがいうの」

トーマがあとを引き取りました。

「この道をまっすぐに行きなさい、そうすればコノフの森があるというよ、娘《むすめ》さん。だが、そこまではまだ長い長い道のりだよ……だったな、たしか」

テオはうれしそうにうなずきました。

「うれしいわ、やっぱりあなたはドーム郡のひとね、トーマ。だったらわかるでしょ。わたしたちが正しければ、道は目の前にあらわれる。その道を行けばいいんだってことが」

「なるほどな。まあいいか。しかしおれが気になってるのは、この黄色い道のぐあいだよ。かけてもいいが、こんな道は見たことがない。なんだろうな、妙《みょう》な……」

道というのは、とにかくだれかが、動物もふくめて歩いた形跡《けいせき》があるはずなのに、この道にはそれがない、とトーマはいいました。だれかが踏《ふ》みかためたものではないのです。

「おれたちに向かって、さあ、ここを歩け、といってるような、そんな気がする」

「そのとおりでしょ。だからわたしたちはここを歩いているのよ」と、テオは平然としています。

「いよいよ、ってことか?」とトーマはつぶやきました。テオもうなずきました。

ルピアは近い。三人とも、そう感じていたのでした。

やがて三人は、森のはてにやってきました。そこから先に、木々はありませんでした。

「おお!」

「まあ!」

目の前に、驚《おどろ》くような景色《けしき》が横たわっていたのです。まるで絵に描《か》いたような景色《けしき》でした。右手には赤茶けた急な岩山がそびえていました。左手には、その岩山の裾野《すその》がひろがっていました。裾野《すその》は広大で、なだらかで、どこまでも続いているようでした。けれど三人が驚《おどろ》いたのはその景色《けしき》ではありませんでした。

「いくさ?」とテオはつぶやきました。トーマは首をふりました。

「どうやらまだ、いくさにはなっていないようだ。これはたぶん、その前、ってやつらしい」

裾野《すその》の草原に、びゅうびゅうと風が舞《ま》っていました。そして、その風の下には無数の旗が林立《りんりつ》していたのです。赤い旗にはアイザール語の縫《ぬ》い取りがしてありました。その旗の下には、騎馬《きば》の軍団が勢ぞろいして並《なら》んでいました。騎馬《きば》部隊の背後《はいご》には、何万という兵士たちも整列していました。兵士たちは手に手に連装《れんそう》の弓を持ち、騎馬《きば》の兵士たちは、輝《かがや》く長剣《ちょうけん》を太陽にかざしていました。そして巨大な軍勢の中央には、ものものしく赤い色で塗《ぬ》られた戦車部隊が密集《みっしゅう》しています。その中心にでんとかまえているのは、トーマたちがイデアの出陣式《しゅつじんしき》で見たことがある、うごく城《しろ》とでも呼《よ》ぶべき五層《ごそう》の巨大な箱型《はこがた》戦車でした。びっしりと荒野《こうや》を埋《う》めつくした軍団にはまるで隙《すき》がなく、末端《まったん》にいたるまで兵士たちはよく訓練されているようでした。

「なんなの、これは。スフ王の軍隊がここでいったいなにをしようとしているの?」

「それは、この兵士たちがどこを向いているかということでわかるさ。つまり……あっちだ」とトーマが兵士たちの視線《しせん》の先を指でたどると、そこには右手にそびえる赤茶けた岩山がありました。その岩山にも軍勢が、こちらは白い旗を林立させて、左手に赤い旗をなびかせている王の軍勢と対峙《たいじ》していたのです。ただ、万を越《こ》える王の軍勢とはちがって、岩山のあちこちに配置《はいち》されてはいましたが、軍勢の数はあまりにも少数でした。しかし、砦《とりで》全体からはなみなみならぬ気迫《きはく》が漂い、スフ王の軍勢の最前線にも、たったいま砦《とりで》を出てきたらしき騎馬《きば》の一部隊が、攻撃《こうげき》の合図を待っているかのように勇んで整列しています。

「いまにもいくさがはじまろうという雰囲気《ふんいき》だが」

トーマは首をかしげました。たしかにふたつの軍勢は、これからいくさをはじめようとしている、そんな眼前《がんぜん》の光景だったのですが、ふたつの軍勢ともに、ぴたりとうごきをとめているのです。

そして両軍の間には、ひと筋《すじ》の河のように黄色い帯が横たわっていました。

「トーマ！　こ、この道って！」

その黄色い帯は、まさにテオたちが歩いてきた、そしていままさに歩いている、黄色い道だったのです。なんと、テオたちの黄色い道がふたつの軍勢のちょうど真ん中《まなか》をまっぷたつに裂《さ》くようにまっすぐにのびており、目の前の光景の向こうへと続いていたのです。その先には緑の森がかすかに見えかくれしています。

「テオのいうことにしたがえば、おれたちはこの間を通らねばならないということかい」とトーマはいいました。

「そのようよ」

「いくさの真ん中《まなか》をかい？」

「でもトーマ、あのひとたちは、いま、いくさをしているわけではないわ」

「これからはじめよう、ってことではないのか」とトーマがいったときでした。右手の岩山の方から、馬に乗った兵士がトーマたちのほうに駈《か》けてきたのです。まっすぐにトーマたちめがけてやってきます。

「馬が……わたしたちに向かってくる。どうしよう、トーマ」

「とりあえず、なりゆきを見てみるしかないだろう」

「アイザリアのお三方！」砦《とりで》の方からやってきた兵士はいいました。

「あなたは……ノガラス！」とテオは驚《おどろ》いてさけびました。馬上の騎士《きし》こそ、かつてスフ王の衛兵として三人を牢獄《ろうごく》から助け出した島王国出身の若者、ノガラスでした。

「ようこそここまでいらっしゃいました。おみごとです。それにしてもクライマックスにいらっしゃるとは、ほんとうになにもかもよく心得ておられる方々ですね、それだけでも感服《かんぷく》です」

「どういうこと？　クライマックスってなによ。あなたはスフ王の側《がわ》にいたんじゃないの？」

「ようやく、わたしも間にあってここにいるのです。イデアの領主ナグラ様は、ルピアの民《たみ》を連れて、ここカダラ島の岩山《いわやま》、アガサ砦《とりで》にたてこもられました。そして、ゴドバールの意のあるものたちに檄《げき》をとばされ、反乱ののろしをあげられたのです。もちろん、ゴドバールを平和に戻《もど》すためです。スフ王を追放し、アイザリアを攻《せ》める無益《むえき》ないくさをやめさせる、とナグラ様ははっきりおっしゃいました。そこでわたしは、かつて島王国でわたしとともにいたものたち、いまは衛兵ですがわたしにしたがうといってくれた同志たちとともにあなた方と別れたあとでカダラ島へ渡《わた》りました。ここ、アガサ砦《とりで》はとても小さな砦《とりで》なので、スフ王の大軍をどこまで持ちこたえることができるかはわかりません。しかしできるだけのことはやってみるつもりです」

「そうか。つまり正義はあんたたちにある。だから、反乱《はんらん》ののろしをあげれば、ゴドバールの民《たみ》はついてくると考えたわけだな」

「そのとおりです。スフ王の圧政には、だれもががまんならないと思っています。しかしあまりにもスフ王の力が強いのでだれも表立った反抗《はんこう》はできないのです。けれど、ナグラ様をはじめとして、こうして立ち向かうものがいるということがゴドバール全国に伝われば、かならず呼応《こおう》するものがいるはずです」

「だが、こんな少数では、そう長いこと持ちこたえるわけにはいかないだろう。いったいどんな勝算《しょうさん》があるというんだね、ナグラには」

「それが」とノガラスはことばを濁《にご》しました。「こうおっしゃるのです、勝算《しょうさん》があってはじめるわけではない。スフ王を倒《たお》すことが必要だからやるのだ、と。だから、たとえここで持ちこたえた時間が一日であっても、あるいは三日であっても、一カ月であってもいいのだ、問題は耐《た》えることなのだとおっしゃるのです」

「つまりさきがけの犠牲《ぎせい》になるのもやむを得ないというわけなのだな？」

「そのようです。ナグラさまは、そういうお方」

「まちがってる」とテオはいいました。「だれかがはじめなければならないのはもちろんだわ。だけど、そのためには最善《さいぜん》の準備というものが必要なのよ。アイザリアで虹《にじ》戦争が起きたとき、王女ラクチューナム・レイは奇跡《きせき》を起こした。大空に虹《にじ》を見せるという奇跡《きせき》を。そしてたしかに五民軍は勝った。でもね、あれは奇跡《きせき》が起きたから勝ったわけではないのよ。そこにいたる用意周到《よういしゅうとう》な準備をだれもが行《おこな》ったからこそ、あの奇跡《きせき》が起きたのよ。そういうことなの。奇跡《きせき》をあてにして、望みのない反乱《はんらん》をするなんてとんでもない話だわ」

「あのなあテオ。やむにやまれぬ事情というのはどこにだってあるんだ」とトーマはやんわりといいました。

「みんな結果を考えて行動するわけではない。いくら望みがなくても、反乱《はんらん》をしなければならない事情はそれぞれにあるのさ。テオ、あんまり決めつけてはいけないよ」

「だって」とテオはふくれっつらでいいました。「この大軍《たいぐん》をごらんなさいよ。どうやって勝つというのよ。あの小さな岩山の砦《とりで》など、あっという間につぶされてしまうに決まってる。そして、あの岩山の中にはナグラの館《やかた》で見たルピアの民《たみ》もいるのでしょう？　そのひとたちが皆殺《みなごろ》しにでもされたら、ナグラはどうやって責任《せきにん》をとるつもり？　ひとはいつだってどんなときだって、だれの犠牲《ぎせい》にもなってはいけないわ」

「待ってください」とノガラスはいいました。「わたしはまだすべてを話しおえていません。ナグラ様の砦《とりで》に入るまでは、わたしもそう思っていました。こんな自暴自棄《じぼうじき》とも思えるような反乱《はんらん》をしてはいけない、とナグラ様をいさめるつもりでした。もともとナグラ様は王族。であるなら、スフ王との妥協点《だきょうてん》もあるかもしれないと思ったのです。でも、砦《とりで》に入って、考えが変わりました。この砦《とりで》は、じつはよく考えてつくられています。一日や二日で陥落《かんらく》はしないでしょう。それればかりか、この岩山の砦《とりで》では寄《よ》せ手《て》の大軍はあまり意味をなさないのです。つまり、寄《よ》せ手《て》はせまい山道をのぼるしかないようにできていて、そこでは人数はかぎられてしまいます。……とまあ、そういうわけで、ナグラ様にはちゃんとお考えがあるようなのです。そこらへんは、わたしも反乱軍《はんらんぐん》に身を寄《よ》せたもののひとりとして、見るべきほどのことはしっかり見つめながらこれから先のことを考えていきたいと思っています。なにも盲目的《もうもくてき》にナグラ様についていこうとしているわけではありません」

「安心しました。それでこそノガラスだわ」とテオはいいました。

「光栄《こうえい》です。じつはさっきまで、われわれはいよいよ全面的な戦闘《せんとう》に入《はい》るものとばかり思っていたのです。スフ王は、なんと三万の大軍をよこしました。イシュゴオル征討軍《せいとうぐん》に多くの数を割《さ》いたあとなので、せいぜい一万くらいの兵かと思っていたら、その三倍の兵をよこしたのです。しかも、その兵を率《ひき》いているのが、なんとスフ王自身です。あそこに陣取《じんど》っているのですよ、スフ王が」

そういってノガラスは寄《よ》せ手《て》の大軍の中央にかまえている五層《そう》の箱型《はこがた》戦車を指さしました。

「おれにだってわかるよ、この大軍の陣《じん》の張《は》り方は尋常《じんじょう》じゃない。よほどのやり手の大将《たいしょう》か、または最高指《し》揮《き》官《かん》が統率《とうそつ》しているとしか思えない隙《すき》のなさだ。それはスフ王がじきじきにやってきたってことだよな」

「さすがはトーマさんです。道大工《みちだいく》はいくさのことにもくわしいのですね！」

「あんただってすぐにわかるさ。いくさだって運河の工事だって同じことだ。人の群れがうごくとき、そこに中心となる人間がいるかいないかは大きなポイントだ。そして、いくさもきっとそれぞれの大将《たいしょう》の心の中がどこまで強いか、ということによって左右されるんだよ、ほんとのところは」

「ですよね、トーマさん！」ノガラスは勢いづきました。「そこで話は戻《もど》りますが、さっき、前哨戦《ぜんしょうせん》があったのです。ナグラ様の率《ひき》いる騎馬《きば》部隊が、スフ王の軍勢の正面に突入《とつにゅう》して、みごとにそれを打ち破《やぶ》り、さっと引き返すという、それはそれはすばらしいはなれわざをやってのけたのです」

「ナグラって、そんなにいくさ上手だったの!?」

「ナグラ様だってラド王の血を引いているわけですからね。で、スフ王は、目の前でナグラ様のこういう得意気な小競《こぜ》りあいをされて、頭にきたらしいのです。なんと、じぶんで指揮《しき》をとりながら、本隊を砦《とりで》の正面に移動させたのですよ。それまではいまよりずっと遠くに位置していたのですが、あの小山のような箱型《はこがた》戦車がうごいてくるようすはものすごかったです。怒《いか》り狂《くる》ったスフ王、という感じでした」

「それで？」

「ナグラ様のねらいは、どうやらそこにあったらしいのです。つまり、大軍に戦いを挑《いど》んで、スフ王の軍勢を翻弄《ほんろう》するならば、スフ王はいらだって、自身で先頭《せんとう》を切ってやってくるにちがいない、と。そうであれば、まさに勝機《しょうき》はわたしたちに訪《おとず》れるはずだ。なぜならスフ王さえ亡《な》き者にしてしまえば、この正規軍はたちまち主《あるじ》を失った、烏合《うごう》の衆《しゅう》になってしまうわけですから」

「そううまくいけばいいけどな」

「おっしゃるとおりです。で、ふたたびこの最前線でいくさがはじまろうとしていました。ナグラ様は、こんどは新しい快速騎馬《きば》軍団を準備して、疾風《しっぷう》のごとくスフ王の本陣《ほんじん》をつこうとしていました」

「つまりあの部隊ね？」とテオは目の前にいる、白馬を中心にした美しい騎馬《きば》軍団を見つめました。

「そうです。そしてスフ王も、いよいよ牙《きば》をむきだした竜《りゅう》のように、ナグラさまの白騎士《きし》部隊に襲《おそ》いかかろうとした、まさにそのときでした」

「なにが起きたの？」

ノガラスはあきれたようにいいました。

「なにが、って、あなた方があらわれたんじゃありませんか！　つまり、両軍が衝突《しょうとつ》しようとした、まさにそのときに、最前線でとんでもないことが起きたのです。とつぜん、黄色《きいろ》いけものが両軍の間を駈《か》け抜《ぬ》けた、ような気がしました。あるいは風だったかもしれませんし、もしかしたら火砲《かほう》のようなものだったかもしれません。いずれにせよ、とてつもなく早いなにかが、両軍の間を走り抜《ぬ》けたと思ったら、そこにはこの黄色い道ができていたのです」

「けんかの仲裁《ちゅうさい》のように？」

「そうではなかったと思いますが、ただ、両軍の最前線でそれが起きたのです。そして、道ができただけではありませんでした。両軍ともに、兵士たちが、うごけなくなってしまったのです」

「なんですって？」

「その目でたしかめられるがいいでしょう」とノガラスはいいました。

なるほど、両軍の兵士たちは、騎馬《きば》もろとも、戦車ごと、そして立っている兵士のだれもが、まるで足をにかわでべったりと地面に貼《は》りつけられたかのように、うごけなくなっていたのです。異様《いよう》な沈黙《ちんもく》と静寂《せいじゃく》はそこからきているのでした。

「でも、ノガラス、あなたの馬はうごいているし、あなただってうごいているじゃない」

「それがふしぎなのです！　わたしはあなたたちがこの黄色い道にあらわれたのを見て、馬の首をかえしてみなさんのところへ行こうとしたのです。そしたら、さっきまで、微動《びどう》だにできなかった馬が、うごくじゃありませんか！　つまり、いくさのことから離《はな》れたとたん、わたしだけはうごけたというわけなんです」

「どういうことかしら？」とテオはトーマをふりかえりましたが、もちろんトーマにもわかりません。

「じゃあ、まあ、あんたもおれたちといっしょに、この道を歩いてみないか？」

「それが」とノガラスは困《こま》りきった顔でいいました。「さっきから馬を下りようとしているのですが、わたしもこれ以上はうごけないのです」

「ははあ」とトーマはいいました。「つまりこういうこった。この黄色い道は、かぎられた人間しか歩けないんだろう。いくさに関係のない、おれたちみたいに、ルピアへ行く用事のあるやつとか」

「じゃあわたしたちが通りすぎるまでは、この両方の軍隊はうごけないっていうこと？」

「ルピアは、王となる資格のあるものしか近よれないといわれています。あなたたちはその資格があるのです。だから、この道を歩くことができるのだと思います」

「別に、わたしたちは王の資格などないわ」とテオは戸惑《とまど》っていいました。するとトーマは首をふりました。

「そんなことはない。ドーム郡の人間には王の資格はある。ふふふ、ドーム郡の人間にかぎったことではないが、さすらい人の、そしてアイザリア五民軍の合言葉《あいことば》を覚えているかい、テオ？」

テオはいいました。

「ウラ・リーク・ヌバ・アイザール（わたしたちこそアイザールの王）！」

「そういうことだ。ここはゴドバールだが、たぶんこの道にはその意味がわかっているのだろう」

「そういうことではないのか、と」とノガラスはいいました。「そして、あなた方がルピアでなにをされるのかはわかりませんが、きっとこのいくさによい結果をもたらしてくれるのではないでしょうか」

「そんな保証はできないわ。わたしたちがルピアから戻《もど》って、あなたたちがふたたびいくさをはじめるのだったら、むしろわたしたちは戻《もど》らないほうがいいのかもしれないしね」

「テオ」トーマはいいました。「どのみち、おれたちは前にすすむしかない。ノガラス、この先になにが待ちうけているのか、おれたちにもわからないが、あんたたちもこの先を見守ってくれというしかない。そしてその結果は、おたがいにおのれの責任において引きうけようじゃないか」

「あいわかりました。あなたたちの健闘《けんとう》を祈《いの》ります」ノガラスはそういって馬首《ばしゅ》を転《てん》じ、じぶんの部隊へと戻《もど》って行きました。


そこで、テオたちはふたたび黄色い道を歩きはじめたのですが、それはなんと、岩山砦《とりで》のナグラ反乱軍、そして裾野《すその》にひろがるスフ王の軍勢の両者ともに見つめている中での、奇妙《きみよう》な道行《みちゆき》でした。

「なんかこう、妙《みよう》なぐあいだぜ、テオ。まるで見世物《みせもの》じゃないか。こんな芸《げい》のない、ただ歩いているだけのおれたちを見ていなきゃならないなんて、兵隊さんたちもかわいそうなこった」

するとテオははっとしたようにトーマを見つめ、それからすこし顔を赤く染《そ》めていいました。

「それはわたしをけしかけてるわけ？」

「はあ？　なんのこったい？」とトーマはわけがわからず答えました。するとテオはいいました。

「ラリアーは着いた町で公演《こうえん》があることを触《ふ》れてまわらねばならないの。そのときには、メンバーのみんなが街じゅうを踊《おど》りながら歩くのよ。この、踊《おど》りながら前にすすんで行くというのはとても難《むずか》しい技《わざ》でね。そして大変高度《こうど》なんだけど、このできばえいかんでお客さんの入《い》りがぜんぜんちがうんですって。さあ、リン、笛をお願いね！」

リンはうなずいて笛を取り出しました。そして歩きながら吹《ふ》きはじめました。するとテオはトーマにすっとリュックを渡《わた》し、木の実のタンバリンを髪《かみ》に飾《かざ》ると、歩きながらつぎつぎに衣装《いしょう》を変えていき、脱《ぬ》いだ服をトーマに渡《わた》し、すっかり踊《おど》り子《こ》の服に着替《きが》えました。それだけでも無駄《むだ》のない、ひとつの流れるような踊《おど》りに見えました。それから、笛《ふえ》のメロディーがやや早くなると、テオは道の上で踊《おど》りはじめました。

歩くように、そして走るように、また、空を飛ぶようにテオは踊《おど》りました。そのすがたは川の流れに舞《ま》う木の葉のようでもあり、黄色い花の上で蜜《みつ》を求める蝶《ちょう》のようにも見えました。

両軍の兵士たちは、息をとめてこのテオの踊《おど》りを見つめました。いくさがはじまる前とはまた別の緊張《きんちょう》が、このカダラ島の平原に流れていました。いったいこのとつぜんの黄色い道の出現と、その上を踊《おど》りながらすすんでいくさすらい人の踊《おど》り子《こ》にはなんの意味があるのか、そんなことをだれもが思いながら、けれどだれもがテオから目をそらすことはできませんでした。

しかし、ひとつの曲がおわったとき、テオがゆっくりとお辞儀《じぎ》をして踊《おど》りをおえても、兵士たちは拍手《はくしゅ》ひとつしませんでした。テオはきっと顔をあげました。

「こんなに反応がないのははじめてだわ」とテオは唇《くちびる》をかんでいいました。

「いくさの前だ、それは当然だろう。テオ、もうやめたらどうだ」

「いいえ」テオはリンに向かって合図しました。「もう一度、踊《おど》るわ」

ふたたび笛の音が響《ひび》き渡《わた》ります。それは物悲《ものがな》しく、だれの心にも透《す》きとおるように染《し》みていく音色《ねいろ》でした。そしてテオの踊《おど》りこそは、その笛の音とひとつになって、人間のうごきではないかのような技《わざ》を見せました。

あなたとふれあっているとき　生きている喜びを感じる
あなたがいて　あなたといっしょにいるわたしがいる
そしてわたしの体があなたといっしょにここにいる
そしてわたしの体があなたといっしょにうごいている
わたしが息をして　話し　語り　あなたの目を見て笑う
おなかがすく　のどがかわく
わたしは水を飲み　ものを食べる
甘いものを食べたら思わずほほ笑みがうかぶ　辛《から》いものを食べたら元気になる
疲《つか》れきって休みたいと思う　眠《ねむ》りたくなる
ぐっすりと眠《ねむ》る　あなたといっしょに眠《ねむ》る
目覚めてあなたがそこにいる
わたしはあなたと生きている

「リン」とトーマはつぶやきました。「テオの踊《おど》りはふたつのことをやってのけている」それはドーム郡の人間にしかわからないことでした。生きる喜びについての歌を歌い、踊《おど》りながら、テオの指は別のことを語っていました。

「すごいなあ、テオは。指文字でまったく反対のことをいっている」
そうなのでした。テオは、生きる喜びを歌いながら、同時にその喜びを体で表現して踊《おど》っていたのですが、
なんとテオの指先は、生きることの悲しみをみんなに告《つ》げていたのです。
もしもあなたがいなくなってしまったら　あなたが死んでしまったら
そしてわたしもあなたと同じようにいつかは死んでしまったら
わたしの体がなくなってしまう
あなたの体がなくなってしまう
あなたの体はもううごかない
息をしない　話さない　語らない　もうわたしの目を見て笑うこともない
おなかがすくことも　のどがかわくこともなく
のどに流れる水のしらべを聞くこともなく
甘いもの　辛《から》いものも　もう食べられなくなる
疲《つか》れきって休みたいと思うことも　眠《ねむ》りたくなることもなく
ぐっすりと眠《ねむ》れば　そこにもうあなたはおらず
目覚めてもあなたはそこにはいない
あなたもわたしもどこにもいない

それがいちばん大きな悲しみ
あなたがいない
そしてわたしももういない

踊《おど》りがおわり、ふたたびテオはみんなに向かってお辞儀《じぎ》をしました。

「また」

こんども、拍手もなにもありませんでした。平原は静まりかえっています。

両軍の兵士たちは微動《びどう》だにしませんでした。トーマははっとしました。

「テオ。よく見てごらん。あんたの歌と踊《おど》りを見て、みんながどうしているかを」

「あっ！」

テオは小さくさけびました。

兵士たちが、立ったままで涙《なみだ》を流していたのです。まるで石像《せきぞう》のように立ちながら、目から涙《なみだ》を流している兵士たちがいたのです。

「あんたの歌にこめられたものを、みんながうけとめているんだよ、テオ」

そのようでした。拍手《はくしゅ》もなく、まだどよめきもありませんでしたが、いくさを前にした兵士たちはみな、これからはじまることが、生きることの意味を失うことだということを知ったのです。いいえ、知ってはいたはずです。けれど、それをだれもが押《お》しかくして、兵士としてそこにいたのです。死ぬことはこわい。生

きているこ とはすばらしい。それはだれもが知っていましたが、いくさの前に、死ぬことがこわいということはできません。だれもが、こわくないふりをして、この戦場にいたのです。けれど、テオの歌を聞いて、兵士たちはじぶんの心にあることを正直に認《みと》めたのでした。

「でも」テオはきびしい顔でいいました。「だからといって、このひとたちがいくさをやめるわけではない」

「そんなふうにいうもんじゃない。おまえは大事なことをしたんだ、とても」とトーマはいいました。

「わたしは、真実を伝えただけよ。でもそれがどうしたというの。なんの役に立っているの？」

「真実にふれることができれば、そこから正しい行動ができる」とトーマはいいました。けれど声には力がありませんでした。テオの目が、「できているというの？」と訴《うった》えていたのです。

「トーマ。いくさがはじまれば、だれだってそんなことはわかるのよ。矢が飛んできて、隣《となり》にいた兵士の胸《むね》に刺《さ》さり、血を流して死んで行くのを見れば、だれだってじぶんは生きていたいと思う。でもそんなことをいえば笑い者にされるだけ。真実をいえば、だれだっておそろしい。でもそれを認《みと》めたところでどうなるというの。そこから逃《に》げ出すことはできないんだもの！」

テオがそういったときでした。

「そのとおり」という声がしました。

「逃《に》げ出すことはできないかもしれないが、戦うことはできる」という声もしました。

なんと、黄色い道で隔《へだ》てられているふたつの軍勢から、いましも、それぞれひとりの男がゆっくりと歩いてテオたちに近づいてきたのです。

ひとりは、ナグラでした。岩山のふもとに陣取《じんど》った白馬の部隊を率《ひき》いていたナグラが、おのれの白い羽根《はね》飾《かざ》りのついたかぶとを脱《ぬ》ぎ捨《す》て、また、甲冑《かっちゅう》も脱《ぬ》いで、黄色い道に向かって歩いてきました。

そしてもうひとりは、なんとスフ王そのひとでした。いつぞやの出陣式《しゅつじんしき》で見たような、きらびやかな衣装《いしょう》に身をつつんでいましたが、ナグラと同じようにその衣装《いしょう》を脱《ぬ》ぎ捨《す》て、軽装《けいそう》の軍服すがたで、兵士たちがざっと道をあける中をつききって、テオたちに近づいてきたのです。

「その黄色い道は、ルピアへと続く道だ」とスフ王はいいました。

「待《ま》てナグラ。おまえはこなくともよいはずだ。アイザリアの客人たちよ、わたしがルピアを案内しよう。ナグラ。それまでいくさはおあずけだ」

「望むところ。だがスフ王、わたしもルピアまでお供《とも》するからね」とナグラがいいました。「これは真実の道とか。そして王となる資格のあるものが歩くことができるそうだ。ではわたしも有資格者というわけだ。その権利を行使させていただこう」

「スフ王。あなたは、なぜルピアへ？　わたしたちを邪魔《じゃま》するため？」

「アイザリアの客人たちよ」とスフ王はいいました。「それはおまえたちがルピアでなにをしようとしているかによる。ことと次第ではおまえたちをルピアで処刑《しょけい》することになるかもな」

するとナグラは笑いました。

「スフ王。ルピアでそんなことが許されると思ったら大まちがいだ。あそこでは、あなたもわたしも、そしてこのひとたちも対等になるのだから」

「ほほう、そういうことかい」とトーマはいいました。「ゴドバールでもっとも力を持っている帝王《ていおう》ならなんだって思いのままだろうから、この道をいっしょに歩くのは剣呑《けんのん》だと思っていたが、対等ということならいくらでもいっしょに行こうじゃないか」

「そう。もう、わたしたちは『真実の道』を歩いているんだ。だから帝王《ていおう》もそんなこけおどかしのことばをはくのをやめなさい。この道の上ではだれもが真実のすがたをさらすことしかできないのだから」

「なんだと」とスフ王はいいました。「ナグラ。おまえはなぜ、ルピアのことを知っているのだ？　もしかして、ルピアに立ち入ったことがあるのか？　そうだとしたら、それだけで死罪にあたる重罪だぞ。ルピアには、王のほかには立ち入ることは許されないはず」

「なにをいまさら」とナグラは笑っていいました。「わたしは反乱軍《はんらんぐん》の首領だよ、スフ王。革命軍《かくめいぐん》のリーダーにとってあなたの国内法がどんな意味を持つというんだね？」

「なるほど。ならばルピアまでくるがいい。おまえの化《ば》けの皮を、この真実の道の上ですべて暴き、反乱軍《はんらんぐん》に血迷ったものたちにおのれの真実を見せてやろうではないか」

「望むところだよ、スフ王」

スフ王とナグラは、黄色い道をはさんで早くも舌鋒鋭《ぜっぽうするど》く対峙《たいじ》していました。ナグラはゆっくりと道に足を踏《ふ》み入れました。ほぼ同時に、スフ王も黄色い道の上に乗りました。見守っている兵士たちはみな、ほうっというため息をもらしました。スフ王につきしたがって、あとから駈《か》けてきた一団の重臣《じゅうしん》らしき男たちは、スフ王に続いてあわてて道に入ろうとしましたが、兵士たち同様、黄色い道の手前でだれもがうごけなくなってしまいました。その中には太った家臣《かしん》のブーンもいました。ブーンはさけびました。

「陛下《へいか》、わざわざそいつらの挑発《ちょうはつ》に乗ってそんな危険《きけん》なことをしなくとも、反乱軍《はんらんぐん》はあと半日もあれば皆殺しにできます。なぜ、そんなことをなさるのですかっ！」

「ルピアが呼《よ》んでいるのだ」とスフ王はいいました。「おれはゴドバールを統一する前にこのルピアを訪《おとず》れた。そしてその力をルピアから得た。だがいま、アイザリアへ、イシュゴオルへと進撃《しんげき》しようといういまになって、おれの立てたプランのいくつかがほころびてきている。ナグラの反乱《はんらん》もそのひとつだ。ルピアがおかしなことになっている。だから、おれは行かねばならないのだよ、ブーン。まあそこで待っていなさい」

「御意《ぎょい》。しかしくれぐれもナグラ様にはお気をつけください」

　ナグラは笑いました。

「だからいっただろう、ブーン。ルピアでだれかの寝首《ねくび》をかこうとしてもそんなことはできないよ。それからもうひとつ。ルピアがおかしなことになっているといったが、そもそもスフ王がこれだけの力を持ってしまったこと自体が、ルピアの異常《いじょう》事態なのだ。むしろ、そういう事態をすこしでも正そうといううごきが、いまようやく出てきている、ということなのさ」

「ちょこざいなことを！　ルピアはおれとともにあるのだ！」

　あらたにスフ王とナグラが黄色い道に入ると、ふたたび異変《いへん》が起きました。その場でうごけなかった兵士たちの呪縛《じゅばく》がとけたようなのです。しかし、かれらはあいかわらず黄色い道をこえることはできないようでした。そのことは前線の兵士がすぐに気づき、主《あるじ》のいない両軍はともに、その場で待機《たいき》の陣形《じんけい》をとったようでした。一方、そういった両軍のうごきを見ながら、テオたちは、道から外にいるものたちとじぶんたちがなにか透明《とうめい》な幕《まく》でさえぎられてしまったと感じました。

「ふたりが道にあがったとたんに、わたしたち、まわりから閉《と》ざされたような気がする」

「この道を歩けばルピアにいたる。だがいったい、そこまでたどりつけるかな？」とスフ王がいいました。

「どういうこと？」

「おのれの真実と向きあうことができるかということだろ？」とナグラがいいました。

「そうだ。おまえたちがどんなにとりつくろっても、ルピアが照《て》らす真実はおまえたちを奈落《ならく》につき落《お》とすだろう。どんなにじぶんたちが醜《みにく》いすがたをしているか、とっくりと見るがいい」

「ということは、あなたも見たということね？」とテオはいいました。スフ王はぎょっとしたようにテオを見ましたが、やがてうなずきました。

「だからこそ、おれはこうして帝王《ていおう》にもなることができた」

「スフ王。たったひとりであれば、おのれがどんなに醜《みにく》いすがたであろうとも耐《た》えられたかもしれない。だが、ここには四人の他者《たしゃ》がいる。それはたぶんあなたがかつて感じたことを四倍にするだろう。いや、四倍ではすまない。十倍、あるいは百倍にもなってかえってくることになる」

「まるでおれが、よほど醜《みにく》いと確信《かくしん》しているようないい方だな？」とスフ王はにやりとしていいました。

「しかもナグラ。おまえはまるで、一度はルピアを訪《おとず》れたことがあるかのように、なんでも知っているといわんばかりじゃないか。ルピアの民《たみ》がおまえの領民《りょうみん》だからか？」

そのことはテオたちも先ほどから疑問《ぎもん》に思っていたことでした。

「ナグラ、あなたはルピアにきたことがあるの？　だからなんでも知っているようなことをいうの？」

「知恵とは想像する力のことです」とナグラはいいました。「経験がなくとも、わたしたちは頭を使い、さまざまなことを知ることができる。スフ王が内心ではどれだけ動揺《どうよう》しているか、同じ立場に立ったところを想像すれば、わたしには手にとるようにわかるのです」

「うまく逃《に》げるものだ」とスフ王はいいました。ナグラは目をそらしました。「質問には答えず、別のことを語るというのはうまいはぐらかし方だな、ナグラ。だが、いつまでそんな詭弁《きべん》が通じるか、ルピアをなめるものではないぞ」

「そのことばを、そっくりあなたにかえしてあげよう、スフ王」

『真実の道』だという黄色い道の上で、スフ王とナグラのやりとりで火花が散っているようでした。

「たがいの真実が見えてしまうというのはものすごいことだな」とトーマはいいました。「いったいどうなることとやら」

第二十章　真実の道

スフ王とナグラが並《なら》んで先頭を歩いていました。そのあとをすこし間隔《かんかく》を広くしてテオとトーマが並《なら》び、リンがいちばん最後からついてくるというかたちで五人が歩いていました。つまり逆《ぎゃく》の五角形というわけでしたが、この位置《いち》関係ではその気にさえなれば、だれもが残りの四人を等しく見ることができるのでした。

歩きはじめてほどなく、ふっと、なにかをいわねばならないというふしぎな感覚《かんかく》が五人を等しく襲《おそ》いました。だまって歩こうと思ったものも当然ながらいたのですが、この道の上では、しゃべることができないリン以外はだれもそうすることができませんでした。みんな、なにかを語りたくてたまらなくなっていたのです。しかも、それはじぶんのことではありませんでした。だれもが、残りの四人の正体を知りたい、という、そんな気分におそわれたのです。けれどいっせいに口を開こうとした四人ははっとして口をつぐみ、それからリンを見ました。

「そっか。リンだけがここではしゃべることができないのね」

「そうなのか。こいつは話せないのだな？　いいだろう、それはときにはこいつに有利に働くかもしれない」とスフ王がいいました。「だが覚《おぼ》えておくがいい。沈黙《ちんもく》は真実などではない。それはもっとも雄弁《ゆうべん》なうそだ」

「スフ王、ことばが意味を失っているよ、それでは。沈黙《ちんもく》が真実を語ることもある。なぜなら雄弁《ゆうべん》なものたちが皆うそをついているからだ、というのが正しいことばの使い方だ」

「あー頭がくらくらしてきちゃう」とテオはたまりかねていいました。「なにかこの道って、難《むずか》しいことを語る場なの？　それが真実？」

「踊《おど》り子、なにがいいたいんだ？」

「わたしたちはね」とテオはスフ王に向き直りました。トーマははらはらしてテオを見ます。こういう場面で、なにひとつ臆《おく》せずにゴドバールの帝王《ていおう》にも対等《たいとう》に向かいあえるテオが、頼《たの》もしくもあり、またとても心配でもありました。「スフ王、あなたがなぜ世界を征服《せいふく》しようとしているのかを知りたいの」

「くっくっく」スフ王は笑いました。「なんというつまらない質問だ。おまえがいかにつまらないかという証拠《しょうこ》になるだけだがな。教えてやろう。なぜ世界を征服《せいふく》したいか？　それが人間の崇高《すうこう》な究極《きゅうきょく》の目的だからだよ」

「そんな目的、聞いたことがありませんっ！」

「聞いたことも、考えたことも、か？　踊《おど》り子、おまえのちっぽけな夢も、おれのこの壮大無比《そうだいむひ》な夢も、根本は同じところにあるんだぜ。おれたち人間は神ではない。しょせんはかぎられた命、かぎられた世間の中並《なみ》の人間でかぎられたせま苦《くる》しい一生をおえるのだ。だが、そんな生き方はむなしい。どうせ生きるなら、並の人間にはできないことをやってみようと思うはずだ。このゴドバールであれば、イデアに生まれたものは一生イデアに住んで、市場《いちば》で食べ物を買い、火をおこし、飯を食い、おのれの職分《しょくぶん》にしたがってその日の銭《ぜに》を稼《かせ》ぎ、家族を養い、糞《くそ》をして、けんかをし、ばくちをし、借金《しゃっきん》をして家族を売り飛ばし、泣いて笑って死ぬのだ。蟻《あり》や野ねずみと大してかわりばえのしないそんな生き方をどうやって脱《ぬ》け出すことができる？　どうやっておれたちは人間であってそこいらのけものとはちがうのだといって誇《ほこ》りを持つことができるというのだ。この地上は広い。世界はどこまでも大きく、空ははてしなくひろがっている。イデアを出れば、ゴドバールという国が見える。ゴドバールを制《せい》することができたら、その先には大きな大陸が西の水平線に見えるではないか。そこへ渡《わた》り、ゴドバールの強さを知らしめ、イシュゴオルをおのれの足もとにひれ伏《ふ》させるのだ。それがおれたちの夢だ。人間はこういうことで生きている。わかったか、踊《おど》り子よ」

「はあん」とテオは鼻で笑いました。「大言壮語《たいげんそうご》とはこのことね。真実の道を歩いているのだから、もうすこし真実をいったらどうなの？　あなたはひとびとの日々の暮《く》らしをばかにしたわね。家族とともに生き、泣いたり笑ったりすることを笑ったわね。ひとがふつうに暮《く》らし、生きて、ひとを愛することをばかにしたね？　そんなことはいわせない。暮《く》らしってなに。家族ってなに。スフ王。わたし、牢屋《ろうや》であなたのお母さんに会ったのよ」

「な、なに、母に会っただと？　ばかも休み休みいえ。おれの母はとうに亡《な》くなっている」

「そうよ。でもわたしはあなたのお母さんと話したの。王族という地位にありながら、なんてすさまじい話だったでしょう。お妃《きさき》だったあなたの母は、こともあろうに、あなたの父王がよその国で見そめた女に殺されてしまった。そして、その恨《うら》みを抱《いだ》いて死んだ」

「おまえは、どこでそんなたわごとを吹《ふ》きこまれたんだ！」

「あなたのお母さんよ。わたしたちはイデアの王宮にある牢獄《ろうごく》にいたのよ。あなたに入れられたわけだけどさ。それはそれはけっこうなところでした。まあそれはいいけど、そこはまさしく、あなたのお母さんがつながれていた獄《ごく》だった。ある夜わたしは幽霊《ゆうれい》を見たの。それがあなたのお母さん、ペル。きれいな人だったわ。でも、ニード姫《ひめ》に心を奪《うば》われたあなたの父、シュラ王は、ニードと結婚《けっこん》するために、あろうことか、妻であるペルを牢獄《ろうごく》につないだ。それも病気だといって。あげくのはてに、邪魔《じゃま》なペル王妃《おうひ》をニードの手のものが殺した。でもあなたのお父上は、それを見て見ぬふりをした。つまりひとの道《みち》にはずれたことをした」

スフ王は、わなわなとふるえながらいいました。

「父ではない！　それをしたのはすべてニードだ！　わたしは、何度も父に頼《たの》んだ。母の病《やまい》を治《なお》すためにこそ、母をあそこから出してくれ、と。だがみんなが父を、そしてわたしをだましていたのだ。母がうつり病《やまい》だから近づいてはいけないといって。だから」

いつの間にか、「おれ」と自称《じしょう》していたスフ王は、じぶんのことを「わたし」といっていることにテオは気がつきました。なぜか、母の話をしたとたん、スフ王の顔つきも変わったような気がしました。すると、

「だがあなたはすべてを知っていたよね、スフ」と、はじめてナグラがスフ王に称号《しょうごう》をつけずにいいました。

「ナグラ、おれは王だぞ、呼《よ》び方に気をつけろっ」

「ここは真実の道。ならばそんな虚偽《きょぎ》の関係はもう捨《す》てようではないか、スフ。わたしたちは昔、ナグラ、スフ、とたがいに呼《よ》びながら王宮で育った家族同様の間柄《あいだがら》。いってみれば幼馴染《おさななじ》みだ。……だがそんなことはどうでもいい。スフ。あなたはペル皇后《こうごう》が病気だというのはうそでニードとシュラ王がふたりでペルを牢《ろう》獄《ごく》に入れ、病気だといいふらしたことだと知っていた。覚えているかい、ペルを助け出そうという話をしたことを。ぼくらはまだ若く、血気盛《けっきさか》んだった。王宮の牢獄《ろうごく》にいるペルを脱出《だっしゅつ》させれば、きみと会うことができて、ニードの悪だくみを暴くことができると話しあった。そして、それを決行しようとしたとき、きみはとつぜん、計画は中止だといったね。仲間たちは、わたしもふくめ、みんな途方《とほう》にくれたものだった。スフ、あれはどうしてだったんだい？」

ナグラのことばにスフ王の顔は青ざめていきました。テオたちにとってははじめて知る事情でした。なんと、少年だったスフ王は、ナグラとともに幽閉《ゆうへい》されたペル王妃《おうひ》を救おうとしていたのです。ですが、なぜ、それをやめてしまったのでしょう？　するとスフ王はふたたび冷酷《れいこく》な表情を取り戻《もど》して平然と答えました。

「たしかにそんなたわごとを真《ま》にうけて、やってみようと思ったこともあった。だがもしそれを決行すれば、おれも、おまえたちも命はなかっただろう。いまおれたちがこうしていられるのは、あのとき無謀《むぼう》なことをしなかったからだ。シュラ王はニードに夢中だったし、ニードのいうことはなんでも聞いた。もしもおれがあの計画を実行していれば、シュラ王は確実におれを王子の地位から追放しただろう。それはニードの思うつぼだ。ニードはじぶんの子を王位に立てたかったわけだからな」

「つまりあなたはじぶんの世継《よつ》ぎとしての立場を守るためにお母さんを見殺しにしたってわけね？」

「人聞きの悪いことを！　おれの苦しみも知らずになにをいうかっ、下賤《げせん》な踊《おど》り子風情《ふぜい》が！　おれはおれの正当な地位、すなわち王の玉座《ぎょくざ》を、その資格のないものに渡《わた》すわけにはいかなかったのだ。おまえたちならどこの子がだれの親であろうとなにもかまいはしないだろうが、そしてそもそも血統すらどうでもいいことだろうが、それこそがおれとおまえたちをわけているところだ。王統とは血のつながりだ。下々《しもじも》にはわからぬ」

「その血統を守るために人殺しをしたり、裏切《うらぎ》りをしたりで大変なことね」とテオはあきれはてていいました。「いったいそれほどまでして守らなければならない血筋《ちすじ》ってなんなの？」

「まったくだ。しょせんはエルメとアザル（アイザールの創生神《そうせいしん》）が、泥遊《どろあそ》びをしてつくり出した人間だろう」

トーマがいうと、なんとナグラが反論《はんろん》しました。

「なんということを。それはちがいます。あなたたちだって、さすらい人としてのおのれの出自《しゅつじ》にこだわっているじゃありませんか。じぶんのいまの誇《ほこ》りが先祖の名誉《めいよ》につながっているからこそ、ひとは血筋《ちすじ》を尊《たっと》び、守ろうとするのです。王族の血統はそのきわみです。だから守らねばならない」

「反乱軍《はんらんぐん》の首領《しゅりょう》だからもっとましな考えを持っているのかと思ったら」とトーマはがっかりしていいました。

「ナグラ。さすらい人は、世の人を楽しませるために歌い、踊《おど》るのさ。だからどこの生まれでも、親の顔を知らない孤児《こじ》でも、ラリアーに加われればさすらい人になれる。ドーム郡にくればだれだってさすらい人だ。おのれの権威《けんい》と財産《ざいさん》そして身分や地位を守るための血統といっしょにしないでくれ。王がなんだというんだ」

「ドーム郡はふるさとなのよ。わたしたちの心のふるさとなの。ドーム郡を心に抱《いだ》いて、わたしたちは旅をする。聞いてよ、ナグラ。わたしはこんどの旅でライラという娘《むすめ》に出会ったの。みなしごのライラは、わたしといっしょに踊《おど》ったり歌ったりするうちに、まだ見ぬドーム郡をじぶんのふるさとのように思うとさえいってくれた。そうよ、だからもうライラもドーム郡のひとり、さすらい人のひとりなの。それがわたしたちの血統なの！　心のね！　人を支配して、いくさをし、殺しあいをし、じぶんの地位のために母を見殺しにしたりするような汚《けが》らわしい血統とはちがうのよ！」

「いいすぎでしょう、それは。王族こそ、民《たみ》のことを考え、無秩序《むちつじょ》に秩序《ちつじょ》を与《あた》え、無法な世に法を施行《しこう》し、ひとびとの暮《く》らしを保証してきたのです」とナグラはやんわりとテオとトーマに反対しました。「だがいずれにせよ、スフ、あなたがなぜあの無謀《むぼう》な計画に加わらなかったかはよくわかったよ。あなたにはあなたの事情があったわけだ。その結果としてあなたは母を見殺しにするという、つらい選択《せんたく》をしてしまったことになる」

「つらい、ですむ問題かしら。でもそれで性格がいじけて行ったたってわけね」

「許さんぞ、踊《おど》り子！」とスフ王は額《ひたい》に青筋《あおすじ》をたててテオをにらみつけました。すでにこの「真実の道」の上での話しあいは、たがいの正体を見据《みす》え、暴くための戦いの場になっていました。そのことにテオも気がついているようでした。そうしなければ、自分も生き残ることができない、ルピアに行って、フユギモソウの種を捨《す》てるまでは、なんとしてでもスフ王の妨害《ぼうがい》に耐《た》えていかねばならないと考えているのだということが、トーマには手に取るようにわかりました。そしてもしもテオになにかあれば、そのときは自分が出て行くべきなのでしょう。そういう暗黙《あんもく》の了解《りょうかい》が、テオとトーマにはありました。けれど、テオにもトーマにも、たいした切《き》り札《ふだ》はありませんでした。にもかかわらず、かれらとはなにもかもがちがうゴドバールの王たちと互角《ごかく》に戦わねばならないのです。そう思ったトーマに、リンが指文字を送りました。

〈みんな対等だよ。向こうだって、ぼくらのことはわからないんだから〉

それはテオも読みとったようでした。なぜか対立しているはずのスフ王とナグラがある場面では協調しているのです。ゴドバールの人間同士、また、王族どうしという絆《きずな》がそこにはあったのでした。

「スフ王」とテオは静かにいいました。「もしかして、あなたはそこでひとつ後悔《こうかい》してはいない？　たとえば、そのとき、ナグラといっしょに、あの牢獄《ろうごく》に忍《しの》び入り、失意のペル王妃《おうひ》を助け出していたら、たしかにそのあとあなたはいろいろ苦しい目に会ったかもしれないけど、でも、もっと人間らしいなにかを得ていたのではないかしら？　すくなくとも、いまのようなあなたにはならなかった」

「それはわたしもそう思う」とナグラはうなずきました。「スフは、あのとき、たしかになにかを捨《す》てたのだ。決行を中止するといったときのスフの顔をわたしは覚えている。たしかにそれまでの母親思いの一途な少年の面影《おもかげ》は消えていた。あのとき、きみは魂《たましい》をだれかに売《う》り渡《わた》したのではなかったか？」

「そこまでいうか」とトーマはつぶやきました。けれど、ナグラのことばは真実のようでした。

ふしぎなことが起きたのです。スフ王の顔が、その表面の皮膚《ひふ》がぽろぽろとまるで木の実の殻《から》のように割《わ》れてこぼれ落ちたのです。

「どうしたの！　スフ王、か、顔が！」

「どうもしない」

スフ王は平然としていいました。ぼろぼろとこぼれ落ちた顔の下から、新しい顔があらわれていました。その顔は前のスフ王の顔よりは、やや若々しい艶《つや》があり、ひとつかふたつ、若がえったように思えました。

「そっか！　さっきまでの仮面がひとつとれたのね！」

「なにをくだらないことを」とスフ王はあいかわらず平然といい放ちました。しかし、その新しい顔にはすでにひびが入っていました。またしても顔のあちこちに割《わ》れ目ができていたのです。

「おれはもっと遠くを、遠くの、そして大きな真実を見たのだ。そのためには、母のことなど、小さなことだと、ちっぽけなことだと気づいたのだ。だからルピアへと向かったのだ」

「ちょっと待って」とテオがいいました。「だれがあなたをルピアへといざなったの？　お母さんを助けることより大きなことがあるなどと、とんでもないことをあなたに吹《ふ》きこんだのはだれなの？」

スフ王の仮面がまたひとつ、ぼろぼろとはがれて落ちていきました。新しい顔のスフ王はいいました。

「ちがう。だれもルピアへいざないはしなかった。決行の直前、ニードはおれにいった。じぶんの側《がわ》につけば、ロベイサ王国とイデア王国を合体《がったい》させて、おれを新しい王にしてやると。すると、ゴドバールでもっとも強い連合王国ができる。残りの三つの王国、ブロン、テイカ、マルカを滅《ほろ》ぼせば、おれは統一ゴドバールの新しい王になることができる。それを選ぶか、母をとるかという選択《せんたく》だった」

「ちがうだろう」とナグラはいいました。「母を見殺しにすることがあまりに大きな罪だと知っているからこそ、おまえの言い訳《わけ》は大きなものにならざるを得なかったのだ」

ぽろぽろぽろ。

またしてもスフ王の顔が崩《くず》れて落《お》ちていきます。どうやらナグラは真実をいいあてたようでした。

「幼《おさな》いときのおまえを知っているぞ、スフ。いつも、苦しそうな顔をしていた。そしてシュラ王になにかいつけられるたびに、おまえは苦いものを飲みこむような顔でシュラ王にしたがっていた。母を見殺しにしたというより、おまえはシュラ王にたてつくことができなかった。そんなおまえは、いつもどうやってシュラ王を見かえすことができるか、父をこえられるかを考えていたのだろう。でもおまえは父の前ではいつも負け犬だった。ああ、でもだれだって、子どもはいつだって父の前では、従順《じゅうじゅん》な子犬でしかない。なのにスフ、おまえはそれをうけいれることができなかったんだ。なぜならおまえの父には、おまえの母の敵、という別の顔があったわけだから。いま思えば、スフ、おまえはとてもかわいそうな子どもだったんだ」

ぽろぽろと崩《くず》れ続ける顔をそのままにしながら、スフ王はいいました。

「おれは……父をこえねばならなかったんだ。母以外の女を愛した父ががまんならなかった」

「だからより強くなる道を選ぼうとしたのね、そうか、お母さんを助けることは、お父さんを見かえすことにも、お父さんを乗りこえることにもならない、ってことなのか」

「そこにひとつのまちがいがあったわけだ。たぶん、あんたが母を助けようとすれば、そこにこそ父を乗りこえるきっかけがあったんだろうがな」とトーマはいいました。「つまりあんたは問題を先送《さきおく》りにしてしまったのさ。あるいはその問題にふたをしたとかな。そして、そのあともずっと、あんたはまともにあんたの親父《おやじ》と向きあうのではなく、それを避《さ》けて別の方法をとろうとした」

「だって、ぼくが戦おうとしたとき、父はもうかつての父ではなかったんだ」と、スフ王はいいました。いつのまにか、「おれ」といっていたのが、「ぼく」へ、と少年のようないい方に変わっていました。

「ルピアであんたはなにを願ったんだ？」

「世界を、全世界を手に入れることを」とスフ王はいいました。

「ほんとうはそれが願いではなかったんだ」とトーマ。「ほんとはもっとちっぽけな願いだったはずだ。お母さんとお父さんに仲良くしてもらいたい、それだけじゃなかったのかい？」

それを聞いたとき、スフ王の崩《くず》れ落《お》ちる顔から、涙《なみだ》がこぼれてきました。けれどスフ王はまだまだ平静をよそおっていました。

「だが、母はもう殺されていた。父はそのあと廃人《はいじん》になった。父もそれほど冷酷《れいこく》な男ではなかったのだ。母が殺されてはじめて、じぶんのやったことを後悔《こうかい》したのだろう。だがニードはだれよりも冷酷《れいこく》だった。こんどはおれを亡《な》きものにして、じぶんの子をイデアの王にしようとした」

「それならそれで、ルピアで願うことはニードをやっつける、くらいでよかったんではないのか？　いったい全世界を手に入れようなどという、ものすごい野望を持つ必要があったのか？」

「トーマ！」テオがさけびました。崩《くず》れ落ちるスフ王の顔、その目に、なにか別のものの目が光ったのを見たのです。その目は、スフ王の顔のうしろから、スフ王の目を通してテオたちを見ている眼《め》でした。

「スフ王は、スフ王自身じゃないわ！　だれかがいるわ！　その目はスフ王のものじゃない！」

「いったい、それはだれなんだ？」

するとナグラがいいました。

「スフ王にとりついて、全世界を手に入れたいと思ったもの。それはもしかしたら」

「そんなことをいう、おまえにとりついているものはいったいだれなのだ？」と、スフ王がいいました。トーマとテオはぎょっとしてナグラを見ました。

「ナグラにだれかがとりついている？」

「まさか。わたしにはだれもとりついてなど、いない」とナグラはいいました。けれど、いいながら、ナグラはどこかきょろきょろと目をそらしました。「わかるだろ？　わたしは申し分のない生まれだよ？　ゴドバールの国の中でも、もっとも富裕《ふゆう》なイデアの領主であり、また国王のいとこで王位継承権《けいしょうけん》も持っている。そしていわせてもらえばこの美貌《びぼう》。わたしの領民《りょうみん》は、わたしが領主であることにみんな誇《ほこ》りを持っている」

まさかナグラがじぶんでじぶんの「美貌《びぼう》」について語るとは思ってもいなかったテオは目を丸くしました。

「あきれたわ、ゴドバールのひとは信じられないことをいうのね。でもナグラ、あなたが恵《めぐ》まれた男だということはよくわかったけど、そんなあなたが、なぜスフ王にたてついて反乱《はんらん》を？」

「しかもかなり自暴自棄《じぼうじき》の反乱《はんらん》と見たが」とトーマもいいました。

「トーマ、いまはナグラよりもこのスフ王の仮面をはぐのが先？」

「いいや、そんなことをいってられないよ、テオ。この真実の道では、順序もなにもないよ。出てきたところから、とにかく真実を暴くことしかなかろう」

「りょうかいっ！」

「なにが了解《りょうかい》、だ。わたしに憑《つ》いているものなどないっ。わたしはゴドバールの良心だ。つねに民《たみ》とともにあるのだ。スフ王の圧政《あっせい》に抗《こう》すること、それがわたしの使命《しめい》だからそうしているだけだ」

「なにか、あなたのそのもっともらしいところがにおうのよ」とテオはいいました。「あなたって、すごく格好いいのよ。貴族《きぞく》で、しかもその優美《ゆうび》な身のこなし、やさしいもののいい方。機知に富んだ会話。なにか、スフ王とは逆の意味で、わたし、会ったときからあなたにはうさんくさいものを感じているんだけど」

「テオもかい！」とトーマは驚《おどろ》いていいました。「じつはおれもなんだ。スフ王の、仮面の下の少年の気持ちはおれなりにわからんでもない。だが、ナグラは、どっか変なんだ！」

「なにをばかなことを」とナグラはいいました。「わたしのいったいどこが変なんです？　おかしな人たちだな。それとも、人間というのはとことん下司《げす》にできているのかもしれないね。つまり完全な人間を見ると、おのれの不完全さに耐《た》えられなくて、その完全な人間をとことん引きずりおろしたくなるという習性《しゅうせい》。負け犬のだらしなさを正当化しようという卑怯者《ひきょうもの》の論理《ろんり》。それが人間らしいといえばらしいが」

「いってくれるじゃない。じゃあ答えて。反乱《はんらん》したのはなぜ？　スフ王は理由があって帝国《ていこく》をつくったのよ？」

「いや、ゴドバール帝国《ていこく》をつくるまではわたしも協力しましたからね。ちなみにわたしはとてもみごとな参《さん》謀役《ぼうやく》を演じました。どの戦いでも、わたしは連戦連勝しました。反乱《はんらん》でもしなければ、こんどの遠征艦隊《えんせいかんたい》の司令長官は当然わたしにお鉢《はち》が回ってきたところです」

「遠征軍《えんせい》の長官になるのがいやで？」

「まあ、基本的にはそういうことですね。スフ王とわたしたちがすすめてきたゴドバール統一がひと段落《だんらく》して、この強力な軍隊をさてどうしようか、ということが問題だったんですよ。島国ゴドバールにはかぎられた土地しかない。であるなら、この先に将軍《しょうぐん》たちに与《あた》える勝者の報償《ほうしゅう》はないのです。けれど海の向こうには大きな土地がある。われらの遠い祖先、ラド王の故地《こち》、イシュゴオル。かつてラド王の版図《はんと》であったアイザールをはじめとするイシュゴオルの土地は、じつはわれわれが支配すべきものなのだ、だから、というわけですよ。でも、海のかなたですよ。そこへ何万もの軍隊を送って、イシュゴオルの土地と民《たみ》を奪《うば》い、ゴドバールの征服地《せいふくち》をつくることにわたしはたいした意味を感じないのです。わたしはこのゴドバールが好きだ。だからここで暮《く》らしたい。いや。できることなら、このうっとうしいスフ王をイシュゴオルに追い出してしまい、わたしがゴドバールに残りたい。そうすればなにもかもがうまくいく。わたしはゴドバールをじぶんの思うようないい国にしたい。別にイシュゴオルまで行かなくてもね」

「なんか、いやらしい」とテオはいいました。「まだしも、スフ王には、賛成《さんせい》するわけじゃないけど、なんかこう、馬鹿馬鹿《ばかばか》しいロマンを感じるけど、あなたって、なんていうか、趣味《しゅみ》の人みたいね？　じぶんの息のかかった、身内とか、いうことを聞く人だけを集めて仲良く暮《く》らしたいってわけ？」

「こいつは昔からそうだったんだ！」とスフ王が口をはさみました。「いつもじぶんの家族だけは大事にして、おのれの領地さえよければすべてよし、みたいなやつなんだ！　ふん、おれがルピアの民《たみ》を皆殺しにしようとしたのも、こいつのそういう態度が大きな理由だ。ナグラはいつでもうまく仕事はこなす。だが、それはじぶんのやりたいことではなく、だれかの下についてやることばかりだった。だから責任はなく、じぶんの評判は落ちなかった。いつでもそれなりに格好よくこなしていこうと思っているきざな男、それがナグラだ。そうだろう、そんなおまえが反乱《はんらん》だと？　ちゃんちゃらおかしいわっ！」

トーマは首をかしげました。

「ますます妙《みょう》だな。そんなナグラが、なにゆえにこんな絶望的《ぜつぼうてき》な反乱《はんらん》をしたんだろう」

「そこなのね、うさんくさいというのは。変なのよ。なぜ、そんな、じぶんの柄《がら》にあわないことをしたの？」

「おれがあてててやろうか」とスフ王がいいました。「おれのことを変わったというナグラよ、おまえもやはり変わったじゃないか。そうだな、いつ頃《ごろ》といえばいいか、あるときからおまえは急に偉《えら》そうになった。それまでは上手におれの癇《かん》に障《さわ》ることもせず、王族として、そしてナンバー2《ツー》としておれにしたがってきたのに、あるとき、どこか変になったんだ。あれはいつだったか、おまえが領地に一度帰るといったときだったな」

「どう変になったんです？」

「なにか、世の中や、まわりの人間をみな、見下《みくだ》すようになったと思う。そうだ、アイザリアの踊《おど》り子。おまえたちは最初、ナグラの館《やかた》に客として入ったんだったな？」

「ええ。あなたに追い出された自由街のひとびと、ルピアの民《たみ》があの館《やかた》に逃《に》げこんでいたわ」

「ひょっとしてそれはおれのせいだといわなかったか？　おれがルピアの民《たみ》を皆殺しにしようとしている

と」

「そうよ。だってそうだったんでしょう？」

不審《ふしん》そうにテオがいいました。するととつぜん、驚《おどろ》くべきことが起きました。

ナグラの顔にひびが入ったのです！

「きゃあっ！」

「真実を告げられると、こういうことになるわけさ」とスフ王はいいました。

「どういうこと？　スフ王がルピアの民《たみ》を殺そうとしたんでしょう？　あの出陣式《しゅつじんしき》のときに、ルピアの民《たみ》のいる自由街に向かって火矢《ひや》を射《い》たじゃないの。ナグラはそれを助けようとしていたのよ！」

「いや、おれにそうするよう仕向《しむ》けたやつらがいたのだよ。王の私有地であり、なんぴとも近づくことはできないはずのルピア。そのルピアを守るはずのルピアの民《たみ》が、掟《おきて》を破って王ではないものをルピアに招《まね》いたらしい、と。だからルピアの民《たみ》は皆殺しにしなければならないとおれにいったのは、じつはほかでもない、ナグラの手のものだったんだ。ちがうか？」

「いったい、なぜ？」

「知られたくない秘密《ひみつ》があったからだろう。つまりナグラ。ルピアへ行ったのは、ほかでもないおまえ自身だったんだ。それをかくすために、ルピアの民《たみ》をおれに討《う》たせようとしたんだ、そうだな？」

ナグラの顔の表面がぽろぽろと落ちて、新しいナグラの顔になっていきます。そのナグラはそれまでとはうって変わり、冷酷《れいこく》な表情になってにやりと笑いました。

「真実を告げられるというのも、これはこれで気持ちのいいものですね。ではわたしがとっておきの話をしてあげましょう。そう、わたしはルピアの民の何人かにいいふくめて、カダラ島へ案内させ、ルピアにたどりついたのですよ。なぜかって、わたしはね、スフ王。あなたのあまりの独裁《どくさい》ぶりががまんならなかったのです。わたしだって、力がほしい。あなたがルピアで力を得《え》たというのは有名な話だった。ではわたしだってその権利《けんり》があるなら行使《こうし》したい。いや、それなりに大変でしたよ、ルピアの民《たみ》はわたしの領民《りょうみん》であるくせに、ゴドバール王以外はルピアに入れることはできないといい張《は》りましたからね。仕方なく、わたしはルピアの民《たみ》があなたによって滅《ほろ》ぼされようとしているといううわさを、実体のあるうわさをつくるしかなかった。スフ王にちょっとけしかけるだけで、たいていの反対勢力はあっという間にスフ王に抹殺《まっさつ》されます。かんたんなことでした。そしてわたしはルピアへ入ることができたわけです」

「ルピアで、あなたの望みはかなう、といわれたの？　スフ王のように」

「それがねえ」とナグラはすこしいいよどみました。「ルピアはわたしの願いを拒絶《きょぜつ》したのですよ。王族であるだけで、いまだゴドバールの王になっていないわたしのようなものの願いを単独で聞き届けるわけにはいかないというのです、ルピアが」

「ねえ、ルピアって口をきくの？」

「それは答えられないが、とにかくルピアの意志というものがあるんです。わたしは怒《おこ》ってたずねた。スフ王がここにきたときは、まだ王に即位《そくい》してはいなかった。なのに王子のスフの願いは聞いても、王族のわたしの願いは聞けないのか、と」

「そしたら？」

新しくなったばかりのナグラの顔が、またしてもひび割《わ》れはじめました。さきほどのスフ王と同じようにぼろぼろと崩《くず》れて落ちていきます。するとナグラの顔の下から、まったく新しい顔が生まれようとしているのがわかりました。色がちがっているのです。

「ルピアに、わたしを待ちうけているものがいたのです。わたしは驚《おどろ》きました。そのものとわたしが合体《がったい》すれば、ルピアはわたしの願いを聞き届けるというのです。同時に、そのものの願いを聞き入れる、と。そのものは、ゴドバールを手に入れようとしていました。そして、それには条件がありました。生きているゴドバールの人間の中に入ること。なぜなら、かれはとても醜《みにく》かったからです」

ナグラがそういいおえると同時に、ぼろぼろと崩《くず》れていたナグラの顔がすべて新しく変わりました。「きゃっ！」「こ、これは……！」

テオはトーマにしがみつきました。それほどに衝撃的《しょうげきてき》だったのです。なんと、ナグラの新しい顔というのは、巨大なガマガエルでした。茶色の皮膚《ひふ》はぶよぶよとして気持ち悪く、おぞましい臭気《しゅうき》をまきちらす疣《いぼ》が顔のあちこちにぽつぽつとできていました。目玉はカエルと同じように丸く金色で、無表情でした。ガマガエルはぬめぬめと光る体をゆらしてそこに立っていました。そのすがたには、さっきまでの、気位の高い、また、美貌《びぼう》の貴族《きぞく》として得意そうだったナグラの雰囲気《ふんいき》のかけらもありませんでした。

「これが、おれの正体だよ、あんたたち」とナグラはつぶれたような声でいいました。

「トーマ！　これは！」とテオがさけぶと、トーマもうなずきました。

「あんたは、もしかしてバーム神《しん》の弟、イアンじゃないのか？」

「ほう、わたしの正体を知っているとは。さすがに真実の道だな、かくしごとなどなにもなくなってしまう。そのとおりさ。わたしはイデア公領《こうりよう》の北、ラド王の陵《みささぎ》に棲《す》むバーム神《しん》の弟、イアンだ。ゆえあって、人間の仲間入りをするべく、ルピアへやってきて、機会をうかがっていたのだ。そしてこのナグラと合体《がったい》した」

「なんでまた、ナグラ、よりによってガマの化身《けしん》と合体《がったい》なんぞ」

「わたしは、生まれついての美形だからね」とガマに変わったナグラはいいました。「醜《みにく》いものの気持ちがわからないのだよ。だから、ガマと合体《がったい》することにたいした抵抗《ていこう》はなかった」

「許せないいいぐさね！」テオはぷんぷんしていいました。「それでどうだったというの？」

「ふむ、美しいことにも醜《みにく》いことにもたいして意味はないということがわかった、というくらいかな。いずれにせよ、そんなことはどうだっていいのだよ。それよりも、じぶんの力がいろいろ出てくるということが面白《おもしろ》かったな、ルピアへ行ったあと」

「力……つまりあなたもルピアで力をもらったということね？」

「ルピアはいった。スフ王に大きな力を与《あた》えたから、それよりも大きな力を与《あた》えることはできない、と。だが、その気になればスフ王にも匹敵《ひってき》する力になる、というのだ。はた目には無謀《むぼう》に見える反乱《はんらん》を計画し、実行したのもそれゆえにこそだ。しかもスフ王のほんとうの力である、イシュゴオル攻撃艦隊《こうげきかんたい》が出陣《しゅつじん》したあとでの反乱《はんらん》だ。これならスフ王の力に拮抗《きっこう》できると踏《ふ》んだ」

「そ、そんな馬鹿《ばか》なことがあってたまるかっ！」とスフ王はどなりました。「ルピアが、なぜ、おれにもナグラにも力を与《あた》えるなどという、二重の手形を切るのだ！　そんなはずはない！」

「だからいってるだろう」とナグラはいいました。「わたしはそれなりの犠牲《ぎせい》を払《はら》ったのさ。この美貌《びぼう》をガマの化身《けしん》に与《あた》えたのだからね。その対価《たいか》として、わたしの願いくらいはちっぽけなものだろう」

そういうと、ガマのすがたをしたナグラは、ぱっともとの美形の貴族《きぞく》のすがたに戻《もど》りました。そして、黄色い道から外に出ようとしました。そのときはじめて、テオたちは、ここが道の上だということを思い知らされたのでした。なんと、五人は、いまだに岩山のふもとからさほど遠くないところにいたのです。

「わたしの真実はすべて暴露《ばくろ》された。そこでわたしはあなたたちとここで別れて、この道を降《お》りることにする。ごらん、兵士たちがわたしを待っている」

ふりかえれば、そこには岩山の下の高原があり、無数の兵士たちがうずくまっていました。みな、テオたちをじっと見つめているようではありましたが、その目に力はありませんでした。兵士たちのところまで、テオたちの声が届いているはずはありません。しかし、まるでいままでのやりとりをすべて聞いていたかのように、目標を失ったかのように、兵士たちはうつろな表情でテオたちを見ていたのです。

「かれらは、指導《しどう》するものがいなければこの先やっていけないものたちなのだ」とナグラはいいました。

「だからこれからはわたしがかれらの星になる。そしてゴドバールで平和に暮《く》らさせてやるのだよ」

「あなたがガマの化身《けしん》と合体《がったい》したナグラだと知っても、兵士たちはついてくるかしら？」

「当然だろう。わたしが美しいものしかうけいれないと思っていたものたちは、こんどはこんなに醜《みにく》いものもうけいれると知ったら感激《かんげき》するはずさ。昔から、正しい王というものは清濁合《せいだくあ》わせ飲《の》むものなのだ」

「うそつき！」とテオはいいました。

「さて、わたしの話のどこがうそだったのかな？」とナグラはにこにこしていいました。

「あんたはイアンよ」とテオはいいました。ナグラの目がぎらりと光りました。

「わかりの悪い。さっきからいってるだろう、わたしはイアンと合体《がったい》したのだと」

「イアンが、ナグラの体を乗っ取ったのよ」とテオはいいました。

「どうしてそうなるんだい？」とトーマがはらはらしてたずねます。

「いまの話には、ナグラのことばはあるけれど、イアンの真実がない」とテオはいいました。「イアンは、じぶんがみそめたナーゲに裏切《うらぎ》られたと勝手に思いこんで、必死になってルピアへ走ったのよ。そんなきれいごとでイアンの真実が語られるわけがない。人間を、この地上の美しいものをすべてのろってやるといったイアンはいったいどこにいる？　そうよ、このナグラの顔をしたやつの中にちゃんと潜《ひそ》んでいるのよ！」

テオはまっすぐにナグラに指をつきつけました。

「出ておいで、イアン！　醜《みにく》いイアン！　そこでなにをたくらんでいるか、ちゃんと出てきておっしゃい！」

たちまち、ナグラはすがたを変えました。さきほどのガマのかたちでした。怒《いか》りで、体じゅうの皮膚《ひふ》からしゅうしゅうと音がして、湯気《ゆげ》のようなものがたちのぼっていました。

「おのれ。いったな小娘《こむすめ》、醜《みにく》いイアンと！」

「ずっといわれ続けていたんでしょ、あなたが体の中に取りこんだナグラからも！」

そのとき、ガマの中から、もうひとりがすがたをあらわしました。苦痛に顔をゆがめたナグラでした。ガマの化身《けしん》、イアンはうしろからナグラにからみつくようにして、ナグラの体を抱《だ》きしめています。ナグラはもがきました。けれどもイアンの蛇《へび》のような両腕《りょううで》をはずすことができないのです。イアンはどこかうっとりとした表情ではあはあと息をはき、二股《ふたまた》に割《わ》れた舌《した》をちろちろとナグラの頰《ほお》に這《は》わせています。それは不気味《ぶきみ》なだけでなく、なにやらあやしい光景でした。

「醜《みにく》いものは、どんなに美しいものを恨《うら》んできたか、わからないだろう。おれは世の中のすべてのものが憎《にく》いのだ。だからすべてをのろってやるのだ。おれはこのナグラとともに、これからもずっといっしょにいる。そして、ゴドバールそのものを滅《ほろ》ぼしてやるのだ！」

「ナグラ！　あなたはそれでいいの？　あなたのやりたいことって、そんなやつといっしょになって、ゴドバールの反乱《はんらん》をすることだったの？」

そのときでした。リンがすうっとナグラに近よったのです。だれもが首をかしげたつぎの瞬間《しゅんかん》、ガマのすがたのイアンが、

「グェッ！」とおそろしいさけび声を上げました。

「ど、どうしたんだっ？」

「リンが、リンが、ナグラにあれを」テオが指さしました。見ると、ナグラは短剣《たんけん》でイアンをつきさしていたのです。その短剣《たんけん》は、まちがいなくリンがナグラに手渡《てわた》したものでした。その短剣《たんけん》は、イアンの胸《むね》を貫《つらぬ》き、そこから緑色の体液がどろどろと流れていました。ナグラはふりしぼるような声でいい放ちました。

「わ、わたしから離《はな》れなさい、汚《けが》らわしいものよ！」

「おまえは、いちどはおれと……盟約《めいやく》を結び、ともに戦うと約束したではないかっ」と苦しそうにイアンはいいました。体液はどくどくと流れ、イアンの茶色の体は心なしか多少しぼんだように見えました。「なのにどうしておれに向かってこんなことをする……醜《みにく》いからなのかっ！」

「かわいそうなイアン」とテオはいいました。「あなたがそう思っているかぎり、いつまでたっても、どうなってもあなたは醜《みにく》い」

　するとリンがイアンの手をにぎって、なにやら指文字を書きました。トーマが読みました。

「バーム神《しん》のもとへ帰りなさい、か。そうだな、イアン。おれもその方がいいと思うよ。あの神様はお前のことをとても心配していた。帰りなよ、あの森へ。バーム神《しん》の待っている森へ」

　苦しそうな息をしていたイアンは、やがてナグラの肩《かた》にもたれかかったままで息絶《た》えました。するとイアンの体はしゅうっと音を立ててちぢんでいき、風船《ふうせん》のようにしぼんでしまったのです。あとには、短剣《たんけん》を持ったナグラが立っているだけでした。ナグラは肩《かた》で息をしていました。

「礼をいうよ、リン。やっとあいつから逃《のが》れることができた……」

　スフ王がいいました。

「これでおれたちのうちのひとつは片づいたということだ」

「あいにくだが、スフ王」とナグラはいいました。「たしかにあいつはゴドバールの反乱《はんらん》によって国をぐちゃぐちゃにしようとしていた。だが、わたしはスフ王にくみするものではないよ、たしかにテオのいうとおり、わたしは趣味人《しゅみじん》の貴族《きぞく》にはちがいないが、でもそんなわたしなら決してできなかった〈反乱《はんらん》〉という大それたことを、あいつが背中《せなか》を押《お》してくれたことによって、やってのけることができたのだ。わたしはイアンに感謝さえしているよ。これからはわたしの力だけで、あなたに対抗《たいこう》して行かねばならないけどね」

「ならやってみるがいい、あっという間《ま》にひねりつぶしてやる」とスフ王はいいました。

「まるでじぶんが勝つことになんの疑《うたが》いも抱《いだ》いていないのだな、スフ王」とトーマはいいました。「ナグラ、あんたにもきびしいことをいわせてもらうがあのまま首尾《しゅび》よく反乱《はんらん》が成功したとしても、あんたは結局王族としてスフ王の二《に》の舞《まい》をするだけだったろうから、これでよかったんだよ。だが、スフ王、こんどはあんたの番だぞ。その仮面の下にはなにがあるのか、とことん暴いてやろうじゃないか」

「その前におまえたちがぼろぼろになっているだろう」とスフ王はなんの動揺《どうよう》も見せずにいいました。「わたしはすくなくともルピアによって祝福《しゅくふく》された世界の王だ。そのわたしがおまえたちごときものに負けるわけがない。わたしは大いなる野望と夢を持っている。ルピアはこの夢と野望の味方だ。おまえたちにいったいどんな野望があるというのだ。どんな夢があるというのだ?」

「夢にも野望にも大きさのちがいなんかないわよ。あるのはそのひとがその夢をかなえたときの喜びだけでしょ? わたしには夢がある。わたしはこの旅を無事におえて、ドーム郡に戻《もど》りたい。そしてこんどは平和なアイザリアで、思いきりラリアーとして歌ったり踊《おど》ったりしたい。その夢がかなうためならなんでもするわ。そしてそれができたときはどんなにうれしいことでしょう、ええ、わたしはじぶんの夢がどんなに大きな喜びなのか、じぶんでよくわかってる。さて、じゃあスフ王、あなたは全世界を我《わ》がものにしたら、そんなにうれしいの？　本当にそんなに喜べるの？」

「ふん」とスフ王は鼻《はな》で笑いました。「ちっぽけな夢を、必死に追いかけるがいい、踊《おど》り子《こ》。おまえにはわからんだろうな、この王という権力がどんなものかということが。人間は心の中で、さまざまなことを考える。心の中は自由だから、やつらはいつだって、たとえばおれに対しても、腹《はら》を立てたり、ののしったり、見下《みくだ》したりしようとする。だが、王は、そいつらが心の中でどんなことを思おうと、したがわせることができるのだ。かたちの上でしたがったものは、じぶんがしたがったことをじぶんの心に納得《なっとく》させるため、じぶんの心もやがてしたがわせようとする。するとやがて、やつらはおれに、かたちだけでなく、心の中までしたがうようになるのだ。こんなわざがいったいだれにできる？　それは王だからこそだ。おれは最初はイデアのちっぽけな王だった。しかも中心となるイデアの街はナグラの領地だったりする。ロベイサを併合《へいごう》して、ゴドバールのやつらはやっとおれに一目置《いちもくお》くようになった。だが、ブロン王国やテイカ王国は、あいかわらずおれのことを馬鹿《ばか》にしていたのだ。そいつらを征服《せいふく》して、ゴドバールの王になったいま、おれはようやくおれに見《み》あった尊敬《そんけい》と、崇拝《すうはい》を勝《か》ち取《と》ることができるようになったのだ。おまえたちも見ただろう、おれが民衆《みんしゅう》の中に出て行く、するとすべての民衆《みんしゅう》がおれを見て興奮《こうふん》する。『ヌバ、スフ！　ヌバ、スフ！　グラール、グラール！』その歓呼《かんこ》の声がそのままおれの力になる。やつらはおれを愛している。そしておれのためならなんでもするだろう。おれにひざまずき、おれにふれられでもしようものなら、それだけで喜びに失神している他愛もないやつらだ。みんなおれが勝ち取った栄光だ。おれが、臆病《おくびょう》な兵士たちを叱咤《しった》して、『おれたちが負けるわけがない。おれたちにはルピアがついている』と励《はげ》まし、連装弓《れんそうきゅう》を駆使《くし》して、群《むら》がる敵を撃破《げきは》して勝ち取った末《すえ》の王位だ。ゴドバールの帝王《ていおう》の地位だ。だが、これはおれの野望のほんの手《て》はじめにすぎない。ゴドバール？　そんなものは、この海の中のちっぽけな島だ。海の向こうにはイシュゴオルという大陸がある。このゴドバールよりも何十倍も大きな土地がある。貿易《ぼうえき》で栄《さか》えている湾岸諸国《わんがんしょこく》。ナウルが何万頭もいるというカダリーム、氷の宮殿《きゅうでん》があるというシルヴェニア、そして、古代からのラド王の地、広大な草原、肥沃《ひよく》な大地、その大地をいろどる無数の緑の森、美しい湖、ゆたかに流れるメール川！　あのアイザリアに、ラド王が昔いたアイザリアに戻《もど》るのだ。それらをすべて取り戻《もど》すときがきたのだ！」

テオとトーマは、顔を見あわせました。そしてリンも、うなずきました。テオがいいました。

「もしかして、あなたは？」

「あんたは、ひょっとして？」トーマもいいました。リンが、指文字で語ろうとしました。三人は、まったく同じことをいおうとしていたのでした。ナグラがその目に輝《かがや》きを取り戻《もど》していいました。

「もしもわたしたちが、ここでスフ王の正体《しょうたい》を明かすことができたら、ゴドバールに平和が戻《もど》るかもしれない！」

「だったら、いいましょう！」

四人は、声をそろえて、おそるおそる呼《よ》びかけました。

「おまえは……ラド王⁉」

そういったとき、四人の目の前で、なにかがはじけました。スフ王の体から、大きな光の玉のようなものが飛びだしたのです。そして、光の玉はぱあっと大きなきらめきを見せて爆発《ばくはつ》し、四人の目の前にはいろん

なものがはじけとぶように見えました。

「テオ！」「トーマ！……これはなに⁉」


大きな竜《りゅう》が見えました。その竜《りゅう》を退治している若者がいました。何万という軍勢を指揮《しき》している王がいました。夜空に光る巨大なほうき星《ぼし》が見えました。森が燃えていました。都市が戦場になっていました。雪を抱《いだ》いた山々を、長い行列がすすんでいました。美しい娘《むすめ》がいました。若草の萌《も》える草原《そうげん》がありました。巨石を積み上げて、大きな宮殿《きゅうでん》がつくられていました。偶像《ぐうぞう》が建てられていました。何千、何万という人々が王の前にかしずいていました。鏡《かがみ》の部屋《へや》がありました。年老いた男の顔がありました。少年や少女たちが船に乗っていました。ふたたびいくさがありました。森がありました……。


それらは、一瞬《いっしゅん》のできごとでした。まばたきするほどの間に、テオたちはこれだけのことを目の当《まあ》たりにしたのです。

「ラド王の一生、のようですね」とナグラがいいました。「驚《おどろ》きました。伝説がそのまま目の前にあらわれた。ラド王はアイザールで竜《りゅう》を退治し、それから王位についたそうですね」

「ええ。ララ・リリクでも、劇《げき》にしたことがあるわ」

テオたちは、すべてを理解しました。目の前にはじけた光景は、ひとりの人間の一生だったのです。アイザールはおろか、南や北の広大な国を制覇《せいは》し、すべての富と栄光を手に入れたラド王。晩年《ばんねん》になって、不老不死の泉を求めて、ゴドバールへと旅立ち、ルピアへとたどりついたラド王。

「けれど、不老不死なんて、そんなものはどこにもなかったのよ」とテオはいいました。

「だが、ラド王はずっとルピアで、よみがえるときを待っていた」

「そして、スフ王がルピアにやってきたときに、生きているスフ王という体を手に入れた？」

「どうでしょう。合体《がったい》したのかもしれない」とナグラがおぞましそうにいいました。

それらのことは、どうやら人間の想像《そうぞう》をこえている、とトーマは思いました。ただ、スフ王はいつの間にか〈ラド王〉そのものにとって変わられていたことはまちがいないようでした。では、ラド王がはじけて飛んでいったいま、スフ王は？

「スフ王！」

トーマが、地面《じめん》に倒《たお》れているスフ王を抱《だ》きかかえました。

「な、なに、これは！」

スフ王は、からだの表面がすべて、ぼろぼろと崩《くず》れてしまっていました。さっきはその下から、あたらしい皮膚《ひふ》があらわれ、すこしずつ若がえっていたのですが、なんと、こんど崩《くず》れた皮膚《ひふ》の下からあらわれたのは、人間の皮膚《ひふ》ではありませんでした。そこにいたのは、王の服《ふく》をまとった、わらの人形だったのです。

「どういうこったい、これは」

「スフ王の正体《しょうたい》が、わらだったということ？」

「そんな阿呆《あほう》な話があるもんかい」

するとわらの人形が、口を開きました。

「ぼくは、わらなんだよ」

トーマたちはぎょっとしてわらの人形から離《はな》れました。

「口をきいた！」

わらの人形は、ゆっくりと立ちあがりました。そして、ぽきっと折《お》れそうになりました。その人形を、ナグラがささえました。すると人形は弱々しくナグラの手を払《はら》いのけました。

「スフ王。あなたの正体が黄金だといううわさを聞いたことはある。だが、わらだったとは」

「わらだから、夢なんてないんだよ。わらだから、野望もないんだ。うれしいことだって、悲しいことだって、別にないんだよ。スフ王のスフって、なんのことか知ってるかい？　ゴドバールの主食《しゅしょく》、水麦《みずむぎ》のわらのことをいうんだよ。つまりぼくは、生まれたときから中身などなにもない、わらがつまった人形だったんだ。王なんてそんなものだったんだ。だれもまともに相手にしてくれたことはない。だってぼくは王なのだから」

「ゴドバールの統一とか、強くなりたいとか、全世界を手に入れたいと思ったあなたは？」

「そんなもの、わかるじゃないか。ことばだけだよ。どんなことをいっても、ことばにすぎないんだ。どの国を征服《せいふく》したって、だれがひざまずいたって、ぼくの中身が変わるわけじゃない。ぼくはなにも感じない、なにも考えてない、ただ、まわりがぼくを王だと見ているから王になってるだけなんだ、ただのわら！」

あまりのことに、テオもトーマも呆然《ぼうぜん》としています。わらの王はじぶんの体をかきむしりました。

「ぼくは、生まれてから、ひとつもじぶんのことばで語ったことなんてなかった！　ぼくは熱いとか冷たいとかいうことさえ、じぶんの感じていることではないように思ってた。だってみんながこれは熱いとかこれはぼくには冷たいとかいうんだもの、ぼくはじぶんでは感じなくてもよかったんだ。あるとき、ぼくの前でおしっこをした子どもがいた。王の前で無礼だ、といって、その子は罰《ばっ》せられた。でも、ぼくはちっとも無礼だとは思わなかった。なにが無礼かさえわからなかった。みんなまわりが決めるんだ。ぼくはなにひとつじぶんで決められないまま大きくなってしまった。ルピアへなぜ行ったかだって、よくわからない。ゴドバールの王になったって、……ぼくの夢はなんだろう？　ぼくはなにがしたいんだろう？　ああ、じゃあいってやるよ、ぼくはわらじゃなく、ほんとの人間になりたいよ！」

「わかったわ、スフ王」

そういって、テオはスフ王に近づきました。

「なにをするんだっ！」と、わらのスフ王はテオから逃《に》げようとしました。テオはそのスフ王の腕《うで》をとり、ぐいと引き寄《よ》せました。

「だれも、わらなんかに生まれたりしないわよ！」

スフ王の顔をぎゅっとつかむと、テオは、思いきりわらを引っぱりました。そして、そのわらを地面にぽいと捨《す》てたのです。

「テオ、なんて乱暴《らんぼう》なことを。かりそめにも、その方はわたしたちの王だったひとです」

ナグラがとめようとするのも聞かず、テオはさらにわらの中に手をつっこみ、わらをつかみ出しました。

「ほら!」

「おおっ⁉」

「さ、さむいよう!」

ふるえながら、わらの下からひとりの少年があらわれたのです。驚《おどろ》いているうちに、わらは消《き》えてしまいました。そしてそこにはほっそりとした、リンによく似た少年が立っていました。

「どう? これがスフ王の、ほんとにほんとの、なまのすがたなのよ?」とテオはスフ王に服《ふく》をかけてやりながらやさしい声でいいました。「だれだって、わらなんかじゃないのよ。スフ王。自信を持ちなさい。さむい? それがあなたの感覚《かんかく》ってものよ。これからは、そうやって思ったことをいって生きていけばいいのよ!」

「ぼくは、どこへ行けば?」

「決まってるでしょ、王の立場《たちば》に戻《もど》るのよ。あのブーンとかいう、へんてこな連中とか、ああいうやつらの中で、あなたがこれからやらなきゃならないことはいっぱいあるはずよ」

「それは、とてつもなく大変なことですね」とナグラはつぶやきました。「わたしの場合とは想像もつかないくらい、大変なことです……あなたたちはスフ王に死刑宣告《しけいせんこく》をしているのと同じだ」

「でも、やらなきゃね」とテオはそっけなくいいます。ナグラはうなずいて、スフ王の手をとりました。

「わたしといっしょに、とちゅうまで行きましょう。そして、あなたとわたしは、それぞれの場所で、できることをやるしかない、わたしはすこしほっとしています。ラド王が憑《つ》いていたあなたには、とうていかなわないまでも、反乱《はんらん》するしかなかった。でも、いまの生身《なまみ》のあなたであれば、わたしは昔のように、あなたのよき補佐《ほさ》をすることができるかもしれません。ブーンなど、あなたのまわりのどうしようもない連中を追い出すことができるかもしれない」

スフ王はうなずきました。それから、ふと思いついたように、リンにいいました。

「ルピアに、泉があるんだ。その泉で、水をあびてごらん。そしたら、きみの体が戻《もど》るから」

「ええっ！」「本当かい！」とテオとトーマはさけびました。

「きみの体をとったのは、じつはぼくなんだ」とスフ王はいいました。「じぶんがわらだと思ってたからね。いや、ぼくはこの体を人前にさらしたくなかったんだ。だから、ルピアで、ラド王をうけいれ、生きていこうと思ったときに、だれか別の人間の体がほしかった。ぼくはルピアに頼《たの》んだのさ。だれかの体をおくれ、って。するとルピアはいったよ、たまたま、遠い遠いところに、じぶんの体が消えてしまえばいいと思っている男の子がいる。そいつの体をおまえにやろう、とね。ついでそいつの声ももらったよ。でもまさか、じぶんが奪《うば》った体の持ち主が、それを取り戻《もど》しにここまでやってくるとは思わなかった。ひと目見て、包帯《ほうたい》を巻《ま》いているきみがぼくの体の持ち主だってことがわかったよ。だけど、ぼくの中にいるラド王にはいえなかった。そんなことをいったら、ラド王は『殺せ』っていうに決まってるからね。ああ、ぼくは知っていたのかもしれない、きみにこの体を返すとき、ぼくはぼくとして生きられるってことを！　でも、それはいったいどういうことだろう？」

「王様なんてやめなさいよ、とわたしはいいたいけど、でも、そんなことはとうてい無理でしょうね」

「だろうね。ぼくはこれから、またひとりぼっちで、だれの助けも借りずに生きて行くなんてことは無理だよ。きみたちに笑われるのはわかってる。でも、そういうふうにこれまで生きてきたんだよ」

「笑いなんかしない。でも、あなたは上に立っている。だったら、やらねばならないことはあるはずよ。どんなにあなたがからっぽの人間であろうと、そのために傷《きず》ついたり殺されたりする人間がいる以上はあなたはあそこに戻《もど》ってやるべきことがあるわ。いくさをやめさせてよ、あなたしかできないよ、それは」

「それは……それって……難《むずか》しそうだな……」とスフ王はいい、ナグラとともに歩き出しました。

「ちょ、ちょっと待ちなさいよ！」

テオが追いかけようとするのをリンがひきとめました。指文字がいいました。

〈いいんだよ、テオ。それより、ぼくらはぼくらのことをやらなきゃ〉

「だって、あの子、あの調子《ちょうし》ではいくさをやめさせそうにもないわ。なんもできそうにないじゃない。スフ王は、まわりの取《と》り巻《ま》きといっしょに、いくさを続けるつもりなのよ！　そしてナグラはナグラで、矛《ほこ》をおさめそうにないじゃない！」

「仕方がなかろうさ。そこから先はゴドバールの連中にまかせるしかないじゃないか」

「そうなの？」

「ラド王のなにかが、あの子の体から脱《ぬ》け出した。それだけでよしとしよう、テオ」

「それは、ちがうと思う」とテオはいいました。

「じゃあ、どうするというんだね？」首をふりながら、トーマはいいました。「困《こま》ったな、リン。うちのお姫《ひめ》さまときたら」すでにトーマは半分笑っていいました。テオはおごそかにいいました。

「わかってるくせに。リン、笛をお願《ねが》いね。トーマ。あなたはどんなに下手くそでも、そのハプシタールを弾《ひ》くしかないのよ。踊《おど》りはわたしにまかせなさい！」

「わかったよ、トゥラーのテオ！」とトーマはいいました。

スフ王とナグラは道のとちゅうにいました。そして驚《おどろ》いたようにテオたちが戻《もど》ってくるのを見ました。テオはさけびました。

「兵士たち、両軍の兵士たち、聞こえる⁉　聞こえたら、顔をあげて！　こっちを見て！」

うずくまって、じっと下を向いていた兵士たちがその声に顔をあげました。かれらの目に、道の中ほどを肩《かた》を並《なら》べて歩いているスフ王とナグラがうつりました。そして、そのすこしあとからふたりを追いかけるようにしてやってくる踊《おど》り子《こ》と、ふたりの伴奏者《ばんそうしゃ》が見えました。

テオはゆっくりと舞《ま》いました。すべての兵士たちがくいいるようにテオを見つめました。それからテオの歌声が、高原に流れて行きました。

いまは　まだ　旅のとちゅうだけど　そしてまだ　知らないことも多いけど
このはるかな　空の向こうに　きっと　あなたが待っている
通りすがりの　ひとも　風も　みんなやさしいから
そしてわたしに　勇気をくれるから　なにもこわくはないのです

虹色《にじいろ》に輝《かがや》いてる　この空のかなた
あなたと暮《く》らせる街がある　追いかけていこう　どこまでも
夢があるかぎり　あなたがいるかぎり

兵士たちの殺気《さっき》だった、とげとげしい顔つきが、歌声とともにすうっと消えていき、ふつうの若者らしい表情へと変わっていきました。とちゅうから、兵士たちはほんのすこしだけ唇《くちびる》をうごかして、テオの歌をともに口ずさんでいました。歌がおわっても、かれらはのどの奥《おく》から、うなるようにしてメロディーをなぞっていました。その声は悲しげでした。まるでうなる風のように高原は兵士たちの歌声に満《み》ちていました。

「スフ王とナグラが、いまからあなたたちのもとへ戻《もど》ります！」とテオはいいました。兵士たちははっと歌を口ずさむのをやめ、それぞれの武器《ぶき》を握《にぎ》りしめます。するとテオはさけびました。

「でも、いくさのために戻《もど》るのではありません！」

首をかしげる兵士たち。

「もう、こんなところで殺しあいをしなくていいんです。みんなで、ゴドバールのおうちに帰ればいいんです。スフ王と、ナグラは、おたがいにそんな話をしました。ふたりは、いままで誤解《ごかい》していたのです。でも、もう大丈夫《だいじょうぶ》！　また、ふたりは仲良くいっしょにやっていくでしょう」

スフ王とナグラは、テオのことばにうなずきました。兵士たちはどよめきました。

この踊《おど》り子《こ》はほんとうのことをいっている！

「ゴドバールのひとたち同士で、いくさをするなんてばかなことは、これから先、二度と起きません！」

ええっというどよめき。けれど、この内戦《ないせん》をおさめるのはアイザリアからきた踊《おど》り子《こ》ではないはずです。

兵士たちはスフ王とナグラを見ました。するとふたりはゆっくりと手をあげました。テオのことばにうなずきながら。そうです。兵士たちは、テオのいったことが真実であることを知ったのです。

当然ながら、それは両軍ともにいくらかの混乱《こんらん》を巻《ま》き起《お》こしました。いくつかのうねりが、スフ王の軍隊の中で起こりました。また、ナグラの軍の中でもいくつかのうごきがありました。

スフ王とナグラはたがいに見つめあい、うなずきあって、道を降《お》りました。そして、じぶんたちの軍勢の中へと入って行きました。さっそく、スフ王の軍の中ではブーンをはじめとするひとかたまりの軍勢が、スフ王から憤然《ふんぜん》と去《さ》っていきました。また、ナグラは大勢の兵士たちから詰問《きつもん》されているようでした。

「いくさは、もう、やめっ！　おわりなの！」とテオはさけびました。それは大丈夫のようでした。けれど、スフ王とナグラの〈変心《へんしん》〉による混乱《こんらん》は、これからどうなるのか、だれにも見当《けんとう》がつきかねるようでした。

「それくらいにしておこう」とトーマはテオの腕《うで》をとりました。

「でも！」

「ゴドバールに関《かん》していえば、問題は山ほどあるさ。この反乱軍《はんらん》との戦いがなくなったとしても、最強部隊はいま現在、湾岸諸国《わんがんしょこく》に向かってすすんでいるわけだからな。だが、いずれにせよ、それはゴドバールの問題だ。テオ、おれたちにはやるべきことが残っている。それをすることが、このゴドバールの問題にもいい決着となるはずだと信じてやっていくしかないんだ」

「わかった」と、すこしだけ興奮《こうふん》からさめたテオはいいました。

そのとき、トーマは気づきました。黄色い道がどこにもないということに。そして兵士たちも見えなくなっていました。ほんの一瞬の間にトーマたちは、ゴドバールの兵士やスフ王たちのいた場所とは異《こと》なるところにいたのです。それはまるで舞台《ぶたい》の上でお芝居《しばい》の幕《まく》でも降《お》りたかのようでした。

三人はあたりを見ました。そこは緑の森でした。いつの間にか、三人は森の中にいたのです。テオはつぶやきました。

「もしかしたら、ここが、ルピア？」

トーマとリンは、ゆっくりとうなずきました。

「どうも、そうらしいな」

第二十一章　ルピア

三人は森の中を歩いて行きました。

そこはしかし、とても気持ちのいい森でした。まるで海の森を歩いていたときのように、地面には苔《こけ》がふわふわと生《は》えていてじゅうたんのようでした。木漏《こも》れ日《び》も木々の枝からさしています。

「すばらしい森ね。わたしたち、歓迎《かんげい》されている、のかな？」

テオがいったときでした。

「それはどうかしら」という声がしました。その声がどこから聞こえてきたのか、はじめテオたちにはわからず、あちこち見まわしました。けれども森の中にはだれもいません。

「まるで女の子の声みたいだった」

「よせやい、アイザリアの森じゃあるまいし、ルミッカ*がいるなんていってくれるなよ」

＊訳注《やくちゅう》――森の精《せい》。

すると、またしても声がしました。

「そこで待ってて」

「だれ？」テオがさけぶと、三人の目の前にいきなり、白い服の娘《むすめ》があらわれました。

「……ルミッカ？」

白い服の娘《むすめ》は、十二、三歳の子どもに見えました。つぶらな瞳《ひとみ》でテオたちを見ています。

「わたしはルミッカじゃない」

「わたしは、テオ。あなたは、だれ？」

ララ・リリクで子どものクラスを持っているテオは相手が子どもであるとわかったとたんにうれしそうな顔で声をかけました。けれど少女はなにも答えず、じっとテオを見つめています。

「そんなきれいな目でわたしのことを見て……なんか恥《は》ずかしくなっちゃうよ」とテオはいいました。実際、少女の目を見ていると、吸《す》い寄《よ》せられるようで、しかも、自分の心の中がなにもかも見透《みす》かされているような気分になるのです。ふたりはしばらくそうやって、だまってにらめっこをしていました。すると少女はにこっと笑っていいました。

「ようこそ」

テオはほうっとため息をついて、その場《ば》にぺたりと座りこみました。

「どうしたんだ、テオ」

「なんかわかんないけど、いま、この子に試《ため》されてたみたい。頭の中も心の中もみんな、ぜんぶ見られたような気がするの」

「ひょっとして、ルピアに入る資格があるかどうかを試《ため》しているのか？」

するとと少女はそういったトーマの前につかつかと歩み寄って、テオにしたとおりに、じっと見つめはじめました。こんどはトーマが困《こま》ったようにテオに助けを求めようとしました。ところが、顔をそむけようにも、少女から目を離《はな》すことができないのです。

「いや、おれは……おれはろくでもない男だから、そんな目で見られると、参ってしまうよ。あのなあ嬢《じょう》ちゃん、おれはトーマっていうもんで、アイザリアの道大工《みちだいく》。そういうわけさ、アイザリアではしょうもないことばかりやってきたよ。ううむ、荒《あら》くれ男たちは、いっしょに酒でも飲まないと、なかなかおたがいに仲良くなれないいんだよ。まあ、連中といっしょに、そりゃあ多少ははめもはずしたさ。いやまいったな。仕事もしたけど、まあそりゃあいいろいろと。……おい、テオ、助けてくれっ！」

しどろもどろになって、なにやら弁解《べんかい》しているトーマを見て、テオとリンは笑い出しました。

「こんなトーマははじめて見たわ。白状《はくじょう》しなさいよ、アイザリアでどんな悪いことをしたのか」

「銭《ぜに》いらず*ともつきあったし、悪党《あくとう》もかくまったし、たしかにつきあいもあった。牢屋《ろうや》から逃《に》がしてやったやつもいる。たしかに悪いこともした。金持ちから労賃《ろうちん》をだましとったこともある。だが自分の心に恥《は》じるようなことはしちゃいない！」トーマはこれまでテオたちには語らなかったようなことをぺらぺらいいまし

＊訳注《やくちゅう》——廃貨《はいか》主義者、といわれるが、ならずもの集団。古代からアイザリアでは憎《にく》まれる存在だったというから、いまでいえば暴力団のようなものか。

た。そんなトーマを少女はじっと見つめ、やがてにこっと笑いました。

「ふう……」

トーマはぺたりと地面《じめん》に座《すわ》りこみました。するとテオがトーマの肩《かた》に手を置いていいました。

「わたしね」

「うん？」

「わたしもトーマの年になって、『自分の心に恥《は》じるようなことはしちゃいない！』といえるような大人になりたい。でもそんな自信はぜんぜんないのよ。ねえ、どうしたらそんな大人になれる？」

「やめてくれ！」とトーマは顔を真っ赤にしていいました。「おれはうそつきなんだ。自分の心に恥《は》じるようなことだって、いろいろやったさ！　さっきのは、もののはずみ、いや、でも、たしかにおれがやったことは恥《は》じるようなことではないが、それとは別に、たしかに恥《は》ずかしいことはいろいろやってきた！　嬢《じょう》ちゃん、おれはそういうやつだよ！」

するとテオ少女はふたたびいいました。

「でも、いいんだよ。ようこそ！」

「だとさ」と、トーマは照《て》れくさそうにいいました。「合格らしいぜ」

「その、いいたくないほど恥《は》ずかしいことをいろいろ聞きたいんだけどな、わたしは」

トーマは笑っていいました。

「この女の子には合格でも、テオにかかったら落第ってことが山ほどあるのさ」

「あら、わたしがそれだけ純粋《じゅんすい》じゃないってこと？」

「多少は大人だからな」

「多少は？」

「やめてくれよ、いちいちおれの揚《あ》げ足《あし》をとるのは」

「ふたりとも、じゅうぶん大人だし、大人としてはじゅうぶんすぎるほど純粋《じゅんすい》じゃよ」という声がします。

少女のそばに、いつの間にか、老人がひとり、杖《つえ》をついて立っていました。老人はいいました。

「よくぞ、このルピアへきてくれた。しかも、『うその種』を、よく運んできてくれた」

「あなたはだれです？」

老人はそれには答えようとせず、ふたたびいいました。

「このルピアは、いってみれば世界の根源《こんげん》なのだ。ここから、さまざまなものが世界へと出て行く。エルメとアザルは、ここで土をこねて、人形をつくった」

「エルメとアザルって」

「イシュゴオルの創生神《そうせいしん》が、神話の中で人間をつくった、あの話のことかい？」

老人はうなずきました。そのとたん……。

あたりがふっと変わりました。なにもかもが夕焼《ゆうや》け色に輝《かがや》きはじめ、木々も一瞬《いっしゅん》で黄金の色につつまれました。三人の目の前に小さな広場があります。その広場の中央に、ぼんやりと輝《かがや》いているふたつのふしぎな生き物がいました。生き物たちはかがみこんでなにかをつくっているところでした。ひとりは人間とかサルによく似ていました。ちがうのは、肌《はだ》が透《す》き通《とお》るようになめらかなこと、しかもからだの内側にろうそくでも燃えているかのように輝《かがや》いていることでした。もうひとりには、しっぽがあり、蛇《へび》のような爬虫類《はちゅうるい》の顔をしてトカゲの体をしていました。目は小さな太陽のように輝《かがや》いていました。いずれにせよ、ふたりは地上のどんな生き物ともちがっています。テオたちはそのようすに息を飲みました。もしもふたりがテオたちと目をあわせたら、その瞬間《しゅんかん》にテオたちの体に火がついてぼっと燃えてしまうのではないかと思えました。そう、その光景は、人間であるテオたちが見てはいけないもののような気がしたのです。いつの間にかトーマも鳥《とり》肌《はだ》が立っていました。

「こ、これは、いったい?」

「エルメ神とアザル神じゃよ」と老人がいいました。

ふたりは土を大きく積み重ねて、あるかたちをつくろうとしていました。けれど、土が乾《かわ》いているらしく、何度積みあげても崩《くず》れてしまいます。

「どうして、これだけがこんなにうまくいかないのだ?」とひとりがいいました。テオたちにはそれがだれかわかりました。人間に似ている方は、尾がないからエルメです。するとアザルがいいました。

「この泥《どろ》は特別だからな。もしかしたらおれたちを嫌《きら》っているのかもしれないな」

「ふん、生意気な泥《どろ》だ」とエルメ神はいいました。「なら正直の水でもかけてやろう」

するとふたりの間に、いきなりぽっかりと泉があらわれました。アザル神は舌打《したう》ちをしていいました。

「エルメ、いったいなんということをするのだ。こんなところにルピアを出現させてどうする。後始末《あとしまつ》ができるのか？　こいつらに後始末《あとしまつ》をさせようとでも？　信じられないことをする神だな、おまえは」

「信じているからこういうことができるのさ」とエルメはいって、泉に指をつけ、土をなぞりました。するとあっという間に、泥《どろ》でできた人形が人間の子どものかたちになりました。

「ふむ」とアザル神はうなりました。「まあ、いいか。なかなかのできばえだ」

ふたりはしばらく、その裸《はだか》の子どもの人形をじっと見つめていました。それからエルメがいいました。

「ほら、アザル、おまえの番《ばん》だよ、つがいのもう一方を」

「よしよし」とアザルはいって、もう一体の人形を、こんどはあっという間につくりました。「おれの属性《ぞくせい》である悪《あく》の水もかけておかなくてはな」

それからふたりの神々は泉から水をすくっては、ふたつの泥人形《どろにんぎょう》の体をなぞっていきます。するとやがて、人形の皮膚《ひふ》はなめらかにつやつやと輝《かがや》き出しました。ふたりはほれぼれとその人形を見ました。アザルがいいました。

「では、出かけるがいい。この地上に、おまえたちのすごしやすい空間をつくれ。ほかの生き物と同じように、おまえたちにも、おまえたちだけのための力を与《あた》えたぞ。それにはいいところと悪いところ、両方がある。どっちをどう生かすかはおまえたち次第だ」

するとまだじっとうごかないでいる人形の一方がいいました。

「わたしたちだけの力、って？」

「おまえたちに与《あた》えた力は〈ことば〉だ。ほかの生き物に与《あた》えたものとはちょっとちがう。神に似せたのだからな、多少は神の属性《ぞくせい》も入っていないと、おれたちの立場がない。その気になれば地上の楽園《らくえん》が出現《しゅつげん》するだろうし、あるいはこの世の地獄《じごく》となるかもしれない。ぜんぶおまえたち次第さ」とエルメがいいます。ところが、人形の一方は、エルメ神に向かって不服《ふふく》そうにいいました。

「そんなものをもらっても、なんの足《た》しにもならないではありませんか。それよりも、獅子《しし》のようにだれよりも速《はや》く走れる脚《あし》や、熊《くま》のように強い力、あるいは象《ぞう》のように大きな体を下さい、わたしたちにも。こんなちっぽけな体で、しかも皮膚《ひふ》はむきだしだ。なのにちゃんと相手にいいたいことが伝わるわけではない〈ことば〉なんて不自由な道具をわざわざわたしたちに使わせようとするのはなぜです？」

人形のもう一方が「やめなさい」というように目配せしました。アザルは笑いました。

「おお。さっそくおれたちにたてついているぞ、こいつらは。まったくとんでもない力を与《あた》えたものだ」

「面白《おもしろ》いだろう？」とエルメ神は楽しそうに笑いました。それからふたりは人形にかわるがわる口づけをして、息を吹《ふ》きこみました。人形はその瞬間《しゅんかん》にうごきはじめ、生きたすがたになりました。

「では行け」とエルメ神はいいました。そのときすでにエルメとアザルのすがたは消えていました。あとには小さな泉と、ふたりの子どもがいるだけでした。

泉をのぞきこんで、ひとりの子どもがあどけない表情でいいました。

「もしかしたら、ぼくらは地上の楽園《らくえん》をつくれる」

すると、もう一方の子どもは、にやりと笑っていいました。

「地上の地獄《じごく》も」

「これは世界のはじめのときのこと？」

「どうやらそのようだ」とトーマもいいました。「つまりそのときから、この泉があったというわけか。そりゃあ、いろんな力があるのもわかるな」

「人間って、地上の楽園だってつくれたんだね？」

「たしかにいろいろな知恵も持ってる、力もつくりだす。そこらへんのけものとはちがうようだ、おれたちは」トーマはやさしくテオの肩《かた》を抱《だ》きました。「あんたのようにすばらしい踊《おど》りができるものだっている。人間は自慢《じまん》できる生き物さ」

「でも、そういっている一方で、地上の地獄《じごく》を願った人間もいた」

「ああ。まさか人間のもう片方《かたほう》が、あんなことを考えていたとはな」

「そのとき、かれらのそばに、ルピアの泉があった」と老人はおごそかにいいました。「根源《こんげん》の泉は、人間をかたちづくったことでもわかるように、神々のことばを、この地上で実現《じつげん》するという力があった。エルメとアザルはその後始末《あとしまつ》を忘《わす》れ、つまりこの根源《こんげん》の泉を消《け》し去《さ》ることを忘《わす》れて地上を去ってしまった。そこで人間は、この泉を使って〈ことば〉という、どんな生き物も持つことが許されなかった道具に〈力〉をもたせることができた。人間が口にしたことは、実際にそのとおりになっていったのだ。ところがその力は、ふたつの基本的な、そしてもっとも矛盾《むじゅん》する目的を持って存在《そんざい》した」

「どういうことです？」

「人間の口から出てくることばには、ふたつの働きがあった。正直《しょうじき》の水と、悪《あく》の水、というふうに神々がいっていただろう。それは神のことばだから、人間のことばにはなかなか変換《へんかん》できないが、あるときは善《ぜん》と悪《あく》、あるときはうそと真実というふうにわたしたちには思える。いってみれば対立する大きなふたつの概念《がいねん》なのだ。そして世界をつかさどるルピアの泉こそ、このふたつの力が常にないまぜになり、るつぼのようにたがいに争い、あるときはとけあい、あるときは反発《はんぱつ》しあうものとしていまにいたっている」

　老人の語ることばは、三人の心に沁《し》みていきました。それはずっと前からわかっていたことのようでもあり、いまはじめて知ったことのようでもありました。

「根源《こんげん》の泉は、ルピアとしてこの地上でつねに人間たちの畏怖《いふ》と尊敬《そんけい》をうけながらいまにいたる。けれど、好奇《こうき》心《しん》に満《み》ちた人間たちは、ルピアを捨《す》ててはおかない。さまざまなものたちがこのルピアを訪《おとず》れ、ルピアから力をわけてもらい、そして地上に仇花《あだばな》を咲《さ》かせた。それでも、どんなにルピアに力をもらったとしても、ルピアはまだバランスを保《たも》っていた。地上には楽園《らくえん》もできなかったが、地獄《じごく》もできなかった。そういう、いってみればルピアのバランスの中での〈力〉だったのだ。だがそんなあるとき、このルピアのほとりに咲《さ》いていたひとつの花の種《たね》が、なにを思ったか風に乗り、はるかかなたの土地、アイザリア辺境《へんきょう》のそのまた村はずれまで飛んでいって、そこに小さな花を咲《さ》かせた」

「フラバジール＊」と少女が合《あ》いの手のようにいいました。

「フユギモソウは、ここに生まれて、ここから飛んできたんだ」とテオはつぶやきました。

「ルピアから生まれたその花は、いってみれば〈悪《あく》〉の側《がわ》の部分だけが強いという変わった花だったが、ふたつの力がもともと備わっていた。珍《めずら》しいことに、特別の力があるわけでもない、ごくふつうの娘《むすめ》によって退治され、悪の力のはびこることがなかったのはめでたいことだった」

「ドーム郡の、クミルという娘《むすめ》が、フユギモソウを退治したのです」とテオは胸《むね》を張《は》りました。

「だが、そのことで、このルピアは、あるバランスを欠いてしまった。もっと正確にいえば、このルピアにあったフユギモソウの種が飛んで行ったことが、そもそも世界の変化を意味していたのだ。それは、ルピアの意志だったかもしれない、としかわれわれにはわからない。いずれにせよ、ルピアのバランスを戻《もど》すために、その娘《むすめ》はフユギモソウの最初の種をここへ返しにきてくれた」

「では、クミルはここにきたのですね！」

老人と少女はほほえんでうなずきました。けれど、クミルについてはそれ以上のことはなにもいいませんでした。そしてテオもそれを聞いてはいけないような気がしました。

「いってみれば、それはフユギモソウの〈真実の種〉というべきものだった。つまり、フユギモソウそのものの力の一方がルピアから出て行くことによってバランスを欠《か》いた世界は、その種《たね》が戻《もど》ることによって、あやうい均衡《きんこう》を取《と》り戻《もど》したのだ」

「それで、めでたしめでたしになるはずではなかったのか？」

＊訳注《やくちゅう》——フユギモソウの古語。

「残念ながら、そうはならなかった。おまえたちにはわからないだろうが、ルピアのバランスというのはそれほどに危《あや》ういものなのだ。ほんのちょっとした泉のさざなみでも、この地上にはいくさが起《お》きるとさえいわれている。さて、フユギモソウの最初の種は戻《もど》ったが、じつはそれも、ここのバランスを崩《くず》す理由となった。しばらくは地上は力の均衡《きんこう》が続いたが、やがてほどなく、真実の側《がわ》だけが、つまり、世界の実相《じっそう》の片側《かたがわ》だけが妙《みょう》に力をつけていくようになったのだ」

「よくわからない。クミルは真実の種《たね》をルピアに運んだわけよね。そしたら、それで世界はうまくいくわけでしょう?」

老人は少女と顔を見あわせました。それはかなり説明の難《むずか》しいことのようでした。

「真実の種は、物事の一方なのだよ。だから、かんたんにいえば、ここでだれかがなにかを願えば、それがそのまま現実になって行く。それでは世の中は壊《こわ》れるしかないんだ」

「そこで第二の種が必要だったの。あなたたちは、それを持ってきてくれたというわけ」

「どうしてそんなややこしいことになってるんだ。クミルのしたことはいけないことだったのか?」

「とんでもない。それをしなかったら、こんどのようなことはもっと前に起きていただろう」

いずれにせよ、ドーム郡でティルガーヌに聞いた説明とたいしたちがいはないように思えました。要するにルピアから生まれたフユギモソウの最初の種をクミルが、第二の種をテオたちが運ばねばならなかったのでした。

「世界のバランスというのは、正義の側《がわ》にかたむいても、悪の側《がわ》にかたむいてもいかんのだよ」と老人はいいました。「それにそもそも正義とか悪というのは、人間の主観、つまり人間がじぶんにつごうのいいように考えるものであって、どちらにもたいした価値《かち》はない。バランスが崩《くず》れることがいちばん悪い」

「それが、これかい？　ゴドバールの王様が帝王《ていおう》になって、世界を征服《せいふく》しようと思ったという」

「そういう側の力が、いろいろと大きくなったり復活したりということだ。真実の種であるなら、世界はもっとよくなるはずではないかという問いはもっともだが、楽園とか地獄《じごく》とかは人間が勝手にいうことであって、物事のふたつの側面《そくめん》にすぎない。あるものにとっての楽園《らくえん》は、あるものにとっての地獄《じごく》だ」

「なにそれ！」とテオはあきれてさけびました。「わけがわかんない！」

「ルピアの意志をわれわれのことばで推《お》し量《はか》ることはできない」と老人はいいました。「なぜなら、ルピアは人間の論理《ろんり》で考えるわけではないので」

「ルピアは根源《こんげん》なんだろ？　だったら、われわれの考えが通じないわけがないじゃないか！」とトーマはいらだってさけびました。老人は笑いました。

「ある部分、通じてはいるさ、お若いの」

トーマは「お若いの」と呼《よ》ばれて、あまりの思いがけないことばに度肝《どぎも》を抜《ぬ》かれました。

「あんたはいったい何者《なにもの》なんだ！」

「その質問はやめた方がいいと思う」とテオはいいました。

「なぜだ」

「だって、そのおじいさん、トーマに似てるんですもの。きっとこのふたりは、ルピアの意志なんだと思う。わたしたちにその意志を伝えるために、わたしたちに似たすがたをしているんだと思う」

「ほう。テオはどうしてそんなことがわかるんだ？　おれはもうこのちんぷんかんぷんな話は限界に近いぜ」

「だってわたし、考えてないから。感じてるだけだから」

「このじいさんがおれに似てるというのか？　おれはこんな年寄りではないぞ」

トーマはしげしげと老人を見つめながらいいました。

「それにこのお嬢《じょう》ちゃんだって、テオに似てはいないが？」

「おもしろい人間たちだ。ルピアが選んだのもなるほどとうなずける。では話はそこまでにして、いざ、根《こん》源《げん》の泉を見るがいい」

老人は右に、少女は左にわかれました。するとまるで幕《まく》が開くようにして三人の目の前に、新しい光景があらわれたのです。

「おお！」「まあ！」

森の中の泉。三人にはそう見えました。なんのへんてつもない、ごくふつうの森と、その木々のかげに澄《す》んだ水をたたえた小さな泉。ドーム郡や、アイザリアの森にはどこにでもありそうな森と泉でした。けれど思わず息を飲むほどに、一幅《いっぷく》の絵のように美しい森だったのです。

「……これが、ルピア？」

かすれた声でたずねるテオに、老人はうなずきました。

「ここに、おまえたちが持ってきた第二の種、すなわち『うその種』を投げ入れてくれ。そうすれば、世界のバランスはもとに戻《もど》るだろう。いや、たぶんそうなるだろう、としかいえないが、長年《ながねん》の間、崩《くず》れていた、そして崩《くず》れようとしていたバランスは、ここでようやく均衡《きんこう》がとれるようになる。ルピアはもとどおりになるだろう」

それから老人はリンを手招《てまね》きしました。

「若者よ。ルピアは、まず、おまえに用があるそうだ。おまえにかえしたいものがあるのだそうだ」

すると少女が、リンの手をとって、泉の方へといざないました。

「リン！　あなたの体が、もとに戻《もど》るのね！」とテオは興奮《こうふん》してさけびました。

「準備《じゅんび》はできています」と少女はいいました。「あなたの体を奪《うば》ったものは、あなたに体をかえすといっているのです」

それは、さきほどのスフ王のことだとみんなわかりました。リンはとまどったようにテオたちを見ました。

「よくここまでいっしょにきてくれたな、リン」とトーマはいいました。

するとリンの指がせわしなくいいました。

〈まさか、ここでお別れってことじゃないよね⁉〉

「あなたの体が戻《もど》るのよ！　なにを焦《あせ》っているの？」とテオがおかしそうにいいます。少女がいいました。

「ここでお別れだよ。体が戻《もど》るだけじゃない。ちゃんと、失われた声も戻《もど》るし、この泉で体を洗ったら、あなたはもとの場所に戻《もど》れるはずだよ」

「すごい！　ドーム郡に戻《もど》れるんだ！」とテオはさけびました。うらやましくもありました。けれど、リンのためにほんとうにうれしいことだと思いました。

〈でも、でも、ぼくらはまだやらなきゃならないことが！〉

「その手はじめがこれだろう。リン。いままでおまえさんに重《おも》い荷物《にもつ》を持たせていて悪かったな。かえしてもらおうか」とトーマはリンに手をさし出しました。

「え？　なんのこと？」とテオがふしぎそうにいうと、リンはリュックの中から宝石箱のようなものを取り出しました。

「うその種！　トーマ、これはあなたが持ってたんじゃなかったの⁉」

「あははは、テオ、おれたちはおたがいにうそをついてたってわけさ。この種はずっとリンが持っていたんだ。なぜなら、リンは口がきけないから、うその種に影響《えいきょう》されることがいちばん少ないってわけでね」

「……わたし、あなたが持ってるとばかり思っていた！　うそつきね、トーマ！」

「まあ、たずねられなかったからいわなかったんだが、あるときおれは自分が信じられなくなってね。それでリンに頼《たの》んだのさ。リンはりっぱに任務《にんむ》をはたしてくれた。ありがとうよ」

〈だから、ぼくはまだ仕事をおえていないんだってば〉

「いいの」とテオはいいました。「あなたの仕事は、じつはこれからよ。体と声がもとに戻《もど》ったら、ドーム郡に帰って、そこからリンのほんとうの人生がはじまるのよ。さあ！」

リンは小箱をトーマに渡《わた》しました。トーマはうなずいてうけとりました。

「こうして、いざ持ってみると重いもんだな。いや、ほんとうの重さではなくて」

「わたしたちの任務《にんむ》の重さ」とテオはいいました。

少女はリンの包帯をゆっくりとはがそうとしました。テオとトーマも手伝いました。

「ああもう、あなたの包帯を巻《ま》くお手伝いもできなくなる」とテオはいいました。「でも、残念だけどもちろんふつうの体に戻《もど》ってくれる方がいい。リンの顔が見たい」

「そういえば、テオは昔リンを見ているわけだが、おれは初対面《しょたいめん》というわけだ。なんだか照《て》れるな」

「あなたが照《て》れてどうするのよ！」などといいながら、包帯はすっかりとれて、リンは仮面《かめん》もはずしました。そこには透明《とうめい》なリンがいました。その透明《とうめい》なままで、リンはテオの手を握《にぎ》りました。それからトーマの手を。

「ドーム郡で会いましょう！」とテオがいいました。ほんとうにそうなったらどんなにうれしいだろうとトーマは思いましたが、口には出しませんでした。

透明《とうめい》なリンの手をとって、少女が泉の中へと入っていきます。少女のうしろの泉の水面に小さな波紋《はもん》がたちました。リンが足を踏《ふ》み入れたようでした。それから、少女が手で水をすくい、リンの肩《かた》とおぼしきところにその水をかけました。すると……。

「まあ！」

思わずテオがため息をつきました。

少年のすがたがあらわれたのです。

「リンだわ！」

「おお、りっぱな若者じゃないか！」とトーマがいいました。

泉の中に、裸《はだか》の少年が立っていました。すこしはにかんで、でも誇《ほこ》らしそうに、うれしそうにじぶんの体を見つめ、あちこちを手でたしかめるようにさわっています。

「よかったね、リン！」とテオが思わず泉に駈《か》け寄《よ》ろうとしたときでした。

「ああっ！」

少年のすがたはまるで風に舞《ま》う塵《ちり》のように消《き》えてしまったのです。こんなことばとともに。

「ドーム郡で待ってるから！」


「いまの、聞こえたか？」

「ええ」とテオはうなずきました。「あれが、リンの声。ちゃんと、声ももとに戻《もど》ったんだ」

「よかったな」

テオはふたたびうなずきました。それからトーマを見あげていいました。

「もう、わたしたちだけね？」

「そのようだ」

ふたりの前に、泉があるだけでした。そして、少女も、老人もどこかに消えていました。

トーマが苦しそうにいいました。

「テオ。重いんだよ、これが」

見るとトーマの手に持った『うその種』の箱がほんとうに重そうなのです。肩が下がっているほどでした。

「それを、泉に投《な》げ入れればいいんでしょ？」

「そのはずだが」とトーマはいいましたが、顔には脂汗《あぶらあせ》がうかんでいます。

「どうしたというのよ」とテオは箱にふれました。すると、

「あっ！」

「重くなんかないじゃないの」

なんと、テオがふれたとたんに、箱はもとの軽さに戻《もど》ったのです。

「どういうことだ？　おいっ、テオ、離《はな》すなよ！」

ずしん。

小箱《こばこ》は地面に落ちました。しばらくして、ふたりにはようやくわけがわかりました。

「ここでは、ルピアでは、この『うその種』は、ふたりで持つと持てるけど、ひとりでは持てない？」

「そのようだ」

「では、ふたりで持ちあげて、投げましょうか」

「ああ」

けれども、そううまくは行きませんでした。こんどは空中で、小箱がうごかなくなったのです。

「投げるな、といってるみたい」

「おれが、なんとかする」とトーマはいって、小箱《こばこ》を無理やりうごかそうとしました。けれども、もう、小箱《こばこ》はびくともしません。空中にとまっているのです。ふたりはしばらくこういう無駄《むだ》な努力を続けました。

それからトーマはいいました。

「この期《ご》に及《およ》んでいったいぜんたい、なんでこんなことになるんだ！」

「わたしたちが、ふたりで泉の中に持って行かねばならない？」

トーマはテオを見ました。

テオもトーマを見ました。

ふたりには、ようやくどういうことかがわかったのです。

この『うその種』は、ふたりで、泉の中へ持って行かねばならない。

それはつまり。

「冗談《じょうだん》じゃないよっ！」

テオはさけびました。

「わたし、まだ死にたくない！　わたし、やりたいことがいっぱいあるんだもの！」

「だよな」とトーマはいいました。「あんたより残りは短くても、おれだって死にたくはないよ」

「ねえトーマ、どうする？　どうしよう！」

トーマは笑っていいました。

「逃《に》げるか？　ここから」

「逃《に》げられる？」

「まあ、情《なさ》けない人生をすごすことにはなると思うが」

テオはだまりました。それはテオには耐《た》えられないようでした。それからテオはさけびました。

「クミル！」

泉の中ほどに、白い服の娘があらわれました。それはあきらかに幻《まぼろし》でした。けれどその幻《まぼろし》に向かってテオはいいました。

「わたしは、どうすればいい？　わたしは、死にたくない！　わたしは、生きるために生まれてきたんだもの！　でも、わたしは誇《ほこ》りを持って生きていきたい！　どうすればいいの⁉　ねえクミル！」

白い服の娘はにっこり笑って、消えました。

「なるほどな」とトーマはいいました。

「どういうことなの、ねえトーマ！」

「答えはあんたがもう出してるじゃないか。おれたちは生きる。それだけのことだ。誇《ほこ》りを持って任務《にんむ》をやりとげる。それが、おれたちが生きるということだよ」

「わたしたちは、……生きる？」

トーマは深くうなずきました。

「もちろんだとも」

　それからトーマは胸《むね》を張《は》って、泉に向かっていいました。

「ルピアよ、世界の根源《こんげん》だというルピアよ。おれたちは、ドーム郡のさすらい人だ。おまえが失った種を戻《もど》しにやってきた。うけとってもらおう」

　いわれて、テオもまっすぐに立ちました。

「わたしは、テオ。ドーム郡のむすめ！　そして、こっちが、トーマ。ドーム郡の、道大工《みちだいく》。覚えておいてね、ルピア！」

　ふたりは、空中に浮《う》かんだ『うその種』を同時につかみました。もう重さはありませんでした。それからふたりはゆっくりと、たがいの手をつないだままで泉の中へと足を踏《ふ》み入れました。

　水は澄《す》んでいました。岸から、すこしずつ深くなっていました。やがて、ふたりの胸《むね》のあたりまでの深さになりました。けれど、『うその種』はふたりの手から離《はな》れませんでした。

　トーマは心の中でいいました。

〈ルピア。おれはどうでもいいが、この美しい娘《むすめ》を、どうか助けてやってくれ。この娘を幸せにしてやってくれ〉

　そういってトーマはじぶんから水の中に顔をつっこみ、『うその種』をつかんで沈《しず》もうとしました。

　するとテオがさけびました。

「やめて！　じぶんだけ犠牲《ぎせい》になろうとしないで！　いっしょにこの任務《にんむ》をはたすんでしょう！　わたした

ちは、ラリアーでしょう！」

テオも水の中に潜《もぐ》りました。そのとたん、ふたりは『うその種』とともに、ぐいとひきずられるようにして、ルピアの泉の奥深《おくふか》くへと沈《しず》んで行ったのです！　それは、深い深い奈落《ならく》の底でした。たがいの顔を見ながら、ふたりはこういいあっていました。

「テオ！　戻《もど》れ！　あんたはこなくていい！」

「トーマ！　年寄りのくせに無理するんじゃないの！」

そして、ふたりとも、気を失ってしまいました。ふたりの体は、さらにさらに深く沈《しず》んでいきました。

第二十二章　泉

湾岸諸国《わんがんしょこく》の南から二番目の国、カランの港、ニャンザでは、ゴドバール艦隊《かんたい》の第一撃《げき》をうけて大損害《そんがい》をこうむった湾岸諸国《わんがんしょこく》連合艦隊《かんたい》が尾羽《おば》打《う》ち枯《か》らして逃《に》げ戻《もど》っていました。

完敗《かんぱい》に近い海戦でした。連合艦隊《かんたい》はその三分の一の軍艦《ぐんかん》を失ったのです。しかしゴドバール艦隊《かんたい》はほとんど無傷《むきず》でカランにほど近い島で休んでいます。ニャンザの港ではもうすぐゴドバール艦隊《かんたい》が上陸するといううわさが飛びかっていました。

「おそろしいやつらだそうだ。なんでもひとつの弓から無数の矢が飛んでくるらしい」

「しかもこっちの軍隊よりもはるかに訓練《くんれん》されていて、こっちの艦隊《かんたい》のことはお見通しらしい」

「ミゴールのクリスだけが、やつらと対等にやりあったそうだが、あとはまるで歯《は》が立たなかったそうだ」

「最後は必死で煙幕《えんまく》を張って逃《に》げたんだそうだぜ」

「湾岸諸国《わんがんしょこく》から、ひとつひとつ占領《せんりょう》して、アイザリアにまで攻《せ》め入《い》ろうとしているらしいぞ」

「どこへ逃《に》げればいいんだ？」

「とりあえずは、山の中だろうな」

そんなことをいいあっている人々の中を、港に停泊《ていはく》した連合艦隊《かんたい》の主だった面々が護衛《ごえい》に囲まれて上陸してきました。それを見て、人々は多少なりともほっとしています。最初に登場したのは、旗艦《きかん》ナーム号を先頭に、連合艦隊《かんたい》で唯一《ゆいいつ》気《き》を吐《は》いたミゴール艦隊《かんたい》のクリスです。ミゴール王ヴァイトンの座乗《ざじょう》するニルラーン号はすでに国へ帰還《きかん》していたので、クリスが指揮《しき》をとっていたのでした。

「おお、あれがミゴールの真珠泥棒《しんじゅどろぼう》だ！　なんだ、ちっとも負けたようすはないじゃないか」

「ほんとうだ、りっぱなもんだ、堂々としているぞ」

ところが、そのあとはいけませんでした。傷《きず》ついた兵士や、血まみれの軍服すがたの士官などが続いたのです。

「うわっ、エルセスとカランの艦隊《かんたい》はかなりやられたらしいな」

「担架《たんか》で運ばれてるのは、カランの長官じゃないのか？」

「いや、あれは副官《ふくかん》だよ、それにしてもひどいなあ」

艦隊《かんたい》の面々は、ニャンザの港の一角《いっかく》にあるカラン政府の建物に入りました。そこで軍議《ぐんぎ》が開かれるのです。

まずエルセスの艦隊《かんたい》司令であるヌーバが立ちました。

「エルセス艦隊《かんたい》はかなりやられた。これからはミゴール艦隊《かんたい》と行動をともにする。指揮《しき》はミゴール艦隊《かんたい》に預《あず》ける。クリスに湾岸諸国連合《わんがんしょこく》艦隊《かんたい》の統一指揮《とういっしき》をとってもらいたいと思うのだが」

「反対！」とカランのソール提督《ていとく》が立ちあがります。「カランは、タクアとともにいったんエインまで引きあげる。そして、戦列を立て直してもう一度やり直すことにしたい」

「馬鹿《ばか》かい、あんたは」と、マリンカ号単独《たんどく》で、戦線《せんせん》に参加しているフェルノンがいいました。「ここで逃《に》げたらカランの国はやつらに蹂躙《じゅうりん》されるんだぜ。おまえの国だろうが！　なにを考えてるんだ。戻《もど》ってもエインには軍艦《ぐんかん》はおろか、商船だって残っちゃいないさ」

「こらあ、なんで艦隊《かんたい》司令以外の人間が発言するんだ！」とソールがどなります。

「まあ、マリンカ号にはあぶないところを助けてもらったことだし」と、タクア艦隊《かんたい》の長官で、商人あがりのオーダスがいいました。その日の戦いで、マリンカ号が焚《た》いた煙幕《えんまく》によって、かろうじて湾岸諸国連合艦《わんがんしょこくれんごうかん》隊《たい》は敗色濃《はいしょくこ》い戦場を離脱《りだつ》することができたのです。「ここでおれたちが分裂《ぶんれつ》していては、ますますやつらの思うつぼだ。ソール提督《ていとく》、ここはひとつ、エルセスのヌーバがいうように、ミゴールのクリスに指揮《しき》をまかせてみないか？　今日だって、クリスの艦隊《かんたい》だけが唯一《ゆいいつ》あのおそろしいゴドバール艦隊《かんたい》と互角《ごかく》に戦ったといえるのだから。クリスのお手並《てな》みはみんなじゅうぶん見ただろう」

反対意見はありませんでした。カランのソールのようにことのなりゆきに憮然《ぶぜん》とするものもいましたが、さすがに海軍の軍人たちだけあって、物事《ものごと》の考え方は合理的《ごうりてき》です。あっという間に湾岸諸国《わんがんしょこく》四カ国の連合艦《かん》隊《たい》の指揮《しき》をとることとなったミゴールのクリスはいいました。

「今日の敗因《はいいん》は、やつらの主力艦隊《かんたい》にまともにぶつかったこと。つまり、おれたちが面子《めんつ》を捨《す》てられなかったことにつきる。はっきり、ゴドバール艦隊《かんたい》の方が強いと認《みと》めよう。そうすれば、おのずから明日の作戦は決まるはずだ」

「むこうが強いと認《みと》めれば、おれたちは尻尾《しっぽ》を巻《ま》いて逃《に》げるしかないじゃないか」とソール。

「まあ待てよ、おっさん」とフェルノンがいいました。「まだクリスが作戦をしゃべっていないうちからがたがたぬかすんじゃない」

「お、おっさんだと！」

「まあまあ」と、こういうけんかには慣《な》れているらしいヌーバが割《わ》って入ります。クリスはいいました。

「ご存知《ぞんじ》のとおり今夜、やつらはバティス島に停泊《ていはく》している。もしもおれがやつらの指揮官《しきかん》なら、今日討《う》ちもらした湾岸《わんがん》連合艦隊《かんたい》の残存《ざんぞん》部隊にもう一度決戦を挑《いど》むだろう。つまり明日は、決戦の日となる。どうだ？」

「なぜ、そう思う？　もうしばらく島で休むとは思わんのか？　やつらだって無傷《むきず》ではなかったんだぞ」

「やつらは上陸をいそいでいる。バティス島には水はあってもやつらを養う食糧《しょくりょう》などはない。しかし、こちらの艦隊《かんたい》が残っているかぎりは、やつらの目的、つまりカランへの上陸に支障《ししょう》をきたす。だから、まず、おれたちを全滅《ぜんめつ》させようとするだろう。それも明日」

「別働隊《べつどうたい》がくるという話があったが」とオーダスがいいました。みなの顔色がさっと変わりました。じつは今日の敗戦までは、その話はまともに軍議《ぐんぎ》には出てこなかったのでした。クリスがそのことについてなにかいっても、不確定《ふかくてい》の情報《じょうほう》だということであっさりと却下《きゃっか》されていたのです。つまり、あまりにもおそろしい話なのでだれもが避《さ》けていたのでした。けれどいまは、逆《ぎゃく》にだれもが真実を求めていました。敗軍《はいぐん》の会議としては、こういった不利な情報《じょうほう》も語ることができるのはりっぱなものだといわねばなりません。

「そいつらがきてから合同して攻《せ》めこまれたら一巻《いっかん》のおわりだ。ふつうはそいつらがくるまで島で休むんじゃないのか？」

「ゴドバール艦隊《かんたい》にはそれぞれの任務《にんむ》があるそうだ」とクリスはいいました。「湾岸諸国《わんがんしょこく》の連合艦隊《かんたい》を殲滅《せんめつ》するのはかれらの任務《にんむ》だから、別働隊《べつどうたい》の到着《とうちゃく》を待つなどという作戦は、そもそもかれらの眼中にはないはずだ。つまり、別働隊《べつどうたい》はおれたちが初戦ですっかりやられてしまったときに無傷《むきず》で登場するという手《て》はずらしい。それがゴドバールの定石戦法《じょうせき》なのだそうだ。つまり徹底的《てっていてき》に敵の戦意を奪《うば》おうとするわけだ。これは捕虜《ほりょ》からも確認《かくにん》した情報《じょうほう》だ。おれたちと同様、かれらだって部隊の面子《めんつ》がかかっている」

「この上別働隊《べつどうたい》までくるのかよ」とうんざりしたようすでカラン艦隊《かんたい》の副官《ふくかん》、タディルがいいました。軍服は血まみれです。「それを聞いただけで戦意喪失《せんいそうしつ》する兵隊が大勢いることだろうな」

タディルはだれにも聞こえないようにいったつもりでしたが、そのつぶやきはみんなに届いたようでした。

オーダスはいいました。

「なあクリス、いったん退《しりぞ》くというのはどうなんだ？　艦隊《かんたい》の再編成《さいへんせい》をした方がいいんじゃないのか？」

「それはおれも考えた」とクリスはいいました。「だがな、おれたちはいまのところこれがせいいっぱいなんだ。湾岸諸国《わんがんしょこく》は手をこまねいて敵がくるのを待っていたわけじゃない。こんなに短い時間の中で最大限の努力をして、最大限の連合艦隊《かんたい》をつくりあげ、敵の来襲《らいしゅう》に備えた。おれたちは、できるかぎり、おれたちの手でやつらに打撃《だげき》を与《あた》えておかねばならない、それが、連合艦隊《かんたい》の任務《にんむ》だと思う。明日、一隻《せき》も残っていなくたって、せいいっぱいの反撃《はんげき》をする。それだけのことさ。そうすれば」クリスは一息《ひといき》ついて、みんなの顔を見渡《みわた》していいました。「おれたちが半端《はんぱ》な気持ちで国を守ろうとしているのではないということがわかるだろう。また、おれたちに続くものたちだってあらわれる。いまおれたちが臆病風《おくびょうかぜ》に吹《ふ》かれたら、湾岸諸国《わんがんしょこく》も、そしてイシュゴオルも、あいつらに席巻《せっけん》されるのは目に見えている。だが、おれたちが全力で戦えば、そこからなにかが変わる糸口ができるはずだ。おれはそう信じている」

しばらく、だれもがじっとうごかず、だまったままでした。やがて、エルセスのヌーバが立ちあがっていいました。

「ミゴールのクリス。おれたちはあんたとともに戦う」

「クリス。おまえはいくさに意味を与《あた》えてくれた。明日死んでも悔《く》いはない」と、カランのソール提督《ていとく》も立ちあがっていいました。

「おれは死なないぞ。クリスとともに、戦いぬき、生きぬくぞ!」とタクアのオーダスがいいました。みんな笑い、そして、しっかりと手を握《にぎ》りあいました。

「やれやれ」と、フェルノンはクリスと肩《かた》を並《なら》べて帰りながらいいました。「あんたたち、いくさびとってのは、なんというか単純《たんじゅん》なもんだな。勇《いさ》ましいことが好きってことかい」

「おれといっしょにしばらく海軍の飯《めし》を食えば、あんただってこんなふうになるよ、フェルノン。しかしあんたも海の民《たみ》だな。今日のマリンカ号の働《はたら》きには驚《おどろ》いた。あんたが艦隊《かんたい》を助けてくれたようなもんだ」

「ちょい無茶《むちゃ》かと思ったんだがな。おれもマリンカの連中も、ゴドバールへ行ってから、すこしは変わったんだよ。あんたもだろ？　クリス」

クリスはうなずきました。

「ああ、フェルノン。王になるとか、いくさで名をあげるとか、そういうことばかり考えていたが、おれもマリンカ号の旅から帰ってからというもの、別の夢ができた」

「別の夢？」

「いつか、あんたたち、そして、あの踊《おど》り子《こ》や、道大工《みちだいく》といっしょに旅をするっていうような夢さ」

クリスは遠くを見るようにいいました。フェルノンはいいました。

「あれ以来、さすらい人が、いつもいっしょにいるような、そんな気がしてるんだろ？」

「どうして、わかるんだ？」

「ふっふっふ」と、フェルノンは笑いました。そしていいました。

「おれたちゃ、ラリアーなんだよ」


翌日は雲ひとつない青空でした。ニャンザの港の人々は湾の出口にあたる岬《みさき》の丘《おか》の上に鈴《すず》なりになって、港を出て行く湾岸諸国《わんがんしょこく》連合艦隊《かんたい》を見送っていました。もしかしたら強力なゴドバール艦隊《かんたい》に敗《やぶ》れた連合艦隊《かんたい》は、自分たちを見捨《みす》てるのではないかという不安をだれもが持っていました。けれど、出航して行く艦隊《かんたい》を見た人々は首をかしげました。

「おい、たしか昨日は、負けいくさでみんな肩《かた》を落としていたよな？」

「ああ。もう、どうしようもないくらい、みじめなすがただったが」

「なんか、ちがうな、今朝は」

「妙《みょう》に威《い》勢《せい》もいいぞ？」

そうでした。艦隊《かんたい》には、気力《きりょく》がみなぎっていたのです。いくつかの船は帆《ほ》も船体《せんたい》もぼろぼろになるほど傷《きず》ついていましたが、りんりんとした勇気が見ているものに伝わるほど、気合《きあい》にあふれていました。

「勝つかもしれないぞ、今日は」

「どうしてだい？」

「なんだか、おれたちを守ってくれる、っていう気がするんだよ、あの勇ましい連中を見ると。こんなことを軍艦《ぐんかん》を見ていて感じたのははじめてだ」

「ほんとうだ。なんだか頼《たの》もしい」

旗艦《きかん》らしき船の上には、ひとりの若い男が人々に手をふっていました。

「あれは、ミゴール艦隊《かんたい》だ。昨日、一隻《せき》も失わず、ゴドバール艦隊《かんたい》と戦った勇者たちだ」

「ほら、あれがミゴールの真珠泥棒《しんじゅどろぼう》といわれた、クリスだよ」

「そのあだ名は、なんだか似つかわしくないな」

「うん。ミゴールのクリス。もしも、この戦いに勝ったら、ちがう名前を進上《しんじょう》しようじゃないか」

「勝ったら、だろ」

けれど、もしかしたら勝つかもしれない、そしてゴドバールの侵略《しんりゃく》などということがまったく考えられもしなかった以前の平和が取り戻《もど》せるかもしれない、と、だれもが思ったことでした。

ところが、連合艦隊《かんたい》が沖《おき》に出て、陣形《じんけい》を整えようとしたときでした。

「きた！」

「ゴドバール艦隊《かんたい》だ！」

丘《おか》の上の人々はぞっとしながら左手の海上を見つめました。バティス島の陰《かげ》から、いましも数十隻《せき》の見なれぬ軍艦《ぐんかん》が、ゆっくりと湾岸《わんがん》連合艦隊《かんたい》に近づいてくるのが見えました。

「ありゃあ、強そうだ」

だれかが、ぽつりとつぶやきました。

「バティス島には、上陸用の兵隊を乗せた船がまだいっぱいいるんだそうだ。あれは純粋《じゅんすい》な戦艦《せんかん》なんだ」

「連合艦隊《かんたい》をやっつけて、ゆっくり上陸しようということか」

灰色《はいいろ》のゴドバール艦隊《かんたい》は、いずれも赤い旗を掲《かか》げて連合艦隊《かんたい》に襲《おそ》いかかりました。

かくして、第二次フィラ沖海戦《おきかいせん》と呼ばれることになった戦いがはじまりました。前日の戦いとはうって変わり、湾岸諸国《わんがんしょこく》の連合艦隊《かんたい》は、たがいの連絡《れんらく》を密《みつ》にとり、一隻《せき》が戦っているところへもう一隻《せき》が助けるという戦法を忠実《ちゅうじつ》に守りながら、必死でゴドバール艦隊《かんたい》と戦ったのです。それは、長い長い一日でした。丘《おか》の上の人々は、やがていてもたってもいられなくなり、なんと、漁師《りょうし》たちまでが、「おぼれているものを助けよう」と、小舟を出すさわぎになり、ニャンザの町にはけがをした兵士たちやおぼれた兵士たちがつぎつぎと運びこまれるようになりました。

そして、この戦いは、連合艦隊《かんたい》がついに勝利したのです。ゴドバール艦隊《かんたい》の損害《そんがい》は大きく、ほとんどがまともに航海《こうかい》できる状態《じょうたい》ではありませんでしたが、よたよたとバティス島へと逃《に》げようとしていました。けれど、湾岸諸国《わんがんしょこく》の方にも余力《よりょく》はありませんでした。つまり、勝ったといっても、ゴドバール艦隊《かんたい》を撃滅《げきめつ》したわけではなく、連合艦隊《かんたい》の損害《そんがい》は、ゴドバール艦隊《かんたい》とほぼ同じくらいだったのです。

ところが、これでおわったわけではありませんでした。

ゴドバール艦隊《かんたい》が逃《に》げ出したあと、連合艦隊《かんたい》が、海におぼれている将兵《しょうへい》を収容《しゅうよう》しはじめ、ニャンザの港へと回頭《かいとう》しようとした、ちょうどそのときでした。

丘《おか》の上の人々は、信じられないものを見ました。

「ありゃあ、なんだ？」

「まさか！」

水平線のかなたから、無数の軍艦《ぐんかん》があらわれたのです。

ゴドバール艦隊《かんたい》の、本隊でした。

五百隻《せき》からなるその艦隊《かんたい》はまったく無傷《むきず》のままで、フィラ沖《おき》の戦場に登場したのでした。

「これが、ゴドバールの侵略《しんりゃく》ということだったのか！」

「に、逃《に》げよう！」

「たっ、たっ、助けてくれえ！」

人々はさっきまで歓声《かんせい》をあげて連合艦隊《かんたい》を応援《おうえん》していたのですが、たちまち青ざめて、その場に立ちすくんでしまいました。

「れ、連合艦隊《かんたい》だって、あんなのを見たら」

「ひとたまりもない」

だれもが、そう思いました。

けれども、さらに信じられないことが起きたのは、それからでした。

一隻《せき》の軍艦《ぐんかん》が、水平線の大艦隊《だいかんたい》に向かって、敢然《かんぜん》と艦首《かんしゅ》をひるがえして向《む》かって行ったのです。

「なんと、無謀《むぼう》なことを！」

「ありゃあ、ミゴールのナーム号だ」

すると、そのナーム号によりそうように、一隻《せき》の船が伴走《はんそう》をはじめたのです。マリンカ号でした。

「おい、なんて勇敢《ゆうかん》な連中だよ！」

「湾岸諸国《わんがんしょこく》の人間は、こんなに勇気があったんだ！」

「ゴドバール！　くるならこい！　おれたちだって負けないぞ！」

この、たった二隻《せき》の船にひとびとは大きな勇気をもらったようでした。それは、丘《おか》の人々だけではなく、さっきまで戦い、疲《つか》れて、傷《きず》ついた湾岸諸国《わんがんしょこく》の連合艦隊《かんたい》にもじゅうぶん通じたようでした。すべての軍艦《ぐんかん》が、艦首《かんしゅ》を沖《おき》に向《む》けました。そして、新手《あらて》の、無傷《むきず》のゴドバール艦隊《かんたい》に向かって、進んで行ったのです。

このあとは、湾岸諸国《わんがんしょこく》にのちのち伝えられる有名な話になりますが、ゴドバール艦隊《かんたい》は、いくさはしませんでした。実際には、かれらは非戦《ひせん》の旗《はた》をかかげて、先行《せんこう》したゴドバール艦隊《かんたい》の残存《ざんぞん》部隊とともに、捕虜《ほりょ》や傷《きず》ついた兵士を収容《しゅうよう》して、湾岸諸国《わんがんしょこく》にはいっさい上陸せず、帰路《きろ》についたのです。

ひとびとはこんなふうに語りました。

「ミゴールのクリスは、たったひとりでゴドバール艦隊《かんたい》に立ち向かった。するとその鬼神《きじん》のような気迫《きはく》に押《お》され、ゴドバール艦隊《かんたい》は一矢《いっし》を射《い》ることもできず、すくみあがってゴドバールへと逃《に》げ帰ったのだった」と。

それ以来、クリスのことをミゴールの真珠泥棒《しんじゅどろぼう》と呼《よ》ぶものはいなくなりました。どころか、クリスはそれからほどなくいなくなってしまったのです。マリンカ号のフェルノンだけが、クリスと最後に会ったという話をしていました。だれもがフェルノンに問《と》いました。

「で？　フェルノンと別れるときに、クリスはなんていってたんだ？　どこへ行くといってたんだい？」

「それがなあ」とフェルノンは笑いながらいいました。「あいつには似あわない、妙《みょう》な別《わか》れのあいさつだったよ。こういうんだ、『楽しい日々でありますよう！』って。なあ、おかしいだろ？」

ちょうどそのころ。

起きあがったトーマがあたりを見まわすと、そこは森の中でした。

「おおっ？　泉が？」

目の前に泉があります。

そして、かたわらにひとりの娘《むすめ》が横たわっていました。

「テオ！」

娘は、眠《ねむ》っているようでした。あどけない口もとがうごくのを見て、トーマはほっとしました。

心からそう思いました。テオは無事だったのです。するとテオがなにかいっているのが聞こえました。

「やれやれ。よかった！」

「トーマ。わたし、あなたの前で、いちばん自由でいられた。あなたといっしょだったら、わたしはいくらでも強くなれた。でもあなたがいなかったら」

トーマは苦笑して首をふりました。

「そんなもんじゃないって。だがまあ、おれもとりあえず生きてるわけだ」

テオをやさしくゆりうごかすと、ゆっくりと目をあけたテオは、いきなりトーマに抱《だ》きつきました。

「トーマ！　生きてたんだ！　わたしたち、生きてたんだね！」

「おいおい。悪い夢でも見たんじゃないか？」

そういうと、テオは恥《は》ずかしそうにトーマから離《はな》れました。

「わたし、なにかいってました？」

「いや、別に」

「ねえ、ここはどこ？」

「どこって、ルピアだろ？」

「でも、なんか、ようすが変」

「どうしてさ。まったくもってルピアだよ、ここは」とトーマはいって、首をかしげました。

空気が、なつかしい。そんな気がしたのです。

そのときでした。声がしました。

「トーマ！　テオ！」

「だれ？」

ふたりは声のした方を見ました。すると、泉の向こうから、二頭の馬をひいた少年があらわれたのです。

「あの子は……もしかして？」

「リン！」とトーマは大声でさけびました。リンは泉のまわりを走ってふたりのもとへと駈《か》け寄《よ》りました。

三人は、ものもいわずに抱《だ》きしめあいました。

「ああ、リン！　よかった！」

「ってことは、ここは？」とトーマがいうと、リンはうれしそうにいいました。

「ドーム郡だよ。ドーム郡の、東の森。ここに、とつぜん泉ができたって、今朝、ぼくに小鳥たちが知らせてくれたんだ。だから、ホルスとハルスをつれて、見にきたんだ。もしかして、って思って。そしたらほんとに、トーマとテオがいた！」

「ホルスとハルスだ！　おーい、元気だったのかい！」とトーマは泉の向こうにいる二頭の馬に向かってさけびました。ホルスとハルスはたちまちこっちに向かって駈《か》けてきます。

「ぼくが、ドーム郡に戻《もど》ったら、この馬たちもとっくに戻《もど》っていたんだってさ」

「そうかそうか」トーマは二頭の頭をかわるがわるなでました。

「ねえ、トーマ」とテオがいいました。

「わたしたち、どうしてドーム郡に戻《もど》ってるの？　この泉はなあに？　ゴドバールにあったルピアと、この泉がつながってるとでもいうの？」

「さあ、な」

「まさか、ルピアがここに移動した？」

「かもしれない、な」

「まじめに答えてよ！」

トーマはテオを見ました。それからいいました。

「この泉が、いつまでも澄《す》んだ水をたたえているように、これから世話をしていかねばならないな。なんだか」

「なんだか？」

「これを守っていくことがだな、おおげさにいえば、世界を守ることにもなるような、そんな気がするんだ。

これが、ルピアであるかどうかは知らんが」

テオはゆっくり首をふりました。

「だめよ、そんなの」

「ん？」

テオはトーマの手をとっていいました。

「わたしと、また旅をするの！」

「もちろん、ぼくもだよね？」とリンがいいました。テオはうれしそうにうなずきました。

「わたしたち、ラリアーだもの！」

訳者あとがき

ドーム郡シリーズの愛読者のみなさん、お待たせしました。シリーズ第三巻、『真実の種、うその種』をお届けします。いま、こう書いているわたしの気持ち、わかっていただけるでしょうか。

ドーム郡シリーズの第二巻『虹《にじ》への旅』を書き終えたとき、わたしはひとつ仕事を終えたと思っていました。ドーム郡は、これでおわり……いえ、無理やりそう思ったわけではないのです。わたしだって、もちろん、シリーズになればいいと思いましたし、たくさんの読者が、「早く訳《やく》して！」と訴《うった》えかけていました。

ところが、わたしは続きを訳することができませんでした。

なぜ？　答えはかんたん。訳せなかったからなのです。

ドーム郡の続きは、当時のわたしにとっては、あまりにも未知《みち》の、わからないことばかりの世界でした。

たぶん、お読みになればある程度《ていど》は想像《そうぞう》がつくことと思いますが、この本は、クミルの旅、そしてマリオとノームの旅とはまたちがった意味での難《むずか》しさに満《み》ちていたのです。あるいはこういう言い方をするべきかもしれません、わたしは、本書を訳《やく》すには、あまりにも未熟《みじゅく》すぎたのだ、と。

そうなのです、わたしも、読者の方々と同じように、ドーム郡の続きを知りたかった。でも、たぶん、そのときのわたしには、トーマのことばも、テオのことばも訳せなかったでしょう。「真実の種」も「うその種」も、どんなことばをあてはめればいいのか、わからなかったのです。完全なお手上げ。わたしはしかし、その理由がじぶんにあるなんて、認めたくありませんでした。それがドーム郡二巻の訳者《やくしゃ》の、情《なさ》けない現実でした。続きを早くという読者に対して、「まあそのうち」と、あいまいに笑ってごまかしていました。

わたしはそれから、ずっとドーム郡のことは忘れていました。いや、片時《かたとき》も忘れたことはありませんでした。……ああ、どちらにせよ、同じことだったのです。忘れようが忘れまいが、わたしが訳《やく》せなかったのに変わりはなかったから。

それから二十年の年月がたったある日、ふしぎなことが起きました。

通勤《つうきん》の電車のなかで、わたしの耳に、ふとひとつのメロディーが浮《う》かんだのです。ふしぎなメロディーでした。それが「シェーラカリーン、キリ・タウラ」だということに気づくまで、さほど時間はかかりませんでした。それまで、この文句にメロディーがつくなんてことを考えたこともありませんでしたが、ほんとうに自然に、まるで心のなかの深い奥底の泉から湧《わ》いてくるようにして、そのメロディーはやってきたのでした。ドーム郡のことはすっかり忘れていたのに、なぜ？　なぜ、今になって？

わたしの年下の友人たちが「ドーム郡ものがたり、劇《げき》にしようよ！」といってきたのはちょうどそのころでした。まったく同じころ、ある編集者が、長らく絶版《ぜっぱん》になっていたドーム郡シリーズを復刊《ふっかん》させたいという話を持ってきてくれました。その編集者がシリーズの愛読者のひとりだったことはいうまでもありません。

やるべきときが来た？　けれど、屋根裏《やねうら》で埃《ほこり》をかぶっている原書《げんしょ》を取り出し、わたしはため息をつきました。長い旅になりそう。いや、旅をするのはいいけれど、目的地にたどりつくことができるのだろうか？　こんどの旅では、ひとつの誤訳《ごやく》は命取《いのちと》りになりかねません。そんな旅になるということだけはわかっていました。首をふって、わたしは本をもとに戻しました。やっぱり難《むずか》しい。意味わかんねー。そんなつぶやきをしたりして。だってタイトルが訳せないのでは、ねえ。

でも、劇の公演《こうえん》の脚本《きゃくほん》を書いたり、ドーム郡シリーズの復刊《ふっかん》のためにあらためて書きなおしをしたりするうちに、わたしは「もしかしたらやれるかも」という気持ち、それから「いいじゃないか、無駄《むだ》になっても、何をおそれることがある？」という心の声に後押《あとお》しされて、とりかかったのでした。それが、二年前。

ようやく、この日を迎《むか》えることができました。読者の方々に、こういえて、うれしいです。わたしはただの訳者《やくしゃ》にすぎませんが、その訳者《やくしゃ》としての任務《にんむ》をはたせて、うれしい。いや。ちがいます。ほんとのことをいいます。わたしは、こんども、訳《やく》する日々が楽しかったのです。毎晩毎晩、はらはらすることの連続でした。新しい発見ばかりでした。この思いを、読者のみなさんとまた分《わ》かち合《あ》うことができると思うと、踊《おど》り出《だ》したくなるくらいうれしい。……いいたいことは山ほどありますがこのくらいにしておきます、なんせ二十年ぶりのこと、わたしの興奮《こうふん》ぶりをどうかお許《ゆる》しください。

わたしをささえてくださった方々、はげましてくださった方々、ありがとう。でも、ほんとうにお礼をいいたいのは、わたしの日々をほんとうにささえてくれた、トーマ、テオ、リン。あなたたちです。あなたたちといっしょの旅は、ほんとうに楽しかった。すばらしいラリアーに乾杯《かんぱい》します、今夜は。

そしてみなさん、楽しい日々でありますよう！

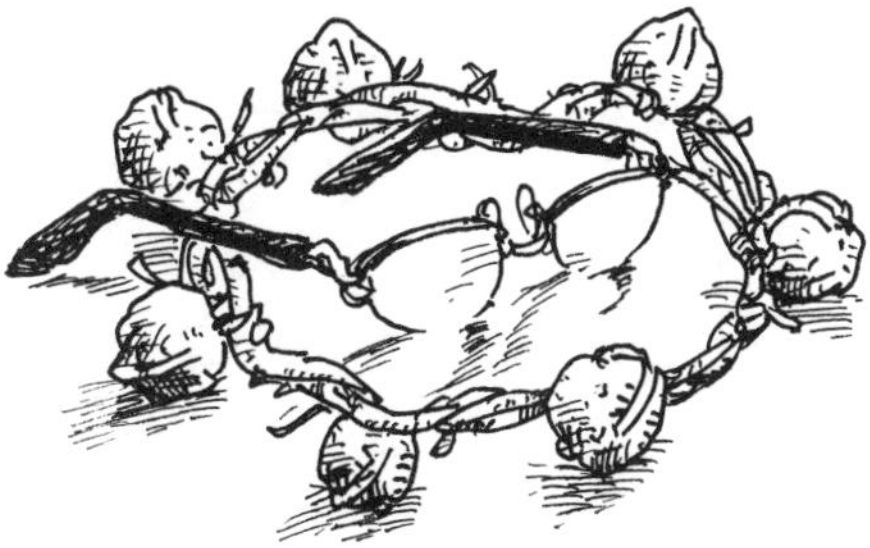

訳者しるす

解説・平和を求める物語に終わりはない

野上　暁

この物語の発端《ほったん》は、作者が倉庫で見つけた羊皮紙の古い本、『ドーム郡小史』の一部を翻訳《ほんやく》したということになっています。最初の一冊が『ドーム郡ものがたり』、二冊目は『虹への旅』というタイトルで、この本はシリーズの三冊目です。いずれも『ドーム郡小史』の中の、ある時代を切り取った物語として構成されていますが、それぞれ独立した作品として読むことができます。しかし三作品には、いくつかの共通点があります。

最初の『ドーム郡ものがたり』では、十七歳のクミルという身寄りのない少女が主人公です。公立学校の先生として赴任して子どもたちに慕われていたクミルは、教え子の少女の嘘がきっかけになった冤罪《えんざい》で、秘密の任務を課せられてドーム郡を追放されるのです。その任務とは、人の心を凍りつかせ、人類を滅亡《めつぼう》させるフユギモソウという恐ろしい植物の進行を阻止《そし》するために、遠く離れたコノフの森に住むヌバヨという人物を探して連れ帰ることでした。

二冊目の『虹への旅』では、「嘘つきマリオ」と呼ばれていた少年が主人公です。森で出会ったふたりの少女とともに、「草原の民」と「荒野の民」の戦闘《せんとう》に巻き込まれ、マリオは「森の民の王」ヌバヨを名乗って戦争をやめさせようとします。両軍の武将は、生まれてすぐに誘拐《ゆうかい》され、現在トープ・アイザリア（ドーム郡）にいるらしいという、「いのりの民」の王女を連れ帰れば、戦争を終結できると約束します。ふたりの少女は武将《ぶしょう》たちに人質として取られ、一年たっても王女を連れ帰れなかったら処刑するといわれて、マリオは想像を絶する過酷《かこく》な旅に出ます。

三冊目となるこの作品では、若き日にドーム郡を追放された道大工のトーマと、夏まつりの歌姫に選ばれなかったために落胆《らくたん》していた少女テオと、不思議な病で姿と声を失った少年リンが主人公です。三人は、昔クミルによって絶滅《ぜつめつ》したと思われていたフユギモソウの種を、侵略帝国《しんりゃくていこく》ゴドバールにあるという根源の泉ルピアに届けるという使命を負って、ドーム郡を後にします。

つまり三作品ともに、戦争や人類滅亡《じんるいめつぼう》の危機を回避するという重大な使命を背負わされて、艱難辛苦《かんなんしんく》の冒険に出立し帰還するという、トールキンがいうところの「行きて帰りし物語」となっているのです。自らの命を投げ出すことによって、不可能を可能にする奇跡が起こったり、主人公たちに身寄りがないという点や、鳥や小動物たちと意思疎通《いしそつう》できたり、自然と交感できるというあたりも三作品に共通しています。それは、神話や叙事詩にも見られる特徴だともいえるでしょう。

三冊合わせると一二〇〇ページ以上もある長い長い物語ですが、全体を貫いているのは、戦争の醜《みにく》さや愚《おろ》かさと、平和への強い願いです。それを観念的に描くのではなく、一人ひとりが抱えている、愛と憎しみ、善と悪、嘘と真実、弱さと強さといった相矛盾する内面の葛藤《かっとう》を見据《みす》えながら、それをキーワードにしながら物語を展開していきます。

最初の物語で、ヌバヨを探しに出たクミルは、ヌバヨを連れずに帰還します。ヌバヨに頼るのではなく、自分がヌバヨだ、一人ひとりがヌバヨにならなくては、フユギモソウに立ち向かうことができないと確信するのです。クミルやマリオの冒険は、神や超能力者や権威や他人に頼るのではなく、一人ひとりが自分で考え自らの力によって局面を切り開いていく、そういう自立心を獲得する旅でもあったのです。

『虹への旅』で、戦に勝利し王女に即位させられそうになったノームが、王宮を抜け出し、マリオと仲良く手をつないで楽しそうに笑いながら草原を旅する姿は、なんとも爽やかな結末です。内外のファンタジー作品の多くが、王家や王族を守る物語として構想されているのに対し、王権を無力化したり、王位を捨てる物語として展開するところに、作者の国家観や権力観が如実に表明されているようです。そしてまた、ドーム郡が、「いくさを知らず、軍隊を持たず、平和を愛する」土地として描かれているところは、敗戦後五十年近くまでの日本の繁栄《はんえい》が、何によってもたらされたのかを暗示しているようでもあり、今日的な問題意識にも重なってきます。

ドーム郡シリーズには、もう一つ大きなテーマが隠されています。それは、自然との交歓であり、エコロジカルな森の思想といってもいいでしょう。そこに歌や踊《おど》りの祝祭的な場面が重なってきます。しかし、巻を追うに従って、森の思想が希薄化《きはくか》し、戦争を知らない縄文文化的でのどかな色合いが変化してきます。『真実の種、うその種』では、戦艦《せんかん》や近代兵器による激しい戦闘《せんとう》が展開します。富の蓄積《ちくせき》や貨幣《かへい》も登場してきます。そういう中で、戦争を根絶し恒久平和《こうきゅうへいわ》を実現するにはどうすればいいのでしょう。『ドーム郡小史』のその後がどのように綴《つづ》られているか、それはとても興味のあるところです。平和を求める物語には、世界のどこかで戦争が続く限り、終わりがないのですから。

このシリーズの第一冊目『ドーム郡ものがたり』は、一九八一年に刊行されたものを書き直したものです。第二冊目の『虹への旅』は、一九八三年に刊行した『虹へのさすらいの旅』を改題し大幅に書き直した作品です。

その後作者は、現代ファンタジーの第一作として『夜の子どもたち』（一九八五年）を刊行。著者のふるさとを舞台にして、ユニークな土着の神々を登場させた『ふるさとは夏』（一九九〇年）で、産経児童出版文化賞を受賞します。『星の砦』（一九九三年）では、学校教育の将来を予言するかの様な状況に反発した小学生たちの闘いを、未来の宇宙戦争とダブらせたＳＦ的なファンタジーに仕上げて見せます。また、『きみに会いたい』（一九九五年）では、少女の孤独で危うい心象に原発事故を重ねた不思議なラブストーリーの中に、今日的な危機感を織り込み、『進化論』（一九九七年）では、新人類と国家権力の闘いを軸にしたちょっと怖い近未来小説にするなど、個人と国家という難しいテーマをファンタジーの手法を駆使して作品化していきます。そして『サラシナ』（二〇〇一年）では、中世と現代を行き来する少女の恋物語を、魅力的なファンタジーに仕上げています。

芝田勝茂さんは、自然との共生、戦争と平和といった大きな問題から、現代の子どもたちが抱える心の問題や、時代の危機感を巧みに反映させた意欲的な作品を、ファンタジーの手法を多様に生かしながら、その可能性に果敢にチャレンジしているようです。そこに、必ずといっていいくらい、ラブストーリーがからむのです。ドーム郡シリーズは、芝田文学の個性を濃密に反映させた代表作であり、まさにライフワーク的な作品だともいえるでしょう。

芝田勝茂　しばた・かつも

石川県に生まれる。「虹へのさすらいの旅」で児童文芸新人賞受賞。「ふるさとは、夏」で産経児童出版文化賞を受賞。ほかの作品に「夜の子どもたち」「きみに会いたい」「星の砦」「進化論」「サラシナ」「雨ニモマケチャウカモシレナイ」など、多数ある。

佐竹美保　さたけ・みほ

富山県に生まれる。イラストレーターとして、SF、ファンタジー、児童書の世界で活躍中。作品に、「虚空の旅人」「魔女の宅急便3」「サラシナ」「そして永遠に瞳は笑う」「リューンノールの庭」「ブルーローズの謎」など、多数ある。

ドーム郡シリーズ 3

真実の種，うその種

2005年 7 月23日　第1刷発行
2012年11月30日　第3刷発行

著者――芝田勝茂

画家――佐竹美保

発行者――小峰紀雄

発行所――株式会社小峰書店
東京都新宿区市谷台町4-15
電話03-3357-3521　FAX03-3357-1027

組版/印刷――株式会社三秀舎

製本――小高製本工業株式会社

NDC913　575P　22cm　ドーム郡シリーズ

ISBN978-4-338-19303-0　乱丁・落丁本はお取りかえいたします。
http://www.komineshoten.co.jp/